鲁迅著译编年全集

王世家 止庵 编

人民出版社

鲁迅著译编年全集

陆

目　　录

一九二五

一月

一九二五

一月

一日

日记 晴。午伏园邀午餐于华英饭店,有俞小姐姊妹,许小姐及钦文,共七人。下午往中天看电影,至晚归。

希　望

我的心分外地寂寞。

然而我的心很平安:没有爱憎,没有哀乐,也没有颜色和声音。

我大概老了。我的头发已经苍白,不是很明白的事么?我的手颤抖着,不是很明白的事么?那么,我的魂灵的手一定也颤抖着,头发也一定苍白了。

然而这是许多年前的事了。

这以前,我的心也曾充满过血腥的歌声:血和铁,火焰和毒,恢复和报仇。而忽而这些都空虚了,但有时故意地填以没奈何的自欺的希望。希望,希望,用这希望的盾,抗拒那空虚中的暗夜的袭来,虽然盾后面也依然是空虚中的暗夜。然而就是如此,陆续地耗尽了我的青春。

我早先岂不知我的青春已经逝去了?但以为身外的青春固在:星,月光,僵坠的胡蝶,暗中的花,猫头鹰的不祥之言,杜鹃的啼血,笑的渺茫,爱的翔舞……。虽然是悲凉漂缈的青春罢,然而究竟是青春。

然而现在何以如此寂寞?难道连身外的青春也都逝去,世上的青年也多衰老了么?

我只得由我来肉薄这空虚中的暗夜了。我放下了希望之盾，我听到 Petöfi Sándor(1823—49)的"希望"之歌：

希望是甚么？是娼妓：

她对谁都蛊惑，将一切都献给；

待你牺牲了极多的宝贝——

你的青春——她就弃掉你。

这伟大的抒情诗人，匈牙利的爱国者，为了祖国而死在可萨克兵的矛尖上，已经七十五年了。悲哉死也，然而更可悲的是他的诗至今没有死。

但是，可惨的人生！桀骜英勇如 Petöfi，也终于对了暗夜止步，回顾着茫茫的东方了。他说：

绝望之为虚妄，正与希望相同。

倘使我还得偷生在不明不暗的这"虚妄"中，我就还要寻求那逝去的悲凉漂渺的青春，但不妨在我的身外。因为身外的青春倘一消灭，我身中的迟暮也即凋零了。

然而现在没有星和月光，没有僵坠的胡蝶以至笑的渺茫，爱的翔舞。然而青年们很平安。

我只得由我来肉薄这空虚中的暗夜了，纵使寻不到身外的青春，也总得自己来一掷我身中的迟暮。但暗夜又在那里呢？现在没有星，没有月光以至笑的渺茫和爱的翔舞；青年们很平安，而我的面前又竟至于并且没有真的暗夜。

绝望之为虚妄，正与希望相同！

一九二五年一月一日。

原载 1925 年 1 月 19 日《语丝》周刊第 10 期，副题作《野草之七》。

初收 1927 年 7 月北京北新书局版"乌合丛书"之一《野草》。

二日

日记　晴。下午品青,小峰来。夜有麟来。

三日

日记　昙。晚服补写丸二粒。夜为《文学周刊》作文一篇讫。

诗歌之敌

大大前天第十次会见"诗孩",谈话之间,说到我可以对于《文学周刊》投一点什么稿子。我暗想倘不是在文艺上有伟大的尊号如诗歌小说评论等,多少总得装一些门面,使与尊号相当,而是随随便便近于杂感一类的东西,那总该容易的罢,于是即刻答应了。此后玩了两天,食粟而已,到今晚才向书桌坐下来豫备写字,不料连题目也想不出,提笔四顾,右边一个书架,左边一口衣箱,前面是墙壁,后面也是墙壁,都没有给我少许灵感之意。我这才知道:大难已经临头了。

幸而因"诗孩"而联想到诗,但不幸而我于诗又偏是外行,倘讲些什么"义法"之流,岂非"鲁般门前掉大斧"。记得先前见过一位留学生,听说是大有学问的。他对我们喜欢说洋话,使我不知所云,然而看见洋人却常说中国话。这记忆忽然给我一种启示,我就想在《文学周刊》上论打拳;至于诗呢?留待将来遇见拳师的时候再讲。但正在略略踌躇之际,却又联想到较为妥当的,曾在《学灯》——不是上海出版的《学灯》——上见过的一篇春日一郎的文章来了,于是就将他的题目直抄下来:《诗歌之敌》。

那篇文章的开首说,无论什么时候,总有"反诗歌党"的。编成这一党派的分子:一,是凡要感得专诉于想像力的或种艺术的魅力,最要紧的是精神的炽烈的扩大，而他们却已完全不能扩大了的固执的智力主义者；二，是他们自己曾以媚态奉献于艺术神女，但终于不成功，于是一变而攻击诗人，以图报复的著作者；三，是以为诗歌的热烈的感情的奔进，足以危害社会的道德与平和的那些怀着宗教精神的人们。但这自然是专就西洋而论。

诗歌不能凭仗了哲学和智力来认识，所以感情已经冰结的思想家，即对于诗人往往有谬误的判断和隔膜的揶揄。最显著的例是洛克，他观作诗，就和踢球相同。在科学方面发扬了伟大的天才的巴士凯尔，于诗美也一点不懂，曾以几何学者的口吻断结说："诗者，非有少许稳定者也。"凡是科学底的人们，这样的很不少，因为他们精细地研钻着一点有限的视野，便决不能和博大的诗人的感得全人间世，而同时又领会天国之极乐和地狱之大苦恼的精神相通。近来的科学者虽然对于文艺稍稍加以重视了，但如意大利的伦勃罗梭一流总想在大艺术中发见疯狂，奥国的佛罗特一流专一用解剖刀来分割文艺，冷静到入了迷，至于不觉得自己的过度的穿凿附会者，也还是属于这一类。中国的有些学者，我不能妄测他们于科学究竟到了怎样高深，但看他们或者至于诧异现在的青年何以要绍介被压迫民族文学，或者至于用算盘来算定新诗的乐观或悲观，即以决定中国将来的运命，则颇使人疑是对于巴士凯尔的冷嘲。因为这时可以改篡他的话："学者，非有少许稳定者也。"

但反诗歌党的大将总要算柏拉图。他是艺术否定论者，对于悲剧喜剧，都加攻击，以为足以灭亡我们灵魂中崇高的理性，鼓舞劣等的情绪，凡有艺术，都是模仿的模仿，和"实在"尚隔三层；又以同一理由，排斥荷马。在他的《理想国》中，因为诗歌有能鼓动民心的倾向，所以诗人是看作社会的危险人物的，所许可者，只有足供教育资料的作品，即对于神明及英雄的颂歌。这一端，和我们中国古今的道学先生的意见，相差似乎无几。然而柏拉图自己却是一个诗人，著作之中，以诗人的感情来叙述的就常有；即《理想国》，也还是一部诗人的梦书。他在青年时，又曾委身于艺圃的开拓，待到自己知道胜不过无敌的荷马，却一转而开始攻击，仇视诗歌了。但自私的偏见，仿佛也不容易支持长久似的，他的高足弟子亚里斯多德做了一部《诗学》，就将为奴的文艺从先生的手里一把抢来，放在自由独立的世界里了。

第三种是中外古今触目皆是的东西。如果我们能够看见罗马法皇宫中的禁书目录，或者知道旧俄国教会里所诅咒的人名，大概可以发见许多意料不到的事的罢，然而我现在所知道的却都是耳食之谈，所以竟没有写在纸上的勇气。总之，在普通的社会上，历来就骂杀了不少的诗人，则都有文艺史实来作证的了。中国的大惊小怪，也不下于过去的西洋，绰号似的造出许多恶名，都给文人负担，尤其是抒情诗人。而中国诗人也每未免感得太浅太偏，走过宫人斜就做一首"无题"，看见树桠叉就赋一篇"有感"。和这相应，道学先生也就神经过敏之极了：一见"无题"就心跳，遇"有感"则立刻满脸发烧，甚至于必以学者自居，生怕将来的国史将他附入文苑传。

说文学革命之后而文学已有转机，我至今还未明白这话是否真实。但戏曲尚未萌芽，诗歌却已奄奄一息了，即有几个人偶然呻吟，也如冬花在严风中颤抖。听说前辈老先生，还有后辈而少年老成的小先生，近来尤厌恶恋爱诗；可是说也奇怪，咏叹恋爱的诗歌果然少见了。从我似的外行人看起来，诗歌是本以发抒自己的热情的，发讫即罢；但愿意有共鸣的心弦，则不论多少，有了也即罢；对于老先生的一颦蹙，殊无所用其惭惶。纵使稍稍带些杂念，即所谓意在撩拨爱人或是"出风头"之类，也并非大悖人情，所以正是毫不足怪，而且对于老先生的一颦蹙，即更无所用其惭惶。因为意在爱人，便和前辈老先生尤如风马牛之不相及，倘因他们一摇头而慌忙辍笔，使他高兴，那倒像撩拨老先生，反而失敬了。

倘我们赏识美的事物，而以伦理学的眼光来论动机，必求其"无

7

所为"，则第一先得与生物离绝。柳阴下听黄鹂鸣，我们感得天地间春气横溢，见流萤明灭于丛草里，使人顿怀秋心。然而鹂歌萤照是"为"什么呢？毫不客气，那都是所谓"不道德"的，都正在大"出风头"，希图觅得配偶。至于一切花，则简直是植物的生殖机关了。虽然有许多披着美丽的外衣，而目的则专在受精，比人们的讲神圣恋爱尤其露骨。即使清高如梅菊，也逃不出例外——而可怜的陶潜林逋，却都不明白那些动机。

　　一不小心，话又说得不甚驯良了，倘不急行检点，怕难免真要拉到打拳。但离题一远，也就很不容易勒转，只好再举一种近似的事，就此收场罢。

　　豢养文士仿佛是赞助文艺似的，而其实也是敌。宋玉司马相如之流，就受着这样的待遇，和后来的权门的"清客"略同，都是位在声色狗马之间的玩物。查理九世的言动，更将这事十分透彻地证明了的。他是爱好诗歌的，常给诗人一点酬报，使他们肯做一些好诗，而且时常说："诗人就像赛跑的马，所以应该给吃一点好东西。但不可使他们太肥；太肥，他们就不中用了。"这虽然对于胖子而想兼做诗人的，不算一个好消息，但也确有几分真实在内。匈牙利最大的抒情诗人彼象飞（A. Petöfi）有题 B. Sz. 夫人照像的诗，大旨说"听说你使你的丈夫很幸福，我希望不至于此，因为他是苦恼的夜莺，而今沉默在幸福里了。苛待他罢，使他因此常常唱出甜美的歌来。"也正是一样的意思。但不要误解，以为我是在提倡青年要做好诗，必须在幸福的家庭里和令夫人天天打架。事情也不尽如此的。相反的例并不少，最显著的是勃朗宁和他的夫人。

一九二五年一月一日。

　　　原载 1925 年 1 月 17 日《京报》附刊《文学周刊》第 5 期。
　　　初收拟编书稿《集外集拾遗》。

四日

日记　晴。星期休息。午后有麟来。下午伏园来。紫佩携舒来。夜衣萍来。译彼象飞诗三篇讫。

A. Petöfi 的诗

太阳酷热地照临……

太阳酷热地照临，
周遭的谷子都已成熟；
一到明天早晨，
我就开手去收获。

　　我的爱也成熟了，
红炽的是我的精神；
但愿你，甜蜜的，唯一的，——
但愿你是收割的人。

坟墓里休息着……

坟墓里休息着我的初恋的人儿，
而我的苦痛就如月亮，当坟墓的夜中。
新的爱从我这里起来了，太阳似的，
而那月亮……在太阳的威力下柔融。

我的爱——并不是……

我的爱——并不是一只夜莺，
在曙红的招呼中觉醒，

9

用了受白昼的亲吻而赤热了的妙音，

来响彻这人境。

　　我的爱并不是郁郁葱葱的林薮，

有白鹄浮泛于闲静的鱼塘，

而且以雪白的颈子点首，

向了照耀在川水里的月亮的影光。

　　我的爱并不是欢欣安静的人家，

花园似的，将平和一门关住，

其中有"幸福"慈爱地往来，

而抚养那"欢欣"，那娇小的仙女。

　　我的爱，就如荒凉的沙漠一般，——

一个大盗似的有嫉妒在那里霸着；

他的剑是绝望的疯狂，

而每一刺是各样的谋杀。

　　　　原载 1925 年 1 月 26 日《语丝》周刊第 11 期。署 L.
S 译。

　　　　初未收集。

五日

　　日记　晴。午后往女师校讲并收去年二月分薪水泉五元。收教育部前年七月分奉泉八十六元。收其中堂书目一本。收『支那研究』第二期一本。收东亚公司通知信。下午至滨来香饮牛乳并买点心。

六日

　　日记　晴。晨寄三弟信。寄李庸倩信。午后往世界语校讲。往东亚公司买『新俄文学之曙光期』一本，『支那馬賊裏面史』一本，共泉二元二角。钦文来,托其以文稿 篇交孙席珍。夜校《苦征》印稿。有麟来。

七日

日记 晴。下午寄新潮社校正稿。

八日

日记 晴。晚衣萍来。夜崇轩,有麟来。

咬文嚼字(一)

以摆脱传统思想的束缚而来主张男女平等的男人,却偏喜欢用轻靓艳丽字样来译外国女人的姓氏:加些草头,女旁,丝旁。不是"思黛儿",就是"雪琳娜"。西洋和我们虽然远哉遥遥,但姓氏并无男女之别,却和中国一样的,——除掉斯拉夫民族在语尾上略有区别之外。所以如果我们周家的姑娘不另姓绸,陈府上的太太也不另姓蔯,则欧文的小姐正无须改作妪纹,对于托尔斯泰夫人也不必格外费心,特别写成妥嬛丝苔也。

以摆脱传统思想的束缚而来介绍世界文学的文人,却偏喜欢使外国人姓中国姓:Gogol 姓郭;Wilde 姓王;D'Annunzio 姓段,一姓唐;Holz 姓何;Gorky 姓高;Galsworthy 也姓高,假使他谈到 Gorky,大概是称他"吾家 rky"的了。我真万料不到一本《百家姓》,到现在还有这般伟力。

一月八日。

原载 1925 年 1 月 11 日《京报副刊》。
初收 1926 年 6 月北京北新书局版《华盖集》。

九日

日记　晴。上午往师范大学讲。午后往北京大学讲。下午昙。得伏园信附王铸信,晚复。夜衣萍,伏园来。有麟来。向培良,钟青航来。

关于《苦闷的象征》

王铸先生:

我很感谢你远道而至的信。

我看见厨川氏关于文学的著作的时候,已在地震之后,《苦闷的象征》是第一部,以前竟没有留心他。那书的末尾有他的学生山本修二氏的短跋,我翻译时,就取跋文的话做了几句序。跋的大意是说这书的前半部原在《改造》杂志上发表过,待到地震后掘出遗稿来,却还有后半,而并无总名,所以自己便依据登在《改造》杂志上的端绪,题为《苦闷的象征》,付印了。

照此看来,那书的经历已经大略可以明了。(1)作者本要做一部关于文学的书,——未题总名的,——先成了《创作论》和《鉴赏论》两篇,便登在《改造》杂志上;《学灯》上明权先生的译文,当即从《改造》杂志翻出。(2)此后他还在做下去,成了第三第四两篇,但没有发表,到他遭难之后,这才一起发表出来,所以前半是第二次公开,后半是初次。(3)四篇的稿子本是一部书,但作者自己并未定名,于是他的学生山本氏只好依了第一次公表时候的端绪,给他题为《苦闷的象征》。至于怎样的端绪,他却并未说明,或者篇目之下,本有这类文字,也说不定的,但我没有《改造》杂志,所以无从查考。

就全体的结构看起来,大约四篇已算完具,所缺的不过是修饰补缀罢了。我翻译的时候,听得丰子恺先生也有译本,现则闻已付印,为《文学研究会丛书》之一;上月看见《东方杂志》第二十号,有仲云先生译的厨川氏一篇文章,就是《苦闷的象征》的第三篇;现得先生来信,才又知道《学灯》上也早经登载过,这书之为我国人所爱重,居然可知。现在我所译的也已经付印,中国就有两种全译本了。

鲁迅。一月九日。

原载 1925 年 1 月 13 日《京报副刊》。
初收拟编书稿《集外集拾遗》。

十日

日记 昙。上午寄伏园信。寄常维钧信。寄李庸倩《语丝》第四至第八期。晚伏园来。收去年十二月分《京报附刊》稿费泉卅。

十一日

日记 晴。星期休息。午后有麟来。下午姚梦生来。紫佩来。夜得玄同信。

十二日

日记 晴。午后往女师校讲并收去年三月分薪水泉六。下午寄李小峰以校正稿。复钱玄同信。晚有麟来。

A. Petöfi 的诗 (二)*

我的父亲的和我的手艺

从幼小以来,亲爱的父亲,
你的诚实的嘴嘱咐我,很谆谆,

教我该像你似的,做一个屠兽者——
但你的儿子却成了文人。

　　你用了你的家伙击牛,
我的柔翰向人们开伙——
所做的都就是这个,
单是那名称两样。

愿我是树,倘使你……

　　愿我是树,倘使你是树的花朵;
你是露,我就愿意成花;
愿我是露罢,倘使你是太阳的一条光线;
我们的存在这就打成一家。

　　而且,倘使你,姑娘,是高天,
我就愿意是,其中闪烁的一颗星;
然而倘使你,姑娘,是地狱,——
为要和你一处,我宁可永不超生。

　　原载 1925 年 1 月 12 日《语丝》周刊第 9 期。署 L.S 译.
初未收集。

致 钱玄同

庙讳先生:

　　"先生"之者,因庙讳而连类尊之也。由此观之,定名而乌可不
冠冕堂皇也乎? 而《出了象牙之塔》"原名为何"者,『象牙ノ塔ヲ出

テ』也。而"价钱若干"者，"定价金贰円八拾钱"也；而所谓"金"者，日本之夷金也。而"哪里有得买"者，"京桥区尾张町二丁目十五番地福永书店"也。然而中国则无之矣；然而"东单牌楼北路西、东亚公司"则可代购之矣；然而付定钱一半矣；然而半月可到矣；然而更久亦难定矣。呜呼噫嘻，我不得而知之也。东亚公司者，夷店也；我亦尝托其代买也；彼盖当知"哪里有得买"也，然而并以"福永书店"告之，则更为稳当也。然而信纸已完也。于是乎鲁迅乃只得顿首者也。

十三日

日记 昙。午后衣萍来。晚有麟来。

描写劳动问题的文学*

[日本]厨川白村

一 问题文艺

建立在现实生活的深邃的根柢上的近代的文艺，在那一面，是纯然的文明批评，也是社会批评。这样的倾向的第一个是伊孛生。由他发起的所谓问题剧不消说，便是称为倾向小说和社会小说之类的许多作品，也都是直接或间接地，拿近代生活的难问题来做题材。其最甚者，竟至于简直跨出了纯艺术的境界。有几个作家，竟使人觉得已经化了一种宣传者（Propagandist），向群众中往回，而大声疾呼着，这是尽够惊杀那些在今还以文学为和文酒之宴一样的风流韵事的人们的。就现在的作家而言,则如英国的萧(B. Shaw),戈尔斯华绥(J. Galsworthy),威尔士,还有法国的勃利欧(E. Brieux),都是最为显著的人物。

跟着近一两年来暂时流行了的民本主义之后,这回是劳动问题震耸了一世的视听了。资本家对劳动者的冲突,只在日本是目下的问题,若在欧洲的社会上,则已是前世纪以来的最大难问,所以文艺家之中,也早有将这用作主题的了。现在考察起这类的小说和戏曲的特征来,首先是(1)描写个人的性格和心理之外,还有描写多数者的群众心理的东西。尤其是在戏曲等类,则登场人物的数目非常之多。这是题材的性质自己所致的结果。在先,戏剧上使用群众的时候是有的。但是这只如在瞿提的 *Egmont* 和沙士比亚的 *Julius Caesar* 里似的,以或一个人代表群众,全体(Mass)即用了个人的心理的法则来动作。将和个人心理的动作方法不同的群众心理这东西,上了舞台的事,在近代戏剧中,特在以这劳动问题为主题的作品中,已有成功的了。其次,还有(2)描写多数者的骚扰之类,则场面便自然热闹,成了 Sensational 的 Melodrama 式的东西。(3)从描写的态度说,其方法即近代作家大抵如斯,就是将现实照样地描写,于这资本劳动的问题,也毫不给与什么解决,单是描出那悲惨的实际,提出问题来,使读者自己对于这近代社会的一大缺陷,深深地反省,思索。(4)又从结构说,则普通的间架大抵在资本家劳动者的冲突事件中,织进男女的恋爱或家庭中的悲剧惨话去,使作品通体的 Effect 更其强,更其深。这决非所谓小说样的捏造,乃是因为劳动运动的背后,无论什么时候,在或一意义上,总有着女性的力的作用的。(5)而且这类作品中,资本家那边一定有一个保守冥顽不可超度的老人,即由此表出新旧思想的激烈的冲突。便是在日本,近来也很有做这问题的作品了,就中觉得是佳作之一的久米正雄氏的《三浦制丝场主》(《中央公论》八月号),在上述的最后两条上,也就和西洋的近代文学上所表示者异曲同工的。

二　英吉利文学

因为近来同盟罢工问题很热闹,我曾被几个朋友问及:西欧文艺的什么作品里,描写着这事呢?因此想到,现在就将议论和道理统统撇开,试来绍介一回这些著作罢。在英吉利,制造工业本旺盛,因此也就早撞着产业革命的难问题了。诗人和小说家的做这问题者,也比在大陆诸国出现得更其早。英文学的特色,是纯艺术的色采不及法兰西文学那样浓厚,无论在什么时代,宗教上政治上社会上的实际问题和文学,总有着紧密的关系的事,也是这原因之一罢。最先,为要拥护劳动者的主张,则有大叫普通选举的 Chartist(译者注:一八四〇年顷英国的改进派)一派的运动;和那运动关联着,从前世纪的中叶起,在论坛,已出了嘉勒尔的《过去和现在》Chartism,《后日评论》(Latter—Day Pamphlet)等,洛司庚也抛了艺术批评的笔,将寄给劳动者的尺牍 Fors Clavigera 和 Unto This Las 之类发表了。在诗坛,则自己便是劳动者的诗人玛缓(Gerald Massey)以及在 Cry of Children(《孩子的呼号》)中,为少年劳动者洒了同情之泪的勃朗宁夫人的出现,也都是始于十九世纪的中叶的。

但是,在纯然的创作这方面,最先描写了这劳动问题的名作是庚斯莱(Charles Kingsley)的小说《酵母》(Yeast. 1848)和《亚勒敦洛克》(Alton Locke. 1850)。当时的社会改造说,本来还不是后来得了势力的马克斯一流的物质论,而是以道德宗教的思想为根蒂的旧式的东西,所以庚斯莱在这二大作品中所要宣传者,也仍不外乎在当时的英吉利有着势力的基督教社会主义;就是属于摩理思和嘉勒尔等的思想系统的形而上底东西。

因为物价的飞涨,工钱的低廉,作工时间的延长,就业的不易等各样的原因,当时的英国的劳动者,陷在非常的苦境里,对于地主及资本家的一般的反抗心气,正到了白热度了。这不安的社会状态,至千八百四十八年,又因了对岸的法兰西的二次革命,而增加了更盛的气势。庚斯莱的这两部书,就是精细地写出劳动阶级的苦况,先告诉于正义和人道的。在那根本思想上,已和今日的唯物底的社会主义基础颇不同,以文艺作品而论,其表现上,旧时代的罗曼的色采也还很浓重。尤其是《酵母》这一部,是描写荒废了的田园的生活和农民的窘状的,其中如主要人物称为兰思洛德的青年,出外游猎,受了伤,在寺门前为美丽的富家女所救,于是两人遂至于相爱这些场面,较之以走入穷涂了的今人的生活为基础的现代文学,那相差很辽远。而且别一面,和这罗曼的趣味一同,又想将社会改造的主张,过于露骨地织进著作里去,于是就很有了不调和,不自然;将所谓"问题"小说的缺点,暴露无余了。不但以艺术品论,是失败之作,即为宣传主义计,似乎力量也并不强。从今日看来,这书在当时得了极好的批评者,无非全因为运用了那时的焦眉之急的问题,一时底地耸动了世人的视听罢了。

和这比较起来,《亚勒敦洛克》这一部,是通体全都佳妙得多的作品。这一部不是农民生活,乃是写伦敦的劳动阶级的境遇,细叙贫民窟的生活的。较之《酵母》,更近于写实,以小说而论,也已成功。书的写法,是托之成衣店的工人亚勒敦洛克的自传。从他出世起,进叙其和在一个画院里所熟识的大学干事的女儿的恋爱;其后因为用了口舌笔墨,狂奔于劳动运动的宣传,被官宪看作发生于或一地方的暴动的煽动者,受了三年的禁锢。于是悟到社会改造的大业,须基督才能成就;一面又因失恋的结果,遂为周围的情势所迫,想迁到美国的狄克萨斯州去。迨将在目的地上陆之前,在船中得了病,死去了。书即是至死为止的悲惨的生涯的记录。倘说是纯粹的小说,则侧重宣传的事,也写得太分明了,但作者却还毫不为意的说道,"单为娱乐起见,来读我的小说的人们,请将这一章略掉罢。"(第十章)

三 近代文学,特是小说

　　然而从此庚斯莱这些人更近于我们的新时代的文学中,来一想那运用劳动对资本的问题的大作,则应当首先称举者,该是法兰西的左拉(E. Zola)的《发生》(*Germinal*. 1885)罢。这不独是左拉一生的大作,而且欧洲劳动社会所读的小说,相传也没有比这书更普遍的。作者将自己热心地研究,观察所得的事实,作为基址,以写煤矿工人的悲惨的地狱生活;将工人一边的首领兰推这人,反抗那横暴的资本家的压制的惨剧,用了极精致的自然派照例的笔法,描写出来。那叙述矿工的丑秽而残忍,几乎不像人间的生活这些处所,倘在日本,是早不免发卖禁止了的。或人评这部书,以为是将但丁《神曲》中地狱界的惨酷,加以近代化的东西,却是有趣的话。还有同人的《工作》(*Travail*. 1901),也记资本主义的暴虐,专横的富豪的家庭生活的混乱的,一面则写一个叫作弗罗蒙的出而竞争的人,以资本和劳动的真的互相提携,而设立起来的工厂的旺盛。用了这两面的明白的对照,作者就将自己的社会改造的理想,乃在后一面的事,表示出来了。(左拉并非如或一部分的批评家所误信似的单是纯客观描写的作家,在他背后,却有很大的理想主义在,在这些书上就可见。)

　　在英吉利文学这一面,和左拉的《发生》几乎同时发现,单以小说而论,其事情的变化既多,而场面又热闹者,则是吉洵(G. Gissing)的《平民》(*Demos, A Story of English Socialism*. 1886)。有一个不像小家出身的,高尚而大方的女儿叫安玛;而苗台玛尔是在勤俭严正的家庭里长大的社会主义者,和她立了婚约。但这社会主义者后来承继了叔父的遗产,开起铁工厂来,事情很顺手,于是成为富户了;为工人计,也造些干净的小屋,也设立了购买联合和公开讲演会之类。然而一到这地步,富翁脾气也就自然流露出来,弃了立过婚约的安玛，去和别的大家女结婚。但是，不幸而这结婚生活终于陷入悲境，财产也失掉了。苗台玛尔的成为候补议员，也非出于社会党，而却从别的党派选出。因为这种种事，失了人心，有一回，在哈特派克遭了暴徒的袭击，仅仅逃得一条命。为避难计，他跳进一家的房屋中，则其中的一间，偶然却是安玛的住室。他想探一探暴徒的情形，就从这里的窗洞伸出头去；这时候，恰巧飞来一颗石子，头上就受了很重的伤，终于在先前薄幸地捐弃了的安玛的尽心护视之下，死去了：这是那长篇的概略。

专喜欢用穷苦生活来做题目的吉洵的著作中，并非这样的劳动问题，而单将工人工女的实际，写实底地描写出来的，例如 *Thyrza* 一类的东西，另外还有。西洋近代的小说，而以劳动者的生活和贫富悬隔的问题等作为材料者（例如用美国的工业中心地芝加各为背景，写工人的惨状，一时风靡了英美读书界的 Upton Sinclair 的 *The Jungle* 之类，）几乎无限。单是有关于这劳动对资本的冲突问题的作品，也就不止十种二十种罢。其中如英国的 William Tirebuck 之作 *Miss Grace of All Souls*，成于美国一个匿名作家之笔的 *The Breadwinners* 以及 Mary Foote 女士的 *Coeur d'Alène*，用纽约的饭店侍者的同盟罢工作为骨子的 Francis R. Stockton 的 *The Hundredth Man* 等，就都是描写同盟罢工而最得成功的通俗小说。

四　描写同盟罢工的戏曲

复次，在戏曲一方面，以同盟罢工为主题的作品中，最有名的是蒿普德曼（Gerhard Hauptmann）的杰作，描写那希垒细亚的劳动者激烈的反抗的《织工》（*Die Weber*），这是历来好几回，由德文学的专门家介绍于我国了的，所以在这里也无庸再说罢。毕仑存（B. Bjoernson）的《人力以上》，则仅记得单是那前篇曾经森鸥外氏译出，收在《新一幕物》里；那后篇，虽然不及前篇的牧师山格那样，但也以理想家而是他的儿子和女儿为中心，将职工对于资本家荷勒该尔的反抗运动当作主题的。在英吉利文学，则梭惠坤（Githa Sowerby）的 *Rutherford and Son* 也是以罢工作为背景的戏剧；弗兰希斯（J. O. Francis）的 *Change* 亦同。还有摩尔（G. Moore）的 *The Strike at Arlingford* 则写诗人而且社会主义者的 John Reid 在同盟罢业的纷扰中，受了恋爱的纠葛和金钱问题的夹攻，终至于失败而服毒的悲剧；以作品而论，是不及毕仑存的。这些之外，又有美国盛行一时的作家克拉因（Ch. Klein）的 *The Daughters of Men*。西班牙现存作家罗特里该士（I. F. Rodriguez）的 *El Pan del Pobre*（《穷人的面包》），迭扇多（Joaquin Di cento）的著作 *Juan José*，丹麦培克斯试伦（H. Bergstroem）的 *Lynggaard and Co.*，法兰西勃里欧的 *Les Bienfaiteurs*（《慈善家》）等，殆有不遑枚举之多，但以剧而言，为最佳之作，而足与蒿普德曼的《织工》比肩的东西，则是英国现代最大的戏剧作家戈尔斯华绥的《争斗》（*The Strife*）。

《争斗》是描写武莱那塞锡器公司的同盟罢工的。公司的总务长约翰安多尼，是一个专横，刚愎，贪婪无厌的人。工人的罢工已经六个月了，他却冷冷地看着他们的妻子的啼饥，更是一毫一厘的让步的意思也没有。而对抗着的工人那一面的首领，又是激烈的革命主义者大卫罗拔兹。剧本便将这利害极端地相反，——但在那彻底的态度上，两面却又有一脉相通的两个人物，作为中心而舒展开来。居这两个强力的中间的，是已经因为两面的冲突而疲弊困惫了的罢工工人，以及劳动联合的干事。那一面，有重要人员从伦敦来，开会协议，则工人这一面也就另外开会，商量调停的方法。恰巧略略在先，罗拔兹的妻因为冻饿而死掉了。工人们中，本来早有一部分就暗暗地不以矫激的罗拔兹的主张为然的，待到知道了这变故，这些人便骤然得了势力，终于大家决议，允以几个条件之下，妥协开工。工人们这一面便带了这决议案，去访公司的重要人员去。而那一面也已经开过会议，那结果，是冥顽的总务长安多尼因为彻底地反对调停,恰已辞职了。

本是冲突中心人物的两面的大将,都已这样地败灭了。当第三幕的最末,那枉将自己的妻做了牺牲而奋斗,终至众皆叛去的罗拔兹,和被公司要人所排挤的总务长安多尼,便两人相对,各记起彼此的这运命的播弄,互相表了同情。

作者戈尔斯华绥要以这一篇来显示资本家和劳动者的冲突之无益,那自然不待言,但同时也使人尽量省察,知道在资本主义的现状之下,罢工骚扰是免无可免的事。对于问题,并不给与什么解答,但使两面都尽量地说了使说的话,尽量地做了使做的事,将这问题作为现实社会的现象之一,而提示,暴露出来。将这各样事情,在不能忘情于人生的问题的人们的眼前展开,使他们对于这大的社会问题,觉得不能置之不理,这戏曲之所以为英国社会剧的最大作品的意义即在此。许多批评家虽说戈尔斯华绥的这篇是有蒿普德曼的影响的,然而那《织工》中所有的那样煽动的处所,在这《争斗》里却毫没有。单是这一点,以沉静的思想剧而论,戈尔斯华绥的这一篇不倒是较进一步么,我想。末后的讥诮的场面,是近代现实主义的文艺的常例,故意地描写人生的冷嘲的,《织工》的结末,也现出这样的一种的讥诮来。

戈尔斯华绥的戏曲是照式照样地描出现代的社会来。像培那特萧那样,为了思想的宣传,将对话和人物不恤加以矫揉造作的地方,一点也没有。罗拔兹在劳动者集会的席上,痛骂资本家的话,总务长安多尼叙述资本家的万能,一步也不退让的演说,两面相对,使这极端地立在正反对的利害关系上的彻底的非妥协的二人的性格,活现出来。还有,总务长安多尼的女儿当罗拔兹的妻将死之际,想行些慈善来救助她,而父亲安多尼说的话是:"你是以为用了你的带着手套的手能够医好现代的难病的。"(You think with your gloved hands you can cure the troubles of the century.)这些也是对于慈善和温情主义的痛快的讽骂。

或者从算盘上，或者从感情，或者从道理，红了眼喧嚷着的劳动问题，从大的人生批评家看来，那里也就有滑稽，有人情，须髯如戟的男子的怒吼着的背后，则可以看见茌弱的女性的笑和泪；在冰冷的温情主义的隔壁，却发出有热的纯理论的叫声；在那里，是有着这些种种的矛盾的。从高处大处达观起来，观照起来，则今人的社会底生活和个人底生活，究竟见得怎样呢？文艺的作品，就如明镜的照影一般，鲜明地各式各样地将这些示给我们。那些想在文艺中，搜求当面的问题解决者，毕竟不过是俗人的俗见罢了。

原载 1925 年 1 月 6 日、13 日《京报》附刊《民众文艺周刊》第 4、5 号。

初收 1925 年 12 月北京未名社版"未名丛刊"之一《出了象牙之塔》。

十四日

日记　昙。午后衣萍来。下午往北大取薪水，计三月分者十三元，而四月分者四元也。夜成短文一篇。校《苦征》印稿。

十五日

日记　晴。午后钦文来。有麟来。下午寄小峰信并稿。晚伏园来。

忽然想到（一）

做《内经》的不知道究竟是谁。对于人的肌肉，他确是看过，但似乎单是剥了皮略略一观，没有细考校，所以乱成一片，说是凡有肌肉都发源于手指和足趾。宋的《洗冤录》说人骨,竟至于谓男女骨数不同;老仵作之谈,也有不少胡说。然而直到现在,前者还是医家的宝典,后者还是检验的南针:这可以算得天下奇事之一。

牙痛在中国不知发端于何人?相传古人壮健,尧舜时代盖未必有;现在假定为起于二千年前罢。我幼时曾经牙痛,历试诸方,只有用细辛者稍有效,但也不过麻痹片刻,不是对症药。至于拔牙的所谓"离骨散",乃是理想之谈,实际上并没有。西法的牙医一到,这才根本解决了;但在中国人手里一再传,又每每只学得镶补而忘了去腐杀菌,仍复渐渐地靠不住起来。牙痛了二千年,敷敷衍衍的不想一个好方法,别人想出来了,却又不肯好好地学:这大约也可以算得天下奇事之二罢。

康圣人主张跪拜,以为"否则要此膝何用"。走时的腿的动作,固然不易于看得分明,但忘记了坐在椅上时候的膝的曲直,则不可谓非圣人之疏于格物也。身中间脖颈最细,古人则于此斫之,臀肉最肥,古人则于此打之,其格物都比康圣人精到,后人之爱不忍释,实非无因。所以僻县尚打小板子,去年北京戒严时亦尝恢复杀头,虽延国粹于一脉乎,而亦不可谓非天下奇事之三也!

一月十五日。

我是一个讲师,略近于教授,照江震亚先生的主张,似乎也是不当署名的。但我也曾用几个假名发表过文章,后来却有人诘责我逃避责任;况且这回又带些攻击态度,所以终于署名了。但所署的也不是真名字;但也近于真名字,仍有露出讲师马脚的弊病,无法可想,只好这样罢。又为避免纠纷起见,还得声明一句,就是:我所指责的中国古今人,乃是一部分,别有许多很好的古今人不在内!然而这么一说,我的杂感真成了最无聊的东西了,要面面顾到,是能够这样使自己变成无价值。

原载 1925 年 1 月 17 日《京报副刊》。

初收 1926 年 6 月北京北新书局版《华盖集》。

作者附记未收集。

十六日

日记 晴。晚往季市寓饭。夜赴女师校同乐会。

现代文学之主潮

[日本]厨川白村

一

去今五十年前,北欧的剧圣寄信给他的最大的知己勃兰兑斯,用了照例的激越的调子,对于时势漏出愤慨和诅咒之声来。曰——

"国家是个人的灾祸。普鲁士的国力,是怎么得来的? 就因为使个人沉沦于政治底地理底形体之下的缘故。……先使人们知道精神底关系,乃是达到获得统一的唯一的路罢。只有如此,那自由的要素也许会起来。"

伊孛生写了这些话之后约半世纪,受了称为"世界战争"这铁火的洗礼,普鲁士的国家主义灭,俄罗斯的专制政治倒;偶像破坏民本自由这些近世底大思想,在千九百十九年的可贺的新春,遂和"平和"一同占了最后的胜利了。在这样的意义上,欧洲的战乱,则是世界底的思想革命的战争。这世界,比起近世最大的戏剧作家伊孛生的头脑来,至少要迟五十年。

我又想，这回的战乱，是在前世纪以来的科学万能的唯物思想走尽了路的最后，所发现出来的现实暴露的悲剧。然而在文艺，则代表着这物质主义的自然主义，早葬送在往昔里，将近十九世纪末，已经作一大回转，高唱着理想主义或神秘象征这些新思想了。思潮早转了方向，便是"科学的破产"的叫声也已不足以惊人。在政治上，美国的威尔逊（W. Wilson）的理想主义颇促世界的注意，但二三十年前，在文艺上葬掉了自然主义的理想主义，人道主义或神秘主义，却久已成为主潮了。赶在迟醒的俗众前头，诗人和艺术家，是在大战以前，从二十世纪的劈头起，就已经走着这新的道路的。

　　世上也诚有古怪的人们。一将文学比政治之类先进一二十年不足奇，有时还至于早五十年或一百年的话对他说，就显出怪讶的脸来。也有些人，全然欠缺理解，即对于东西古今的文明史所显示的这最为明白的事实，也会以为这样的事未必有，这是文学家们的夸大的。

　　新的思想和倾向，无论何时，总被时运的大势所催促，不知由来地发动起来。最初，是几乎并无什么头绪的东西，也不具合理底形式。单是渺茫不可捉摸，然而有着可惊的伟大的力的一种心气，情调，心情。是用了小巧所不能抑制禁压，而且非到了要到的处所，是决不停止的奔流激湍似的突进力。将这当作跳跃着的生命的显现看，也可以罢。于过去有所不慊，就破坏他，又神往于新的或物，勤求不已的不安焦躁之思，是做着这样心气的根本的。赶早地捉住了这心气，这心情，将这直感，将这表现，反映出来的，就是文艺。即所谓一种的"精神底冒险"（spiritual adventure）。

　　诗人艺术家的锐敏的感性，宛如风籁琴一样，和不定所从来的风相触，便奏出神来的妙音。是捉到了还未浮上时代意识的或物，赶早给以新的表现的。先前的罗马人，将那意义是豫言者的 Vates 这字，转用于诗人，确有深的意味在。

二

我相信，欧洲文学因为世界战乱而受了直接的影响，现在就要走向新的道路的事，是断乎没有的。我想，不过向着战前早经跨进一步了的神秘思想，理想主义，人道主义的路，更添了新的力而进行而已罢。因为当一般俗众沉溺于肉的时候，诗人和艺术家在战前就早已想探那灵界的深渊；因为埋掉了执滞于现实而不遑他顾的物质万能的自然主义，两脚确固地踏住了现实的地，他们先驱者的眼睛，已经高高地达到理想之境了。

前世纪末以来在欧洲的文坛上闳远地作响者，是想要脱离物质主义的束缚的"心灵解放"的声音。使战后的文学更增一层这主潮的力，更给那理想主义以一层加速度者，我想，大概就是这回的战乱的及于世上一般人心的影响罢。

这回的大战乱，是用了现代文明所有的一切的破坏力，扮演出来的悲剧。是扫除了一切虚伪和迷妄，造成使人复归于"本然的自我"的绝好机会。五十年八十年这长期间的物质底努力所筑成的许多东西，全都破坏，使欧洲人觉到了那功利唯物主义的空而又空。正如一个人，在垂死之际，或者置身于大悲哀大苦恼中时，便收了平时奔放着的心，诚实地思索人生，省察自己一样，当大扰乱大战役之后，用了镇定而且沉着的态度试来一考究"生的问题"的倾向，萌发于人心中者，也正是事理之常。即使不举先前的老例，就在从法兰西革命后以至自然主义勃兴时代的欧洲的民心，便分明地现着这样的倾向。当这回战乱时候，也早有许多人豫言过宗教上要兴起新信仰，或则高唱宗教底精神的复活。威尔士的《勃立忒林氏的洞观》(*Mr. Britling Sees it Through*)，《神，莫见的王》这些著作，很惹时人注目一面则神秘思想的倾向愈加显著；终于乃即对于洛俱(Oliver Lodge)和陀尔(Conan Doyle)之流的幽明交信之说，倾听的人们也日见其多了。

我已经在别一机会说过,当战乱间欧洲文坛实有秋风落莫之感。就一一的作品看来,可传不朽的大的艺术品极其少。但是,这样地进行一时受了阻止的文学,和战后的上文所说似的民心的新倾向相呼应,在战前以来的新理想主义上,将更添一层精采,则大概可以盼望的罢。

三

日本虽说是参加战事了,但这大战乱的苦患,却几乎没有尝到。倒是将这当作意外的好机会,赚了一点点钱,高兴了的人们颇不少。所以要说这回的战争对于日本将来的文学,会给与,或则助成什么新倾向,那自然是不能的。有如那民本主义的思想,虽然作为战争的直接的影响,将很大的影响给与我国一般的思想界,在文坛上,则早在十年前,当自然主义盛行的时候,已经是许多人们宣传过的陈腐的东西了。无非这就以战争为机会,惹了一般民众的注意而已;日本的文学,是一直在前;就俨然带着民本化的民众艺术的性质的。就这一点而言,文坛确乎要比政治界之类早十年或五年。

但是,我将战争的直接影响这些事撇开,对于日本文坛的现在和将来,还有几样感想。

在或一时代的文学上,一定可以看见两派潮流的。对于成为本流,成为主潮这一面的倾向,别有成为逆流,成为潜流而运行的流派。这一面,要向现实的中心突进,肉薄而达到那核仁的力愈强,则在那一面,和这正相反,对于现世生活想超越和逃避的要求也愈盛。这两者一看似乎相矛盾,相背驰,而常是共立同存的事,在文艺史的研究者,是极有兴味的现象。我以为可以姑且称其一为文艺的求心底倾向,其他为远心底倾向。每一时代,这一面方是主潮本流之间,则那一派作为逆流或潜流而存在;一进其次的时代,潜流于是代起,便成为本流主潮了。

将东西的文艺史上屡见的这现象,移在我国近时的文坛上一想,则在可以称为自然主义全盛期的时候,别一面,就有倾向正相反的夏目漱石氏(尤其是那初期的作品)一派的艺术起来,和竭力要肉薄那现实生活的核仁的文坛的主潮完全正反对,鼓吹着余裕低徊的趣味,现出对于现实生活的远心底逃避底倾向。这一事,是其间有着深的意味的。就是一到其次的时代,这潜流即成为本流而出现,超越了现实生活的逃避底远心底的文学,分明见得竟成了近时文坛的本流了。

看看新出的新作家的作品,分明是不切于现实生活的居多。一时成了文坛的口号的所谓"触着"之类的事,似乎全然忘却了。自然主义的特色的那肉底生活的描写,已经废止,更进一步而变了心理描写的精致的解剖,那是看得出来的;但是作家的态度,总使人觉得对于现实生活是很舒缓的超越底远心底的模样。即使不来列举各个作家和作品的名,大约平素留心于新出小说的人,都该觉得的罢。我并非说:这样的倾向是不行的。倒以为是在走穷了的自然主义时代的现实底倾向之后,正该接着起来的当然的推移和反动。惟执此比彼,则觉得这变迁过于迅速地从这极端跑到那极端,文坛上昨是今非的变化之急激,是在今还是惊绝的。

我们日本人的生活,比起西洋人的来,总缺少热和力。一切都是微温,又不彻底。自然主义的现实底倾向,也没有西洋那样猛烈的彻底的东西,因此接着起来的倾向,也是热气很少的高蹈底享乐底态度的东西;要想更加深入,踏进幽玄的神秘思想的境地之类的事,恐怕盼不到。因为必须是曾经淹溺于极深极深的肉的极底下者,这才能活在灵里的。

和这问题相关联,还有想到的事,是日本近时的文坛和民众的思想生活,距离愈去愈远了。换了话说,就是文艺的本来的职务,是在作为文明批评社会批评,以指点向导一世,而日本近时的文艺没有想尽这职务。是非之论且不管，即以职务这一点而论，倒反觉得自然主义全盛时间，在态度上却较为恳切似的。英法的文学，向来都和社会上政治上的问题密接地关系着，不待言了；至于俄德的近代文学，则极明显地运用着这些问题的很不少，其中竟还有因此而损了真的艺术底价值的东西呢。倘没有罗马诺夫（Romanov）王家的恶政，则都介涅夫，托尔斯泰，陀思妥夫斯奇，也都未必会留下那些大著作了罢。战后的西洋文学，大约要愈加人道主义地，又在广义的道德底和宗教底地，都要作为"人生的批评"，而和社会增加密接的关系罢。独有日本的文坛，却依然不肯来做文化的指导者和批评家么？就要在便宜而且浅薄的享乐底逃避底倾向里，永远安住下去么？

这也是《出了象牙之塔》里的一篇，还是一九一九年一月作。由现在看来，世界也没有作者所豫测似的可以乐观，但有几部分却是切中的。又对于"精神底冒险"的简明的解释，和结末的对于文学的见解，也很可以供多少人的参考，所以就将他翻出来了。

一月十六日。

原载 1925 年 1 月 20 日《京报》附刊《民众文艺周刊》第 6 号。

初收 1925 年 12 月北京未名社版"未名丛刊"之一《出了象牙之塔》。

译后附记未收集。

十七日

日记 晴。上午得三弟信，十日发。午后衣萍来。夜有麟来。得李遇安信。

忽然想到（二）

校着《苦闷的象征》的排印样本时，想到一些琐事——

我于书的形式上有一种偏见，就是在书的开头和每个题目前后，总喜欢留些空白，所以付印的时候，一定明白地注明。但待排出寄来，却大抵一篇一篇挤得很紧，并不依所注的办。查看别的书，也一样，多是行行挤得极紧的。

较好的中国书和西洋书，每本前后总有一两张空白的副页，上下的天地头也很宽。而近来中国的排印的新书则大抵没有副页，天地头又都很短，想要写上一点意见或别的什么，也无地可容，翻开书来，满本是密密层层的黑字；加以油臭扑鼻，使人发生一种压迫和窘促之感，不特很少"读书之乐"，且觉得仿佛人生已没有"余裕"，"不留余地"了。

或者也许以这样的为质朴罢。但质朴是开始的"陋"，精力弥满，不惜物力的。现在的却是复归于陋，而质朴的精神已失，所以只能算窳败，算堕落，也就是常谈之所谓"因陋就简"。在这样"不留余地"空气的围绕里，人们的精神大抵要被挤小的。

外国的平易地讲述学术文艺的书，往往夹杂些闲话或笑谈，使文章增添活气，读者感到格外的兴趣，不易于疲倦。但中国的有些译本，却将这些删去，单留下艰难的讲学语，使他复近于教科书。这正如折花者，除尽枝叶，单留花朵，折花固然是折花，然而花枝的活气却灭尽了。人们到了失去余裕心，或不自觉地满抱了不留余地心时，这民族的将来恐怕就可虑。上述的那两样，固然是比牛毛还细小的事，但究竟是时代精神表现之一端，所以也可以类推到别样。例如现在器具之轻薄草率（世间误以为灵便），建筑之偷工减料，办事之敷衍一时,不要"好看",不想"持久",就都是出于同一病源的。即再用这来类推更大的事,我以为也行。

一月十七日。

原载 1925 年 1 月 20 日《京报副刊》。

初收 1926 年 6 月北京北新书局版《华盖集》。

十八日

日记 晴。星期休息。午后孙席珍来。下午钦文,伏园来。

雪

暖国的雨,向来没有变过冰冷的坚硬的灿烂的雪花。博识的人们觉得他单调,他自己也以为不幸否耶?江南的雪,可是滋润美艳之至了;那是还在隐约着的青春的消息,是极壮健的处子的皮肤。雪野中有血红的宝珠山茶,白中隐青的单瓣梅花,深黄的磬口的蜡梅花;雪下面还有冷绿的杂草。胡蝶确乎没有;蜜蜂是否来采山茶花和梅花的蜜,我可记不真切了。但我的眼前仿佛看见冬花开在雪野中,有许多蜜蜂们忙碌地飞着,也听得他们嗡嗡地闹着。

孩子们呵着冻得通红,像紫芽姜一般的小手,七八个一齐来塑雪罗汉。因为不成功,谁的父亲也来帮忙了。罗汉就塑得比孩子们高得多,虽然不过是上小下大的一堆,终于分不清是壶卢还是罗汉。然而很洁白,很明艳,以自身的滋润相粘结,整个地闪闪地生光。孩子们用龙眼核给他做眼珠,又从谁的母亲的脂粉奁中偷得胭脂来涂在嘴唇上。这回确是一个大阿罗汉了。他也就目光灼灼地嘴唇通红地坐在雪地里。

第二天还有几个孩子来访问他；对了他拍手，点头，嘻笑。但他终于独自坐着了。晴天又来消释他的皮肤，寒夜又使他结一层冰，化作不透明的水晶模样；连续的晴天又使他成为不知道算什么，而嘴上的胭脂也褪尽了。

但是，朔方的雪花在纷飞之后，却永远如粉，如沙，他们决不粘连，撒在屋上，地上，枯草上，就是这样。屋上的雪是早已就有消化了的，因为屋里居人的火的温热。别的，在晴天之下，旋风忽来，便蓬勃地奋飞，在日光中灿灿地生光，如包藏火焰的大雾，旋转而且升腾，弥漫太空，使太空旋转而且升腾地闪烁。

在无边的旷野上，在凛冽的天宇下，闪闪地旋转升腾着的是雨的精魂……

是的，那是孤独的雪，是死掉的雨，是雨的精魂。

一九二五年一月十八日。

原载 1925 年 1 月 26 日《语丝》周刊第 11 期，副题作《野草之八》。

初收 1927 年 7 月北京北新书局版"乌合丛书"之一《野草》。

十九日

日记 晴。上午得李庸倩自黄埔所寄照片。夜有麟来。

二十日

日记 晴。下午寄许钦文，陶璇卿信。夜服补写丸二粒。

咬嚼之余

我的一篇《咬文嚼字》的"滥调",又引起小麻烦来了,再说几句罢。

我那篇的开首说:"以摆脱传统思想之束缚……"

第一回通信的某先生似乎没有看见这一句,所以多是枝叶之谈,况且他大骂一通之后,即已声明不管,所以现在也不在话下。

第二回的潜源先生的通信是看见那一句的了,但意见和我不同,以为都非不能"摆脱传统思想之束缚……"。各人的意见,当然会各式各样的。

他说女名之所以要用"轻靓艳丽"字眼者,(一)因为"总常想知道他或她的性别"。但我却以为这"常想"就是束缚。小说看下去就知道,戏曲是开首有说明的。(二)因为便当,譬如托尔斯泰有一个女儿叫作 Elizabeth Tolstoi,全译出来太麻烦,用"妥娜丝苔"就明白简单得多。但假如托尔斯泰还有两个女儿,叫做 Mary Tolstoi et Hilda Tolstoi,即又须别想八个"轻靓艳丽"字样,反而麻烦得多了。

他说 Go 可译郭,Wi 可译王,Ho 可译何,何必故意译做"各""旺""荷"呢?再者,《百家姓》为什么不能有伟力?但我却以为译"郭""王""何"才是"故意",其游魂是《百家姓》;我之所以诧异《百家姓》的伟力者,意思即见前文的第一句中。但来信又反问了,则又答之曰:意思即见前文第一句中。

再说一遍罢,我那篇的开首说:"以摆脱传统思想之束缚……"。所以将翻译当作一种工具,或者图便利,爱折中的先生们是本来不在所讽的范围之内的。两位的通信似乎于这一点都没有看清楚。

末了,我对于潜源先生的"末了"的话,还得辩正几句。(一)我自己觉得我和三苏中之任何一苏,都绝不相类,也不愿意比附任何古人,或者"故意"凌驾他们。倘以某古人相拟,我也明知是好意,但总是满身不舒服,和见人使 Gorky 姓高相同。(二)其实《呐喊》并不风行,其所以略略流行于新人物间者,因为其中的讽刺在表面上似乎大抵针对旧社会的缘故,但使老先生们一看,恐怕他们也要以为"吹敲""苛责",深恶而痛绝之的。(三)我并不觉得我有"名",即使有之,也毫不想因此而作文更加郑重,来维持已有的名,以及别人的信仰。纵使别人以为无聊的东西,只要自己以为有聊,且不被暗中禁止阻碍,便总要发表曝露出来,使厌恶滥调的读者看看,可以从速改正误解,不相信我。因为我觉得我若专讲宇宙人生的大话,专刺旧社会给新青年看,希图在若干人们中保存那由误解而来的"信仰",倒是"欺读者",而于我是苦痛的。

一位先生当面,一位通信,问我《现代评论》里面的一篇《鲁迅先生》,为什么没有了。我一查,果然,只剩了前面的《苦恼》和后面的《破落户》,而本在其间的《鲁迅先生》确乎没有了。怕还有同样的误解者,我在此顺便声明一句:我一点不知道为什么。

假如我说要做一本《妥娜丝苔传》,而暂不出版,人便去质问托尔斯泰的太太或女儿,我以为这办法实在不很对,因为她们是不会知道我所玩的是什么把戏的。

一月二十日。

原载 1925 年 1 月 22 日《京报副刊》。

初收 1935 年 5 月上海群众图书公司版《集外集》。

二十一日

日记 昙。上午陈子良来。午后有麟来。夜衣萍来。伏园来。服仁丹廿。

二十二日

日记 昙。上午得高歌信,十八日开封发。同母亲往伊藤医寓治牙。往东亚公司买『近代恋愛観』一本,泉二。午后游小市,买《轰天雷》一本,铜泉十枚。下午许钦文来并赠酒二瓶。伏园来。夜收《小说月报》一本。

二十三日

日记 晴。下午收《东方杂志》一本。往留黎厂买石印王荆公《百家唐诗选》一部八本,泉二元四角。夜有麟来并赠瓯柑十六枚,鲫鱼二尾。李慎斋来并交所代领奉泉百九十八元,是为前年之七月及八月分。

二十四日

日记 晴。旧历元旦也,休假。自午至夜译《出了象牙之塔》两篇。

风 筝

北京的冬季,地上还有积雪,灰黑色的秃树枝丫叉于晴朗的天空中,而远处有一二风筝浮动,在我是一种惊异和悲哀。

故乡的风筝时节,是春二月,倘听到沙沙的风轮声,仰头便能看见一个淡墨色的蟹风筝或嫩蓝色的蜈蚣风筝。还有寂寞的瓦片风筝,没有风轮,又放得很低,伶仃地显出憔悴可怜模样。但此时地上的杨柳已经发芽,早的山桃也多吐蕾,和孩子们的天上的点缀相照应,打成一片春日的温和。我现在在那里呢?四面都还是严冬的肃杀,而久经诀别的故乡的久经逝去的春天,却就在这天空中荡漾了。

但我是向来不爱放风筝的,不但不爱,并且嫌恶他,因为我以为这是没出息孩子所做的玩艺。和我相反的是我的小兄弟,他那时大概十岁内外罢,多病,瘦得不堪,然而最喜欢风筝,自己买不起,我又不许放,他只得张着小嘴,呆看着空中出神,有时至于小半日。远处的蟹风筝突然落下来了,他惊呼;两个瓦片风筝的缠绕解开了,他高兴得跳跃。他的这些,在我看来都是笑柄,可鄙的。

有一天,我忽然想起,似乎多日不很看见他了,但记得曾见他在后园拾枯竹。我恍然大悟似的,便跑向少有人去的一间堆积杂物的小屋去,推开门,果然就在尘封的什物堆中发见了他。他向着大方凳,坐在小凳上;便很惊惶地站了起来,失了色瑟缩着。大方凳旁靠着一个胡蝶风筝的竹骨,还没有糊上纸,凳上是一对做眼睛用的小风轮,正用红纸条装饰着,将要完工了。我在破获秘密的满足中,又很愤怒他的瞒了我的眼睛,这样苦心孤诣地来偷做没出息孩子的玩艺。我即刻伸手折断了胡蝶的一支翅骨,又将风轮掷在地下,踏扁了。论长幼,论力气,他是都敌不过我的,我当然得到完全的胜利,于是傲然走出,留他绝望地站在小屋里。后来他怎样,我不知道,也没有留心。

然而我的惩罚终于轮到了,在我们离别得很久之后,我已经是中年。我不幸偶而看了一本外国的讲论儿童的书,才知道游戏是儿童最正当的行为,玩具是儿童的天使。于是二十年来毫不忆及的幼小时候对于精神的虐杀的这一幕,忽地在眼前展开,而我的心也仿佛同时变了铅块,很重很重的堕下去了。

但心又不竟堕下去而至于断绝,他只是很重很重地堕着,堕着。

我也知道补过的方法的:送他风筝,赞成他放,劝他放,我和他一同放。我们嚷着,跑着,笑着。——然而他其时已经和我一样,早已有了胡子了。

我也知道还有一个补过的方法的:去讨他的宽恕,等他说,"我可是毫不怪你呵。"那么,我的心一定就轻松了,这确是一个可行的方法。有一回,我们会面的时候,是脸上都已添刻了许多"生"的辛苦的条纹,而我的心很沉重。我们渐渐谈起儿时的旧事来,我便叙述到这一节,自说少年时代的胡涂。"我可是毫不怪你呵。"我想,他要说了,我即刻便受了宽恕,我的心从此也宽松了罢。

"有过这样的事么?"他惊异地笑着说,就像旁听着别人的故事一样。他什么也不记得了。

全然忘却,毫无怨恨,又有什么宽恕之可言呢?无怨的恕,说谎罢了。

我还能希求什么呢?我的心只得沉重着。

现在,故乡的春天又在这异地的空中了,既给我久经逝去的儿时的回忆,而一并也带着无可把握的悲哀。我倒不如躲到肃杀的严冬中去罢,——但是,四面又明明是严冬,正给我非常的寒威和冷气。

一九二五年一月二十四日。

原载 1925 年 2 月 2 日《语丝》周刊第 12 期,副题作《野草之九》。

初收 1927 年 7 月北京北新书局版"乌合丛书"之一《野草》。

二十五日

日记 晴。星期休息。治午餐邀陶璇卿,许钦文,孙伏园,午前皆至,钦文赠《晨报增刊》一本。母亲邀俞小姐姊妹三人及许小姐,王小姐午餐,正午皆至也。夜译文一篇。

二十六日

日记 晴,风。[休]假。午后子佩来。下午至夜译文三篇。有麟来。

二十七日

日记 晴。休假。午后衣萍来。得三弟信,二十日发。

二十八日

日记 晴。上午寄马幼渔信。午后品青,衣萍来并赠汤圆三十。下午伏园来。晚寄三弟信。寄李遇安信。寄李小峰信并校正稿及图版。夜译白村氏《出了象牙之塔》二篇。作《野草》一篇。

好的故事

灯火渐渐地缩小了,在预告石油的已经不多;石油又不是老牌,早熏得灯罩很昏暗。鞭爆的繁响在四近,烟草的烟雾在身边:是昏沉的夜。

我闭了眼睛,向后一仰,靠在椅背上;捏着《初学记》的手搁在膝髁上。

我在蒙胧中,看见一个好的故事。

这故事很美丽,幽雅,有趣。许多美的人和美的事,错综起来像一天云锦,而且万颗奔星似的飞动着,同时又展开去,以至于无穷。

我仿佛记得曾坐小船经过山阴道,两岸边的乌桕,新禾,野花,鸡,狗,丛树和枯树,茅屋,塔,伽蓝,农夫和村妇,村女,晒着的衣裳,和尚,蓑笠,天,云,竹,……,都倒影在澄碧的小河中,随着每一打桨,各各夹带了闪烁的日光,并水里的萍藻游鱼,一同荡漾。诸影诸物,无不解散,而且摇动,扩大,互相融和;刚一融和,却又退缩,复近于原形。边缘都参差如夏云头,镶着日光,发出水银色焰。凡是我所经过的河,都是如此。

现在我所见的故事也如此。水中的青天的底子,一切事物统在上面交错,织成一篇,永是生动,永是展开,我看不见这一篇的结束。

河边枯柳树下的几株瘦削的一丈红,该是村女种的罢。大红花和斑红花,都在水里面浮动,忽而碎散,拉长了,如缕缕的胭脂水,然而没有晕。茅屋,狗,塔,村女,云,……也都浮动着。大红花一朵朵全被拉长了,这时是泼刺奔进的红锦带。带织入狗中,狗织入白云中,白云织入村女中……。在一瞬间,他们又将退缩了。但斑红花影也已碎散,伸长,就要织进塔,村女,狗,茅屋,云里去。

现在我所见的故事清楚起来了,美丽,幽雅,有趣,而且分明。青天上面,有无数美的人和美的事,我一一看见,一一知道。

我就要凝视他们……。

我正要凝视他们时,骤然一惊,睁开眼,云锦也已皱蹙,凌乱,仿佛有谁掷一块大石下河水中,水波陡然起立,将整篇的影子撕成片片了。我无意识地赶忙捏住几乎坠地的《初学记》,眼前还剩着几点虹霓色的碎影。

我真爱这一篇好的故事,趁碎影还在,我要追回他,完成他,留下他。我抛了书,欠身伸手去取笔,——何尝有一丝碎影,只见昏暗的灯光,我不在小船里了。

但我总记得见过这一篇好的故事,在昏沉的夜……。

一九二五年二月二十四日。

原载 1925 年 2 月 9 日《语丝》周刊第 13 期,副题作《野草之十》。

初收 1927 年 7 月北京北新书局版"乌合丛书"之一《野草》。

二十九日

日记　大雪。上午得孙席珍信并诗。午晴,风。晚有麟来。

三十日

日记　晴。夜有麟来,取文稿去。

三十一日

日记　晴。午后钦文来。下午收《东方杂志》一本。晚伏园来。衣萍来。夜有麟同吕蕴儒来。

二月

一日

日记 晴。星期休息。晚衣萍,小峰同惠迭〔迪〕来。夜伏园来。

二日

日记 晴。上午得李庸倩信片,一月十六日发。肋间神经痛作。

三日

日记 晴。上午往师大取去年一月分余薪三元,二月全份三十六元,又三月分者十五元。略游厂甸。在松云阁买鸮尊一,泉一;又铜造象一,泉十,后有刻文云"造像信士周科妻胡氏"。买《罗丹之艺术》一本,一元七角。夜有麟来。

四日

日记 昙,午晴。钦文来。夜校小峰译文讫。

五日

日记 昙。下午寄小峰信并校稿。夜衣萍来。有麟来。伏园来。

六日

日记 昙。无事。

再论雷峰塔的倒掉

从崇轩先生的通信(二月份《京报副刊》)里,知道他在轮船上听到两个旅客谈话,说是杭州雷峰塔之所以倒掉,是因为乡下人迷信那塔砖放在自己的家中,凡事都必平安,如意,逢凶化吉,于是这个也挖,那个也挖,挖之久久,便倒了。一个旅客并且再三叹息道:西湖十景这可缺了呵!

这消息,可又使我有点畅快了,虽然明知道幸灾乐祸,不像一个绅士,但本来不是绅士的,也没有法子来装潢。

我们中国的许多人,——我在此特别郑重声明:并不包括四万万同胞全部!——大抵患有一种"十景病",至少是"八景病",沉重起来的时候大概在清朝。凡看一部县志,这一县往往有十景或八景,如"远村明月""萧寺清钟""古池好水"之类。而且,"十"字形的病菌,似乎已经侵入血管,流布全身,其势力早不在"!"形惊叹亡国病菌之下了。点心有十样锦,菜有十碗,音乐有十番,阎罗有十殿,药有十全大补,猜拳有全福手福手全,连人的劣迹或罪状,宣布起来也大抵是十条,仿佛犯了九条的时候总不肯歇手。现在西湖十景可缺了呵!"凡为天下国家有九经",九经固古已有之,而九景却颇不习见,所以正是对于十景病的一个针砭,至少也可以使患者感到一种不平常,知道自己的可爱的老病,忽而跑掉了十分之一了。

但仍有悲哀在里面。

其实,这一种势所必至的破坏,也还是徒然的。畅快不过是无聊的自欺。雅人和信士和传统大家,定要苦心孤诣巧语花言地再来补足了十景而后已。

无破坏即无新建设,大致是的;但有破坏却未必即有新建设。卢梭,斯谛纳尔,尼采,托尔斯泰,伊孛生等辈,若用勃兰兑斯的话来说,乃是"轨道破坏者"。其实他们不单是破坏,而且是扫除,是大呼猛进,将碍脚的旧轨道不论整条或碎片,一扫而空,并非想挖一块废铁古砖挟回家去,预备卖给旧货店。中国很少这一类人,即使有之,也会被大众的唾沫淹死。孔丘先生确是伟大,生在巫鬼势力如此旺盛的时代,偏不肯随俗谈鬼神;但可惜太聪明了,"祭如在祭神如神在",只用他修《春秋》的照例手段以两个"如"字略寓"俏皮刻薄"之意,使人一时莫明其妙,看不出他肚皮里的反对来。他肯对子路赌咒,却不肯对鬼神宣战,因为一宣战就不和平,易犯骂人——虽然不过骂鬼——之罪,即不免有《衡论》(见一月份《晨报副镌》)作家 TY 先生似的好人,会替鬼神来奚落他道:为名乎?骂人不能得名。为利乎?骂人不能得利。想引诱女人乎?又不能将蚩尤的脸子印在文章上。何乐而为之也欤?

孔丘先生是深通世故的老先生,大约除脸子付印问题以外,还有深心,犯不上来做明目张胆的破坏者,所以只是不谈,而决不骂,于是乎俨然成为中国的圣人,道大,无所不包故也。否则,现在供在圣庙里的,也许不姓孔。

不过在戏台上罢了,悲剧将人生的有价值的东西毁灭给人看,喜剧将那无价值的撕破给人看。讥讽又不过是喜剧的变简的一支流。但悲壮滑稽,却都是十景病的仇敌,因为都有破坏性,虽然所破坏的方面各不同。中国如十景病尚存,则不但卢梭他们似的疯子决不产生,并且也决不产生一个悲剧作家或喜剧作家或讽刺诗人。所有的,只是喜剧底人物或非喜剧非悲剧底人物,在互相模造的十景中生存,一面各各带了十景病。

然而十全停滞的生活,世界上是很不多见的事,于是破坏者到了,但并非自己的先觉的破坏者,却是狂暴的强盗,或外来的蛮夷。猃狁早到过中原,五胡来过了,蒙古也来过了;同胞张献忠杀人如草,而满洲兵的一箭,就钻进树丛中死掉了。有人论中国说,倘使没有带着新鲜的血液的野蛮的侵入,真不知自身会腐败到如何!这当然是极刻毒的恶谑,但我们一翻历史,怕不免要有汗流浃背的时候罢。外寇来了,暂一震动,终于请他作主子,在他的刀斧下修补老例;内寇来了,也暂一震动,终于请他做主子,或者别拜一个主子,在自己的瓦砾中修补老例。再来翻县志,就看见每一次兵燹之后,所添上的是许多烈妇烈女的氏名。看近来的兵祸,怕又要大举表扬节烈了罢。许多男人们都那里去了?

凡这一种寇盗式的破坏,结果只能留下一片瓦砾,与建设无关。

但当太平时候,就是正在修补老例,并无寇盗时候,即国中暂时没有破坏么? 也不然的,其时有奴才式的破坏作用常川活动着。

雷峰塔砖的挖去,不过是极近的一条小小的例。龙门的石佛,大半肢体不全,图书馆中的书籍,插图须谨防撕去,凡公物或无主的东西,倘难于移动,能够完全的即很不多。但其毁坏的原因,则非如革除者的志在扫除,也非如寇盗的志在掠夺或单是破坏,仅因目前极小的自利,也肯对于完整的大物暗暗的加一个创伤。人数既多,创伤自然极大,而倒败之后,却难于知道加害的究竟是谁。正如雷峰塔倒掉以后,我们单知道由于乡下人的迷信。共有的塔失去了,乡下人的所得,却不过一块砖,这砖,将来又将为别一自利者所藏,终究至于灭尽。倘在民康物阜时候,因为十景病的发发,新的雷峰塔也会再造的罢。但将来的运命,不也就可以推想而知么? 如果乡下人还是这样的乡下人,老例还是这样的老例。

这一种奴才式的破坏,结果也只能留下一片瓦砾,与建设无关。

岂但乡下人之于雷峰塔,日日偷挖中华民国的柱石的奴才们,现在正不知有多少!

瓦砾场上还不足悲,在瓦砾场上修补老例是可悲的。我们要革新的破坏者,因为他内心有理想的光。我们应该知道他和寇盗奴才的分别;应该留心自己堕入后两种。这区别并不烦难,只要观人,省己,凡言动中,思想中,含有借此据为己有的朕兆者是寇盗,含有借此占些目前的小便宜的朕兆者是奴才,无论在前面打着的是怎样鲜明好看的旗子。

一九二五年二月六日。

原载 1925 年 2 月 23 日《语丝》周刊第 15 期。

初收 1927 年 3 月北京未名社版《坟》。

七日

日记　晴。上午张凤举来，未见。得李庸倩信，一月二十二日发。夜有麟来取稿去。是日休假，云因元夜也。

咬嚼未始"乏味"

对于四日副刊上潜源先生的话再答几句：

一，原文云：想知道性别并非主张男女不平等。答曰：是的。但特别加上小巧的人工，于无须区别的也多加区别者，又作别论。从前独将女人缠足穿耳，也可以说不过是区别；现在禁止女人剪发，也不过是区别，偏要逼她头上多加些"丝苔"而已。

二，原文云：却于她字没有讽过。答曰：那是译 She 的，并非无风作浪。即不然，我也并无遍讽一切的责任，也不觉得有要讽草头丝旁，必须从讽她字开头的道理。

三，原文云："常想"真是"传统思想的束缚"么？答曰：是的，因为"性意识"强。这是严分男女的国度里必有的现象，一时颇不容易脱体的，所以正是传统思想的束缚。

四，原文云：我可以反问：假如托尔斯泰有两兄弟，我们不要另想几个"非轻靓艳丽"的字眼么？答曰：断然不必。我是主张连男女的姓也不要妄加分别的，这回的辩难一半就为此。怎么忽然又忘了？

五,原文云:赞成用郭译 Go……习见故也。答曰:"习见"和"是"毫无关系。中国最习见的姓是"张王李赵"。《百家姓》的第一句是"赵钱孙李","潜"字却似乎颇不习见,但谁能说"钱"是而"潜"非呢？

六,原文云:我比起三苏,是因为"三"字凑巧,不愿意,"不舒服",马上可以去掉。答曰:很感谢。我其实还有一个兄弟,早死了。否则也要防因为"四"字"凑巧",比起"四凶",更加使人着急。

原载 1925 年 2 月 10 日《京报副刊》。

初收 1935 年 5 月上海群众图书公司版《集外集》。

八日

日记 昙。星期休息。上午寄张凤举信。午后长虹,春台,阎宗临来。下午衣萍,曙天来。有麟来。夜伏园来,托其以校正稿寄小峰。风。

九日

日记 晴,风。午后往女师校讲。晚寄李小峰信。夜向培良来。

看镜有感

因为翻衣箱,翻出几面古铜镜子来,大概是民国初年初到北京时候买在那里的,"情随事迁",全然忘却,宛如见了隔世的东西了。

一面圆径不过二寸,很厚重,背面满刻蒲陶,还有跳跃的鼯鼠,沿边是一圈小飞禽。古董店家都称为"海马葡萄镜"。但我的一面并无海马，其实和名称不相当。记得曾见过别一面，是有海马的，但贵极，没有买。这些都是汉代的镜子；后来也有模造或翻沙者，花纹可造粗拙得多了。汉武通大宛安息，以致天马蒲萄，大概当时是视为盛事的，所以便取作什器的装饰。古时，于外来物品，每加海字，如海榴，海红花，海棠之类。海即现在之所谓洋，海马译成今文，当然就是洋马。镜鼻是一个虾蟆，则因为镜如满月，月中有蟾蜍之故，和汉事不相干了。

遥想汉人多少闳放，新来的动植物，即毫不拘忌，来充装饰的花纹。唐人也还不算弱，例如汉人的墓前石兽，多是羊，虎，天禄，辟邪，而长安的昭陵上，却刻着带箭的骏马，还有一匹驼鸟，则办法简直前无古人。现今在坟墓上不待言，即平常的绘画，可有人敢用一朵洋花一只洋鸟，即私人的印章，可有人肯用一个草书一个俗字么？许多雅人，连记年月也必是甲子，怕用民国纪元。不知道是没有如此大胆的艺术家；还是虽有而民众都加迫害，他于是乎只得萎缩，死掉了？

宋的文艺，现在似的国粹气味就熏人。然而辽金元陆续进来了，这消息很耐寻味。汉唐虽然也有边患，但魄力究竟雄大，人民具有不至于为异族奴隶的自信心，或者竟毫未想到，凡取用外来事物的时候，就如将彼俘来一样，自由驱使，绝不介怀。一到衰弊陵夷之际，神经可就衰弱过敏了，每遇外国东西，便觉得仿佛彼来俘我一样，推拒，惶恐，退缩，逃避，抖成一团，又必想一篇道理来掩饰，而国粹遂成为屠王和屠奴的宝贝。

无论从那里来的，只要是食物，壮健者大抵就无需思索，承认是吃的东西。惟有衰病的，却总常想到害胃，伤身，特有许多禁条，许多避忌；还有一大套比较利害而终于不得要领的理由，例如吃固无妨，而不吃尤稳，食之或当有益，然究以不吃为宜云云之类。但这一类人物总要日见其衰弱的，因为他终日战战兢兢，自己先已失了活气了。

不知道南宋比现今如何，但对外敌，却明明已经称臣，惟独在国内特多繁文缛节以及唠叨的碎话。正如倒霉人物，偏多忌讳一般，豁达闳大之风消歇净尽了。直到后来，都没有什么大变化。我曾在古物陈列所所陈列的古画上看见一颗印文，是几个罗马字母。但那是所谓"我圣祖仁皇帝"的印，是征服了汉族的主人，所以他敢；汉族的奴才是不敢的。便是现在，便是艺术家，可有敢用洋文的印的么？

清顺治中，时宪书上印有"依西洋新法"五个字，痛哭流涕来劾洋人汤若望的偏是汉人杨光先。直到康熙初，争胜了，就教他做钦天监正去，则又叩阍以"但知推步之理不知推步之数"辞。不准辞，则又痛哭流涕地来做《不得已》，说道"宁可使中夏无好历法，不可使中夏有西洋人。"然而终于连闰月都算错了，他大约以为好历法专属于西洋人，中夏人自己是学不得，也学不好的。但他竟论了大辟，可是没有杀，放归，死于途中了。汤若望入中国还在明崇祯初，其法终未见用；后来阮元论之曰："明季君臣以大统寖疏，开局修正，既知新法之密，而讫未施行。圣朝定鼎，以其法造时宪书，颁行天下。彼十余年辩论翻译之劳，若以备我朝之采用者，斯亦奇矣！……我国家圣圣相传，用人行政，惟求其是，而不先设成心。即是一端，可以仰见如天之度量矣！"（《畴人传》四十五）

现在流传的古镜们，出自冢中者居多，原是殉葬品。但我也有一面日用镜，薄而且大，规抚汉制，也许是唐代的东西。那证据是：一，镜鼻已多磨损；二，镜面的沙眼都用别的铜来补好了。当时在妆阁中，曾照唐人的额黄和眉绿，现在却监禁在我的衣箱里，它或者大有今昔之感罢。

但铜镜的供用，大约道光咸丰时候还与玻璃镜并行；至于穷乡僻壤，也许至今还用着。我们那里，则除了婚丧仪式之外，全被玻璃镜驱逐了。然而也还有余烈可寻，倘街头遇见一位老翁，肩了长凳似的东西，上面缚着一块猪肝色石和一块青色石，试伫听他的叫喊，就是"磨镜,磨剪刀!"

宋镜我没有见过好的,什九并无藻饰,只有店号或"正其衣冠"等类的迂铭词,真是"世风日下"。但是要进步或不退步,总须时时自出新裁,至少也必取材异域,倘若各种顾忌,各种小心,各种唠叨,这么做即违了祖宗,那么做又像了夷狄,终生惴惴如在薄冰上,发抖尚且来不及,怎么会做出好东西来。所以事实上"今不如古"者,正因为有许多唠叨着"今不如古"的诸位先生们之故。现在情形还如此。倘再不放开度量,大胆地,无畏地,将新文化尽量地吸收,则杨光先似的向西洋主人沥陈中夏的精神文明的时候,大概是不劳久待的罢。

但我向来没有遇见过一个排斥玻璃镜子的人。单知道咸丰年间,汪曰桢先生却在他的大著《湖雅》里攻击过的。他加以比较研究之后,终于决定还是铜镜好。最不可解的是:他说,照起面貌来,玻璃镜不如铜镜之准确。莫非那时的玻璃镜当真坏到如此,还是因为他老先生又带上了国粹眼镜之故呢? 我没有见过古玻璃镜。这一点终于猜不透。

一九二五年二月九日。

原载 1925 年 3 月 2 日《语丝》周刊第 16 期。

初收 1927 年 3 月北京未名社版《坟》。

十日

日记 晴。上午得李庸倩信,一月三十日发。下午寄伏园信并稿。寄北大注册部信。往留黎厂买《师曾遗墨》第四集一本,一元六角。夜得李霁野信并文稿三篇。夜作文一篇并写讫。服阿斯匹林片一。

咬文嚼字（二）

古时候，咱们学化学，在书上很看见许多"金"旁和非"金"旁的古怪字，据说是原质名目，偏旁是表明"金属"或"非金属"的，那一边大概是译音。但是，锑，镍，锡，锗，矽，连化学先生也讲得很费力，总须附加道："这回是熟悉的悉。这回是休息的息了。这回是常见的锡。"而学生们为要记得符号，仍须另外记住腊丁字。现在渐渐译起有机化学来，因此这类怪字就更多了，也更难了，几个字拼合起来，像贴在商人帐桌面前的将"黄金萬兩"拼成一个的怪字一样。中国的化学家多能兼做新仓颉。我想，倘若就用原文，省下造字的功夫来，一定于本职的化学上更其大有成绩，因为中国人的聪明是决不在白种人之下的。

在北京常看见各样好地名：辟才胡同，乃兹府，丞相胡同，协资庙，高义伯胡同，贵人关。但探起底细来，据说原是劈柴胡同，奶子府，绳匠胡同，蝎子庙，狗尾巴胡同，鬼门关。字面虽然改了，涵义还依旧。这很使我失望；否则，我将鼓吹改奴隶二字为"弩理"，或是"努礼"，使大家可以永远放心打盹儿，不必再愁什么了。但好在似乎也并没有什么人愁着，爆竹毕毕剥剥地都祀过财神了。

二月十日。

原载 1925 年 2 月 12 日《京报副刊》。
初收 1926 年 6 月北京北新书局版《华盖集》。

青年必读书

应《京报副刊》的征求

青年必 读　书	从来没有留心过， 所以现在说不出。
附 注	但我要趁这机会，略说自己的经验，以供若干读者的参考—— 　　我看中国书时，总觉得就沉静下去，与实人生离开；读外国书——但除了印度——时，往往就与人生接触，想做点事。 　　中国书虽有劝人入世的话，也多是僵尸的乐观；外国书即使是颓唐和厌世的，但却是活人的颓唐和厌世。 　　我以为要少——或者竟不——看中国书，多看外国书。 　　少看中国书，其结果不过不能作文而已。但现在的青年最要紧的是"行"，不是"言"。只要是活人，不能作文算什么大不了的事。 　　　　　　　　　　　　　　　　（二月十日。）

原载 1925 年 2 月 21 日《京报副刊》。

初收 1926 年 6 月北京北新书局版《华盖集》。

十一日

日记　晴。午后许钦文来。晚往店买茶叶及其他。衣[夜]伏园来，取译稿以去。衣萍来。有麟来并赠饼饵一合。长虹来。得三太太信。

十二日

日记　晴。休假。下午伏园,向培良,吕蕴儒来。晚王品青,小峰,衣萍,惠迭[迪]来。夜同品青,衣萍,小峰,伏园,惠迪至同和居饭。

忽然想到(三)

我想,我的神经也许有些瞀乱了。否则,那就可怕。

我觉得仿佛久没有所谓中华民国。

我觉得革命以前,我是做奴隶;革命以后不多久,就受了奴隶的骗,变成他们的奴隶了。

我觉得有许多民国国民而是民国的敌人。

我觉得有许多民国国民很像住在德法等国里的犹太人,他们的意中别有一个国度。

我觉得许多烈士的血都被人们踏灭了,然而又不是故意的。

我觉得什么都要从新做过。

退一万步说罢,我希望有人好好地做一部民国的建国史给少年看,因为我觉得民国的来源,实在已经失传了,虽然还只有十四年!

　　　　　　　　　　　　　　　　　　　二月十二日。

原载 1925 年 2 月 14 日《京报副刊》。

初收 1926 年 6 月北京北新书局版《华盖集》。

十三日

日记　晴。上午往北大取薪水四月全分,五月分六元。往东亚公司买《思想山水人物》一本,二元。晨报社送来《增刊》一本,三希帖景片三枚。夜有麟来。

十四日

日记　晴,风。上午东亚公司店员送来『露国现代の思潮及文学』一本,三元六角。晚 H 君来。得三弟信,九日发。胁痛向愈而胃痛作。

十五日

日记　晴。星期休息。下午伏园延母亲观剧。衣萍,曙天来。冯文炳来,未见,置所赠《现代评论》及《语丝》去。钦文来。收李霁野《黑假面人》译本一。

十六日

日记　昙。午后往女子师校讲并收薪水泉去年三月分者八元五角,四月分者十三元五角,五月分者五元。收《妇女杂志》一本。晚得李霁野信。夜培良来。长虹来。伏园来。大风。

忽然想到(四)

先前,听到二十四史不过是"相砍书",是"独夫的家谱"一类的话,便以为诚然。后来自己看起来,明白了:何尝如此。

历史上都写着中国的灵魂,指示着将来的命运,只因为涂饰太厚,废话太多,所以很不容易察出底细来。正如通过密叶投射在莓苔上面的月光,只看见点点的碎影。但如看野史和杂记,可更容易了然了,因为他们究竟不必太摆史官的架子。

秦汉远了,和现在的情形相差已多,且不道。元人著作寥寥。

至于唐宋明的杂史之类，则现在多有。试将记五代，南宋，明末的事情的，和现今的状况一比较，就当惊心动魄于何其相似之甚，仿佛时间的流驶，独与我们中国无关。现在的中华民国也还是五代，是宋末，是明季。

以明末例现在，则中国的情形还可以更腐败，更破烂，更凶酷，更残虐，现在还不算达到极点。但明末的腐败破烂也还未达到极点，因为李自成张献忠闹起来了。而张李的凶酷残虐也还未达到极点，因为满洲兵进来了。

难道所谓国民性者，真是这样地难于改变的么？倘如此，将来的命运便大略可想了，也还是一句烂熟的话：古已有之。

伶俐人实在伶俐，所以，决不攻难古人，摇动古例的。古人做过的事，无论什么，今人也都会做出来。而辩护古人，也就是辩护自己。况且我们是神州华胄，敢不"绳其祖武"么？

幸而谁也不敢十分决定说：国民性是决不会改变的。在这"不可知"中，虽可有破例——即其情形为从来所未有——的灭亡的恐怖，也可以有破例的复生的希望，这或者可作改革者的一点慰藉罢。

但这一点慰藉，也会勾消在许多自诩古文明者流的笔上，淹死在许多诬告新文明者流的嘴上，扑灭在许多假冒新文明者流的言动上，因为相似的老例，也是"古已有之"的。

其实这些人是一类，都是伶俐人，也都明白，中国虽完，自己的精神是不会苦的，——因为都能变出合式的态度来。倘有不信，请看清朝的汉人所做的颂扬武功的文章去，开口"大兵"，闭口"我军"，你能料得到被这"大兵""我军"所败的就是汉人的么？你将以为汉人带了兵将别的一种什么野蛮腐败民族歼灭了。

然而这一流人是永远胜利的，大约也将永久存在。在中国，惟他们最适于生存，而他们生存着的时候，中国便永远免不掉反复着先前的运命。

"地大物博，人口众多"，用了这许多好材料，难道竟不过老是演一出轮回把戏而已么？

二月十六日。

原载 1925 年 2 月 20 日《京报副刊》。

初收 1926 年 6 月北京北新书局版《华盖集》。

十七日

日记 晴。下午伏园送来译文泉卅。邵元冲，黄昌谷邀饮，晚一赴即归。

致 李霁野

霁野兄：

来信并文稿，《黑假面人》译本，又信一封，都收到了。

《语丝》是他们新潮社里的几个人编辑的。我曾经介绍过两三回文稿，都至今没有消息，所以我不想寄给他们了。《京报副刊》和《民众文艺》都可以登，未知可否，如可，以那一种为合，待回信办理。

《黑假面人》稍迟数日，看过一遍，当寄去，但商务馆一个一个的算字，所以诗歌戏剧，几乎只得比白纸稍贵而已。文中如有费解之处，再当函问，改正。

《往星中》做得较早，我以为倒好的。《黑假面人》是较与实社会接触得切近些，意思也容易明了，所以中国的读者，大约应该赞成这一部罢。《人的一生》是安特来夫的代表作，译本错处既如是之多，似乎还可以另翻一本。

鲁迅 二月十七日

十八日

日记　晴。上午寄王捷三信。寄李霁野信。午后收北京大学《国学季刊》卷一之四号一本。下午寄伏园信并稿。寄任国桢信。得李庸倩信片,东莞野营中发。晚伏园来。夜有麟来。译《出了象牙之塔》讫。

出了象牙之塔

[日本]厨川白村

一　自己表现

为什么不能再随便些,没有做作地说话的呢,即使并不俨乎其然地摆架子,并不玩逻辑的花把戏,并不抢着那并没有这么一回事的学问来显聪明,而再淳朴些,再天真些,率直些,而且就照本来面目地说了话,也未必便跌了价罢。

我读别人所写的东西,无论是日本人的,是西洋人的,时时这样想。不但如此,就是读自己所写的东西,也往往这样想。为什么要这样说法的呢? 有时竟至于气忿起来。就是这回所写的东西,到了后来,也许还要这样想的罢;虽然执笔的时候,是著著留神,想使将来不至于有这样思想的。

从早到夜,以虚伪和伶俐凝住了的俗汉自然在论外,但虽是十分留心,使自己不装假的人们,称为“人”的动物既然穿上衣服,则纵使剥了衣服,一丝不挂,看起来,那心脏也还在骨呀皮呀肉呀的里面的里面。——剥去这些,将纯真无杂的生命之火红焰焰地燃烧着的自己,就照本来面目地投给世间,真是难中的难事。本来,精神病人之中,有一种喜欢将自己身体的隐藏处所给别人看的所谓肉体曝露狂(Exhibitionist)的,然而倘有自己的心的生活的曝露狂,则我以为即使将这当作一种的艺术底天才,也无所不可罢。

我近今在学校给人讲勃朗宁(Robert Browning)的题作《再进一言》(*One Word More*)的诗,就细细地想了一回这些事。先前在学生时代,读了这诗的时候,是并没有很想过这些事的,但自从做恶文,弄滥辩,经验过一点对于世间说话的事情之后,再来读这篇著作,就有了各样正中胸怀的地方。勃朗宁做这一首诗,是将自己的诗呈献给最爱的妻,女诗人伊利沙伯巴列德(Elizabeth Barrett)的时候,作为跋歌的。那作意是这样:无论是谁,在自己本身上都有两个面。宛如月亮一般,其一面虽为世界之人所见,而其他,却还有背后的一面在。这隐蔽着的一面,是只可以给自己献了身心相爱的情人看看的。画圣拉斐罗(Raffaello)为给世间的人看,很画了几幅圣母象,但为自己的情人却舍了画笔而作小诗。但丁(Dante)做那示给世间的人们的《神曲》(*Divina Commedia*)这大著作,但在《新生》(*Vita Nova*)上所记,则当情人的命名日,却取画笔而画了一个天使图。将所谓"世间"这东西不放在眼中,以纯真的隐着的自己的半面单给自己的情人观看的时候,画圣就特意执了诗笔,诗圣就特意执了画笔,都染指于和通常惯用于自己表现的东西不同的别的姊妹艺术上。勃朗宁还说,我是不能画,也不能雕刻,另外没有技艺的,所以呈献于至爱的你的,也仍然用诗歌。但是,写了和常时的诗风稍稍两样的东西来赠给你。

情人的事姑且作为别问题。无论怎样卓绝的艺术上的天才,将真的自己赤条条地表出者,是意外地少有的。就是不论意识地或无意识地,将所谓读者呀看客呀批评家呀之类,全不放在眼中,而从事于制作的人,也极其少有。仿佛看了对手的脸色来说话似的讨人厌的模样,在专门的诗人和画家和小说家中尤其多。这结果即成了匠气,在以自己表现为生命的艺术家,就是最可厌的倾向。尤其是老练的著作家们,这人的初期作品上所有的纯真老实的处所就逐渐稀薄,生出可以说是什么气味似的东西来。我们每看作家的全集,比之小说,却在尺牍或诗歌上面更能看见其“人”;与其看时行的画家的画,倒是从这人的余技的文章中,反而发见别样的趣致。我想,这些就都由于上文所说那样的理由的。

人们用嘴来说,用笔来写的事,都是或一意义上的自己告白,自己辩护。所以一面说起来,则说得愈多,写得愈多,也就是愈加出丑了。这样一想,文学家们就仿佛非常诚实似的罢,而其实决不然。开手就将自己告白做货色,做招牌的裴伦(G. G. Byron)那样的人,确是炫气满满的脚色,说到卢梭的《忏悔录》(J. J. Rousseau's *Confessions*)则日本也已经译出,得了多数的读者的近代的名著,但便是那书,究竟那里为止是纯真的,也就有些可疑。至于瞿提的《真与诗》(W. von Goethe's *Wahrheit und Dichtung*)则早有非难,说是那事实已经就不精确的了。此外,无论是古时候的圣奥古斯丁(St. Augustine)的,近代的托尔斯泰(L. Tolstoi)的,也不能说,因为是忏悔录,便老实囫囵地吞下去。嘉勒尔(Th. Carlyle)的论文说,古往今来,最率直地坦白地表现了自己者,独有诗人朋士(R. Burns)而已。这话,也不能一定以为单是夸张罢。

至于日本文学,告白录之类即更少。明治以后的新文学且作别论,新井白石的《折焚柴之记》文章虽巧,但那并非自己告白,而是自家广告。倒不如远溯往古,平安朝才女的日记类这一面,反富于这类文章罢。和泉式部与紫式部的日记,是谁都知道的;右大将道纲的母亲的《蜻蛉日记》,就英国文学而言,则可与仕于乔治三世(George Ⅲ)的皇后的那女作家巴纳(Frances Burney)的相比,可以作东西才女的日记的双璧观。但是叙事都太多,作为内生活的告白录,自然很有不足之感。至于自叙传之类,则不论东西,作为告白文学,是全都无聊的。

二　Essay

"执笔则为文。"

先前还是大阪寻常中学校——那时,对于现在的府立第一中学校,是这样的称呼的,——学生时代之际,在日本文法的举例上或者别的什么上见过的这毫不奇特的句子,也不明白为什么,到现在还剩在脑的角落上,因为正月的放假,有了一点闲暇了,想写些什么,便和原稿纸相对。一拿钢笔,该会写出什么来似的。当这样的时候,最好便是取 essay 的体裁。

和小说戏曲诗歌一起,也算是文艺作品之一体的这 essay,并不是议论呀论说呀似的麻烦类的东西。况乎,倘以为就是从称为"参考书"的那些别人所作的东西里,随便借光,聚了起来的百家米似的论文之类,则这就大错而特错了。

有人译 essay 为"随笔",但也不对。德川时代的随笔一流,大抵是博雅先生的札记,或者炫学家的研究断片那样的东西,不过现今的学徒所谓 Arbeit 之小者罢了。

如果是冬天,便坐在暖炉旁边的安乐椅子上,倘在夏天,则披浴衣,啜苦茗,随随便便,和好友任心闲话,将这些话照样地移在纸上的东西,就是 essay。兴之所至,也说些以不至于头痛为度的道理罢。也有冷嘲,也有警句罢。既有 humor(滑稽)也有 pathos(感愤)。所谈的题目,天下国家的大事不待言,还有市井的琐事,书籍的批评,相识者的消息,以及自己的过去的追怀,想到什么就纵谈什么,而托于即兴之笔者,是这一类的文章。

在 essay,比什么都紧要的要件,就是作者将自己的个人底人格的色采,浓厚地表现出来。从那本质上说,是既非记述,也非说明,又不是议论,以报道为主眼的新闻记事,是应该非人格底(impersonal)地,力避记者这人的个人底主观底的调子(note)的,essay 却正相反，乃是将作者的自我极端地扩大了夸张了而写出的东西，其兴味全在于人格底调子（personal note）。有一个学者，所以，评这文体，说，是将诗歌中的抒情诗，行以散文的东西。倘没有作者这人的神情浮动者，就无聊。作为自己告白的文学，用这体裁是最为便当的。既不像在戏曲和小说那样，要操心于结构和作中人物的性格描写之类，也无须像做诗歌似的，劳精敝神于艺术的技巧。为表现不伪不饰的真的自己计，选用了这一种既是费话也是闲话的 essay 体的小说家和诗人和批评家，历来就很多的原因即在此。西洋，尤其是英国，专门的 essayist 向来就很不少，而戈特斯密（O. Goldsmith）和斯提芬生（R. L. Stevenson）的，则有不亚于其诗和小说的杰作。即在近代，女诗人美纳尔（Alice Meynell）女士的 essay 集《生之色采》（*Color of Life*）里所载的诸篇，几乎美到如散文诗，将诚然是女性的纤细和敏感，毫无遗憾地发挥出来的处所，也非常之好。我读女士的散文的 essay，觉得比读那短歌（Sonnet）之类还有趣得多。

诗人，学者和创作家，所以染笔于 essay 者，岂不是因为也如上述的但丁作画，拉斐罗作诗一样，就在表现自己的隐藏着的半面的缘故么？岂不是因为要行爽利的直截简明的自己表现，则用这体裁最为顺手的缘故么？

就近世文学而论，说起 essay 的始祖来，即大家都知道，是十六世纪的法兰西的怀疑思想家蒙泰奴（M. E. de Montaigne）。引用古典之多，至于可厌这一节，姑且作为别论，而那不得要领的写法，则大约确乎做了后来的蔼玛生（R. W. Emerson）这些人们的范本。这蒙泰奴的 essay 就转到英国，则为哲人培根（F. Bacon）的那个。后来最富于此种文字的英吉利文学上，就以这培根为始祖。然而在欧罗巴的古代文学中，也不能说这 essay 竟没有。例如有名的《英雄传》（英译 *Lives of Noble Greeks and Romans*）的作者布鲁泰珂斯（Plou-tarkhos 通作 Plutarch）的《道德论》（*Morlia*）之类，从今日看来，就具有堂皇的 essay 的体裁的。

虽然笼统地说道 essay,而既有培根似的,简洁直捷,可以称为汉文口调的艰难的东西,也有像兰勃(Ch. Lamb)的《伊里亚杂笔》(*Essays of Elia*)两卷中所载的那样,很明细,多滑稽,而且情趣盎然的感想追怀的漫录。因时代,因人,各有不同的体裁的。在日本文学上,倘说清少纳言的《枕草纸》稍稍近之,则一到兼好法师的《徒然草》,就不妨说是俨然的 essay 了罢。又在德川时代的俳文中,Hototogis 派的写生文中,这样的写法的东西也不少。

三 Essay 与新闻杂志

起于法兰西,繁荣于英国的 essay 的文学,是和 journalism(新闻杂志事业)保着密接的关系而发达的。十八世纪的爱迪生(J. Addison)斯台尔(R. Steele)的时代不待言,前世纪中,兰勃,亨德(L. Hunt),哈兹列德(Wm. Hazlitt)那些人们的超拔的作品,也大抵为定期刊行物而作。尤其是在目下的英吉利文坛上,倘是带着文笔的人,不为新闻杂志作 essay 者,简直可以说少有。极其佩服法兰西的培洛克(H. Belloc),开口就以天外的奇想惊人的契斯透敦(G. K. Chesterton)等,其实就单以这样的文章风动天下的,所以了不得。恰如近代的短篇小说的流行,和 journalism 的发达有密接的关系一样,两三栏就读完的简短的文章,于定期刊行物很便当,也就是流行起来的原因之一。

然而,在日本的新闻杂志上,这类的文字却比较地不热闹。近年的,则夏目先生的小品,杉村楚人冠氏,内田鲁庵氏,与谢野夫人的作品里,都有着有趣的东西,此外也没有什么使人忘不掉的文字。这因为,第一,作者这一面,既须很富于诗才学殖,而对于人生的各样的现象,又有奇警的锐敏的透察力才对,否则,要做 essayist,到底不成功。但我想,在读者这一面也有原因的。其一,就是要鉴赏真的 essay,倘也像看那些称为什么 romance 的故事一样,在火车或电车中,跑着看跳着看,便不中用的缘故。一眼看去,虽然仿佛很容易,没有什么似的滔滔地有趣地写着,然而一到兰勃的《伊里亚杂笔》那样的逸品,则不但言语就用了伊利沙伯朝的古雅的辞令,而且文字里面也有美的"诗",也有锐利的讥刺。刚以为正在从正面骂人,而却向着那边独自莞尔微笑着的样子,也有的。那写法,是将作者的思索体验的世界,只暗示于细心的注意深微的读者们。装着随便的涂鸦模样,其实却是用了雕心刻骨的苦心的文章。没有兰勃那样头脑的我们凡人,单是看过一遍,怎么会够到那样的作品的鉴赏呢。

然而就是英国的新闻杂志的读者,在今日,也并非专喜欢兰勃似的超拔的文章。essay 也很成了轻易的东西了。所以少微顽固的批评家之中,还有人愤慨,说是今日的 journalism,是使essay堕落了。然则在日本,却并这轻易的 essay 也不受读者的欢迎,又是什么缘故呢。

在日本人,第一就全不懂所谓 humor 这东西的真价值。从古以来,日本的文学中虽然有戏言,有机锋(wit),而类乎 humor 的却很少。到这里,就知道虽在议论天下国家的大事,当危急存亡之际,极其严肃的紧张了的心情的时候,尚且不忘记这humor;有了什么质问之类,渐渐地烦难起来了的危机一发的处所,就用这 humor 一下子打通;互相争辩着的人们,立刻又破颜微笑的风韵,乃是盎格鲁索逊人种的特色,在日本人中是全然看不见的。一说到议论什么事,倘不是成了青呀黑呀的脸,"固也,然则",或者"夫然,岂其然哉",则说的一面固然觉得口气不伟大,听的一面也不答应。什么不谨慎呀,不正经呀这些批评,就是日本人这东西的不足与语的所以。如果摆开了许许多多的学问上的术语,将明明白白的事情,也不明明白白地写出来,因为是"之乎者也",便以为写着什么了不得的事情,高兴地去读。读起来,自己也就觉得似乎有些了不得起来了罢。将极其难解的深邃的思想或者感情,毫不费力地用了巧妙的暗示力,咽了下去的 essay,其不合于日本的读者的尊意,就该说是"不为无理"罢。

还有一个原因,是日本的读者总想靠了新闻杂志得智识,求学问。我想,现代的日本人的对于学艺和智识,是怎么轻浮,浅薄,冷淡,这就证明了。学艺者,何待再说,倘不是去听这一门的学者的讲义,或者细读相当的书籍,是决定得不到真的理解的。纵使将所谓"杂志学问"这一些薄薄的智识作为基址,张开逾量的嘴来,也不过单招识者的嗤笑。因为有统一的系统底组织底的头脑,靠着杂志和新闻是得不到的。

但是定期刊行物既然是商品,即势不能不迎合读者的要求。于是日本的杂志,——不,便是新闻的或一部分的也一样,——便不得不成为全像通信教授的讲义一般的东西了。试去一检点近来出得很多的杂志的内容去,先是小说和情话,其次是照例的所谓论文或论说的"固也然则"式的名文,接着的就是这讲义录。除掉这些,则庞然数百叶的巨册,剩下的便不过二十叶,多则三四十叶,所以要算希奇。在普通的英美的评论杂志上一定具备的诗歌呀,essay 呀,轻易寻不到,那是不胜古怪之至的。

不觉笔尖滑开去了,写了这样傲慢的话放在前头,倘说,那么,我要做 essay 了,则即使白村这人怎样厚脸,也该诚恳地向了读者谢妄语之罪,并请宽容。为什么呢? 因为真像 essay 的东西,到底不是我这等人所能做的。

Essay 者,语源是法兰西语的 essayer(试)。即所谓"试笔"之意罢。孩子时候,在正月间常写过"元旦试笔"的。倘说因为今年是申年,所以来做模拟的事,固然太俗气,但我是作为正月的试笔,就将历来许多文人学士所做过的 essay 这东西,真不过姑且仿作一回的。要写什么,连自己也还没有把握。如果缺了时间,或者烦厌了,无论什么时候,就收场。

四　缺陷之美

在绚烂的舞蹈会,或者戏剧,歌剧的夜间,凝了妆,笑语着的许多女人的脸上,带着的小小的黑点,颇是惹人的眼睛。虽说是西洋,有痣的人们也不会多到这地步的。刚看见黑的点躲在颊红的影子里时,却又在因舞衣而半裸了的脖颈上也看见一个黑点。这里那里,这样的妇女多得很。这是日本的女人还没有做的化妆法,恰如古时候的女人的眉黛一样,特地点了黑色,做出来的人工的黑子。名之曰 beautiful spot(美人的靥子),漂亮透了。

也许有人想:这大概是,妓女,或者女优,舞女所做的事罢。堂堂乎穿着 robe décolleté 的礼装的 lady 们就这样。

故意在美的女人的脸上,做一点黑子的缘故,和日本的重视门牙上有些黑的瑕疵,以为可以增添少女的可爱相,是一样的。

如果摆出学者相,说这是应用了对照(contrast)的法则的,自然就不过如此。白东西的旁边放点黑的,悲剧中间夹些喜剧的分子,便映得那调子更加强有力起来。美学者来说明,道是 effect(效果)增加了之故云。悲剧《玛克培斯》(Macbeth)的门丁这一场就是好例。并不粉饰也就美的白皙人种的皮肤上,既用了白粉和燕支加工,这上面又点上浓的黑色的 beautiful spot 去。粉汁之中,放一撮盐,以增强那甜味,这也就是异曲同工罢。

“浑然如玉”这类的话,是有的,其实是无论看怎样的人物,在那性格上,什么地方一定有些缺点。于是假想出,或者理想化出一个全无缺点的人格来,名之曰神,然而所谓神这东西,似乎在人类一伙儿里是没有的。还有,看起各人的境遇来,也一定总有些什么缺陷。有钱,却生病;身体很好,然而穷。一面赚着钱,则一面在赔本。刚以为这样就好了,而还没有好的事立刻跟着一件一件地出来。人类所做的事,无瑕的事是没有的,譬如即使极其愉快的旅行,在长路中，一定要带一两件失策，或者什么苦恼，不舒服的事。于是人类就假想了毫无这样缺陷的圆满具足之境，试造出天国或极乐世界来，但是这样的东西，在这地上，是没有的。

在真爱人生，而加以享乐，赏味，要彻到人间味的底里的艺术家，则这样各种的缺陷，不就是一种 beautiful spot 么？

性格上，境遇上，社会上，都有各样的缺陷。缺陷所在的处所，一定现出不相容的两种力的纠葛和冲突来。将这纠葛这冲突，从纵，从横，从上，从下，观看了，描写出来的，就是戏曲，就是小说。倘使没有这样的缺陷，人生固然是太平无事了，但同时也就再没有兴味，再没有生活的功效了罢。正因为有暗的影，明的光这才更加显著的。

有一种社会改良论者，有一种道德家，有一种宗教家，是无法可救的。他们除了厌恶缺陷，诅咒罪恶之外，什么也不知道。因为对于缺陷和罪恶如何给人生以兴味，在人生有怎样的大的 necessity（必要）的事，都没有觉察出。是不懂得在粉汁里加盐的味道的。

酸素和水素造成的纯一无杂的水，这样的东西，如果是有生命的活的自然界中，是不存在的。倘是科学家在试验管中造出来的那样的水，我们可是不愿意尝。水之所以有甘露似的神液（nectar）似的可贵的味道者，岂不是正因为含着细菌和杂质的缘故么？不懂得缺陷和罪恶之美的人们，甚至于用了牵强的计策，单将蒸馏水一般淡而无味的饮料，要到我们这里来硬卖，而且想从人生抢了"味道"去。可恶哉他们，可诅咒哉他们！

听说，在急速地发达起来的新的都会里，刑事上的案件就最多。这就因为那样的地方，跳跃着的生命的力，正在强烈地活动着的缘故。我们是与其睡在天下太平的死的都会中，倒不如活在罪的都会而动弹着的。月有丛云，花有风，月和花这才有兴趣。叹这云的心，嗟这风的心，从此就涌出人生的兴味，也生出"诗"来。兼好法师喝破了"仅看花好月圆者耶"之后，还说——

男女之情，亦岂独谓良会耶？怀终不得见之忧；山盟竟破；独守长夜；遥念远天；忆旧事于芜家；乃始可云好色。（《徒然草》第一百三十七段）

不料这和尚，却是一个很可谈谈的人。

小心地不触着罪恶和缺陷，悄悄地回避着走的消极主义，禁欲主义，保守思想等，在人类的生活方法上，其所以为极卑怯，极屠头，而且无聊的态度者，就是这缘故。说是因为要受寒，便不敢出门的半病人似的一生，岂不是谁也不愿意送的么？

因为路上有失策，有为难，所以旅行才有趣。正在不如意这处所，有着称为"人生"这长旅的兴味的。正因为人类是满是缺陷的永久的未成品，所以这才好。一看见小结构地整顿成就了的贤明的人们之类，我们有时竟至于倒有反感会发生。比起天衣无缝来，鹑衣百结的一边，真不知道要有趣多少哩。

五　诗人勃朗宁

你们中间，可有谁可以拿石头来打这犯了奸淫的妇人的么？这样说的基督，是认得了活的真的人类了的诗人，艺术家；而且也是可为百世之师的大的思想家。较之一听到女教员和人私通，便仿佛教育界也已堕落了似的，嚷嚷起来的那些贤明的伪善者等辈，是差得远的殊胜伟大的人物。

人是活物；正因为是活着的，所以便不完全，有缺陷。一到完全之域，生命已经就灭亡。说出"创造的进化"来的哲学者也曾说过这事，诗人勃朗宁也反反复复地将这意思咏叹了许多次了。

善和恶是相对的话，因为有恶，所以有善的。因为有缺陷，所以有发达；惟其有恶，而善这才可贵。倘没有善和恶的冲突，又怎么会有进化，怎么会有向上呢？"现在的生活，是我们的结局，或者还是显示或爬或攀的人们的脚的出发点呢？看起来，这里有着各样的障碍。要在从低跳向高,却将绊脚的石头当作阶段的人,罪恶和障碍是不足惧的。"(勃朗宁作《环与书》第十卷《教王篇》,四○七行以下。)因为有黑暗,故有光明;有夜,故有昼。惟其有恶,这才有善。没有破坏,也就没有建设的。现在的缺陷和不完全,在这样的意义上,确是人生的光荣。勃朗宁这样地想。对于人生的事实,始终总不是静底地看,而要动底地看的人,不失信于流动无碍的生命现象的勇猛精进的人,所当达到的结论,岂非正是这个么?

光愈强,就和强度相应,那影也更其暗。美的脸上的 beautiful spot,用淡墨是不行的,总须比漆还要黑。人的性,是因为于善强,所以于恶也强。我们的生命,是经过着这善恶明暗之境,不断地无休无息地进转着的。

我不犯罪,所以好;诱惑是不敢接近的。说着这类的话,始终仅安于消极的态度的人们,使勃朗宁说起来,就是比恶人更其无聊得多的下等的人类。还有,无论在东洋,在西洋,教人"知足"的人们都不少,但是一到知足了的时候,或则其人真是满足了的时候,生命之泉可就早经干涸了。必须有不安于现在的缺陷和不完全,而不住地神往的心,希求的心,在人生才始有意义。在《弗罗连斯的古画》(*Old Pictures in Florence*)这一篇中,咏吉倭多(Giotto)道,"到了完全之域者,只有灭亡而已。"咏乐人孚格勒尔(Abt Vogler)则云,"地有破片的弧,全圆是在天上。"咏文艺复兴期的学者则云,"将'现在'给狗子罢,给人则以'永劫'。"这作者勃朗宁,在英国近代诸诗人中,是抱着最为男性底的壮快的人生观的人。和他同时的诗人而受了神明一般敬重的迪仪生(A. Tennyson)等辈,早经忘却了的今日,勃朗宁的作品虽然那辞句很是晦涩难解,而崇拜的人却日见其多者,就因为一个勇猛的理想主义的战士的态度,惹动了飞跃着的今人的心的缘故。

一不经意,拉出了勃朗宁这些人来,笔墨出轨到莫名其妙的地方去了,但是总而言之,正因为在"现在"有缺陷,大家嚷着"怎么办"

这一点上,有着生活的意义的。即使明知是徒然,而还要希求的心,虽然苦恼,虽然惨痛,但倘没有这心,人生即无意味。缺陷的难得之味,也就在此。便是旅行去访名胜,名胜也许无聊到出于意料之外,然而在走到为止的路上,是有旅行的真味的。便是恋爱,也正在相思和下泪的中涂有意味,一到了称为结婚这一个处所,则竟有人至于说,这已经是恋爱的坟墓了。与谢野夫人的新歌集《火之鸟》中有句云:

并微青的悲哀也收了进去,挣得丰饶了的爱的赋彩。

想到人间身之苦呀的时候,落下来的泪的甜味。

使雩俄(V. Hugo)说起来,则所谓人者,都受着五十年或六十年的死刑的缓办的,这缓办的期间,就是我们的一生。一休禅师也说过使人耽心的事,以为门松是冥涂的行旅的一里冢,但在一个一个经过这些一里冢的路程上,不就有人生的兴味么?(译者注:门松是日本新年的门外装饰;一里冢是古时记里数的土堆,一里一个,或用树;今已无。)

艺术之类也如此。完成了的艺术,没有瑕疵,但也没有生命,只有死而已。因为已经嵌在定规里,一动也不能动的缘故。根本底改造的要求,即由此发生。去看雁治郎这些人的技艺,觉得巧是巧的。然而那也只能终于那么样,已经到了尽头的事,不是谁都看得出来么?砚友社以来的明治小说,被自然主义绝不费力地取而代之者,就因为尾崎红叶的作品已经成了完璧了。

六　近代的文艺

将文艺上的古典派和罗曼派之差,亚克特美(academie)风和近代风之异,都用了这缺陷之美的事来一想,颇有趣的。

以希腊罗马的艺术为模范的古典派,是有着绝对美的理想的。那作品,是在寻求那不失整齐和均衡,严整的一丝不乱的完璧。是用了冷的理智来抑制情热,著重于艺术上的规范和法则的无瑕的作品。和这反对而起来的罗曼派的文艺,则是不认一切法则和权威的自由奔放的艺术。从古典派的见地说,则这是连形制之类也全不整顿的满是瑕疵的杂乱的艺术品。罗曼派的头儿沙士比亚(W. Shakespeaer)的戏曲,就和希腊的古典剧正反对,是形制歪斜的不整的作品。"解放"的艺术,前涂当然在这里;缺点是多的,唯其多,生命的力也显现得比较的强;其中所描写的自然和人生,都更加鲜明地跃动着。

与其是无瑕而完美的水晶,倒不如寻求满是瑕疵的金刚石的,是罗曼派。好在光的强烈。岂但闹 beautiful spot 的乱子而已么,说是无论是痘疤,是痣,是瞎眼,是独眼,什么都无妨,只愿意有那洋溢着"生命感"的有着活活泼泼的力的面貌。

然而一到比罗曼派更进一步的近代派的文艺,则就来宝贵这瑕疵,宝贵这缺陷,就要将这作为出售的货色,所以彻底得很。亚克特美风的人们装出不以为然的脸相,也非无故的。

心醉之后看人,虽痘疤也是笑靥。将痘疤单看作痘疤的时候,就是还没有彻骨地心醉着的证据。在真爱人生,要彻到人间味的底里去的近代人,则就在这丑秽的黑暗面和罪恶里,也有美,看见诗。因为在较之先前的古典派的人们,专以美呀善呀这些一部分的东西为理想,而不与丑和恶对面者尤其深远的意义上,就被人生的缺陷这东西惹动了心的缘故。以生命感,以现实感为根柢的前世纪后半以后的近代文艺,倘不竟至于此,是不满足的。

所以,自然派就将丑猥的性欲的事实,毫无顾忌地写了出来,赞美那罪和恶和丑,在文艺上创始了新的战栗的"恶之华"之诗人波特来尔(C. Baudelaire),被奉为恶魔派的头领了。确是斐列特力克哈理生(Frederic Harrison)罢,见了罗丹(A. Rodin)的巴尔札克(H. dc Balzac)像,嘲为"污秽的崇拜"(Faulkult)。倘给他看了后期印象派的绘画,不知道会说出什么来。

石头都要用毛刷来扫得干干净净的西洋人，未必懂得庭石的妙味罢。倘不是乖僻得出奇，并且将不干净的苔藓，当作宝贝的日本人，便不能领会得真的庭石的趣味。社会的缺陷和人类的罪恶，不就是这不干净的苔藓的妙味么？

所谓饮馔的通人，是都爱吃有臭味的东西的。倘若对于有臭味的东西不见得吃得得意，则无论是日本肴馔，是西洋肴馔，都未必真实地赏味着罢。

听说从日本向西洋私运东西的时候，曾有将货物装在泽庵渍物（译者注：用糠加盐所腌之萝卜。泽庵和尚所发明，故云）的桶的底里的奸人。因为西洋的税关吏对于那泽庵渍物的异臭，即掩鼻辟易，桶底这一面就不再检查了。不能赏味那糠糟和泽庵渍物的气味者，纵使谈论些日本肴馔，也属无聊。还有，在西洋人，也吃各种有臭味的东西。便是 caviare（译者注：盐渍的鱼子），大抵的日本人也就挡不住。我想，倘不能对于那一看就觉得脏的称为 Roquefort 的干酪（cheese）之类，味之若有余甘者，是未必有共论西洋饮馔的资格的。

文艺家者，乃是活的人间味的大通人。倘不能赏鉴罪恶和缺陷那样的有着臭味的东西，即不足与之共语人间。四近的官僚呀教育家呀和尚呀这一辈，应该知道，倘不再去略略修业，则对于文艺的作品等，是没有张嘴的资格的。

七　聪　明　人

我所趁着的火车，拥挤得很利害。因为几个不懂事的车客没有让出坐位来的意思，遂有了站着的人了。这是炎热的八月的正午。

我的邻席上是刚从避暑地回来似的两个品格很好的老夫妇。火车到了一个大站，老人要在这里下车去，便取了颇重的皮包，站立起来。看车窗外面，则有一班不成样子的群众互相推排，竞奔车门，要到这车子里来乘坐。

老人将皮包搁在窗框上，正要呼唤搬运夫的时候，本在竞奔车门的群众后面的一个三十岁上下的洋装的男人，便橐橐地走近车窗下，要从老人的手里来接皮包。我刚以为该是迎接的人了，而老人却有些踌躇，仿佛不愿意将行李交给漠不相识的这男子似的。忽然，那洋装男人就用左手一招呼那边望得见的搬运夫，用右手除下自己戴着的草帽来，轻舒猿臂，将这放在老人原先所坐的位置上。老人对着代叫搬运夫的这男人道了谢，夫妇于是下车去了。

车里面，现在是因为争先恐后地拥挤进来的许多车客之故，正在扰嚷和混乱，但坐位总是不够，下车的人不过五六个，但上来的却有二三十人罢。

于是，那洋服的三十岁的男人，随后悠悠然进来了。我的隔邻而原是老人的坐位上，本来早已堂堂乎放着一顶草帽的，所以即使怎样混乱，大家也对于那草帽表着敬意，只有这一处还是空位。三十岁男人便不慌不忙将草帽搁在自己的头上，使同来的两个艺妓坐在这地方。说一句"多谢"或者什么，便坐了下去的艺妓的发油的异臭，即刻纷纷地扑进我的鼻子来。

踏人的脚，脚被人踏，推人，被人推，拼死命挤了进来的诸公，都鹄立着。

也许有些读者，要以为写些无聊的事罢，但是人间的世界，始终如此，我想，再没有别的，能比在火车和电车中所造成的社会的缩图更巧妙的了。

奋斗的结果，终于遭了鹄立之难的人们，也许要大受攻击，以为捣乱，或者不知道礼仪。假使那时误伤了谁，就碰在称为"法律"这一种机器上，恐怕还要问罪。而洋装的三十岁男人却正相反，也见得是悠扬不迫的绅士底态度罢，也可以说是帮助老人的大可佩服的男儿罢，而且在艺妓的意中也许尊为恳切的大少罢。将帽子飞进车窗去，于法律呀规则呀这些东西，都毫无抵触。他就这样子，巧妙地使那应该唾弃的利己心得了满足了。诚然是聪明人！

我对于这样的聪明人，始终总不能不抱着强烈的反感。

嚷着劳动问题呀，社会问题呀，从正面尽推尽挤的时候，就在这些近旁，不会有什么政客呀资本家呀的旧草帽辗转着的么？

我常常这样想：抡了厨刀，做了强盗，而陷于罪者，其实是质朴，而且可爱的善人；至少也是纯真的人。可恶得远的东西，真真可憎的东西，岂不是做了大臣，成了富翁，做了经理，尤其甚者，还被那所谓"世间"这昏瞆东西称为名流么？伊孛生（H. Ibsen）写在《社会之柱》（英译 *The Pillars of Society*）里的培尔涅克似的人物，日本的社会里是很多；但是培尔涅克似的将罪恶告白于群众之前者，可有一个么？他们不入牢狱，而在金殿玉楼中扬威。倘以为这是由于各人的贤愚和力量之差，那可大错了；也不独是运的好坏之差。其实，是因为人类的社会里，有大缺陷，有大漏洞的缘故。

所谓"盖棺论定"这等话，诳人罢了。如果那判断者仍是人们，仍是世间的时候，也还是不行。用了往昔的宗教信徒的口吻说起来，则倘不是到了最后的审判这一日，站在神的法庭上，会明白什么呢？

对于我们的彻底底本质底的第一义底生活，真能够完完全全地，作为准则的道德，法律，制度和宗教，在人类的文化发达的现今的程度上，是还未成就的。或者永远不成就也难说。就用随时敷衍的东西，姑且对付过去的，是现在的人类生活。劳工资本关系，治安警察法，陪审制度，妇女问题，将这些东西玩一通，能成什么事？倘不是再费上帝的手，就请将"人"这东西从新改造一通，是到底不见得能成气候的。

虽然这样，——不，惟其这样，人生是有趣的，有意味的。于我们，有着生活的功效的。思想生活和艺术生活的根源，也即从这里发生。再说一回：看缺陷之美罢！

八 呆 子

将"好人物","正直者",这样体面的称呼,当作"愚物","无能者"这些极其轻蔑的意义来使用的国语,大约只有日本话罢。我们还应该羞,还应该夸呢,恰如 home 或 gentleman 这类言语,英语以外就没有,而盎格鲁索逊人种即以此为夸耀似的?

想起来,现今的日本,是可怕的国度。倘不像前回所说那样,去坐火车时,将旧草帽先行滚进去,就会如我辈一样困穷,或则受人欺侮;尤其甚者,还有被打进监牢里去的呢。我想,真是当祸祟的时代,生在祸祟的国度里了。

无论看那里,全是绝顶聪明人。日本今日第一必要的人物,也不是谋士,也不是敏腕家,也不是博识家,这样的多到要霉烂了。最望其有的,只是一直条的热烈而无底的呆子。倘使迭阿该纳斯(Diogenes)而在现今的日本,就要大白天点了怀中电灯,遍寻这样的呆子了罢。

特地出了王宫,弃了妻子,走进檀特山去的释迦,是大大的呆子。被加略的犹大所卖,遭着给家狗咬了手似的事情之后,终于处了磔刑的基督,也是颇大的呆子。然而这样的呆子之大者,不独在日本,就是现今的世界上,也到底没有的。纵使有,也一动不得动罢。不过从乡党受一些那是怪人呀偏人呀疯子呀之类的尊称,驯良地深藏起来而已罢。然而,我想,不得已,则但愿有个嘉勒尔(Th. Carlyle),或伊孛生,或者托尔斯泰那样程度的呆子。不,即使不过一半的也好,倘有两三个,则现今的日本,就像样地改造了罢,成了更好的国度了罢,我想。

所谓呆子者,其真解,就是踢开利害的打算,专凭不伪不饰的自己的本心而动的人;是决不能姑且妥协,姑且敷衍,就算完事的人。是本质底地,彻底底地,第一义底地来思索事物,而能将这实现于自

74

己的生活的人。是在炎炎地烧着的烈火似的内部生命的火焰里,常常加添新柴,而不怠于自我的充实的人。从聪明人的眼睛看来,也可以见得愚蠢罢,也可以当作任性罢。单以为无可磋商的古怪东西还算好,也会被用 auto da — fe 的火来烧杀,也会像尼采(F. Nietzsche)一样给关进疯人院。这就因为他们是改造的人,是反抗的人,是先觉的人的缘故。是为人类而战斗的 Prometheus 的缘故。是见得是极其危险的恶党了的缘故。是因为没有在因袭和偶象之前,将七曲的膝,折成八曲的智慧的缘故。是因为超越了所谓"常识"这一种无聊东西了的缘故。是因为人说右则道左,人指东则向西,真是没法收拾了的缘故。而这也就是豫言者之所以为豫言者,大思想家之所以为大思想家;而且委实也是伟大的呆子之所以为伟大的呆子的缘故。

　　这样的大的呆子,未必能充公司人员;倘去做买卖,只好专门折本罢。官吏之类,即使半日也怎么做?要当冥顽到几乎难于超度的现今的教育家,那是全然不可能的。然而试想起来,世界总专靠着那样的大的呆子的呆力量而被改造,人类在现今进到这地步者,就因为有那样的许多呆子之大者拼了命给做事的缘故。宝贵的大的呆子呀!凡繙检文化发达的历史者,无论是谁,都要将深的感谢,从衷心捧献给这些呆子的!

　　并且又想,democratic 的时代,决不是天才和英雄和豫言者的时代了。现在是群集的时代;是多众的时代;是将古时候的几个或一个大人物所做的事业,聚了百人千人万人来做的时代。我们在现今这样的时代里,徒然翘望着释迦和基督似的超绝的大呆子的出现,也是无谓的事。应该大家自己各各打定主意,不得已,也要做那千分之一或者万分之一的呆子。这就是自己认真地以自己来深深地思索事物;认真地看那像书样子的书;认真地学那像学问样子的学问,而竭了全力去做那变成呆子的修业去。倘不然,现今的日本那样的国度,是无可救的。

我虽然自己这样地写;虽然从别人,承蒙抬举,也正被居然蔑视为呆子,受着当作愚物的待遇;悲哀亦广哉,在自己,却还觉得似乎还剩着许多聪明的分子。很想将这些分子,刮垢除痂一般扫尽,从此拼了满身的力,即使是小小的呆子也可以,试去做一番变成呆子的工夫。倘不然,当这样无聊的时代,在这样无聊的国度里,徒然苟活,就成为无意义的事了。

九　现今的日本

"与其遇见做着呆事的呆子,不如遇见失窃了小熊的牝熊。"这是《旧约》的《箴言》中的句子。日本的古时候的英雄,也曾说:再没有比呆子更可怕的东西。在世间,不是还至于有"呆气力"这一句俗谚么?

有小手段,长于技巧的小能干的人;钻来钻去,耗子似的便当的汉子;赶先察出上司的颜色,而是什么办事的"本领"的汉子。在这样的人物,要之,是没有内生活的充实,没有深的反省,也没有思索的。轻浮,肤浅,浅薄,没有腰没有腹也没有头,全然像是人的影子。因为不发底光,也没有底力,当然不会发出什么使英雄失色的呆气力来。无论什么时候,总是恍恍忽忽,摇摇荡荡,跄跄踉踉的。假使有谁来评论现代的日本人,指出这恍恍忽忽摇摇荡荡的事的时候,则我们可确有否认这话的资格么?我想,没有把握。

近日的日本,这摇摇荡荡跄跄踉踉尤其凶。先前,说是米贵一点,闹过了。然而,在比那时只隔了两年的今日,虽然比闹事时候又贵上两三百钱,而为我们物质生活的根本的那食物的价目,竟并不成为集注全国民的注意的大问题;或者还至于显出完全忘却了似的脸相。接着,就嚷起所谓劳动问题来了,然而连一个的劳工联合还未满足地办好之间,这问题的火势也似乎已经低了下去。democracy 这句话,格言似的连山陬海澨都传遍,则就在近几时。然而便是紧要的普通选举的问题，前途不也渺茫么？ 彼一时此一时，倘有对于宛然小户娘儿们的歇斯迭里似的这现象，用了陈腐平凡的话，伶俐似的评为什么易热故亦易冷之类者，那全然是错的。虽说“易热”，但最近四五十年来，除了战争时候，日本人可曾有一回，为了真的文化生活，当真热过么？ 真的热，并不是花炮一般劈劈拍拍闹着玩的。总而言之，就因为轻浮，肤浅的缘故。单是眼前漂亮，并没有达到彻底的地方。挂在中间，微温，妥协底，敷衍着，都是为此。换了话说，就是没有呆子的缘故；蠢人和怪人太少的缘故。

然而，这也可以解作都人和村人之差。正如将东京人和东北人，或者将京阪人之所谓“上方者”和九州人一比较，也就知道一样，都人的轻快敏捷的那一面，却可以看见可厌的浮薄的倾向。村人虽有钝重迂愚的短处，而其间却有狂热性，也有执着力，也有彻底性，就像童话的兔和龟的比较似的。

思想活动和实行运动是内生命的跃进和充实的结果，所以，这些动作，是出于极端地文化进步了的民族，否则，就出于极端地带着野性的村野的国民。两个极端，常是相等的。（但野蛮人又作别论，因为和还没有自己思索事物的力量的孩子一样，所以放在论外。）向现今世界的文明国看起来，最俨然地发挥着都人的风气和性格者，是在今还递传着腊丁文明的正系的法兰西人。所以从法兰西大革命以来，法国人总常是世界的新思潮新倾向的主动者，指导者，看见巴黎的风俗，便下些淫靡呀颓废呀之类的批评的那一辈，其实是什么也不懂的。

但是，和这全然正反对，说起文明国中带得野性最多的村人来，究竟是那一国呢？

十　俄罗斯

这不消说，是俄罗斯。从地理上说，是在欧洲的一角，从历史上说,真有了真的文化以来不过百年。斯拉夫人种,确是文明世界的田夫野人也。这村民被西欧诸国的思潮所启发,所诱导,发挥出村民的真像村民,而且呆子的真像呆子的特色,于是产生了许多陀思妥夫斯奇(F. Dostoyevski),产生了许多托尔斯泰了。

在我,俄文是一字也不识,不过靠着不完全的法译和英译,将前世纪的有名的戏曲和小说,看了一点点,所以议论俄罗斯的资格,当然是没有的。虽是当作专门买卖的文学,而对于俄罗斯最近的作品,也完全不知道。看看新闻纸上的外国电报,总有些什么叫作过激派的莫名其妙的话,但都是似乎毫不足信,而且统统是断片底的报道,一点也看不出什么究竟是什么来。俄国人现在所想,所做的事,究竟是善的还是恶的,是正当还是不正当,在一个学究的我,也还是连判断,连什么,都一点没有法。现下,bolsheviki 这字,记得在一本用英文写的书里面,曾说那意义是 more 即"更多"。但在日本语,为什么却译作过激派了呢? 第一从那理由起首,我就不明白。想起来,也未必有因为别有作用,便来乱用误译曲译的横暴脚色罢,竟不知道是怎么一回事。听说,对于 bolsheviki 还有 mensheviki(少数党),是民主底社会主义的稳和派,但其中的事情,也知道得不详细。然而,倘若将多数党这一个字译作过激派要算正当,则在日本,也将多数党称为过激派,如何? 听说,近来在支那,采用日本的译语很不少。而独于 bolsheviki,却不取过激派这一个希奇古怪的译语,老老实实地就用音译的。

像我似的多年研究着外国语的人,是对于这样无聊的言语的解释,也常要非常拘执的,但这且不论,独有俄罗斯,却真是看不准的国度。就是去读英美的杂志,独于俄国的记事和论说,也看不分明。前天也读了一种英国的评论杂志,议论过激派的文章两篇并列着,而前一篇和后一篇,所论的事却正相反对的。这样子,当然不会有知道真相的道理。

然而在这里,独有一个,为我所知道的正确的事实。这就是,称为世界的强国而耀武扬威的各国度,不料竟很怕俄国人的思想和活动这一个事实。就是很怕那既无金钱,也没了武力的俄国人这 · 个不可解不可思议的事实。其中,有如几乎要吐出自己的国度是世界唯一的这些大言壮语的某国,岂不是单听到俄罗斯,也就索索地发抖,失了血色么?仅从俄国前世纪的思想和艺术推测起来,我想,这也还是村民发挥着那特有的野性,呆子发挥着那呆里呆气和呆力量罢。所可惜者,那内容和实际,却有如早经聪明慧敏的几个日本的论者所推断一般,竟掉下那离开文明发达的路的邪道去,陷入了畜生道了罢。也许是苟为忠君爱国之民,即不该挂诸齿颊的事。此中的消息,在我这样迂远的村夫子,是什么也不懂的。

我不知道政治,然而在那国度里,于音乐生了格令加 (M. I. Glinka),路宾斯坦因(Rubinstein)兄弟,卡伊珂夫斯奇(P. I. Tchaikovsky)似的天才,于文学出了都介涅夫 (I. Turgeniev),戈理奇(Maxim Gorky),阿尔志跋绥夫(M. Artzibashev)等,一时风动了全世界的艺术界者,其原因,我自信有一层可以十足地断言,就是在这村民的呆气力。

十一　村绅的日本呀

都人和村民,这样一想,现今的日本人原也还与后者为近。近是近的,但并非纯粹的村民。要之,承了德川文明之后,而五十年间又受着西洋文明的皮相的感化,而且在近时,托世界大战的福,国富也增加一点了。说起来,就是村民的略略开通一点的,也可以叫作村落绅士似的气味的东西。就像乡下人进了都会,出手来买空卖空或者屯股票,赚了五万十万的钱,得意之至模样。既无都人的高雅,也没有纯村民的热性和呆气力。中心依然是霉气土气的村民,而口吻和服装却只想学先进国的样。朝朝夜夜,演着时代错误的喜剧,而本人却得意洋洋,那样子多么惨不忍见呵。唉唉,村绅的日本呀,在白皱纱之流的兵儿带上拖着的金索子,在泥土气还未褪尽的指节凸出的手指上发闪的雕着名印的金戒指,这些东西,是极其雄辩地讲着你现在的生活的。

唉唉,村绅的日本呀,村绅的特色,是在凡事都中涂半道敷衍完,用竹来接木。像呆子而不呆,似伶俐而也不伶俐,正漂亮时而胡涂着。那生活,宛如穿洋服而着屐子者,就是村绅。

唉唉,村绅的日本呀,向你谈些新思想和新艺术,我以为还太早了。假使一谈,单在嘴上,则如克鲁巴金(P. Kropotkin)呀,罗素(B. Russell)呀,马克斯(K. Marx)呀等类西洋人的姓氏,也会记得的罢;内行似口气,也会小聪明地卖弄的罢。但在肚子里,无论何时,你总礼拜着偶像。你的心,无论怎样,总离不开因袭。你并不想将Taboo忘掉罢。怀中的深处还暗藏着生霉的祖传的淀屋桥的烟袋,即使在大众面前吸了埃及的金口烟卷给人看,会有谁吃惊么?

唉唉,村绅的日本呀,说是你不懂思想和宗教和艺术,因而愤慨者,也许倒是自己错。想起来,做些下流的政治运动,弄到一个议员,也就是过分的光荣了。然而像你那样,便是政治,真的政治岂不是也不行么?惘然算了世界五大强国之一,显出确是村绅似的荣耀来,虽然好,但碰着或种问题,却突然塌台,受了和未开国一样看待了。这不是你将还不能在世界的文化生活里入伙的事,俨然招供了么?巧妙地满口忠君爱国的人们,却不以这为国耻,是莫名其妙的事。

我就忠告你罢。并不说死掉了再投胎,但是决了心,回到村民的往昔去。而且将小伶俐地仿徨徘徊的事一切中止,根本底地,彻底底地,本质底地,再将自己从新反省过,再将事物从新思索过才是。而且倘不将想好的事,出了村民似的呆子的呆气力,努力来实现于自己的生活上,是不中用的。股票,买空卖空,金戒指,都摔掉罢!

唉唉,村绅的日本呀,你如果连这些事也不能,那么再来教你罢:回到孩子的往昔去。自己秉了谦虚之心,想想八十的初学,而去从师去。学些真学问,请他指点出英法的先辈们所走的道路来。不要再弄杂志学问的半生不熟学问了,热心地真实地去用功罢。而且,什么外来思想是这般的那般的,在并不懂得之前,就摆出内行模样的调嘴学舌,也还是断然停止了好。

唉唉,村绅的日本呀,倘不然,你就无可救。你的生活改造是没有把握的。前涂已经看得见了。

写着之间,不提防滑了笔,成了非常的气势了。重读一遍,连自己也禁不住苦笑,但这样的笔法,在意以为 essay 这一种文学是四角八面的论文,意以为村学究者,乃是从早到夜,总抢着三段论法的脚色的诸公,真也不容易看下去罢。我还有要换了调子,写添的事在这里。

十二　生　命　力

日本人比起西洋人来,影子总是淡。这就因为生命之火的热度不足的缘故。恰有贱价的木炭和上等的石炭那样的不同。做的事,成的事,一切都不彻底,微温,挂在中间者,就是为此。无论什么事,也有一点抠要的,但没有深,没有力,既无耐久力,也没有持久性。可以说"其淡如水"罢。

可以用到五年十年的铁打的叉子(fork)不使用,却用每日三回,都换新的算做不错的杉箸者,是日本流。代手帕的是纸,代玻璃门的是纸隔扇之类,一切东西都没有耐久性。日本品的粗制滥造,也并不一定单是商业道德的问题,怕是邦人的这特性之所致的罢。

在西洋看见日本人,就使人索然兴尽,也并非单指皮肤的白色和黄色之差。正如一个德国人评为 Schmutzig gelb(污秽的黄色)那样,全然显着土色,而血色很淡,所以不堪。身矮脚短,就像耗子似的,但那举止动作既没有魄力,也没有重量。男子尚且如此,所以一提起日本妇人,就真是惨不忍睹,完全像是人影子或者傀儡在走路。而且,男的和女的,在日本人,也都没有西洋人所有的那种活泼丰饶的表情之美;辨不出是死了还是活着,就如见了蜜蜡做的假面具一般。这固然因为从古以来,受了所谓武士道之类的所谓"喜怒哀乐不形于色"这些抑制底消极底的无聊的训练之故罢,但泼剌的生气在内部燃烧的不足,也就证明着。

欧洲的战争,那么样费了人命和财帑,一面将那面打倒,击翻,直战到英语的所谓 to the knock-out(给站不起)这地步了。诚然有着毒辣的彻底性。一看战后法兰西对德国的态度,此感即尤其分明。然而,日俄战争的日本,则虽然赶先开火,毕毕剥剥地闹了起来,到后来,两三年就完了。战争是中涂半道。悬军长驱,直薄敌人的牙城么,就在连敌人的大门口还没有到的奉天这些地方收梢。也并非单因为国力的不支而已,是小聪明地目前漂亮,看到差不多的地方就收场,回转。像那世界战争似的呆样,无论如何,总是学不到的是日本人。因为是将敌人半生半杀着就放下的态度,所以俄罗斯倘没有成为现在这样状态,也许就在今日,正重演着第二回的日俄战争了。

战争那样的野蛮行为,可以置之不论,但我们在精神生活社会生活上,一碰到什么问题的时候,也还是将这半生半杀着就算完。打进那彻底底的解决去的,必须的生命力,是在根本上就欠缺的。

日本人总想到处肩了历史摆架子,然而在日本,不是向来就没有真的宗教么?不是也没有真的哲学么?其似乎宗教,似乎哲学的东西,都不过是从支那人和印度人得来的佛教和儒教的外来思想。其实,是借贷,是改本。要发出彻底底地解决的努力来,则相当的生命力和呆气力都不够,只好小伶俐地小能干地半生半杀了就算完,在这样的国民里,怎么能产生那震动世界的大思想,哲学,宗教呵!又怎么会有给与人类永远的幸福的大发明,大发见呵!

今也,正当世界的改造期了,日本人也还要反复这半生半杀主义么？也还不肯切实，诚恳，而就用妥协和敷衍来了事么？

十三　思想生活

伤寒病菌侵入人体，于是其人的肉体的生活力，即与这魔障物相接触而战争。因战争，遂发热。所以生活力愈强的人，这热也愈高，那结果，却是体质强健者倒容易丧命。的确与否不得而知，但我却曾经听到过这样的话，并且以为很有趣。

生命力旺盛的人，遇着或一"问题"。问题者，就是横在生命的跃进的路上的魔障。生命力和这魔障相冲突，因而发生的热就是"思想"。生命力强盛的人，为了这思想而受磔刑，被火刑，舍了性命的例子就很不少。而这思想却又使火花迸散，或者好花怒开，于是文学即被产生，艺术即被长育了。

在生命力的贫弱者，所以，就没有深的思想生活。思想不深的处所，怎么会产出大的文学和大的艺术来呢？仅盛着一二分深的泥土的花盆里，不是不会有开出又大又美的花的道理的么？

去年暮秋的或一晚，看过冈崎公园的帝国美术展览会的归涂中，来访我的书斋的一个友人说："一想到现今的日本所产生的最高的艺术，不过是那样的东西，就使人要丧气。"

我回答说："即使怎样丧气，花盆里缺少泥土，没有法子的。而且，想大加培植的人，不是一个也没有么？假使有之，但不与这样的呆子来周旋，不正是现在的日本人的生活么？单是浮面上的聪明人特别多……。"

只要驯良地做着数学和哲学的教员就完事了，却偏要将本分以外的事，去思索，去饶舌，以致在战时关到监牢里去的罗素，从聪明人的眼睛看起来，也许不见得是很聪明的脚色罢。然而他那近著《社会改造的根本义》(*Principles of Social Reconstruction*)，却如日本也已流传着那样，确是很有意味的书。罗素所用的是非常简单的论法,将人间所做的一切,都以冲动来说明。诚不愧为英吉利的思想家,那不说迂曲模胡的话这一点,是极痛快的。

"我们的活动的若干,是趋向于创作未有的事物,其余的则趋向于获得或保持已有的事物。创作冲动的代表,是艺术家的冲动;占有冲动的代表,是财产的冲动。所以,创作冲动做着最紧要的任务,而占有冲动成为最小了的生活,就是最上的生活。"(罗素《社会改造的根本义》二三四页。)

用了罗素的口吻说,则日本人等辈,冲动性是萎缩着的。而其微弱的冲动性,又独向财产的占有冲动那一面,动作得最多;至于代表创作冲动的艺术活动等,却脉搏已经减少了。使罗素说起来,这是最坏的生活,这就是村绅之所以为村绅的原因。

不独是文学和艺术,现在世界的大势,是政治和外交也已经进步,不像先前似的,单是手段和眼力了。劳动问题已非工场法之类所能解决,国际联盟也难于仅以外交公文的往复完事了。因为文化生活的一切活动,都以思想生活这东西做着基础的缘故。责备日俄战争前后的日本的外交,以为拙劣者,只有那时的日本的新闻,我们却屡次看见外国的批评家称赞着以前的日本外交的巧妙。是的,巧妙者,因为不过是手段,敏捷者,因为不过是眼力的缘故。因为照例的小聪明人的小手艺,很奏了一点功效的缘故。看见了这回讲和会议的失败,也有人评论,以为是日本人不善于宣传运动之所致的。但并无思想者,又宣传些甚么呢? 即使要宣传,岂不是也并无可以宣传的思想么? 没有可说的肚子和头的东西,即使单将嘴巴一开一闭地给人看,不是也无聊得很么?

将在公众之前弄广长舌这些事,当作恶德者,是日本的习惯。倘要在小房子里敷衍,那是很有些有着大本领的。所谓在集会上议决,单是表面的话,其实不过是几个阴谋家在密室中配好了的菜单。好在是几百年来相信着"口为祸之门"而生活下来的日本人,是在专制政治之下,夺去了言论的自由,而几世纪间,毫不以此为苦痛的不可思议的人种。那结果,第一,日本语这东西就先不发达,不适于作为公开演说的言语了。在这·点上,最发达的是世界上最重民权自由的盎格鲁索逊人种的国语。意在养成 gentleman 的古风的堪勃烈其和恶斯佛大学等,当作最紧要的训练的是讨论。在日本,将发表思想的演说和文章,当作主要课目的学校,在过去,在现在,可曾有一个呢?便是在今日,不是还至于说,倘在演说会上太饶舌了,教师的尊意就要不以为然么?无论什么东西,在不必要的地方就不发达。日本语之不适于演说,日本之少有雄辩家者,就因为没有这必要的缘故。和英语之类一比较,这一点,我想,实在是可以惭愧的。(别项英语讲演《英语之研究》参照。)

日本语这东西,即此一点,就须改造了。向着用这日本语的日本人,催他到巴黎的中央这类地方,以外国语作宣传运动去,那也许是催他去的倒反无理罢。

思想是和金钱相反的,愈是用出去,内容就愈丰饶;如果不发表,源泉便涸竭了。单从这一点看起来,日本人的思想生活岂不是也就非贫弱不可么?

日本人不以真的意义读书,也是思想生活贫弱的一个原因罢。倘以为读书是因为要成博学家之类,那是无药可医。为什么不去多读些文学书那样的无用之书的?

十四　改造与国民性

为了"但愿平安"主义的德川氏三百年的政策之故,日本人成为去骨泥鳅了。小聪明人愈加小聪明,而不许呆子存在的国度,于是成就了。单是擅长于笔端的技巧者,即在艺术界称雄,连一篇演说尚且不甚高明者,即在政党中拜帅的不可思议的立宪国,于是成就了。

我说:这是因为德川政策的缘故。为什么呢?因为一查战国时代的事,日本人原是直截爽快得多的;原是更彻底底地,并不敷衍的。

但是,概括地说起来,则无论怎么说,日本人的内生活的热总不足。这也许并非一朝一夕之故罢。以和歌俳句为中心,以简单的故事为主要作品的日本文学,不就是这事的明证么? 我尝读东京大学的芳贺教授之所说,以乐天洒脱,淡泊萧洒,纤丽巧致等,为我国的国民性,辄以为诚然。(芳贺教授著《国民性十论》一一七至一八二页参照。)过去和现在的日本人,确有这样的特性。从这样的日本人里面,即使现在怎么嚷,是不会忽然生出托尔斯泰和尼采和伊孛生来的。而况沙士比亚和但丁和弥耳敦,那里会有呢。

世间也有些论客,以为这是国民性,所以没有法。如果像一种宿命论者似的,简直说是没有法了,这才是没有法呵。绝对难于移动的不变的国民性,究竟有没有这样的东西,姑且作为别一问题,而对于国民性竭力加以大改造,则正是生活于新时代的人们的任务。喊着改造改造,而只嚷些社会问题呀,妇女问题呀,什么问题呀之类,岂不是本末倒置么? 没有将国民性这东西改造,我们的生活改造能成功的么?

我说:再多读些。我说:再多吃些;再多说些。我说:再多吃些可口的好东西。我说:并且成了更呆更呆的呆子,深深地思索去。这些事情,先该是生活改造的第一步。根本不培植,会生出什么来呢!

现在还铺排些这样陈腐平凡的话,我很觉得羞惭,也以为遗憾。我决不是得意地写出来的。

追忆起来,千八百六十年之春,约翰洛斯庚(John Ruskin)搁了他那不朽的大著《近代画家论》(Modern Painters)之笔了。从千八百四十三年第一卷的属稿起,至此十七年,第五卷遂成就。在这十七年中,又作了《建筑的七灯》(Seven Lamps of Architecture);又作了《威尼斯之石》(Stones of Venice);又作了《拉斐罗前派》(Pre-Raphaelitism),大为当时的新艺术吐气。此外公表的议论和讲演还很多。他的不断的努力终于获报，那时艺术批评家洛斯庚的名声，就见重于英国文坛了。这是洛斯庚四十岁的时候。

他突然转了眼光。他暂时离开"艺术之宫"，出了"象牙之塔"，谈起社会问题和经济问题来了，开手就将 essay 四篇载在《康锡耳杂志》(*Cornhill Magazine*) 上，这就是《寄后至者》(*Unto this Last*) 的名著。近时，我的友人石田宪次君已经将这忠实地译出，和他一手所译的嘉勒尔的《过去和现在》(*Past and Present*)，一同行世了。

洛斯庚在这四篇文字中，和当时的风潮反抗，解说"富"是怎样的东西。并说灵的生活，以示富与人生的关系。洛斯庚是想到了艺术的民众化，社会化，又觉得当社会昏蒙丑恶时候，仅谈艺术之无谓，所以写这四篇的。但世间都不理。俗众且报之以嘲骂，书店遂谢绝他续稿的印行。这和他此后为劳动问题而作的各种书，洛斯庚还至于不能不从当时的俗众们受了"危险的革新论者"(dangerous innovator) 这一个不甚好听的徽号。

然而洛斯庚的经济说，却有千古的卓见，含着永久的真理的。但使对于经济问题毫没有什么素养和心得的我来说，我却劝读者不如去看英国的以现代经济学者称一方之雄的荷勃生(J. A. Hobson) 的研究《社会改良家洛斯庚》(*John Ruskin, Social Reformer*) 去。这正月，我也四十岁了。就是近世英国最大思想家之一的洛斯庚做了《寄后至者》的那四十岁。但因为生来的钝根和懒惰，在我，竟一件像样的事也没有做。既不能写洛斯庚似的出色的文章，也没有以那么伟大的头脑来观照自然和人生的力量，仍然不过是一个村夫子而已。幸而还有自知之明，所以仍准备永远钻在所谓"文艺研究"这小天地里。准备固然是准备的，然而一看现在的日本的社会，也还是时时要生气，心里想：如果这模样，须到什么时候，才生出大的文学和艺术来呢？无端愤慨，以为根本不加改善，则终究归于无成者，也就为了这缘故。像我辈似的，即使怎样跳出"象牙之塔"来，伎俩也不过如此，那是自己万分了然的，但是看了那些将思想当作危险品，以演剧为乞儿的游戏，脱不出顽冥保守的旧思想的人们，却实在从心底里气忿。所以虽然明知道比起洛斯庚之流所做的事来，及不到百分之一，千分之一，不，并且还及不到万分之一，也要从"象牙之塔"里暂时一伸颈子，来写这样的东西了。

十五　诗三篇

我不想讲什么道理，还是谈诗罢。

诗三篇，都是勃朗宁的作品。作为根柢的中心思想是同一的，这诗圣的刚健而勇猛，而又极其壮快的人生观，就在其中显现着。

在《青春和艺术》(*Youth and Art*)里所说的，是女的音乐家和男的雕塑家两个，当青年时，私心窃相爱恋，而两皆犹豫逡巡，终于没有披沥各人的相思之情的末路的惨状。说的是女人，是追忆年青的往日，对于男的抱怨之言。

还在修业的少年雕塑家，正当独自制作着的时候，却从隔路的对面的家里，传出女的歌唱和钢琴声来。那女子的模样，是隔窗依稀可见的，但没有会过面。这事不知怎样，很打动了这寂寞的青年的心了。女的那一面，也以为如果掷进花朵来，即可以用眼光相报。春天虽到，而两人的心都寂寞。女的是前年秋季到伦敦来修业，豫备在乐坛取得盛大的荣名的。

藏着缠绵之情，两人都踌躇着，而时光却逝去了。男的又到意大利研究美术去，后来大有声名，列为王立美术院之一员。且至于荷了授爵的荣耀。

女的后来也成了不凡的音乐家，有名于交际界，其间有一个侯爵很相爱，不管女的正在踌躇着，强制地结了婚了。

这侯爵夫人和声名盖世的雕刻家，在交际场中会见了。这时候，女的羞得像一个处女。

世间都激赏这两人的艺术好，然而两人的生活是不充实的，即使叹息，也并不深，即使欢笑，心底里也并不笑。他们的生活是补钉，是断片。

Each life's unfulfilled, you see;

It hangs still, patchy and scrappy.

——*Youth and Art. XVI.*

他们两个的艺术里面，所以，缺少力量；总有着什么不足的东西。这就因为应该决行的事情，没有决行的缘故；奋然直前，鬼神也避易的，而他们竟没有直前的缘故。到了现在，青春的机会可已经不知道消失在那里了。

勃朗宁还有刺取罗马古诗人的句子，题曰《神未必这样想》(*Dis Aliter Visum*)的一篇诗，也有一样的意思。这是愤怒的女子，谴责先前的恋人的话。正如今夜一样，十年以前，他们俩在水滨会见了。女的还年青，男的却大得多，因此也多有了所谓"思虑""较量"这些赘物。男的也曾经想求婚，但还因为想着种种事，踌躇着。例如这女子还不识世故呀，年纪差得远，将来也有可虑呀之类，怀了无谓的杞忧，男的一面，竟没有决行结婚的勇气。事情就此完结了。待到十年后的今日，男的还是单身，但和 ballet（舞曲）的女伶结识着；女的却以并无爱情的结婚，做了人妻了。岂但因为男的一面有了思虑较量这些东西，这两人的生活永被破坏了呢，其实现在相牵连的四人的灵魂，也统统为此沦灭。在男人，固然自以为思虑较量着罢，但诗圣却用题目示意道："神未必这样想。"

凡有读这两篇诗的人们，该可以即刻想起作者勃朗宁这人的传记的一种异采罢。

诗人勃朗宁是通达的人。是信念的人；有着尽够将自己的生活，堂皇地真实地来艺术化的力量，总不使"为人的生活"和"为艺术家的生活"分成两样的。这就因为在他一生的传记中，并没有所谓"自己分裂"那样的惨淡的阴影的缘故。当初和女诗人伊利沙伯巴列德相爱恋，而伊利沙伯的父亲不许他们结婚。于是两人就随便行了结婚式,从法兰西向意大利走失了。虽说这病弱的女诗人比丈夫短命,但勃朗宁夫妻在意大利的十六年间的结婚生活,却真是无上之乐的幸福者。和遭着三次丧妻的不幸的弥耳敦相对照,其为幸福者,是至于传为古今文艺史上的佳话的。试一翻夫妻两诗人的诗集,又去看汇集着两人的情书的两卷《书翰集》,则无论是谁,都能觉到这结婚生活的幸福,是根本于勃朗宁的雄健的人生观的罢。在怀着不上不下的杞忧,斤斤于思虑较量的聪明人,那"走失",也就是万万做不出来的技艺。

较之上文所举的两篇更痛快,更大胆,可以窥见勇决的勃朗宁对于人生的态度者,是那一篇《立像和胸像》(*The Statue and the Bust*)。每当论勃朗宁之为宗教诗人,为思想家的时候,道学先生派的批评家往往苦于解释者,就是这一篇。

事情要回到三百多年的往昔去。意大利弗罗连斯的望族力凯尔提(Riccardi)家迎娶新妇了。

在高楼的东窗,侍女们护卫着,俯瞰着街上广场的是新妇。忽然间,瞥见了缓缓地加策前行的白马银鞍的贵公子了。

"那品格高华的马上人是谁呢?"新妇赧着颜这样问。侍女低声回答说,"是飞廸南特(Ferdinand)大公呵。"

过路的大公也诧异地向窗仰视,探问她是什么人,从者答道,"那是新近结婚的力凯尔提家的新妇。"

当大公用恋人的眼,仰看楼窗的时候,宛如初醒的人似的,新妇的眼也发了光,——她的"过去"是沉睡。她的"生",从这时候才开始。从因爱生辉的四目相交的这刹那起,她这才苏甦了。

是夕,大张新婚的飨宴,大公也在场。大公看见华美的新夫妇近来了。这瞬间,大公和新妇亲面了。依那时的宫廷的礼仪,大公遂赐臣僚力凯尔提家的新妇以接吻。

这真不过是一瞬间。在这瞬息中,两人该不能乘隙交谈,但在垂头伫立的新郎,却仿佛听到一句什么言语了。

是夜,新郎新妇在卧室的灯影下相对的时候,男的便宣言:到死为止,不得走出宅外一步去;只准从东窗下瞰人世,像那寺中的编年记者似的。

"遵命,"口头是回答了,但新妇的心中,却有别的回答在:和这恶魔,再来共这夜么? 在晚祷的钟声未作之前,脱离此间罢,扮作侍从者模样,逃走是很容易的。——但是,明日却不可。(这样想着的时候,她的眼光凝滞了。)父亲也在这里,为了父亲,再停一日罢。单是只一日。大公的经过,明天也一定可以看见的罢。

在床上这样想,她翻一个身,便睡去了。谁都如此,事情决定,说是明天,便睡去,这新妇也如此的。

这一夜,大公那一面也在想:纵使这幸福的杯,在精神和肉体上怎样地价贵,或怎样地价廉,也还是一饮而尽罢。明日,便召了趋殿的新郎,请新妇到沛忒拉雅(Petraya)的别邸中,去度新婚的佳日。但新郎却冠冕地辞谢了。他说,在己固然是分外的光荣,但对于南方生长的妻,北的山风足以伤体,医生是禁其出外的。

大公也不强邀,就此中止了,但暗想,那么,今夜就决行非常手段,诱出新妇来罢。然而且住,今夜姑且罢休。须迎从法兰西来的使节去,不能做。无法可想,暂停一日罢。而且单以经过那里,仰窥窗里的容颜,来消停这一日罢。

的确,那一天经过广场的时候,因爱生辉的大公的眼波,——真心给以接吻的口唇,窗里的女人一一看见了。

说是明日,又说是明日,这样踌躇起来,一日成为一周,一周成为一月,一月又延为一年。在犹豫逡巡中,时光逝去了。爱的热会冷却罢,老境会临头罢。说着且住且住,以送敷衍的月日,而迎新年。生活的新境界,总不能开拓。幽囚之身,则从东窗的栏影里下窥恋人,经过广场的大公,则照例仰眺窗中的女子,每日每日,都说着明日明日地虚度过去。用了不彻底的敷衍和妥协,来装饰对于世间的体面的几何年,就这样地过去了。

她有一天，在自己的头发中发见了几丝的白发。她知道"青春"的逝去了。两颊瘦损，额上已有皱纹。以前默然对镜的她，便急召乐比亚（Robbia）的陶工，命造自己的胸像，并教将这胸像放在俯瞰那恰恰经过广场的恋人的位置上，聊存年青时候的余韵的姿容。

大公也叹息道，"青春呀——我的梦消去了！要留下他的铭记罢？"于是召唤婆罗革那（Bologna）的名工，使仿照自己的骑马丰姿，造一个黄铜的立像，放在常常经过的广场中。

这两人的"立像和胸像"留在地上，但两人在地下，现在正静候着神的最后的审判罢。今日说着明日，送了"想要努力的懒惰"的每日每日，终于不能决行那人生一大事的他们俩，神大概未必嘉许罢。诗人勃朗宁说。

诗人说，"也许有人这么说着来责备罢。因为迟延了，所以正好，一做，不就犯了罪恶么？"这虔敬的宗教诗人，是决不来奖劝和有夫之妇的背义之爱的。只是，人生者，乃是试练。这试练，正如可以用善来施行一般，也可以用恶。决胜负者，无须定是赌钱。筹马也不妨，只要切实地诚恳地做，就是真胜负。即使目的是罪恶罢，但度着虚饰敷衍的生活的事，就误了人生的第一义了。冲动的生命，跃进的生命，除此以外，在人生还有什么意义呢？

《立像和胸像》的作者既述了这意思，在最末，更以古诗人荷拉调斯（Horatius）诗集里的名句结之。曰，"不是别人的事呵！"（De te, fabula！）

西洋的书籍里常常看见的这有名的警世的句子，也在马克斯的《资本论》（Karl Marx：Das Kapital）中，因日本的翻译者而被误译了。

十六　尚早论

勃朗宁并非教人以道德上的 anarchism（无治主义）或是什么。

在人生,是还有比平常的形式道德和用了法律家的道理所做的法则更大,更深,而且更高的道德和法则的。在还未达到这样的第一义底生活以前,我们也还是办事员,是贤母良妻,是学问研究职工,是投机者,是道学先生。而且,并不是"人"。在想要抓住这真的"人"的地方,就有着文艺的意义,有着艺术家的使命。

呵呀,又将笔滑到文艺那边去了。这样的事,现在是并不想写的。

勃朗宁说,恶也不打紧,想做,便做去。在两可之间,用了思虑和较量,犹豫逡巡,送着敷衍的微温的每日每日,倒是比什么都更大的罪恶。然而世上有一种尚早论者。在日本,尤其是特多的特产物。说道,普通选举是好的,但还早。说道,工人联合也赞成的,但在现今的日本的劳动者,还早。说道,女子参政也不坏,但在现今的日本的妇人,还太早。每逢一个问题发生,这尚早论者的聪明人,便出来阻挠。说道凡事都不要着急。且住且住地挽留。天下也许有些太平罢,但以这么畏葸的妥协和姑息的态度,生活改造听了不要目瞪口呆么?

勃朗宁说的是恶也不妨,去做去。古来的谚语也教人"善则赶先"。然而尚早论者,却道善也不必急。明日,后日,明年,十年之后,这么说着,要踏进终于在明镜中看见几丝银发的力凯尔提家的夫人的辙里去。倘若单是自己踏进去,那自然是请便,但还要拉着别人去,这真教人忍不住了。

游泳,原是好的,但在年纪未到的人是危险的,满口还早还早,始终在地板上练浮水,怕未必会有能够游泳的日子罢。为什么不跳到水里去,给淹一淹的? 在并无淹过的经验的人,能会浮水的么? 在浅水中拍浮着,用了但愿平安主义,却道就要浮水,那是胡涂的聪明人的办法。只因为关于游泳的事,我的父母是尚早论者,因此直到顶发已秃的现今,我不知道浮水。后来又割去了一条腿,所以这个我,是将以永远不识游泳的兴味完结的了。

不淹,即不会游泳。不试去冲撞墙壁,即不会发见出路。在暗中静思默坐,也许是安全第一罢,但这样子,岂不是即使经过多少年,也不能走出光明的世界去的么?不是彻底地误了的人,也不能彻底地悟。便是在日本,向来称为高僧大德的这些人们之中,就有非常的游荡者。岂不是惟在勤修中且至于有了私生儿的圣奥古斯丁,这才能有那样的宗教底经验么?

莽撞地,说道碰碎罢了者,是村夫式呆子式,乃是日本人多数之所不欲为的。无论何时,无论何地,在这国度里,尚早论占着多数者,就是那结果。

在内燃烧的生命之火的热是微弱的,影是淡薄的,创作冲动的力是缺乏的日本人,无论要动作,要前进,所需的生命力都不够。用了微温,姑息,平板,来敷衍每日每日的手段,确也可以显出办事家风的思虑较量罢。这样子,天下也许是颇为泰平无事的,但是,那使人听得要饱了的叫喊改造的声音,是空虚的音响么,还是模学别国人的口吻呢?

俗语说,穷则通。在动作和前进,生命力都不够者,固然不会走到穷的地步去,但因此也不会通。是用因袭和姑息来固结住,走着安全第一的路的,所以教人不可耐。

偶而有一个要动作前进的出来,大家就扑上去,什么危险思想家呀,外来思想的宣传者呀,加上各样的坏话,想将他打倒。虽然不过是跄跄踉踉摇摇荡荡之辈,但多数就是大势,所以很难当。倘没有很韧性的呆子出来,要支持不下去了。好个有趣的国度!

有人说些伶俐话,以为政府是官僚式的。在日本,民众这东西,不已经就是官僚式的么?其实,在现今的文明国中,像日本的bourgeois(中产阶级)似的官僚式的bourgeois,别地方不见其比:这是我不惮于断定的。

生命之泉已经干涸者,早老是当然的事,但日本似的惟老头子独为阔气的国度,也未必会再有。在教育界等处,二十岁的老头子决不希罕,也是实情。一进公司,做了资本家的走狗,则才出学校未久的脚色,已经成为老练,老狯,老巧:能不使人惊绝。正如树木从枝梢枯起一样,日本人也从头上老下去。假使勃朗宁似的,到七十七岁了,而在《至上善》(*Summum Bonum*)这一篇歌中,还赞美少女的接吻,或如新近死去了的法兰西的卢诺亚尔(A. Renoir)似的,成了龙钟的老翁,还画那么清新鲜活的画,倘在日本,不知道要被人说些甚么话呢。我每听到"到了那么年纪了……"这一句日本人的常套语,便往往要想起这样的七十岁八十岁的青年之可以宝贵来。说道"还年青还年青",在"年青"这话里,甚至于还含有极其侮蔑的意思者,是日本人。这也是国粹之一么?

原载 1925 年 2 月 14 日至 18 日,20 至 21 日,23 日,25 日,28 日,3 月 2 日至 5 日,7 日《京报副刊》。

初收 1925 年 12 月北京未名社版"未名丛刊"之一《出了象牙之塔》。

十九日

日记 晴。午后衣萍来,同往中天剧场观电影。夜培良,有麟来。

二十日

日记 昙。上午往师大讲并取去年三月分薪水泉十一。午后往北大讲。下午得王捷三信。收《东方杂志》一本。得任国桢信。得李霁野信。

二十一日

日记 晴。午后钦文来。下午寄常维钧信。寄任国桢信并译稿。晚往博益书社买《新旧约全书》一本,一元。夜有麟来。

二十二日

日记　晴,大风。星期休息。无事。

二十三日

日记　晴。上午得吴[胡]萍霞信,十九日孝感发。得任国桢信。午后往女子师校讲。下午寄蒋廷黻以《小说史略》及《呐喊》各一部。寄李济之以《呐喊》一部。收《小说月报》一本。夜有麟来。伏园来。

二十四日

日记　晴。午后衣萍,曙天,小峰,漱六来。晚高歌来。伏园来。夜蕴儒,长虹,培良来。复任国桢信。

二十五日

日记　晴。下午收《妇女杂志》一本。夜有麟来。风。

二十六日

日记　晴。夜有麟来。

二十七日

日记　昙。上午往师大讲。午后往北大讲。下午与维钧,品青,衣萍,钦文入一小茶店闲话。夜伏园来。项亦愚,荆有麟来。

二十八日

日记　晴,午后昙。下午寄小峰信。夜大风。成小说一篇。

三月

一日

日记　晴,风。星期休息。上午毛壮侯来,不见,留邵元冲信而去。有麟来。下午往民国日报馆交寄邵元冲信并文稿。往商务印书馆豫约《别下斋丛书》,《佚存丛书》,《清仪阁古器物文》各一部,共泉三十六元七角五分。伏园来,未遇。夜有麟,蕴儒,长虹,培良来。

长　明　灯

春阴的下午,吉光屯唯一的茶馆子里的空气又有些紧张了,人们的耳朵里,仿佛还留着一种微细沉实的声息——

"熄掉他罢!"

但当然并不是全屯的人们都如此。这屯上的居民是不大出行的,动一动就须查黄历,看那上面是否写着"不宜出行";倘没有写,出去也须先走喜神方,迎吉利。不拘禁忌地坐在茶馆里的不过几个以豁达自居的青年人,但在蛰居人的意中却以为个个都是败家子。

现在也无非就是这茶馆里的空气有些紧张。

"还是这样么?"三角脸的拿起茶碗,问。

"听说,还是这样,"方头说,"还是尽说'熄掉他熄掉他'。眼光也越加发闪了。见鬼! 这是我们屯上的一个大害,你不要看得微细。我们倒应该想个法子来除掉他!"

"除掉他,算什么一回事。他不过是一个⋯⋯。什么东西! 造庙的时候,他的祖宗就捐过钱,现在他却要来吹熄长明灯。这不是

97

不肖子孙？我们上县去,送他忤逆!"阔亭捏了拳头,在桌上一击,慷慨地说。一只斜盖着的茶碗盖子也嘎的一声,翻了身。

"不成。要送忤逆,须是他的父母,母舅……"方头说。

"可惜他只有一个伯父……"阔亭立刻颓唐了。

"阔亭!"方头突然叫道。"你昨天的牌风可好?"

阔亭睁着眼看了他一会,没有便答;胖脸的庄七光已经放开喉咙嚷起来了——

"吹熄了灯,我们的吉光屯还成什么吉光屯,不就完了么? 老年人不都说么:这灯还是梁武帝点起的,一直传下来,没有熄过;连长毛造反的时候也没有熄过……。你看,喷,那火光不是绿莹莹的么? 外路人经过这里的都要看一看,都称赞……。喷,多么好……。他现在这么胡闹,什么意思? ……"

"他不是发了疯么? 你还没有知道?"方头带些藐视的神气说。

"哼,你聪明!"庄七光的脸上就走了油。

"我想:还不如用老法子骗他一骗,"灰五婶,本店的主人兼工人,本来是旁听着的,看见形势有些离了她专注的本题了,便赶忙来岔开纷争,拉到正经事上去。

"什么老法子?"庄七光诧异地问。

"他不是先就发过一回疯么,和现在一模一样。那时他的父亲还在,骗了他一骗,就治好了。"

"怎么骗? 我怎么不知道?"庄七光更其诧异地问。

"你怎么会知道? 那时你们都还是小把戏呢,单知道喝奶拉矢。便是我,那时也不这样。你看我那时的一双手呵,真是粉嫩粉嫩……"

"你现在也还是粉嫩粉嫩……"方头说。

"放你妈的屁!"灰五婶怒目地笑了起来,"莫胡说了。我们讲正经话。他那时也还年青哩;他的老子也就有些疯的。听说:有一天他的祖父带他进社庙去,教他拜社老爷,瘟将军,王灵官老爷,他就害怕了,硬不拜,跑了出来,从此便有些怪。后来就像现在一样,一见人总和他们商量吹熄正殿上的长明灯。他说熄了便再不会有蝗虫和病痛,真是像一件天大的正事似的。大约那是邪祟附了体,怕见正路神道了。要是我们,会怕见社老爷么?你们的茶不冷了么?对一点热水罢。好,他后来就自己闯进去,要去吹。他的老子又太疼爱他,不肯将他锁起来。呵,后来不是全屯动了公愤,和他老子去吵闹了么?可是,没有办法,——幸亏我家的死鬼 ①那时还在,给想了一个法:将长明灯用厚棉被一围,漆漆黑黑地,领他去看,说是已经吹熄了。”

“唉唉,这真亏他想得出。”三角脸吐一口气,说,不胜感服之至似的。

“费什么这样的手脚,”阔亭愤愤地说,“这样的东西,打死了就完了,吓!”

“那怎么行?”她吃惊地看着他,连忙摇手道,“那怎么行! 他的祖父不是捏过印靶子②的么?”

阔亭们立刻面面相觑,觉得除了“死鬼”的妙法以外,也委实无法可想了。

“后来就好了的!”她又用手背抹去一些嘴角上的白沫,更快地说,“后来全好了的! 他从此也就不再走进庙门去,也不再提起什么来,许多年。不知道怎么这回看了赛会之后不多几天,又疯了起来了。哦,同先前一模一样。午后他就走过这里,一定又上庙里去了。你们和四爷商量商量去,还是再骗他一骗好。那灯不是梁五弟点起来的么? 不是说,那灯一灭,这里就要变海,我们就都要变泥鳅么?你们快去和四爷商量商量罢,要不……”

“我们还是先到庙前去看一看,”方头说着,便轩昂地出了门。

阔亭和庄七光也跟着出去了。三角脸走得最后,将到门口,回

---

① 该屯的粗女人有时以此称自己的亡夫。
② 做过实缺官的意思。

过头来说道——

"这回就记了我的账！入他……。"

灰五婶答应着，走到东墙下拾起一块木炭来，就在墙上画有一个小三角形和一串短短的细线的下面，划添了两条线。

他们望见社庙的时候，果然一并看到了几个人：一个正是他，两个是闲看的，三个是孩子。

但庙门却紧紧地关着。

"好！庙门还关着。"阔亭高兴地说。

他们一走近，孩子们似乎也都胆壮，围近去了。本来对了庙门立着的他，也转过脸来对他们看。

他也还如平常一样，黄的方脸和蓝布破大衫，只在浓眉底下的大而且长的眼睛中，略带些异样的光闪，看人就许多工夫不眨眼，并且总含着悲愤疑惧的神情。短的头发上粘着两片稻草叶，那该是孩子暗暗地从背后给他放上去的，因为他们向他头上一看之后，就都缩了颈子，笑着将舌头很快地一伸。

他们站定了，各人都互看着别个的脸。

"你干什么？"但三角脸终于走上一步，诘问了。

"我叫老黑开门，"他低声，温和地说。"就因为那一盏灯必须吹熄。你看，三头六臂的蓝脸，三只眼睛，长帽，半个的头，牛头和猪牙齿，都应该吹熄……吹熄。吹熄，我们就不会有蝗虫，不会有猪嘴瘟……。"

"唏唏，胡闹！"阔亭轻蔑地笑了出来，"你吹熄了灯，蝗虫会还要多，你就要生猪嘴瘟！"

"唏唏！"庄七光也陪着笑。

一个赤膊孩子擎起他玩弄着的苇子，对他瞄准着，将樱桃似的小口一张，道——

"吧！"

"你还是回去罢！倘不，你的伯伯会打断你的骨头！灯么，我替你吹。你过几天来看就知道。"阔亭大声说。

他两眼更发出闪闪的光来，钉一般看定阔亭的眼，使阔亭的眼光赶紧辟易了。

"你吹？"他嘲笑似的微笑，但接着就坚定地说，"不能！不要你们。我自己去熄，此刻去熄！"

阔亭便立刻颓唐得酒醒之后似的无力；方头却已站上去了，慢慢地说道——

"你是一向懂事的，这一回可是太胡涂了。让我来开导你罢，你也许能够明白。就是吹熄了灯，那些东西不是还在么？不要这么傻头傻脑了，还是回去！睡觉去！"

"我知道的，熄了也还在。"他忽又现出阴鸷的笑容，但是立即收敛了，沉实地说道，"然而我只能姑且这么办。我先来这么办，容易些。我就要吹熄他，自己熄！"他说着，一面就转过身去竭力地推庙门。

"喂！"阔亭生气了，"你不是这里的人么？你一定要我们大家变泥鳅么？回去！你推不开的，你没有法子开的！吹不熄的！还是回去好！"

"我不回去！我要吹熄他！"

"不成！你没法开！"

"………"

"你没法开！"

"那么，就用别的法子来。"他转脸向他们一瞥，沉静地说。

"哼，看你有什么别的法。"

"………"

"看你有什么别的法！"

"我放火。"

"什么？"阔亭疑心自己没有听清楚。

“我放火！”

沉默像一声清磬，摇曳着尾声，周围的活物都在其中凝结了。但不一会，就有几个人交头接耳，不一会，又都退了开去；两三人又在略远的地方站住了。庙后门的墙外就有庄七光的声音喊道——

“老黑呀，不对了！你庙门要关得紧！老黑呀，你听清了么？关得紧！我们去想了法子就来！”

但他似乎并不留心别的事，只闪烁着狂热的眼光，在地上，在空中，在人身上，迅速地搜查，仿佛想要寻火种。

方头和阔亭在几家的大门里穿梭一般出入了一通之后，吉光屯全局顿然扰动了。许多人们的耳朵里，心里，都有了一个可怕的声音："放火！"但自然还有多少更深的蛰居人的耳朵里心里是全没有。然而全屯的空气也就紧张起来，凡有感得这紧张的人们，都很不安，仿佛自己就要变成泥鳅，天下从此毁灭。他们自然也隐约知道毁灭的不过是吉光屯，但也觉得吉光屯似乎就是天下。

这事件的中枢，不久就凑在四爷的客厅上了。坐在首座上的是年高德韶的郭老娃，脸上已经皱得如风干的香橙，还要用手捋着下颏上的白胡须，似乎想将他们拔下。

“上半天，”他放松了胡子，慢慢地说，“西头，老富的中风，他的儿子，就说是：因为，社神不安，之故。这样一来，将来，万一有，什么，鸡犬不宁，的事，就难免要到，府上……是的，都要来到府上，麻烦。”

“是么，”四爷也捋着上唇的花白的鲇鱼须，却悠悠然，仿佛全不在意模样，说，“这也是他父亲的报应呵。他自己在世的时候，不就是不相信菩萨么？我那时就和他不合，可是一点也奈何他不得。现在，叫我还有什么法？”

“我想，只有，一个。是的，有一个。明天，捆上城去，给他在那个，那个城隍庙里，搁一夜，是的，搁一夜，赶一赶，邪祟。”

阔亭和方头以守护全屯的劳绩,不但第一次走进这一个不易瞻仰的客厅,并且还坐在老娃之下和四爷之上,而且还有茶喝。他们跟着老娃进来,报告之后,就只是喝茶,喝干之后,也不开口,但此时阔亭忽然发表意见了——

"这办法太慢! 他们两个还管着呢。最要紧的是马上怎么办。如果真是烧将起来……"

郭老娃吓了一跳,下巴有些发抖。

"如果真是烧将起来……"方头抢着说。

"那么,"阔亭大声道,"就糟了!"

一个黄头发的女孩子又来冲上茶。阔亭便不再说话,立即拿起茶来喝。浑身一抖,放下了,伸出舌尖来舐了一舐上嘴唇,揭去碗盖嘘嘘地吹着。

"真是拖累煞人!"四爷将手在桌上轻轻一拍,"这种子孙,真该死呵! 唉!"

"的确,该死的。"阔亭抬起头来了,"去年,连各庄就打死一个:这种子孙。大家一口咬定,说是同时同刻,大家一齐动手,分不出打第一下的是谁,后来什么事也没有。"

"那又是一回事。"方头说,"这回,他们管着呢。我们得赶紧想法子。我想……"

老娃和四爷都肃然地看着他的脸。

"我想:倒不如姑且将他关起来。"

"那倒也是一个妥当的办法。"四爷微微地点一点头。

"妥当!"阔亭说。

"那倒,确是,一个妥当的,办法。"老娃说,"我们,现在,就将他,拖到府上来。府上,就赶快,收拾出,一间屋子来。还,准备着,锁。"

"屋子?"四爷仰了脸,想了一会,说,"舍间可是没有这样的闲房。他也说不定什么时候才会好……"

"就用,他,自己的……"老娃说。

"我家的六顺，"四爷忽然严肃而且悲哀地说，声音也有些发抖了。"秋天就要娶亲……。你看，他年纪这么大了，单知道发疯，不肯成家立业。舍弟也做了一世人，虽然也不大安分，可是香火总归是绝不得的……。"

"那自然！"三个人异口同音地说。

"六顺生了儿子，我想第二个就可以过继给他。但是，——别人的儿子，可以白要的么？"

"那不能！"三个人异口同音地说。

"这一间破屋，和我是不相干；六顺也不在乎此。可是，将亲生的孩子白白给人，做母亲的怕不能就这么松爽罢？"

"那自然！"三个人异口同音地说。

四爷沉默了。三个人交互看着别人的脸。

"我是天天盼望他好起来，"四爷在暂时静穆之后，这才缓缓地说，"可是他总不好。也不是不好，是他自己不要好。无法可想，就照这一位所说似的关起来，免得害人，出他父亲的丑，也许倒反好，倒是对得起他的父亲……。"

"那自然，"阔亭感动的说，"可是，房子……"

"庙里就没有闲房？……"四爷慢腾腾地问道。

"有！"阔亭恍然道，"有！进大门的西边那一间就空着，又只有一个小方窗，粗木直栅的，决计挖不开。好极了！"

老娃和方头也顿然都显了欢喜的神色；阔亭吐一口气，尖着嘴唇就喝茶。

未到黄昏时分，天下已经泰平，或者竟是全都忘却了，人们的脸上不特已不紧张，并且早褪尽了先前的喜悦的痕迹。在庙前，人们的足迹自然比平日多，但不久也就稀少了。只因为关了几天门，孩子们不能进去玩，便觉得这一天在院子里格外玩得有趣，吃过了晚饭，还有几个跑到庙里去游戏，猜谜。

"你猜。"一个最大的说,"我再说一遍——

　　白篷船,红划楫,

　　摇到对岸歇一歇,

　　点心吃一些,

　　戏文唱一出。"

"那是什么呢?'红划楫'的。"一个女孩说。

"我说出来罢,那是……"

"慢一慢!"生癞头疮的说,"我猜着了:航船。"

"航船。"赤膊的也道。

"哈,航船?"最大的道,"航船是摇橹的。他会唱戏文么?你们猜不着。我说出来罢……"

"慢一慢,"癞头疮还说。

"哼,你猜不着。我说出来罢,那是:鹅。"

"鹅!"女孩笑着说,"红划楫的。"

"怎么又是白篷船呢?"赤膊的问。

"我放火!"

孩子们都吃惊,立时记起他来,一齐注视西厢房,又看见一只手扳着木栅,一只手撕着木皮,其间有两只眼睛闪闪地发亮。

沉默只一瞬间,癞头疮忽而发一声喊,拔步就跑;其余的也都笑着嚷着跑出去了。赤膊的还将苇子向后一指,从喘吁吁的樱桃似的小嘴唇里吐出清脆的一声道——

"吧!"

从此完全静寂了,暮色下来,绿莹莹的长明灯更其分明地照出神殿,神龛,而且照到院子,照到木栅里的昏暗。

孩子们跑出庙外也就立定,牵着手,慢慢地向自己的家走去,都笑吟吟地,合唱着随口编派的歌——

　　"白篷船,对岸歇一歇。

　　此刻熄,自己熄。

戏文唱一出。

我放火！哈哈哈！

火火火，点心吃一些。

戏文唱一出。

··············

·········

···"

一九二五年三月一日。

原载 1925 年 3 月 5～8 日《民国日报副刊》。

初收 1926 年 8 月北京北新书局版"乌合丛书"之一《彷徨》。

二日

日记　晴。上午寄三弟信。得李遇安信。下午往女师讲。得三弟信，二月廿六日发。

过　客

时：

或一日的黄昏。

地：

或一处。

人：

老翁——约七十岁，白须发，黑长袍。

女孩——约十岁,紫发,乌眼珠,白地黑方格长衫。

过客——约三四十岁,状态困顿倔强,眼光阴沉,黑须,乱
　　　发,黑色短衣裤皆破碎,赤足著破鞋,胁下挂一个
　　　口袋,支着等身的竹杖。

东,是几株杂树和瓦砾;西,是荒凉破败的丛葬;其间有一条似
路非路的痕迹。一间小土屋向这痕迹开着一扇门;门侧有一段
枯树根。

（女孩正要将坐在树根上的老翁挽起。）

翁——孩子。喂,孩子! 怎么不动了呢?

孩——（向东望着,）有谁走来了,看一看罢。

翁——不用看他。扶我进去罢。太阳要下去了。

孩——我,——看一看。

翁——唉,你这孩子! 天天看见天,看见土,看见风,还不够好
看么? 什么也不比这些好看。你偏是要看谁。太阳下去时候出现
的东西,不会给你什么好处的。……还是进去罢。

孩——可是,已经近来了。阿阿,是一个乞丐。

翁——乞丐? 不见得罢。

（过客从东面的杂树间跄踉走出,暂时踌躇之后,慢慢地走
　　近老翁去。）

客——老丈,你晚上好?

翁——阿,好! 托福。你好?

客——老丈,我实在冒昧,我想在你那里讨一杯水喝。我走得
渴极了。这地方又没有一个池塘,一个水洼。

翁——唔,可以可以。你请坐罢。（向女孩,）孩子,你拿水来,
杯子要洗干净。

（女孩默默地走进土屋去。）

翁——客官，你请坐。你是怎么称呼的。

客——称呼？——我不知道。从我还能记得的时候起，我就只一个人。我不知道我本来叫什么。我一路走，有时人们也随便称呼我，各式各样地，我也记不清楚了，况且相同的称呼也没有听到过第二回。

翁——阿阿。那么，你是从那里来的呢？

客——（略略迟疑，）我不知道。从我还能记得的时候起，我就在这么走。

翁——对了。那么，我可以问你到那里去么？

客——自然可以。——但是，我不知道。从我还能记得的时候起，我就在这么走，要走到一个地方去，这地方就在前面。我单记得走了许多路，现在来到这里了。我接着就要走向那边去，（西指，）前面！

（女孩小心地捧出一个木杯来，递去。）

客——（接杯，）多谢，姑娘。（将水两口喝尽，还杯，）多谢，姑娘。这真是少有的好意。我真不知道应该怎样感激！

翁——不要这么感激。这于你是没有好处的。

客——是的，这于我没有好处。可是我现在很恢复了些力气了。我就要前去。老丈，你大约是久住在这里的，你可知道前面是怎么一个所在么？

翁——前面？前面，是坟。

客——（诧异地，）坟？

孩——不，不，不的。那里有许多许多野百合，野蔷薇，我常常去玩，去看他们的。

客——（西顾，仿佛微笑，）不错。那些地方有许多许多野百合，野蔷薇，我也常常去玩过，去看过的。但是，那是坟。（向老翁，）老丈，走完了那坟地之后呢？

翁——走完之后？那我可不知道。我没有走过。

客——不知道?!

孩——我也不知道。

翁——我单知道南边；北边；东边，你的来路。那是我最熟悉的地方，也许倒是于你们最好的地方。你莫怪我多嘴，据我看来，你已经这么劳顿了，还不如回转去，因为你前去也料不定可能走完。

客——料不定可能走完？……（沉思，忽然惊起，）那不行！我只得走。回到那里去，就没一处没有名目，没一处没有地主，没一处没有驱逐和牢笼，没一处没有皮面的笑容，没一处没有眶外的眼泪。我憎恶他们，我不回转去！

翁——那也不然。你也会遇见心底的眼泪，为你的悲哀。

客——不。我不愿看见他们心底的眼泪，不要他们为我的悲哀！

翁——那么，你，（摇头，）你只得走了。

客——是的，我只得走了。况且还有声音常在前面催促我，叫唤我，使我息不下。可恨的是我的脚早经走破了，有许多伤，流了许多血。（举起一足给老人看，）因此，我的血不够了；我要喝些血。但血在那里呢？可是我也不愿意喝无论谁的血。我只得喝些水，来补充我的血。一路上总有水，我倒也并不感到什么不足。只是我的力气太稀薄了，血里面太多了水的缘故罢。今天连一个小水洼也遇不到，也就是少走了路的缘故罢。

翁——那也未必。太阳下去了，我想，还不如休息一会的好罢，像我似的。

客——但是，那前面的声音叫我走。

翁——我知道。

客——你知道？你知道那声音么？

翁——是的。他似乎曾经也叫过我。

客——那也就是现在叫我的声音么？

翁——那我可不知道。他也就是叫过几声,我不理他,他也就不叫了,我也就记不清楚了。

客——唉唉,不理他……。(沉思,忽然吃惊,倾听着,)不行!我还是走的好。我息不下。可恨我的脚早经走破了。(准备走路。)

孩——给你!(递给一片布,)裹上你的伤去。

客——多谢,(接取,)姑娘。这真是……。这真是极少有的好意。这能使我可以走更多的路。(就断砖坐下,要将布缠在踝上,)但是,不行!(竭力站起,)姑娘,还了你罢,还是裹不下。况且这太多的好意,我没法感激。

翁——你不要这么感激,这于你没有好处。

客——是的,这于我没有什么好处。但在我,这布施是最上的东西了。你看,我全身上可有这样的。

翁——你不要当真就是。

客——是的。但是我不能。我怕我会这样:倘使我得到了谁的布施,我就要像兀鹰看见死尸一样,在四近徘徊,祝愿她的灭亡,给我亲自看见;或者咒诅她以外的一切全都灭亡,连我自己,因为我就应该得到咒诅。但是我还没有这样的力量;即使有这力量,我也不愿意她有这样的境遇,因为她们大概总不愿意有这样的境遇。我想,这最稳当。(向女孩,)姑娘,你这布片太好,可是太小一点了,还了你罢。

孩——(惊惧,退后,)我不要了!你带走!

客——(似笑,)哦哦,……因为我拿过了?

孩——(点头,指口袋,)你装在那里,去玩玩。

客——(颓唐地退后,)但这背在身上,怎么走呢?……

翁——你息不下,也就背不动。——休息一会,就没有什么了。

客——对咧,休息……。(默想,但忽然惊醒,倾听。)不,我不能!我还是走好。

翁——你总不愿意休息么?

客——我愿意休息。

翁——那么，你就休息一会罢。

客——但是，我不能……。

翁——你总还是觉得走好么？

客——是的。还是走好。

翁——那么，你也还是走好罢。

客——（将腰一伸，）好，我告别了。我很感谢你们。（向着女孩，）姑娘，这还你，请你收回去。

（女孩惊惧，敛手，要躲进土屋里去。）

翁——你带去罢。要是太重了，可以随时抛在坟地里面的。

孩——（走向前，）阿阿，那不行！

客——阿阿，那不行的。

翁——那么，你挂在野百合野蔷薇上就是了。

孩——（拍手，）哈哈！好！

客——哦哦……。

（极暂时中，沉默。）

翁——那么，再见了。祝你平安。（站起，向女孩，）孩子，扶我进去罢。你看，太阳早已下去了。（转身向门。）

客——多谢你们。祝你们平安。（徘徊，沉思，忽然吃惊，）然而我不能！我只得走。我还是走好罢……。（即刻昂了头，奋然向西走去。）

（女孩扶老人走进土屋，随即阖了门。过客向野地里跄踉地闯进去，夜色跟在他后面。）

一九二五年三月二日。

原载 1925 年 3 月 9 日《语丝》周刊第 17 期，副题作《野草之十一》。

初收 1927 年 7 月北京北新书局版"乌合丛书"之一《野草》。

三日

日记 晴,风。下午得李济之信。夜伏园来。有麟来。

四日

日记 晴。午后钦文来。夜有麟来并赠水果四罐。长虹来。是晚子佩来访,因还以泉五十。

五日

日记 晴。午后衣萍来。晚往东亚公司买『新俄美術大観』一本,『現代仏蘭西文芸叢書』六本,『最新文芸叢書』三本,『近代劇十二講』一本,『芸術の本質』一本,共泉十五元八角。夜有麟来。培良来。

聊 答"……"*

柯先生:

我对于你们一流人物,退让得够了。我那时的答话,就先不写在"必读书"栏内,还要一则曰"若干",再则曰"参考",三则曰"或",以见我并无指导一切青年之意。我自问还不至于如此之昏,会不知道青年有各式各样。那时的聊说几句话,乃是但以寄几个曾见和未见的或一种改革者,愿他们知道自己并不孤独而已。如先生者,倘不是"喂"的指名叫了我,我就毫没有和你扳谈的必要的。

照你大作的上文看来,你的所谓"……",该是"卖国"。到我死掉为止,中国被卖与否未可知,即使被卖,卖的是否是我也未可知,这是未来的事,我无须对你说废话。但有一节要请你明鉴:宋末,明末,送掉了国家的时候;清朝割台湾,旅顺等地的时候,我都不在场;在场的也不如你所"尝听说"似的,"都是留学外国的博士硕士";达尔文的书还未介绍,罗素也还未来华,而"老子,孔子,孟子,荀子辈"的著作却早经行世了。钱能训扶乩则有之,却并没有要废中国文字,你虽然自以为"哈哈!我知道了",其实是连近时近地的事都很不了了的。

你临末,又说对于我的经验,"真的百思不得其解"。那么,你不是又将自己的判决取消了么?判决一取消,你的大作就只剩了几个"啊""哈""唉""喂"了。这些声音,可以吓洋车夫,但是无力保存国粹的,或者倒反更丢国粹的脸。

鲁迅。

原载 1925 年 3 月 5 日《京报副刊》。
初收拟编书稿《集外集拾遗》。

六日

日记 晴,风。上午往师大讲。午后往北大讲。下午同小峰,衣萍,曙天至一小店饮牛乳闲谈。夜伏园来。有麟来。

七日

日记 晴。午后有麟来。下午新潮社送《苦闷之象征》十本。夜衣萍来。

八日

日记 晴。星期休息。上午得杨[李]遇安信并文稿。寄师大讲义课信。午后大风。下午李宗武来,赠以《苦闷之象征》一册。寄许,袁,俞小姐《苦闷之象征》各一册。夜伏园来。

报《奇哉所谓……》*

有所谓熊先生者,以似论似信的口吻,惊怪我的"浅薄无知识"和佩服我的胆量。我可是大佩服他的文章之长。现在只能略答几句。

一,中国书都是好的,说不好即不懂;这话是老得生了锈的老兵器。讲《易经》的就多用这方法:"易",是玄妙的,你以为非者,就因为你不懂。我当然无凭来证明我懂得任何中国书,和熊先生比赛;也没有读过什么特别的奇书。但于你所举的几种,也曾略略一翻,只是似乎本子有些两样,例如我所见的《抱朴子》外篇,就不专论神仙的。杨朱的著作我未见;《列子》就有假托的嫌疑,而况他所称引。我自愧浅薄,不敢据此来衡量杨朱先生的精神。

二,"行要学来辅助",我知道的。但我说:要学,须多读外国书。"只要行,不要读书",是你的改本,你虽然就此又发了一大段牢骚,我可是没有再说废话的必要了。但我不解青年何以就不准做代表,当主席,否则就是"出锋头"。莫非必须老头子如赵尔巽者,才可以做代表当主席么?

三,我说,"多看外国书",你却推演为将来都说外国话,变成外国人了。你是熟精古书的,现在说话的时候就都用古文,并且变了古人,不是中华民国国民了么? 你也自己想想去。我希望你一想就通,这是只要有常识就行的。

四,你所谓"五胡中国化……满人读汉文,现在都读成汉人了"这些话,大约就是因为懂得古书而来的。我偶翻几本中国书时,也常觉得其中含有类似的精神,——或者就是足下之所谓"积极"。我或者"把根本忘了"也难说,但我还只愿意和外国以宾主关系相通,不忍见再如五胡乱华以至满洲入关那样,先以主奴关系而后有所谓

"同化"！假使我们还要依据"根本"的老例，那么，大日本进来，被汉人同化，不中用了，大美国进来，被汉人同化，又不中用了……以至黑种红种进来，都被汉人同化，都不中用了。此后没有人再进来，欧美非澳和亚洲的一部都成空地，只有一大堆读汉文的杂种挤在中国了。这是怎样的美谈！

五，即如大作所说，读外国书就都讲外国话罢，但讲外国话却也不即变成外国人。汉人总是汉人，独立的时候是国民，覆亡之后就是"亡国奴"，无论说的是那一种话。因为国的存亡是在政权，不在语言文字的。美国用英文，并非英国的隶属；瑞士用德法文，也不被两国所瓜分；比国用法文，没有请法国人做皇帝。满洲人是"读汉文"的，但革命以前，是我们的征服者，以后，即五族共和，和我们共存同在，何尝变了汉人。但正因为"读汉文"，传染上了"僵尸的乐观"，所以不能如蒙古人那样，来蹂躏一通之后就跑回去，只好和汉人一同恭候别族的进来，使他同化了。但假如进来的又像蒙古人那样，岂不又折了很大的资本么？

大作又说我"大声急呼"之后，不过几年，青年就只能说外国话。我以为是不省人事之谈。国语的统一鼓吹了这些年了，不必说一切青年，便是在学校的学生，可曾都忘却了家乡话？即使只能说外国话了，何以就"只能爱外国的国"？蔡松坡反对袁世凯，因为他们国语不同之故么？满人入关，因为汉人都能说满洲话，爱了他们之故么？清末革命，因为满人都忽而不读汉文了，所以我们就不爱他们了之故么？浅显的人事尚且不省，谈什么光荣，估什么价值。

六，你也同别的一两个反对论者一样，很替我本身打算利害，照例是应该感谢的。我虽不学无术，而于相传"处于才与不才之间"的不死不活或入世妙法，也还不无所知，但我不愿意照办。所谓"素负学者声名"，"站在中国青年前面"这些荣名，都是你随意给我加上的，现在既然觉得"浅薄无知识"了，当然就可以仍由你随意革去。我自愧不能说些讨人喜欢的话，尤其是合于你先生一流人的尊意的话。但你所推测的我的私意,是不对的,我还活着,不像杨朱墨翟们的死无对证,可以确定为只有你一个懂得。我也没有做什么《阿鼠传》,只做过一篇《阿Q正传》。

到这里,就答你篇末的诘问了:"既说'从来没有留心过'"者,指"青年必读书",写在本栏内;"何以果决地说这种话"者,以供若干读者的参考,写在"附记"内。虽然自歉句子不如古书之易懂,但也就可以不理你最后的要求。而且也不待你们论定。纵使论定,不过空言,决不会就此通行天下,何况照例是永远论不定,至多不过是"中虽有坏的,而亦有好的;西虽有好的,而亦有坏的"之类的微温说而已。我即至愚,亦何至呈书目于如先生者之前乎?

临末,我还要"果决地"说几句:我以为如果外国人来灭中国,是只教你略能说几句外国话,却不至于劝你多读外国书,因为那书是来灭的人们所读的。但是还要奖励你多读中国书,孔子也还要更加崇奉,像元朝和清朝一样。

原载 1925 年 3 月 8 日《京报副刊》。
初收拟编书稿《集外集拾遗》。

通　讯（复孙伏园）*

伏园兄:

来信收到。

那一篇所记的一段话,的确是我说的。

迅。

原载 1925 年 3 月 8 日《京报副刊》。
初未收集。

九日

日记　晴。上午得三弟信,四日发。午后往女师校讲。下午赠季市《苦征》两本。寄李遇安信并文稿。夜有麟来,赠以《苦征》一本。阎宗临,长虹来并赠《精神与爱的女神》二本,赠以《苦征》各一本。得自署曰振者来信并诗稿。

论辩的魂灵 *

　　二十年前到黑市,买得一张符,名叫"鬼画符"。虽然不过一团糟,但帖在壁上看起来,却随时显出各样的文字,是处世的宝训,立身的金箴。今年又到黑市去,又买得一张符,也是"鬼画符"。但帖了起来看,也还是那一张,并不见什么增补和修改。今夜看出来的大题目是"论辩的魂灵";细注道:"祖传老年中年青年'逻辑'扶乩灭洋必胜妙法太上老君急急如律令敕"。今谨摘录数条,以公同好——

　　"洋奴会说洋话。你主张读洋书,就是洋奴,人格破产了!受人格破产的洋奴崇拜的洋书,其价值从可知矣!但我读洋文是学校的课程,是政府的功令,反对者,即反对政府也。无父无君之无政府党,人人得而诛之。"

　　"你说中国不好。你是外国人么?为什么不到外国去?可惜外国人看你不起……。"

　　"你说甲生疮。甲是中国人,你就是说中国人生疮了。既然中国人生疮,你是中国人,就是你也生疮了。你既然也生疮,你就和甲一样。而你只说甲生疮，则竟无自知之明，你的话还有什么价值？倘你没有生疮，是说诳也。卖国贼是说诳的，所以你是卖国贼。我骂卖国贼，所以我是爱国者。爱国者的话是最有价值的，所以我的话是不错的，我的话既然不错，你就是卖国贼无疑了！"

"自由结婚未免太过激了。其实，我也并非老顽固，中国提倡女学的还是我第一个。但他们却太趋极端了，太趋极端，即有亡国之祸，所以气得我偏要说'男女授受不亲'。况且，凡事不可过激；过激派都主张共妻主义的。乙赞成自由结婚，不就是主张共妻主义么？他既然主张共妻主义，就应该先将他的妻拿出来给我们'共'。"

"丙讲革命是为的要图利：不为图利，为什么要讲革命？我亲眼看见他三千七百九十一箱半的现金抬进门。你说不然，反对我么？那么，你就是他的同党。呜呼，党同伐异之风，于今为烈，提倡欧化者不得辞其咎矣！"

"丁牺牲了性命，乃是闹得一塌糊涂，活不下去了的缘故。现在妄称志士，诸君切勿为其所愚。况且，中国不是更坏了么？"

"戊能算什么英雄呢？听说，一声爆竹，他也会吃惊。还怕爆竹，能听枪炮声么？怕听枪炮声，打起仗来不要逃跑么？打起仗来就逃跑的反称英雄，所以中国糟透了。"

"你自以为是'人'，我却以为非也。我是畜类，现在我就叫你爹爹。你既然是畜类的爹爹，当然也就是畜类了。"

"勿用惊叹符号，这是足以亡国的。但我所用的几个在例外。

中庸太太提起笔来，取精神文明精髓，作明哲保身大吉大利格言二句云：

中学为体西学用，

不薄今人爱古人。"

原载 1925 年 3 月 9 日《语丝》周刊第 17 期。
初收 1926 年 6 月北京北新书局版《华盖集》。

十日

日记 晴,风。下午寄小峰信。寄三弟信并剧本一卷。晚理发。夜得赵其文信并文稿。有麟来。新潮社送来《苦闷之象征》九本。

《苦闷的象征》*

这其实是一部文艺论,共分四章。现经我以照例的拙涩的文章译出,并无删节,也不至于很有误译的地方。印成一本,插图五幅,实价五角,在初出版两星期中,特价三角五分。但在此期内,暂不批发。北大新潮社代售。

鲁迅告白。

原载 1925 年 3 月 10 日《京报副刊》。

初未收集。

十一日

日记 晴。上午访李小峰。午后大风。伏园持来《山野掇拾》四本。得许广平信。夜衣萍,伏园来。寄世界语专门学校信辞教员职。

致 许广平

广平兄:

今天收到来信,有些问题恐怕我答不出,姑且写下去看。

学风如何,我以为和政治状态及社会情形相关的,倘在山林中,该可以比城市好一点，只要办事人员好。但若政治昏暗，好的人也不能做办事人员，学生在学校中，只是少听到一些可厌的新闻，待到出校和社会接触，仍然要苦痛，仍然要堕落，无非略有迟早之分。所以我的意思，倒不如在都市中，要堕落的从速堕落罢，要苦痛的速速苦痛罢，否则从较为宁静的地方突到闹处，也须意外地吃惊受苦，其苦痛之总量，与本在都市者略同。

学校的情形，向来如此，但一二十年前，看去仿佛较好者，因为足够办学资格的人们不很多，因而竞争也不猛烈的缘故。现在可多了，竞争也猛烈了，于是坏脾气也就彻底显出。教育界的清高，本是粉饰之谈，其实和别的什么界都一样，人的气质不大容易改变，进几年大学是无甚效力的，况且又有这样的环境，正如人身的血液一坏，体中的一部分决不能独保健康一样，教育界也不会在这样的民国里特别清高的。

所以，学校之不甚高明，其实由来已久，加以金钱的魔力，本是非常之大，而中国又是向来善于运用金钱诱惑法术的地方，于是自然就成了这现象。听说现在是中学校也有这样的了，间有例外者，大概即因年龄太小，还未感到经济困难或花费的必要之故罢。至于传入女校，当是近来的事，大概其起因，当在女性已经自觉到经济独立的必要，所以获得这独立的方法，不外两途，一是力争，一是巧取，前一法很费力，于是就堕入后一手段去，就是略一清醒，又复昏睡了。可是这不独女界，男人也都如此，所不同者巧取之外，还有豪夺而已。

我其实那里会"立地成佛"，许多烟卷，不过是麻醉药，烟雾中也没有见过极乐世界。假使我真有指导青年的本领——无论指导得错不错——我决不藏匿起来，但可惜我连自己也没有指南针，到现在还是乱闯，倘若闯入深坑，自己有自己负责，领着别人又怎么好呢，我之怕上讲台讲空话者就为此。记得有一种小说里攻击牧师，说有一个乡下女人，向牧师历诉困苦的半生，请他救助，牧师听毕答道,"忍着罢,上帝使你在生前受苦,死后定当赐福的。"其实古今的圣贤以及哲人学者所说,何尝能比这高明些,他们之所谓"将来",不就是牧师之所谓"死后"么?我所知道的话就是这样,我不相信,但自己也并无更好解释。章锡琛的答话是一定要胡涂的,听说他自己在书铺子里做伙计,就时常叫苦连天。

我想,苦痛是总与人生联带的,但也有离开的时候,就是当睡熟之际。醒的时候要免去若干苦痛,中国的老法子是"骄傲"与"玩世不恭",我自己觉得我就有这毛病,不大好。苦茶加"糖",其苦之量如故,只是聊胜于无"糖",但这糖就不容易找到,我不知道在那里,只好交白卷了。

以上许多话,仍等于章锡琛,我再说我自己如何在世上混过去的方法,以供参考罢——

一、走"人生"的长途,最易遇到的有两大难关。其一是"岐路",倘若墨翟先生,相传是恸哭而返的。但我不哭也不返,先在岐路头坐下,歇一会,或者睡一觉,于是选一条似乎可走的路再走,倘遇见老实人,也许夺他食物充饥,但是不问路,因为我知道他并不知道的。如果遇见老虎,我就爬上树去,等它饿得走了再下来,倘它竟不走,我就自己饿死在树上,而且先用带子缚住,连死尸也决不给它吃。但倘若没有树呢?那么,没有法子,只好请它吃了,但也不妨也咬它一口。其二便是"穷途"了,听说阮籍先生也大哭而回,我却也像岐路上的办法一样,还是跨进去,在刺丛里姑且走走,但我也并未遇到全是荆棘毫无可走的地方过,不知道是否世上本无所谓穷途,还是我幸而没有遇着。

二、对于社会的战斗,我是并不挺身而出的,我不劝别人牺牲什么之类者就为此。欧战的时候,最重"壕堑战",战士伏在壕中,有时吸烟,也唱歌,打纸牌,喝酒,也在壕内开美术展览会,但有时忽向敌人开他几枪。中国多暗箭,挺身而出的勇士容易丧命,这种战法是必要的罢。但恐怕也有时会迫到非短兵相接不可的,这时候,没有法子,就短兵相接。

总结起来,我自己对于苦闷的办法,是专与苦痛捣乱,将无赖手段当作胜利,硬唱凯歌,算是乐趣,这或者就是糖罢。但临末也还是归结到"没有法子",这真是没有法子!

以上,我自己的办法说完了,就是不过如此,而且近于游戏,不像步步走在人生的正轨上(人生或者有正轨罢,但我不知道),我相信写了出来,未必于你有用,但我也只能写出这些罢了。

鲁迅　三月十一日

十二日

日记　晴。上午寄赵其文信。复许广平信。得梁生为信。午高歌来,赠以《苦闷之象征》一本。下午寄徐旭生信。以《山野掇拾》及《精神与爱之女神》各一本赠季市。晚为马理子付山本医院入院费三十六元二角。晚吕蕴儒,向培良来,赠以《苦闷之象征》各一本。

通　讯(一)

旭生先生:

前天收到《猛进》第一期,我想是先生寄来的,或者是玄伯先生寄来的。无论是谁寄的,总之:我谢谢。

那一期里有论市政的话,使我忽然想起一件不相干的事来。我现在住在一条小胡同里,这里有所谓土车者,每月收几吊钱,将煤灰之类搬出去。搬出去怎么办呢?就堆在街道上,这街就每日增高。有几所老房子,只有一半露出在街上的,就正在豫告着别的房屋的将来。我不知道什么缘故,见了这些人家,就像看见了中国人的历史。

姓名我忘记了，总之是一个明末的遗民，他曾将自己的书斋题作"活埋庵"。谁料现在的北京的人家，都在建造"活埋庵"，还要自己拿出建造费。看看报章上的论坛，"反改革"的空气浓厚透顶了，满车的"祖传"，"老例"，"国粹"等等，都想来堆在道路上，将所有的人家完全活埋下去。"强聒不舍"，也许是一个药方罢，但据我所见，则有些人们——甚至于竟是青年——的论调，简直和"戊戌政变"时候的反对改革者的论调一模一样。你想，二十七年了，还是这样，岂不可怕。大约国民如此，是决不会有好的政府的；好的政府，或者反而容易倒。也不会有好议员的；现在常有人骂议员，说他们收贿，无特操，趋炎附势，自私自利，但大多数的国民，岂非正是如此的么？这类的议员，其实确是国民的代表。

我想，现在的办法，首先还得用那几年以前《新青年》上已经说过的"思想革命"。还是这一句话，虽然未免可悲，但我以为除此没有别的法。而且还是准备"思想革命"的战士，和目下的社会无关。待到战士养成了，于是再决胜负。我这种迂远而且渺茫的意见，自己也觉得是可叹的，但我希望于《猛进》的，也终于还是"思想革命"。

鲁迅。三月十二日。

原载 1925 年 3 月 20 日《猛进》周刊第 3 期。

初收 1926 年 6 月北京北新书局版《华盖集》。

十三日

日记 晴。午后往北大讲。得赵其文信。往小峰寓。下午得三太太信。

十四日

日记 晴。下午寄三弟信并李霁野译文一卷。得紫佩信。夜伏园来。

十五日

　　日记　　昙。星期休息。上午雨雪。寄梁生为信。寄赠俞小姐，许小姐以《山野掇拾》各一本。午后有麟来。下午钦文来。夜培良来。衣萍，伏园来。

我独自行走*

　　我的行走的路，
　　险的呢，平的呢？
　　一天之后就完，
　　还是百年的未来才了呢，
　　我没有思想过。

　　暗也罢，
　　险也罢，
　　总归是非走不可的路呵。

　　我独自行走，
　　沉默着，橐橐地行走。

　　即使讨厌，
　　　　这也好罢。
　　即使破坏，
　　　　这也好罢。

124

哭着，

怒着，

狂着，

笑着，

　　都随意罢！

厌世呀，发狂呀，

自杀呀，无产阶级呀，

　　在我旁边行走着。

但是，我行走着，

现今也还在行走着。

原载1925年3月15日《狂飙》周刊第16期。
初未收集。

致 梁绳祎

生为兄：

　　前承两兄过谈，甚快，后以琐事丛集，竟未一奉书。前日乃蒙惠简，俱悉。关于中国神话，现在诚不可无一部书，沈雁冰君之文，但一看耳，未细阅，其中似亦有可参考者，所评西洋人诸书，殊可信。中国书多而难读，外人论古史或文艺，遂至今不见有好书也，惟沈君于古书盖未细检，故于康回触不周山故事，至于交臂失之。

　　京师图书馆所藏关于神话之书，未经目睹，但见该馆报告，知其名为《释神》，著者之名亦忘却。倘是平常书，尚可设法借出，但此书是稿本,则照例编入"善本"中(内容善否,在所不问),视为宝贝,除就阅而外无他途矣,只能他日赴馆索观,或就抄,如亦是撮录古书之作,则止录其所引之书之卷数已足,无须照写原文,似亦不费多大时日也。但或尚有更捷之法,亦未可知,容再一调查,奉告。

中国之鬼神谈,似至秦汉方士而一变,故鄙意以为当先搜集至六朝(或唐)为止群书,且又析为三期,第一期自上古至周末之书,其根柢在巫,多含古神话,第二期秦汉之书,其根柢亦在巫,但稍变为"鬼道",又杂有方士之说,第三期六朝之书,则神仙之说多矣。今集神话,自不应杂入神仙谈,但在两可之间者,亦止得存之。

内容分类,似可参照希腊及埃及神话之分类法作之,而加以变通。不知可析为(一)天神,(二)地祇(并幽冥界),(三)人鬼,(四)物魅否? 疑不能如此分明,未尝深考,不能定也。此外则天地开辟,万物由来(自其发生之大原以至现状之细故,如乌鸦何故色黑,猴臀何以色红),苟有可稽,皆当搜集。每一神祇,又当考其(一)系统,(二)名字,(三)状貌性格,(四)功业作为,但恐亦不能完备也。

沈君评一外人之作,谓不当杂入现今杂说,而仆则以为此实一个问题,不能遽加论定。中国人至今未脱原始思想,的确尚有新神话发生,譬如"日"之神话,《山海经》中有之,但吾乡(绍兴)皆谓太阳之生日为三月十九日,此非小说,非童话,实亦神话,因众皆信之也,而起源则必甚迟。故自唐以迄现在之神话,恐亦尚可结集,但此非数人之力所能作,只能待之异日,现在姑且画六朝或唐(唐人所见古籍较今为多,故尚可采得旧说)为限可耳。

鲁迅　三月十五日

十六日

日记　晴。上午得许广平信。午钦文来。寄任国桢信。夜长虹来。

牺 牲 谟*

"鬼画符"失敬失敬章第十三

"阿呀阿呀,失敬失敬!原来我们还是同志。我开初疑心你是一个乞丐,心里想:好好的一个汉子,又不衰老,又非残疾,为什么不去做工,读书的?所以就不免露出'责备贤者'的神色来,请你不要见气,我们的心实在太坦白了,什么也藏不住,哈哈!可是,同志,你也似乎太……。

"哦哦!你什么都牺牲了?可敬可敬!我最佩服的就是什么都牺牲,为同胞,为国家。我向来一心要做的也就是这件事。你不要看得我外观阔绰,我为的是要到各处去宣传。社会还太势利,如果像你似的只剩一条破裤,谁肯来相信你呢?所以我只得打扮起来,宁可人们说闲话,我自己总是问心无愧。正如'禹入裸国亦裸而游'一样,要改良社会,不得不然,别人那里会懂得我们的苦心孤诣。但是,朋友,你怎么竟奄奄一息到这地步了?

"哦哦!已经九天没有吃饭?!这真是清高得很哪!我只好五体投地。看你虽然怕要支持不下去,但是——你在历史上一定成名,可贺之至!现在什么'欧化''美化'的邪说横行,人们的眼睛只看见物质,所缺的就是你老兄似的模范人物。你瞧,最高学府的教员们,也居然一面教书,一面要起钱来,他们只知道物质,中了物质的毒了。难得你老兄以身作则,给他们一个好榜样看,这于世道人心,一定大有裨益的。你想,现在不是还嚷着什么教育普及么?教育普及起来,要有多少教员;如果都像他们似的定要吃饭,在这四郊多垒时候,那里来这许多饭?像你这样清高,真是浊世中独一无二的中流砥柱:可敬可敬!你读过书没有?如果读过书,我正要创办一个大学,就请你当教务长去。其实你只要读过'四书'就好,加以这样品格,已经很够做'莘莘学子'的表率了。

"不行?没有力气?可惜可惜!足见一面为社会做牺牲,一面也该自己讲讲卫生。你于卫生可惜太不讲究了。你不要以为我的胖头胖脸是因为享用好,我其实是专靠卫生,尤其得益的是精神修养,'君子忧道不忧贫'呀!但是,我的同志,你什么都牺牲完了,究竟也大可佩服,可惜你还剩一条裤,将来在历史上也许要留下一点白璧微瑕……。

"哦哦,是的。我知道,你不说也明白:你自然连这裤子也不要,你何至于这样地不彻底;那自然,你不过还没有牺牲的机会罢了。敝人向来最赞成一切牺牲,也最乐于'成人之美',况且我们是同志,我当然应该给你想一个完全办法,因为一个人最紧要的是'晚节',一不小心,可就前功尽弃了!

"机会凑得真好:舍间一个小鸦头,正缺一条裤……。朋友,你不要这么看我,我是最反对人身买卖的,这是最不人道的事。但是,那女人是在大旱灾时候留下的,那时我不要,她的父母就会把她卖到妓院里去。你想,这何等可怜。我留下她,正为的讲人道。况且那也不算什么人身买卖,不过我给了她父母几文,她的父母就把自己的女儿留在我家里就是了。我当初原想将她当作自己的女儿看,不,简直当作姊妹,同胞看;可恨我的贱内是旧式,说不通。你要知道旧式的女人顽固起来,真是无法可想的,我现在正在另外想点法子……。

"但是,那娃儿已经多天没有裤子了,她是灾民的女儿。我料你一定肯帮助的。我们都是'贫民之友'呵。况且你做完了这一件事情之后,就是全始全终;我保你将来铜像巍巍,高入云表,呵,一切贫民都鞠躬致敬……。

"对了,我知道你一定肯,你不说我也明白。但你此刻且不要脱下来。我不能拿了走,我这副打扮,如果手上拿一条破裤子,别人见了就要诧异,于我们的牺牲主义的宣传会有妨碍的。现在的社会还太胡涂，——你想，教员还要吃饭，——那里能懂得我们这纯洁的精神呢，一定要误解的。一经误解，社会恐怕要更加自私自利起来，你的工作也就'非徒无益而又害之'了，朋友。

"你还能勉强走几步罢？不能？这可叫人有点为难了，——那么，你该还能爬？好极了！那么，你就爬过去。你趁你还能爬的时候赶紧爬去，万不要'功亏一篑'。但你须用趾尖爬，膝髁不要太用力；裤子擦着沙石，就要更破烂，不但可怜的灾民的女儿受不着实惠，并且连你的精神都白扔了。先行脱下了也不妥当，一则太不雅观，二则恐怕巡警要干涉，还是穿着爬的好。我的朋友，我们不是外人，肯给你上当的么？舍间离这里也并不远，你向东，转北，向南，看路北有两株大槐树的红漆门就是。你一爬到，就脱下来，对号房说：这是老爷叫我送来的，交给太太收下。你一见号房，应该赶快说，否则也许将你当作一个讨饭的，会打你。唉唉，近来讨饭的太多了，他们不去做工，不去读书，单知道要饭。所以我的号房就借痛打这方法，给他们一个教训，使他们知道做乞丐是要给人痛打的，还不如去做工读书好……。

"你就去么？好好！但千万不要忘记：交代清楚了就爬开，不要停在我的屋界内。你已经九天没有吃东西了，万一出了什么事故，免不了要给我许多麻烦，我就要减少许多宝贵的光阴，不能为社会服务。我想，我们不是外人，你也决不愿意给自己的同志许多麻烦的，我这话也不过姑且说说。

"你就去罢！好，就去！本来我也可以叫一辆人力车送你去，但我知道用人代牛马来拉人，你一定不赞成的，这事多么不人道！我去了。你就动身罢。你不要这么萎靡不振，爬呀！朋友！我的同志，你快爬呀，向东呀！……"

原载 1925 年 3 月 16 日《语丝》周刊第 18 期。

初收 1926 年 6 月北京北新书局版《华盖集》。

《陶元庆氏西洋绘画展览会目录》序

陶璇卿君是一个潜心研究了二十多年的画家,为艺术上的修养起见,去年才到这暗赭色的北京来的。到现在,就是有携来的和新制的作品二十余种藏在他自己的卧室里,谁也没有知道,——但自然除了几个他熟识的人们。

在那黯然埋藏着的作品中,却满显出作者个人的主观和情绪,尤可以看见他对于笔触,色采和趣味,是怎样的尽力与经心,而且,作者是夙擅中国画的,于是固有的东方情调,又自然而然地从作品中渗出,融成特别的丰神了,然而又并不由于故意的。

将来,会当更进于神化之域罢,但现在他已经要回去了。几个人惜其独往独来,因将那不多的作品,作一个小结构的短时期的展览会,以供有意于此的人的一览。但是,在京的点缀和离京的纪念,当然也都可以说得的罢。

一九二五年三月一六日,鲁迅。

原载 1925 年 3 月 18 日《京报副刊》。

初收拟编书稿《集外集拾遗》。

十七日

日记 昙。无事。收《东方杂志》,《妇女杂志》,《小说月报》各一册。

十八日

日记 晴。晚往商务印书馆取稿费十五元。往新明剧场观女师大史学系学生演剧。得任国桢信。北大送来《社会科学季刊》一本。有麟来，钦文，璇卿来，衣萍来，均末遇。夜作小说一篇并钞讫。

示　众

　　首善之区的西城的一条马路上，这时候什么扰攘也没有。火焰焰的太阳虽然还未直照，但路上的沙土仿佛已是闪烁地生光；酷热满和在空气里面，到处发挥着盛夏的威力。许多狗都拖出舌头来，连树上的乌老鸦也张着嘴喘气，——但是，自然也有例外的。远处隐隐有两个铜盏相击的声音，使人忆起酸梅汤，依稀感到凉意，可是那懒懒的单调的金属音的间作，却使那寂静更其深远了。

　　只有脚步声，车夫默默地前奔，似乎想赶紧逃出头上的烈日。

　　"热的包子咧！刚出屉的……。"

　　十一二岁的胖孩子，细着眼睛，歪了嘴在路旁的店门前叫喊。声音已经嘶嗄了，还带些睡意，如给夏天的长日催眠。他旁边的破旧桌子上，就有二三十个馒头包子，毫无热气，冷冷地坐着。

　　"荷阿！馒头包子咧，热的……。"

　　像用力掷在墙上而反拨过来的皮球一般，他忽然飞在马路的那边了。在电杆旁，和他对面，正向着马路，其时也站定了两个人：一个是淡黄制服的挂刀的面黄肌瘦的巡警，手里牵着绳头，绳的那头就拴在别一个穿蓝布大衫上罩白背心的男人的臂膊上。这男人戴一顶新草帽，帽檐四面下垂，遮住了眼睛的一带。但胖孩子身体矮，仰起脸来看时，却正撞见这人的眼睛了。那眼睛也似乎正在看他的脑壳。他连忙顺下眼，去看白背心，只见背心上一行一行地写着些大大小小的什么字。

　　刹时间，也就围满了大半圈的看客。待到增加了秃头的老头子之后,空缺已经不多,而立刻又被一个赤膊的红鼻子胖大汉补满了。这胖子过于横阔,占了两人的地位,所以续到的便只能屈在第二层,从前面的两个脖子之间伸进脑袋去。

秃头站在白背心的略略正对面,弯了腰,去研究背心上的文字,终于读起来——

"嗡,都,哼,八,而,……"

胖孩子却看见那白背心正研究着这发亮的秃头,他也便跟着去研究,就只见满头光油油的,耳朵左近还有一片灰白色的头发,此外也不见得有怎样新奇。但是后面的一个抱着孩子的老妈子却想乘机挤进来了;秃头怕失了位置,连忙站直,文字虽然还未读完,然而无可奈何,只得另看白背心的脸:草帽檐下半个鼻子,一张嘴,尖下巴。

又像用了力掷在墙上而反拨过来的皮球一般,一个小学生飞奔上来,一手按住了自己头上的雪白的小布帽,向人丛中直钻进去。但他钻到第三——也许是第四——层,竟遇见一件不可动摇的伟大的东西了,抬头看时,蓝裤腰上面有一座赤条条的很阔的背脊,背脊上还有汗正在流下来。他知道无可措手,只得顺着裤腰右行,幸而在尽头发见了一条空处,透着光明。他刚刚低头要钻的时候,只听得一声"什么",那裤腰以下的屁股向右一歪,空处立刻闭塞,光明也同时不见了。

但不多久,小学生却从巡警的刀旁边钻出来了。他诧异地四顾:外面围着一圈人,上首是穿白背心的,那对面是一个赤膊的胖小孩,胖小孩后面是一个赤膊的红鼻子胖大汉。他这时隐约悟出先前的伟大的障碍物的本体了,便惊奇而且佩服似的只望着红鼻子。胖小孩本是注视着小学生的脸的,于是也不禁依了他的眼光,回转头去了,在那里是一个很胖的奶子,奶头四近有几枝很长的毫毛。

"他,犯了什么事啦?……"

大家都愕然看时,是一个工人似的粗人,正在低声下气地请教那秃头老头子。

秃头不作声,单是睁起了眼睛看定他。他被看得顺下眼光去,过一会再看时,秃头还是睁起了眼睛看定他,而且别的人也似乎都睁了眼睛看定他。他于是仿佛自己就犯了罪似的局促起来,终至于慢慢退后,溜出去了。一个挟洋伞的长子就来补了缺;秃头也旋转脸去再看白背心。

长子弯了腰,要从垂下的草帽檐下去赏识白背心的脸,但不知道为什么忽又站直了。于是他背后的人们又须竭力伸长了脖子;有一个瘦子竟至于连嘴都张得很大,像一条死鲈鱼。

巡警,突然间,将脚一提,大家又愕然,赶紧都看他的脚;然而他又放稳了,于是又看白背心。长子忽又弯了腰,还要从垂下的草帽檐下去窥测,但即刻也就立直,擎起一只手来拼命搔头皮。

秃头不高兴了,因为他先觉得背后有些不太平,接着耳朵边就有唧咕唧咕的声响。他双眉一锁,回头看时,紧挨他右边,有一只黑手拿着半个大馒头正在塞进一个猫脸的人的嘴里去。他也就不说什么,自去看白背心的新草帽了。

忽然,就有暴雷似的一击,连横阔的胖大汉也不免向前一踉跄。同时,从他肩膊上伸出一只胖得不相上下的臂膊来,展开五指,拍的一声正打在胖孩子的脸颊上。

"好快活!你妈的……"同时,胖大汉后面就有一个弥勒佛似的更圆的胖脸这么说。

胖孩子也踉跄了四五步,但是没有倒,一手按着脸颊,旋转身,就想从胖大汉的腿旁的空隙间钻出去。胖大汉赶忙站稳,并且将屁股一歪,塞住了空隙,恨恨地问道——

"什么?"

胖孩子就像小鼠子落在捕机里似的,仓皇了一会,忽然向小学生那一面奔去,推开他,冲出去了。小学生也返身跟出去了。

"吓,这孩子……。"总有五六个人都这样说。

待到重归平静,胖大汉再看白背心的脸的时候,却见白背心正在仰面看他的胸脯；他慌忙低头也看自己的胸脯时，只见两乳之间的洼下的坑里有一片汗，他于是用手掌拂去了这些汗。

然而形势似乎总不甚太平了。抱着小孩的老妈子因为在骚扰时四顾，没有留意，头上梳着的喜鹊尾巴似的"苏州俏"便碰了站在旁边的车夫的鼻梁。车夫一推，却正推在孩子上；孩子就扭转身去，向着圈外，嚷着要回去了。老妈子先也略略一跄踉，但便即站定，旋转孩子来使他正对白背心，一手指点着，说道——

"阿，阿，看呀！多么好看哪！……"

空隙间忽而探进一个戴硬草帽的学生模样的头来，将一粒瓜子之类似的东西放在嘴里，下颚向上一磕，咬开，退出去了。这地方就补上了一个满头油汗而粘着灰土的椭圆脸。

挟洋伞的长子也已经生气，斜下了一边的肩膊，皱眉疾视着肩后的死鲈鱼。大约从这么大的大嘴里呼出来的热气，原也不易招架的，而况又在盛夏。秃头正仰视那电杆上钉着的红牌上的四个白字，仿佛很觉得有趣。胖大汉和巡警都斜了眼研究着老妈子的钩刀般的鞋尖。

"好！"

什么地方忽有几个人同声喝采。都知道该有什么事情起来了，一切头便全数回转去。连巡警和他牵着的犯人也都有些摇动了。

"刚出屉的包子咧！荷阿，热的……。"

路对面是胖孩子歪着头，磕睡似的长呼；路上是车夫们默默地前奔，似乎想赶紧逃出头上的烈日。大家都几乎失望了，幸而放出眼光去四处搜索，终于在相距十多家的路上，发见了一辆洋车停放着，一个车夫正在爬起来。

圆阵立刻散开，都错错落落地走过去。胖大汉走不到一半，就歇在路边的槐树下；长子比秃头和椭圆脸走得快，接近了。车上的坐客依然坐着，车夫已经完全爬起，但还在摩自己的膝髁。周围有五六个人笑嘻嘻地看他们。

"成么?"车夫要来拉车时,坐客便问。

他只点点头,拉了车就走;大家就惘惘然目送他。起先还知道那一辆是曾经跌倒的车,后来被别的车一混,知不清了。

马路上就很清闲,有几只狗伸出了舌头喘气;胖大汉就在槐阴下看那很快地一起一落的狗肚皮。

老妈子抱了孩子从屋檐阴下蹩过去了。胖孩子歪着头,挤细了眼睛,拖长声音,磕睡地叫喊——

"热的包子咧!荷阿!……刚出屉的……。"

一九二五年三月一八日。

原载 1925 年 4 月 13 日《语丝》周刊第 22 期。

初收 1926 年 8 月北京北新书局版"乌合丛书"之一《彷徨》。

致 许广平

广平兄:

这回要先讲"兄"字的讲义了。这是我自己制定,沿用下来的例子,就是:旧日或近来所识的朋友,旧同学而至今还在来往的,直接听讲的学生,写信的时候我都称"兄"。其余较为生疏,较需客气的,就称先生,老爷,太太,少爷,小姐,大人……之类。总之我这"兄"字的意思,不过是直呼其名略胜一筹,并不如许叔重先生所说,真含有"老哥"的意义。但这些理由,只有我自己知道,则你一见而大惊力争,盖无足怪也。然而现已说明,则亦毫不为奇焉矣。

现在的所谓教育,世界上无论那一国,其实都不过是制造许多适应环境的机器的方法罢了,要适如其分,发展各各的个性,这时候还未到来,也料不定将来究竟可有这样的时候。我疑心将来的黄金世界里,也会有将叛徒处死刑,而大家尚以为是黄金世界的事,其大病根就在人们各各不同,不能像印版书似的每本一律。要彻底地毁坏这种大势的,就容易变成"个人的无政府主义者",《工人绥惠略夫》里所描写的绥惠略夫就是。这一类人物的运命,在现在,——也许虽在将来,是要救群众,而反被群众所迫害,终至于成了单身,忿激之余,一转而仇视一切,无论对谁都开枪,自己也归于毁灭。

社会上千奇百怪,无所不有;在学校里,只有捧线装书和希望得到文凭者,虽然根柢上不离"利害"二字,但是还要算好的。中国大约太老了,社会里事无大小,都恶劣不堪,像一只黑色的染缸,无论加进什么新东西去,都变成漆黑,可是除了再想法子来改革之外,也再没有别的路。我看一切理想家,不是怀念"过去",就是希望"将来",对于"现在"这一个题目,都交了白卷,因为谁也开不出药方。其中最好的药方,即所谓"希望将来"的就是。

"将来"这回事,虽然不能知道情形怎样,但有是一定会有的,就是一定会到来的,所虑者到了那时,就成了那时的"现在"。然而人们也不必这样悲观,只要"那时的现在"比"现在的现在"好一点,就很好了,这就是进步。

这些空想,也无法证明一定是空想,所以也可以算是人生的一种慰安,正如信徒的上帝。我的作品,太黑暗了,因为我只觉得"黑暗与虚无"乃是"实有",却偏要向这些作绝望的抗战,所以很多着偏激的声音。其实这或者是年龄和经历的关系,也许未必一定的确的,因为我终于不能证实:惟黑暗与虚无乃是实有。所以我想,在青年,须是有不平而不悲观,常抗战而亦自卫,荆棘非践不可,固然不得不践,但若无须必践,即不必随便去践,这就是我所以主张"壕堑战"的原因,其实也无非想多留下几个战士,以得更多的战绩。

子路先生确是勇士,但他因为"吾闻君子死冠不免",于是"结缨而死",则我总觉得有点迂。掉了一顶帽子,有何妨呢,却看得这么郑重,实在是上了仲尼先生的当了。仲尼先生自己"厄于陈蔡",却并不饿死,真是滑得可观。子路先生倘若不信他的胡说,披头散发的战起来，也许不至于死的罢，但这种散发的战法，也就是属于我所谓"壕堑战"的。

时候不早了，就此结束了。

鲁迅　三月十八日

十九日

日记　昙。上午得任国桢信。得李遇安信并文稿。复许广平信。午后晴。陶璇卿，许钦文来，少坐即同往帝王庙观陶君绘画展览会，遇张辛南，王品青。下午同季市再观展览会。夜有麟来。衣萍，伏园来。

二十日

日记　昙。上午往师大讲并收薪水三月分十元，四月分八元。午后往北大讲。刘子庚赠自刻之《濯绛宧词》一本。晚衣萍来。夜有麟来。长虹来并赠《精神与爱的女神》十本。

二十一日

日记　昙。上午得许广平信。午吴曙天，衣萍，伏园邀食于西车站食堂，同席又有王又庸，黎劭西。晚小雨。有麟来。夜濯足。

战士和苍蝇

Schopenhauer 说过这样的话：要估定人的伟大，则精神上的大和体格上的大，那法则完全相反。后者距离愈远即愈小，前者却见得愈大。

正因为近则愈小，而且愈看见缺点和创伤，所以他就和我们一样，不是神道，不是妖怪，不是异兽。他仍然是人，不过如此。但也惟其如此，所以他是伟大的人。

战士战死了的时候，苍蝇们所首先发现的是他的缺点和伤痕，嘬着，营营地叫着，以为得意，以为比死了的战士更英雄。但是战士已经战死了，不再来挥去他们。于是乎苍蝇们即更其营营地叫，自以为倒是不朽的声音，因为它们的完全，远在战士之上。

的确的，谁也没有发现过苍蝇们的缺点和创伤。

然而，有缺点的战士终竟是战士，完美的苍蝇也终竟不过是苍蝇。

去罢，苍蝇们！虽然生着翅子，还能营营，总不会超过战士的。你们这些虫豸们！

三月二十一日。

原载 1925 年 3 月 24 日《京报》附刊《民众文艺周刊》第
14 号。

初收 1926 年 6 月北京北新书局版《华盖集》。

二十二日

日记 昙。星期休息。上午许诗荃，诗荀来，赠以《苦闷的象征》，《精神与爱的女神》各一本。长虹来。目寒，霁野来。高歌，培良来。有麟来。午后璇卿，钦文来。下午小雨，晚晴，风。有麟来持去短文一篇。

白 事

本刊虽说经我"校阅"，但历来仅于听讲的同学和熟识的友人们的作品,时有商酌之处,余者但就笔误或别种原因,间或改换一二字而已。现又觉此种举动,亦属多事,所以不再通读,亦不更负"校阅"全部的责任。特此声明!

三月二十二日,鲁迅。

原载 1925 年 3 月 24 日《京报》附刊《民众文艺周刊》第14 期。

初未收集。

二十三日

日记　昙。午后寄孙伏园信。寄李小峰信。往女师校讲。得高歌信。得蒋廷黻信。黎劭西寄赠《国语文法》一本。收前年八月分奉泉百六十五元。夜向培良偕一友来,赠以《苦闷之象征》一本。复高歌信。

致 许广平

广平兄:

仿佛记得收到来信有好几天了,但是今天才能写回信。

"一步步的现在过去",自然可以比较的不为环境所苦,但"现在的我"中,既然"含有原来的我",而这"我"又有不满于时代环境之心,则苦痛也依然相续。不过能够随遇而安——即有船坐船云云——则比起幻想太多的人们来,可以稍为安稳,能够敷衍下去而已。总之,人若一经走出麻木境界,即增加苦痛,而且无法可想,所谓"希望将来",就是自慰——或者简直是自欺——之法,即所谓"随顺现在"者也一样。必须麻木到不想"将来"也不知"现在",这才和中国的时代环境相合，但一有知识，就不能再回到这地步去了。也只好如我前信所说，"有不平而不悲观"，也即来信之所谓"养精蓄锐以待及锋而试"罢。

来信所说"时代环境的落伍者"的定义，是不对的。时代环境全都迁流，并且进步，而个人始终如故，毫无进步，这才谓之"落伍者"。倘是对于时代环境，怀着不满，望它更好，待较好时，又望它更更好，即不当有"落伍者"之称。因为世界上改革者的动机，大低[抵]就是这对于时代环境的不满的缘故。

这回教次的下台，我以为似乎是他自己的失策，否则，不至于此的。至于妨碍《民国日报》，乃是北京官场的老手段，实在可笑。停止一种报章，（他们的）天下便即太平么？这种漆黑的染缸不打破，中国即无希望，但正在准备毁坏者，目下也仿佛有人，只可惜数目太少。然而既然已有，即可望多起来，一多，就好玩了，——但是这自然还在将来；现在呢，就是准备。

我如果有所知道，当然不至于客气的，但这种满纸"将来"和"准备"的"教训"，其实不过是空言，恐怕于"小鬼"无甚好处，至于时间，那倒不要紧的，因为我即不写信，也并不做着什么了不得的事。

鲁迅　三月廿三日

二十四日

日记　昙。上午得长虹信。午后访培良不值，留函而出。下午寄李遇安信并文稿。寄蒋廷黻信。寄许广平信。晚得三弟信，十九日发。钦文来。夜有风。李小峰，孙伏园及惠迭［迪］来。寄赠《苦闷之象征》一本与钱稻孙。

二十五日

日记　晴，风。上午访李小峰，选定杂感。往北大取前年五月分薪水八元，六月分五元。往东亚公司买『学芸論鈔』，『小説研究十二[六]講』，『叛逆者』各一本，共泉四元六角。晚往新民[明]剧场观女师大哲教系游艺会演剧。

二十六日

日记　晴。上午得培良信。得霁野信并蓼南文稿。午后有麟来。

二十七日

日记　晴。上午往师大讲。午后往北大讲。得刘弄潮信。同小峰，衣萍，钦文至一小肆饮牛乳。得东亚公司信。下午得孙伏园信。得许广平信。夜李人灿来。有麟来。复刘弄潮信。雨。

二十八日

日记　昙。上午得高歌信。新潮社送来《苦闷之象征》十本。午后大风，晴。寄三弟信附致郑振铎信并蓼南稿。寄《苦闷之象征》四本分赠振铎，坚瓠，雁冰，锡琛。收十二年八月分奉泉十七元，又九月分者百六十五元。还季市泉百。夜刘弄潮来。有麟，崇轩，陆士钰来。

二十九日

日记　晴，风。星期休息。午后有麟来。下午曙天，衣萍来。伏园，惠迭[迪]来。收京报社二月分稿费四十。夜刘弄潮来。培良来。长虹来。

通　讯（二）

旭生先生：

给我的信早看见了，但因为琐琐的事情太多，所以到现在才能作答。

有一个专讲文学思想的月刊，确是极好的事，字数的多少，倒不算什么问题。第一为难的却是撰人，假使还是这几个人，结果即还是一种增大的某周刊或合订的各周刊之类。况且撰人一多，则因为希图保持内容的较为一致起见，即不免有互相牵就之处，很容易变为和平中正，吞吞吐吐的东西，而无聊之状于是乎可掬。现在的各种小周刊，虽然量少力微，却是小集团或单身的短兵战，在黑暗中，时见匕首的闪光，使同类者知道也还有谁还在袭击古老坚固的堡垒，较之看见浩大而灰色的军容，或者反可以会心一笑。在现在，我倒只希望这类的小刊物增加，只要所向的目标小异大同，将来就自然而然的成了联合战线，效力或者也不见得小。但目下倘有我所未知的新的作家起来，那当然又作别论。

通俗的小日报，自然也紧要的；但此事看去似易，做起来却很难。我们只要将《第一小报》与《群强报》之类一比，即知道实与民意相去太远，要收获失败无疑。民众要看皇帝何在，太妃安否，而《第一小报》却向他们去讲"常识"，岂非悖谬。教书一久，即与一般社会睽离，无论怎样热心，做起事来总要失败。假如一定要做，就得存学者的良心，有市侩的手段，但这类人才，怕教员中间是未必会有的。我想，现在没奈何，也只好从智识阶级——其实中国并没有俄国之所谓智识阶级，此事说起来话太长，姑且从众这样说——一面先行设法，民众俟将来再谈。而且他们也不是区区文字所能改革的，历史通知过我们，清兵入关，禁缠足，要垂辫，前一事只用文告，到现在还是放不掉，后一事用了别的法，到现在还在拖下来。

单为在校的青年计，可看的书报实在太缺乏了，我觉得至少还该有一种通俗的科学杂志，要浅显而且有趣的。可惜中国现在的科学家不大做文章，有做的，也过于高深，于是就很枯燥。现在要 Brehm 的讲动物生活，Fabre 的讲昆虫故事似的有趣，并且插许多图画的；但这非有一个大书店担任即不能印。至于作文者，我以为只要科学家肯放低手眼,再看看文艺书,就够了。

前二四年有一派思潮,毁了事情颇不少。学者多劝人踱进研究室,文人说最好是搬入艺术之宫,直到现在都还不大出来,不知道他们在那里面情形怎样。这虽然是自己愿意,但一大半也因新思想而仍中了"老法子"的计。我新近才看出这圈套,就是从"青年必读书"事件以来,很收些赞同和嘲骂的信,凡赞同者,都很坦白,并无什么恭维。如果开首称我为什么"学者""文学家"的,则下面一定是谩骂。我才明白这等称号,乃是他们所公设的巧计,是精神的枷锁,故意将你定为"与众不同",又借此来束缚你的言动,使你于他们的老生活上失去危险性的。不料有许多人,却自囚在什么室什么宫里,岂不可惜。只要掷去了这种尊号,摇身一变,化为泼皮,相骂相打(舆论是以为学者只应该拱手讲讲义的),则世风就会日上,而月刊也办成了。

先生的信上说:惰性表现的形式不一,而最普通的,第一就是听天任命,第二就是中庸。我以为这两种态度的根柢,怕不可仅以惰性了之,其实乃是卑怯。遇见强者,不敢反抗,便以"中庸"这些话来粉饰,聊以自慰。所以中国人倘有权力,看见别人奈何他不得,或者有"多数"作他护符的时候,多是凶残横恣,宛然一个暴君,做事并不中庸;待到满口"中庸"时,乃是势力已失,早非"中庸"不可的时候了。一到全败,则又有"命运"来做话柄,纵为奴隶,也处之泰然,但又无往而不合于圣道。这些现象,实在可以使中国人败亡,无论有没有外敌。要救正这些,也只好先行发露各样的劣点,撕下那好看的假面具来。

鲁迅。三月二十九日。

原载 1925 年 4 月 3 日《猛进》周刊第 5 期。

初收 1926 年 6 月北京北新书局版《华盖集》。

三十日

日记 晴。上午寄徐旭生信。午后往女师校讲并收去年五月分薪水八元五角。

三十一日

日记 晴。上午衣萍来。下午寄小峰信。晚往厂甸。夜有麟来。

致 许广平

广平兄:

现在才有写回信的工夫,所以我就写回信。那一回演剧时候,我之所以先去者,实与剧的好坏无关,我在群集里面,向来坐不久的。那天观众似乎不少,筹款目的,该可以达到一点了罢。好在中国现在也没有什么批评家,鉴赏家,给看那样的戏剧,已经尽够了,严格的说起来,则那天的看客,什么也不懂而胡闹的很多,都应该用大批的蚊烟,将它们熏出的。

近来的事件,内容大抵复杂,实不但学校为然。据我看来,女学生还要算好的,大约因为和外面的社会不大接触之故罢,所以还不过谈谈衣饰宴会之类。至于别的地方,怪状更是层出不穷,东南大学事件就是其一,倘细细剖析,真要为中国前途万分悲哀。虽至小事,亦复如是,即如《现代评论》的"一个女读者"的文章,我看那行文造语,总疑心是男人做的,所以你的推想,也许不确。世上的鬼蜮是多极了。

说起民元的事来,那时确是光明得多,当时我也在南京教育部,觉得中国将来很有希望。自然,那时恶劣分子固然也有的,然而他总失败。一到二年二次革命失败之后，即渐渐坏下去，坏而又坏，遂成了现在的情形。其实这不是新添的坏，乃是涂饰的新漆剥落已尽，于是旧相又显了出来，使奴才主持家政，那里会有好样子。最初的革命是排满，容易做到的，其次的改革是要国民改革自己的坏根性，于是就不肯了。所以此后最要紧的是改革国民性，否则，无论是专制，是共和，是什么什么，招牌虽换，货色照旧，全不行的。

但说到这类的改革，便是真叫作无从措手。不但此也，现在虽想将"政象"稍稍改善，尚且非常之难。在中国活动的现有两种"主义者"，外表都很新的，但我研究他们的精神，还是旧货，所以我现在无所属，但希望他们自己觉悟，自动的改良而已。例如世界主义者，而同志自己先打架；无政府[主]义者的报馆，而用护兵守门，真不知是怎么一回事。土匪也不行，河南的单知道烧抢，东三省的渐趋于保护雅片，总之是抱"发财主义"的居多，梁山泊劫富济贫的事，已成为书本子上的故事了。军队里也不好，排挤之风甚盛，勇敢无私的一定孤立，为敌所乘，同人不救，终至阵亡，而巧滑骑墙，专图地盘者反很得意。我有几个学生在军中，倘不同化，怕终不能占得势力，但若同化，则占得势力又于将来何益。一个就在攻惠州，虽闻已胜，而终于没有信来，使我常常苦痛。

我又无拳无勇，真没有法，在手头的只有笔墨，能写这封信一类的不得要领的东西而已。但我总还想对于根深蒂固的所谓旧文明，施行袭击，令其动摇，冀于将来有万一之希望。而且留心看看，居然也有几个不问成败而要战斗的人，虽然意见和我并不尽同，但这是前几年所没有遇到的。我所谓"正在准备破坏者目下也仿佛有人"的人，不过这么一回事。要成联合战线，还在将来。

希望我做点什么事的人，颇有几个了，但我自己知道，是不行的。凡做领导的人，一须勇猛，而我看事情太仔细，一仔细，即多疑虑，不易勇往直前；二须不惜用牺牲，而我最不愿使别人做牺牲（这其实还是革命以前的种种事情的刺激的结果），也就不能有大局面。

所以,其结果,终于不外乎用空论来发牢骚,印一通书籍杂志。你如果也要发牢骚,请来帮我们,倘曰"马前卒",则吾岂敢,因为我实无马,坐在人力车上,已经是阔气的时候了。

投稿到报馆里,是碰运气的,一者编辑先生总有些胡涂,二者投稿一多,确也使人头昏眼花。我近来常看稿子,不但没有空闲,而且人也疲乏了,此后想不再给人看,但除了几个熟识的人们。你投稿虽不写什么"女士",我写信也改称为"兄",但看那文章,总带些女性。我虽然没有细研究过,但大略看来,似乎"女士"的说话的句子排列法,就与"男士"不同,所以写在纸上,一见可辨。

北京的印刷品现在虽然比先前多,但好的却少。《猛进》很勇,而论一时的政象的文字太多。《现代评论》的作者固然多是名人,看去却显得灰色。《语丝》虽总想有反抗精神,而时时有疲劳的颜色,大约因为看得中国的内情太清楚,所以不免有些失望之故罢。由此可知见事太明,做事即失其勇,庄子所谓"察见渊鱼者不祥",盖不独谓将为众所忌,且于自己的前进亦有碍也。我现在还要找寻生力军,加多破坏论者。

鲁迅　三月卅一日

本月

《未名丛刊》是什么,要怎样?(一)*

所谓《未名丛刊》者,并非无名丛书的意思,乃是还未想定名目,然而这就作为名字,不再去苦想他了。

这也并非学者们精选的宝书,凡国民都非看不可。只要有稿子,有印费,便即付印,想使萧索的读者,作者,译者,大家稍微感到一点热闹。内容自然是很庞杂的,因为希图在这庞杂中略见一致,所以又一括为相近的形式,而名之曰《未名丛刊》。

大志向是丝毫也没有。所愿的:无非(1)在自己,是希望那印成的从速卖完,可以收回钱来再印第二种;(2)对于读者,是希望看了之后,不至于以为太受欺骗了。

现在,除已经印成的一种之外,就自己和别人的稿子中,还想陆续印行的是:

1.《苏俄的文艺论战》。俄国褚沙克等论文三篇。任国桢译。

2.《往星中》。俄国安特来夫作戏剧四幕。李霁野译。

3.《小约翰》。荷兰望蔼覃作神秘的写实的童话诗。鲁迅译。

原载 1925 年 3 月"未名丛刊"之《苦闷的象征》封底。

初未收集。

四月

一日

日记 昙，风。上午寄许广平信。寄伏园短文。下午还齐寿山泉百。收《东方杂志》一本。收《支那二月》第二期一分。晚孙席珍来。张凤举来。

这是这么一个意思

从赵雪阳先生的通信（三月三十一日本刊）里，知道对于我那"青年必读书"的答案曾有一位学者向学生发议论，以为我"读得中国书非常的多。……如今偏不让人家读，……这是什么意思呢！"

我读确是读过一点中国书，但没有"非常的多"；也并不"偏不让人家读"。有谁要读，当然随便。只是倘若问我的意见，就是：要少——或者竟不——看中国书，多看外国书。

这是这么一个意思——

我向来是不喝酒的，数年之前，带些自暴自弃的气味地喝起酒来了，当时倒也觉得有点舒服。先是小喝，继而大喝，可是酒量愈增，食量就减下去了，我知道酒精已经害了肠胃。现在有时戒除，有时也还喝，正如还要翻翻中国书一样。但是和青年谈起饮食来，我总说：你不要喝酒。听的人虽然知道我曾经纵酒，而都明白我的意思。

我即使自己出的是天然痘，决不因此反对牛痘；即使开了棺材铺，也不来讴歌瘟疫的。

148

就是这么一个意思。

还有·种顺便而不相干的声明。·个朋友告诉我,《晨报副刊》上有评玉君的文章,其中提起我在《民众文艺》上所载的《战士和苍蝇》的话。其实我做那篇短文的本意,并不是说现在的文坛。所谓战士者,是指中山先生和民国元年前后殉国而反受奴才们讥笑糟蹋的先烈;苍蝇则当然是指奴才们。至于文坛上,我觉得现在似乎还没有战士,那些批评家虽然其中也难免有有名无实之辈,但还不至于可厌到像苍蝇。现在一并写出,庶几免于误会。

原载 1925 年 4 月 3 日《京报副刊》。
初收拟编书稿《集外集拾遗》。

二日

日记 晴,午后昙。冯文炳来。紫佩来。夜衣萍来。

三日

日记 晴,风。上午往师大讲。午后往北大讲。浅草社员赠《浅草》一卷之四期一本。夜有麟来。云松阁李庆裕来议种花树。得赵其文信。

四日

日记 晴。午后钦文来。得孔宪书信。下午收《妇女杂志》一本。夜培良,有麟来。

夏 三 虫

夏天近了,将有三虫:蚤,蚊,蝇。

假如有谁提出一个问题,问我三者之中,最爱什么,而且非爱一个不可,又不准像"青年必读书"那样的缴白卷的。我便只得回答道:跳蚤。

跳蚤的来吮血,虽然可恶,而一声不响地就是一口,何等直截爽快。蚊子便不然了,一针叮进皮肤,自然还可以算得有点彻底的,但当未叮之前,要哼哼地发一篇大议论,却使人觉得讨厌。如果所哼的是在说明人血应该给它充饥的理由,那可更其讨厌了,幸而我不懂。

野雀野鹿,一落在人手中,总时时刻刻想要逃走。其实,在山林间,上有鹰鹯,下有虎狼,何尝比在人手里安全。为什么当初不逃到人类中来,现在却要逃到鹰鹯虎狼间去?或者,鹰鹯虎狼之于它们,正如跳蚤之于我们罢。肚子饿了,抓着就是一口,决不谈道理,弄玄虚。被吃者也无须在被吃之前,先承认自己之理应被吃,心悦诚服,誓死不二。人类,可是也颇擅长于哼哼的了,害中取小,它们的避之惟恐不速,正是绝顶聪明。

苍蝇嗡嗡地闹了大半天,停下来也不过舐一点油汗,倘有伤痕或疮疖,自然更占一些便宜;无论怎么好的,美的,干净的东西,又总喜欢一律拉上一点蝇矢。但因为只舐一点油汗,只添一点腌臜,在麻木的人们还没有切肤之痛,所以也就将它放过了。中国人还不很知道它能够传播病菌,捕蝇运动大概不见得兴盛。它们的运命是长久的;还要更繁殖。

但它在好的,美的,干净的东西上拉了蝇矢之后,似乎还不至于欣欣然反过来嘲笑这东西的不洁:总要算还有一点道德的。

古今君子,每以禽兽斥人,殊不知便是昆虫,值得师法的地方也多着哪。

四月四日。

原载 1925 年 4 月 7 日《京报》附刊《民众文艺》第 16 号。
初收 1926 年 6 月北京北新书局版《华盖集》。

五日

日记 晴。星期休息。上午得三人人信。得李庸倩信,三月廿日粤宁县发。云松阁来种树,计紫白丁香各二,碧桃一,花椒刺梅榆梅各二,青杨三。午后孙席珍来。收俞小姐所送薄荷酒一瓶,袁匋盦所送自作山水一幅。下午得赵其文信,即复。寄李小峰信。晚衣萍来。夜培良等来。长虹等来,以《苦闷之象征》二本托其转寄高歌。

六日

日记 昙。补昨清明节假。上午孔宪书来。下午钦文来,赠以《精神与爱之女神》一本。得李遇安信并诗文稿。夜得许广平信。

七日

日记 晴。下午寄女师校注册部信。寄许广平《猛进》五期。晚得李遇安信并诗稿。夜有麟,培良来。得郑振铎信。衣萍来。

一个“罪犯”的自述

《民众文艺》虽说是民众文艺,但到现在印行的为止,却没有真的民众的作品,执笔的都还是所谓“读书人”。民众不识字的多,怎会有作品,一生的喜怒哀乐,都带到黄泉里去了。

但我竟有了介绍这一类难得的文艺的光荣。这是一个被获的“抢犯”做的,我无庸说出他的姓名,也不想借此发什么议论。总之,那篇的开首是说不识字之苦,但怕未必是真话,因为那文章是说给教他识字的先生看的;其次,是说社会如何欺侮他,使他生计如何失败;其次,似乎说他的儿子也未必能比他更有多大的希望。但关于抢劫的事,却一字不提。

原文本有圈点，今都仍旧；错字也不少，则将猜测出来的本字用括弧注在下面。

　　　　四月七日，附记于没有雅号的屋子里。

　　我们不认识字的。吃了好多苦。光绪二十九年。八月十二日。我进京来。卖猪。走平字们（则门）外。我说大庙堂们口（门口）。多坐一下。大家都见我笑。人家说我事（是）个王八但（蛋）。我就不之到（知道）。人上头写折（着）。清真里白　四（礼拜寺）。我就不之到（知道）。人打骂。后来我就打猪。白（把）猪都打。不吃东西了。西城郭九猪店。家里。人家给。一百八十大洋元。不卖。我说进京来卖。后来卖了。一百四十元钱。家里都说我不好。后来我的。曰（岳）母。他只有一个女。他没有学生（案谓儿子）。他就给我钱。给我一百五十大洋元。他的女。就说买地。买了十一母（亩）地。（原注：一个六母一个五母洪县元年十。三月二十四日）白（把）六个母地文曰（又白？）丢了。后来他又给钱。给了二百大洋。我万（同？）他说。做个小买卖。（原注：他说好我也说好。你就给钱。）他就（案脱一字）了一百大洋元。我上集买卖（麦）子。买了十石（担）。我就卖白面（麨）。长新店。有个小买卖。他吃白面。吃来吃去吃了。一千四百三十七斤。（原注：中华民国六年卖白面）算一算。五十二元七毛。到了年下。一个钱也没有。长新店。人家后来。白都给了。露娇。张十石头。他吃的。白面钱。他没有给钱。三十六元五毛。他的女说。你白（把）钱都丢了。你一个字也不认的。他说我没有处（？）后来。我们家里的。他说等到。他的儿子大了。你看一看。我的学生大了。九岁。上学。他就万（同？）我一个样的。

　　　　原载 1925 年 5 月 5 日《京报》附刊《民众文艺》第 20 号。
　　　　初未收集。

八日

　　日记　晴,大风。休假。午后矛尘来。下午衣萍,曙天来。品青,小峰,惠迭[迪]来。得赵其文信。静恒来。

致 赵其文

××兄:

　　那一种普通的"先生"的称呼,既然你觉得不合适,我就改作这样的写。多谢你将信寄还我,那是一个住在东斋的和你同姓的人问的,我匆忙中误为一人了。

　　你那一篇小说,大约本星期底或下星期初可以登出来。

　　你说"青年的热情大部分还在",这使我高兴。但我们已经通信了好几回了,我敢赠送你一句真实的话,你的善于感激,是于自己有害的,使自己不能高飞远走。我的百无所成,就是受了这癖气的害,《语丝》上《过客》中说:"这于你没有什么好处",那"这"字就是指"感激"。我希望你向前进取,不要记着这些小事情。

鲁迅　四月八日夜

致 刘策奇

策奇先生:

　　您在《砭群》上所见的《击筑遗音》,就是《万古愁曲》,叶德辉有刻本,题"崑山归庄玄恭"著,在《双梅景闇丛书》中,但删节太多,即如指斥孔老二的一段,即完全没有。又《识小录》(在商务印书馆的《涵芬楼秘籍》第一集内)卷四末尾,亦有这歌,云"不知何人作",而文颇完具，但与叶刻本字句多异，且有彼详而此略的。《砭群》上的几段，与两本的字句又有不同，大约又出于别一抄本的了。知道先生留心此道，聊举所见以备参考。

鲁迅　四月八日

致 许广平

广平兄：

我先前收到五个人署名的印刷品，知道学校里又有些事情，但并未收到薛先生的宣言，只能从学生方面的信中，猜测一点。我的习性不大好，每不肯相信表面上的事情，所以我疑心薛先生辞职的意思，恐怕还在先，现在不过借题发挥，自以为去得格外好看。其实"声势汹汹"的罪状，未免太不切实，即使如此，也没有辞职的必要的。如果自己要辞职而必须牵连几个学生，我觉得这办法有些恶劣。但我究竟不明白内中的情形，要之，那普通所想得到的，总无非是"用阴谋"与"装死"，学生都不易应付的。现在已没有中庸之法，如果他的所谓罪状不过"声势汹汹"，殊不足以制人死命，有那一回反驳的信，已经可以了。此后只能平心静气，再看后来，随时用质直的方法对付。

这回演剧，每人分到二十余元，我以为结果并不算坏，前年世界语学校演剧筹款，却赔了几十元。但这几个钱，自然不够旅行，要旅行只好到天津。其实现在何必旅行，江浙的教育，表面虽说发达，内情何尝佳，只要看母校，即可以推知其他一切。不如买点心，日吃一元，反有实益。

大同的世界，怕一时未必到来，即使到来，像中国现在似的民族也一定在大同的门外，所以我想无论如何，总要改革才好。但改革最快的还是火与剑,孙中山奔波一世,而中国还是如此者,最大原因还在他没有党军,因此不能不迁就有武力的别人。近几年似乎他们也觉悟了,开起军官学校来,惜已太晚。中国国民性的堕落,我觉得不是因为顾家,他们也未尝为"家"设想。最大的病根,是眼光不远,加以"卑怯"与"贪婪",但这是历久养成的,一时不容易去掉。我对于攻打这些病根的工作,倘有可为,现在还不想放手,但即使有效,也恐很迟,我自己看不见了。由我想来,——这只是如此感到,说不出理由,——目下的压制和黑暗还要增加,但因此也许可以发生较激烈的反抗与不平的新分子,为将来的新的变动的萌蘖。

"关起门来长吁短叹",自然是太气闷了,现在我想先对于思想习惯加以明白的攻击,先前我只攻击旧党,现在我还要攻击青年。但政府似乎已在张起压制言论的网来,那么,又须准备"钻网"的法子,——这是各国鼓吹改革的人照例要遇到的。我现在还在寻有反抗和攻击的笔的人们,再多几个,就来"试他一试",但那效果,仍然还在不可知之数,恐怕也不过聊以自慰而已。所以一面又觉得无聊,又疑心自己有些暮气,"小鬼"年青,当然是有锐气的,可有更好,更有聊的法子么?

我所谓"女性"的文章,倒不专在"唉,呀,哟,……"之多。就是在抒情文,则多用好看字样,多讲风景,多怀家庭,见秋花而心伤,对明月而泪下之类。一到辩论之文,尤易看出特别。即举出对手之语,从头至尾,一一驳去,虽然犀利,而不沉重,且罕有正对"论敌"的要害,仅以一击给与致命的重伤者。总之是只有小毒而无剧毒,好作长文而不善于短文。

做金心异的公子是最不危险的,因为他已经承认"应该多听后辈的教训",而且也决不敢以"诗礼"教其子,所以也无须"远"。他的公子已经比他长得多,衣服穿旧之后,即剪短给他穿,他似乎已经变了"子"的"后辈",不成问题了。

《猛进》昨已送上五期,想已收到。此后如不被禁止,我当寄上,因为我这里有好几份。

鲁迅　四月八日

　　万璞女士的举动似乎不很好，听说她办报章时，到加拉罕那里去募捐，说如果不给，她就要对于俄国说坏话云云。

九日

　　日记　晴。上午寄赵自成信。寄赵其文信。寄刘策奇信。寄许广平信。寄任国桢信。下午寄郑振铎信并《西湖二集》六本。

十日

　　日记　晴。上午得任国桢信。往师大讲。午后往北大讲。赠矛尘，斐君以《苦闷之象征》各一本。寄李小峰信。下午寄衣萍信。得三弟信，七日发。夜唐静恒来。

十一日

　　日记　晴。上午得赵其文信，午复。寄三弟信。钦文来。午后俞芬，吴曙天，章衣萍来，下午同母亲游阜成门外钓鱼台。夜买酒并邀长虹，培良，有麟共饮，大醉。得许广平信。得三弟信，八日发。

致 赵其文

××兄：

　　我现在说明我前信里的几句话的意思，所谓"自己"，就是指各人的"自己"，不是指我。无非说凡有富于感激的人，即容易受别人的牵连，不能超然独往。

感激，那不待言，无论从那一方面说起来，大概总算是美德罢。但我总觉得这是束缚人的。譬如，我有时很想冒险，破坏，几乎忍不住，而我有一个母亲，还有些爱我，愿我平安，我因为感激他的爱，只能不照自己所愿意做的做，而在北京寻一点糊口的小生计，度灰色的生涯。因为感激别人，就不能不慰安别人，也往往牺牲了自己，——至少是一部分。

又如，我们通了几回信，你就记得我了，但将来我们假如分属于相反的两个战团里开火接战的时候呢？你如果早已忘却，这战事就自由得多，倘你还记着，则当非开炮不可之际，也许因为我在火线里面，忽而有点踌躇，于是就会失败。

《过客》的意思不过如来信所说那样，即是虽然明知前路是坟而偏要走，就是反抗绝望，因为我以为绝望而反抗者难，比因希望而战斗者更勇猛，更悲壮。但这种反抗，每容易蹉跌在"爱"——感激也在内——里，所以那过客得了小女孩的一片破布的布施也几乎不能前进了。

鲁迅　四月十一日

十二日

日记　晴，大风。星期休息。下午小峰，衣萍来。许广平，林卓凤来。晚寄李遇安信并还诗稿一篇。

《苏俄的文艺论战》前记

俄国既经一九一七年十月的革命，遂入战时共产主义时代，其时的急务是铁和血，文艺简直可以说在麻痹状态中。但也有 Imaginist（想像派）和 Futurist（未来派）试行活动，一时执了文坛的牛耳。待到一九二一年，形势就一变了，文艺顿有生气，最兴盛的是左翼未来派，后有机关杂志曰《烈夫》，——即连结 Levy Front Iskustva 的头字的略语，意义是艺术的左翼战线，——就是专一猛烈地宣传 Constructism（构成主义）的艺术和革命底内容的文学的。

但《烈夫》的发生，也很经过许多波澜和变迁。一九〇五年第一次革命的反动，是政府和工商阶级的严酷的迫压，于是特殊的艺术也出现了：象征主义，神秘主义，变态性欲主义。又四五年，为改革这一般的趣味起见，印象派终于出而开火，在战斗状态中者三整年，末后成为未来派，对于旧的生活组织更加以激烈的攻击，第一次的杂志在一九一四年出版，名曰《批社会趣味的嘴巴》！

旧社会对于这一类改革者，自然用尽一切手段，给以骂詈和诬谤；政府也出而干涉，并禁杂志的刊行；但资本家，却其实毫未觉到这批颇的痛苦。然而未来派依然继续奋斗，至二月革命后，始分为左右两派。右翼派与民主主义者共鸣了。左翼派则在十月革命时受了波尔雪维艺术的洗礼，于是编成左翼队，守着新艺术的左翼战线，以十月二十五日开始活动，这就是"烈夫"的起原。

但"烈夫"的正式除幕，——机关杂志的发行，是在一九二三年二月一日；此后即动作日加活泼了。那主张的要旨，在推倒旧来的传统，毁弃那欺骗国民的耽美派和古典派的已死的资产阶级艺术，而建设起现今的新的活艺术来。所以他们自称为艺术即生活的创造者，诞生日就是十月，在这日宣言自由的艺术，名之曰无产阶级的革命艺术。

不独文艺，中国至今于苏俄的新文化都不了然，但间或有人欣幸他资本制度的复活。任国桢君独能就俄国的杂志中选译文论三篇，使我们借此稍稍知道他们文坛上论辩的大概，实在是最为有益的事，——至少是对于留心世界文艺的人们。别有《蒲力汗诺夫与艺术问题》一篇，是用 Marxism 于文艺的研究的，因为可供读者连类的参考,也就一并附上了。

一九二五年四月十二口之夜,鲁迅记。

原载 1925 年 8 月北京北新书局版《苏俄的文艺论战》。
初收拟编书稿《集外集拾遗》。

十三日

日记　晴。午后往女子师校讲。下午寄三弟信。晚钦文来。夜培良来。长虹来。

十四日

日记　晴。上午得李遇安信。晚培良以赴汴来别,赠以《山野掇拾》一本及一枝铅笔。夜刘弄潮寄来文一篇。收《东方杂志》,《小说月报》各一本。

自以为是 *

[日本]鹤见祐辅

一

先前,在一个集会上,我曾经发表自己的意见,指出俄国文学在日本的风行,并且说,此后还希望研究英文学的稍稍旺盛。对于这话,许多少年就提出反对论,以为我们有什么用力于英文学和俄文学的必要呢,只要研究日本文学就好了。岂不是现有着《源氏物语》和《徒然草》那样的出色的文学么? 有一个人,并且更进一步,发了丰太阁（译者注：征朝鲜的丰臣秀吉）以来的议论，说：与其我们来学外国语，倒不如要使世界上的人们都学日本语。这和我的提议，自然完全是两样看法的驳论。但这类的说话，乃是这集会中的多数的人们的意见，而且竟是中学卒业程度的年青人的意见，却使我吃惊很不小。我于是就想到两种外国的人种的事情。

二

凡有读过北美合众国的历史的人，都知道这地方的原先的旧主人，是称为亚美利加印第安这一种人种。这原先的故主，渐渐被新来的欧洲人所驱逐，退入山奥里面去，到现在，在各州的角角落落里，仅在美国政府的特别保护之下，度那可怜的生活了。人口也逐渐减下去了，也许终于要从这地上完全消失的罢。

然而这印第安人，不独那相貌和日本人相象，即在性格上，也很有足以惹起我们同情的东西。这是我们每读美国史，就常常感到的。

三

他们是极其勇敢的人种。在山野间渔猎，在风霜中锻炼身心，对于敌人，则虽在水火之中，也毫不顿挫地战斗。而且那生活是清洁的。男女的关系都纯正，身体的周围也干净。尤可佩服的是他们的厚于着重节义之情。曾经有过这样的故事：

有一回，一个印第安的青年犯了杀人罪，被发觉，受了死刑的宣告了。他从容地受了这宣告之后，静静地说：——

"判事长先生，我有一个请求在这里。你肯听我么？这也不是别的事。如你所知道，我的职业是野球。所以我为着这秋天的踢球季节，已经和开办的主人定约，以一季节若干的工资，说定去开演的了。倘我不去，我们这一队看来是要大败的。我的死刑的执行，不知道可能够再给拖延几个月不能？因为我的野球季节一结束，我就一定回来，受那死刑的执行的。"

可惊的是判事长即刻许可了这青年的请求了，然而更可惊的是这印第安人照着和兴办主人的约，演过野球；其次，就照着和判事长的约，回到那里，受了死刑的执行了。

将这故事讲给我听的美国人还加上几句话，道：——

"惟其是印第安人，判事长才相信的。因为印第安人这家伙，是死也不肯爽约的呵。"

四

这些话，使我想起各样的事来。对于骗了具有这样的美德的印第安人，而夺去那广大的地土的亚利安人，发生憎恶了。然而较之这些，更其强烈地感触了我的心的却还有一件事，就是：如此优良的人种，何以竟这样惨淡地灭亡了呢？

有一天，我在波士顿，遇见了一个在研究印第安人的专家闻名的博士。我各种各样，探听了这人种的性情等类之后，就询问到印第安人为什么渐就灭亡的原因。

博士的回答可是很有味：——

"我想，那就是印第安人所具的大弱点的结果罢。是什么呢，就是 arrogance（骄慢）。他们确信着自己们是世界唯一的优良人种，那结果，就对于别的人种，尤其是白色人种，都非常蔑视了。那蔑视，自然也很有道理的。因为从德义这一面说起来，白种确是做着许多该受他们轻蔑的事呵。然而那结果，他们却连白种所有的一切好处都蔑视了。譬如，对于白种的文明，一点也不想学。尤其是对于科学，竟丝毫也不看重。无论什么时候，总是生活在自己的种族所有的传统的范畴里。于是他们也就毫不进步了。这也许就是他们虽然是那么良好的人种，却要渐就灭亡的最大的原因罢。"

我觉得即刻恍然了在人类的生涯中,最可怕的,就是这骄慢的自以为是。当这瞬间,这人的发达就停止,这民族的发达就停止了。

我们试一看古时候的世界史。罗马民族的征服了世界,所靠的是什么呢? 这明明白白,是全仗那能够包容别人种的文化这一种谦恭的心情。他们征服着周围的民族,一面却给被征服民族以自由市民的待遇,和自己一般;并且将他们的文明尽量地摄取。希腊的文明一入罗马,就那么样地烂熟了。待到罗马人眩惑于军事上的成功,渐渐变成倨傲的性情的时候,那见得永久不灭的大帝国,便即朽木似的倒了下来。引德国入于破坏者,是德意志至上主义;现在的支那的衰运,也就是中华民国的自负心的结果呵。这也不只是亚美利加印第安人单独的运命而已。

五

但是,在这里,又有一个可以作为和这完全相反的例子,这就是犹太人。

我于犹太人感到兴味,是从五年前寓在亚美利加的时候起的。就因为西洋人之间的犹太人排斥的状态,牵惹了我的眼,于是也就想到何以要那么排斥的缘由了。

例如:和犹太人是不通婚姻的。假使有女儿一意孤行,和犹太人结了婚,亲戚就和她断绝往来。在自己的家里,决不邀犹太人吃饭。好的学校里不收犹太人。好的俱乐部,无论如何决不许犹太人入会。好的旅馆里不要犹太人寄寓,帐房先生托故回绝他;因为知道要被回绝的,所以犹太人自己也不去。还有这么那么,竖着禁止犹太人的牌子的地方,那数目也不止一二十。并且在谈话之中,一到形容那不好的事物,一定说,“像犹太人那样”之类。所谓深通西洋事情的人们,便也学了这西洋人的“犹太人嫌恶”,来说犹太人的坏话;而于犹太人何以那么坏的原因,是不查考的。

六

我觉得弥漫在这世界上的犹太人排斥的感情,委实有点奇怪,便一样一样地研究了一通。每遇见人,也就去询问。询问的结果,我所感到的是虽然个个都异口同声地说道犹太人坏,而于犹太人究竟为什么坏的理由,却并不分明地意识着。有的说是因为没有信义;有的说是因为宗教上的反感;有的说是因为一沾到钱财上,就无论怎样的苦肉计都肯做的缘故;有的又说是因为没有社交上的礼仪,使人不愉快的缘故。但是,如果这些都算作理由,则不但犹太人如此,有着同样的缺点的人种另外也很多。

将这事去问犹太人,可是有趣了。他们都以为这是基督教徒对于犹太人的优越性的反感。

那么,使我们毫无恩怨的第三者静静地观察起来,究竟见得怎样呢?上述的理由,也都可以作为大体的说明的。宗教上的争斗,也是二千年以来的反感罢;钱财上的争斗,也是歇洛克以来的长久的传统罢。但是,总还不止这一点。人种间的反目,是并不发端于那些思想上的原因的。一定还在更浅近的处所。

作为这浅近的,根本的原因的,我却发见了下列的事。这是和各样的犹太人交际之后,因而感到的。那就是:犹太人的集团性。

认识一个犹太人,一定就遇见他的许多朋友;请一个吃饭,一定有许多同来;试去访问时,一定有许多犹太人聚在一起。

这就如水和油了。在亚利安人种全盛的今日,而犹太人却就住亚利安人种中寄食,又不像别的人种那样,屈从于亚利安人;就是昂昂然自守着。而且在各方面,又每使亚利安人有望尘莫及之观。单是这些,倒还没有什么。而这显然异样的犹太人,却又始终单是自己们团集着。况且因为总度着犹太人特别的社会生存,所以确也讨人厌的。不独此也,这人种的通有性,又是进击底的;不肯静止,接连地攻上来。麻烦,可怕,不可亲近,难以放松。于是亚利安人也越加生气了。

七

那根本的原因,究在那里呢？那是明明白白的,就是在犹太人中的惟我独尊底的气度。他们从尼布甲尼撒大王以来,历受着世界的各样的人种的迫害。倘是弱的人种,就该早已灭亡了,而他们却以独自一己的强的精魂,应付了这几千年的狂涛怒浪。这就是他们的优越的性格之赐。

因此,对于这无论怎样迫压而终不灭亡的民族本身的强有力的信仰,就火一般燃烧着。大概,大家都以为在哈谟人的全盛期,在撒马利亚人的全盛期,都未灭亡的他们,也没有独在现今亚利安人的全盛期,就得屈服的道理的。

所以他们就如绝海的孤岛一般,将自己的文明的灯火,守护传授下来。即使周围的文明怎样地变迁,他们也紧抱着亚伯拉罕和摩西的传统,一直反抗到现在。

八

那路径,在或一意义上,和亚美利加印第安人是同一模型的。都是守住自己,不与周围妥协;都是惟我独尊。

但是,为什么一种亡,一种却没有亡呢？这明明是因为智能的优劣的悬殊。犹太人是历史上罕见的优越的智能的所有者,所以他们能够五千年来守护了自己的孤垒。

然而那非妥协底的性格,常常与当时的主宰民族抗争,造着鲜血淋漓的历史。所以归根结蒂,也就和印第安人一样,除了征服别的人种,或者终于被别的人种征服之外,再没有别的路。假使犹太人竟不改他现在的非妥协底态度。

到这里,我要回到议论的出发点去了。日本人始终安住在《源氏物语》和《徒然草》的传统中,做着使日本语成为世界语的梦,粗粗一看,固然是颇像勇敢的,爱国底的心境似的。但其中,却含有背反着人类文化的发达的,许多的危险。

我们的祖先,成就了"大化改新"的大业,安下日本民族隆兴的础石了。这就是唐的文明的输入,摄取,包容。从此又经过了长久的沉滞的历史之后,我们再试行了"王政维新"这一种外科手术,才又苏醒过来。这就是西洋文明的流入,咀嚼和接种。然而这先以"尊王攘夷"开端的志士的运动,待到尊王之志一成就,便忽而变为"尊王开国"的事,是含有无穷的意味的。

以一个民族,征服全世界,已经是古老的梦了。波斯,罗马,蒙古,拿破仑,就都蹉跌在这一条道路上。然而摄取了世界的文化,建设起新文明来的民族,却在史上占得永久的地位的。蕞尔的雅典的文化,至今也还是世界文明的渊源。

我们也应该识趣一点,从夸大妄想的自以为是中脱出。只要研究《源氏物语》就好之类的时代错误的思想,出之青年之口,决不是日本的教育的名誉。我们应该抱了谦虚渊淡的心,将世界的文化毫无顾虑地摄取。从这里面,才能生出新的东西来。

一九二三,八,十四。

原载 1925 年 4 月 14 日《京报副刊》,题作《沾沾自喜》。
初收 1928 年 5 月上海北新书局版《思想·山水·人物》。

忽然想到(五)

我生得太早一点,连康有为们"公车上书"的时候,已经颇有些年纪了。政变之后,有族中的所谓长辈也者教诲我,说:康有为是想篡位,所以他的名字叫有为;有者,"富有天下",为者,"贵为天子"也。非图谋不轨而何?我想:诚然。可恶得很!

长辈的训诲于我是这样的有力,所以我也很遵从读书人家的家教。屏息低头,毫不敢轻举妄动。两眼下视黄泉,看天就是傲慢,满脸装出死相,说笑就是放肆。我自然以为极应该的,但有时心里也发生一点反抗。心的反抗,那时还不算什么犯罪,似乎诛心之律,倒不及现在之严。

但这心的反抗,也还是大人们引坏的,因为他们自己就常常随便大说大笑,而单是禁止孩子。黔首们看见秦始皇那么阔气,捣乱的项羽道:"彼可取而代也!"没出息的刘邦却说:"大丈夫不当如是耶?"我是没出息的一流,因为羡慕他们的随意说笑,就很希望赶忙变成大人,——虽然此外也还有别种的原因。

大丈夫不当如是耶,在我,无非只想不再装死而已,欲望也并不甚奢。

现在,可喜我已经大了,这大概是谁也不能否认的罢,无论用了怎样古怪的"逻辑"。

我于是就抛了死相,放心说笑起来,而不意立刻又碰了正经人的钉子:说是使他们"失望"了。我自然是知道的,先前是老人们的世界,现在是少年们的世界了;但竟不料治世的人们虽异,而其禁止说笑也则同。那么,我的死相也还得装下去,装下去,"死而后已",岂不痛哉!

我于是又恨我生得太迟一点。何不早二十年,赶上那大人还准说笑的时候?真是"我生不辰",正当可诅咒的时候,活在可诅咒的地方了。

约翰弥耳说:专制使人们变成冷嘲。我们却天下太平,连冷嘲也没有。我想:暴君的专制使人们变成冷嘲,愚民的专制使人们变成死相。大家渐渐死下去,而自己反以为卫道有效,这才渐近于正经的活人。

世上如果还有真要活下去的人们，就先该敢说，敢笑，敢哭，敢怒，敢骂，敢打，在这可诅咒的地方击退了可诅咒的时代！

四月十四日。

原载 1925 年 4 月 18 日《京报副刊》。

初收 1926 年 6 月北京北新书局版《华盖集》。

鲁迅启事

《民众文艺》稿件，有一部份经我看过，已在第十四期声明。现因自己事繁，无暇细读，并将一部份的"校阅"，亦已停止，自第十七期起，即不负任何责任。

四月十四日。

原载 1925 年 4 月 17 日《京报副刊》。

初未收集。

致 许广平

广平兄：

有许多话，那天本可以口头答复，但我这里从早到夜，总有几个各样的客在座，所以只能论天气之好坏，风之大小。因为虽是平常的话，但偶然听了一段，即容易莫名其妙，还不如仍旧写回信。

学校的事，也许暂时要不死不活罢。昨天听人说，章太太不来，另荐了两个人，一个也不来，一个是不去请。还有某太太却很想做，而当局似乎不敢请教。听说评议会的挽留倒不算什么，而问题却在不能得人。当局定要在"太太类"中选择,固然也过于拘执,但别的一时可也没有,此实不死不活之大原因也,后事如何,且听下回分解可耳。

来信所述的方法,我实在无法说是错的,但还是不赞成,一是由于全局的估计,二是由于自己的偏见。第一,这不是少数人所能做,而这类人现在很不多,即或有之,更不该轻易用去;还有,即有一两类此的事件,实不足以震动国民,他们还很麻木,至于坏种,则警备甚严,也未必就肯洗心革面,假使接连而起,自然就好得多,但怕没有这许多人;还有,此事容易引起坏影响,例如民二,袁世凯也用这方法了,党人所用的多青年,而他的乃是用钱雇来的奴子,试一衡量,还是这一面吃亏。但这时党人之间,也曾用过雇工,以自相残杀,于是此道乃更坠落。现在即使复活,我以为虽然可以快一时之意,而与大局是无关的。第二,我的脾气是如此的,自己没有做,就不大赞成。我有时也能辣手评文,也常煽动青年冒险,但有相识的人,我就不能评他的文章,怕见他的冒险,明知道这是自相矛盾的,也就是做不出什么事情来的死症,然而终于无法改良,奈何不得,我不愿意,由他去罢。

"无处不是苦闷,苦闷,(此下还有六个和……)"我觉得"小鬼"的"苦闷"的原因是在"性急"。在进取的国民中,性急是好的,但生在麻木如中国的地方,却容易吃亏,纵使如何牺牲,也无非毁灭自己,于国度没有影响。我记得先前在学校演说时候也曾说过,要治这麻木状态的国度,只有一法,就是"韧",也就是"锲而不舍"。逐渐的做一点,总不肯休,不至于比"轻于一掷"无效。但其间自然免不了"苦闷,苦闷,(此下还有六个并……)"可是只好便与这"苦闷……"反抗。这虽然近于劝人耐心做奴隶,其实很不同,甘心乐意的奴隶是无望的,但如怀着不平,总可以逐渐做些有效的事。

我有时以为"宣传"是无效的,但细想起来,也不尽然。革命之前,第一个牺牲者我记得是史坚如,现在人们都不大知道了,在广东一定是记得的人较多罢,此后接连的有好几人,而爆发却在胡〔湖〕

北,还是宣传的功劳。当时和袁世凯妥协,种下病根,其实却还是党人实力没有充实之故。所以鉴于前车,则此后的第一要图,还在充足实力,此外各种言动,只能稍作辅佐而已。

文章的看法,也是因人不同的,我因为自己爱作短文,爱用反语,每遇辩论,辄不管三七二十一,就迎头一击,所以每见和我的办法不同者便以为缺点。其实畅达也自有畅达的好处,正不必故意减缩(但繁冗则自应删削),例如玄同之文,即颇玉羊,而少含蓄,使读者览之了然,无所疑惑,故于表白意见,反为相宜,效力亦复很大。我的东西却常招误解,有时竟出于意料之外,可见意在简练,稍一不慎,即易流于晦涩,而其弊有至于不可究诘者焉。(不可究诘四字颇有语病,但一时想不出适当之字,姑仍之。意但云"其弊颇大"耳。)

前天仿佛听说《猛进》终于没有定妥,后来因为别的话岔开,没有问下去了。如未定,便中可见告,当寄上。我虽说忙,其实也不过"口头禅",每日常有闲坐及讲空话的时候,写一个信面,尚非大难事也。

鲁迅　四月十四日

十五日

日记　晴。上午寄许广平信。寄李小峰信并稿。午后得臧亦蓬信,诗稿一本附。有麟来。钦文来。夜人灿来并交旭社信。

十六日

日记　昙。午后衣萍来。晚游小市,买《乌青镇志》,《广陵诗事》各一部,共泉一元二角。风。夜胡崇轩,项亦愚来,不见。校《苏俄之文艺论战》讫。

十七日

日记　晴。上午往师大讲。午后往北大讲并收薪水十三元,去年六月分讫。下午得许广平信。夜长虹同常燕生来。风。得孙斐君信。得李庸倩信。

十八日

日记 昙。午后有麟来。曙天来。晚风。夜衣萍来。

忽然想到(六)

外国的考古学者们联翩而至了。

久矣夫,中国的学者们也早已口口声声的叫着"保古!保古!保古!……"

但是不能革新的人种,也不能保古的。

所以,外国的考古学者们便联翩而至了。

长城久成废物,弱水也似乎不过是理想上的东西。老大的国民尽钻在僵硬的传统里,不肯变革,衰朽到毫无精力了,还要自相残杀。于是外面的生力军很容易地进来了,真是"匪今斯今,振古如兹"。至于他们的历史,那自然都没我们的那么古。

可是我们的古也就难保,因为土地先已危险而不安全。土地给了别人,则"国宝"虽多,我觉得实在也无处陈列。

但保古家还在痛骂革新,力保旧物地干:用玻璃板印些宋版书,每部定价几十几百元;"涅槃!涅槃!涅槃!"佛自汉时已入中国,其古色古香为何如哉!买集些旧书和金石,是劬古爱国之士,略作考证,赶印目录,就升为学者或高人。而外国人所得的古董,却每从高人的高尚的袖底里共清风一同流出。即不然,归安陆氏的皕宋,潍县陈氏的十钟,其子孙尚能世守否?

现在,外国的考古学者们便联翩而至了。

他们活有余力，则以考古，但考古尚可，帮同保古就更可怕了。有些外人，很希望中国永是一个大古董以供他们的赏鉴，这虽然可恶，却还不奇，因为他们究竟是外人。而中国竟也有自己还不够，并且要率领了少年，赤子，共成一个大古董以供他们的赏鉴者，则真不知是生着怎样的心肝。

中国废止读经了，教会学校不是还请腐儒做先生，教学生读"四书"么？民国废去跪拜了，犹太学校不是偏请遗老做先生，要学生磕头拜寿么？外国人办给中国人看的报纸，不是最反对五四以来的小改革么？而外国总主笔治下的中国小主笔，则倒是崇拜道学，保存国粹的！

但是，无论如何，不革新，是生存也为难的，而况保古。现状就是铁证，比保古家的万言书有力得多。

我们目下的当务之急，是：一要生存，二要温饱，三要发展。苟有阻碍这前途者，无论是古是今，是人是鬼，是《三坟》《五典》，百宋千元，天球河图，金人玉佛，祖传丸散，秘制膏丹，全都踏倒他。

保古家大概总读过古书，"林回弃千金之璧，负赤子而趋"，该不能说是禽兽行为罢。那么，弃赤子而抱千金之璧的是什么？

四月十八日。

原载 1925 年 4 月 22 日《京报副刊》。
初收 1926 年 6 月北京北新书局版《华盖集》。

十九日

日记 晴。星期休息。上午得郑振铎信。得三太太信。午后有麟来。下午小峰，衣萍，惠迪来。胡崇轩，项亦愚来。晚雨。

二十日

日记 晴。午后往女师校讲，并领学生参观历史博物馆。往中央公园。下午得三弟信,十七日发。夜刘弄潮来。有麟来。

二十一日

日记 晴。上午得廷璠信,十三日南阳发。以译稿寄李小峰。以诗稿寄还臧亦蘧,附笺一。目寒来并交译稿二篇。寄三弟信。下午得许广平信。收《东方杂志》一本。得紫佩信。夜有麟来。长虹来。得臧亦蘧信。得梓模信并《云南周刊》。得常燕生信。

《莽原》出版预告 *

本报原有之《图画周刊》(第五种),现在团体解散,不能继续出版,故另刊一种,是为《莽原》。闻其内容大概是思想及文艺之类,文字则或撰述,或翻译,或稗贩,或窃取,来日之事,无从预知。但总期率性而言,凭心立论,忠于现世,望彼将来云。由鲁迅先生编辑,于本星期五出版。以后每星期五随《京报》附送一张,即为《京报》第五种周刊。

原载 1925 年 4 月 21 日《京报》广告栏。
初未收集。

徒然的笃学

[日本]鹤见祐辅

一

"像亚伯那样懒惰的,还会再有么?从早到晚就单是看书,什么事也不做。"

172

邻近的人们这样说,嘲笑那年青的亚伯拉罕林肯。这也并非无理的。因为在那时还是新垦地的伊里诺州,人们都住着木棚,正在耕耘畜牧的忙碌的劳役中度日。然而躯干格外高大的亚伯拉罕,却头发蓬松,只咬着书本,那模样,确也给人们以无可奈何,而又看不下去的感想的。于是"懒亚伯"这一个称呼,竟成了他的通行名字了。

我在有名的绥亚的《林肯传》中,看见这话的时候,不禁觉得诧异。那时我还是第一高等学校的学生。此后又经了将近二十年的岁月了。现在偶一回想,记起这故事来,就密切地尝到这文字中的深远的教训。

读书这一件事,和所谓用功,是决不相同的。这正如散步的事,不必定是休养一样。读书的真的意义,是在于我们怎样地读书。

我们往往将读书的意义看得过重。只要说那人喜欢书,便即断定,那是好的。于是本人也就这样想,不再发生疑问。也不更进一步,反问那读者是否全属徒劳的努力。从这没有反省的习惯底努力中,正不知出了多少人生的悲剧呵!我们应该对于读书的内容,仔细地加以研究。

二

像林肯那样,是因为读书癖,后来成了那么有名的大统领的。然而,这是因为他并非漫然读书的缘故;因为他的读书,是抱着倾注了全副精神的真诚的缘故。他是用了燃烧似的热度,从所有书籍中,探索着真理的。读来读去的每一页每一页,都成了他的血和肉的。

但我自己,却不愿将读书看作只是那么拘束的事。除了这样地很费力的读书以外,也还可以有"悠然见南山"似的读书。所以,就以趣味为主的读书而言,也不妨像那以趣味为主的围棋打球一般,承认其得有陶然的心境。

只是在这里,我还要记出一个感想,就是虽然以读书为毕生的事业,而终于没有悟出真义的可悯的生涯。这是可以用一个显著的实例来叙述的:——

英国的大历史家之中,有一个亚克敦卿(Lord Acton)。他生在一八三四年,死在一九○二年,所以也不能说是很短命。他生于名门,得到悠游于国内国外的学窗的机会,那天禀的头脑,就像琢磨了的璞玉一般地辉煌了。神往于南意大利和南法兰西的他,大抵是避开了雾气浓重的伦敦的冬天,而读书于橄榄花盛开着的地中海一带。他的书斋里,整然排着大约七万卷的图书;据说每一部每一卷,又都遗有他的手迹。而且在余白上,还用了铅笔的细字,记出各种的意见和校勘。他的无尽藏的智识,相传是没有一个人不惊服的。便是对于英国的学问向来不甚重视的德法的学者们,独于亚克敦卿的博学,却也表示敬意。他是格兰斯敦的好友,常相来往,议论时事的人。他将政治看作历史的一个过程,所以他的谈论中,就含有谁也难于企及的深味。

虽然如此,而他之为政治家,却什么也没有成就。那自然也可以辩解,说是他那过近于学者的性格,带累了他了。但他之为历史家,也到死为止,并不留下什么著作。这一端,是使我们很为诧异的。这马蚁一般勤劬的硕学,有了那样的教养,度着那么具有余裕的生活,却没有留下一卷传世的书,其中岂不是含着深的教训,足使我们三省的么?

很穷困,而又早死的理查格林(John Richard Green),在英国史上开了一个新生面。我们的薄命的史家赖山阳,也决不能说是长寿。但他们俩都遗下了使后世青年奋起的事业。然而亚克敦卿却不过将无尽藏的智识,徒然搬进了他的坟墓而已。

这明明是一个悲剧。

他是竭了六十多年的精力,积聚着世界人文的记录而死的。但他的朋友穆来卿很叹惜,说是虽从他的弟子们所集成的四卷讲义录里,也竟不能寻出一个创见来。

他的生涯中,是缺少着人类最上的力的那"创造力"的。他就像戈壁的沙漠的吸流水一样,吸收了智识,却并一泓清泉,也不能喷到地面上。

同时的哲人斯宾塞,是憎书有名的。他几乎不读书。但斯宾塞却做了许多大著作。这就因为他并非徒然的笃学者的缘故。

一九二三,十,十二。

原载 1925 年 4 月 25 日《京报副刊》。

初收 1928 年 5 月上海北新书局版《思想·山水·人物》。

二十二日

日记 晴。上午得吕琦信附高歌及培良笺,十八日开封发。钦文来。下午访衣萍。晚衣萍,曙天来。夜雨。编《莽原》第一期稿。

春末闲谈

北京正是春末,也许我过于性急之故罢,觉着夏意了,于是突然记起故乡的细腰蜂。那时候大约是盛夏,青蝇密集在凉棚索子上,铁黑色的细腰蜂就在桑树间或墙角的蛛网左近往来飞行,有时衔一支小青虫去了,有时拉一个蜘蛛。青虫或蜘蛛先是抵抗着不肯去,但终于乏力,被衔着腾空而去了,坐了飞机似的。

老前辈们开导我,那细腰蜂就是书上所说的果蠃,纯雌无雄,必须捉螟蛉去做继子的。她将小青虫封在窠里,自己在外面日日夜夜敲打着,祝道"像我像我",经过若干日,——我记不清了,大约七七四十九日罢,——那青虫也就成了细腰蜂了,所以《诗经》里说:"螟蛉有子,果蠃负之。"螟蛉就是桑上小青虫。蜘蛛呢?他们没有提。我记得有几个考据家曾经立过异说,以为她其实自能生卵;其捉青虫,乃是填在窠里,给孵化出来的幼蜂做食料的。但我所遇见的前辈们都不采用此说,还道是拉去做女儿。我们为存留天地间的美谈起见,倒不如这样好。当长夏无事,遣暑林阴,瞥见二虫一拉一拒的时候,便如睹慈母教女,满怀好意,而青虫的宛转抗拒,则活像一个不识好歹的毛鸦头。

但究竟是夷人可恶,偏要讲什么科学。科学虽然给我们许多惊奇,但也搅坏了我们许多好梦。自从法国的昆虫学大家发勃耳(Fabre)仔细观察之后,给幼蜂做食料的事可就证实了。而且,这细腰蜂不但是普通的凶手,还是一种很残忍的凶手,又是一个学识技术都极高明的解剖学家。她知道青虫的神经构造和作用,用了神奇的毒针,向那运动神经球上只一螫,它便麻痹为不死不活状态,这才在它身上生下蜂卵,封入窠中。青虫因为不死不活,所以不动,但也因为不活不死,所以不烂,直到她的子女孵化出来的时候,这食料还和被捕当日一样的新鲜。

三年前,我遇见神经过敏的俄国的 E 君,有一天他忽然发愁道,不知道将来的科学家,是否不至于发明一种奇妙的药品,将这注射在谁的身上,则这人即甘心永远去做服役和战争的机器了?那时我也就皱眉叹息,装作一齐发愁的模样,以示"所见略同"之至意,殊不知我国的圣君,贤臣,圣贤,圣贤之徒,却早已有过这一种黄金世界的理想了。不是"唯辟作福,唯辟作威,唯辟玉食"么?不是"君子劳心,小人劳力"么?不是"治于人者食(去声)人,治人者食于人"么?可惜理论虽已卓然,而终于没有发明十全的好方法。要服从作威就须不活,要贡献玉食就须不死;要被治就须不活,要供养治人者又须不死。人类升为万物之灵,自然是可贺的,但没有了细腰蜂的毒针,却很使圣君，贤臣，圣贤，圣贤之徒，以至现在的阔人，学者，教育家觉得棘手。将来未可知，若已往，则治人者虽然尽力施行过各种麻痹术，也还不能十分奏效，与果蠃并驱争先。即以皇帝一伦而言，便难免时常改姓易代，终没有"万年有道之长"；"二十四史"而多至二十四，就是可悲的铁证。现在又似乎有些别开生面了，世上挺生了一种所谓"特殊智识阶级"的留学生，在研究室中研究之结果，说医学不发达是有益于人种改良的，中国妇女的境遇是极其平等的，一切道理都已不错，一切状态都已够好。E君的发愁，或者也不为无因罢，然而俄国是不要紧的，因为他们不像我们中国，有所谓"特别国情"，还有所谓"特殊智识阶级"。

但这种工作，也怕终于像古人那样，不能十分奏效的罢，因为这实在比细腰蜂所做的要难得多。她于青虫，只须不动，所以仅在运动神经球上一螫，即告成功。而我们的工作，却求其能运动，无知觉，该在知觉神经中枢，加以完全的麻醉的。但知觉一失，运动也就随之失却主宰，不能贡献玉食，恭请上自"极峰"下至"特殊智识阶级"的赏收享用了。就现在而言，窃以为除了遗老的圣经贤传法，学者的进研究室主义，文学家和茶摊老板的莫谈国事律，教育家的勿视勿听勿言勿动论之外，委实还没有更好，更完全，更无流弊的方法。便是留学生的特别发见，其实也并未轶出了前贤的范围。

那么，又要"礼失而求诸野"了。夷人，现在因为想去取法，姑且称之为外国，他那里，可有较好的法子么？可惜，也没有。所有者，仍不外乎不准集会，不许开口之类，和我们中华并没有什么很不同。然亦可见至道嘉猷，人同此心，心同此理，固无华夷之限也。猛兽是单独的，牛羊则结队；野牛的大队，就会排角成城以御强敌了，但拉开一匹，定只能牟牟地叫。人民与牛马同流，——此就中国而言，夷人别有分类法云，——治之之道，自然应该禁止集合：这方法是对的。其次要防说话。人能说话，已经是祸胎了，而况有时还要做文章。所以苍颉造字，夜有鬼哭。鬼且反对，而况于官？猴子不会说话，猴界即向无风潮，——可是猴界中也没有官，但这又作别论，——确应该虚心取法，反朴归真，则口且不开，文章自灭：这方法也是对的。然而上文也不过就理论而言，至于实效，却依然是难说。最显著的例，是连那么专制的俄国，而尼古拉二世"龙御上宾"之后，罗马诺夫氏竟已"覆宗绝祀"了。要而言之，那大缺点就在虽有二大良法，而还缺其一，便是：无法禁止人们的思想。

于是我们的造物主——假如天空真有这样的一位"主子"——就可恨了：一恨其没有永远分清"治者"与"被治者"；二恨其不给治者生一枝细腰蜂那样的毒针；三恨其不将被治者造得即使砍去了藏着的思想中枢的脑袋而还能动作——服役。三者得一，阔人的地位即永久稳固，统御也永久省了气力，而天下于是乎太平。今也不然，所以即使单想高高在上，暂时维持阔气，也还得日施手段，夜费心机，实在不胜其委屈劳神之至……。

假使没有了头颅，却还能做服役和战争的机械，世上的情形就何等地醒目呵，这时再不必用什么制帽勋章来表明阔人和窄人了，只要一看头之有无，便知道主奴，官民，上下，贵贱的区别。并且也不至于再闹什么革命，共和，会议等等的乱子了，单是电报，就要省下许多许多来。古人毕竟聪明，仿佛早想到过这样的东西，《山海经》上就记载着一种名叫"刑天"的怪物。他没有了能想的头，却还活着，"以乳为目，以脐为口"，——这一点想得很周到，否则他怎么看，怎么吃呢，——实在是很值得奉为师法的。假使我们的国民都能这样，阔人又何等安全快乐？但他又"执干戚而舞"，则似乎还是死也不肯安分，和我那专为阔人图便利而设的理想底好国民又不同。陶潜先生又有诗道："刑天舞干戚，猛志固常在。"连这位貌似旷达的老隐士也这么说，可见无头也会仍有猛志，阔人的天下一时总怕难得太平的了。但有了太多的"特殊智识阶级"的国民，也许有特在例外的希望；况且精神文明太高了之后，精神的头就会提前飞去，区区物质的头的有无也算不得什么难问题。

一九二五年四月二十二日。

原载 1925 年 4 月 24 日《莽原》周刊第 1 期。署名冥昭。
初收 1927 年 3 月北京未名社版《坟》。

致 许广平

广平兄：

十六和廿日的信，都收到了，实在对不起，到现在才一并回答。几天以来，真所谓忙得不堪，除些琐事以外，就是那可笑的"□□周刊"。这一件事，本来还不过一种计画，不料有一个学生对邵飘萍一说，他就登出广告来，并且写得那么夸大可笑。第二天我就代拟了一个别的广告，硬令登载，又不许改动，他却又加了几句无聊的案语，做事遇着隔膜者，真是连小事情也碰头。至于我这一面，则除百来行稿子以外，什么也没有，但既然受了广告的鞭子的强迫，也不能不跑了，于是催人去做，自己也做，直到此刻，这才勉强凑成，而今天就是交稿的日子。统看全稿，实在不见得高明，你不要那么热望，过于热望，要更失望的。但我还希望将来能够比较的好一点。如有稿子，也望寄来，所论的问题也不拘大小。你不知定有《京报》否，如无，我可以使人将《莽原》——即所谓□□周刊——寄上。

但星期五，你一定在学校先看见《京报》罢。那"莽原"二字，是一个八岁的孩子写的，名字也并无意义，与《语丝》相同，可是又仿佛近于"旷野"。投稿的人名都是真的；只有末尾的四个都由我代表，然而将来在文章上恐怕也仍然看得出来，改变文体，实在是不容易的事。这些人里面，做小说的和能翻译的居多，而做评论的没有几个，这实在一个大缺点。

再说到前信所说的方法，就方法本身而论，自然是没有什么错处的，但效果在现今的中国却收不到。因为施行刺激，总须有若干人有感动性才有应验，就是所谓须是木材，始能以一颗小火燃烧，倘是沙石，就无法可想，投下火柴去，反而无聊。所以我总觉得还该耐心挑拨煽动，使一部分有些生气才好。去年我在西安夏期讲演，我以为可悲的，而听众木然，我以为可笑的，而听众也木然，都无动，和我的动作全不生关系。当群众的心中并无可以燃烧的东西时，投火之无聊至于如此。别的事也一样的。

　　薛先生已经复职，自然极好，但来来去去，似乎太劳苦一点了。至于今之教育当局，则我不知其人。但看他挽孙中山对联中之自夸，与完全"道不同"之段祺瑞之密切，为人亦可想而知。所闻的历来举止，似是大言无实，欺善怕恶之流而已。要之在这昏浊的政局中，居然出为高官，清流大约决无这种手段，由我看来，王九龄要比他好得多罢。校长之事，部中毫无所闻，此人之来，以整顿教育自命，或当别有一反从前一切之新法（他是不满于今之学风的），但是否又是大言，则不得而知，现在鬼鬼祟祟之人太多，实在无从说起。

　　我以前做些小说短评之类，难免描写或批评别人，现在不知道怎么，似乎报应已至，自己忽而变了别人的文章的题目了。张王两篇，也已看过，未免说得我太好些。我自己觉得并无如此"冷静"，如此能干，即如"小鬼"们之光降，在未得十六来信以前，我还没有悟出已被"探捡"而去，倘如张君所言，从第一至第三，全是"冷静"，则该早经知道了。但你们的研究，似亦不甚精细，现在试出一题，加以考试：我所坐的有玻璃窗的房子的屋顶，似什么样子的？后园已经去过，应该可以看见这个，仰即答复可也！

　　星期一的比赛"韧性"，我又失败了，但究竟抵抗了一点钟，成绩还可以在六十分以上。可惜众寡不敌，终被逼上午门，此后则遁入公园，避去近于"带队"之苦。我常想带兵抢劫，无可讳言，若一变而为带女学生游历，未免变得离题太远，先前之逃来逃去者，非怕"难为""出轨"等等,其实不过是想逃脱领队而已。

琴心问题,现在总算明白了。先前,有人说是欧阳兰,有人说是陆晶清,而孙伏园坚谓俱不然,乃是一个新出的作者。盖投稿非其自写,所以是另一种笔迹,伏园以善认笔迹自负,岂料反而上当。二则所用的红信封绿信纸将伏园善识笔迹之眼睛吓昏,遂愈加疑不到欧阳兰身上去了。加以所作诗文,也太近于女性。今看他署着真名之文,也是一样色彩,本该容易猜破,但他人谁会想到他为了争一点无聊的名声,竟肯如此钩心斗角,无所不至呢。他的"横扫千人"的大作,今天在《京报副刊》似乎露一点端倪了,所扫的一个是批评廖仲潜小说的芳子,但我现在疑心芳子也就是廖仲潜,实无其人,和琴心一样的。第二个是向培良(也是我的学生),则论力比他坚实得多,琴心的扫帚,未免太软弱一点。但培良已往河南去办报,不会有答复的了,这实在可惜,使我们少看见许多痛快的议论。闻京报社里攻击欧阳的文章还有十多篇,有一篇署名"S弟"的颇好,大约几天以后要登出来。

《民国公报》的实情如何,我不知道,待探听了再回答罢。普通所谓考试编辑多是一种手段,大抵因为荐条太多,无法应付,便来装作这一种门面,故作禀公选用之状,以免荐送者见怪,其实却是早已暗暗定好,别的应试者不过陪他变一场戏法罢了。但《民国公报》是否也如是,却尚难决(我看十分之九也这样),总之,先去打听一回罢。我的意见,以为做编辑是不会有什么进步的,我近来因常与周刊之类相关,弄得看书和休息的工夫也没有了,因为选用的稿子,常须动笔改削,倘若任其自然,又怕闹出错处来。还是"人之患"较为从容,即使有时逼上午门,也不过费两三个时间而已。

鲁迅 四月二十二日夜

二十三日

日记 昙。晨有麟来。寄许广平信。复梓模信。午后得李遇安信，即复。下午有一学生送梨一筐。夜有麟来。复蕴儒，高歌，培良信。

死　火

我梦见自己在冰山间奔驰。

这是高大的冰山，上接冰天，天上冻云弥漫，片片如鱼鳞模样。山麓有冰树林，枝叶都如松杉。一切冰冷，一切青白。

但我忽然坠在冰谷中。

上下四旁无不冰冷，青白。而一切青白冰上，却有红影无数，纠结如珊瑚网。我俯看脚下，有火焰在。

这是死火。有炎炎的形，但毫不摇动，全体冰结，像珊瑚枝；尖端还有凝固的黑烟，疑这才从火宅中出，所以枯焦。这样，映在冰的四壁，而且互相反映，化为无量数影，使这冰谷，成红珊瑚色。

哈哈！

当我幼小的时候，本就爱看快舰激起的浪花，洪炉喷出的烈焰。不但爱看，还想看清。可惜他们都息息变幻，永无定形。虽然凝视又凝视，总不留下怎样一定的迹象。

死的火焰，现在先得到了你了！

我拾起死火，正要细看，那冷气已使我的指头焦灼；但是，我还熬着，将他塞入衣袋中间。冰谷四面，登时完全青白。我一面思索着走出冰谷的法子。

我的身上喷出一缕黑烟，上升如铁线蛇。冰谷四面，又登时满有红焰流动，如大火聚，将我包围。我低头一看，死火已经燃烧，烧穿了我的衣裳，流在冰地上了。

"唉，朋友！你用了你的温热，将我惊醒了。"他说。

我连忙和他招呼,问他名姓。

"我原先被人遗弃在冰谷中,"他答非所问地说,"遗弃我的早已灭亡,消尽了。我也被冰冻冻得要死。倘使你不给我温热,使我重行烧起,我不久就须灭亡。"

"你的醒来,使我欢喜。我正在想着走出冰谷的方法;我愿意携带你去,使你永不冰结,永得燃烧。"

"唉唉! 那么,我将烧完!"

"你的烧完,使我惋惜。我便将你留下,仍在这里罢。"

"唉唉! 那么,我将冻灭了!"

"那么,怎么办呢?"

"但你自己,又怎么办呢?"他反而问。

"我说过了:我要出这冰谷……。"

"那我就不如烧完!"

他忽而跃起,如红彗星,并我都出冰谷口外。有大石车突然驰来,我终于碾死在车轮底下,但我还来得及看见那车就坠入冰谷中。

"哈哈! 你们是再也遇不着死火了!"我得意地笑着说,仿佛就愿意这样似的。

一九二五年四月二十三日。

原载 1925 年 5 月 4 日《语丝》周刊第 25 期,副题作《野草之十二》。

初收 1927 年 7 月北京北新书局版"乌合丛书"之一《野草》。

狗的驳诘

我梦见自己在隘巷中行走,衣履破碎,像乞食者。

一条狗在背后叫起来了。

我傲慢地回顾,叱咤说:

"呔!住口!你这势利的狗!"

"嘻嘻!"他笑了,还接着说,"不敢,愧不如人呢。"

"什么!?"我气愤了,觉得这是一个极端的侮辱。

"我惭愧:我终于还不知道分别铜和银;还不知道分别布和绸;还不知道分别官和民;还不知道分别主和奴;还不知道……"

我逃走了。

"且慢!我们再谈谈……"他在后面大声挽留。

我一径逃走,尽力地走,直到逃出梦境,躺在自己的床上。

一九二五年四月二十三日。

原载 1925 年 5 月 4 日《语丝》周刊第 25 期,副题作《野草之十三》。

初收 1927 年 7 月北京北新书局版"乌合丛书"之一《野草》。

通　讯(复高歌)

高歌兄:

来信收到了。

你的消息,长虹告诉过我几句,大约四五句罢,但也可以说是知道大概了。

"以为自己抢人是好的,抢我就有点不乐意",你以为这是变坏了的性质么?我想这是不好不坏,平平常常。所以你终于还不能证明自己是坏人。看看许多中国人罢,反对抢人,说自己愿意施舍;我们也毫不见他去抢,而他家里有许许多多别人的东西。

迅　四月二十三日

原载 1925 年 5 月 8 日《豫报副刊》。

初收拟编书稿《集外集拾遗》。

通　讯（复吕蕴儒）

蕴儒兄：

　　得到来信了。我极快慰于开封将有许多骂人的嘴张开来，并且祝你们"打将前去"的胜利。

　　我想，骂人是中国极普通的事，可惜大家只知道骂而没有知道何以该骂，谁该骂，所以不行。现在我们须得指出其可骂之道，而又继之以骂。那么，就很有意思了，于是就可以由骂而生出骂以上的事情来的罢。

　　（下略。）

迅

原载 1925 年 5 月 6 日《豫报副刊》。

初收拟编书稿《集外集拾遗》。

通　讯（致向培良）

培良兄：

　　我想，河南真该有一个新一点的日报了；倘进行顺利，就好。我们的《莽原》于明天出版，统观全稿，殊觉未能满足。但我也不知道是真不佳呢，还是我的希望太奢。

　　"琴心"的疑案揭穿了，这人就是欧阳兰。以这样手段为自己辩护,实在可鄙;而且"听说雪纹的文章也是他做的"。想起孙伏园当日被红信封绿信纸迷昏,深信一定是"一个新起来的女作家"的事来,不觉发一大笑。

《莽原》第一期上,发了《槟榔集》两篇。第三篇斥朱湘的,我想可以删去,而移第四为第三。因为朱湘似乎也已掉下去,没人提他了——虽然是中国的济慈。我想你一定很忙,但仍极希望你常常有作品寄来。

迅

原载 1925 年 5 月 6 日《豫报副刊》。

初收拟编书稿《集外集拾遗》。

二十四日

日记 雨。午后往北大讲。下午寄许广平信并《莽原》。夜有麟来。

杂 语*

称为神的和称为魔的战斗了,并非争夺天国,而在要得地狱的统治权。所以无论谁胜,地狱至今也还是照样的地狱。

两大古文明国的艺术家握手了,因为可图两国的文明的沟通。沟通是也许要沟通的,可惜"诗哲"又到意大利去了。

"文士"和老名士战斗,因为……,——我不知道要怎样。但先前只许"之乎者也"的名公捧角,现在却也准 ABCD 的"文士"入场了。这时戏子便化为艺术家,对他们点点头。

新的批评家要站出来么？您最好少说话，少作文，不得已时，也要做得短。但总须弄几个人交口说您是批评家。那么，您的少说话就是高深，您的少作文就是名贵，永远不会失败了。

新的创作家要站出来么？您最好是在发表过一篇作品之后，另造一个名字，写点文章去恭维；倘有人攻击了，就去辩护。而且这名字要造得艳丽一些，使人们容易疑心是女性。倘若真能有这样的一个，就更佳；倘若这一个又是爱人，就更更佳。"爱人呀！"这三个字就多么旖旎而饶于诗趣呢？正不必再有第四字，才可望得到奋斗的成功。

原载 1925 年 4 月 24 日《莽原》周刊第 1 期。

初收 1935 年 5 月上海群众图书公司版《集外集》。

二十五日

日记 晴，大风，午后昙。无事。

二十六日

日记 晴。星期休息。上午得孙永显信并燕志儁诗稿。午寄小峰以文稿。下午衣萍，曙天来。小峰来。伏园来并交春台信及所赠德译洛蒂《北京之终日》一本，画信片二枚，糖食二种，干果一袋。夜长虹，有麟来。

二十七日

日记 晴。晨得许广平信。得向培良信并稿。上午得李遇安信，知前日之梨，其所赠也，在定县名黄香果云。晚钦文来并赠小说集十本。夜目寒，静衣来，即以钦文小说各一本赠之。得任国桢信并译稿一本。

通 讯 (致孙伏园)

伏园兄:

今天接到向培良兄的一封信,其中的几段,是希望公表的,现在就粘在下面:

"我来开封后,觉得开封学生智识不大和时代相称,风气也锢蔽,很想尽一点力,而不料竟有《晨报》造谣生事,作糟蹋女生之新闻!

"《晨报》二十日所载开封军士,在铁塔奸污女生之事,我可以下列二事证明其全属子虚。

"一:铁塔地处城北,隔中州大学及省会不及一里,既有女生登临,自非绝荒僻。军士奸污妇女,我们贵国本是常事,不必讳言,但绝不能在平时,在城中,在不甚荒僻之地行之。况且我看开封散兵并不很多,军纪也不十分混乱。

"二:《晨报》载军士用刺刀割开女生之衣服,但现在并无逃兵,外出兵士,非公干不得带刺刀。说是行这事的是外出公干的兵士,我想谁也不肯信的。

"其实,在我们贵国,杀了满城人民,烧了几十村房子,兵大爷高兴时随便干干,并不算什么大不了的事。但是,号为有名的报纸,却不应该这样无风作浪。本来女子在中国并算不了人,新闻记者随便提起笔来写一两件奸案逃案,或者女学生拆白等等,以娱读者耳目,早已视若当然,我也不过就耳目之所及,说说罢了。报馆为销行计,特约访员为稿费计,都是所谓饭的问题,神圣不可侵犯的。我其奈之何?

"其实,开封的女学生也太不应该了。她们只应该在深闺绣房,到学校里已经十分放肆,还要'出校散步,大动其登临之兴',怪不得《晨报》的访员要警告她们一下了,说:'你看,只要一出门，就有兵士要来奸污你们了！赶快回去，躲在学校里，不妥，还是躲到深闺绣房里去罢。'"

其实，中国本来是撒谎国和造谣国的联邦，这些新闻并不足怪。即在北京，也层出不穷：什么"南下洼的大老妖"，什么"借尸还魂"，什么"拍花"，等等。非"用刺刀割开"他们的魂灵，用净水来好好地洗一洗，这病症是医不好的。

但他究竟是好意，所以我便将它寄奉了。排了进去，想不至于像我去年那篇打油诗《我的失恋》一般，恭逢总主笔先生白眼，赐以驱除，而且至于打破你的饭碗的罢。但占去了你所赏识的琴心女士的"阿呀体"诗文的纸面，却实不胜抱歉之至，尚祈恕之。不宣。请了。

鲁迅。四月二十七日，于灰棚。

原载 1925 年 5 月 4 日《京报副刊》，题作《来信》。

初收拟编书稿《集外集拾遗》。

二十八日

日记　晴。上午寄伏园信。寄李遇安信。有麟来。午后得许广平信并稿。下午收奉泉百六十五元，前年九月分讫。还齐寿山泉百。夜向[尚]钺，长虹来。寄伏园信。

致 许广平

广平兄：

来信收到了。今天又收到一封文稿，拜读过了，后三段是好的，首一段累堕一点，所以看纸面如何，也许将这一段删去。但第二期上已经来不及登,因为不知"小鬼"何意,竟不题作者名字。所以请你捏造一个,并且通知我,并且必须于下星期三上午以前通知,并且回信中不准说"请先生随便写上一个可也"之类的油滑话。

现在的小周刊,目录必在角上者,是为订成本子之后,读者容易翻检起见,倘要检查什么,就不必全本翻开,才能够看见每天的细目。但也确有隔断读者注意的弊病,我想了另一格式,如下:则目录既在边上,容易检查,又无隔断本文

录目	莽原	处通等讯

之弊,可惜《莽原》第一期已经印出,不能便即变换了,但到二十期以后,我想"试他一试"。至于印在末尾,书籍尚可,定期刊不合宜,擅起此种"心理作用",应该记大过二次。

《莽原》第一期的作者和性质,都如来信所言,但长虹不是我,乃是我今年新认识的。意见也有一部分和我相合,而是安那其主义者。他很能做文章,但大约因为受了尼采的作品的影响之故罢,常有太晦涩难解处;第二期登出的署著 C. H. 的,也是他的作品。至于《棉袍里的世界》所说的"掠夺"问题,则敢请少爷不必多心,我辈赴贵校教书,每月明明写定"致送修金十三元五角正"。既有"十三元五角"而且"正",则又何"掠夺"之有也软哉!

割舌之罚,早在我的意中,然而倒不以为意。近来整天的和人谈话,颇觉得有点苦了,割去舌头,则一者免得教书,二者免得陪客,三者免得做官,四者免得讲应酬话,五者免得演说;从此可以专心做报章文字,岂不舒服。所以你们应该趁我还未割去舌头之前听完《苦闷之象征》,前回的不肯听讲而逼上午门,也就应该记大过若干次。而我的六十分,则必有无疑。因为这并非"界限分得太清"之故,我无论对于什么学生,都不用"冲锋突围而出"之法也。况且,窃闻小姐之类,大抵容易"潜然泪下",倘我挥拳打出,诸君在后面哭而送之,则这一篇文章的分数,岂非当在○分以下? 现在不然,可知定为六十分者,还是自己客气的。

但是这次试验,我却可以自认失败,因为我过于大意,以为广平

少爷未必如此"细心",题目出得太容易了。现在也只好任凭占卦抽签,不再辩论,装作舌头已经割去之状。惟报仇题目,却也不再交卷,因为时间太严。那信是星期一上午收到的,午后即须上课,更无作答的工夫,一经上课,则无论答得如何正确,也必被冤为"临时豫备夹带然后交卷",倒不如拼出,交了白卷便宜。

今天《京报》上,不知何以琴心问题忽而寂然了,听说馆中还有琴心文四篇,及反对他的十几篇,或者都就此中止,也未可知。今天但有两种怪广告,——欧阳兰及"宇铨先生"——后一种更莫名其妙。《北大日刊》上又有一个欧阳兰启事,说是要到欧洲去了。

中国现今文坛(?)的状态,实在不佳,但究竟做诗及小说者尚有人。最缺少的是"文明批评"和"社会批评",我之以《莽原》起哄,大半也就为得想引出些新的这样的批评者来,虽在割去敝舌之后,也还有人说话,继续撕去旧社会的假面。可惜现在所收的稿子,也还是小说多。

鲁迅　四月二十八日

二十九日

日记　晴。上午寄许广平信。寄陈空三信。午后有麟来。晚往留黎厂商务印书馆买《说文古籀补补》四本,四元。夜得培良信,二十七日发。

灯下漫笔

一

有一时,就是民国二三年时候,北京的几个国家银行的钞票,信用日见其好了，真所谓蒸蒸日上。听说连一向执迷于现银的乡下人，也知道这既便当，又可靠，很乐意收受，行使了。至于稍明事理的人，则不必是"特殊知识阶级"，也早不将沉重累坠的银元装在怀中，来自讨无谓的苦吃。想来，除了多少对于银子有特别嗜好和爱情的人物之外，所有的怕大都是钞票了罢，而且多是本国的。但可惜后来忽然受了一个不小的打击。

就是袁世凯想做皇帝的那一年，蔡松坡先生溜出北京，到云南去起义。这边所受的影响之一，是中国和交通银行的停止兑现。虽然停止兑现，政府勒令商民照旧行用的威力却还有的；商民也自有商民的老本领，不说不要，却道找不出零钱。假如拿几十几百的钞票去买东西，我不知道怎样，但倘使只要买一枝笔，一盒烟卷呢，难道就付给一元钞票么？不但不甘心，也没有这许多票。那么，换铜元，少换几个罢，又都说没有铜元。那么，到亲戚朋友那里借现钱去罢，怎么会有？于是降格以求，不讲爱国了，要外国银行的钞票。但外国银行的钞票这时就等于现银，他如果借给你这钞票，也就借给你真的银元了。

我还记得那时我怀中还有三四十元的中交票，可是忽而变了一个穷人，几乎要绝食，很有些恐慌。俄国革命以后的藏着纸卢布的富翁的心情，恐怕也就这样的罢；至多，不过更深更大罢了。我只得探听，钞票可能折价换到现银呢？说是没有行市。幸而终于，暗暗地有了行市了：六折几。我非常高兴，赶紧去卖了一半。后来又涨到七折了，我更非常高兴，全去换了现银，沉垫垫地坠在怀中，似乎这就是我的性命的斤两。倘在平时，钱铺子如果少给我一个铜元，我是决不答应的。

但我当一包现银塞在怀中，沉垫垫地觉得安心，喜欢的时候，却突然起了另一思想，就是：我们极容易变成奴隶，而且变了之后，还万分喜欢。

假如有一种暴力，"将人不当人"，不但不当人，还不及牛马，不算什么东西;待到人们羡慕牛马,发生"乱离人,不及太平犬"的叹息的时候,然后给与他略等于牛马的价格,有如元朝定律,打死别人的奴隶,赔一头牛,则人们便要心悦诚服,恭颂太平的盛世。为什么呢? 因为他虽不算人,究竟已等于牛马了。

我们不必恭读《钦定二十四史》,或者入研究室,审察精神文明的高超。只要一翻孩子所读的《鉴略》,——还嫌烦重,则看《历代纪元编》,就知道"三千余年古国古"的中华,历来所闹的就不过是这一个小玩艺。但在新近编纂的所谓"历史教科书"一流东西里,却不大看得明白了,只仿佛说:咱们向来就很好的。

但实际上,中国人向来就没有争到过"人"的价格,至多不过是奴隶,到现在还如此,然而下于奴隶的时候,却是数见不鲜的。中国的百姓是中立的,战时连自己也不知道属于那一面,但又属于无论那一面。强盗来了,就属于官,当然该被杀掠;官兵既到,该是自家人了罢,但仍然要被杀掠,仿佛又属于强盗似的。这时候,百姓就希望有一个一定的主子,拿他们去做百姓,——不敢,是拿他们去做牛马,情愿自己寻草吃,只求他决定他们怎样跑。

假使真有谁能够替他们决定,定下什么奴隶规则来,自然就"皇恩浩荡"了。可惜的是往往暂时没有谁能定。举其大者,则如五胡十六国的时候,黄巢的时候,五代时候,宋末元末时候,除了老例的服役纳粮以外,都还要受意外的灾殃。张献忠的脾气更古怪了,不服役纳粮的要杀,服役纳粮的也要杀,敌他的要杀,降他的也要杀:将奴隶规则毁得粉碎。这时候,百姓就希望来一个另外的主子,较为顾及他们的奴隶规则的,无论仍旧,或者新颁,总之是有一种规则,使他们可上奴隶的轨道。

"时日曷丧,予及汝偕亡!"愤言而已,决心实行的不多见。实际上大概是群盗如麻,纷乱至极之后,就有一个较强,或较聪明,或较狡滑,或是外族的人物出来,较有秩序地收拾了天下。厘定规则:怎样服役,怎样纳粮,怎样磕头,怎样颂圣。而且这规则是不像现在那样朝三暮四的。于是便"万姓胪欢"了；用成语来说，就叫作"天下太平"。

任凭你爱排场的学者们怎样铺张，修史时候设些什么"汉族发祥时代""汉族发达时代""汉族中兴时代"的好题目，好意诚然是可感的，但措辞太绕湾子了。有更其直捷了当的说法在这里——

一，想做奴隶而不得的时代；

二，暂时做稳了奴隶的时代。

这一种循环，也就是"先儒"之所谓"一治一乱"；那些作乱人物，从后日的"臣民"看来，是给"主子"清道辟路的，所以说："为圣天子驱除云尔。"

现在入了那一时代，我也不了然。但看国学家的崇奉国粹，文学家的赞叹固有文明，道学家的热心复古，可见于现状都已不满了。然而我们究竟正向着那一条路走呢？百姓是一遇到莫名其妙的战争，稍富的迁进租界，妇孺则避入教堂里去了，因为那些地方都比较的"稳"，暂不至于想做奴隶而不得。总而言之，复古的，避难的，无智愚贤不肖，似乎都已神往于三百年前的太平盛世，就是"暂时做稳了奴隶的时代"了。

但我们也就都像古人一样，永久满足于"古已有之"的时代么？都像复古家一样，不满于现在，就神往于三百年前的太平盛世么？

自然，也不满于现在的，但是，无须反顾，因为前面还有道路在。而创造这中国历史上未曾有过的第三样时代，则是现在的青年的使命！

二

但是赞颂中国固有文明的人们多起来了，加之以外国人。我常常想，凡有来到中国的，倘能疾首蹙额而憎恶中国，我敢诚意地捧献我的感谢，因为他一定是不愿意吃中国人的肉的！

鹤见祐辅氏在《北京的魅力》中,记一个白人将到中国,预定的暂住时候是一年,但五年之后,还在北京,而且不想回去了。有一天,他们两人一同吃晚饭——

"在圆的桃花心木的食桌前坐定,川流不息地献着山海的珍味,谈话就从古董,画,政治这些开头。电灯上罩着支那式的灯罩,淡淡的光洋溢于古物罗列的屋子中。什么无产阶级呀,Proletariat 呀那些事,就像不过在什么地方刮风。

"我一面陶醉在支那生活的空气中,一面深思着对于外人有着'魅力'的这东西。元人也曾征服支那,而被征服于汉人种的生活美了;满人也征伐支那,而被征服于汉人种的生活美了。现在西洋人也一样,嘴里虽然说着 Democracy 呀,什么什么呀,而却被魅于支那人费六千年而建筑起来的生活的美。一经住过北京,就忘不掉那生活的味道。大风时候的万丈的沙尘,每三月一回的督军们的开战游戏,都不能抹去这支那生活的魅力。"

这些话我现在还无力否认他。我们的古圣先贤既给与我们保古守旧的格言,但同时也排好了用子女玉帛所做的奉献于征服者的大宴。中国人的耐劳,中国人的多子,都就是办酒的材料,到现在还为我们的爱国者所自诩的。西洋人初入中国时,被称为蛮夷,自不免个个蹙额,但是,现在则时机已至,到了我们将曾经献于北魏,献于金,献于元,献于清的盛宴,来献给他们的时候了。出则汽车,行则保护;虽遇清道,然而通行自由的;虽或被劫,然而必得赔偿的;孙美瑶掳去他们站在军前,还使官兵不敢开火。何况在华屋中享用盛宴呢?待到享受盛宴的时候,自然也就是赞颂中国固有文明的时候;但是我们的有些乐观的爱国者,也许反而欣然色喜,以为他们将要开始被中国同化了罢。古人曾以女人作苟安的城堡,美其名以自欺曰"和亲",今人还用子女玉帛为作奴的赞敬,又美其名曰"同化"。所以倘有外国的谁,到了已有赴宴的资格的现在,而还替我们诅咒

195

中国的现状者,这才是真有良心的真可佩服的人!

但我们自己是早已布置妥帖了,有贵贱,有大小,有上下。自己被人凌虐,但也可以凌虐别人;自己被人吃,但也可以吃别人。一级一级的制驭着,不能动弹,也不想动弹了。因为倘一动弹,虽或有利,然而也有弊。我们且看古人的良法美意罢——

> "天有十日,人有十等。下所以事上,上所以共神也。故王臣公,公臣大夫,大夫臣士,士臣皂,皂臣舆,舆臣隶,隶臣僚,僚臣仆,仆臣台。"(《左传》昭公七年)

但是"台"没有臣,不是太苦了么? 无须担心的,有比他更卑的妻,更弱的子在。而且其子也很有希望,他日长大,升而为"台",便又有更卑更弱的妻子,供他驱使了。如此连环,各得其所,有敢非议者,其罪名曰不安分!

虽然那是古事,昭公七年离现在也太辽远了,但"复古家"尽可不必悲观的。太平的景象还在:常有兵燹,常有水旱,可有谁听到大叫唤么? 打的打,革的革,可有处士来横议么? 对国民如何专横,向外人如何柔媚,不犹是差等的遗风么? 中国固有的精神文明,其实并未为共和二字所埋没,只有满人已经退席,和先前稍不同。

因此我们在目前,还可以亲见各式各样的筵宴,有烧烤,有翅席,有便饭,有西餐。但茅檐下也有淡饭,路傍也有残羹,野上也有饿莩;有吃烧烤的身价不资的阔人,也有饿得垂死的每斤八文的孩子(见《现代评论》二十一期)。所谓中国的文明者,其实不过是安排给阔人享用的人肉的筵宴。所谓中国者,其实不过是安排这人肉的筵宴的厨房。不知道而赞颂者是可恕的,否则,此辈当得永远的诅咒!

外国人中,不知道而赞颂者,是可恕的;占了高位,养尊处优,因此受了蛊惑,昧却灵性而赞叹者,也还可恕。可是还有两种,其一是以中国人为劣种,只配悉照原来模样,因而故意称赞中国的旧物。其一是愿世间人各不相同以增自己旅行的兴趣,到中国看辫子,到日本看木屐，到高丽看笠子，倘若服饰一样，便索然无味了，因而来反对亚洲的欧化。这些都可憎恶。至于罗素在西湖见轿夫含笑，便赞美中国人，则也许别有意思罢。但是，轿夫如果能对坐轿的人不含笑，中国也早不是现在似的中国了。

这文明，不但使外国人陶醉，也早使中国一切人们无不陶醉而且至于含笑。因为古代传来而至今还在的许多差别，使人们各各分离，遂不能再感到别人的痛苦；并且因为自己各有奴使别人，吃掉别人的希望，便也就忘却自己同有被奴使被吃掉的将来。于是大小无数的人肉的筵宴，即从有文明以来一直排到现在，人们就在这会场中吃人，被吃，以凶人的愚妄的欢呼，将悲惨的弱者的呼号遮掩，更不消说女人和小儿。

这人肉的筵宴现在还排着，有许多人还想一直排下去。扫荡这些食人者，掀掉这筵席，毁坏这厨房，则是现在的青年的使命！

一九二五年四月二十九日。

原载 1925 年 5 月 1 日、22 日《莽原》周刊第 2、5 期。

初收 1927 年 3 月北京未名社版《坟》。

三十日

日记 昙。午后衣萍，小峰来，并送三月分《京报》稿费卅。得丁玲信。得蒋鸿年信。夜小酩来。H君来。有麟来。

五月

一日

日记 昙。午后访李小峰,见赠《从军日记》及《性之初现》各一本。夜有麟来。寄李小峰信。得许广平信。为《语丝》作小说一篇成。

高老夫子

这一天,从早晨到午后,他的工夫全费在照镜,看《中国历史教科书》和查《袁了凡纲鉴》里;真所谓"人生识字忧患始",顿觉得对于世事很有些不平之意了。而且这不平之意,是他从来没有经验过的。

首先就想到往常的父母实在太不将儿女放在心里。他还在孩子的时候,最喜欢爬上桑树去偷桑椹吃,但他们全不管,有一回竟跌下树来磕破了头,又不给好好地医治,至今左边的眉棱上还带着一个永不消灭的尖劈形的瘢痕。他现在虽然格外留长头发,左右分开,又斜梳下来,可以勉强遮住了,但究竟还看见尖劈的尖,也算得一个缺点,万一给女学生发见,大概是免不了要看不起的。他放下镜子,怨愤地吁一口气。

其次,是《中国历史教科书》的编纂者竟太不为教员设想。他的书虽然和《了凡纲鉴》也有些相合,但大段又很不相同,若即若离,令人不知道讲起来应该怎样拉在一处。但待到他瞥着那夹在教科书里的一张纸条,却又怨起中途辞职的历史教员来了,因为那纸条上写的是——

"从第八章《东晋之兴亡》起。"

如果那人不将三国的事情讲完，他的豫备就决不至于这么困苦。他最熟悉的就是三国，例如桃园三结义，孔明借箭，三气周瑜，黄忠定军山斩夏侯渊以及其他种种，满肚子都是，一学期也许讲不完。到唐朝，则有秦琼卖马之类，便又较为擅长了，谁料偏偏是东晋。他又怨愤地吁一口气，再拉过《了凡纲鉴》来。

"唅，你怎么外面看看还不够，又要钻到里面去看了？"

一只手同时从他背后弯过来，一拨他的下巴。但他并不动，因为从声音和举动上，便知道是暗暗蹩进来的打牌的老朋友黄三。他虽然是他的老朋友，一礼拜以前还一同打牌，看戏，喝酒，跟女人，但自从他在《大中日报》上发表了《论中华国民皆有整理国史之义务》这一篇脍炙人口的名文，接着又得了贤良女学校的聘书之后，就觉得这黄三一无所长，总有些下等相了。所以他并不回头，板着脸正正经经地回答道：

"不要胡说！我正在豫备功课……。"

"你不是亲口对老钵说的么：你要谋一个教员做，去看看女学生？"

"你不要相信老钵的狗屁！"

黄三就在他桌旁坐下，向桌面上一瞥，立刻在一面镜子和一堆乱书之间，发见了一个翻开着的大红纸的帖子。他一把抓来，瞪着眼睛一字一字地看下去——

> 今敦请
>   尔础高老夫子为本校历史教员每周授课四
> 小时每小时敬送修金大洋三角正按时
> 间计算此约
>   贤良女学校校长何万淑贞敛衽谨订
> 中华民国十三年夏历菊月吉旦   立

"'尔础高老夫子'？谁呢？你么？你改了名字了么？"黄三一看完，就性急地问。

但高老夫子只是高傲地一笑；他的确改了名字了。然而黄三只会打牌，到现在还没有留心新学问，新艺术。他既不知道有一个俄国大文豪高尔基，又怎么说得通这改名的深远的意义呢？所以他只是高傲地一笑，并不答复他。

"喂喂，老杆，你不要闹这些无聊的玩意儿了！"黄三放下聘书，说。"我们这里有了一个男学堂，风气已经闹得够坏了；他们还要开什么女学堂，将来真不知道要闹成什么样子才罢。你何苦也去闹，犯不上……。"

"这也不见得。况且何太太一定要请我，辞不掉……。"因为黄三毁谤了学校，又看手表上已经两点半，离上课时间只有半点了，所以他有些气忿，又很露出焦躁的神情。

"好！这且不谈。"黄三是乖觉的，即刻转帆，说，"我们说正经事罢：今天晚上我们有一个局面。毛家屯毛资甫的大儿子在这里了，来请阳宅先生看坟地去的，手头现带着二百番。我们已经约定，晚上凑一桌，一个我，一个老钵，一个就是你。你一定来罢，万不要误事。我们三个人扫光他！"

老杆——高老夫子——沉吟了，但是不开口。

"你一定来，一定！我还得和老钵去接洽一回。地方还是在我的家里。那傻小子是'初出茅庐'，我们准可以扫光他！你将那一副竹纹清楚一点的交给我罢！"

高老夫子慢慢地站起来，到床头取了马将牌盒，交给他；一看手表，两点四十分了。他想：黄三虽然能干，但明知道我已经做了教员，还来当面毁谤学堂，又打搅别人的豫备功课，究竟不应该。他于是冷淡地说道——

"晚上再商量罢。我要上课去了。"

他一面说，一面恨恨地向《了凡纲鉴》看了一眼，拿起教科书，装在新皮包里,又很小心地戴上新帽子,便和黄三出了门。他一出门,就放开脚步,像木匠牵着的钻子似的,肩膀一扇一扇地直走,不多久,黄三便连他的影子也望不见了。

　　高老夫子一跑到贤良女学校,即将新印的名片交给一个驼背的老门房。不一忽,就听到一声"请",他于是跟着驼背走,转过两个弯,已到教员豫备室了,也算是客厅。何校长不在校;迎接他的是花白胡子的教务长,大名鼎鼎的万瑶圃,别号"玉皇香案吏"的,新近正将他自己和女仙赠答的诗《仙坛酬唱集》陆续登在《大中日报》上。

　　"阿呀!础翁!久仰久仰!……"万瑶圃连连拱手,并将藤关节和腿关节接连弯了五六弯,仿佛想要蹲下去似的。

　　"阿呀!瑶翁!久仰久仰!……"础翁夹着皮包照样地做,并且说。

　　他们于是坐下;一个似死非死的校役便端上两杯白开水来。高老夫子看看对面的挂钟,还只两点四十分,和他的手表要差半点。

　　"阿呀!础翁的大作,是的,那个……。是的,那——'中国国粹义务论',真真要言不烦,百读不厌!实在是少年人们的座右铭,座右铭座右铭!兄弟也颇喜欢文学,可是,玩玩而已,怎么比得上础翁。"他重行拱一拱手,低声说,"我们的盛德乩坛天天请仙,兄弟也常常去唱和。础翁也可以光降光降罢。那乩仙,就是蕊珠仙子,从她的语气上看来,似乎是一位谪降红尘的花神。她最爱和名人唱和,也很赞成新党,像础翁这样的学者,她一定大加青眼的。哈哈哈哈!"

　　但高老夫子却不很能发表什么崇论宏议,因为他的豫备——东晋之兴亡——本没有十分足,此刻又并不足的几分也有些忘却了。他烦躁愁苦着;从繁乱的心绪中,又涌出许多断片的思想来:上堂的姿势应该威严;额角的瘢痕总该遮住;教科书要读得慢;看学生要大方。但同时还模模胡胡听得瑶圃说着话——

"……赐了一个荸荠……。'醉倚青鸾上碧霄',多么超脱……那邓孝翁叩求了五回,这才赐了一首五绝……'红袖拂天河,莫道……'蕊珠仙子说……础翁还是第一回……这就是本校的植物园!"

"哦哦!"尔础忽然看见他举手一指,这才从乱头思想中惊觉,依着指头看去,窗外一小片空地,地上有四五株树,正对面是三间小平房。

"这就是讲堂。"瑶圃并不移动他的手指,但是说。

"哦哦!"

"学生是很驯良的。她们除听讲之外,就专心缝纫……。"

"哦哦!"尔础实在颇有些窘急了,他希望他不再说话,好给自己聚精会神,赶紧想一想东晋之兴亡。

"可惜内中也有几个想学学做诗,那可是不行的。维新固然可以,但做诗究竟不是大家闺秀所宜。蕊珠仙子也不很赞成女学,以为淆乱两仪,非天曹所喜。兄弟还很同她讨论过几回……。"

尔础忽然跳了起来,他听到铃声了。

"不,不。请坐!那是退班铃。"

"瑶翁公事很忙罢,可以不必客气……。"

"不,不! 不忙,不忙! 兄弟以为振兴女学是顺应世界的潮流,但一不得当,即易流于偏,所以天曹不喜,也许不过是防微杜渐的意思。只要办理得人,不偏不倚,合乎中庸,一以国粹为归宿,那是决无流弊的。础翁,你想,可对? 这是蕊珠仙子也以为'不无可采'的话。哈哈哈哈!"

校役又送上两杯白开水来;但是铃声又响了。

瑶圃便请尔础喝了两口白开水,这才慢慢地站起来,引导他穿过植物园,走进讲堂去。

他心头跳着,笔挺地站在讲台旁边,只看见半屋子都是蓬蓬松松的头发。瑶圃从大襟袋里掏出一张信笺,展开之后,一面看,一面对学生们说道——

"这位就是高老师，高尔础高老师，是有名的学者，那一篇有名的《论中华国民皆有整理国史之义务》，是谁都知道的。《大中日报》上还说过，高老师是：骤慕俄国文豪高君尔基之为人，因改字尔础，以示景仰之意，斯人之出，诚吾中华文坛之幸也！现在经何校长再三敦请，竟惠然肯来，到这里来教历史了……"

高老师忽而觉得很寂然，原来瑶翁已经不见，只有自己站在讲台旁边了。他只得跨上讲台去，行了礼，定一定神，又记起了态度应该威严的成算，便慢慢地翻开书本，来开讲"东晋之兴亡"。

"嘻嘻！"似乎有谁在那里窃笑了。

高老夫子脸上登时一热，忙看书本，和他的话并不错，上面印着的的确是："东晋之偏安"。书脑的对面，也还是半屋子蓬蓬松松的头发，不见有别的动静。他猜想这是自己的疑心，其实谁也没有笑；于是又定一定神，看住书本，慢慢地讲下去。当初，是自己的耳朵也听到自己的嘴说些什么的，可是逐渐胡涂起来，竟至于不再知道说什么，待到发挥"石勒之雄图"的时候，便只听得吃吃地窃笑的声音了。

他不禁向讲台下一看，情形和原先已经很不同：半屋子都是眼睛，还有许多小巧的等边三角形，三角形中都生着两个鼻孔，这些连成一气，宛然是流动而深邃的海，闪烁地汪洋地正冲着他的眼光。但当他瞥见时，却又骤然一闪，变了半屋子蓬蓬松松的头发了。

他也连忙收回眼光，再不敢离开教科书，不得已时，就抬起眼来看看屋顶。屋顶是白而转黄的洋灰，中央还起了一道正圆形的棱线；可是这圆圈又生动了，忽然扩大，忽然收小，使他的眼睛有些昏花。他豫料倘将眼光下移，就不免又要遇见可怕的眼睛和鼻孔联合的海，只好再回到书本上，这时已经是"淝水之战"，符坚快要骇得"草木皆兵"了。

他总疑心有许多人暗暗地发笑，但还是熬着讲，明明已经讲了大半天,而铃声还没有响,看手表是不行的,怕学生要小觑;可是讲了一会,又到"拓跋氏之勃兴"了,接着就是"六国兴亡表",他本以为今天未必讲到,没有豫备的。

他自己觉得讲义忽而中止了。

"今天是第一天,就是这样罢……。"他惶惑了一会之后,才断续地说,一面点一点头,跨下讲台去,也便出了教室的门。

"嘻嘻嘻!"

他似乎听到背后有许多人笑,又仿佛看见这笑声就从那深邃的鼻孔的海里出来。他便惘惘然,跨进植物园,向着对面的教员豫备室大踏步走。

他大吃一惊,至于连《中国历史教科书》也失手落在地上了,因为脑壳上突然遭了什么东西的一击。他倒退两步,定睛看时,一枝夭斜的树枝横在他面前,已被他的头撞得树叶都微微发抖。他赶紧弯腰去拾书本,书旁边竖着一块木牌,上面写道——

他似乎听到背后有许多人笑,又仿佛看见这笑声就从那深邃的鼻孔的海里出来。于是也就不好意思去抚摩头上已经疼痛起来的皮肤,只一心跑进教员豫备室里去。

那里面,两个装着白开水的杯子依然,却不见了似死非死的校役,瑶翁也踪影全无了。一切都黯淡,只有他的新皮包和新帽子在黯淡中发亮。看壁上的挂钟,还只有三点四十分。

高老夫子回到自家的房里许久之后,有时全身还骤然一热;又无端的愤怒;终于觉得学堂确也要闹坏风气,不如停闭的好,尤其是女学堂,——有什么意思呢,喜欢虚荣罢了!

"嘻嘻!"

他还听到隐隐约约的笑声。这使他更加愤怒,也使他辞职的决心更加坚固了。晚上就写信给何校长,只要说自己患了足疾。但是,倘来挽留,又怎么办呢?——也不去。女学堂真不知道要闹到什么样子,自己又何苦去和她们为伍呢?犯不上的。他想。

他于是决绝地将《了凡纲鉴》搬开;镜子推在一旁;聘书也合上了。正要坐下,又觉得那聘书实在红得可恨,便抓过来和《中国历史教科书》一同塞入抽屉里。

一切大概已经打叠停当,桌上只剩下一面镜子,眼界清净得多了。然而还不舒适,仿佛欠缺了半个魂灵,但他当即省悟,戴上红结子的秋帽,径向黄三的家里去了。

"来了,尔碴高老夫子!"老钵大声说。

"狗屁!"他眉头一皱,在老钵的头顶上打了一下,说。

"教过了罢? 怎么样,可有几个出色的?"黄三热心地问。

"我没有再教下去的意思。女学堂真不知道要闹成什么样子。我辈正经人,确乎犯不上酱在一起……。"

毛家的大儿子进来了,胖到像一个汤圆。

"阿呀! 久仰久仰! ……"满屋子的手都拱起来,膝关节和腿关节接二连三地屈折,仿佛就要蹲了下去似的。

"这一位就是先前说过的高干亭兄。"老钵指着高老夫子,向毛家的大儿子说。

"哦哦! 久仰久仰! ……"毛家的大儿子便特别向他连连拱手,并且点头。

这屋子的左边早放好一顶斜摆的方桌,黄三一面招呼客人,一面和一个小鸦头布置着座位和筹马。不多久,每一个桌角上都点起一枝细瘦的洋烛来,他们四人便入座了。

万籁无声。只有打出来的骨牌拍在紫檀桌面上的声音,在初夜的寂静中清彻地作响。

高老夫子的牌风并不坏,但他总还抱着什么不平。他本来是什么都容易忘记的,惟独这一回,却总以为世风有些可虑;虽然面前的筹马渐渐增加了,也还不很能够使他舒适,使他乐观。但时移俗易,世风也终究觉得好了起来;不过其时很晚,已经在打完第二圈,他快要凑成"清一色"的时候了。

一九二五年五月一日。

原载 1925 年 5 月 1 日《语丝》周刊第 26 期。

初收 1926 年 8 月北京北新书局版"乌合丛书"之一《彷徨》。

前期正误*

《槟榔集》序内"决断"应作"断片"。

原载 1925 年 5 月 1 日《莽原》周刊第 2 期。

初未收集。

二日

日记 昙。下午得三弟信附久巽及梁社乾笺,四月二十九日发。夜有麟来。长虹及刘,吴二君来,赠长虹及刘君以许钦文小说各一本。

三日

日记 晴。星期休息。上午目寒来,托其以小说稿一篇携交小峰。午后钦文来。有麟来。唐君来。下午衣萍,曙天及吴女士来。晚寄许广平信。长虹来。得向[尚]钺信二。得金天友信。

致 许广平

广平兄：

四月三十日的信收到了。闲话休提，先来攻击朱老夫子的《假名论》罢。

夫朱老夫子者，是我的老同学，我对于他的在窗下孜孜研究，久而不倦，是十分佩服的，然此亦惟于古学一端而已，若夫评论世事，乃颇觉其迂远之至者也。他对于假名之非难，不过最偏的一部分，如以此诬陷毁谤个人之类，才可谓之"不负责任的推诿的表示"。倘在人权尚无确实保障的时候，两面的众寡强弱，又极悬殊，则又作别论才是。例如子房为韩报仇，以君子看来，是应该写信给秦始皇，要求两人赤膊决斗，才觉合理的，然而博浪一击，大索十日而终不可得，后世亦不以为非者，知公私不同，而强弱之势亦异，一匹夫不得不然之故也。况且，现在的有权者，是什么东西呢？他知道什么责任呢？《民国日报》案故意拖延月余，才来裁判，又决罚至如此之重，而叫喊几声的人独要硬负片面的责任，如孩子脱衣以入虎穴，岂非大愚么？朱老夫子生活于平安中，所做的是《萧梁旧史考》，负责与否，没有大关系，也并［没］有什么意外的危险，所以他的侃侃而谈，仅可以供他日共和实现之后的参考，若今日者，则我以为只要目的是正的——这所谓正不正，又只专凭自己判断——即可用无论什么手段，而况区区假名真名之小事也哉，此我所以指窗下为活人之坟墓，而劝人们不必多看中国之书者也！

本来还要更长更明白的骂几句，但因为有所顾忌，又哀其胡子之长，就此收束罢。那么，话题一转，而论"小鬼"之假名问题。那两个"鱼与熊掌"，虽为足下所喜，我以为用于论文，却不相宜，因为以真名招一个无聊的麻烦,固然犯不上,但若假名太近滑稽,则足以减少论文的重量,所以也不很好。你这许多名字中,既然"非心"总算还未用过,我就以"编辑"兼"先生"之威权,给你写上这一个罢。假如于心不甘,赶紧发信抗议,还来得及,但如星期二夜为止并无痛哭流涕之抗议,即以默认论,虽驷马也难于追回了。而且此后的文章,也应细心署名,不得以"因为忙中"推诿!

试验题目出得太容易了,自然也算得我的失策,然而也未始没有补救之法的。其法即称之为"少爷",刺之以"细心",则效力之大,也抵得记大过二次,现在果然慷慨激昂的来"力争"了,而且写至九行之多,可见费力不少。我的报复计画,总算已经达到了一部分,"少爷"之称,姑且准其取消罢。

我看"宇铨先生"的新广告,他是本知道波微并不是崔女士的,先前的许多信,想来不过是装傻。但这人的本相,却不易查考,因为北大学生的信,都插在门口,所以即非学生,也可以去取,单看通信地址,其实不能定为何校学生。惟看他的来信上的邮局消印,却可以大略推知住在何处。我看见几封上署"女师大"的"琴心"的信面,都是东城邮局的消印,可见琴心其实是住在东城。

历来的《妇周》,几乎还是一种文艺杂志,议论很少,有几篇也不很好。前一回某君在一篇论文里解释"妾"字的意义,实在是笑话。请他们诸公来"试他一试",也不坏罢。然而咱们的《莽原》也很窄,寄来的多是小说与诗,评论很少,倘不小心,也容易变成文艺杂志的。我虽然被称为"编辑先生",非常骄气,但每星期被逼作文,却很感痛苦,因为这简直像先前学校中的星期考试。你如有议论,敢乞源源寄来,不胜荣幸感激涕零之至!

缝纫先生听说又不来了,要寻善于缝纫的,北京很多,本不必发电号召,奔波而至,她这回总算聪明。继其后者,据现状以观,总还是太太类罢。其实这倒不成为什么问题,不必定用毛瑟,因为"女人长女校",还是社会的公意,想章土钊和社会奋斗,是不会的,否则,也不成其为章士钊了。老爷类也没有什么相宜的人，名人不来，来也未必一定能办好。我想校长之类，最好请无大名而真肯做事的人做。然而，目下无之。

我也可以"不打自招"：东边架上一盒盒的，确是书籍。但我已将废去考试法不同，倘有必须报复之处，即尊称之曰"少爷"，就尽够了。

鲁迅　五月三日

四日

日记　晴。午后寄孙伏园信。往女师大讲。夜小峰，矛尘，伏园，惠迭[迪]来。

启　事

我于四月二十七日接到向君来信后，以为造谣是中国社会上的常事，我也亲见过厌恶学校的人们，用了这一类方法来中伤各方面的，便写好一封信，寄到《京副》去。次日，两位 C 君来访，说这也许并非谣言，而本地学界中人为维持学校起见，倒会虽然受害，仍加隐瞒，因为倘一张扬，则群众不责加害者，而反指摘被害者，从此学校就会无人敢上；向君初到开封，或者不知底细；现在切实调查去了。我便又发一信，请《京副》将前信暂勿发表。五月二日 Y 君来，通知我开封的信已转，那确乎是事实。这四位都是我所相信的诚实的朋友，我又未曾亲自调查，现既所闻不同，自然只好姑且存疑，暂时不说什么。但当我又写信，去抽回前信时，则已经付印，来不及了。现在只得在此声明我所续得的矛盾的消息，以供读者参考。

鲁迅。五月四日。

原载 1925 年 5 月 6 日《京报副刊》。

初收拟编书稿《集外集拾遗》。

五日

日记 小雨。晨得张目寒信。上午伏园来。有麟来。午后得张目寒信。得培良,蕴儒信。晚衣萍来。夜长虹,玉帆来。

杂 感

人们有泪,比动物进化,但即此有泪,也就是不进化,正如已经只有盲肠,比鸟类进化,而究竟还有盲肠,终不能很算进化一样。凡这些,不但是无用的赘物,还要使其人达到无谓的灭亡。

现今的人们还以眼泪赠答,并且以这为最上的赠品,因为他此外一无所有。无泪的人则以血赠答,但又各各拒绝别人的血。

人大抵不愿意爱人下泪。但临死之际,可能也不愿意爱人为你下泪么?无泪的人无论何时,都不愿意爱人下泪,并且连血也不要:他拒绝一切为他的哭泣和灭亡。

人被杀于万众聚观之中,比被杀在"人不知鬼不觉"的地方快活,因为他可以妄想,博得观众中的或人的眼泪。但是,无泪的人无论被杀在什么所在,于他并无不同。

杀了无泪的人,一定连血也不见。爱人不觉他被杀之惨,仇人也终于得不到杀他之乐:这是他的报恩和复仇。

死于敌手的锋刃，不足悲苦；死于不知何来的暗器，却是悲苦。但最悲苦的是死于慈母或爱人误进的毒药，战友乱发的流弹，病菌的并无恶意的侵入，不是我自己制定的死刑。

仰慕往古的，回往古去罢！想出世的，快出世罢！想上天的，快上天罢！灵魂要离开肉体的，赶快离开罢！现在的地上，应该是执着现在，执着地上的人们居住的。

但厌恶现世的人们还住着。这都是现世的仇雠，他们一日存在，现世即一日不能得救。

先前，也曾有些愿意活在现世而不得的人们，沉默过了，呻吟过了，叹息过了，哭泣过了，哀求过了，但仍然愿意活在现世而不得，因为他们忘却了愤怒。

勇者愤怒，抽刃向更强者；怯者愤怒，却抽刃向更弱者。不可救药的民族中，一定有许多英雄，专向孩子们瞪眼。这些屠夫们！

孩子们在瞪眼中长大了，又向别的孩子们瞪眼，并且想：他们一生都过在愤怒中。因为愤怒只是如此，所以他们要愤怒一生，——而且还要愤怒二世，三世，四世，以至末世。

无论爱什么，——饭，异性，国，民族，人类等等，——只有纠缠如毒蛇，执着如怨鬼，二六时中，没有已时者有望。但太觉疲劳时，也无妨休息一会罢；但休息之后，就再来一回罢，而且两回，三回……。血书，章程，请愿，讲学，哭，电报，开会，挽联，演说，神经衰弱，则一切无用。

血书所能挣来的是什么？不过就是你的一张血书，况且并不好看。至于神经衰弱，其实倒是自己生了病，你不要再当作宝贝了，我的可敬爱而讨厌的朋友呀！

我们听到呻吟，叹息，哭泣，哀求，无须吃惊。见了酷烈的沉默，就应该留心了；见有什么像毒蛇似的在尸林中蜿蜒，怨鬼似的在黑暗中奔驰，就更应该留心了：这在豫告"真的愤怒"将要到来。那时候，仰慕往古的就要回往古去了，想出世的要出世去了，想上天的要上天了，灵魂要离开肉体的就要离开了！……

五月五日。

原载 1925 年 5 月 8 日《莽原》周刊第 3 期。

初收 1926 年 6 月北京北新书局版《华盖集》。

六日

日记　小雨。上午有麟来。得三弟文稿。得赵善甫信并稿。下午得李霁野稿。夜有麟来。寄金天友信。得赵荫棠信。

七日

日记　晴。上午有麟来。得燕生信。午后得春台信。

八日

日记　晴。上午往师大讲并取去年薪水四月分者二十八元，五月分者三元。午后往北大讲。得曹靖华信。下午得费同泽信。晚有麟来。夜长虹来。

北京通信

蕴儒，培良两兄：

昨天收到两份《豫报》，使我非常快活，尤其是见了那《副刊》。因为它那蓬勃的朝气，实在是在我先前的豫想以上。你想：从有着很古的历史的中州,传来了青年的声音,仿佛在豫告这古国将要复活,这是一件如何可喜的事呢?

倘使我有这力量,我自然极愿意有所贡献于河南的青年。但不幸我竟力不从心,因为我自己也正站在歧路上,——或者,说得较有希望些:站在十字路口。站在歧路上是几乎难于举足,站在十字路口,是可走的道路很多。我自己,是什么也不怕的,生命是我自己的东西,所以我不妨大步走去,向着我自以为可以走去的路;即使前面是深渊,荆棘,狭谷,火坑,都由我自己负责。然而向青年说话可就难了,如果盲人瞎马,引入危途,我就该得谋杀许多人命的罪孽。

所以,我终于还不想劝青年一同走我所走的路;我们的年龄,境遇,都不相同,思想的归宿大概总不能一致的罢。但倘若一定要问我青年应当向怎样的目标,那么,我只可以说出我为别人设计的话,就是:一要生存,二要温饱,三要发展。有敢来阻碍这三事者,无论是谁,我们都反抗他,扑灭他!

可是还得附加几句话以免误解,就是:我之所谓生存,并不是苟活;所谓温饱,并不是奢侈;所谓发展,也不是放纵。

中国古来,一向是最注重于生存的,什么"知命者不立于岩墙之下"咧,什么"千金之子坐不垂堂"咧,什么"身体发肤受之父母不敢毁伤"咧,竟有父母愿意儿子吸鸦片的,一吸,他就不至于到外面去,有倾家荡产之虞了。可是这一流人家,家业也决不能长保,因为这是苟活。苟活就是活不下去的初步,所以到后来,他就活不下去了。意图生存,而太卑怯,结果就得死亡。以中国古训中教人苟活的格言如此之多,而中国人偏多死亡,外族偏多侵入,结果适得其反,可见我们蔑弃古训,是刻不容缓的了。这实在是无可奈何,因为我们要生活,而且不是苟活的缘故。

中国人虽然想了各种苟活的理想乡,可惜终于没有实现。但我却替他们发见了,你们大概知道的罢,就是北京的第一监狱。这监狱在宣武门外的空地里,不怕邻家的火灾;每日两餐,不虑冻馁;起居有定,不会伤生;构造坚固,不会倒塌;禁卒管着,不会再犯罪;强盗是决不会来抢的。住在里面,何等安全,真真是"千金之子坐不垂堂"了。但阙少的就有一件事:自由。

古训所教的就是这样的生活法,教人不要动。不动,失错当然就较少了,但不活的岩石泥沙,失错不是更少么?我以为人类为向上,即发展起见,应该活动,活动而有若干失错,也不要紧。惟独半死半生的苟活,是全盘失错的。因为他挂了生活的招牌,其实却引人到死路上去!

我想,我们总得将青年从牢狱里引出来,路上的危险,当然是有的,但这是求生的偶然的危险,无从逃避。想逃避,就须度那古人所希求的第一监狱式生活了,可是真在第一监狱里的犯人,都想早些释放,虽然外面并不比狱里安全。

北京暖和起来了;我的院子里种了几株丁香,活了;还有两株榆叶梅,至今还未发芽,不知道他是否活着。

昨天闹了一个小乱子,许多学生被打伤了;听说还有死的,我不知道确否。其实,只要听他们开会,结果不过是开会而已,因为加了强力的迫压,遂闹出开会以上的事来。俄国的革命,不就是从这样的路径出发的么?

夜深了,就此搁笔,后来再谈罢。

鲁迅。五月八日夜。

原载 1925 年 5 月 14 日《豫报副刊》。
初收 1926 年 8 月北京北新书局版《华盖集》。

九日

日记 晴。上午目寒,丛芜来。下午寄蕴儒,培良信并稿。寄曹靖华信附致王希礼笺。晚有麟来。夜长虹,钟吾来。小酩来。衣萍,小峰,漱六来。伏园来。得钝拙信。得三弟信并稿,六日发。

十日

日记 昙。星期休息。午后有麟,金天友来。下午得许广平信。雨一陈即霁也。

忽然想到(七)

大约是送报人忙不过来了,昨天不见报,今天才给补到,但是奇怪,正张上已经剪去了两小块;幸而副刊是完全的。那上面有一篇武者君的《温良》,又使我记起往事,我记得确曾用了这样一个糖衣的毒刺赠送过我的同学们。现在武者君也在大道上发见了两样东西了:凶兽和羊。但我以为这不过发见了一部分,因为大道上的东西还没有这样简单,还得附加一句,是:凶兽样的羊,羊样的凶兽。

他们是羊,同时也是凶兽;但遇见比他更凶的凶兽时便现羊样,遇见比他更弱的羊时便现凶兽样,因此,武者君误认为两样东西了。

我还记得第一次五四以后,军警们很客气地只用枪托,乱打那手无寸铁的教员和学生,威武到很像一队铁骑在苗田上驰骋;学生们则惊叫奔避,正如遇见虎狼的羊群。但是,当学生们成了大群,袭击他们的敌人时,不是遇见孩子也要推他摔几个觔斗么? 在学校里,不是还唾骂敌人的儿子,使他非逃回家去不可么? 这和古代暴君的灭族的意见,有什么区分!

我还记得中国的女人是怎样被压制,有时简直并羊而不如。现在托了洋鬼子学说的福,似乎有些解放了。但她一得到可以逞威的地位如校长之类,不就雇用了"掠袖擦掌"的打手似的男人,来威吓毫无武力的同性的学生们么? 不是利用了外面正有别的学潮的时候，和一些狐群狗党趁势来开除她私意所不喜的学生们么？而几个在"男尊女卑"的社会生长的男人们，此时却在异性的饭碗化身的面前摇尾，简直并羊而不如。羊，诚然是弱的，但还不至于如此，我敢给我所敬爱的羊们保证！

但是，在黄金世界还未到来之前，人们恐怕总不免同时含有这两种性质，只看发现时候的情形怎样，就显出勇敢和卑怯的大区别来。可惜中国人但对于羊显凶兽相，而对于凶兽则显羊相，所以即使显着凶兽相，也还是卑怯的国民。这样下去，一定要完结的。

我想，要中国得救，也不必添什么东西进去，只要青年们将这两种性质的古传用法，反过来一用就够了：对手如凶兽时就如凶兽，对手如羊时就如羊！

那么，无论什么魔鬼，就都只能回到他自己的地狱里去。

五月十日。

原载 1925 年 5 月 12 日《京报副刊》。

初收 1926 年 6 月北京北新书局版《华盖集》。

十一日

日记 晴。下午访季市。夜有麟来。李渭滨来。得李遇安信并稿。

编完写起

近几天收到两篇文章，是答陈百年先生的《一夫多妻的新护符》的，据说《现代评论》不给登他们的答辩，又无处可投，所以寄到我这里来了，请为介绍到可登的地方去。诚然，《妇女杂志》上再不见这一类文章了，想起来毛骨悚然，悚然于阶级很不同的两类人，在中国竟会联成一气。但我能向那里介绍呢？饭碗是谁都有些保重的。况且，看《现代评论》的预告，已经登在二十二期上了，我便决意将这两篇没收。

但待到看见印成的《现代评论》的时候，我却又决计将它登出来了，因为这比那挂在那边的尾巴上的一点要详得多。但是，委屈得很，只能在这无聊的《莽原》上。我于他们三位都是熟识之至，又毫没有研究过什么性伦理性心理之类，所以不敢来说外行话。可是我总以为章周两先生在中国将这些议论发得太早，——虽然外国已经说旧了，但外国是外国。可是我总觉得陈先生满口"流弊流弊"，是论利害而不像论是非，莫明其妙。

但陈先生文章的末段，读来却痛快——

"……至于法律和道德相比，道德不妨比法律严些，法律所不禁止的，道德尽可加以禁止。例如拍马吹牛，似乎不是法律所禁止的……然则我们在道德上也可以容许拍马屁，认为无损人格么？"

这我敢回答：是不能容许的。然而接着又起了一个类似的问题：例如女人被强奸，在法律上似乎不至于处死刑，然则我们在道德上也可以容许被强奸，认为无须自杀么？

章先生的驳文似乎激昂些，因为他觉得陈先生的文章发表以后，攻击者便源源而来，就疑心到"教授"的头衔上去。那么，继起者就有"拍马屁"的嫌疑了，我想未必。但教授和学者的话，比起一个小编辑来，容易得社会信任，却也许是实情，因此从论敌看来，这些名称也就有了流弊了，真所谓"有一利必有一弊"。

十一日。

原载 1925 年 5 月 15 日《莽原》周刊第 4 期。发表时全文共四段,后作者将一、二段合为一篇,改题为《导师》;第四段改题为《长城》。本篇为第三段。

初收 1935 年 5 月上海群众图书公司版《集外集》。

导　师

近来很通行说青年;开口青年,闭口也是青年。但青年又何能一概而论? 有醒着的,有睡着的,有昏着的,有躺着的,有玩着的,此外还多。但是,自然也有要前进的。

要前进的青年们大抵想寻求一个导师。然而我敢说:他们将永远寻不到。寻不到倒是运气;自知的谢不敏,自许的果真识路么? 凡自以为识路者,总过了"而立"之年,灰色可掬了,老态可掬了,圆稳而已,自己却误以为识路。假如真识路,自己就早进向他的目标,何至于还在做导师。说佛法的和尚,卖仙药的道士,将来都与白骨是"一丘之貉",人们现在却向他听生西的大法,求上升的真传,岂不可笑!

但是我并非敢将这些人一切抹杀;和他们随便谈谈,是可以的。说话的也不过能说话,弄笔的也不过能弄笔;别人如果希望他打拳,则是自己错。他如果能打拳,早已打拳了,但那时,别人大概又要希望他翻筋斗。

有些青年似乎也觉悟了,我记得《京报副刊》征求青年必读书时,曾有一位发过牢骚,终于说:只有自己可靠! 我现在还想斗胆转一句,虽然有些杀风景,就是:自己也未必可靠的。

我们都不大有记性。这也无怪,人生苦痛的事太多了,尤其是在中国。记性好的,大概都被厚重的苦痛压死了;只有记性坏的,适者生存,还能欣然活着。但我们究竟还有一点记忆,回想起来,怎样的"今是昨非"呵,怎样的"口是心非"呵,怎样的"今日之我与昨日之我战"呵。我们还没有正在饿得要死时于无人处见别人的饭,正在穷得要死时于无人处见别人的钱,正在性欲旺盛时遇见异性,而且很美的。我想,大话不宜讲得太早,否则,倘有记性,将来想到时会脸红。

或者还是知道自己之不甚可靠者,倒较为可靠罢。

青年又何须寻那挂着金字招牌的导师呢?不如寻朋友,联合起来,同向着似乎可以生存的方向走。你们所多的是生力,遇见深林,可以辟成平地的,遇见旷野,可以栽种树木的,遇见沙漠,可以开掘井泉的。问什么荆棘塞途的老路,寻什么乌烟瘴气的鸟导师!

五月十一日。

原载 1925 年 5 月 15 日《莽原》周刊第 4 期。
初收 1926 年 6 月北京北新书局版《华盖集》。

长　城

伟大的长城!

这工程,虽在地图上也还有它的小像,凡是世界上稍有知识的人们,大概都知道的罢。

其实,从来不过徒然役死许多工人而已,胡人何尝挡得住。现在不过一种古迹了,但一时也不会灭尽,或者还要保存它。

我总觉得周围有长城围绕。这长城的构成材料,是旧有的古砖和补添的新砖。两种东西联为一气造成了城壁,将人们包围。

何时才不给长城添新砖呢?

这伟大而可诅咒的长城!

五月十一日。

原载 1925 年 5 月 15 日《莽原》周刊第 4 期。

初收 1926 年 6 月北京北新书局版《华盖集》。

十二日

日记　昙。午后钦文来。下午往女师校开会。得常燕生信片。晚钦文来。

为北京女师大学生拟呈
教育部文(第一件)

呈为校长溺职滥罚,全校冤愤,恳请迅速撤换,以安学校事。窃杨荫榆到校一载,毫无设施,本属尸位素餐,贻害学子,屡经呈明　大部请予查办,并蒙　派员莅校彻查在案。从此杨荫榆即忽现忽隐,不可究诘,自拥虚号,专恋脩金,校务遂愈形败坏,其无耻之行为,为生等久所不齿,亦早不觉尚有杨荫榆其人矣。不料"五七"国耻在校内讲演时,忽又觍然临席,生等婉劝退去,即老羞成怒,大呼警察,幸经教员阻止,始免流血之惨。下午即借宴客为名,在饭店召集不知是否合法之评议员数人,于杯盘狼籍之余,始以开除学生之事含糊相告,亦不言学生为何人。至九日,突有开除自治会职员……等六人之揭示张贴校内。夫自治会职员,乃众所公推,代表全体,成败利钝,生等固同负其责。今乃倒行逆施,罚非其罪,欲乘学潮汹涌之时,施其险毒阴私之计,使世人不及注意,居心下劣,显然可知!继又停止已经预告之运动会,使本校失信于社会,又避匿不知所往,使生等无从与之辩诘,实属视学子如土芥,以大罚为儿戏,天良丧失,至矣尽矣!可知杨荫榆一日不去,即如刀俎在前,学生为鱼肉之不暇,更何论于学业！是以全体冤愤，公决自失踪之日起，即绝对不容其再入学校之门，以御横暴，而延残喘。为此续呈　大部，恳即明令迅予撤换，拯本校于阽危，出学生于水火。不胜迫切待命之至！
谨呈
教育部总长

原载 1925 年 6 月 3 日北京女子师范大学学生自治会编印《驱杨运动特刊》。

初未收集。

十三日

日记　雨。上午得培良信。下午寄常燕生信。寄三弟信。

忽然想到(八)

五月十二日《京报》的"显微镜"下有这样的一条——

"某学究见某报上载教育总长'章士钊'五七呈文，愀然曰：'名字怪僻如此，非圣人之徒也，岂能为吾侪卫古文之道者乎！'"

因此想起中国有几个字，不但在白话文中，就是在文言文中也几乎不用。其一是这误印为"钉"的"钊"字，还有一个是"淦"字，大概只在人名里还有留遗。我手头没有《说文解字》，钊字的解释完全不记得了，淦则仿佛是船底漏水的意思。我们现在要叙述船漏水，无论用怎样古奥的文章，大概总不至于说"淦矣"了罢，所以除了印张国淦，孙嘉淦或新淦县的新闻之外，这一粒铅字简直是废物。

至于"钊",则化而为"钉"还不过一个小笑话；听说竟有人因此受害。曹锟做总统的时代（那时这样写法就要犯罪），要办李大钊先生，国务会议席上一个阁员说："只要看他的名字，就知道不是一个安分的人。什么名字不好取，他偏要叫李大剑?!"于是乎办定了，因为这位"大剑"先生已经用名字自己证实，是"大刀王五"一流人。

我在 N 的学堂做学生的时候，也曾经因这"钊"字碰过几个小钉子，但自然因为我自己不"安分"。一个新的职员到校了，势派非常之大，学者似的，很傲然。可惜他不幸遇见了一个同学叫"沈钊"的，就倒了楣，因为他叫他"沈钧"，以表白自己的不识字。于是我们一见面就讥笑他，就叫他为"沈钧"，并且由讥笑而至于相骂。两天之内，我和十多个同学就迭连记了两小过两大过，再记一小过，就要开除了。但开除在我们那个学校里并不算什么大事件，大堂上还有军令，可以将学生杀头的。做那里的校长这才威风呢，——但那时的名目却叫作"总办"的，资格又须是候补道。

假使那时也像现在似的专用高压手段，我们大概是早经"正法"，我也不会还有什么"忽然想到"的了。我不知怎的近来很有"怀古"的倾向，例如这回因为一个字，就会露出遗老似的"缅怀古昔"的口吻来。

五月十三日。

原载 1925 年 5 月 18 日《京报副刊》。

初收 1926 年 6 月北京北新书局版《华盖集》。

十四日

日记 晴。上午得尚钟吾信。有麟来。午后张辛南，张桃龄字冶春来。下午理发。晚长虹来。夜索非，有麟来。衣萍，品青来。静农，鲁彦来。

忽然想到（九）

记得有人说过，回忆多的人们是没出息的了，因为他眷念从前，难望再有勇猛的进取；但也有说回忆是最为可喜的。前一说忘却了谁的话，后一说大概是 A. France 罢，——都由他。可是他们的话也都有些道理，整理起来，研究起来，一定可以消费许多功夫；但这都听凭学者们去干去，我不想来加入这一类高尚事业了，怕的是毫无结果之前，已经"寿终正寝"。（是否真是寿终，真在正寝，自然是没有把握的，但此刻不妨写得好看一点。）我能谢绝研究文艺的酒筵，能远避开除学生的饭局，然而阎罗大王的请帖，大概是终于没法"谨谢"的，无论你怎样摆架子。好，现在是并非眷念过去，而是遥想将来了，可是一样的没出息。管他娘的，写下去——

不动笔是为要保持自己的身分，我近来才知道；可是动笔的九成九是为自己来辩护，则早就知道的了，至少，我自己就这样。所以，现在要写出来的，也不过是为自己的一封信——

FD君：

记得一年或两年之前，蒙你赐书，指摘我在《阿Q正传》中写捉拿一个无聊的阿Q而用机关枪，是太远于事理。我当时没有答复你，一则你信上不写住址，二则阿Q已经捉过，我不能再邀你去看热闹，共同证实了。

但我前几天看报章，便又记起了你。报上有一则新闻，大意是学生要到执政府去请愿，而执政府已于事前得知，东门上添了军队，西门上还摆起两架机关枪，学生不得入，终于无结果而散云。你如果还在北京，何妨远远地——愈远愈好——去望一望呢，倘使真有两架，那么，我就"振振有辞"了。

夫学生的游行和请愿,由来久矣。他们都是"郁郁乎文哉",不但绝无炸弹和手枪,并且连九节钢鞭,三尖两刃刀也没有,更何况丈八蛇矛和青龙掩月刀乎? 至多,"怀中一纸书"而已,所以向来就没有闹过乱子的历史。现在可是已经架起机关枪来了,而且有两架!

但阿Q的事件却大得多了,他确曾上城偷过东西,未庄也确已出了抢案。那时又还是民国元年,那些官吏,办事自然比现在更离奇。先生! 你想:这是十三年前的事呵。那时的事,我以为即使在《阿Q正传》中再给添上一混成旅和八尊过山炮,也不至于"言过其实"的罢。

请先生不要用普通的眼光看中国。我的一个朋友从印度回来,说,那地方真古怪,每当自己走过恒河边,就觉得还要防被捉去杀掉而祭天。我在中国也时时起这一类的恐惧。普通认为 romantic 的,在中国是平常事;机关枪不装在土谷祠外,还装到那里去呢?

一九二五年五月十四日,鲁迅上。

原载 1925 年 5 月 19 日《京报副刊》。
初收 1926 年 6 月北京北新书局版《华盖集》。

十五日

日记 昙。上午往师大讲。午后往北大讲而停课。往张目寒寓。下午雨,至夜有雷。得李宗武信,十三日天津发。

十六日

日记 昙。上午有麟来。午后得李庸倩信,七日梅县发。下午雨一陈。晚衣萍来。夜钦文来。收《小说月报》一本。

十七日

日记 昙。星期休息。午有麟来。午后雨。鲁彦,静农,素园,霁野来。下午晴。夜得许广平信并稿。得张目寒信并稿。

致 李霁野

霁野兄：

前几天收到一篇《生活！》，我觉得做得很好；但我略改了几个字，都是无关紧要的。

可是，结末一句说：这喊声里似乎有着双关的意义。我以为这"双关"二字，将全篇的意义说得太清楚了，所有蕴蓄，有被其打破之虑。我想将它改作"含着别样"或"含着几样"，后一个比较的好，但也总不觉得恰好。这一点关系较大些，所以要问问你的意思，以为怎样？

鲁迅　五月十七日

西城宫门口、西三条、二十一号

十八日

日记　昙。午得衣萍信。午后寄钱玄同信。寄山川早水信。往女师校讲并收去年六月分薪水泉十一元。晚陈斐然来。夜有麟来。目寒来。得陈百年信。

致 许广平

广平兄：

两信均收到，一信中并有稿子，自然照例"感激涕零"而阅之。小鬼"最怕听半截话"，而我偏有爱说半截话的毛病，真是无可奈何。

本来想做一篇详明的《朱老夫子论》呈政，而心绪太乱，又没有工夫。简截地说一句罢，就是：他历来所走的都是最稳的路，不做一点小小的冒险事，所以他的话倒是不负责任的，待到别人被祸，他不作声了。

群众不过如此，由来久矣，将来也不过如此。公理也和事之成败无关。但是，女师之教员也太可怜了，只见暗中活动之鬼，而竟没有站出来说话的人。我近来对于黎先生之赴西山，也有些怀疑了，但也许真真恰巧，疑之者倒是我自己的神经过敏。

我现在愈加相信说话和弄笔的都是不中用的人，无论你说话如何有理，文章如何动人，都是空的。他们即使怎样无理，事实上却著著得胜。然而，世界岂真不过如此而已么？我还要反抗，试他一试。

提起牺牲，就使我记起前两三年被北大开除的冯省三。他是闹讲义风潮之一人，后来讲义费撤去了，却没有一个同学再提起他。我那时曾在《晨报副刊》上做过一则杂感，意思是牺牲为群众祈福，祀了神道之后，群众就分了他的肉，散胙。

听说学校当局有打电报给家属之类的举动，我以为这些手段太毒辣了。教员之类该有一番宣言，说明事件的真相，几个人也可以的。如果没有一个人肯负这一点责任（署名），那么，即使校长竟去，学籍也恢复了，也不如走罢，全校没有人了，还有什么可学？

鲁迅　五月十八日

十九日

日记　晴，风。上午寄许广平信。寄陈文华信。午后钦文来。夜长虹来。

二十日

日记　晴，风。上午有麟来。得三弟信，十五日发。午后得许广平信。得静农信并稿。寄孙伏园信。晚鲁彦,静农来。小酩来。夜得王志恒信并稿。得曹靖华信。看师范大学试卷。

二十一日

日记 晴。下午往女师校学生会。晚得台静农信。夜寄吕云章信。长虹,有麟来。崇轩来。品青,衣萍来。得小酩信。

"碰壁"之后

我平日常常对我的年青的同学们说:古人所谓"穷愁著书"的话,是不大可靠的。穷到透顶,愁得要死的人,那里还有这许多闲情逸致来著书?我们从来没有见过候补的饿莩在沟壑边吟哦;鞭扑底下的囚徒所发出来的不过是直声的叫喊,决不会用一篇妃红俪白的骈体文来诉痛苦的。所以待到磨墨吮笔,说什么"履穿踵决"时,脚上也许早经是丝袜;高吟"饥来驱我去……"的陶征士,其时或者偏已很有些酒意了。正当苦痛,即说不出苦痛来,佛说极苦地狱中的鬼魂,也反而并无叫唤!

华夏大概并非地狱,然而"境由心造",我眼前总充塞着重迭的黑云,其中有故鬼,新鬼,游魂,牛首阿旁,畜生,化生,大叫唤,无叫唤,使我不堪闻见。我装作无所闻见模样,以图欺骗自己,总算已从地狱中出离。

打门声一响,我又回到现实世界了。又是学校的事。我为什么要做教员?!想着走着,出去开门,果然,信封上首先就看见通红的一行字:国立北京女子师范大学。

我本就怕这学校,因为一进门就觉得阴惨惨,不知其所以然,但也常常疑心是自己的错觉。后来看到杨荫榆校长《致全体学生公启》里的"须知学校犹家庭,为尊长者断无不爱家属之理,为幼稚者亦当体贴尊长之心"的话,就恍然了,原来我虽然在学校教书,也等于在杨家坐馆,而这阴惨惨的气味,便是从"冷板凳"里出来的。可是我有一种毛病,自己也疑心是自讨苦吃的根苗,就是偶尔要想想。所以恍然之后,即又有疑问发生:这家族人员——校长和学生——的关系是怎样的,母女,还是婆媳呢?

想而又想,结果毫无。幸而这位校长宣言多,竟在她《对于暴烈学生之感言》里获得正确的解答了。曰,"与此曹子勃谿相向",则其为婆婆无疑也。

现在我可以大胆地用"妇姑勃谿"这句古典了。但婆媳吵架,与西宾又何干呢?因为究竟是学校,所以总还是时常有信来,或是婆婆的,或是媳妇的。我的神经又不强,一闻打门而悔做教员者以此,而且也确有可悔的理由。

这一年她们的家务简直没有完,媳妇儿们不佩服婆婆做校长了,婆婆可是不歇手。这是她的家庭,怎么肯放手呢?无足怪的。而且不但不放,还趁"五七"之际,在什么饭店请人吃饭之后,开除了六个学生自治会的职员,并且发表了那"须知学校犹家庭"的名论。

这回抽出信纸来一看,是媳妇儿们的自治会所发的,略谓:

"旬余以来,校务停顿,百费待兴,若长此迁延,不特虚掷数百青年光阴,校务前途,亦岌岌不可终日。……"

底下是请教员开一个会,出来维持的意思的话,订定的时间是当日下午四点钟。

"去看一看罢。"我想。

这也是我的一种毛病,自己也疑心是自讨苦吃的根苗;明知道无论什么事,在中国是万不可轻易去"看一看"的,然而终于改不掉,所以谓之"病"。但是,究竟也颇熟于世故了,我想后,又立刻决定,四点太早,到了一定没有人,四点半去罢。

四点半进了阴惨惨的校门,又走进教员休息室。出乎意料之外！除一个打盹似的校役以外，已有两位教员坐着了。一位是见过几面的；一位不认识，似乎说是姓汪，或姓王，我不大听明白，——其实也无须。

我也和他们在一处坐下了。

"先生的意思以为这事情怎样呢？"这不识教员在招呼之后，看住了我的眼睛问。

"这可以由各方面说……。你问的是我个人的意见么？我个人的意见，是反对杨先生的办法的……。"

糟了！我的话没有说完，他便将他那灵便小巧的头向旁边一摇，表示不屑听完的态度。但这自然是我的主观；在他，或者也许本有将头摇来摇去的毛病的。

"就是开除学生的罚太严了。否则，就很容易解决……。"我还要继续说下去。

"嗡嗡。"他不耐烦似的点头。

我就默然，点起火来吸烟卷。

"最好是给这事情冷一冷……。"不知怎的他又开始发表他的"冷一冷"学说了。

"嗡嗡。瞧着看罢。"这回是我不耐烦似的点头，但终于多说了一句话。

我点头讫，瞥见坐前有一张印刷品，一看之后，毛骨便悚然起来。文略谓：

> "……第用学生自治会名义，指挥讲师职员，召集校务维持讨论会，……本校素遵部章，无此学制，亦无此办法，根本上不能成立。……而自闹潮以来……不能不筹正当方法，又有其他校务进行，亦待大会议决，兹定于（月之二十一日）下午七时，由校特请全体主任专任教员评议会会员在太平湖饭店开校务紧急会议，解决种种重要问题。务恳大驾莅临，无任盼祷！"

署名就是我所视为畏途的"国立北京女子师范大学"，但下面还有一个"启"字。我这时才知道我不该来,也无须"莅临"太平湖饭店,因为我不过是一个"兼任教员"。然而校长为什么不制止学生开会,又不预先否认,却要叫我到了学校来看这"启"的呢? 我愤然地要质问了,举目四顾,两个教员,一个校役,四面砖墙带着门和窗门,而并没有半个负有答复的责任的生物。"国立北京女子师范学校"虽然能"启",然而是不能答的。只有默默地阴森地四周的墙壁将人包围,现出险恶的颜色。

我感到苦痛了,但没有悟出它的原因。

可是两个学生来请开会了;婆婆终于没有露面。我们就走进会场去,这时连我已经有五个人;后来陆续又到了七八人。于是乎开会。

"为幼稚者"仿佛不大能够"体贴尊长之心"似的,很诉了许多苦。然而我们有什么权利来干预"家庭"里的事呢? 而况太平湖饭店里又要"解决种种重要问题"了! 但是我也说明了几句我所以来校的理由,并要求学校当局今天缩头缩脑办法的解答。然而,举目四顾,只有媳妇儿们和西宾,砖墙带着门和窗门,而并没有半个负有答复的责任的生物!

我感到苦痛了,但没有悟出它的原因。

这时我所不识的教员和学生在谈话了;我也不很细听。但在他的话里听到一句"你们做事不要碰壁",在学生的话里听到一句"杨先生就是壁",于我就仿佛见了一道光,立刻知道我的痛苦的原因了。

碰壁,碰壁! 我碰了杨家的壁了!

其时看看学生们,就像一群童养媳……。

这一种会议是照例没有结果的,几个自以为大胆的人物对于婆婆稍加微辞之后,即大家走散。我回家坐在自己的窗下的时候,天色已近黄昏,而阴惨惨的颜色却渐渐地退去,回忆到碰壁的学说,居然微笑起来了。

中国各处是壁,然而无形,像"鬼打墙"一般,使你随时能"碰"。能打这墙的,能碰而不感到痛苦的,是胜利者。——但是,此刻太平湖饭店之宴已近阑珊,大家都已经吃到冰其淋,在那里"冷一冷"了罢……。

我于是仿佛看见雪白的桌布已经沾了许多酱油渍,男男女女围着桌子都吃冰其淋,而许多媳妇儿,就如中国历来的大多数媳妇儿在苦节的婆婆脚下似的,都决定了暗淡的运命。

我吸了两支烟,眼前也光明起来,幻出饭店里电灯的光彩,看见教育家在杯酒间谋害学生,看见杀人者于微笑后屠戮百姓,看见死尸在粪土中舞蹈,看见污秽洒满了风籁琴,我想取作画图,竟不能画成一线。我为什么要做教员,连自己也侮蔑自己起来。但是织芳来访我了。

我们闲谈之间,他也忽而发感慨——

"中国什么都黑暗,谁也不行,但没有事的时候是看不出来的。教员咧,学生咧,烘烘烘,烘烘烘,真像一个学校,一有事故,教员也不见了,学生也慢慢躲开了;结局只剩下几个傻子给大家做牺牲,算是收束。多少天之后,又是这样的学校,躲开的也出来了,不见的也露脸了,'地球是圆的'咧,'苍蝇是传染病的媒介'咧,又是学生咧,教员咧,烘烘烘……。"

从不像我似的常常"碰壁"的青年学生的眼睛看来,中国也就如此之黑暗么?然而他们仅有微弱的呻吟,然而一呻吟就被杀戮了!

五月二十一日夜。

原载 1925 年 6 月 1 日《语丝》周刊第 29 期。

初收 1926 年 6 月北京北新书局版《华盖集》。

二十二日

日记 晴。上午往师大讲并交试卷。午后往北大讲。下午得培良信二封,十九,二十发。晚任国桢来,字子卿。邹明初,张平江来。夜有麟来。

二十三日

日记 晴。上午云松阁送来月季花两盆。午后鲁彦来。下午寄李小峰信。晚有麟来。夜小峰，衣萍来。雨。

二十四日

日记 雨。星期休息。午后晴。访幼渔。下午得赵其文信。晚小酩来。寄李小峰信。夜有麟，目寒来。钦文来。有电，已而雷雨。

为北京女师大学生拟呈
教育部文（第二件）

呈为续陈杨荫榆氏行踪诡秘，心术叵测，败坏学校，恳即另聘校长，迅予维持事。窃杨氏失踪，业已多日。曾于五月十二日具呈 大部，将其阴险横暴实情，沥陈梗概，请予撤换在案。讵杨氏怙恶不悛，仍施诡计。先谋提前放假，又图停课考试。术既不售，乃愈设盛筵，多召党类，密画毁校之策，冀复失位之仇。又四出请托，广播谣诼，致函学生家长，屡以品性为言，与开除时之揭示，措辞不同，实属巧设谰言，阴伤人格，则其良心何在，不问可知。倘使一任诪张，诚为学界大辱，盖不独生等身受摧残，学校无可挽救而已。为此合词续恳即下 明令，速任贤明，庶校务有主持之人，暴者失踪蹰之地，学校幸甚！教育幸甚！谨呈
教育部总长

初未发表。据手稿编入。

初未收集。

二十五日

日记 晴。午后往女师校讲。下午得三弟信并稿,二十一日发。晚寄李小峰信。寄邵飘萍信。夜长虹,钟吾来。大风。

二十六日

日记 晴。上午复赵其文信。寄小酩信并译稿。得章锡箴稿。下午雨一陈即霁。晚有麟来。夜得小酩信。

二十七日

日记 晴,风。下午寄三弟信。寄曹靖华信。寄李小峰信。收奉泉六十六元。夜小峰,衣萍等来。得许广平信。

二十八日

日记 昙。午后往容光照相。往商务印书馆取《别下斋丛书》,《佚存丛书》各一部。晚许广平,吕云章来。夜鲁彦来,赠以《苦闷之象征》一本。

二十九日

日记 昙。上午往师大讲并收去年五月份薪水泉五。午后往北大讲。晚有麟来。赵荫棠来。长虹,钟吾来。夜作《阿Q传序及自传略》讫。

俄文译本《阿Q正传》序
及著者自叙传略

《阿Q正传》序

这在我是很应该感谢,也是很觉得欣幸的事,就是:我的一篇短小的作品,仗着深通中国文学的王希礼(B. A. Vassiliev)先生的翻译,竟得展开在俄国读者的面前了。

我虽然已经试做,但终于自己还不能很有把握,我是否真能够写出一个现代的我们国人的魂灵来。别人我不得而知,在我自己,总仿佛觉得我们人人之间各有一道高墙,将各个分离,使大家的心无从相印。这就是我们古代的聪明人,即所谓圣贤,将人们分为十等,说是高下各不相同。其名目现在虽然不用了,但那鬼魂却依然存在,并且,变本加厉,连一个人的身体也有了等差,使手对于足也不免视为下等的异类。造化生人,已经非常巧妙,使一个人不会感到别人的肉体上的痛苦了,我们的圣人和圣人之徒却又补了造化之缺,并且使人们不再会感到别人的精神上的痛苦。

我们的古人又造出了一种难到可怕的一块一块的文字;但我还并不十分怨恨,因为我觉得他们倒并不是故意的。然而,许多人却不能借此说话了,加以古训所筑成的高墙,更使他们连想也不敢想。现在我们所能听到的,不过是几个圣人之徒的意见和道理,为了他们自己;至于百姓,却就默默的生长,萎黄,枯死了,像压在大石底下的草一样,已经有四千年!

要画出这样沉默的国民的魂灵来,在中国实在算一件难事,因为,已经说过,我们究竟还是未经革新的古国的人民,所以也还是各不相通,并且连自己的手也几乎不懂自己的足。我虽然竭力想摸索人们的魂灵,但时时总自憾有些隔膜。在将来,围在高墙里面的一切人众,该会自己觉醒,走出,都来开口的罢,而现在还少见,所以我也只得依了自己的觉察,孤寂地姑且将这些写出,作为在我的眼里所经过的中国的人生。

我的小说出版之后,首先收到的是一个青年批评家的谴责;后来,也有以为是病的,也有以为滑稽的,也有以为讽刺的;或者还以为冷嘲,至于使我自己也要疑心自己的心里真藏着可怕的冰块。然而我又想,看人生是因作者而不同,看作品又因读者而不同,那么,

234

这一篇在毫无"我们的传统思想"的俄国读者的眼中,也许又会照见别样的情景的罢,这实在是使我觉得很有意味的。

一九二五年五月二十六日,于北京。鲁迅。

著者自叙传略

我于一八八一年生在浙江省绍兴府城里的一家姓周的家里。父亲是读书的;母亲姓鲁,乡下人,她以自修得到能够看书的学力。听人说,在我幼小时候,家里还有四五十亩水田,并不很愁生计。但到我十三岁时,我家忽而遭了一场很大的变故,几乎什么也没有了;我寄住在一个亲戚家,有时还被称为乞食者。我于是决心回家,而我底父亲又生了重病,约有三年多,死去了。我渐至于连极少的学费也无法可想;我底母亲便给我筹办了一点旅费,教我去寻无需学费的学校去,因为我总不肯学做幕友或商人,——这是我乡衰落了的读书人家子弟所常走的两条路。

其时我是十八岁,便旅行到南京,考入水师学堂了,分在机关科。大约过了半年,我又走出,改进矿路学堂去学开矿,毕业之后,即被派往日本去留学。但待到在东京的豫备学校毕业,我已经决意要学医了,原因之一是因为我确知道了新的医学对于日本的维新有很大的助力。我于是进了仙台(Sendai)医学专门学校,学了两年。这时正值俄日战争,我偶然在电影上看见一个中国人因做侦探而将被斩,因此又觉得在中国还应该先提倡新文艺。我便弃了学籍,再到东京,和几个朋友立了些小计画,但都陆续失败了。我又想往德国去,也失败了。终于,因为我底母亲和几个别的人,很希望我有经济上的帮助,我便回到中国来;这时我是二十九岁。

我一回国,就在浙江杭州的两级师范学堂做化学和生理学教员,第二年就走出,到绍兴中学堂去做教务长,第三年又走出,没有地方可去,想在一个书店去做编译员,到底被拒绝了。但革命也就发生,绍兴光复后,我做了师范学校的校长。革命政府在南京成立,教育部长招我去做部员,移入北京,一直到现在。近几年,我还兼做北京大学,师范大学,女子师范大学的国文系讲师。

我在留学时候,只在杂志上登过几篇不好的文章。初做小说是一九一八年,因了我的朋友钱玄同的劝告,做来登在《新青年》上的。这时才用"鲁迅"的笔名(Penname);也常用别的名字做一点短论。现在汇印成书的只有一本短篇小说集《呐喊》,其余还散在几种杂志上。别的,除翻译不计外,印成的又有一本《中国小说史略》。

原载 1925 年 6 月 15 日《语丝》周刊第 31 期。

初收 1935 年 5 月上海群众图书公司版《集外集》。

三十日

日记 晴。上午访季市。下午大睡。宗武寄赠《文录》一本。夜衣萍来。

并非闲话

凡事无论大小,只要和自己有些相干,便不免格外警觉。即如这一回女子师范大学的风潮,我因为在那里担任一点钟功课,也就感到震动,而且就发了几句感慨,登在五月十二的《京报副刊》上。自然,自己也明知道违了"和光同尘"的古训了,但我就是这样,并不想以骑墙或阴柔来买人尊敬。三四天之后,忽然接到一本《现代评论》十五期,很觉得有些稀奇。这一期是新印的,第一页上目录已经整齐(初版字有参差处),就证明着至少是再版。我想:为什么这一期特别卖的多,送的多呢,莫非内容改变了么? 翻开初版来,校勘下去,都一样;不过末叶的金城银行的广告已经杳然,所以一篇《女师大的学潮》就赤条条地露出。我不是也发过议论的么?自然要看一看,原来是赞成杨荫榆校长的,和我的论调正相反。做的人是"一个女读者"。

中国原是玩意儿最多的地方,近来又刚闹过什么"琴心是否女士"问题,我于是心血来潮,忽而想:又捣什么鬼,装什么佯了?但我即刻不再想下去,因为接着就起了别一个念头,想到近来有些人,凡是自己善于在暗中播弄鼓动的,一看见别人明白质直的言动,便往往反噬他是播弄和鼓动,是某党,是某系;正如偷汉的女人的丈夫,总愿意说世人全是忘八,和他相同,他心里才觉舒畅。这种思想是卑劣的;我太多心了,人们也何至于一定用裙子来做军旗。我就将我的念头打断了。

此后,风潮还是拖延着,而且展开来,于是有七个教员的宣言发表,也登在五月二十七日的《京报》上,其中的一个是我。

这回的反响快透了,三十日发行(其实是二十九日已经发卖)的《现代评论》上,西滢先生就在《闲话》的第一段中特地评论。但是,据说宣言是"《闲话》正要付印的时候"才在报上见到的,所以前半只论学潮,和宣言无涉。后来又做了三大段,大约是见了宣言之后,这才文思泉涌的罢,可是《闲话》付印的时间,大概总该颇有些耽误了。但后做而移在前面,也未可知。那么,足见这是一段要紧的"闲话"。

《闲话》中说,"以前我们常常听说女师大的风潮,有在北京教育界占最大势力的某籍某系的人在暗中鼓动,可是我们总不敢相信。"所以他只在宣言中摘出"最精彩的几句",加上圈子,评为"未免偏袒一方";而且因为"流言更加传布得厉害",遂觉"可惜",但他说"还是不信我们平素所很尊敬的人会暗中挑剔风潮"。这些话我觉得确有些超妙的识见。例如"流言"本是畜类的武器,鬼蜮的手段,实在应该不信它。又如一查籍贯,则即使装作公平,也容易启人疑窦,总不如"不敢相信"的好,否则同籍的人固然惮于在一张纸上宣言,而别一某籍的人也不便在暗中给同籍的人帮忙了。这些"流言"和"听说",当然都只配当作狗屁!

但是,西滢先生因为"未免偏袒一方"而遂叹为"可惜",仍是引用"流言",我却以为是"可惜"的事。清朝的县官坐堂,往往两造各责小板五百完案,"偏袒"之嫌是没有了,可是终于不免为胡涂虫。假使一个人还有是非之心,倒不如直说的好;否则,虽然吞吞吐吐,明眼人也会看出他暗中"偏袒"那一方,所表白的不过是自己的阴险和卑劣。宣言中所谓"若离若合,殊有混淆黑白之嫌"者,似乎也就是为此辈的手段写照。而且所谓"挑剔风潮"的"流言",说不定就是这些伏在暗中,轻易不大露面的东西所制造的,但我自然也"没有调查详细的事实,不大知道"。可惜的是西滢先生虽说"还是不信",却已为我辈"可惜",足见流言之易于惑人,无怪常有人用作武器。但在我,却直到看见这《闲话》之后,才知道西滢先生们原来"常常"听到这样的流言,并且和我偶尔听到的都不对。可见流言也有种种,某种流言,大抵是奔凑到某种耳朵,写出在某种笔下的。

但在《闲话》的前半,即西滢先生还未在报上看见七个教员的宣言之前,已经比学校为"臭毛厕",主张"人人都有扫除的义务"了。为什么呢?一者报上两个相反的启事已经发现;二者学生把守校门;三者有"校长不能在学校开会,不得不借邻近的饭店招集教员开会的奇闻"。但这所述的"臭毛厕"的情形还得修改些,因为层次有点颠倒。据宣言说,则"饭店开会",乃在"把守校门"之前,大约西滢先生觉得不"最精彩",所以没有摘录,或者已经写好,所以不及摘录的罢。现在我来补摘几句,并且也加些圈子,聊以效颦——

"……迨五月七日校内讲演时,学生劝校长杨荫榆先生退席后,杨先生乃于饭馆召集校员若干燕饮,继即以评议会名义,将学生自治会职员六人揭示开除,由是全校哗然,有坚拒杨先生长校之事变。……"

《闲话》里的和这事实的颠倒,从神经过敏的看起来,或者也可以认为"偏袒"的表现;但我在这里并非举证,不过聊作插话而已。

其实，"偏袒"两字，因我适值选得不大堂皇，所以使人厌观，倘用别的字，便会大大的两样。况且，即使是自以为公平的批评家，"偏袒"也在所不免的，譬如和校长同籍贯，或是好朋友，或是换帖兄弟，或是叨过酒饭，每不免于不知不觉间有所"偏袒"。这也算人情之常，不足深怪；但当侃侃而谈之际，那自然也许流露出来。然而也没有什么要紧，局外人那里会知道这许多底细呢，无伤大体的。

　　但是学校的变成"臭毛厕"，却究竟在"饭店召集教员"之后，酒醉饭饱，毛厕当然合用了。西滢先生希望"教育当局"打扫，我以为在打扫之前，还须先封饭店，否则醉饱之后，总要拉矢，毛厕即永远需用，怎么打扫得干净？而且，还未打扫之前，不是已经有了"流言"了么？流言之力，是能使粪便增光，蛆虫成圣的，打扫夫又怎么动手？姑无论现在有无打扫夫。

　　至于"万不可再敷衍下去"，那可实在是斩钉截铁的办法。正应该这样办。但是，世上虽然有斩钉截铁的办法，却很少见有敢负责任的宣言。所多的是自在黑幕中，偏说不知道；替暴君奔走，却以局外人自居；满肚子怀着鬼胎，而装出公允的笑脸；有谁明说出自己所观察的是非来的，他便用了"流言"来作不负责任的武器：这种蛆虫充满的"臭毛厕"，是难于打扫干净的。丢尽"教育界的面目"的丑态，现在和将来还多着哩！

五月三十日。

原载 1925 年 6 月 1 日《京报副刊》。
初收 1926 年 6 月北京北新书局版《华盖集》。

致 许广平

广平兄：

　　午回来，看见留字。现在的现象是各方面黑暗，所以有这情形，不但治本无从说起，便是治标也无法，只好跟着时局推移而已。至于《京报》事，据我所闻却不止秦小姐一人，还有许多人运动，结果是两面的新闻都不载，但久而久之，也许会反而帮牠们（男女一群，所以只好用"牠"），办报的人们，就是这样的东西。（其实报章的宣传于实际上也没有多大关系。）

今天看见《现代评论》，所谓西滢也者，对于我们的宣言出来说话了，装作局外人的样子，真会玩把戏。我也做了一点寄给《京副》，给他碰一个小钉子。但不知于伏园饭碗之安危如何。牠们是无所不为的，满口仁义，行为比什么都不如。我明知道笔是无用的，可是现在只有这个，只有这个而且还要为鬼魅所妨害。然而只要有地方发表，我还是不放下，或者《莽原》要独立，也未可知。独立就独立，完结就完结，都无不可。总而言之，笔舌常存，是总要使用的，东滢西滢，都不相干也。

西滢文托之"流言"，以为此次风潮是"某系某籍教员所鼓动"，那明是说"国文系浙籍教员"了。别人我不知道，至于我之骂杨荫榆，却在此次风潮之后，而"杨家将"偏来诬赖，可谓卑劣万分。但浙籍也好，夷籍也好，既经骂起，就要骂下去，杨荫榆尚无割舌之权，总还要被骂几回的。

文已改好，但邮寄不便，当于便中交出，好在现尚不用。所云团体，我还未打听，但我想，大概总就是前日所说的一个。其实也无须打听，这种团体，一定有范围，尚服从公决的。所以只要自己决定，如要思想自由，特立独行，便不相宜。如能牺牲若干自己的意见，就可以。只有"安那其"是没有规则的，但在中国却有首领，实在希奇。

现在老实说一句罢，"世界岂真不过如此而已么？……"这些话，确是"为对小鬼而说的"。我所说的话，常与所想的不同，至于何以如此，则我已在《呐喊》的序上说过：不愿将自己的思想，传染给别人。何以不愿，则因为我的思想太黑暗，而自己终不能确知是否正确之故。至于"还要反抗",倒是真的,但我知道这"所以反抗之故",与小鬼截然不同。你的反抗,是为希望光明到来罢?(我想,一定是如此的。)但我的反抗,却不过是偏与黑暗捣乱。大约我的意见,小鬼很有几点不大了然,这是年龄,经历,环境等等不同之故,不足为奇。例如我是诅咒"人间苦"而不嫌恶"死"的,因为"苦"可以设法减轻而"死"是必然的事,虽曰"尽头",也不足悲哀。而你却不高兴听这类话,——但是,为什么吞藤黄的?这就比不做"痛哭流涕的文字"还"该打"!又如来信说,"凡有死的同我有关的,同时我就诅咒所有与我无关的。……"而我正相反,同我有关的活着,我就不放心,死了,我就安心,这意思也在《过客》中说过:都与小鬼的不同。其实,我的意见原也不容易了然,因为其中本有着许多矛盾,教我自己说,或者是"人道主义"与"个人的无治主义"的两种思想的消长起伏罢。所以我忽而爱人,忽而憎人;做事的时候,有时确为别人,有时却为自己玩玩,有时则竟因为希望将生命从速消磨,所以故意拼命的做。此外或者还有什么道理,自己也不甚了然。但我对人说话时,却总拣择光明些的说出,然而偶不留意,就露出阎王并不反对,而小鬼反不乐闻的话来。总而言之,我为自己和为别人的设想,是两样的。所以者何,就因为我的思想太黑暗,但是究竟是否真确,不得而知,所以只能在自身试验,不能邀请别人。其实小鬼希望父兄长存,而自己会吞藤黄,也是如此。

《莽原》实在有些穿棉花鞋了,但没有撒泼文章,真是无法。自己呢,又做惯了晦涩的文章,一时改不过来,初做时立志要显豁,而后来往往仍以晦涩结尾,实在可气之至!现在除附《京报》分送外,另售千五百,看的人也算不少。待"闹潮"略有结束,你这一匹"害群之马"多来发一点议论罢。

鲁迅　五月三十日

三十一日

日记　雨,上午霁。陈翔鹤,陈炜谟来。张平江等来。午李宗武来。寄许广平信。寄许季市信。午后钦文来。下午季市,诗荃来。晚品青来。有麟来。雷雨。

六月

一日

日记 小雨。午后往女师大讲并收薪水二元五角，去年六月分讫。得许广平信。得三太太信。夜有麟来。大雨一陈。

圣 野 猪*

《真实如此骗人》中之一篇

[日本]长谷川如是闲

在野猪的国度里，有一位——不，错了，有一匹的圣人——不，又说错了，是圣野猪，出现了。

他用了权威，教给他的同胞的野猪们——

"我诚告于尔曹。尔曹当先从尔曹之口去其二长牙，此所以使尔曹不复被呼为丑的野兽也。尔曹有怒于兄弟，咬牙切齿者，当付审判。我将为尔曹去其丑者恶者矣。Tatatatata quabarambatatata."

野猪们的牙，忽从他们的嘴上消失了。

圣野猪更宣谕说——

"当从尔曹的身上，去其如针之丑之毛！此所以使尔曹免于豪猪之列也。尔曹愤怒时，慎勿竖其如针之毛，怖人如毛虫。我将从尔曹之身，去其针矣。Tatatatata quabarambatatata."

野猪们的针样的毛消失了，现出黑的斑驳的皮肤来。

圣野猪更告同胞——

“尔曹之如针之毛虽消失，但以尔曹脂肪不足故，尔曹之皮肤则丑如死牛。我将于尔曹之身，给以丰厚之脂肪层，使尔曹之皮肤，滑如非洲处女之脸。Tatatatata quabarambatatata。”

野猪们的身体忽而肥胖，皮肤油光光了。

圣野猪更教诲说——

“尔曹之皮肤虽已滑泽，然尔曹之肉则坚而瘦也。我亦将使尔曹之肉柔而丰，如日本婢女之臂肉。Tatatatata quabarambatatata。”

野猪们的身体忽然胖墩墩了。

圣野猪更教诲说——

“尔曹已美且肥矣，故尔曹之长足不复能支沉重之身体；又以足长故，遂妄驰逐于山野间，或将疲而瘦也。我将给以适于尔曹之粗而短之足。Tatatatata quabarambatatata。”

野猪们的脚忽短得像母狗的奶头了。

圣野猪漏着满足的微笑，更告同胞——

“尔曹既肥如阿罗细亚之梭舍其，柔如小羊矣。兽名之‘野猪’，已不适于尔曹，我将字尔曹曰‘豚’。尔曹，何食，何饮，何衣，皆勿虑，此皆人类之所求者也。尔曹虽丑，而知给嘉惠于人。然亦以蹂躏彼投于尔曹之前之真殊而见取也。我诚告于尔曹，尔曹勿以生命烦虑。”

最后，圣野猪宣谕说——

“尔曹已非野兽矣，不可复寝于野，我当给尔曹以美丽之大厦。Tatatatata quabaramhatatata。”

成了豚的野猪们，忽然被收在铁骨洋灰的大房子里了。待到豚们知道了这是火腿制造厂，圣野猪则是人类的奸细的时候，已经太晚了。

原载 1925 年 6 月 1 日北京大学《旭光旬刊》第 4 期。
初未收集。

244

编者附白

《莽原》所要讨论的,其实并不重在这一类问题。前回登那两篇文章的缘故,倒在无处可登,所以偏要给他登出。但因此又不得不登了相关的陈先生的信,作一个结束。这回的两篇,是作者见了《现代评论》的答复,而未见《莽原》的短信的时候所做的,从上海寄到北京,却又在陈先生的信已经发表之后了,但其实还是未结束前的话。因此,我要请章周二先生原谅:我便于词句间换了几字,并且将"附白"除去了。大概二位看到短信之后,便不至于以我为太专断的罢。

六月一日。

原载 1925 年 6 月 5 日《莽原》周刊第 7 期。

初未收集。

二日

日记 昙。上午得张目寒信,五月三十日开封发。午有麟来。下午寄许广平信。寄师范大学注册部信。晚晴。

我的"籍"和"系"

虽然因为我劝过人少——或者竟不——读中国书,曾蒙一位不相识的青年先生赐信要我搬出中国去,但是我终于没有走。而且我究竟是中国人,读过中国书的,因此也颇知道些处世的妙法。譬如,假使要掉文袋,可以说说"桃红柳绿",这些事是大家早已公认的,谁也不会说你错。如果论史,就赞几句孔明,骂一通秦桧,这些是非也早经论定,学述一回决没有什么差池;况且秦太师的党羽现已半个无存,也可保毫无危险。至于近事呢,勿谈为佳,否则连你的籍贯也许会使你由可"尊敬"而变为"可惜"的。

我记得宋朝是不许南人做宰相的,那是他们的"祖制",只可惜终于不能坚持。至于"某籍"人说不得话,却是我近来的新发现。也还是女师大的风潮,我说了几句话。但我先要声明,我既然说过,颇知道些处世的妙法,为什么又去说话呢? 那是,因为,我是见过清末捣乱的人,没有生长在太平盛世,所以纵使颇有些涵养工夫,有时也不免要开口,客气地说,就是不大"安分"的。于是乎我说话了,不料陈西滢先生早已常常听到一种"流言",那大致是"女师大的风潮,有北京教育界占最大势力的某籍某系的人在暗中鼓动"。现在我一说话,恰巧化"暗"为"明",就使这常常听到流言的西滢先生代为"可惜",虽然他存心忠厚,"自然还是不信平素所很尊敬的人会暗中挑剔风潮";无奈"流言"却"更加传布得厉害了",这怎不使人"怀疑"呢? 自然是难怪的。

我确有一个"籍",也是各人各有一个的籍,不足为奇。但我是什么"系"呢? 自己想想,既非"研究系",也非"交通系",真不知怎么一回事。只好再精查,细想;终于也明白了,现在写它出来,庶几乎免得又有"流言",以为我是黑籍的政客。

因为应付某国某君的嘱托,我正写了一点自己的履历,第一句是"我于一八八一年生在浙江省绍兴府城里一家姓周的家里";这里就说明了我的"籍"。但自从到了"可惜"的地位之后,我便又在末尾添上一句道,"近几年我又兼做北京大学,师范大学,女子师范大学的国文系讲师",这大概就是我的"系"了。我真不料我竟成了这样的一个"系"。

我常常要"挑剔"文字是确的,至于"挑剔风潮"这一种连字面都不通的阴谋,我至今还不知道是怎样的做法。何以一有流言,我就得沉默，否则立刻犯了嫌疑，至于使和我毫不相干的人如西滢先生者也来代为"可惜"呢？那么，如果流言说我正在钻营，我就得自己锁在房里了；如果流言说我想做皇帝，我就得连忙自称奴才了。然而古人却确是这样做过了，还留下些什么"空穴来风，桐乳来巢"的鬼格言。可惜我总不耐烦敬步后尘；不得已，我只好对于无论是谁，先奉还他无端送给我的"尊敬"。

其实，现今的将"尊敬"来布施和拜领的人们，也就都是上了古人的当。我们的乏的古人想了几千年，得到一个制驭别人的巧法：可压服的将他压服，否则将他抬高。而抬高也就是一种压服的手段，常常微微示意说，你应该这样，倘不，我要将你摔下来了。求人尊敬的可怜虫于是默默地坐着；但偶然也放开喉咙道"有利必有弊呀！""彼亦一是非，此亦一是非呀！""猗欤休哉呀！"听众遂亦同声赞叹道，"对呀对呀，可敬极了呀！"这样的互相敷衍下去，自己以为有趣。

从此这一个办法便成为八面锋，杀掉了许多乏人和白痴，但是穿了圣贤的衣冠入殓。可怜他们竟不知道自己将褒贬他的人们的身价估得太大了，反至于连自己的原价也一同失掉。

人类是进化的，现在的人心，当然比古人的高洁；但是"尊敬"的流毒，却还不下于流言，尤其是有谁装腔作势，要来将这撒去时，更足使乏人和白痴惶恐。我本来也无可尊敬；也不愿受人尊敬，免得不如人意的时候，又被人摔下来。更明白地说罢：我所憎恶的太多了，应该自己也得到憎恶，这才还有点像活在人间；如果收得的乃是相反的布施，于我倒是一个冷嘲，使我对于自己也要大加侮蔑；如果收得的是吞吞吐吐的不知道算什么，则使我感到将要呕哕似的恶心。然而无论如何，"流言"总不能吓哑我的嘴……。

六月二日晨。

原载 1925 年 6 月 5 日《莽原》周刊第 7 期。

初收 1926 年 6 月北京北新书局版《华盖集》。

致 许广平

广平兄：

拆信案件，或者牠们有些受了冤，因为卅一日的那一封，也许是我自己拆过的。那时已经很晚，又写了许多信，所以自己不大记得清楚，但记得将其中之一封拆开（从下方），在第一张上加了一点细注。如你所收的第一张上有小注，那就确是我自己拆过的了。

至于别的信，我却不能代牠们辩护。其实私拆函件，本是中国惯技，（我也早料到的，历来就已豫防，）但是这类技俩，也不过心劳日拙而已。听说明的方孝孺就被永乐灭十族，其一是"师"，但也许是齐东野语，我没有考查过这事的真伪。可是从西滢的文字上看来，此辈一得志，怕要"灭系"，"灭籍"了。

明明将学生开除，而布告文中文其词曰"出校"，我当时颇叹中国文字之巧。今见上海印捕击杀学生，而路透电则云，"若干人不省人事"，可谓异曲同工，但此系中国报译文，不知原文如何。

其实我并不很喝酒，饮酒之害，我是深知道的。现在也还是不喝的时候多，只要没有人劝喝。多住些时，亦无不可的。

汪先生的宣言发表了，而引"某女士"言以为重，可笑。他们大抵爱用"某"字，不知何也。又观其意似乎说"某籍某系"想将学校解散，也是一种奇谈，黑幕中人面目渐露，亦殊可观，可惜他又要"南归"了。

迅 六月二日

三日

日记 昙。上午得培良等信。晚长虹来。夜鲁彦，有麟来。

夜雨。

四日

日记 小雨,午晴。下午同季市往中天[剧]场观电影。郑振铎寄赠《太戈尔传》一本。李小峰寄赠《两条腿》二本。得三弟信,一日发。夜有麟来。

五日

日记 昙。上午得李遇安信。得仲平信。午后林卓凤来,为上海事募捐,捐以五元。晚钦文来。有麟来。夜雨。得赵赤坪信。

咬文嚼字(三)

自从世界上产生了"须知学校犹家庭"的名论之后,颇使我觉得惊奇,想考查这家庭的组织。后来,幸而在《国立北京女子师范大学校长杨荫榆对于暴烈学生之感言》中,发见了"与此曹子勃谿相向"这一句话,才算得到一点头绪:校长和学生的关系是"犹"之"妇姑"。于是据此推断,以为教员都是杂凑在杨府上的西宾,将这结论在《语丝》上发表。"可惜"!昨天偶然在《晨报》上拜读"该校哲教系教员兼代主任汪懋祖以彼之意见书投寄本报"的话,这才知道我又错了,原来都是弟兄,而且现正"相煎益急",像曹操的儿子阿丕和阿植似的。

但是,尚希原谅,我于引用的原文上都不加圈了。只因为我不想圈,并非文章坏。

据考据家说,这曹子建的《七步诗》是假的。但也没有什么大相干,姑且利用它来活剥一首,替豆萁伸冤:

煮豆燃豆萁,萁在釜下泣——

我烬你熟了,正好办教席!

六月五日。

原载 1925 年 6 月 7 日《京报副刊》。

初收 1926 年 6 月北京北新书局版《华盖集》。

六日

日记 晴,风。上午得许广平信。品青来。午后衣萍来。下午往中天看电影。晚往容光取照相。得尚钟吾信。夜小雨。

七日

日记 昙。星期休息。午得任子卿信。午后钦文来。下午小峰,衣萍来。得李桂生信并稿。晚子佩来。夜有麟来。

八日

日记 晴。上午寄尚钟吾信。寄任子卿信。濯足。下午以《阿Q正传序　自叙传略》及照象一枚寄曹靖华。尚钟吾来。寄李遇安信并文稿二篇。晚长虹来。有麟,鲁彦来。夜得有麟信。

九日

日记 昙。午前得任子卿信。晚许钦文来别。夜得李遇安并文稿。

我才知道*

时常看见些讣文,死的不是"清封什么大夫"便是"清封什么人"。我才知道中华民国国民一经死掉,就又去降了清朝了。

时常看见些某封翁某太夫人几十岁的征诗启,儿子总是阔人或留学生。我才知道一有这样的儿子,自己就像"中秋五月""花下独酌大醉"一样,变成做诗的题目了。

原载 1925 年 6 月 9 日《京报》附刊《民众文艺》第 23 号。
初未收集。

十日

日记　晴。上午得朱宅信。有麟来。下午大雷雨,有雹。夜作短文二。

"田园思想"

白波先生:

我所憎恶的所谓"导师",是自以为有正路,有捷径,而其实却是劝人不走的人。倘有领人向前者,只要自己愿意,自然也不妨追踪而往。但这样的前锋,怕中国现在还找不到罢。所以我想,与其找胡涂导师,倒不如自己走,可以省却寻觅的工夫,横竖他也什么都不知道。至于我那"遇见森林,可以辟成平地,……"这些话,不过是比方,犹言可以用自力克服一切困难,并非真劝人都到山里去。

鲁迅

原载 1925 年 6 月 12 日《莽原》周刊第 8 期。
初收 1935 年 5 月上海群众图书公司版《集外集》。

《敏捷的译者》附记

鲁迅附记：微吉罗就是 Virgilius，诃累错是 Horatius。

"吾家"彦弟从 Esperanto 译出，所以煞尾的音和原文两样，特为声明，以备查字典者的参考。

原载 1925 年 6 月 12 日《莽原》周刊第 8 期。

初未收集。

十一日

日记 晴。下午寄任子卿信。夜作杂感一。

忽然想到（十）

无论是谁，只要站在"辩诬"的地位的，无论辩白与否，都已经是屈辱。更何况受了实际的大损害之后，还得来辩诬。

我们的市民被上海租界的英国巡捕击杀了，我们并不还击，却先来赶紧洗刷牺牲者的罪名。说道我们并非"赤化"，因为没有受别国的煽动；说道我们并非"暴徒"，因为都是空手，没有兵器的。我不解为什么中国人如果真使中国赤化，真在中国暴动，就得听英捕来处死刑？记得新希腊人也曾用兵器对付过国内的土耳其人，却并不被称为暴徒；俄国确已赤化多年了，也没有得到别国开枪的惩罚。而独有中国人，则市民被杀之后，还要皇皇然辩诬，张着含冤的眼睛，向世界搜求公道。

其实，这原由是很容易了然的，就因为我们并非暴徒，并未赤化的缘故。

因此我们就觉得含冤,大叫着伪文明的破产。可是文明是向来如此的,并非到现在才将假面具揭下来。只因为这样的损害,以前是别民族所受,我们不知道,或者是我们原已屡次受过,现在都已忘却罢了。公道和武力合为一体的文明,世界上本未出现,那萌芽或者只在几个先驱者和几群被迫压民族的脑中。但是,当自己有了力量的时候,却往往离而为二了。

但英国究竟有真的文明人存在。今天,我们已经看见各国无党派智识阶级劳动者所组织的国际工人后援会,大表同情于中国的《致中国国民宣言》了。列名的人,英国就有培那特萧(Bernard Shaw),中国的留心世界文学的人大抵知道他的名字;法国则巴尔布斯(Henri Barbusse),中国也曾译过他的作品。他的母亲却是英国人;或者说,因此他也富有实行的质素,法国作家所常有的享乐的气息,在他的作品中是丝毫也没有的。现在都出而为中国鸣不平了,所以我觉得英国人的品性,我们可学的地方还多着,——但自然除了捕头,商人,和看见学生的游行而在屋顶拍手嘲笑的娘儿们。

我并非说我们应该做“爱敌若友”的人,不过说我们目下委实并没有认谁作敌。近来的文字中,虽然偶有“认清敌人”这些话,那是行文过火的毛病。倘有敌人,我们就早该抽刃而起,要求“以血偿血”了。而现在我们所要求的是什么呢?辩诬之后,不过想得点轻微的补偿;那办法虽说有十几条,总而言之,单是“不相往来”,成为“路人”而已。虽是对于本来极密的友人,怕也不过如此罢。

然而将实话说出来,就是:因为公道和实力还没有合为一体,而我们只抓得了公道,所以满眼是友人,即使他加了任意的杀戮。

如果我们永远只有公道,就得永远着力于辩诬,终身空忙碌。这几天有些纸贴在墙上,仿佛叫人勿看《顺天时报》似的。我从来就不大看这报,但也并非“排外”,实在因为它的好恶,每每和我的很不同。然而也间有很确,为中国人自己不肯说的话。大概两三年前,正值一种爱国运动的时候罢,偶见一篇它的社论,大意说,一国当衰弊之际,总有两种意见不同的人。一是民气论者,侧重国民的气概,一是民力论者,专重国民的实力。前者多则国家终亦渐弱,后者多则将强。我想,这是很不错的;而且我们应该时时记得的。

可惜中国历来就独多民气论者,到现在还如此。如果长此不改,"再而衰,三而竭",将来会连辩诬的精力也没有了。所以在不得已而空手鼓舞民气时,尤必须同时设法增长国民的实力,还要永远这样的干下去。

因此,中国青年负担的烦重,就数倍于别国的青年了。因为我们的古人将心力大抵用到玄虚漂渺平稳圆滑上去了,便将艰难切实的事情留下,都待后人来补做,要一人兼做两三人,四五人,十百人的工作,现在可正到了试练的时候了。对手又是坚强的英人,正是他山的好石,大可以借此来磨练。假定现今觉悟的青年的平均年龄为二十,又假定照中国人易于衰老的计算,至少也还可以共同抗拒,改革,奋斗三十年。不够,就再一代,二代……。这样的数目,从个体看来,仿佛是可怕的,但倘若这一点就怕,便无药可救,只好甘心灭亡。因为在民族的历史上,这不过是一个极短时期,此外实没有更快的捷径。我们更无须迟疑,只是试练自己,自求生存,对谁也不怀恶意的干下去。

但足以破灭这运动的持续的危机,在目下就有三样:一是日夜偏注于表面的宣传,鄙弃他事;二是对同类太操切,稍有不合,便呼之为国贼,为洋奴;三是有许多巧人,反利用机会,来猎取自己目前的利益。

六月十一日。

原载 1925 年 6 月 16 日《京报》附刊《民众文艺》第24 号。

初收 1926 年 6 月北京北新书局版《华盖集》。

十二日

日记　晴。下午寄三弟信。寄小峰信并稿。晚有麟来。夜风雨。

前期《我的籍和系》中误字的订正*

段	行	误	正
1	9	差也	差池
2	9	大不	不大
6	9	桐飞	桐乳
11	2	入殓	入殓。
12	6	可增	可憎
12	7	增恶	憎恶

原载 1925 年 6 月 12 日《莽原》周刊第 8 期。

初未收集。

十三日

日记　晴。午后往大学买各种周刊并访小峰。下午得许广平信并稿。得尚钟吾信并稿。小酩来。收《社会科学季刊》一本。晚钟吾,有麟来。长虹及张希涛来。夜得任子卿信并《烦恼由于才智》原文一本。得蔡丏因信并《诸暨民报五周年纪念册》一本。

致 许广平

广平兄:

六月六日的信并文稿早收到了,但我久没有复。今天又收到十二日信。其实我并不做什么事,而总是忙,拿不起笔来,偶然在什么周刊上写几句,也不过是敷衍,近几天尤其甚。这原因大概是因为"无聊",人到无聊,便比什么都可怕,因为这是从自己发生的,不大有药可救。喝酒是好的,但也很不好。等暑假时闲空一点,我很想休息几天,什么也不做,什么也不看,但不知道可能够。

第一,小鬼不要变成狂人,也不要发脾气了。人一发狂,自己或者没有什么,——俄国的梭罗古勃以为倒是幸福,——但从别人看来,却似乎一切都已完结。所以我倘能力所及,决不肯使自己发狂,实未发狂而有人硬说我有神经病,那自然无法可想。性急就容易发脾气,最好要酌减"急"的角度,否则,要防自己吃亏,因为现在的中国,总是阴柔人物得胜。

上海的风潮,也出于意料之外。可是今年的学生的动作,据我看来是比前几回进步了。不过这些表示,真所谓"就是这么一回事"。试想:北京全体(?)学生而不能去一章士钊,女师大大多数学生而不能去一杨荫榆,何况英国和日本。但在学生一方面,也只能这么做,唯一的希望,就是等候意外飞来的"公理"。现在"公理"也确有点飞来了,而且,说英国不对的,还有英国人。所以无论如何,我总觉得鬼子比中国人文明,货只管排,而那品性却很有可学的地方。这种敢于指摘自己国度的错误的,中国人就很少。

所谓"经济绝交"者,在无法可想中,确是一个最好的方法,但有附带条件,要耐久,认真。这么办起来,有人说中国的实业就会借此促进,那是自欺欺人之谈。(前几年排斥日货时,大家也那么说,然而结果不过做成功了一种"万年糊"。草帽和火柴发达的原因,尚不在此。那时候,是连这种万年糊也不会做的,排货事起,有三四个学生组织了一个小团体来制造,我还是小股东,但是每瓶八枚铜子的糊,成本要十枚,而且总敌不过日本品。后来,折本,闹架,关门。现在所做的好得多,进步得多了,但和我辈无关也。)因此获利的却是美法商人。我们不过将送给英日的钱,改送美法,归根结蒂,二五等于一十。但英日却究竟受损,为报复计,亦足快心而已。

可是据我看起来,要防一个不好的结果,就是白用了许多牺牲,而反为巧人取得自利的机会,这种事在中国也常有的。但在学生方面,也愁不得这些,只好凭良心做去,可是要缓而韧,不要急而猛。中国青年中,有些很有太"急"的毛病,——小鬼即其一,——因此,就难于耐久(因为开首太猛,易于将力气用完),也容易碰钉子,吃亏而发脾气:此不佞所再三申说者也,亦自己所实验者也。

前信反对"喝酒",何以这回自己"微醉?"了? 大作中好看的字面太多一点,拟删去些,然后"赐列第□期《莽原》"。

伏园的态度我日益怀疑,因为似乎已与西滢大有联络。其登载几篇反杨之稿,盖出于不得已。今天在《京副》上,至于指《猛进》,《现代》,《语丝》为"兄弟周刊",简直有卖《语丝》以与《现代》拉拢之观。或者《京副》之专载沪事,不登他文,也还有别种隐情,(但这也许是我的妄猜)《晨副》即不如此。

我明知道几个人做事,真出于"为天下"是很少的。但人于现状,总该有点不平,反抗,改良的意思。只这一点共同目的,便可以合作。即使含些"利用"的私心,也不妨,利用别人,又给别人做点事,说得好看一点,就是"互助"。但是,我总是"罪孽深重,祸延"自己,每每终于发见纯粹的利用,连"互"字也安不上,被用之后,只剩下耗了气力的自己而已。我的时常无聊,就是为此,但我还能将一切忘却,休息一时之后,从新再来,即使明知道后来的运命未必会胜于过去。

本来有四张信纸已可写完,而牢骚发出第五张上去了。时候已经不早,非结束不可。止此而已罢。

六月十三夜　迅。

然而,这一点空白,也还要用空话来填满。欧阳兰据说不到欧洲去了。我近来收到一封信,署名"捏蚊",云要加入《莽原》,大约就是"雪纹"(也即欧阳兰)。这回《民众文艺》上所登的署名"聂文"的,我想也是她(?)。有麟粗心,没有看出。它们又在闹琴心式的玩艺了。

这一点空白，即以这样填满。

十四日

日记 晴。星期休息。上午寄许广平信。下午许广平，吕云章来。晚钟吾，有麟来。得曹靖华信。夜伏园来并交《京报》四月分稿费廿，五月分十。得梁社乾信并誊印本《阿Q正传》二本。

十五日

日记 晴。晚矛尘来。夜修整旧书。

十六日

日记 晴。上午仲侃来。晚有麟来。长虹，已燃来。得胡祖姚信。得毛坤信。收《小说月报》,《妇女杂志》各一本。夜得三弟信，十三日发。

杂 忆

1

有人说 G. Byron 的诗多为青年所爱读，我觉得这话很有几分真。就自己而论，也还记得怎样读了他的诗而心神俱旺；尤其是看见他那花布裹头，去助希腊独立时候的肖像。这像，去年才从《小说月报》传入中国了。可惜我不懂英文，所看的都是译本。听近今的议论，译诗是已经不值一文钱，即使译得并不错。但那时大家的眼界还没有这样高，所以我看了译本，倒也觉得好，或者就因为不懂原文之故,于是便将臭草当作芳兰。《新罗马传奇》中的译文也曾传诵一时,虽然用的是词调,又译 Sappho 为"萨芷波",证明着是根据日文译本的重译。

苏曼殊先生也译过几首,那时他还没有做诗"寄弹筝人",因此与 Byron 也还有缘。但译文古奥得很,也许曾经章太炎先生的润色的罢,所以真像古诗,可是流传倒并不广。后来收入他自印的绿面金签的《文学因缘》中,现在连这《文学因缘》也少见了。

其实,那时 Byron 之所以比较的为中国人所知,还有别一原因,就是他的助希腊独立。时当清的末年,在一部分中国青年的心中,革命思潮正盛,凡有叫喊复仇和反抗的,便容易惹起感应。那时我所记得的人,还有波兰的复仇诗人 Adam Mickiewicz;匈牙利的爱国诗人 Petöfi Sándor;飞猎滨的文人而为西班牙政府所杀的厘沙路,——他的祖父还是中国人,中国也曾译过他的绝命诗。Hauptmann,Sudermann,Ibsen 这些人虽然正负盛名,我们却不大注意。别有一部分人,则专意搜集明末遗民的著作,满人残暴的记录,钻在东京或其他的图书馆里,抄写出来,印了,输入中国,希望使忘却的旧恨复活,助革命成功。于是《扬州十日记》,《嘉定屠城记略》,《朱舜水集》,《张苍水集》都翻印了,还有《黄萧养回头》及其他单篇的汇集,我现在已经举不出那些名目来。别有一部分人,则改名"扑满""打清"之类,算是英雄。这些大号,自然和实际的革命不甚相关,但也可见那时对于光复的渴望之心,是怎样的旺盛。

不独英雄式的名号而已,便是悲壮淋漓的诗文,也不过是纸片上的东西,于后来的武昌起义怕没有什么大关系。倘说影响,则别的千言万语,大概都抵不过浅近直截的"革命军马前卒邹容"所做的《革命军》。

2

待到革命起来,就大体而言,复仇思想可是减退了。我想,这大半是因为大家已经抱着成功的希望,又服了"文明"的药,想给汉人挣一点面子,所以不再有残酷的报复。但那时的所谓文明,却确是洋文明,并不是国粹;所谓共和,也是美国法国式的共和,不是周召共和的共和。革命党人也大概竭力想给本族增光,所以兵队倒不大抢掠。南京的土匪兵小有劫掠,黄兴先生便勃然大怒,枪毙了许多,后来因为知道土匪是不怕枪毙而怕枭首的,就从死尸上割下头来,草绳络住了挂在树上。从此也不再有什么变故了,虽然我所住的一个机关的卫兵,当我外出时举枪立正之后,就从窗门洞爬进去取了我的衣服,但究竟手段已经平和得多,也客气得多了。

南京是革命政府所在地,当然格外文明。但我去一看先前的满人的驻在处,却是一片瓦砾:只有方孝孺血迹石的亭子总算还在。这里本是明的故宫,我做学生时骑马经过,曾很被顽童骂詈和投石,——犹言你们不配这样,听说向来是如此的。现在却面目全非了,居民寥寥;即使偶有几间破屋,也无门窗;若有门,则是烂洋铁做的。总之,是毫无一点木料。

那么,城破之时,汉人大大的发挥了复仇手段了么?并不然。知道情形的人告诉我:战争时候自然有些损坏;革命军一进城,旗人中间便有些人定要按古法殉难,在明的冷宫的遗址的屋子里使火药炸裂,以炸杀自己,恰巧一同炸死了几个适从近旁经过的骑兵。革命军以为埋藏地雷反抗了,便烧了一回,可是燹余的房子还不少。此后是他们自己动手,拆屋材出卖,先拆自己的,次拆较多的别人的,待到屋无尺材寸椽,这才大家流散,还给我们一片瓦砾场。——但这是我耳闻的,保不定可是真话。

看到这样的情形,即使你将《扬州十日记》挂在眼前,也不至于怎样愤怒了罢。据我感得,民国成立以后,汉满的恶感仿佛很是消除了,各省的界限也比先前更其轻淡了。然而"罪孽深重不自殒灭"的中国人,不到一年,情形便又逆转:有宗社党的活动和遗老的谬举而两族的旧史又令人忆起,有袁世凯的手段而南北的交恶加甚,有阴谋家的狡计而省界又被利用,并且此后还要增长起来!

3

不知道我的性质特别坏,还是脱不出往昔的环境的影响之故,我总觉得复仇是不足为奇的,虽然也并不想诬无抵抗主义者为无人格。但有时也想:报复,谁来裁判,怎能公平呢?便又立刻自答:自己裁判,自己执行;既没有上帝来主持,人便不妨以目偿头,也不妨以头偿目。有时也觉得宽恕是美德,但立刻也疑心这话是怯汉所发明,因为他没有报复的勇气;或者倒是卑怯的坏人所创造,因为他贻害于人而怕人来报复,便骗以宽恕的美名。

因此我常常欣慕现在的青年,虽然生于清末,而大抵长于民国,吐纳共和的空气,该不至于再有什么异族轭下的不平之气,和被压迫民族的合辙之悲罢。果然,连大学教授,也已经不解何以小说要描写下等社会的缘故了,我和现代人要相距一世纪的话,似乎有些确凿。但我也不想滶洗,——虽然很觉得惭惶。

当爱罗先珂君在日本未被驱逐之前,我并不知道他的姓名。直到已被放逐,这才看起他的作品来;所以知道那迫辱放逐的情形的,是由于登在《读卖新闻》上的一篇江口涣氏的文字。于是将这译出,还译他的童话,还译他的剧本《桃色的云》。其实,我当时的意思,不过要传播被虐待者的苦痛的呼声和激发国人对于强权者的憎恶和愤怒而已,并不是从什么"艺术之宫"里伸出手来,拔了海外的奇花瑶草,来移植在华国的艺苑。

日文的《桃色的云》出版时,江口氏的文章也在,可是已被检查机关(警察厅?)删节得很多。我的译文是完全的,但当这剧本印成本子时,却没有印上去。因为其时我又见了别一种情形,起了别一种意见,不想在中国人的愤火上,再添薪炭了。

4

孔老先生说过:"毋友不如己者。"其实这样的势利眼睛,现在的世界上还多得很。我们自己看看本国的模样，就可知道不会有什么友人的了，岂但没有友人，简直大半都曾经做过仇敌。不过仇甲的时候，向乙等候公论，后来仇乙的时候，又向甲期待同情，所以片段的看起来，倒也似乎并不是全世界都是怨敌。但怨敌总常有一个，因此每一两年，爱国者总要鼓舞一番对于敌人的怨恨与愤怒。

这也是现在极普通的事情，此国将与彼国为敌的时候，总得先用了手段，煽起国民的敌忾心来，使他们一同去扞御或攻击。但有一个必要的条件，就是：国民是勇敢的。因为勇敢，这才能勇往直前，肉搏强敌，以报仇雪恨。假使是怯弱的人民，则即使如何鼓舞，也不会有面临强敌的决心；然而引起的愤火却在，仍不能不寻一个发泄的地方，这地方，就是眼见得比他们更弱的人民，无论是同胞或是异族。

我觉得中国人所蕴蓄的怨愤已经够多了，自然是受强者的蹂躏所致的。但他们却不很向强者反抗，而反在弱者身上发泄，兵和匪不相争，无枪的百姓却并受兵匪之苦，就是最近便的证据。再露骨地说，怕还可以证明这些人的卑怯。卑怯的人，即使有万丈的愤火，除弱草以外，又能烧掉甚么呢？

或者要说，我们现在所要使人愤恨的是外敌，和国人不相干，无从受害。可是这转移是极容易的，虽曰国人，要借以泄愤的时候，只要给与一种特异的名称，即可放心割刲。先前则有异端，妖人，奸党，逆徒等类名目，现在就可用国贼，汉奸，二毛子，洋狗或洋奴。庚子年的义和团捉住路人，可以任意指为教徒，据云这铁证是他的神通眼已在那人的额上看出一个"十"字。

然而我们在"毋友不如己者"的世上，除了激发自己的国民，使他们发些火花，聊以应景之外，又有什么良法呢。可是我根据上述的理由，更进一步而希望于点火的青年的，是对于群众，在引起他们的公愤之余，还须设法注入深沉的勇气，当鼓舞他们的感情的时候，还须竭力启发明白的理性;而且还得偏重于勇气和理性,从此继续地训练许多年。这声音,自然断乎不及大叫宣战杀贼的大而闳,但我以为却是更紧要而更艰难伟大的工作。

否则,历史指示过我们,遭殃的不是什么敌手而是自己的同胞和子孙。那结果,是反为敌人先驱,而敌人就做了这一国的所谓强者的胜利者,同时也就做了弱者的恩人。因为自己先已互相残杀过了,所蕴蓄的怨愤都已消除,天下也就成为太平的盛世。

总之,我以为国民倘没有智,没有勇,而单靠一种所谓"气",实在是非常危险的。现在,应该更进而着手于较为坚实的工作了。

一九二五年六月十六日。

原载 1925 年 6 月 19 日《莽原》周刊第 9 期。

初收 1927 年 3 月北京未名社版《坟》。

失掉的好地狱

我梦见自己躺在床上,在荒寒的野外,地狱的旁边。一切鬼魂们的叫唤无不低微,然有秩序,与火焰的怒吼,油的沸腾,钢叉的震颤相和鸣,造成醉心的大乐,布告三界:地下太平。

有一伟大的男子站在我面前,美丽,慈悲,遍身有大光辉,然而我知道他是魔鬼。

"一切都已完结,一切都已完结!可怜的鬼魂们将那好的地狱失掉了!"他悲愤地说,于是坐下,讲给我一个他所知道的故事——

"天地作蜂蜜色的时候,就是魔鬼战胜天神,掌握了主宰一切的大威权的时候。他收得天国,收得人间,也收得地狱。他于是亲临地狱,坐在中央,遍身发大光辉,照见一切鬼众。

"地狱原已废弛得很久了:剑树消却光芒;沸油的边际早不腾涌;大火聚有时不过冒些青烟,远处还萌生曼陀罗花,花极细小,惨白可怜。——那是不足为奇的,因为地上曾经大被焚烧,自然失了他的肥沃。

"鬼魂们在冷油温火里醒来,从魔鬼的光辉中看见地狱小花,惨白可怜,被大蛊惑,倏忽间记起人世,默想至不知几多年,遂同时向着人间,发一声反狱的绝叫。

"人类便应声而起,仗义执言,与魔鬼战斗。战声遍满三界,远过雷霆。终于运大谋略,布大网罗,使魔鬼并且不得不从地狱出走。最后的胜利,是地狱门上也竖了人类的旌旗!

"当鬼魂们一齐欢呼时,人类的整饬地狱使者已临地狱,坐在中央,用了人类的威严,叱咤一切鬼众。

"当鬼魂们又发一声反狱的绝叫时,即已成为人类的叛徒,得到永劫沉沦的罚,迁入剑树林的中央。

"人类于是完全掌握了主宰地狱的大威权,那威棱且在魔鬼以上。人类于是整顿废弛,先给牛首阿旁以最高的俸草;而且,添薪加火,磨砺刀山,使地狱全体改观,一洗先前颓废的气象。

"曼陀罗花立即焦枯了。油一样沸;刀一样铦;火一样热;鬼众一样呻吟,一样宛转,至于都不暇记起失掉的好地狱。

"这是人类的成功,是鬼魂的不幸……。

"朋友,你在猜疑我了。是的,你是人! 我且去寻野兽和恶鬼……。"

一九二五年六月十六日。

原载 1925 年 6 月 22 日《语丝》周刊第 32 期,副题作《野草之十四》。

初收 1927 年 7 月北京北新书局版"乌合丛书"之一《野草》。

十七日

日记 晴。上午得常燕生信。衣萍来。小峰赠《徐文长故事》二集两本,下午以一本转赠季市。寄小峰信。

墓 碣 文

我梦见自己正和墓碣对立,读着上面的刻辞。那墓碣似是沙石所制,剥落很多,又有苔藓丛生,仅存有限的文句——

"……于浩歌狂热之际中寒;于天上看见深渊。于一切眼中看见无所有;于无所希望中得救。……

"……有一游魂,化为长蛇,口有毒牙。不以啮人,自啮其身,终以殒颠。……

"……离开!……"

我绕到碣后,才见孤坟,上无草木,且已颓坏。即从大阙口中,窥见死尸,胸腹俱破,中无心肝。而脸上却绝不显哀乐之状,但蒙蒙如烟然。

我在疑惧中不及回身,然而已看见墓碣阴面的残存的文句——

"……抉心自食,欲知本味。创痛酷烈,本味何能知?……

"……痛定之后,徐徐食之。然其心已陈旧,本味又何由知?……

"……答我。否则,离开!……"

我就要离开。而死尸已在坟中坐起,口唇不动,然而说——

"待我成尘时,你将见我的微笑!"

我疾走,不敢反顾,生怕看见他的追随。

一九二五年六月十七日。

原载 1925 年 6 月 22 日《语丝》周刊第 32 期，副题作《野草之十五》。

初收 1927 年 7 月北京北新书局版"乌合丛书"之一《野草》。

十八日

日记　晴。上午复毛坤信。寄蔡丏因信。小酩来。下午得许广平信。晚长虹来。夜得许钦文信，十五日浦镇发。收《微波》第三期一。

忽然想到(十一)

1　急不择言

"急不择言"的病源，并不在没有想的工夫，而在有工夫的时候没有想。

上海的英国捕头残杀市民之后，我们就大惊愤，大嚷道：伪文明人的真面目显露了！那么，足见以前还以为他们有些真文明。然而中国有枪阶级的焚掠平民，屠杀平民，却向来不很有人抗议。莫非因为动手的是"国货"，所以连残杀也得欢迎；还是我们原是真野蛮，所以自己杀几个自家人就不足为奇呢？

自家相杀和为异族所杀当然有些不同。譬如一个人，自己打自己的嘴巴，心平气和，被别人打了，就非常气忿。但一个人而至于乏到自己打嘴巴，也就很难免为别人所打，如果世界上"打"的事实还没有消除。

266

我们确有点慌乱了,反基督教的叫喊的尾声还在,而许多人已颇佩服那教士的对于上海事件的公证;并且还有去向罗马教皇诉苦的。一流血,风气就会这样的转变。

2　一致对外

甲:"喂,乙先生! 你怎么趁我忙乱的时候,又将我的东西拿走了? 现在拿出来,还我罢!"

乙:"我们要一致对外! 这样危急时候,你还只记得自己的东西么? 亡国奴!"

3　"同胞同胞!"

我愿意自首我的罪名:这回除硬派的不算外,我也另捐了极少的几个钱,可是本意并不在以此救国,倒是为了看见那些老实的学生们热心奔走得可感,不好意思给他们碰钉子。

学生们在演讲的时候常常说,"同胞,同胞! ……"但你们可知道你们所有的是怎样的"同胞",这些"同胞"是怎样的心么?

不知道的。即如我的心,在自己说出之前,募捐的人们大概就不知道。

我的近邻有几个小学生,常常用几张小纸片,写些幼稚的宣传文,用他们弱小的腕,来贴在电杆或墙壁上。待到第二天,我每见多被撕掉了。虽然不知道撕的是谁,但未必是英国人或日本人罢。

"同胞,同胞! ……"学生们说。

我敢于说,中国人中,仇视那真诚的青年的眼光,有的比英国或日本人还凶险。为"排货"复仇的,倒不一定是外国人!

要中国好起来,还得做别样的工作。

这回在北京的演讲和募捐之后,学生们和社会上各色人物接触的机会已经很不少了，我希望有若干留心各方面的人，将所见，所受，所感的都写出来，无论是好的，坏的，像样的，丢脸的，可耻的，可悲的，全给它发表，给大家看看我们究竟有着怎样的"同胞"。

明白以后，这才可以计画别样的工作。

而且也无须掩饰。即使所发见的并无所谓同胞，也可以从头创造的；即使所发见的不过完全黑暗，也可以和黑暗战斗的。

而且也无须掩饰了，外国人的知道我们，常比我们自己知道得更清楚。试举一个极近便的例，则中国人自编的《北京指南》，还是日本人做的《北京》精确！

4　断指和晕倒

又是砍下指头，又是当场晕倒。

断指是极小部分的自杀，晕倒是极暂时中的死亡。我希望这样的教育不普及；从此以后，不再有这样的现象。

5　文学家有什么用？

因为沪案发生以后，没有一个文学家出来"狂喊"，就有人发了疑问了，曰："文学家究竟有什么用处？"

今敢敬谨答曰：文学家除了诌几句所谓诗文之外，实在毫无用处。

中国现下的所谓文学家又作别论；即使是真的文学大家，然而却不是"诗文大全"，每一个题目一定有一篇文章，每一回案件一定有一通狂喊。他会在万籁无声时大呼，也会在金鼓喧阗中沉默。Leonardo da Vinci非常敏感，但为要研究人的临死时的恐怖苦闷的表情，却去看杀头。中国的文学家固然并未狂喊，却还不至于如此冷静。况且有一首《血花缤纷》，不是早经发表了么？虽然还没有得到是否"狂喊"的定评。

文学家也许应该狂喊了。查老例,做事的总不如做文的有名。所以,即使上海和汉口的牺牲者的姓名早已忘得干干净净,诗文却往往更久地存在,或者还要感动别人,启发后人。

这倒是文学家的用处。血的牺牲者倘要讲用处,或者还不如做文学家。

6 "到民间去"

但是,好许多青年要回去了。

从近时的言论上看来,旧家庭仿佛是一个可怕的吞噬青年的新生命的妖怪,不过在事实上,却似乎还不失为到底可爱的东西,比无论什么都富于摄引力。儿时的钓游之地,当然很使人怀念的,何况在和大都会隔绝的城乡中,更可以暂息大半年来努力向上的疲劳呢。

更何况这也可以算是"到民间去"。

但从此也可以知道:我们的"民间"怎样;青年单独到民间时,自己的力量和心情,较之在北京一同大叫这一个标语时又怎样?

将这经历牢牢记住,倘将来从民间来,在北京再遇到一同大叫这一个标语的时候,回忆起来,就知道自己是在说真还是撒谎。

那么,就许有若干人要沉默,沉默而苦痛,然而新的生命就会在这苦痛的沉默里萌芽。

7 魂灵的断头台

近年以来,每个夏季,大抵是有枪阶级的打架季节,也是青年们的魂灵的断头台。

到暑假,毕业的都走散了,升学的还未进来,其余的也大半回到家乡去。各样同盟于是暂别,喊声于是低微,运动于是销沉,刊物于是中辍。好像炎热的巨刃从天而降，将神经中枢突然斩断，使这首都忽而成为尸骸。但独有狐鬼却仍在死尸上往来，从从容容地竖起它占领一切的大纛。

待到秋高气爽时节，青年们又聚集了，但不少是已经新陈代谢。他们在未曾领略过的首善之区的使人健忘的空气中，又开始了新的生活，正如毕业的人们在去年秋天曾经开始过的新的生活一般。

于是一切古董和废物，就都使人觉得永远新鲜；自然也就觉不出周围是进步还是退步，自然也就分不出遇见的是鬼还是人。不幸而又有事变起来，也只得还在这样的世上，这样的人间，仍旧"同胞同胞"的叫喊。

8　还是一无所有

中国的精神文明，早被枪炮打败了，经过了许多经验，已经要证明所有的还是一无所有。讳言这"一无所有"，自然可以聊以自慰；倘更铺排得好听一点，还可以寒天烘火炉一样，使人舒服得要打盹儿。但那报应是永远无药可医，一切牺牲全都白费，因为在大家打着盹儿的时候，狐鬼反将牺牲吃尽，更加肥胖了。

大概，人必须从此有记性，观四向而听八方，将先前一切自欺欺人的希望之谈全都扫除，将无论是谁的自欺欺人的假面全都撕掉，将无论是谁的自欺欺人的手段全都排斥，总而言之，就是将华夏传统的所有小巧的玩艺儿全都放掉，倒去屈尊学学枪击我们的洋鬼子，这才可望有新的希望的萌芽。

六月十八日。

原载 1925 年 6 月 23 日《京报》附刊《民众周刊》第 25 号。

初收 1926 年 6 月北京北新书局版《华盖集》。

十九日

日记 晴。下午得张目寒信。晚陈斐然来。有麟来。

二十日

日记 晴。午后得刘策奇信。寄梁社乾信并校正《阿Q正传》。得许广平信。得尚钟吾信。得胡敩信。晚小雨。有麟来。小峰,品青,衣萍来。

二十一日

日记 晴。星期休息。无事。

二十二日

日记 昙。上午寄张目寒信。寄章矛尘信。寄三弟信。下午雨。收《东方杂志》一本。还齐寿山泉百。李小峰寄赠《昨夜》二本,夜长虹来,即以一本赠之。

致 章廷谦

矛尘兄:

很早的时候,乔峰有信来要我将上海的情形顺便告诉三太太,因为她有信去问。但我有什么"便"呢。今天非写回信不可了,这一件委托,也总得消差,思之再三,只好奉托你暗暗通知一声,其语如下——

本来这样的消息也无须"暗暗",然而非"暗暗"不可者,所谓呜呼哀哉是也。

鲁迅 六月廿二日

二十三日

日记 晴。上午得台静农信并稿。得李寄野信并稿。下午寄师范大学试卷十四本。晚雨一陈。品青,矛尘来。得三弟信,二十一日发。

补　白(一)

"公理战胜"的牌坊,立在法国巴黎的公园里不知怎样,立在中国北京的中央公园里可实在有些希奇,——但这是现在的话。当时,市民和学生也曾游行欢呼过。

我们那时的所以入战胜之林者,因为曾经送去过很多的工人;大家也常常自夸工人在欧战的劳绩。现在不大有人提起了,战胜也忘却了,而且实际上是战败了。

现在的强弱之分固然在有无枪炮,但尤其是在拿枪炮的人。假使这国民是卑怯的,即纵有枪炮,也只能杀戮无枪炮者,倘敌手也有,胜败便在不可知之数了。这时候才见真强弱。

我们弓箭是能自己制造的,然而败于金,败于元,败于清。记得宋人的一部杂记里记有市井间的谐谑,将金人和宋人的事物来比较。譬如问金人有箭,宋有什么? 则答道,"有锁子甲"。又问金有四太子,宋有何人? 则答道,"有岳少保"。临末问,金人有狼牙棒(打人脑袋的武器),宋有什么? 却答道,"有天灵盖"!

自宋以来,我们终于只有天灵盖而已,现在又发现了一种"民气",更加玄虚飘渺了。

但不以实力为根本的民气,结果也只能以固有而不假外求的天

272

灵盖自豪,也就是以自暴自弃当作得胜。我近来也颇觉"心上有杞天之虑",怕中国更要复古了。瓜皮帽,长衫,双梁鞋,打拱作揖,大红名片,水烟筒,或者都要成为爱国的标征,因为这些都可以不费力气而拿出来,和天灵盖不相上下的。(但大红名片也许不用,以避"赤化"之嫌。)

然而我并不说中国人顽固,因为我相信,鸦片和扑克是不会在排斥之列的。况且爱国之士不是已经说过,马将牌已在西洋盛行,给我们复了仇么?

爱国之士又说,中国人是爱和平的。但我殊不解既爱和平,何以国内连年打仗? 或者这话应该修正:中国人对外国人是爱和平的。

我们仔细查察自己,不再说诳的时候应该到来了,一到不再自欺欺人的时候,也就是到了看见希望的萌芽的时候。

我不以为自承无力,是比自夸爱和平更其耻辱。

六月二十三日。

原载 1925 年 6 月 26 日《莽原》周刊第 10 期。

初收 1926 年 6 月北京北新书局版《华盖集》。

二十四日

日记 晴。上午得李桂生信并稿。下午收奉泉百九十八。还季市泉百。夜雨。

二十五日

日记 晴。端午休假。上午得有麟信。下午得三弟信,廿二日发。晚雨。

前期《杂忆》正误*

页	段	行	误	正
六	上	十四	诗诸	诗人
六	下	十八	只材	尺材
七	下	十九	。刃剉	刃剉。
八	上	十三	因而	因为
八	上	十四	所以蕴	所蕴蓄的

原载 1925 年 6 月 26 日《莽原》周刊第 10 期。
初未收集。

二十六日

日记 晴。晚 H 君来。得有麟信。

二十七日

日记 晴。上午得许广平信。下午收奉泉卅三。晚得培良信。得钟吾信。

二十八日

日记 晴。星期休息。晚品青来。夜小峰，衣萍来。

致 许广平

训词：

你们这些小姐们，只能逃回自己的窠里之后，这才想出方法来夸口;其实则胆小如芝麻(而且还是很小的芝麻),本领只在一齐逃走。为掩饰逃走起见,则云"想拿东西打人",辄以"想"字妄加罗织,大发挥其杨家勃谿式手段。呜呼,"老师"之"前途",而今而后,岂不"棘矣"也哉!

不吐而且游白塔寺,我虽然并未目睹,也不敢决其必无。但这日二时以后,我又喝烧酒六杯,蒲桃酒五碗,游白塔寺四趟,可惜你们都已逃散,没有看见了。若夫"居然睡倒,重又坐起",则足见不屈之精神,尤足为万世师表。总之:我的言行,毫无错处,殊不亚于杨荫榆姊姊也。

又总之:端午这一天,我并没有醉,也未尝"想"打人;至于"哭泣",乃是小姐们的专门学问,更与我不相干。特此训谕知之!

此后大抵近于讲义了。且夫天下之人,其实真发酒疯者,有几何哉,十之九是装出来的。但使人敢于装,或者也是酒的力量罢。然而世人之装醉发疯,大半又由于倚赖性,因为一切过失,可以归罪于醉,自己不负责任,所以虽醒而装起来。但我之计划,则仅在以拳击"某籍"小姐两名之拳骨而止,因为该两小姐们近来倚仗"太师母"之势力,日见跋扈,竟有欺侮"老师"之行为,倘不令其喊痛,殊不足以保架子而维教育也。然而"殃及池鱼",竟使头罩绿纱及自称"不怕"之人们,亦一同逃出,如脱大难者然,岂不为我所笑?虽"再游白塔寺",亦何能掩其"心上有杞天之虑"的狼狈情状哉。

今年中秋这一天,不知白塔寺可有庙会,如有,我仍当请客,但无则作罢,因为恐怕来客逃出之后,无处可游,扫却雅兴,令我抱歉之至。

"……者"是什么?

"老师" 六月二十八日

那一首诗,意气也未尝不盛,但此种猛烈的攻击,只宜用散文,如"杂感"之类,而造语还须曲折,否,即容易引起反感。诗歌较有永久性,所以不甚合于做这样题目。

沪案以后，周刊上常有极锋利肃杀的诗，其实是没有意思的，情随事迁，即味如嚼蜡。我以为感情正烈的时候，不宜做诗，否则锋铓太露，能将"诗美"杀掉。这首诗有此病。

我自己是不会做诗的，只是意见如此。编辑者对于投稿，照例不加批评，现遵来信所嘱，妄说几句，但如投稿者并未要知道我的意见，仍希不必告知。

迅　六月二十八日

二十九日

日记　晴。上午寄向培良信。寄许广平信。晚得许广平信并稿，即复。长虹来并交有麟信又《霄篥纪念刊》一本。夜雨。得孙伏园信。

颓败线的颤动

我梦见自己在做梦。自身不知所在，眼前却有一间在深夜中紧闭的小屋的内部，但也看见屋上瓦松的茂密的森林。

板桌上的灯罩是新拭的，照得屋子里分外明亮。在光明中，在破榻上，在初不相识的披毛的强悍的肉块底下，有瘦弱渺小的身躯，为饥饿，苦痛，惊异，羞辱，欢欣而颤动。弛缓，然而尚且丰腴的皮肤光润了；青白的两颊泛出轻红，如铅上涂了胭脂水。

灯火也因惊惧而缩小了，东方已经发白。

然而空中还弥漫地摇动着饥饿，苦痛，惊异，羞辱，欢欣的波涛……。

"妈！"约略两岁的女孩被门的开阖声惊醒，在草席围着的屋角的地上叫起来了。

"还早哩,再睡一会罢!"她惊惶地说。

"妈! 我饿,肚子痛。我们今天能有什么吃的?"

"我们今大有吃的了。等一会有卖烧饼的来,妈就买给你。"她欣慰地更加紧揑着掌中的小银片,低微的声音悲凉地发抖,走近屋角去一看她的女儿,移开草席,抱起来放在破榻上。

"还早哩,再睡一会罢。"她说着,同时抬起眼睛,无可告诉地一看破旧的屋顶以上的天空。

空中突然另起了一个很大的波涛,和先前的相撞击,回旋而成旋涡,将一切并我尽行淹没,口鼻都不能呼吸。

我呻吟着醒来,窗外满是如银的月色,离天明还很辽远似的。

我自身不知所在,眼前却有一间在深夜中紧闭的小屋的内部,我自己知道是在续着残梦。可是梦的年代隔了许多年了。屋的内外已经这样整齐;里面是青年的夫妻,一群小孩子,都怨恨鄙夷地对着一个垂老的女人。

"我们没有脸见人,就只因为你,"男人气忿地说。"你还以为养大了她,其实正是害苦了她,倒不如小时候饿死的好!"

"使我委屈一世的就是你!"女的说。

"还要带累了我!"男的说。

"还要带累他们哩!"女的说,指着孩子们。

最小的一个正玩着一片干芦叶,这时便向空中一挥,仿佛一柄钢刀,大声说道:

"杀!"

那垂老的女人口角正在痉挛,登时一怔,接着便都平静,不多时候,她冷静地,骨立的石像似的站起来了。她开开板门,迈步在深夜中走出,遗弃了背后一切的冷骂和毒笑。

她在深夜中尽走,一直走到无边的荒野;四面都是荒野,头上只有高天,并无一个虫鸟飞过。她赤身露体地,石像似的站在荒野的中央,于一刹那间照见过往的一切:饥饿,苦痛,惊异,羞辱,欢欣,于是发抖;害苦,委屈,带累,于是痉挛;杀,于是平静。……又于一刹那间将一切并合:眷念与决绝,爱抚与复仇,养育与歼除,祝福与咒诅……。她于是举两手尽量向天,口唇间漏出人与兽的,非人间所有,所以无词的言语。

当她说出无词的言语时,她那伟大如石像,然而已经荒废的,颓败的身躯的全面都颤动了。这颤动点点如鱼鳞,每一鳞都起伏如沸水在烈火上;空中也即刻一同振颤,仿佛暴风雨中的荒海的波涛。

她于是抬起眼睛向着天空,并无词的言语也沉默尽绝,惟有颤动,辐射若太阳光,使空中的波涛立刻回旋,如遭飓风,汹涌奔腾于无边的荒野。

我梦魇了,自己却知道是因为将手搁在胸脯上了的缘故;我梦中还用尽平生之力,要将这十分沉重的手移开。

一九二五年六月二十九日。

原载 1925 年 7 月 13 日《语丝》周刊第 35 期,副题作《野草之十六》。

初收 1927 年 7 月北京北新书局版"乌合丛书"之一《野草》。

致 许广平

广平兄:

昨夜,或者今天早上,记得寄上一封信,大概总该先到了。刚才接到二十八日函,必须写几句回答,便是小鬼何以屡次诚恐惶恐的赔罪不已,大约也许听了"某籍"小姐的什么谣言了罢,辟谣之举,是不可以已的。

第一，酒精中毒是能有的，但我并不中毒。即使中毒，也是自己的行为，与别人无干。且夫不佞年届半百，位居讲师，难道还会连喝酒多少的主见也没有，至于被小娃儿所激么？这是决不会的。

第二，我并不受有何种"戒条"，我的母亲也并不禁止我喝酒。我到现在为止，真的醉只有一回半，决不会如此平和。

然而"某籍"小姐为粉饰自己的逃走起见，一定将不知从那里拾来的故事（也许就从"太师母"那里得来的）加以演义，以致小鬼也不免赔罪不已了罢。但是，虽是"太师母"，观察也不会对，虽是"太太师母"，观察也不会对。我自己知道，那天毫没有醉，并且并不胡涂，击"房东"之拳，案小鬼之头，全都记得，而且诸君逃出时可怜之状，也并不忘记，——虽然没有目睹游白塔寺。

所以，此后不准再来道歉，否则，我"学笈单洋，教鞭17载"，要发宣言以传布小姐们胆怯之罪状了。看你们还敢逗能么？

来稿有过火处，或者须改一点。"假日本人……"等话，大约是反对往执政府请愿，所以说的罢。总之，这回以打学生手心之马良为总指挥，就可笑。

《莽原》第10期，与《京报》（旧历六日）同时罢工了，发稿是星期三，当时并未想到须停刊，所以并将目录在别的周刊上登载了。现在正在交涉，要他们补印，还没有头绪；倘不能补，则旧稿便在本星期五出版。

《莽原》的投稿，就是小说太多，议论太少。现在则并小说也少，太[大]约大家专心爱国，到民间去，所以不做文章了。

迅，六，二九，晚

三十日

日记 晴。上午得李遇安信并稿。下午寄李桂生信并稿。

七月

一日

日记 晴。午后得许广平信。晚 H 君来别。

补 白(二)

先前以"士人""上等人"自居的,现在大可以改称"平民"了罢;在实际上,也确有许多人已经如此。彼一时,此一时,清朝该去考秀才,捐监生,现在就只得进学校。"平民"这一个徽号现已日见其时式,地位也高起来了,以此自居,大概总可以从别人得到和先前对于"上等人"一样的尊敬,时势虽然变迁,老地位是不会失掉的。倘遇见这样的平民,必须恭维他,至少也得点头拱手陪笑唯诺,像先前下等人的对于贵人一般。否则,你就会得到罪名,曰:"骄傲",或"贵族的"。因为他已经是平民了。见平民而不格外趋奉,非骄傲而何?

清的末年,社会上大抵恶革命党如蛇蝎,南京政府一成立,漂亮的士绅和商人看见似乎革命党的人,便亲密的说道:"我们本来都是'草字头',一路的呵。"

徐锡麟刺杀恩铭之后,大捕党人,陶成章君是其中之一,罪状曰:"著《中国权力史》,学日本催眠术。"(何以学催眠术就有罪,殊觉费解。)于是连他在家的父亲也大受痛苦;待到革命兴旺,这才被尊称为"老太爷";有人给"孙少爷"去说媒。可惜陶君不久就遭人暗杀了,神主入祠的时候,捧香恭送的士绅和商人尚有五六百。直到袁世凯打倒二次革命之后,这才冷落起来。

谁说中国人不善于改变呢？每一新的事物进来，起初虽然排斥，但看到有些可靠，就自然会改变。不过并非将自己变得合于新事物，乃是将新事物变得合于自己而已。

佛教初来时便大被排斥，一到理学先生谈禅，和尚做诗的时候，"三教同源"的机运就成熟了。听说现在悟善社里的神主已经有了五块：孔子，老子，释迦牟尼，耶稣基督，谟哈默德。

中国老例，凡要排斥异己的时候，常给对手起一个浑名，——或谓之"绰号"。这也是明清以来讼师的老手段；假如要控告张三李四，倘只说姓名，本很平常，现在却道"六臂太岁张三"，"白额虎李四"，则先不问事迹，县官只见绰号，就觉得他们是恶棍了。

月球只一面对着太阳，那一面我们永远不得见。歌颂中国文明的也惟以光明的示人，隐匿了黑的一面。譬如说到家族亲旧，书上就有许多好看的形容词：慈呀，爱呀，悌呀，……又有许多好看的古典：五世同堂呀，礼门呀，义宗呀，……至于诨名，却藏在活人的心中，隐僻的书上。最简单的打官司教科书《萧曹遗笔》里就有着不少惯用的恶谥，现在钞一点在这里，省得自己做文章——

亲戚类

　　孽亲　　枭亲　　兽亲　　鳄亲　　虎亲　　歪亲

尊长类

　　鳄伯　　虎伯（叔同）　　孽兄　　毒兄　　虎兄

卑幼类

　　悖男　　恶侄　　孽侄　　悖孙　　虎孙　　枭甥

　　孽甥　　悖妾　　泼媳　　枭弟　　恶婿　　凶奴

其中没有父母，那是例不能控告的，因为历朝大抵"以孝治天下"。

这一种手段也不独讼师有。民国元年章太炎先生在北京，好发议论，而且毫无顾忌地褒贬。常常被贬的一群人于是给他起了一个绰号，曰"章疯子"。其人既是疯子，议论当然是疯话，没有价值的了,但每有言论,也仍在他们的报章上登出来,不过题目特别,道:《章疯子大发其疯》。有一回,他可是骂到他们的反对党头上去了。那怎么办呢? 第二天报上登出来的时候,那题目是:《章疯子居然不疯》。

往日看《鬼谷子》,觉得其中的谋略也没有什么出奇,独有《飞箝》中的"可箝而从,可箝而横,……可引而反,可引而覆。虽覆能复,不失其度"这一段里的一句"虽覆能复"很有些可怕。但这一种手段,我们在社会上是时常遇见的。

《鬼谷子》自然是伪书,决非苏秦张仪的老师所作;但作者也决不是"小人",倒是一个老实人。宋的来鹄已经说,"捭阖飞箝,今之常态,不读鬼谷子书者,皆得自然符契也。"人们常用,不以为奇,作者知道了一点,便笔之于书,当作秘诀,可见禀性纯厚,不但手段,便是心里的机诈也并不多。如果是大富翁,他肯将十元钞票嵌在镜屏里当宝贝么?

鬼谷子所以究竟不是阴谋家,否则,他还该说得吞吞吐吐些;或者自己不说,而钩出别人来说;或者并不必钩出别人来说,而自己永远阖不可言。这末后的妙法,知者不言,书上也未见,所以我不知道,倘若知道,就不至于老在灯下编《莽原》,做《补白》了。

但各种小纵横,我们总常要身受,或者目睹。夏天的忽而甲乙相打;忽而甲乙相亲,同去打丙;忽而甲丙相合,又同去打乙,忽而甲丙又互打起来,就都是这"覆""复"作用;化数百元钱,请一回酒,许多人立刻变了色彩,也还是这顽意儿。然而真如来鹄所说,现在的人们是已经"是乃天授,非人力也"的;倘使要看了《鬼谷子》才能,就如拿着文法书去和外国人谈天一样,一定要碰壁。

七月一日。

原载 1925 年 7 月 3 日《莽原》周刊第 11 期。

初收 1926 年 6 月北京北新书局版《华盖集》。

二日

日记 晴。上午寄尚钟吾信。寄三弟信。寄张目寒以照相一枚。午前许广平来。午后得梁社乾信并照片三枚。得李桂生信。得吕蕴儒信并合订《豫报副刊》一本。

三日

日记 晴。休假。午后昙。晚雨。得有麟信。

正　误

第十期《莽原》上错字颇多，实在对不起读者。现在择较为重要的作一点正误，将错的写在前面，改正的放在括弧内，以省纸面。不过稿子都已不在手头，所以所改正的也许与原稿偶有不合；这又是对不起作者的。至于可以意会的错字和标点符号只好省略了。第十一期上也有一点，就顺便附在后面。　七月三日，编辑者。

第十期

《弦上》：

诗了　　（诗人了）

为聪明人将要　　（为聪明人，聪明人将要）

基旁　　（道旁）

《铁栅之外》：

生观　　（人生观）

像是　　（就是）

剌刃　　（剌刀）

什么？感化　　（什么感化？）

窥了了　　（窥见了）

完得　（觉得）

即将　（即时）

集！　（集合）

　　《长夜》：

猪蓄　（潴蓄）

　　《死女人的秘密》：

那过　（那边）

奶干草　（干草）

狂飚过是　（狂飚过去）

那么爱道　（那么爱过）

那些住　（那些信）

正老家庭的书棹单，出的　（正如老家庭的书棹里拿出的）

如带一封　（如一封）

术儒　（木偶）

　　《去年六月的闲话》：

六日，日记　（六日的日记）

　　《补白》：

早怯　（卑怯）

有战　（有箭）

很牙　（狼牙）

打人脑袋　（打人脑袋的）

不觉事　（不觉得）

　　《正误》：

刃剜　（剜刃）

第十一期

　　《内幕之一部》：

中人的　（中国人的）

枪死鬼　（抢死鬼）

《短信》:

近于流　　（近于下流）

下为　　（为）

为崇　　（尊崇）

原载 1925 年 7 月 10 日《莽原》周刊第 12 期。

初未收集。

第八期《田园思想》正误*

Vrosky 应作 Levin;jess 应作 Jess.

答信第二行之我们应作我所;三行捷经应作捷径。

原载 1925 年 7 月 3 日《莽原》周刊第 11 期。

初未收集。

四日

日记　昙。上午得培良信,二日郑州发。午后往中央公园,在同生照相二枚。晚有麟来假泉廿。夜得许广平信并稿。

五日

日记　晴。星期休息。午后仲芸,有麟来。下午子佩来。晚长虹来。夜品青来。小峰来并赠《蛮性之遗留》二本。得静农信附鲁彦信。

六日

日记 晴。午后往第一监狱工场买藤木器具八件,共泉卅二。下午静农,素园,赤坪,霁野来。抱朴来。晚许广平,许羡苏,王顺亲来。得有麟信并素园译文。得玄同信。

七日

日记 晴。上午寄有麟信。复玄同信。高阆仙赠《抱朴子校补》一本。

八日

日记 雨。午得有麟信附刘梦苇,谭正璧信。下午得尚钟吾信,六日开封发。晚晴。有麟来,赠以《呐喊》一本。

补 白(三)

离五卅事件的发生已有四十天,北京的情形就像五月二十九日一样。聪明的批评家大概快要提出照例的"五分钟热度"说来了罢,虽然也有过例外:曾将汤尔和先生的大门"打得擂鼓一般,足有十五分钟之久。"(见六月二十三日《晨报》)有些学生们也常常引这"五分热"说自诫,仿佛早经觉到了似的。

但是,中国的老先生们——连二十岁上下的老先生们都算在内——不知怎的总有一种矛盾的意见,就是将女人孩子看得太低,同时又看得太高。妇孺是上不了场面的;然而一面又拜才女,捧神童,甚至于还想借此结识一个阔亲家,使自己也连类飞黄腾达。什么木兰从军,缇萦救父,更其津津乐道,以显示自己倒是一个死不挣气的瘟虫。对于学生也是一样,既要他们"莫谈国事",又要他们独退番兵,退不了,就冷笑他们无用。

倘在教育普及的国度里,国民十之九是学生;但在中国,自然还是一个特别种类。虽是特别种类,却究竟是"束发小生",所以当然不会有三头六臂的大神力。他们所能做的,也无非是演讲,游行,宣传之类,正如火花一样,在民众的心头点火,引起他们的光焰来,使国势有一点转机。倘若民众并没有可燃性,则火花只能将自身烧完,正如在马路上焚纸人轿马,暂时引得几个人闲看,而终于毫不相干,那热闹至多也不过如"打门"之久。谁也不动,难道"小生"们真能自己来打枪铸炮,造兵舰,糊飞机,活擒番将,平定番邦么?所以这"五分热"是地方病,不是学生病。这已不是学生的耻辱,而是全国民的耻辱了;倘在别的有活力,有生气的国度里,现象该不至于如此的。外人不足责,而本国的别的灰冷的民众,有权者,袖手旁观者,也都于事后来嘲笑,实在是无耻而且昏庸!

但是,别有所图的聪明人又作别论,便是真诚的学生们,我以为自身却有一个颇大的错误,就是正如旁观者所希望或冷笑的一样:开首太自以为有非常的神力,有如意的成功。幻想飞得太高,堕在现实上的时候,伤就格外沉重了;力气用得太骤,歇下来的时候,身体就难于动弹了。为一般计,或者不如知道自己所有的不过是"人力",倒较为切实可靠罢。

现在,从读书以至"寻异性朋友讲情话",似乎都为有些有志者所诟病了。但我想,责人太严,也正是"五分热"的一个病源。譬如自己要择定一种口号——例如不买英日货——来履行,与其不饮不食的履行七日或痛哭流涕的履行一月,倒不如也看书也履行至五年,或者也看戏也履行至十年,或者也寻异性朋友也履行至五十年,或者也讲情话也履行至一百年。记得韩非子曾经教人以竞马的要妙,其一是"不耻最后"。即使慢,驰而不息,纵令落后,纵令失败,但一定可以达到他所向的目标。

七月八日。

原载 1925 年 7 月 10 日《莽原》周刊第 12 期。

初收 1926 年 6 月北京北新书局版《华盖集》。

立　论

我梦见自己正在小学校的讲堂上预备作文,向老师请教立论的方法。

"难!"老师从眼镜圈外斜射出眼光来,看着我,说。"我告诉你一件事——

"一家人家生了一个男孩,合家高兴透顶了。满月的时候,抱出来给客人看,——大概自然是想得一点好兆头。

"一个说:'这孩子将来要发财的。'他于是得到一番感谢。

"一个说:'这孩子将来要做官的。'他于是收回几句恭维。

"一个说:'这孩子将来是要死的。'他于是得到一顿大家合力的痛打。

"说要死的必然,说富贵的许谎。但说谎的得好报,说必然的遭打。你……"

"我愿意既不谎人,也不遭打。那么,老师,我得怎么说呢?"

"那么,你得说:'啊呀! 这孩子呵! 您瞧! 多么……。阿唷! 哈哈! Hehe! he,hehehehe!'"

一九二五年七月八日。

原载 1925 年 7 月 13 日《语丝》周刊第 35 期,副题作《野草之十七》。

初收 1927 年 7 月北京北新书局版"乌合丛书"之一《野草》。

九日

日记 昙。午后得车耕南信,六日天津发。下午有麟来。雨。

致 许广平

广平仁兄大人阁下敬启者,前蒙投赠之

大作,就要登出来,而我或将被作者暗暗咒骂。因为我连题目也已改换,而所以改换之故,则因为原题太觉怕人故也。收束处太没有力量,所以添了两句,想来亦未必与

尊意背驰,但总而言之:殊为专擅。尚希

曲予

海涵,免施

贵骂,勿露"勃谿"之技,暂羁"害马"之才,仍复源源投稿,以光敝报,不胜侥幸之至!

至于大作所以常被登载者,实在因为《莽原》有些"闹饥荒"之故也。我所要多登的是议论,而寄来的偏多小说,诗。先前是虚伪的"花呀""爱呀"的诗,现在是虚伪的"死呀""血呀"的诗。呜呼,头痛极了!所以倘有近于议论的文章,即易于登出,夫岂"骗小孩"云乎哉!

又,新做文章的人,在我所编的报上,也比较的易于登出,此则颇有"骗小孩"之嫌疑者也。但若做得稍久,该有更进步之成绩,而偏又偷懒,有敷衍之意,则我要加以猛烈之打击。小心些罢!

肃此布达敬请

"好说话的"安!

"老师"谨训 七,九。

报言章士钊将辞,屈映光继之,此即浙江有名之"兄弟向来素不吃饭"人物也,与士钊盖伯仲之间,或且不及,所以我总以为不

289

革内政,即无一好现象,无论怎样[游]行示威。

十日

日记 昙。上午寄许广平信。寄尚钟吾信。午后往中央公园。下午静农,目寒来并交王希礼信及所赠照相,又曹靖华信及译稿。晚仲芸,有麟来。夜得吕云章信并稿。

十一日

日记 晴。午后访李小峰取《呐喊》九本,又见赠《吕洞宾故事》二本。下午季市来,以所得书各一本赠之。胡成才来并交任国桢信。金仲芸来,赠以《呐喊》一本。晚目寒,有麟来。

十二日

日记 晴。星期休息。上午寄吕云章信。寄柯仲平信。下午品青来。

死 后

我梦见自己死在道路上。

这是那里,我怎么到这里来,怎么死的,这些事我全不明白。总之,待到我自己知道已经死掉的时候,就已经死在那里了。

听到几声喜鹊叫,接着是一阵乌老鸦。空气很清爽,——虽然也带些土气息,——大约正当黎明时候罢。我想睁开眼睛来,他却丝毫也不动,简直不像是我的眼睛;于是想抬手,也一样。

恐怖的利镞忽然穿透我的心了。在我生存时,曾经玩笑地设想:假使一个人的死亡,只是运动神经的废灭,而知觉还在,那就比全死了更可怕。谁知道我的预想竟的中了,我自己就在证实这预想。

听到脚步声,走路的罢。一辆独轮车从我的头边推过,大约是重载的,轧轧地叫得人心烦,还有些牙齿齼。很觉得满眼绯红,一定是太阳上来了。那么,我的脸是朝东的。但那都没有什么关系。切切嚓嚓的人声,看热闹的。他们踹起黄土来,飞进我的鼻孔,使我想打喷嚏了,但终于没有打,仅有想打的心。

陆陆续续地又是脚步声,都到近旁就停下,还有更多的低语声:看的人多起来了。我忽然很想听听他们的议论。但同时想,我生存时说的什么批评不值一笑的话,大概是违心之论罢:才死,就露了破绽了。然而还是听;然而毕竟得不到结论,归纳起来不过是这样——

"死了?……"

"嗡。——这……"

"哼!……"

"啧。……唉!……"

我十分高兴,因为始终没有听到一个熟识的声音。否则,或者害得他们伤心;或则要使他们快意;或则要使他们加添些饭后闲谈的材料,多破费宝贵的工夫;这都会使我很抱歉。现在谁也看不见,就是谁也不受影响。好了,总算对得起人了!

但是,大约是一个马蚁,在我的脊梁上爬着,痒痒的。我一点也不能动,已经没有除去他的能力了;倘在平时,只将身子一扭,就能使他退避。而且,大腿上又爬着一个哩!你们是做什么的?虫豸!?

事情可更坏了:嗡的一声,就有一个青蝇停在我的颧骨上,走了几步,又一飞,开口便舐我的鼻尖。我懊恼地想:足下,我不是什么伟人,你无须到我身上来寻做论的材料……。但是不能说出来。他却从鼻尖跑下,又用冷舌头来舐我的嘴唇了,不知道可是表示亲爱。还有几个则聚在眉毛上,跨一步,我的毛根就一摇。实在使我烦厌得不堪,——不堪之至。

忽然,一阵风,一片东西从上面盖下来,他们就一同飞开了,临走时还说——

"惜哉！……"

我愤怒得几乎昏厥过去。

木材摔在地上的钝重的声音同着地面的震动,使我忽然清醒,前额上感着芦席的条纹。但那芦席就被掀去了,又立刻感到了日光的灼热。还听得有人说——

"怎么要死在这里? ……"

这声音离我很近,他正弯着腰罢。但人应该死在那里呢? 我先前以为人在地上虽没有任意生存的权利,却总有任意死掉的权利的。现在才知道并不然,也很难适合人们的公意。可惜我久没了纸笔;即有也不能写,而且即使写了也没有地方发表了。只好就这样地抛开。

有人来抬我,也不知道是谁。听到刀鞘声,还有巡警在这里罢,在我所不应该"死在这里"的这里。我被翻了几个转身,便觉得向上一举,又往下一沉;又听得盖了盖,钉着钉。但是,奇怪,只钉了两个。难道这里的棺材钉,是只钉两个的么?

我想:这回是六面碰壁,外加钉子。真是完全失败,呜呼哀哉了! ……

"气闷! ……"我又想。

然而我其实却比先前已经宁静得多,虽然知不清埋了没有。在手背上触到草席的条纹,觉得这尸衾倒也不恶。只不知道是谁给我化钱的,可惜! 但是,可恶,收敛的小子们! 我背后的小衫的一角皱起来了,他们并不给我拉平,现在抵得我很难受。你们以为死人无知,做事就这样地草率么? 哈哈!

我的身体似乎比活的时候要重得多,所以压着衣皱便格外的不舒服。但我想,不久就可以习惯的;或者就要腐烂,不至于再有什么大麻烦。此刻还不如静静地静着想。

"您好？您死了么？"

是一个颇为耳熟的声音。睁眼看时，却是勃古斋旧书铺的跑外的小伙计。不见约有二十多年了，倒还是那一副老样子。我又看看六面的壁，委实太毛糙，简直毫没有加过一点修刮，锯绒还是毛毿毿的。

"那不碍事，那不要紧。"他说，一面打开暗蓝色布的包裹来。"这是明板《公羊传》，嘉靖黑口本，给您送来了。您留下他罢。这是……。"

"你！"我诧异地看定他的眼睛，说，"你莫非真正胡涂了？你看我这模样，还要看什么明板？……"

"那可以看，那不碍事。"

我即刻闭上眼睛，因为对他很烦厌，停了一会，没有声息，他大约走了。但是似乎一个马蚁又在脖子上爬起来，终于爬到脸上，只绕着眼眶转圈子。

万不料人的思想，是死掉之后也还会变化的。忽而，有一种力将我的心的平安冲破；同时，许多梦也都做在眼前了。几个朋友祝我安乐，几个仇敌祝我灭亡。我却总是既不安乐，也不灭亡地不上不下地生活下来，都不能副任何一面的期望。现在又影一般死掉了，连仇敌也不使知道，不肯赠给他们一点惠而不费的欢欣。……

我觉得在快意中要哭出来。这大概是我死后第一次的哭。

然而终于也没有眼泪流下；只看见眼前仿佛有火花一闪，我于是坐了起来。

一九二五年七月十二日。

原载 1925 年 7 月 20 日《语丝》周刊第 36 期，副题作《野草之十八》。

初收 1927 年 7 月北京北新书局版"乌合丛书"之一《野草》。

致 钱玄同

玄同兄：

久闻大名，如雷贯耳……

"恭维"就此为止。所以如此"恭维"者，倒也并非因为想谩骂，乃是想有所图也。"所图"维何？且夫窃闻你是和《孔德学校周刊》大有关系的，于这《周刊》有多余么？而我则缺少第五六七期者也，你如有余，请送我耳，除此以外，则不要矣，倘并此而无之，则并此而不要者也。

这一期《国语周刊》上的沈从文，就是休芸芸，他现在用了各种名字，玩各种玩意儿。欧阳兰也常如此。

丌　顿首　七月十二日

十三日

日记　晴。晨得韦素园信并稿。午后寄梁社乾信并《呐喊》壹本，照相一张。寄车耕南信。寄曹靖华信。寄谭正璧信。寄钱玄同信。下午紫佩来。陈斐然来。晚长虹来，赠以《呐喊》一本。夜霁野，静农来，属作一信致徐旭生，托其介绍韦素园于《民报》。得钟吾信。得小峰信。得广平信。

十四日

日记　晴。午往女师校取去年九至十二月薪水泉五十四元。往佛经流通处买《弘明集》一部四本，《广弘明集》一部十本，《杂譬喻经》五种共五本，共泉三元八角四分。午后得素园信。得静农信并稿。得赵荫棠信。晚仲芸，有麟来。长虹来。夜雨。得吕云章信。

十五日

日记 晴。上午寄许广平信。午后往师大取去年五六月薪水六十二元,又九月分四十元,付沪案捐四元五角,又八元。买《匋斋臧石记》一部十二本,三元。买《师曾遗墨》第五六集各一本,共三元二角。午后胡成才来。夜得任子卿信。

致 许广平

京报的话　　　　　　　　　　　　　　　鲁迅

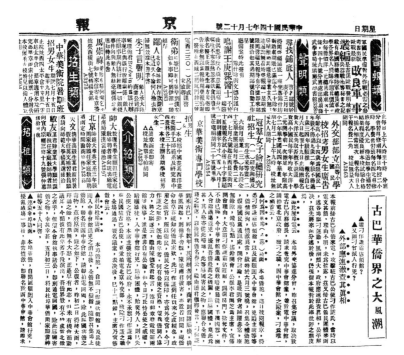

（未完）

"愚兄"呀！我还没有将我的模范文教给你，你居然先已发明了么？你不能暂停"害群"的事业，自己做一点么？你竟如此偷懒么？你一定要我用"教鞭"么??!!

七，一五。

十六日

日记 晴。午后得许广平信，下午复。伊法尔来访，胡成才同来，赠以《呐喊》一本。晚寄韦素园信。夜鲁彦来。

致 许广平

"愚兄"：

你的"勃豀"程度高起来了，"教育之前途棘矣"了，总得惩罚一次才好。

第一章 "嫩棣棣"之特征。

1. 头发不会短至二寸以下，或梳得很光，或炮得蓬蓬松松。
2. 有雪花膏在于面上。
3. 穿莫名其妙之材料（只有她们和店铺和裁缝知道那些麻烦名目）之衣；或则有绣花衫一件藏在箱子里，但于端节偶一用之。
4. 嚷；哭……（未完）

第二章 论"七·一六"之不误。

"七·一六，"就是今天，照"未来派"写法，丝毫不错。"愚兄"如执迷于俗中通行之月份牌，可以将那封信算作今天收到就是。

第三章　石驸马大街确在"宣外"。

且夫该街,普通皆以为在宣内,我平常也从众写下来。但那天因为看见大亮,好看到见所未见,大惊小怪之后,不觉写了宣外。然而,并不错的,我这次乃以摆着许多陶器的一块小方地为中心,就是"宣内"。邮差都从这中心出发,所以向桥去的是往宣外,向石驸马街去的也是往宣外,已经送到,就是不错的确证。你怎么这样粗心,连自己住在那里都不知道? 该打者,此之谓也欤!

第四章　"其妙"在此。

《京报的话》承蒙费神一通,加以细读,实在劳驾之至。一张信纸分贴前后者,前写题目,后写议论,仿"愚兄"之办法也,惜未将本文重抄,实属偷懒,尚乞鉴原。至于其中有"刁作谦之伟绩",则连我自己也没有看见。因为"文艺"是"整个"的,所以我并未细看,但将似乎五花八门的处所剪下一小"整个",封入信中,使勃豀者看了许多工夫,终于"莫名其抄",就算大仇已报。现在居然"姑看作'正经'",我的气也有些消了。

第五章　"师古"无用。

我这回的"教鞭",系特别定做,是一木棒,端有一绳,略仿马鞭格式,为专打"害群之马"之用。即使蹲在桌后,绳子也会弯过去,虽师法"哥哥",亦属完全无效,岂不懿欤!

第六章　"模范文"之分数。

拟给九十分。其中给你五分:抄工三分,末尾的几句议论二分。其余的八十五分,都给罗素。

第七章　"不知是我好疑呢？还是许多有可以
　　　令人发疑的原因呢？"（这题目长极了！）

答曰："许多有可以令人发疑的原因"呀！且夫世间以他人之文，冒为己作而告人者，比比然也。我常遇之，非一次矣。改"平"为"萍"，尚半冒也。虽曰可笑，奈之何哉？以及"补白"，由它去罢。

第九章　结论。

肃此布复，顺颂
嚷祉。

第十章　署名。

鲁迅。

第十一章　时候。

中华民国十四年七月十六日下午七点二十五分八秒半。

十七日

日记　晴。晚品青，衣萍，小峰来，邀往公园夜饭并观电影。夜得钦文信。

十八日

日记　晴。午素园来，未晤。得广平信。夜得玄同信。

十九日

日记　晴。星期休息。上午得素园信并稿。得李遇安信。午后许广平，吕云章来。胡成才来。素园，丛芜，霁野来。下午目寒来，赠以《呐喊》一本。长虹来。晚静农来。夜小雨。寄李小峰信并稿。

论"他妈的！"

无论是谁，只要在中国过活，便总得常听到"他妈的"或其相类的口头禅。我想：这话的分布，大概就跟着中国人足迹之所至罢；使用的遍数，怕也未必比客气的"您好呀"会更少。假使依或人所说，牡丹是中国的"国花"，那么，这就可以算是中国的"国骂"了。

我生长于浙江之东，就是西滢先生之所谓"某籍"。那地方通行的"国骂"却颇简单：专一以"妈"为限，决不牵涉余人。后来稍游各地，才始惊异于国骂之博大而精微：上溯祖宗，旁连姊妹，下递子孙，普及同性，真是"犹河汉而无极也"。而且，不特用于人，也以施之兽。前年，曾见一辆煤车的只轮陷入很深的辙迹里，车夫便愤然跳下，出死力打那拉车的骡子道："你姊姊的！你姊姊的！"

别的国度里怎样，我不知道。单知道诺威人 Hamsun 有一本小说叫《饥饿》，粗野的口吻是很多的，但我并不见这一类话。Gorky 所写的小说中多无赖汉，就我所看过的而言，也没有这骂法。惟独 Artzybashev 在《工人绥惠略夫》里，却使无抵抗主义者亚拉藉夫骂了一句"你妈的"。但其时他已经决计为爱而牺牲了，使我们也失却笑他自相矛盾的勇气。这骂的翻译，在中国原极容易的，别国却似乎为难，德文译本作"我使用过你的妈"，日文译本作"你的妈是我的母狗"。这实在太费解，——由我的眼光看起来。

那么，俄国也有这类骂法的了，但因为究竟没有中国似的精博，所以光荣还得归到这边来。好在这究竟又并非什么大光荣，所以他们大约未必抗议；也不如"赤化"之可怕，中国的阔人，名人，高人，也不至于骇死的。但是,虽在中国,说的也独有所谓"下等人",例如"车夫"之类,至于有身分的上等人,例如"士大夫"之类,则决不出之于口,更何况笔之于书。"予生也晚",赶不上周朝,未为大夫,也没有做士,本可以放笔直干的,然而终于改头换面,从"国骂"上削去一个动词和一个名词,又改对称为第三人称者,恐怕还因为到底未曾拉车,因而也就不免"有点贵族气味"之故。那用途,既然只限于一部分,似乎又有些不能算作"国骂"了;但也不然,阔人所赏识的牡丹,下等人又何尝以为"花之富贵者也"?

这"他妈的"的由来以及始于何代,我也不明白。经史上所见骂人的话,无非是"役夫","奴","死公";较厉害的,有"老狗","貉子";更厉害,涉及先代的,也不外乎"而母婢也","赘阉遗丑"罢了!还没见过什么"妈的"怎样,虽然也许是士大夫讳而不录。但《广弘明集》(七)记北魏邢子才"以为妇人不可保。谓元景曰,'卿何必姓王?'元景变色。子才曰,'我亦何必姓邢;能保五世耶?'"则颇有可以推见消息的地方。

晋朝已经是大重门第,重到过度了;华胄世业,子弟便易于得官;即使是一个酒囊饭袋,也还是不失为清品。北方疆土虽失于拓跋氏,士人却更其发狂似的讲究阀阅,区别等第,守护极严。庶民中纵有俊才,也不能和大姓比并。至于大姓,实不过承祖宗余荫,以旧业骄人,空腹高心,当然使人不耐。但士流既然用祖宗做护符,被压迫的庶民自然也就将他们的祖宗当作仇敌。邢子才的话虽然说不定是否出于愤激,但对于躲在门第下的男女,却确是一个致命的重伤。势位声气,本来仅靠了"祖宗"这惟一的护符而存,"祖宗"倘一被毁,便什么都倒败了。这是倚赖"余荫"的必得的果报。

同一的意思,但没有邢子才的文才,而直出于"下等人"之口的,就是:"他妈的!"

要攻击高门大族的坚固的旧堡垒,却去瞄准他的血统,在战略上,真可谓奇谲的了。最先发明这一句"他妈的"的人物,确要算一个天才，——然而是一个卑劣的天才。

唐以后，自夸族望的风气渐渐消除；到了金元，已奉夷狄为帝王，自不妨拜屠沽作卿士，"等"的上下本该从此有些难定了，但偏还有人想辛辛苦苦地爬进"上等"去。刘时中的曲子里说："堪笑这没见识街市匹夫，好打那好顽劣。江湖伴侣，旋将表德官名相体呼，声音多厮称，字样不寻俗。听我一个个细数：粜米的唤子良；卖肉的呼仲甫……开张卖饭的呼君宝；磨面登罗底叫德夫：何足云乎？！"（《乐府新编阳春白雪》三）这就是那时的暴发户的丑态。

"下等人"还未暴发之先，自然大抵有许多"他妈的"在嘴上，但一遇机会，偶窃一位，略识几字，便即文雅起来：雅号也有了；身分也高了；家谱也修了，还要寻一个始祖，不是名儒便是名臣。从此化为"上等人"，也如上等前辈一样，言行都很温文尔雅。然而愚民究竟也有聪明的，早已看穿了这鬼把戏，所以又有俗谚，说："口上仁义礼智，心里男盗女娼！"他们是很明白的。

于是他们反抗了，曰："他妈的！"

但人们不能蔑弃扫荡人我的余泽和旧荫，而硬要去做别人的祖宗，无论如何，总是卑劣的事。有时，也或加暴力于所谓"他妈的"的生命上，但大概是乘机，而不是造运会，所以无论如何，也还是卑劣的事。

中国人至今还有无数"等"，还是依赖门第，还是倚仗祖宗。倘不改造，即永远有无声的或有声的"国骂"。就是"他妈的"，围绕在上下和四旁，而且这还须在太平的时候。

但偶尔也有例外的用法：或表惊异，或表感服。我曾在家乡看见乡农父子一同午饭，儿子指一碗菜向他父亲说："这不坏，妈的你尝尝看！"那父亲回答道："我不要吃。妈的你吃去罢！"则简直已经醇化为现在时行的"我的亲爱的"的意思了。

一九二五年七月十九日。

原载 1925 年 7 月 27 日《语丝》周刊第 37 期。

初收 1927 年 3 月北京未名社版《坟》。

二十日

日记　晴。午后有麟，仲芸来。鲁彦及其夫人来，赠以《呐喊》一本。寄李遇安信及《莽原》。下午得常燕生信。寄玄同信。夜长虹来。得梁社乾信。

致 钱玄同

心异兄：

来信并该旬刊三期，均经敝座陆续"查照收取"，特此照会，以见敝座谢谢之意焉。

且夫"孥孥阿文"，确尚无偷文如欧阳公之恶德，而文章亦较为能做做者也。然而敝座之所以恶之者，因其用一女人之名，以细如蚊虫之字，写信给我，被我察出为阿文手笔，则又有一人扮作该女人之弟来访，以证明实有其妹。然则亦大有数人"狼狈而为其奸"之概矣。总之此辈之于著作，大抵意在胡乱闹闹，无诚实之意，故我在《莽原》已张起电气网，与欧阳公归入一类也耳矣。

其实也，S 妹似乎不会做文章者也。其曰 S 妹之文章者，盖即欧阳公之代笔焉耳。他于《莽原》，也曾以化名"捏蚊"者来捣乱，厥后此名亦见于《妇周刊》焉。《民众》误收之聂文，亦此人也。捏蚊聂文，即雪纹耳，岂不可恶也哉！

《甲寅》周刊已出，广告上大用"吴老头子"及"世"之名以冀多卖，可怜也哉。闻"孤松"公之文大可笑。然则文言大将，盖非白话邪宗之敌矣。此辈已经不值驳诘,白话之前途,只在多出作品,使内容日见充实而已,不知吾兄以为然耶否耶? 否耶然耶欤乎?

迅　顿首　七月廿日

二十一日

日记　晴。上午得尚钟吾信。午后理发。下午许广平,淑卿来。王顺亲及俞氏三姊妹来。得三太太信。晚胡成才来。夜得玄同信。雨。

北京的魅力*

〔日本〕鹤见祐辅

一　暴露在五百年的风雨中

"哪,城墙已经望见了。"刘迪德君说。

一看他所指点的那一面,的确,睽别五年,眷念的北京城的城墙,扑上自己的两眼里来了。

在这五年之间,我看了马德里的山都,看了威丹的新战场,看了美丽的巴黎的凯旋门后的夕阳的西坠。但是,和那些兴趣不同的眷念,现在却充满了自己的心胸。

我们坐着的火车,是出奉天后三十小时中,尽走尽走,走穿了没有水也没有树的黄土的荒野;从北京的刘村左近起,这才渐渐的减了速度,走近这大都会去的。行旅的人,当终结了长路的行程,走近他那目的地的大都会时,很感到不寻常的得意。这都会似乎等候着我的豫感,将要打开那美的秘密的宝库一般的好奇心,——但是,这些话,乃是我们后来添上,作为说明的,至于实际上望见了大都会的屋瓦的瞬间,却并不发生那样满身道理的思想。只是觉得孩子似的高兴,仿佛将到故乡时候一般的漂渺的哀愁。我在美国,暂往乡村去旅行,回到纽约来的时候,也总有这样的感觉。尤其是从伦敦回巴黎之际,更为这一种感觉所陶醉了。大概,凡到一个大都会,最好是在傍晚的点灯时分;白天则太明亮,深夜又过于凄清。天地渐为淡烟所笼罩的黄昏,正是走到大都会的理想时候。但北京并不然。

高的灰色的城墙,现在是越加跑近我们这边来了。澄彻的五月初的阳光,洪水似的在旧都上头泛滥着。交互排列着凸字和凹字一般的城墙的顶,将青空截然分开。那绵延——有二十迈尔——的城墙的四角和中央,站着森严的城楼。而这城墙和城楼之外,则展开着一望无际的旷野。散点着低的黄土筑成的农家屋,就更其增加了城墙的威严。疾走过了高峻的永定门前,通过城墙,火车已经进了北京的外城了。左方便见天坛的雄姿,以压倒一切的威严耸立着。盖着乌黑的瓦的土筑的民家面前,流着浊水,只有落尽了花朵的桃树,正合初夏似的青葱。门前还有几匹白色的鸭,在那里寻食吃。这些光景,只在一眨眼间,眼界便大两样,火车一直线的径逼北京内城东南隅的东便门的脚下,在三丈五尺高的城墙下。向左一回转,便减了速度,悠悠然沿城前进了。

我走近车窗去,更一审视北京的城墙。暴露在五百年的风雨中,到处缺损,灰色的外皮以外,还露出不干净的黄白色的内部;既不及围绕维尔赛的王宫的砖,单是整齐也不如千代田城的城濠的石块。但是,这荒废的城墙在游子的心中所引起的情调上,却有着无可比类的特异的东西。令人觉得称为支那这一个大国的文化和生活和历史的一切,就渗进在这城墙里。环绕着支那街道的那素朴坚实的城墙的模样,就是最为如实地象征着支那的国度的。

二 皇宫的黄瓦在青天下

北京内城之南,中央的大门是正阳门,左右有奉天来车和汉口来车的两个停车站。我们的火车沿墙而进,终于停在这前门的车站了。

于是坐了汽车,我们从中华门大街向着北走。每见一回,总使人吃惊的,是正阳门的建筑。这是明的成祖从南京迁都于此的时候,特造起几个这样壮丽的楼门,以见大帝国首都的威仪的。但这前门却遭过一回兵燹,现今留存的乃是十几年前的再造的东西。然而仰观于几十尺的石壁之上的楼门的朱和青和金的色调,也还足够想象出明朝全盛时代的荣华。而且那配搭,无论从那一面看来,总觉得美。这也可以推见建造当时的支那人的文化生活的高的水准的。

凡是第一次想看北京的旅行者,必须从这前门的楼上去一瞥往北的全市的光景。从楼的直下向北是中华门大街,尽头就是宫殿。这宫殿,是被许多门环绕着的。进了正面的平安门,才到宫殿的外部。后方的端门的那边,是午门,里面是紫禁城。紫禁城中都铺着石板,那中间高一点的是太和门,其中有太和殿,乾清宫。这太和门前的石灯,石床,石栏之宏大,我以为欧洲无论那一国的王宫都未必比得上。就是维尔赛的宫殿,克伦林的王宫,也到底不及这太和门的满铺石板的广庭的光景。在五年以前,在这一次,我都从西华门进,看了武英殿的宝物,穿过庭园的树木,走出这太和门前的广庭来。当通过一个门,看见这广庭在脚下展开的时候,无论是谁,总要发一声惊叹。耸立在周围的宫殿和楼,全涂了朱和青,加上金色的文饰;那屋顶,都是帝王之色,黄瓦的。而前面的广庭的周围,都有大理石的柱子和桥为界,前面则满铺着很大的白石。明朝全盛之日,曳着绮罗的美女和伶人,踏了这石庭而入朝的光景,还可以使人推见。而且,那天空的颜色呵,除了北京的灰尘漫天的日子以外,太空总在干透了的空气底下,辉作碧玉色。这和楼门的朱,屋瓦的黄,大理石柱的白,交映得更其动目。自己常常想,能想出那么雄大的构想的明朝的人们,那一定是伟大的人罢。

这紫禁城之后,就是有名的景山。这些门和山的左方的一部,则是所谓三海的区域。南海,中海,北海这三个池子,湛了漫漫的清水,泛着太空和浮云。三个池子中有小岛:南海的小岛上有曾经禁锢过光绪帝的宫殿;中海的小岛上原有太后所住的宫殿,现在做了大总统府了。

围环了这些宫殿,北京全市的民家就密密层层地排比着。从正阳门上一看,即可见黄瓦,青瓦,黛瓦参差相连,终于融合在远山的翠微里。看过雄浑的都市和皇城之后,旅行者就该立在地上,凝视那生息于此的几百万北京人的生活和感情了。这样子,就会感到一见便该谩骂似的支那人的生活之中,却有我们日本人所难于企及的"大"和"深"在。

三 驴儿摇着长耳朵

早上五点半钟前后,忽然醒来了。

许多旅行者,对于初宿在纽约旅馆中的翌朝的感觉,即使经过许多年之后,也还成为难忘的记忆,回想起来。这并不是说在上迫天河的高楼的一室中醒来的好奇心,也不是轰轰地震耳欲聋的下面的吵闹,自然更不是初宿在世界第一都会里的虚荣心。这是在明朗的都市中,只在初醒时可以感到的官能的愉快。外面是明亮的;天空是青的。伸出手来,试一摸床上的白色垫布,很滑溜;干燥的两腕,就在这冷冰冰的布上滑过去。和东京的梅雨天的早上,张开沉重的眼睑,摸着流汗的额上时候,是完全正反对的感觉。这样感觉,旅行者就在北京的旅馆里尝到的。

下了床，在打扫得干干净净的地板上，直走到窗下，我将南窗拉开了。凉风便一齐拥进来。门外是天空脱了底似的晴天。我是住在北京饭店的四层楼上。恰恰两年前，也是五月的初头，夜间从圣舍拔斯丁启行，翌朝六点，到西班牙的首都马德里，寓在列芝旅馆里，即刻打开窗门，眺望外面的时候，也就起了这样的感觉。那时，我独自叫道：——

　　"就像到了北京似的！"

这并非因为在有"欧洲的支那"之称的西班牙，所以觉得这样。乃是展开在脚下的马德里的街市，那情调，总很像北京的缘故。而现在，我却在二年后的今日，来到北京，叫着：——

　　"就像到了马德里似的！"

了。马德里和北京，在我，都是心爱的都市。

　　强烈的日光，正注在覆着新绿的干燥的街市上。——这就是北京。当初夏的风中，驴儿摇着长耳朵，——读者曾经见过驴儿摇着长耳朵走路的光景么？这是非常可笑，而且可爱的——那么，再说驴儿摇着长耳朵，辘辘地拉了支那车——那没有弹机的笨重的支那车——走。挂在颈上的铃铎，丁丁当当响着。驴儿听着那声音，大概是得意的；还偷眼看看两旁的风景。驴儿大概一定是颇有点潇洒的动物罢。在英国话里，一说 donkey，也当作钝物的代名词。这与其以为在小觑驴儿，倒不如说是在表白着存着这样意见的英语国民的无趣味。驴儿那边，一定干笑着英美国人的罢。无论那一国，都有特别的动物，作为这国度的象征。印度的动物似乎是象；我可不知道。飞律滨的名物不是麻，也不是科科和椰子，我以为是水牛。水牛，西班牙话叫"吉拉包"；倒是声音很好的一个字。这吉拉包就在各处的水田里，遍身污泥，摇着大犄角耕作着。看惯之后，我对于这一见似乎狞恶愚钝的动物，竟感到一种不可遏抑的亲密了。水牛决不是外观似的愚笨的东西，有过这样的事：我所认识美国妇人，曾经将她旅行南美的巴西时候的事情告诉我，"有一回，街的中间，一头水牛拴在木桩上，眼睛被货物的草遮住了，很窘急。我自己便轻轻走近去，除去了那装着可怕的脸的水牛的眼睛上的障碍物。过了两三天，又在这街上遇见了这水牛。好不奇怪呵，那水牛不是向我这边注视着么？的确，那是记得我的恩惠的。"

且慢，这是和北京毫无关系的话。我的意思，以为飞律滨是吉拉包的国度；在一样的意义上，也以为支那是驴儿的国度。那心情，倘不是在支那从南到北旅行过，目睹那驴儿在山隈水边急走着的情景的人，是领略不到的。

于是又将说话回到北京饭店的窗下去。这响着铃铛的驴儿所走的大街，叫作东长安街，是经过外交团区域以外的大道。这大道和旅馆之间是大空地，满种着洋槐。街的那面的砖墙是环绕外交团区域的护壁；那区域里，有着嫩绿的林。嫩绿中间，时露着洋楼的红砖的屋顶。洋楼和嫩绿尽处，就是那很大的城墙。那高的灰色的城墙的左右，正阳门和崇文门屹然耸立在天空里。那门楼后面，远远地在淡霞的摇曳处，天坛则俨然坐着，像一个镇纸。更远的后面，嫩绿和支那房屋的波纹的那边，埋着似的依稀可见的是永定门的楼顶。

倾耳一听，时时，听到轰轰的声音。正是大炮的声音。现在战争正在开手了。是长辛店的争夺战。北京以南，三十多里的地方，有京汉铁路的长辛店驿。张作霖所率的奉天军，正据了这丘陵，和吴佩孚所率的直隶军战斗。奉直战争的运命，说得大，就是支那南北统一的运命所关的战争，就在那永定门南三十多里的地方交手了。

驴儿和水牛，都从我的脑里消失了。各式各样地想起混沌的现代支那的实相来。但是，对了这平和的古城，欲滴的嫩绿，却是过于矛盾的情状。说有十数万的军队，正在奔马一般驰驱，在相离几十里的那边战斗，是万万想不到的。这是极其悠长的心情的战争。我的心情，仿佛从二十世纪的旅馆中，一跳就回到二千年前的《三国志》里去了。

四　到死为止在北京

　　我的朋友一个美国人，是在飞律滨做官吏的，当了支那政府的顾问，要到北京去了。是大正五年（译者注：一九一七年）的事。临行，寄信给我，说，"到北京去。大约住一年的样子。不来玩玩么？"第二年我一到，他很喜欢。带着各处玩；还说，"并没有什么事情做，还是早点结束，到南美去罢。"两年之后，我从巴黎寄给他信，问道，"还在北京么？"那回信是，"还在。什么时候离开支那，有点不能定。"回到日本之后，我又问他"什么时候到南美去呢？"至于他丝毫没有要往南美那些地方的意思，自己自然是明明知道的。回信道，"不到南美去了，始终在北京。"今年五月我到北京去一看，他依然在大栅栏的住家的大门上，挂着用汉字刻出自己的姓名的白铜牌子，悠然的住在北京。

　　"唉唉，竟在北京生了根，"他一半给自己解嘲似的，将帽子放在桌上，笑着说。

　　"摩理孙的到死为止在北京，也就如此的呀。"我也笑着回答。又问道，"那厨子怎么了呢？"

　　这是因为这么一回事。他初到北京时，依着生在新的美洲的人们照例的癖气，对于古的事物是怀着热烈的仰慕的。他首先就寻觅红漆门的支那房子；于是又以为房门口应该排列着石头凿出的两条龙；又以为屋子里该点灯笼，仆役该戴那清朝的藤笠似的帽子上缀着蓬蓬松松的红毛的东西。后来，那一切，都照了他的理想实现了。于是他雇起支那的厨子来；六千年文化生活的产物的支那食品，也上了他的食膳了。衙门里很闲空。他学支那语；并且用了可笑的讹误的支那语到各处搜古董。莫名其妙的磁器和书箱和宝玉，摆满了他一屋。他是年青而独身的。他只化一角钱的车钱，穿了便服赴夜会去。他是极其幸福的。

但是,无论怎样奢侈,以物价便宜的北京而论,每月的食物的价钱也太贵了。有一天,他就叫了厨子来,要检点月底的帐目。他于是发现了一件事:那帐上的算计,他是每天吃着七十三个鸡蛋的。他诘责那厨子。厨子不动神色的回答道:——

"那么,鸡蛋就少用点罢。"

果然,到第二月,鸡蛋钱减少了;但总数依然和先前一样。他再查帐簿;这回却每天吃着一斤奶油。因为这故事很有趣,所以我每一会见他,总要问问这聪明厨子的安否的。

"那人,"他不禁笑着说,"终于换掉了。"

此后两三天,总请我到他家里去吃夜饭。照例是清朝跟丁式的仆人提着祭礼时候用的灯笼一般的东西,从门口引到屋里去。在那里的已有"支那病"不相上下的诸公六七人。当介绍给一个叫作白克的美国人的时候,我几乎要笑出来。这并非因为"白克"这姓可笑;乃是因为想到了原来这就是白克君。想到了这白克君已经久在支那,以为支那好得不堪;那些事情,就载在前公使芮恩施博士的《驻华外交官故事》里的缘故。

在圆的桃花心木的食桌前坐定,川流不息地献着山海的珍味,谈话就从古董,画,政治这些开头。电灯上罩着支那式的灯罩,淡淡的光洋溢于古物罗列的屋子中。什么无产阶级呀,Proletariat 呀那些事,就像不过在什么地方刮风。

我一面陶醉在支那生活的空气中,一面深思着对于外人有着"魅力"的这东西。元人也曾征服支那,而被征服于汉人种的生活美了;满人也征服支那,而被征服于汉人种的生活美了。现在西洋人也一样,嘴里虽然说着 Democracy 呀,什么什么呀,而却被魅于支那人费六千年而建筑起来的生活的美。一经住过北京,忘不掉那生活的味道。大风时候的万丈的沙尘,每三月一回的督军们的开战游戏,都不能抹去这支那生活的魅力。

五　骆驼好像贵族

在北京的街上走着的时候，我们就完全从时间的观念脱离。这并非仅仅是能否赶上七点半钟夜饭的前约的程度；乃是我们从二十世纪的现代脱离了。眼前目睹着悠久的人文发达的旧迹，生息于六千年的文化的消长中，一面就醒过来，觉得这是人生。十年百年，是不成其为问题的，而况一年二年之小焉者乎。

支那人的镇静，纡缓的心情，于是将外国人的性急征服了。而且，北京的街路，无论走几回，也还是览之不尽的。且勿说四面耸立的楼门的高峻，且勿说遥望中的宫殿的屋顶的绿和黄，即在狭窄的小路中，即在热闹的市街中，也都有无穷的人间味洋溢着。

牵引我们的，第一是北京的颜色。支那的家屋，都是灰色的；是既无生气，也无变化的灰色的浓淡，——无论是屋瓦，是墙垣。但在一切灰色这天然色中，门和柱都涂了大胆的朱红，周围用黑，点缀些紫和青；那右侧，则是金色的门牌上，用黑色肥肥的记着"张寓"之类，却使我们吃惊。正与闲步伦敦街上，看见那煤烟熏染的砖造人家的窗户上，简直挂着大红的窗帘时，有相类的感觉。还有，就在门内的避魔屏，也很惹眼。据说，恶魔是没有眼睛的，一径跳进门来，撞着这屏，便死了。有眼睛的支那的从人，就擎着来客的名片，从这屏的右手引进去。门的两旁又常常列着石狮子等类。

然而，惊人的光景，却是活的人和动物。尤其是从日本似的，人和动物之间并不相亲的国度里来到的人们，总被动心于在支那的大都会中，愉快地和人类平等走着的各种动物的姿态的。

先是骆驼，凡有游览北京的，定要驻足一回，目送这庄严的后影的罢。那骆驼，昂了头，下颚凹陷似的微微向后，整了步调，悠悠然走来的模样，无论如何，总是动物中的贵族。而且无论在怎样杂沓的隘巷里，只有它，是独拔一头地，冷冷然以流盼俯察下界的光景的。那无关心的,超然的态度,几乎镇静到使人生气。人类的焦急,豚犬的喧骚,它一定以为多事的罢。仗着蓬松的褐色毛,安全地凌了冬季的严寒的它,即使立在淅沥的朔风中,也不慌,也不怯,昂昂然耸立着,动物之中,自尊心最强的,一定要算骆驼了。它是柏拉图似的贵族主义者。

那旁边,骑驴的支那人经过了。一个农夫赶了几十只鸭走过去。猪从小路里纷纷跑出。骡车中现出满洲妇人的发饰来。卖东西的支那人石破天惊地大叫。看见一个客,二十个车夫都将车靶塞给他。作为这混杂和不统一的压卷的,是黑帽黄线的支那巡警茫然的站在街道的中心。

六　珠帘后流光的眸子

吴闿生先生的请柬送到了:——

本月二十一日(星期日)正午十二时洁樽候
教

　　　　　　　　　　　　　吴闿生谨订

　　席设本寓

是印在白的纸上的。

这是前一回,招待他的时候,曾经有过希冀的话,说我愿意在这时候见一见他的有名的小姐,并且得了允可的。

那天,是炎热的日曜日。格外要好,穿了礼服去。在不知道怎样转弯抹角之间,已经到了他的邸宅了。照例是进大门,过二门,到客厅,吴闿生先生已经穿了支那的正服等候着。他是清朝的硕儒吴汝纶先生的儿子,也有人以为是当今第一的学者的。曾经做过教育次长,现在是大总统的秘书官。传着旧学的衣钵,家里设有讲坛,听说及门的弟子很不少。

那小姐的芳纪今年十七,据说已经蔚然成为一家了,所以我切请见一见。吴先生的年纪大约四十五六罢,但脸上还是年青的书生模样。他交给我先前托写的字;又给我小姐亲笔的诗稿,有十二行的格子笺上,满写着小字。虽说是"鹤见先生教正",但那里是"教正"的事,署名道"中华女史吴劫君",还规规矩矩打了印章哩。写的是《谦六吉轩诗稿自序》,有很长的议论,曰:——

> "诗之为道也,当以声调动人,以其词义见作者之心胸。故太白之诗,豪放满纸,百趣横生,狂士之态可见;杜甫之诗,忠言贯日,志向高远,忧思不忘,故终身不免于困穷。"

中涂又有答人以为旧学不适于时世,劝就新学的话:——

> "余曰,不然。新旧两学,并立于当今之时,固未易知其轩轻也。余幸生旧学尚未尽灭之时,仰承累世之余泽,而又有好古之心。云云。"(译者注:以上两节是我从日译重译回来的,原文或不如此。)

简直不像是十七岁的姑娘的大见识。以后是诗七首,其一曰:——

十刹海观荷

> 初夏微炎景物鲜,连云翠盖映红莲,霡衣细雨迎斜日,吹帽轻风送晚烟。

其次,吴先生又给我两张长的纸,这是八岁的叫作吴防的哥儿所写的。写的是"小松已负干霄志",还有"鹤见先生大鉴"之类。那手腕,倒要使"鹤见先生"这一边非常脸红。

于是厢房的帘子掀开,两个小姐和一个少年带着从者出来了。梳着支那式的下垂的头发的少女,就是写这诗集的吴劫君小姐。我谈起各样的——单检了能懂的——话来,正如支那的女子一般,不过始终微笑着。记得那上衣是水绿色的。

食事开头了。坐在我的邻位的客,是肃亲王的令弟叫作"奕"的一位。饭后,走出后院去,在槐,楸,枣,柏,桑等类生得很是繁茂的园里闲步。偶然走近一间屋子去,帘后就发了轻笑声;隔帘闪铄着的四个眸子,于是映在我的回顾的眼里了。这是当招饮外宾的那天,长育在深窗下的少女的好奇心,成了生辉的四个眸子,在珠帘的隙间窥伺着。

一九二二,八,八。

原载 1925 年 6 月 30 日至 7 月 21 日《京报》附刊《民众周刊》第 26 至 29 期。

初收 1928 年 5 月北新书局版《思想·山水·人物》。

二十二日

日记 昙,午后雨。同季市,寿山往西吉庆午饭,又同游公园。

论睁了眼看

虚生先生所做的时事短评中,曾有一个这样的题目:《我们应该有正眼看各方面的勇气》(《猛进》十九期)。诚然,必须敢于正视,这才可望敢想,敢说,敢作,敢当。倘使并正视而不敢,此外还能成什么气候。然而,不幸这一种勇气,是我们中国人最所缺乏的。

但现在我所想到的是别一方面——

中国的文人,对于人生,——至少是对于社会现象,向来就多没有正视的勇气。我们的圣贤,本来早已教人“非礼勿视”的了;而这“礼”又非常之严,不但“正视”,连“平视”“斜视”也不许。现在青年的精神未可知,在体质,却大半还是弯腰曲背,低眉顺眼,表示着老牌的老成的子弟,驯良的百姓,——至于说对外却有大力量,乃是近一月来的新说,还不知道究竟是如何。

再回到"正视"问题去:先既不敢,后便不能,再后,就自然不视,不见了。一辆汽车坏了,停在马路上,一群人围着呆看,所得的结果是一团乌油油的东西。然而由本身的矛盾或社会的缺陷所生的苦痛,虽不正视,却要身受的。文人究竟是敏感人物,从他们的作品上看来,有些人确也早已感到不满,可是一到快要显露缺陷的危机一发之际,他们总即刻连说"并无其事",同时便闭上了眼睛。这闭着的眼睛便看见一切圆满,当前的苦痛不过是"天之将降大任于是人也,必先苦其心志,劳其筋骨,饿其体肤,空乏其身,行拂乱其所为。"于是无问题,无缺陷,无不平,也就无解决,无改革,无反抗。因为凡事总要"团圆",正无须我们焦躁;放心喝茶,睡觉大吉。再说费话,就有"不合时宜"之咎,免不了要受大学教授的纠正了。呸!

我并未实验过,但有时候想:倘将一位久蛰洞房的老太爷抛在夏天正午的烈日底下,或将不出闺门的千金小姐拖到旷野的黑夜里,大概只好闭了眼睛,暂续他们残存的旧梦,总算并没有遇到暗或光,虽然已经是绝不相同的现实。中国的文人也一样,万事闭眼睛,聊以自欺,而且欺人,那方法是:瞒和骗。

中国婚姻方法的缺陷,才子佳人小说作家早就感到了,他于是使一个才子在壁上题诗,一个佳人便来和,由倾慕——现在就得称恋爱——而至于有"终身之约"。但约定之后,也就有了难关。我们都知道,"私订终身"在诗和戏曲或小说上尚不失为美谈(自然只以与终于中状元的男人私订为限),实际却不容于天下的,仍然免不了要离异。明末的作家便闭上眼睛,并这一层也加以补救了,说是:才子及第,奉旨成婚。"父母之命媒妁之言"经这大帽子来一压,便成了半个铅钱也不值,问题也一点没有了。假使有之,也只在才子的能否中状元,而决不在婚姻制度的良否。

(近来有人以为新诗人的做诗发表,是在出风头,引异性;且迁怒于报章杂志之滥登。殊不知即使无报,墙壁实"古已有之",早做过发表机关了;据《封神演义》,纣王已曾在女娲庙壁上题诗,那起源实在非常之早。报章可以不取白话,或排斥小诗,墙壁却拆不完,管不及的;倘一律刷成黑色,也还有破磁可划,粉笔可书,真是穷于应付。做诗不刻木板,去藏之名山,却要随时发表,虽然很有流弊,但大概是难以杜绝的罢。)

《红楼梦》中的小悲剧,是社会上常有的事,作者又是比较的敢于实写的,而那结果也并不坏。无论贾氏家业再振,兰桂齐芳,即宝玉自己,也成了个披大红猩猩毡斗篷的和尚。和尚多矣,但披这样阔斗篷的能有几个,已经是"入圣超凡"无疑了。至于别的人们,则早在册子里一一注定,末路不过是一个归结:是问题的结束,不是问题的开头。读者即小有不安,也终于奈何不得。然而后来或续或改,非借尸还魂,即冥中另配,必令"生旦当场团圆",才肯放手者,乃是自欺欺人的瘾太大,所以看了小小骗局,还不甘心,定须闭眼胡说一通而后快。赫克尔(E. Haeckel)说过:人和人之差,有时比类人猿和原人之差还远。我们将《红楼梦》的续作者和原作者一比较,就会承认这话大概是确实的。

"作善降祥"的古训,六朝人本已有些怀疑了,他们作墓志,竟会说"积善不报,终自欺人"的话。但后来的昏人,却又瞒起来。元刘信将三岁痴儿抛入醮纸火盆,妄希福祐,是见于《元典章》的;剧本《小张屠焚儿救母》却道是为母延命,命得延,儿亦不死了。一女愿侍瘤疾之夫,《醒世恒言》中还说终于一同自杀的;后来改作的却道是有蛇坠入药罐里,丈夫服后便全愈了。凡有缺陷,一经作者粉饰,后半便大抵改观,使读者落诬妄中,以为世间委实尽够光明,谁有不幸,便是自作,自受。

有时遇到彰明的史实,瞒不下,如关羽岳飞的被杀,便只好别设骗局了。一是前世已造凶因,如岳飞;一是死后使他成神,如关羽。定命不可逃,成神的善报更满人意,所以杀人者不足责,被杀者也不足悲,冥冥中自有安排,使他们各得其所,正不必别人来费力了。

316

中国人的不敢正视各方面，用瞒和骗，造出奇妙的逃路来，而自以为正路。在这路上，就证明着国民性的怯弱，懒惰，而又巧滑。一天一天的满足着，即一天一天的堕落着，但却又觉得日见其光荣。在事实上，亡国一次，即添加几个殉难的忠臣，后来每不想光复旧物，而只去赞美那几个忠臣；遭劫一次，即造成一群不辱的烈女，事过之后，也每每不思惩凶，自卫，却只顾歌咏那一群烈女。仿佛亡国遭劫的事，反而给中国人发挥"两间正气"的机会，增高价值，即在此一举，应该一任其至，不足忧悲似的。自然，此上也无可为，因为我们已经借死人获得最上的光荣了。沪汉烈士的追悼会中，活的人们在一块很可景仰的高大的木主下互相打骂，也就是和我们的先辈走着同一的路。

文艺是国民精神所发的火光，同时也是引导国民精神的前途的灯火。这是互为因果的，正如麻油从芝麻榨出，但以浸芝麻，就使它更油。倘以油为上，就不必说；否则，当参入别的东西，或水或碱去。中国人向来因为不敢正视人生，只好瞒和骗，由此也生出瞒和骗的文艺来，由这文艺，更令中国人更深地陷入瞒和骗的大泽中，甚而至于已经自己不觉得。世界日日改变，我们的作家取下假面，真诚地，深入地，大胆地看取人生并且写出他的血和肉来的时候早到了；早就应该有一片崭新的文场，早就应该有几个凶猛的闯将！

现在，气象似乎一变，到处听不见歌吟花月的声音了，代之而起的是铁和血的赞颂。然而倘以欺瞒的心，用欺瞒的嘴，则无论说 A和 O，或 Y 和 Z，一样是虚假的；只可以吓哑了先前鄙薄花月的所谓批评家的嘴，满足地以为中国就要中兴。可怜他在"爱国"的大帽子底下又闭上了眼睛了——或者本来就闭着。

没有冲破一切传统思想和手法的闯将，中国是不会有真的新文艺的。

一九二五年七月二十二日。

原载 1925 年 8 月 3 日《语丝》周刊第 38 期。

初收 1927 年 3 月北京未名社版《坟》。

二十三日

　　日记　绵雨终日。

二十四日

　　日记　雨。上午寄吕云章信。寄梁社乾信。寄三弟信。

新时代与文艺*

［日本］金子筑水

第　　一

　　与其来议论文艺能否尽社会改造的领港师的职务，还不如直捷地试一思索，要怎么做，文艺才能尽这样的职务，较有意思罢。但因为要处理"怎么做"这一个问题，在次序上，就先有对于第一问题——文艺究竟可有做改造的领港师的资格，简单地加以检查的必要了。

　　从文艺的本质说起来，实际上的社会改造的事，本不必是其直接的目的。正与关于人生的教训，不定是文艺当面的职务相同。但关于人生，文艺却比别的什么都教得多，正一样，关于社会改造，即使没有教给实际底具体底的方法，而其鼓吹改造的根本上的精神和意义，则较之别的一切，大概文艺是有着更大的力量的。我要在这

318

里先说明这一点。因了看法,也可以想:与其以为文艺率领时势,倒不如说是为时势所率领,时势的反映是文艺,却不一定是其先导者。换了话说,就是也可以想:是时代产生文艺,而非文艺产生时代的,所以虽然可以说文艺代表时代,却不能说是一定创造新时代。诚然,时代的反映是文艺,文艺由时代所产出,那本是分明的事实,我们要否定这事,自然是做不到的。岂但不能否定而已,我们还不能不十分承认这事实哩。然而更进一步想,则这一事实,也并不一定能将文艺创造新时代的事否定。由时代所产生,更进而造出时代来,倒是文艺本来的面目和本领。一面以一定的时代精神作为背景而产生,一面又在这时代精神中,造出新的特殊的倾向和风潮者,乃是文艺的本来。或者使当时的时代精神更其强更其深罢;或者使之从中产生特殊的倾向罢;或者促其各种的改造和革新罢;或者也许竟产出和生了自己的时代似乎全然相反的新时代来。在各样的意义上,文艺之与时代革新或改造的根本精神相关——谓之相关,倒不如说为其本来特殊的面目,较之理论,事实先就朗然地证明着了。即使单取了最显著的事实来一想,则如海尔兑尔(Herder),瞿提(Goethe),希勒垒尔(Schiller)等的理想派文艺,不做了新时代的先导和指引么?海尔兑尔的人文主义,不造了那时一种崇高的气运么?瞿提的《少年威绥的烦恼》(*Die Leiden des Jungen Werther*),《法斯德》(*Faust*),《威廉迈斯台尔》(*Wilhelm Meister*),能说没有造出最显著,最特殊,而且在或一意义上,是最优秀的倾向和时代么?和这意思一样,希勒垒尔的《群盗》(*Räuber*),《威廉铁勒》(*Wilhelm Tell*),岂非从新造出了理想派的意义上的最高贵的"自由"的精神和意气么?要取最近的例,则如托尔斯泰的文艺和思想,对于新时代的构成,难道没有给以最深刻而且最微妙的影响么?就在我国的文坛和思想界,他的影响不也就最显著最深刻么?人道主义底,世界主义底,社会主义底而且基督教底思想倾向,不是由了托尔斯泰的文艺,最广远地宣传播布的么?现在的新时势,自然是在世界底协同之下造出来的,但其中应该归功于托尔斯泰的力量的部分,不能不认为很大。可以说:他确是产出今日的新时代的最大的一人。

文艺的生命是创造。在创造出各种意义上的精神和倾向中,有着文艺的生命,如果抽去了这样创造的特性,文艺里就什么价值也没有。文艺的价值,是在破坏了旧时代和旧精神,一路开辟出新的活泼的生活的林间路(vista)。单是被时代精神所牵率,不能积极地率领时代精神的文艺,虽有文艺之名,其实不过是无力发挥文艺的面目的低级文字。尤其是在今日似的世界大动摇——一切都得根本底地从新造过的时代,则将文化所当向往的大方针,最具体最鲜明而且最活泼地指示出来者,无论从那一方面看,总应该是文艺。实际底直接的设施,并非文艺的能事,新文化所当向往的最根本底的方向和精神,却应该就由文艺和哲学来暗示的。而且这样的改造的根本底精神,也总非文艺家和哲学家和天才从现代的动摇的根柢里,所发见所创造的新精神不可。今日的文艺家的努力和理想之所在,就是这地方,凡有不向着这理想而迈进的文艺家,总而言之,就不过是被时代所遗弃的一群落伍者。

第　二

将来的文艺应取什么方针进行?当来的文艺的进路怎样?与其发些这样旁观底的豫言者似的疑问,不如一径来决定文艺的将来应当如何,倒是今日的急务。时势是日见其切迫了。今日已不是问文艺究将怎样的时候,而是决定今日的文艺,怎样才是的时候了。而且其实也并非究将怎样,却是借了文艺家的积极底的努力,要他怎样,将来的文艺就会成为怎样的。我就想在这样的意义上,简单地试一考察当来的新时代和文艺的关系。

说到当来的新时代,问题过于大,不易简单地处理。然而改造又改造,则是今日的中心倾向了。改造的根本精神是什么?什么目的,非行社会改造不可呢?倘并这一点也不了然,则连那为什么叫改造,为什么要社会改造,都是很不透彻的。当这时候,我们也不必问将来的社会生活将如何,应该一径决定使将来的社会生活成为怎样。将来的社会生活——正确地说,则是现在还是无意识地潜伏在人心的深处的理想,乃是全然隐藏着的理想和倾向,什么时候在事实上实现,目下是全然不得而知。但是将来总非实现不可的理想或要求,几乎无意识地在今日人心的深处作用着,则我以为殆是无可置疑的事实。我在这里,不能将这要求或理想明确地说明。但那大概是怎样种类的东西,在今日的人们,也自己都已认识领悟的。

十九世纪特是产业主义的时代,现在已没有再来说明的必要了。当来的二十世纪,也就永是这产业主义一面,时代就推移进去的么?自然,产业的发达和工商业的进步,在现今和今后的人类生活上,是必不可缺的要件,倘没有这一面的文明的进步,将来的社会生活是到底无从想象的。但是,产业底生活,果真是人类生活的全体么?人类生活单以产业生活一面,果真就能满足么?这其间,就特有文艺家和哲学家所怀抱的大问题在。十九世纪者,除却那最初的理想主义底文明,大体就是产业主义一面的时代。物产生活的扩充,便是十九世纪文明的主要倾向。借了罗素的话来说,就是只有占有欲望这一面得到满足——或者不得满足——而创造欲望几乎全被压抑,全被中断者,乃是十九世纪文明的特征。人心便偏向着可以满足那占有欲望的手段——金钱财宝这一方面而突进了。在十九世纪,为人心的中心底要求者,不是理想,也不是神,而大抵是曼蒙神——金钱。今日的人们,还有应该十分领悟的事,便是十九世纪时,自然力——自然的机械底的力是几乎完全压迫了人间的力,人类的自由就被“自然”夺去了。自然科学占了哲学的全野,实证主义风潮主宰了一切人心,各种的机械和技术,则支配了精神活动的全体。一切都被自然科学化,被自然化,被机械化,人类特殊的自由几乎没有了。智识——机械化的智识占了精神活动的主要部,感情和意志的力几乎全被蔑视。世间遂为干燥无味的主智主义——浮薄肤浅的唯理论所支配,人心成为很是冷静的了。

在文艺上,则一切意义上的写实主义支配了全体。不特此也,当十九世纪的后半,自然主义且成了一切文艺的基调了。冷的理智底机械底的观察和实验,就是支配着文艺全体的倾向和精神。

二十世纪就照着十九世纪的旧文明一样前进么?弥漫了现世界的改造的大机运,不过将旧文明加些修缮,就来推行于当来的二十世纪么?人心将始终满足于十九世纪的产业底文明么?对于前代文明的甚深的不满,现在并没有半无意识地支配着人心么?用了锐敏的直观力,来审察今日的世界底动摇,则对于十八十九世纪以来支配人心的偏产业主义偏理智主义的不安和不满,已经极其郁积了,而其大部分,不就是想从这强烈的压迫下逃出,来一尝本来的人间性的自由这一种热望和苦闷么?那么,最近的世界底大战,岂非就照字面一样,是决行算定十九世纪文明的大的暗示么?当十九世纪末,对于十九世纪文明的不安不满的倾向,已经很显了。世纪末文艺,就可以看作这不满懊恼的声音。社会主义底精神和各种社会政策,就可以看作都是想从物质底迫压下救出民众来的方法和努力。

在这样的意义上,在当来的二十世纪,无论怎样,总该造出替代十九世纪文明的新文明来。这并非否定产业底文明和自然科学底文明的意思,但是,总该用什么方法,至少也造出那不偏于产业主义一面的新文明,单将产业主义当作生活的根脚的超产业主义的文明——即能够发挥人间性的自由的新文明来。在这里,就含着改造的真义,在这里,就兴起生活革新的真精神。

所以当来的新文艺——我敢于称为新文艺,非新文艺,即没有和世界改造的大事业相干的权利,这样的意思的将来的新文艺——当然应该是对于将来的新文明,加以暗示,豫想,创造之类的东西。新文明现在已是世界民心的真挚的要求和理想了,正一样,新文艺也该是世界民心的必然底的要求和理想。豫想以及创造当来的新文明的根本精神者，必须是将来的新文艺——不，该是今日的新文艺。所以将来的新文艺，和前代的自然主义的文艺，面目就该很不同。假如自然主义底文艺，是描写人类的自由性被自然力所压迫的状态的，则新文艺的眼目，就该是一面虽然也承认着这自然力或必然力，而还将那踏倒了这自然力，人类的自由性却取了各种涂径，发露展伸的模样，描写出来。十九世纪末文艺，已经很给些向着这一方面的暗示了。托尔斯泰的思想和文艺，就是那最大的适例。所以，由看法而言，新文艺与其说是自然主义底，倒要被称为新理想主义底——假使新理想主义这句话里有语病，则新人道主义底，或者新人间主义底的罢。不将文艺的范围，拘于人间性的一面，却以发露全人间性为目的者，该是新文艺的特征。但现今，还是人间性正苦于各种的机械底束缚和自然的压迫的时代。怎么做，才可以从这些束缚和压迫将自己解放呢？这是今日当面的问题。所以虽是今后的新文艺，若干时之间，还将恼杀于希求从这些束缚的解放，那主要的倾向，也不免是向自由的热望和苦闷罢。将来的文艺，固然未必一跳就转到新人间主义去。然而世界的文艺，总有时候，无论如何，该向了这方面进行。否则，人间性为自然所虐，也许要失掉本性的。为发露人间性起见，无论如何，总得辟一个这里所说的新生面。

如果以为今日的世界的动摇，不单是"为动摇的动摇"，却是要将民众从物质底必然底机械底束缚中救出，使他们沐文化的光明，则今日动摇的前涂，应该不单是束缚和压迫的解放而已，还要更进而图全人间性的完全的发达，乃是一切努力的目的和理想。新文艺可以开拓的领地，几乎广到无涯际。迄今的偏于理智一边的文艺，在人性的无限的柔、深、温、强、勇这些方面，没有很经验，也没有很创造。理智，尤其是自然科学底理智，太浅薄，皮相，肤泛了。严格的意义上的"深"，迄今的文艺，总未曾十分发挥出。被虐的人生的苦恼，就是迄今的文艺所示的"深"。将来的文艺，应该能将全人间性战胜了必然性，人像人，归于本然的人，一切的人间性，则富赡地，自由地，复杂地，而且或优美地，或温暖地，或深刻地，或勇壮地，遍各方面，都自由地发露展伸的模样，无不自在地经验，创造。凡文艺家，对于人间性的自由的开发，总该十分富赡地，十分深刻地，率先亲身来经验。他们之所以有关于一切意义上的改造运动，为其领港师者，就因为他们比之普通民众，早尝到向自由的热望和求解放的苦闷，更进而将复杂的人间性，广大地，深邃地，细密地，强烈地亲身经验，玩味，观照了的缘故。比普通民众更先一步，而开出民众可走的进路的地方，就有着文艺家的天职。我们和文艺家的这天职一相对照，便不能不很觉得今日的文艺家之可怜。凡将来的文艺家，在这意义上，无论如何，总该是闯头阵的雄赳赳的勇士。纤弱和懦怯，无论从什么方面看，都没有将来的文艺家的资格。

一九二一年一月作。译自《文艺之本质》。

原载 1925 年 7 月 24 日《莽原》周刊第 14 期。

初收 1929 年 4 月上海北新书局版《壁下译丛》。

二十五日

日记 雨。上午复白波信。收十二年十月，十一月奉泉八十三元。寄李小峰稿。得杨遇夫信附鲍成美稿。下午有麟来。校印稿彻夜。

二十六日

日记 昙。星期休息。上午得韦素园信并稿。得曹靖华信。下午张目寒及汪君来。晚金仲芸来。

二十七日

日记 雨。上午往太和殿检查文溯阁书。午后霁。下午鲁彦来。得许广平信并稿。得韦丛芜信并稿。长虹来。

二十八日

日记 晴。午后往东亚公司买『ユカリ』一本，三元。往中央公园。下午霁野，素园来。许广平，许羡苏，王顺亲来。晚仲芸，有麟来。小雨。

二十九日

日记 雨。上午往保和殿检书。午后霁。晚有麟来。夜雷雨。

致 许广平

广平兄：

在好看的天亮，还未到来之前，再看了一遍大作，我以为还不如不发表。这类题目，其实，在现在，只能我做的，因为大概要受攻击。然而我不要紧，一则，我自有还击的方法，二则现在做"文学家"似乎有些做厌了，仿佛要变成机械，所以倒很愿意从所谓"文坛"上摔下来。至于如诸君之雪花膏派，则究属"嫩"之一流，犯不上以一篇文章而得攻击或误解，终至于"泣下沾襟"。

那上半篇，如在小说，或回想的文章中，毫不为奇，但在论文中，而给现在的中国读者看，还太直白；至于下半篇，实在有点迂。我本来说：这种骂法，是"卑劣"的，而你却硬诬赖我"引以为荣"，真是可恶透了。

其实，对于满抱着传统思想的人们，也还大可以这样骂。看目下有些批评文章，外表虽然没有什么，而骨子里却还是"他妈的"思想，对于这样批评的批评，倒不如直捷爽快地骂出来，就是"即以其人之道，还治其人之身"，于人我均属合适。我常想：治中国应该有两种方法，对新的用新法，对旧的用旧法。例如"遗老"有罪，即该用清朝的法律：打屁股。因为这是他所佩服的。民国革命时，对于任何人都宽容——那时称为"文明"——但待到第二次革命失败，许多旧党对于革命党却不"文明"了：杀。假使那时元年的新党不"文明"，许多东西早已灭亡，那里会再来发挥他们的老手段。现在以"他妈的"骂背着祖宗的木主自傲的人，夫岂太过也欤哉！

还有一篇，今天已经发出去，但将两段并作一个题目了：《五分钟与半年》。这多么漂亮呀。

天只管下雨，绣花衫不知如何，放晴的时候，赶紧晒一晒罢。千切千切！

迅　七月二十九或三十日，随便。

三十日

日记　晴。上午寄许广平信。午后得三太太信。夜衣萍来。得梁社乾信。

三十一日

日记　晴。上午往保和殿检书。夜衣萍来。有麟来。夜雨即霁。得三弟信，二十九日发。

八月

一日

日记 昙,上午大雨。往保和殿检书。午后访韦素园不值,留书而出,附有致丛芜笺并译稿。访李小峰。下午季市来。鲁彦及其夫人来。得重久君信,二十六日东京发。霁。晚吕云章来。夜雨。

二日

日记 雨。星期休息。上午寄李小峰信。寄三弟信。下午晴。品青来,赠以《百喻法句经》一本。有麟,仲芸来。晚长虹来。璇卿,钦文来并见赠火腿一只,茗一合。

三日

日记 晴。上午得韦素园信并稿。得李遇安信并稿。

四日

日记 昙。上午寄李小峰信。下午长虹来。钦文来。目寒来。有麟来。

五日

日记 晴。上午得尚钟吾信。午后同齐寿山往公园,下午季市亦至。晚长虹来。有麟,仲芸来。夜柯仲平来。

流言和谎话

这一回编辑《莽原》时,看见论及北京女子师范大学风潮的投稿里,还有用"某校"字样和几个方匡子的,颇使我觉得中国实在还很有存心忠厚的君子,国事大有可为。但其实,报章上早已明明白白地登载过许多次了。

今年五月,为了"同系学生同时登两个相反的启事已经发现了……"那些事,已经使"喜欢怀疑"的西滢先生有"好像一个臭毛厕"之叹(见《现代评论》二十五期《闲话》),现在如果西滢先生已回北京,或者要更觉得"世风日下"了罢,因为三个相反,或相成的启事已经发现了:一是"女师大学生自治会";二是"杨荫榆";三是单叫作"女师大"。

报载对于学生"停止饮食茶水",学生亦云"既感饥荒之苦,复虑生命之危",而"女师大"云"全属子虚",是相反的。而杨荫榆云"本校原望该生等及早觉悟自动出校并不愿其在校受生活上种种之不便也",则似乎饮食确已停止,和"女师大"说相反,与报章及学生说相成。

学生云"杨荫榆突以武装入校,勒令同学全体即刻离校,嗣复命令军警肆意毒打侮辱……",而杨荫榆云"荫榆于八月一日到校……暴劣学生肆行滋扰……故不能不请求警署拨派巡警保护……",是因为"滋扰"才请派警,与学生说相反的。而"女师大"云"不料该生等非特不肯遵命竟敢任情谩骂极端侮辱……幸先经内右二区派拨警士在校防护……",是派警在先,"滋扰"在后,和杨荫榆说相反的。至于京师警察厅行政处公布,则云"查本厅于上月三十一日准国立北京女子师范大学函……请准予八月一日照派保安警察三四十名来校……",乃又与学生及"女师大"说相成了。杨荫榆确是先期准备了"武装入校",而自己竟不知道,以为临时叫来,真是离奇。

杨先生大约真如自己的启事所言,"始终以培植人才恪尽职守为素志……服务情形为国人所共鉴"的罢。"素志"我不得而知,至于"服务情形",则不必再说别的,只要一看本月一日至四日的"女师大"和她自己的两个启事之离奇闪烁就尽够了! 撒谎造谣,即在局外者也觉得。如果是严厉的观察者和批评者,即可以执此而推论其他。

　　但杨先生却道:"所以勉力维持全于今日者非贪恋个人之地位为彻底整饬学风计也",窃以为学风是决非造谣撒谎所能整饬的;——地位自然不在此例。

　　且住,我又来说话了,或者西滢先生们又许要听到许多"流言"。然而请放心罢,我虽然确是"某籍",也做过国文系的一两点钟的教员,但我并不想谋校长,或仍做教员以至增加钟点;也并不为子孙计,防她们会在女师大被诬被革,挨打挨饿。我借一句 Lermontov 的愤激的话告诉你们:"我幸而没有女儿!"

八月五日。

　　原载 1925 年 8 月 7 日《莽原》周刊第 16 期。

　　初收 1935 年 5 月上海群众图书公司版《集外集》。

六日

　　日记　昙。午后往商务印书馆取豫约之《清仪阁古器物文》一部十本。下午璇卿,钦文来。晚寄韦丛芜信。寄李小峰稿。

女校长的男女的梦

　　我不知道事实如何,从小说上看起来,上海洋场上恶虔婆的逼勒良家妇女,都有一定的程序:冻饿,吊打。那结果,除被虐杀或自杀之外,是没有一个不讨饶从命的;于是乎她就为所欲为,造成黑暗的世界。

　　这一次杨荫榆的对付反抗她的女子师范大学学生们,听说是先以率警殴打，继以断绝饮食的，但我却还不为奇，以为还是她从哥仑比亚大学学来的教育的新法，待到看见今天报上说杨氏致书学生家长，使再填入学愿书，"不交者以不愿再入学校论"，这才恍然大悟，发生无限的哀感，知道新妇女究竟还是老妇女，新方法究竟还是老方法，去光明非常辽远了。

女师大的学生，不是各省的学生么？那么故乡就多在远处，家长们怎么知道自己的女儿的境遇呢？怎么知道这就是威逼之后的勒令讨饶乞命的一幕呢？自然，她们可以将实情告诉家长的；然而杨荫榆已经以校长之尊，用了含胡的话向家长们撒下网罗了。

为了"品性"二字问题，曾有六个教员发过宣言，证明杨氏的诬妄。这似乎很触着她的致命伤了，"据接近杨氏者言"，她说"风潮内幕，现已暴露，前如北大教员□□诸人之宣言，……近如所谓'市民'之演说。……"（六日《晨报》）直到现在，还以诬蔑学生的老手段，来诬蔑教员们。但仔细看来，是无足怪的，因为诬蔑是她的教育法的根源，谁去摇动它，自然就要得到被诬蔑的恶报。

最奇怪的是杨荫榆请警厅派警的信，"此次因解决风潮改组各班学生诚恐某校男生来校援助恳请准予八月一日照派保安警察三四十名来校借资防护"云云，发信日是七月三十一日。入校在八月初，而她已经在七月底做着"男生来帮女生"的梦，并且将如此梦话，叙入公文，倘非脑里有些什么贵恙，大约总该不至于此的罢。我并不想心理学者似的来解剖思想，也不想道学先生似的来诛心，但以为自己先设立一个梦境，而即以这梦境来诬人，倘是无意的，未免可笑，倘是有意，便可恶，卑劣；"学笈重洋，教鞭十载"，都白糟蹋了。

我真不解何以一定是男生来帮女生。因为同类么？那么，请男巡警来帮的，莫非是女巡警？给女校长代笔的，莫非是男校长么？

"对于学生品性学业，务求注重实际"，这实在是很可佩服的。但将自己夜梦里所做的事，都诬栽在别人身上，却未免和实际相差太远了。可怜的家长，怎么知道你的孩子遇到了这样的女人呢！

我说她是梦话，还是忠厚之辞；否则，杨荫榆便一钱不值；更不必说一群躲在黑幕里的一班无名的蛆虫！

八月六日。

原载 1925 年 8 月 10 日《京报副刊》。
初收拟编书稿《集外集拾遗》。

七日

日记 晴。午同寿山，季市往公园。下午赴女子师范大学维持会。夜有麟来。

八日

日记 昙，午雨。下午赴女师大维持会。夜钦文来。得培良信，八月廿日衡阳发。

九日

日记 昙。星期休息。上午得有麟信。寄胡成才信。寄尚钟吾信。耕南及其夫人来。午后有麟来。下午钟吾，长虹来。晚陈斐然来。

十日

日记 昙。上午往北京大学取去年七至九月分薪水泉共五十四。午后往女师大维持会。晚霁野，素园来。有麟来。长虹来。

十一日

日记 晴。上午寄韦素园信。寄伊法尔信并小说十四本。午后往北京饭店访王希礼，已行。往东亚公司买『支那童話集』，『露西亜文学の理想と現実』，『賭博者』，『ツアラトウストラ』，『世界年

表』各一本，共泉十元二角。下午赴女师大维持会。晚有麟，仲芸来。夜钟青航来，似已神经错乱。

十二日

日记 晴。午后往留黎厂。下午往维持会。晚张目寒来。吴季醒来。夜得三弟信，八日发。衣萍寄赠《深誓》一本。紫佩属其侄德沅送赠笋干及茗。

十三日

日记 昙。午赴中央公园来今雨轩之猛进社午餐。午后赴维持会。晚有林，仲芸来。夜子佩来。

十四日

日记 晴。我之免职令发表。上午裘子元来。诗荃来。季市，协和来。子佩来。许广平来。午后长虹来。仲侃来。高阆仙来。下午衣萍来。小峰，伏园，春台，惠迪〔迪〕来。潘企莘来。徐吉轩来。钦文，璇卿来。李慎斋来。晚有麟，仲芸来。夜金钟，吴季醒来。得顾颉刚信。

正　误*

　　前期的末一篇末一行末一句是："我幸而没有女儿！"

　　　　原载 1925 年 8 月 14 日《莽原》周刊第 17 期。
　　　　初未收集。
　　　　"前期的末一篇"指《流言和谎话》。

十五日

日记　大雨，上午止。得吕云章信。得台静农明信片。午矛尘来。品青来。下午赴女师大维持会。晚往中央公园，为季市招饮也。

十六日

日记　晴。午后有麟，仲芸来。耕南夫人归天津去。下午洙邻来。子佩来。

十七日

日记　晴。上午得韦素园信。王仲猷，钱稻孙来。午徐思贻来。季市来。午后赴女师大维持会。张靖宸来，未遇。王品青，李小峰来，未遇，留《春水》一本，合订《语丝》五本。晚往公园，寿山招饮也，又有季市及其夫人，女儿。夜韦素园，李霁野来。得三弟信，十五日发。

十八日

日记　晴。上午寄三弟信。往维持会。午后访季市。访子佩。下午得车耕南信。得高歌信。钟吾，长虹来。晚得季市信。常维钧来。

十九日

日记　晴。上午访季市。访幼渔。赴维持会。夜大雨。

二十日

日记　晴。上午寄顾颉刚信。访季市，午后同至寿山家，而芦舲亦在，饭后又同至中央公园茗饮。晚长虹来。有麟来。夜子佩来。

答 KS 君

KS 兄：

我很感谢你的殷勤的慰问，但对于你所愤慨的两点和几句结论，我却并不谓然，现在略说我的意见——

第一，章士钊将我免职，我倒并没有你似的觉得诧异，他那对于学校的手段，我也并没有你似的觉得诧异，因为我本就没有预期章士钊能做出比现在更好的事情来。我们看历史，能够据过去以推知未来，看一个人的已往的经历，也有一样的效用。你先有了一种无端的迷信，将章士钊当作学者或智识阶级的领袖看，于是从他的行为上感到失望，发生不平，其实是作茧自缚；他这人本来就只能这样，有着更好的期望倒是你自己的误谬。使我较为感到有趣的倒是几个向来称为学者或教授的人们，居然也渐次吞吞吐吐地来说微温话了，什么"政潮"咧，"党"咧，仿佛他们都是上帝一样，超然象外，十分公平似的。谁知道人世上并没有这样一道矮墙，骑着而又两脚踏地，左右稳妥，所以即使吞吞吐吐，也还是将自己的魂灵枭首通衢，挂出了原想竭力隐瞒的丑态。丑态，我说，倒还没有什么丢人，丑态而蒙着公正的皮，这才催人呕吐。但终于使我觉得有趣的是蒙着公正的皮的丑态，又自己开出帐来发表了。仿佛世界上还有光明，所以即便费尽心机，结果仍然是一个瞒不住。

第二，你这样注意于《甲寅周刊》，也使我莫明其妙。《甲寅》第一次出版时，我想，大约章士钊还不过熟读了几十篇唐宋八大家文，所以模仿吞剥，看去还近于清通。至于这一回，却大大地退步了，关于内容的事且不说，即以文章论，就比先前不通得多，连成语也用不清楚，如"每下愈况"之类。尤其害事的是他似乎后来又念了几篇骈文，没有融化，而急于挦撦，所以弄得文字庞杂，有如泥浆混着沙砾一样。即如他那《停办北京女子师范大学呈文》中有云，“钊念儿女乃家家所有良用痛心为政而人人悦之亦无是理”，旁加密圈，想是得意之笔了。但比起何栻《齐姜醉遣晋公子赋》的“公子固翩翩绝世未免有情少年而碌碌因人安能成事”来，就显得字句和声调都怎样陋弱可哂。何栻比他高明得多，尚且不能入作者之林，章士钊的文章更于何处讨生活呢？况且，前载公文，接着就是通信，精神虽然是自己广告性的半官报，形式却成了公报尺牍合璧了，我中国自有文字以来，实在没有过这样滑稽体式的著作。这种东西，用处只有一种，就是可以借此看看社会的暗角落里，有着怎样灰色的人们，以为现在是攀附显现的时候了，也都吞吞吐吐的来开口。至于别的用处，我委实至今还想不出来。倘说这是复古运动的代表，那可是只见得复古派的可怜，不过以此当作讣闻，公布文言文的气绝罢了。

所以，即使真如你所说，将有文言白话之争，我以为也该是争的终结，而非争的开头，因为《甲寅》不足称为敌手，也无所谓战斗。倘要开头，他们还得有一个更通古学，更长古文的人，才能胜对垒之任，单是现在似的每周印一回公牍和游谈的堆积，纸张虽白，圈点虽多，是毫无用处的。

鲁迅。八月二十日。

原载1925年8月28日《莽原》周刊第19期。
初收1926年6月北京北新书局版《华盖集》。

二十一日

日记 晴。上午李遇安来访，未见，留函并晚香玉一束而去。访季市。

二十二日

　　日记　昙。上午得培良信。素园,霁野同来。午季市来。有麟来。得白波信并稿。下午微雨。得任子卿信。

二十三日

　　日记　星期。雨。上午访季市。午后访士远。晚小峰,品青来。夜长虹来。

致 台静农

静农兄:

　　两回得信,因事忙未复,歉甚。《懊悔》早交给语丝社,现已印出了。

　　这次章士钊的举动,我倒并不为奇,其实我也太不像官,本该早被免职的了。但这是就我自己一方面而言。至于就法律方面讲,自然非控诉不可,昨天已经在平政院投了诉状了。

　　兄不知何时回北京?

　　　　　　　　　　　　　　　迅　上　八月二十三日

二十四日

　　日记　晴。上午季市来。鲁彦来。午伏园,春台来。午后长虹来。有麟来。夜寄任子卿信。寄台静农信。得三弟信,二十一日发。

二十五日

　　日记　晴。上午赴维持会。午后访季市。夜有麟来。

336

二十六日

日记　晴。上午往邮局汇日金二十二圆。往东业公司买『革命と文学』一本,一元六角。访齐寿山,又同至德华医院看李桂生病。午后得培良信。下午季市来。子培来。诗荃来。汪静之及衣萍,曙天来,并赠酒一瓶。夜寄 H 君信。

二十七日

日记　晴。上午张仲苏来。赴维持会。夜潘企莘来。

二十八日

日记　昙。上午访季市,不值。午后长虹来。子佩来。晚建功,伏园来。夜雨。

二十九日

日记　昙。下午晴。季市来。裘子元来。

三十日

日记　星期。晴。上午赴维持会。下午雨。夜李霁野,韦素园,丛芜,台静农,赵赤坪来。

三十一日

日记　晴。上午赴平政院纳诉讼费三十元,控章士钊。访季市不在。午后寄三弟信。下午季市来。

九月

一日

日记 晴。上午往山本医院。访季市。下午霁野,赤坪,素园,丛芜,静农来。夜刘升送来奉泉六十六元。有麟,仲芸来。小酩来。

通　信（复霉江）

霉江先生:

如果"叛徒"们造成战线而能遇到敌人,中国的情形早已不至于如此,因为现在所遇见的并无敌人,只有暗箭罢了。所以想有战线,必须先有敌人,这事情恐怕还辽远得很,若现在,则正如来信所说,大概连是友是仇也不大容易分辨清楚的。

我对于《语丝》的责任,只有投稿,所以关于刊载的事,不知其详。至于江先生的文章,我得到来信后,才看了一点。我的意见,以为先生太认真了,大约连作者自己也未必以为他那些话有这么被人看得值得讨论。

先生大概年纪还青,所以竟这样愤慨,而且推爱及我,代我发愁,我实在不胜感谢。这事其实是不难的,只要打听大学教授陈源(即西滢)先生,也许能够知道章士钊是否又要"私禀执政",因为陈教授那里似乎常有"流言"飞扬。但是,这不是我的事。

鲁迅。九月一日。

原载 1925 年 9 月 4 日《莽原》周刊第 20 期。
初收 1935 年 5 月上海群众图书公司版《集外集》。

338

二日

日记　晴。上午吕剑秋来。下午小峰,伏园,春台,惠迭〔迪〕来。晚仲侃来并赠笔十二支。

三日

日记　晴。上午得陶璇卿,许钦文信,八月二十八日台州发。寄李小峰信。午幼渔来。夜得任子卿信,一日奉天发。

四日

日记　昙。上午邹明初来。访季市。午鲁彦及其夫人来。午后常维钧来并赠《京本通俗小说》第廿一卷一部二本。晚季市来。寿山来。

五日

日记　昙。上午诗荃来。杨遇夫来。宋孔显来。下午往山本医院。李宗武来。章矛尘来。已燃,长虹来。

六日

日记　星期。晴,风。上午孙尧姑来。高君风来。下午往山本医院。夜得子佩信。

七日

日记　晴。上午往北大。访幼渔。买《海纳集》一部四本,泉五元五角。夜建功来。得王品青信。得许广平信并稿。

八日

日记　昙。上午访季市。浴。下午得峰簏良充信并季市介绍片。

九日

日记 晴。上午往北大取去年十月分薪水泉十。往东亚公司买『ケーベル博士小品集』,厨川白村『印象記』,『文芸管見』各一部,共泉四元五角。下午素园,丛芜,赤坪,霁野,静农来。峰簴良充来。季市来。小峰,学昭,伏园,春台来,并赠《山野掇拾》一本。夜长虹来。夜半大雷雨。

十日

日记 昙。上午往校务维持会。午后往黎明中学讲。下午有麟,仲芸来。雨。

《中国小说史略》再版附识

此书印行之后,屡承相知发其谬误,俾得改定;而钝拙及谭正璧两先生未尝一面,亦皆贻书匡正,高情雅意,尤感于心。谭先生并以吴瞿安先生《顾曲麈谈》语见示云,"《幽闺记》为施君美作。君美,名惠,即作《水浒传》之耐庵居士也。"其说甚新,然以不知《麈谈》又本何书,故未据补;仍录于此,以供读者之参考云。

二五年九月十日,鲁迅识。

最初印入 1925 年 9 月北京北新书局版《中国小说史略》合订本序文后。

初未收集。

十一日

日记 晴。上午季市来。子元来。下午雨。晚得幼渔信。有麟来。

十二日

日记　晴。上午得三弟信,九日发。收『ツアラツストラ解釈并びに批評』一本,H君所寄。午后往女师大教务委员会。晚寿山来。

十三日

日记　星期。晴,风。上午寄三弟信。高君风来。郑介石来。裘子元来。有林来。下午子佩来。李小峰来。寿山来。晚王品青来。得钦文信。

十四日

日记　晴。午后长虹来。往女师大。下午素园,丛芜,静农,霁野来。夜小峰来。

十五日

日记　晴。午后访李小峰。往东亚公司买『支那詩論史』一本,『社会進化思想講話』一本,共泉四元。下午访季市。夜有麟来。得徐旭生信。

"碰壁"之余

女师大事件在北京似乎竟颇算一个问题,号称"大报"如所谓《现代评论》者,居然也"评论"了好几次。据我所记得的,是先有"一个女读者"的一封信,无名小婢,不在话下。此后是两个作者的"评论"了：陈西滢先生在《闲话》之间评为"臭毛厕"，李仲揆先生的《在女师大观剧的经验》里则比作戏场。我很吃惊于同是人，而眼光竟有这么不同；但究竟同是人，所以意见也不无符合之点：都不将学校看作学校。这一点，也可以包括杨荫榆女士的"学校犹家庭"和段祺瑞执政的"先父兄之教"。

陈西滢先生是"久已夫非一日矣"的《闲话》作家，那大名我在报纸的广告上早经看熟了，然而大概还是一位高人，所以遇有不合自意的，便一气呵成屎橛，而世界上蛆虫也委实太多。至于李仲揆先生其人也者，我在《女师风潮纪事》上才识大名，是八月一日拥杨荫榆女士攻入学校的三勇士之一；到现在，却又知道他还是一位达人了，庸人以为学潮的，到他眼睛里就等于"观剧"：这是何等逍遥自在。

据文章上说，这位李仲揆先生是和杨女士"不过见面两次"，但却被用电话邀去看"名振一时的文明新戏"去了，幸而李先生自有脚踏车，否则，还要用汽车来迎接哩。我真自恨福薄，一直活到现在，寿命已不可谓不长，而从没有遇见过一个不大认识的女士来邀"观剧"；对于女师大的事说了几句话，尚且因为不过是教一两点功课的讲师，"碰壁之后"，还很恭听了些高仁山先生在《晨报》上所发表的伟论。真的，世界上实在又有各式各样的运气，各式各样的嘴，各式各样的眼睛。

接着又是西滢先生的《闲话》："现在一部分报纸的篇幅，几乎全让女师风潮占去了。现在大部分爱国运动的青年的时间，也几乎全让女师风潮占去了。……女师风潮实在是了不得的大事情，实在有了不得的大意义。"临末还有颇为俏皮的结论道："外国人说，中国人是重男轻女的。我看不见得吧。"

我看也未必一定"见得"。正如人们有各式各样的眼睛一样，也有各式各样的心思，手段。便是外国人的尊重一切女性的事，倘使好讲冷话的人说起来，也许以为意在于一个女性。然而侮蔑若干女性的事，有时也就可以说意在于一个女性。偏执的弗罗特先生宣传了"精神分析"之后，许多正人君子的外套都被撕碎了。但撕下了正人君子的外套的也不一定就是"小人"，只要并非自以为还钻在外套里的不显本相的脚色。

我看也未必一定"见得"。中国人是"圣之时者也"教徒，况且活在二十世纪了，有华道理，有洋道理，轻重当然是都随意而无不合于道的：重男轻女也行，重女轻男也行，为了一个女性而重一切女性或轻若干女性也行，为了一个男人而轻若干女性或男性也行……。所可惜的是自从西滢先生看出底细之后，除了哑吧或半阴阳，就都坠入弗罗特先生所掘的陷坑里去了。

自己坠下去的是自作自受，可恨者乃是还要带累超然似的局外人。例如女师大——对不起，又是女师大——风潮，从有些眼睛看来，原是不值得提起的，但因为竟占去了许多可贵的东西，如"报纸的篇幅""青年的时间"之类，所以，连《现代评论》的"篇幅"和西滢先生的时间也被拖累着占去一点了，而尤其罪大恶极的是触犯了什么"重男轻女"重女轻男这些大秘密。倘不是西滢先生首先想到，提出，大概是要被含胡过去了的。

我看，奥国的学者实在有些偏激，弗罗特就是其一，他的分析精神，竟一律看待，不让谁站在超人间的上帝的地位上。还有那短命的 Otto Weininger，他的痛骂女人，不但不管她是校长，学生，同乡，亲戚，爱人，自己的太太，太太的同乡，简直连自己的妈都骂在内。这实在和弗罗特说一样，都使人难于利用。不知道咱们的教授或学者们，可有方法补救没有？但是，我要先报告一个好消息：Weininger 早用手枪自杀。这已经有刘百昭率领打手痛打女师大——对不起，又是女师大——的"毛丫头"一般"痛快"，他的话也就大可置之不理了罢。

还有一个好消息。"毛丫头"打出之后，张崧年先生引"罗素之所信"道,"因世人之愚,许多问题或终于不免只有武力可以解决也!"(《京副》二五〇号)又据杨荫榆女士章士钊总长者流之所说,则捣乱的"毛丫头"是极少数,可见中国的聪明人还多着哩,这是大可以乐观的。

忽而想谈谈我自己的事了。

我今年已经有两次被封为"学者",而发表之后,也就即刻取消。第一次是我主张中国的青年应当多看外国书,少看,或者竟不看中国书的时候,便有论客以为素称学者的鲁迅不该如此,而现在竟至如此,则不但决非学者,而且还有洋奴的嫌疑。第二次就是这回佥事免职之后,我在《莽原》上发表了答 KS 君信,论及章士钊的脚色和文章的时候,又有论客以为因失了"区区佥事"而反对章士钊,确是气量狭小,没有"学者的态度";而且,岂但没有"学者的态度"而已哉,还有"人格卑污"的嫌疑云。

其实,没有"学者的态度",那就不是学者喽,而有些人偏要硬派我做学者。至于何时封赠,何时考定,却连我自己也一点不知道。待到他们在报上说出我是学者,我自己也借此知道了原来我是学者的时候,则已经同时发表了我的罪状,接着就将这体面名称革掉了,虽然总该还要恢复,以便第三次的借口。

据我想来,佥事——文士诗人往往误作签事,今据官书正定——这一个官儿倒也并不算怎样"区区",只要看我免职之后,就颇有些人在那里钻谋补缺,便是一个老大的证据。至于又有些人以为无足重轻者,大约自己现在还不过做几句"说不出"的诗文,所以不知不觉地就来"慷他人之慨"了罢,因为人的将来是想不到的。然而,惭愧我还不是"臣罪当诛兮天王圣明"式的理想奴才,所以竟不能"尽如人意",已经在平政院对章士钊提起诉讼了。

提起诉讼之后,我只在答 KS 君信里论及一回章士钊,但听说已经要"人格卑污"了。然而别一论客却道是并不大骂,所以鲁迅究竟不足取。我所经验的事委实有点希奇，每有"碰壁"一类的事故，平时回护我的人抵愿我设法应付，甚至于暂图苟全。平时憎恶我的却总希望我做一个完人，即使敌手用了卑劣的流言和阴谋，也应该正襟危坐，毫无愤怒，默默地吃苦；或则戟指嚼舌，喷血而亡。为什么呢？自然是专为顾全我的人格起见喽。

够了，我其实又何尝"碰壁"，至多也不过遇见了"鬼打墙"罢了。

九月十五日。

原载 1925 年 9 月 21 日《语丝》周刊第 45 期。
初收 1926 年 6 月北京北新书局版《华盖集》。

十六日

日记 晴。午后钟吾来。下午往女师大。晚峰簇君来。夜收教育部奉泉四十。

十七日

日记 晴。上午得任子卿信。得冯文炳信。午后往黎明中学讲。下午往女师大。晚访季市，不值。往石田料理店应峰簇良充君之招饮，座中有伊藤武雄，立田清辰，重光葵，朱造五及季市。夜寿山来。

十八日

日记 晴。上午往大中公学讲。访李小峰取《苏俄之文艺论战》十本，又见赠《徐文长故事》二本。下午长虹来。季市来。夜有麟来。丛芜来。霁野来。

十九日

日记 晴。午后往外国语校。得寄野信。下午幼渔来，未遇。

并非闲话（二）

向来听说中国人具有大国民的大度，现在看看，也未必然。但是我们要说得好，那么，就说好清净，有志气罢。所以总愿意自己是第一，是唯一，不爱见别的东西共存。行了几年白话，弄古文的人们讨厌了；做了一点新诗，吟古诗的人们憎恶了；做了几首小诗，做长诗的人们生气了；出了几种定期刊物，连别的出定期刊物的人们也来诅咒了：太多，太坏，只好做将来被淘汰的资料。

中国有些地方还在"溺女"，就因为豫料她们将来总是没出息的。可惜下手的人们总没有好眼力，否则并以施之男孩，可以减少许多单会消耗食粮的废料。

但是，歌颂"淘汰"别人的人也应该先行自省，看可有怎样不灭的东西在里面，否则，即使不肯自杀，似乎至少也得自己打几个嘴巴。然而人是总自以为是的，这也许正是逃避被淘汰的一条路。相传曾经有一个人，一向就以"万物不得其所"为宗旨的，平生只有一个大愿，就是愿中国人都死完，但要留下他自己，还有一个女人和一个卖食物的。现在不知道他怎样，久没有听到消息了，那默默无闻的原因，或者就因为中国人还没有死完的缘故罢。

据说，张歆海先生看见两个美国兵打了中国的车夫和巡警，于是三四十个人，后来就有百余人，都跟在他们后面喊"打！打！"，美国兵却终于安然的走到东交民巷口了，还回头"笑着嚷道：'来呀！来呀！'说也奇怪，这喊打的百余人不到两分钟便居然没有影踪了！"

西滢先生于是在《闲话》中斥之曰："打！打！宣战！宣战！这样的中国人，呸！"

这样的中国人真应该受"呸！"他们为什么不打的呢，虽然打了也许又有人来说是"拳匪"。但人们那里顾忌得许多,终于不打,"怯"是无疑的。他们所有的不是拳头么?

但不知道他们可曾等候美国兵走进了东交民巷之后,远远地吐了唾沫?《现代评论》上没有记载,或者虽然"怯",还不至于"卑劣"到那样罢。

然而美国兵终于走进东交民巷口了,毫无损伤,还笑嚷着"来呀来呀"哩!你们还不怕么?你们还敢说"打!打!宣战!宣战!"么?这百余人,就证明着中国人该被打而不作声!

"这样的中国人,呸!呸!!!"

更可悲观的是现在"造谣者的卑鄙龌龊更远过于章炳麟",真如《闲话》所说,而且只能"匿名的在报上放一两枝冷箭"。而且如果"你代被群众专制所压迫者说了几句公平话,那么你不是与那人有'密切的关系',便是吃了他或她的酒饭。在这样的社会里,一个报不顾利害的专论是非,自然免不了诽谤丛生,谣诼蜂起。"这确是近来的实情。即如女师大风潮,西滢先生就听到关于我们的"流言",而我竟不知道是怎样的"流言",是那几个"卑鄙龌龊更远过于章炳麟"者所造。还有女生的罪状,已见于章士钊的呈文,而那些作为根据的"流言",也不知道是那几个"卑鄙龌龊"且至于远不如畜类者所造。但是学生却都被打出了,其时还有人在酒席上得意。——但这自然也是"谣诼"。

可是我倒也并不很以"流言"为奇,如果要造,就听凭他们去造去。好在中国现在还不到"群众专制"的时候,即使有几十个人,只要"无权势"者叫一大群警察,雇些女流氓,一打,就打散了,正无须乎我来为"被压迫者"说什么"公平话"。即使说,人们也未必尽相信,因为"在这样的社会里",有些"公平话"总还不免是"他或她的酒饭"填出来的。不过事过境迁,"酒饭"已经消化,吸收,只剩下似乎毫无缘故的"公平话"罢了。倘使连酒饭也失了效力,我想,中国也还要光明些。

但是,这也不足为奇的。不是上帝,那里能够超然世外,真下公平的批评。人自以为"公平"的时候,就已经有些醉意了。世间都以"党同伐异"为非,可是谁也不做"党异伐同"的事。现在,除了疯子,倘使有谁要来接吻,人大约总不至于倒给她一个嘴巴的罢。

九月十九日。

原载 1925 年 9 月 25 日《猛进》周刊第 30 期。

初收 1926 年 6 月北京北新书局版《华盖集》。

二十日

日记 星期。晴。上午寄李玄伯稿。复孟云桥信。寄任子卿信。有麟来。子佩来。午后往外语专校监女师大入学试验。晚学昭,曙天,春台,衣萍,伏园,惠迓[迪]来。夜阅卷。得诗荃信。

二十一日

日记 昙。晨赴女师大开学礼式。夜得春台信。得三弟信并文学研究会版税五十元,十九日发。得有麟信。夜小雨。

二十二日

日记 昙。下午季市来。晚长虹,有麟来。收教育部奉泉四十。

二十三日

日记 晴。上午往中国大学。午后发热,至夜大盛。得楼亦文信。

二十四日

日记 晴。上午裘子元来。晚有麟来。素园,寄野米。服规那丸。

《望勿“纠正”》附记

这一篇短文发表之后,曾记得有一回遇见胡适之先生,谈到汪先生的事,知道他很康健。胡先生还以为我那“成了古人”云云,是说他做过许多工作,已足以表见于世的意思。这实在使我“诚惶诚恐”,因为我本意实不如此,直白地说,就是说已经“死掉了”。可是直到那时候,我才知这先前所听到的竟是一种毫无根据的谣言。现在我在此敬向汪先生谢我的粗疏之罪,并且将旧文的第一句订正,改为:“汪原放君未经成了古人了。”一九二五年九月二十四日,身热头痛之际,书。

未另发表。

初收 1925 年 11 月北京北新书局版《热风》。

《随感录 三十三》补记

关于吞食病菌的事,我上文所说的大概也是错的,但现在手头无书可查。也许是 Koch 博士发见了虎列拉菌时,Pfeffer 博士以为不是真病菌,当面吞下去了,后来病得几乎要死。总之,无论如何,这一案决不能作“精神能改造肉体”的例证。一九二五年九月二十四日补记。

未另发表。

初收 1925 年 11 月北京北新书局版《热风》。

二十五日

日记 晴。上午往山本医院诊。访季市。得丛芜信。晚有麟来。高阆仙来。夜得王品青信。得章锡琛寄赠之《新文学概论》一本。

二十六日

日记 晴。上午复楼亦文信。复韦丛芜信。得洙邻信。午后访李小峰。往东亚公司买『支那文化の研究』一本，『支那文学史纲』一本，『南蛮广记』一本，共泉九圆三角。夜长虹来并赠《闪光》五本，汾酒一瓶，还其酒。夜小雨。品青来。

二十七日

日记 星期。晴。上午往山本医院诊。访季市不值。涂遇吴雷川先生，至其寓小坐。下午鲁彦及其夫人，孩子来。晚长虹来。

二十八日

日记 昙。上午季市来。往女师大维持会。下午季市来。给紫佩信。寄洙邻信。得李遇安信。夜子佩来。得钦文信并书面画一枚，陶璇卿作。

二十九日

日记 晴。上午寄三弟信。寄吕云章信。寄钦文信并《苏俄的文艺论战》三本，又寄赠章锡琛一本。往山本医院诊。午访季市。夜得任子卿信。得黄鹏基信并稿。夜雨。

致 许钦文

钦文兄：

七日信早到，因忙未复，后来生病了，大约是疲劳与睡眠不足之故，现在吃药，大概就可以好罢。

商务馆制板，既然自以为未必比北京做得好，那么，成绩就可疑了，三色板又不相宜。所以我以为不如仍交财部印刷局制去，已嘱乔峰将原底子寄来。

《苏俄的文艺论战》已出版，别封寄上三本。一本赠　兄，两本赠璇卿兄，请转交。

十九日所寄封面画及信均收到，请转致璇卿兄，给我谢谢他。我的肖像是不急的，自然还是书面要紧。现在我已与小峰分家，《乌合丛书》归他印（但仍加严重的监督），《未名丛刊》则分出自立门户；虽云自立，而仍交李霁野等经理。《乌合》中之《故乡》已交去；《未名》中之《出了象牙之塔》已付印，大约一月半可成。还有《往星中》亦将付印。这两种，璇卿兄如不嫌其烦，均请给我们作封面，但须知道内容大略，今天来不及了，一两日后当开出寄上。

时局谈不胜谈，只能以不谈了之。内子进病院约有五六天出〔现〕已出来，本是去检查的，因为胃病；现在颇有胃癌嫌疑，而是慢性的，实在无法（因为此病现在无药可医），只能随时对付而已。

迅　上　九月二十九日

璇卿兄处给我问候问候。

三十日

日记　雨。午后幼渔来。

致 许钦文

钦文兄：

昨天寄上一信并三本书，大约已到了。那时匆匆，不及细写。还有一点事，现在补写一点。

《未名丛刊》已别立门户，有两种已付印，一是《出了象牙之塔》，一是《往星中》。这两种都要封面，想托璇卿兄画之。我想第一种即用璇卿兄原拟画给我们之普通用面已可，至于第二种，则似以另有一张为宜，而译者尤所希望也。如病已很复原，请一转托，至于其书之内容大略，别纸开上。

《苦闷之象征》就要再版，这回封面，想用原色了。那画稿，如可寄，乞寄来，想仍交财部印刷局印。即使走点样，总比一色者较特别。

记得前回说商务馆印《越王台》，要多印一千张，未知是否要积起来，俟将来出一画集。倘如此，则《大红袍》及《苦闷的象征》封面亦可多印一千张，以备后日汇订之用。纸之大小想当如《东方杂志》乎？

我其实无病，自这几天经医生检查了一天星斗，从血液以至小便等等。终于决定是喝酒太多，吸烟太多，睡觉太少之故。所以现已不喝酒而少吸烟，多睡觉，病也好起来了。

《故乡》稿已交去，选而又选，存卅一篇，大约有三百页。

迅　九月卅日

《往星中》　四幕戏剧

作者 安特来夫。全然是一个绝望厌世的作家。他那思想的根柢是:一,人生是可怕的(对于人生的悲观);二,理性是虚妄的(对于思想的悲观);三,黑暗是有大威力的(对于道德的悲观)。

内容 一个天文学家,在离开人世的山上的天文台上,努力于与星界的神秘的交通;而其子却为了穷民之故去革命,因此入了狱。于是天文台上的人们的意见便分为两派:活在冷而平和的"自然"中呢,还是到热,然而满着苦痛和悲惨的人间世去?但是,其子入狱之后,受了虐待,遂发狂,终于成为白痴了,其子之未婚妻,却道情愿"回到人生去",在"活死尸"之旁度过一世:她是愿意活在"诗的","罗漫的","情感"的境界里的。

而天文学家则并非只要活在"有限的人世"的人;他要生活在无限的宇宙里。对于儿子的被虐,以为"就如花儿匠剪去了最美的花一般。花是被剪去了,但花香则常在地面上。"

但其子的未婚妻却不能懂这远大的话,终于下山去了。

"祝你幸福呵! 我的辽远的未知之友呀!"天文学者抬起两手,向了星的世界说。

"祝你幸福呵! 我所爱的苦痛的兄弟呀!"她伸下两手,向着地上的世界说。

〰〰〰〰〰〰〰

我以为人们大抵住于这两个相反的世界中,各以自己为是,但从我听来,觉得天文学家的声音虽然远大,却有些空虚的。这大约因为作者以"理想为虚妄"之故罢。然而人间之黑暗,则自然更不待言。

以上不过聊备参考。璇卿兄如作书面,不妨毫不切题,自行挥洒也。

迅 上 九月卅日

十月

一日

日记 晴。晨寄钦文信。寄李小峰信。上午往山本医院诊。下午郑介石来。晚长虹,钟吾来。收十二年十一月分奉泉九十三元,又十二月分百有五元。夜静农来。素园,霁野,丛芜,赤坪来。

二日

日记 晴。旧历中秋。下午曙天,衣萍,品青,小峰及其夫人来。夜有麟来。

正 误*

本刊二十三期《内感篇的书后》作者之姓是"招",误印作"抬",特此改正,并对作的[者]深致歉意。 编者。

原载 1925 年 10 月 2 日《莽原》周刊第 24 期。

初未收集。

三日

日记 晴。午后往山本医院诊。下午胡成才来。魏建功来并交黎明中学薪水六。

四日

日记 星期。晴。上午收大中公学薪水泉八角。下午季市来。夜得沈琳,翟凤鸾信及其家书。得伏园,春台信。

五日

日记 晴。上午寄还沈,翟家书。复春台信。午访季市,同至西安饭店访峰籁君,已往张家口。得王顺亲信。下午往山本医院诊。

六日

日记 晴。上午往师范大学收去年薪水九月分五元,十月分四十五元,十一月分四十二元。往商务馆收板税泉五十,买 *Art of Beardsley* 二本,每本一元七角。午得三弟信并《故乡》画面。

七日

日记 昙。上午寄韦丛芜信。寄任子卿信。寄三弟信。往中国大学讲。午晴。得台静农信。下午往小峰家取《中国小说史略》二十本,《呐喊》五本,《陀螺》八本。收教育部奉泉三十三元,十三[二]年十二月分。晚胡成才来,赠以《说史》一本,《俄文艺论战》一本。夜阅试卷。

八日

日记 晴,风。上午赴女师大交试卷。致季市信并赠《小说史》两本,《陀螺》一本。午后往黎明中学讲。往山本医院诊。夜季野来。得吕云章信。

九日

日记 晴。上午往大中公学讲。往李小峰寓买《苏俄的文艺论战》四本，一元。午后往女师大讲。王捷三寄赠照相一张。寄锡琛，西谛，谭正璧以《小说史》各一本，钦文以《小说史》，《陀螺》各一本，璇卿以 *Art of Beardsley* 一本。下午季市来。晚小峰，品青来，并赠《孔德学校旬刊》合本一本。柯仲平来。

十日

日记 晴。上午以校稿寄素园。下午素园，丛芜来，赠以《小说史》，《陀螺》各一本。

十一日

日记 星期。晴。夜得小峰信。

十二日

日记 晴。下午长虹，培良来，赠以《小说史》各一本。季市来。晚衣萍来。

小说的浏览和选择

[德国]拉斐勒·开培尔

上

我以为最好的小说是什么，又，小说的浏览，都有可以奖励的性质么？这是你所愿意知道的。

西洋诸国民，无不有其莫大的小说文学，也富于优秀的作品。所以要对答你的询问，我也得用去许多篇幅罢。但是我一定还不免要遗漏许多有价值的作品。——对于较古的时代的小说——第十七八世纪的——在这里就一切从略，你大概到底未必去读这些小说的，虽然我以为 Grimmelshausen's Simplicissimus 中的风俗描写，或者 Uhland 的卓拔的"希腊底"小说等类，也会引起你兴味来。在这里，就单讲近世的罢。

严格的道学先生和所谓"教育家""学者"之中，对于小说这东西，尤其是近代的"风俗小说"，抱着一种偏见，将浏览这类书籍，当作耗费光阴，又是道德底腐败的原因，而要完全排斥它的，委实很不少。耗费光阴，——诚然，也未始不能这样说。为什么呢？因为在人生，还有比看小说更善，也更重要的工作；而且贪看小说，荒了学课的儿童，是不消说，该被申斥的。但是，这事情，在别一面，恐怕是可以称扬的罢。想起来，少年们的学得在人生更有用更有价值的许多事，难道并没有较之在学校受教，却常常从好小说得来的么？——较之自己的教科书上的事，倒是更熟悉于司各得（W. Scott），布勒威尔（Bulwer），仲马（Dumas）的小说的不很用功的学生，我就认识不少，——说这话的我，在十五六岁时候，也便是这样的一个人。但是，因为看了小说，而道德底地堕落了的青年，我却一个也未曾遇见过，我倒觉得看了描写"近代的"风俗的作品，在平正的，还没有道德底地腐败着的读者所得到的影响，除了单是"健全"（Heilsam）之外，不会有什么的。大都市中的生活，现代的家庭和婚姻关系，对于"肉的享乐"的犷野的追求，各样可鄙的成功热和生存竞争，读了这些事情的描写，而那结果，并不根本底地摆脱了对于"俗界"的执著，却反而为这样文明的描写所诱惑，起了模仿之意的人，这样的人，是原就精神底地，道义底地，都已经堕落到难于恢复了的，现在不得另叫小说来负罪。翻读托尔斯泰的使人战栗的 *Kreulzer Sonata* 和《复活》，左拉（E. Zola）的《卢贡家故事》的诸篇，摩泊桑（Guy de Maupassant）的 *Bal ami* 以及别的风俗描写的时候，至少，我就催起恐怖错愕之念来，同时也感到心的净化。斯巴达人见了酩酊的海乐忒（斯巴达的奴隶）而生的感得，想来也就是这样的罢。而且，这种书籍，实在还从我的内心唤起遁世之念，并且满胸充塞了嫌恶和不能以言语形容的悲哀。看了这样的东西，是"人类的一切悲惨俱来袭我"的，但我将这类小说，不独是我的儿子，即使是我的女儿的手里，我大概也会交付，毫不踌躇的罢。而且交付之际，还要加以特别的命令，使之不但将这些细读，还因为要将自己放在书中人物的境遇，位置，心的状态上，——思索之故，而倾注其全想象力的罢。对于这实验的结果，我别的并无挂念。——我向你也要推荐这类近代的风俗小说，就中，是两三种法兰西的东西，例如都德的《财主》(A. Daudet, *Le Nabob*) 和弗罗培尔的《波伐黎夫人》(G. Flaubet, *Mme. Bovari*)，是真个的艺术底作品。——但是，更其惹你的兴味的，也如在我一样，倒是历史小说，而且你已经在读我们德国文学中的最美的之一——即 Scheffel 的 *Ekkehard* 了。这极其出色之作，决不至于会被废的，盖和这能够比肩者，在近代，只有玛伊尔 (K. F. Meyer) 的历史谭——即《圣者》(*Der Heilige*)，《安该拉波吉亚》(*Angcla Borgia*)，《沛思凯拉的诱惑》(*Die Versuchung des Peskara*) 及其他罢。还有，在古的德国的历史小说和短篇小说中，优秀的作品极其多。就是亚历舍斯 (Millbald Alexis) 的著作的大部分，斯宾特莱尔 (Spindler) 以及尤其是那被忘却了的莱孚司 (Rehfues) 的作品等。又如蒿孚 (Hauff) 的 *Lichtenstein* 和 *Jnd Suesse*，库尔兹 (H. Kurz) 的 *Schilless Heimatjahre*，霍夫曼 (Wm. Hoffmann) 的 *Doge und Dogaresse* 和 *Fraeulein von Scuderie* 等，今后还要久久通行罢。——大概在德国的最优的小说家的作品中，是无不含有历史小说的。但这时，所谓"历史底"这概念，还须解释得较广泛，较自由一点；即不可将历史的意义，只以辽远的过去的事象呀，或是诸侯和将军的生涯中的情节呀，或者是震撼世界的案件呀之类为限。倘是值得历史底地注意的人格，则无论是谁的生涯，或其生涯中的一个插话，或则是文明史上有着重大的意义的有趣的事件或运动，只要是文学底地描写出来的，我便将这称为历史底文学，而不踌躇，例如美列克的《普拉革旅中的穆札德》（Moerike, *Mozart auf der Reise nach Prag*），斯退伦的《最后的人文主义者》（Adolf Stern, *Die Letzten Humanisten*），谷珂的《自由的骑士》（Gutzkow, *Die Ritter vom Geist*）和《罗马的术人》（*Der Zauberer von Rom*）（指罗马教皇），克拉思德（H. Kleist）的 *Michael Kohlhaas*，左拉的《崩溃》（*Débacle*），不，恐怕连他的 *Nana*——因其文化史底象征之故——还有，连上面所举的都德的《财主》也在内。——如你也所知道的一样，普通是将小说分类为历史底，传记底，风俗，人文，艺术家和时代小说的。但是，其实，在这些种类之间，也并没有本质底差别：历史小说往往也该是风俗小说，而又是人文小说的事，是明明白白的。又，倘使这（如 R. Hamerling 的 *Aspasia*）是描写艺术史上的重要的时代（在 Aspasia 之际即 Perikles 时代）的，或则（如在 Brachvogel 的 *Friedemann Bach* 和 *Banmarchais*）那主要人物是著名的艺术家或诗人，则同时也就是传记底小说，也就是"艺术家小说"了。在将"文艺复兴"绚烂地描写着的梅垒什珂夫斯奇（D. S. Merezhkovsky）的《群神的复活》里，这些种类，是全都结合了的。——顺便说一句："时代小说"（Zeitroman）这一个名词，是可笑的——凡有一切东西，不是都起于"时"之中的么！如果这名词所要表示的，是在说这作品的材料，乃是起于现代的事件，则更明了地，称为"现代小说"就是了。——

下

至于自司各得以至布勒威尔的小说，也不待现在再来向你推荐罢。在这一类小说上，司各得大概还要久称为巨匠，不失掉今日的声价；又，布勒威尔的《朋卑的末日》（*The Last Days of Pompeii*），则在 Kingsley 的 *Hypatia*，梅垒什珂夫斯奇的《群神之死》，显克微支（H. Sienkiewicz）的《你往何处去》（*Quo Vadis?*），Ernst Eckstein 的

Die Claudier 及其他许多小说上就可见,是成了叙述基督教和异教底文化之间的反对及战斗的一切挽近小说的原型的,——罗马主义(Romanentum)与其强敌而又是胜利者的日耳曼主义(Germanentum)的斗争,则在 Felix Dahn 的大作《罗马夺取之战》(*Ein Kampf um Rom*)里,以很有魅力之笔,极美丽地描写着。这小说,普通是当作 Dahn 的创作中的主要著作的,但是,与其这一种,我却愿意推举他后来的,用了一部分押着头韵的散文体所写的《亚甸的慰藉》(*Odhins Trost*)。我从这所描写的日耳曼的宗教以及其英雄底而且悲壮的世界观所得的强有力的印象,可用以相比较者,只有跋格纳尔(R. Wagner)的 *Der Ring des Nibelungon* 所给与于我的而已。

次于 Dahn,以极有价值的作品来丰饶历史小说界者,是 Taylor(真名 Hausrath,是哈兑堡大学的神学教授),Ebers,Freytag 等。而且他们是仗了那些作品,证明着学者和教授也可以兼为诗人,即能够将那研究的结果,诗底地描写出来的。由此看来,若干批评家的对于所谓"教授小说"(Proffesoren Roman),往往看以轻侮的眼的事,正如许多音乐家不顾及大多数的大作曲家也是乐长(Kapellmeister)的事实,而巧妙地造出了"乐长音乐"(Kapellmeister Musik)这句话,却用以表示轻蔑的意思,犹言缺乏创意的作曲者,是全然不当,而且可笑的。——大概,凡历史底作品,不论是什么种类,总必得以学究底准备和知识为前提,但最要紧的,是使读者全不觉察出这事,或者竭力不使觉察出这事,又或者在本文之中,不使感知了这事。——所谓"教授文学"这东西,事实上确是存在的,但我所知道者,却正出于并非教授的人们之手。使人感到困倦无聊者,并非做诗的学者,而是教授的诗人;用了不过是驳杂的备忘录的学识,他们想使读者吃惊,但所成就,却毕竟不过使自己的著作无味而干燥。将这可笑的炫学癖的最灿然的例,遗留下来的,是弗罗培尔(Gustave Flaubert)和雩俄(Victor Hugo)。前者在《圣安敦的诱惑》(*La Tentation de St. Antoine*)里,后者则在《笑的人》(*L'homme qui rit*)以及

《诸世纪的传说》(*La Légende des Siécles*)里。但是,要而言之,历史底"教授小说"的——而且令人磕睡的本义的"教授小说"的——理想底之作,则是 *Salammbo*! 和这相类的拙笨事,是希望影响及于许多人,而且愿意谁都了解的文学家,却来使用那只通行于或一特殊的社会阶级中的言语(Jargon),或者除了专门家以外即全不知道的术语,而并不附加一点说明。对于良趣味的这迂拙的办法或罪恶,是近代自然主义者最为屡犯的。我想,从头到底,懂得左拉的 *Gérminal* 的读者,恐怕寥寥可数罢。如果是一五一十,懂得其中的话的人们,究竟会来看这一部书不会呢?——

良好的历史文学和近代的风俗小说,在我,是常作为最上的休养和娱乐的。自然,我所反反复复,阅着,或者缮检,而且不能和这些离开的作品,委实也不过二十乃至三十种的我所早经选出的故事——意大利的东西,即 Manzoni 的《约婚的男女》,也在其内的。——我在这三十种的我的爱读书之中,我即能得到我对于凡有小说所要求的一切。这些小说,将我移到古的时代和未知的文明世界去;将我带到那在我的实生活上决没有接触的机会的社会阶级的人们里。而且也将许多已经消去的亲爱,再带到我的面前来。——诗人的构想力(Phantasie),艺术和经验所启示于我的世界,在我,是较之从我自己的经验所成的现实世界,远有着更大的价值和意义的。这也并非单因为前者是广大而丰富得多,乃是诗人的豫感能力(Antizipations Vermoegen),比起我的来,要大到无限之故。这力,是诗人所任意驱使,而且使诗人认识那全然未见的东西,全然在他的地平线之外的东西,和他的性质以及他的自我毫无因缘的东西,并且不但能将自己移入任何的灵魂和心情生活而设想而已,还能更进而将自己和它们完全同化的。——我之所以极嫌恶旅行,极不喜欢结识新的相识,而且竭力地——只在万不得已的时候——不涉足于社会界者,就因为我之对于世界和社会,不独要知道它的现实照样,还要在那真理的姿态上(即柏拉图之所谓 Idea 的意思)知道它的缘故。而替代了我，来做这些事的，则就是比我有着更锐敏的感官和明晰的头脑的诗人和小说家。假使我自己来担任这事，就怕要漏掉大部分，或者不能正确地观察，或者得不到启发和享乐，却反而只经验些不快和一切种类的扫兴的罢。——

开培尔博士(Dr. Raphael Koeber)是俄籍的日耳曼人，但他在著作中，却还自承是德国。曾在日本东京帝国大学作讲师多年，退职时，学生们为他集印了一本著作以作纪念，名曰《小品》(*Kleine Schriften*)。其中有一篇《问和答》，是对自若干人的各种质问，加以答复的。这又是其中的一节，小题目是《论小说的浏览，我以为最好的小说》。虽然他那意见的根柢是古典底，避世底，但也极有确切中肯的处所，比中国的自以为新的学者们要新得多。现在从深田，久保二氏的译本译出，以供青年的参考云。

一九二五年十月十二日，译者附记。

原载 1925 年 10 月 19、26 日《语丝》周刊第 49、50 期。

初收 1929 年 4 月上海北新书局版《壁下译丛》。

十三日

日记 晴。上午往女师大讲。鲁彦来。午衣萍来，托其寄小峰信并稿。下午得台静农信并稿。晚丛芜来。夜得钦文信。得 H 君信。得平政院通知，即送紫佩并附信。得王品青信并《模范文选》(上)一本。

十四日

日记 晴。上午往山本医院诊。往东亚公司买『西藏游记』一本，二元八角。夜得钦文信。得谭正璧信并《中国文学史大纲》一本。得金仲芸信。

十五日

日记　晴。午后往黎明讲。下午紫佩来。钟吾来。晚潘企莘来。夜齐寿山来。

十六日

日记　晴。晨寄黄鹏基信。寄吕云章信。复刘梦苇信。上午往大中讲。访小峰。下午紫佩来，赠以《小说史略》,《苏俄文艺论战》各一本。收三弟所寄文稿一篇。夜有麟来。

十七日

日记　晴。上午寄三弟信。往山本医院诊。访季市，遇范文澜君，见赠《文心雕龙讲疏》一本。得三弟信，十四日发。得吕云章信。夜风。

孤 独 者

一

　　我和魏连殳相识一场，回想起来倒也别致，竟是以送殓始，以送殓终。

　　那时我在S城，就时时听到人们提起他的名字，都说他很有些古怪：所学的是动物学，却到中学堂去做历史教员；对人总是爱理不理的,却常喜欢管别人的闲事;常说家庭应该破坏,一领薪水却一定立即寄给他的祖母,一日也不拖延。此外还有许多零碎的话柄;总之,在S城里也算是一个给人当作谈助的人。有一年的秋天,我在寒石山的一个亲戚家里闲住;他们就姓魏,是连殳的本家。但他们却更不明白他,仿佛将他当作一个外国人看待,说是"同我们都异样的"。

这也不足为奇,中国的兴学虽说已经二十年了,寒石山却连小学也没有。全山村中,只有连殳是出外游学的学生,所以从村人看来,他确是一个异类;但也很妒羡,说他挣得许多钱。

到秋末,山村中痢疾流行了;我也自危,就想回到城中去。那时听说连殳的祖母就染了病,因为是老年,所以很沉重;山中又没有一个医生。所谓他的家属者,其实就只有一个这祖母,雇一名女工简单地过活;他幼小失了父母,就由这祖母抚养成人的。听说她先前也曾经吃过许多苦,现在可是安乐了。但因为他没有家小,家中究竟非常寂寞,这大概也就是大家所谓异样之一端罢。

寒石山离城是旱道一百里,水道七十里,专使人叫连殳去,往返至少就得四天。山村僻陋,这些事便算大家都要打听的大新闻,第二天便轰传她病势已经极重,专差也出发了;可是到四更天竟咽了气,最后的话,是:"为什么不肯给我会一会连殳的呢?……"

族长,近房,他的祖母的母家的亲丁,闲人,聚集了一屋子,豫计连殳的到来,应该已是入殓的时候了。寿材寿衣早已做成,都无须筹画;他们的第一大问题是在怎样对付这"承重孙",因为逆料他关于一切丧葬仪式,是一定要改变新花样的。聚议之后,大概商定了三大条件,要他必行。一是穿白,二是跪拜,三是请和尚道士做法事。总而言之:是全都照旧。

他们既经议妥,便约定在连殳到家的那一天,一同聚在厅前,排成阵势,互相策应,并力作一回极严厉的谈判。村人们都咽着唾沫,新奇地听候消息;他们知道连殳是"吃洋教"的"新党",向来就不讲什么道理,两面的争斗,大约总要开始的,或者还会酿成一种出人意外的奇观。

传说连殳的到家是下午,一进门,向他祖母的灵前只是弯了一弯腰。族长们便立刻照豫定计画进行,将他叫到大厅上,先说过一大篇冒头,然后引入本题,而且大家此唱彼和,七嘴八舌,使他得不到辩驳的机会。但终于话都说完了,沉默充满了全厅,人们全数悚然地紧看着他的嘴。只见连殳神色也不动,简单地回答道——

"都可以的。"

这又很出于他们的意外,大家的心的重担都放下了,但又似乎反加重,觉得太"异样",倒很有些可虑似的。打听新闻的村人们也很失望,口口相传道,"奇怪!他说'都可以'哩!我们看去罢!"都可以就是照旧,本来是无足观了,但他们也还要看,黄昏之后,便欣欣然聚满了一堂前。

我也是去看的一个,先送了一份香烛;待到走到他家,已见连殳在给死者穿衣服了。原来他是一个短小瘦削的人,长方脸,蓬松的头发和浓黑的须眉占了一脸的小半,只见两眼在黑气里发光。那穿衣也穿得真好,井井有条,仿佛是一个大殓的专家,使旁观者不觉叹服。寒石山老例,当这些时候,无论如何,母家的亲丁是总要挑剔的;他却只是默默地,遇见怎么挑剔便怎么改,神色也不动。站在我前面的一个花白头发的老太太,便发出羡慕感叹的声音。

其次是拜;其次是哭,凡女人们都念念有词。其次入棺;其次又是拜;又是哭,直到钉好了棺盖。沉静了一瞬间,大家忽而扰动了,很有惊异和不满的形势。我也不由的突然觉到:连殳就始终没有落过一滴泪,只坐在草荐上,两眼在黑气里闪闪地发光。

大殓便在这惊异和不满的空气里面完毕。大家都快快地,似乎想走散,但连殳却还坐在草荐上沉思。忽然,他流下泪来了,接着就失声,立刻又变成长嗥,像一匹受伤的狼,当深夜在旷野中嗥叫,惨伤里夹杂着愤怒和悲哀。这模样,是老例上所没有的,先前也未曾预防到,大家都手足无措了,迟疑了一会,就有几个人上前去劝止他，愈去愈多，终于挤成一大堆。但他却只是兀坐着号咷，铁塔似的动也不动。

大家又只得无趣地散开；他哭着，哭着，约有半点钟，这才突然停了下来，也不向吊客招呼，径自往家里走。接着就有前去窥探的人来报告：他走进他祖母的房里，躺在床上，而且，似乎就睡熟了。

隔了两日，是我要动身回城的前一天，便听到村人都遭了魔似的发议论，说连殳要将所有的器具大半烧给他祖母，余下的便分赠生时侍奉，死时送终的女工，并且连房屋也要无期地借给她居住了。亲戚本家都说到舌敝唇焦，也终于阻当不住。

恐怕大半也还是因为好奇心，我归途中经过他家的门口，便又顺便去吊慰。他穿了毛边的白衣出见，神色也还是那样，冷冷的。我很劝慰了一番；他却除了唯唯诺诺之外，只回答了一句话，是——

"多谢你的好意。"

二

我们第三次相见就在这年的冬初，S城的一个书铺子里，大家同时点了一点头，总算是认识了。但使我们接近起来的，是在这年底我失了职业之后。从此，我便常常访问连殳去。一则，自然是因为无聊赖；二则，因为听人说，他倒很亲近失意的人的，虽然素性这么冷。但是世事升沉无定，失意人也不会长是失意人，所以他也就很少长久的朋友。这传说果然不虚，我一投名片，他便接见了。两间连通的客厅，并无什么陈设，不过是桌椅之外，排列些书架，大家虽说他是一个可怕的"新党"，架上却不很有新书。他已经知道我失了职业；但套话一说就完，主客便只好默默地相对，逐渐沉闷起来。我只见他很快地吸完一枝烟，烟蒂要烧着手指了，才抛在地面上。

"吸烟罢。"他伸手取第二枝烟时，忽然说。

我便也取了一枝，吸着，讲些关于教书和书籍的，但也还觉得沉闷。我正想走时,门外一阵喧嚷和脚步声,四个男女孩子闯进来了。大的八九岁,小的四五岁,手脸和衣服都很脏,而且丑得可以。但是连殳的眼里却即刻发出欢喜的光来了,连忙站起,向客厅间壁的房里走,一面说道——

"大良,二良,都来! 你们昨天要的口琴,我已经买来了。"

孩子们便跟着一齐拥进去,立刻又各人吹着一个口琴一拥而出,一出客厅门,不知怎的便打将起来。有一个哭了。

"一人一个,都一样的。不要争呵!"他还跟在后面嘱咐。

"这么多的一群孩子都是谁呢?"我问。

"是房主人的。他们都没有母亲,只有一个祖母。"

"房东只一个人么?"

"是的。他的妻子大概死了三四年了罢,没有续娶。——否则,便要不肯将余屋租给我似的单身人。"他说着,冷冷地微笑了。

我很想问他何以至今还是单身,但因为不很熟,终于不好开口。

只要和连殳一熟识,是很可以谈谈的。他议论非常多,而且往往颇奇警。使人不耐的倒是他的有些来客,大抵是读过《沉沦》的罢,时常自命为"不幸的青年"或是"零余者",螃蟹一般懒散而骄傲地堆在大椅子上,一面唉声叹气,一面皱着眉头吸烟。还有那房主的孩子们,总是互相争吵,打翻碗碟,硬讨点心,乱得人头昏。但连殳一见他们,却再不像平时那样的冷冷的了,看得比自己的性命还宝贵。听说有一回,三良发了红斑痧,竟急得他脸上的黑气愈见其黑了;不料那病是轻的,于是后来便被孩子们的祖母传作笑柄。

"孩子总是好的。他们全是天真……。"他似乎也觉得我有些不耐烦了,有一天特地乘机对我说。

"那也不尽然。"我只是随便回答他。

"不。大人的坏脾气,在孩子们是没有的。后来的坏,如你平日所攻击的坏,那是环境教坏的。原来却并不坏,天真……。我以为中国的可以希望,只在这一点。"

"不。如果孩子中没有坏根苗,大起来怎么会有坏花果?譬如一粒种子,正因为内中本含有枝叶花果的胚,长大时才能够发出这些东西来。何尝是无端……。"我因为闲着无事,便也如大人先生们一下野,就要吃素谈禅一样,正在看佛经。佛理自然是并不懂得的,但竟也不自检点,一味任意地说。

然而连殳气忿了,只看了我一眼,不再开口。我也猜不出他是无话可说呢,还是不屑辩。但见他又显出许久不见的冷冷的态度来,默默地连吸了两枝烟;待到他再取第三枝时,我便只好逃走了。

这仇恨是历了三月之久才消释的。原因大概是一半因为忘却,一半则他自己竟也被"天真"的孩子所仇视了,于是觉得我对于孩子的冒渎的话倒也情有可原。但这不过是我的推测。其时是在我的寓里的酒后,他似乎微露悲哀模样,半仰着头道——

"想起来真觉得有些奇怪。我到你这里来时,街上看见一个很小的小孩,拿了一片芦叶指着我道:杀!他还不很能走路……。"

"这是环境教坏的。"

我即刻很后悔我的话。但他却似乎并不介意,只竭力地喝酒,其间又竭力地吸烟。

"我倒忘了,还没有问你,"我便用别的话来支梧,"你是不大访问人的,怎么今天有这兴致来走走呢?我们相识有一年多了,你到我这里来却还是第一回。"

"我正要告诉你呢:你这几天切莫到我寓里来看我了。我的寓里正有很讨厌的一大一小在那里,都不像人!"

"一大一小?这是谁呢?"我有些诧异。

"是我的堂兄和他的小儿子。哈哈,儿子正如老子一般。"

"是上城来看你,带便玩玩的罢?"

"不。说是来和我商量,就要将这孩子过继给我的。"

"呵!过继给你?"我不禁惊叫了,"你不是还没有娶亲么?"

"他们知道我不娶的了。但这都没有什么关系。他们其实是要过继给我那一间寒石山的破屋子。我此外一无所有,你是知道的;钱一到手就化完。只有这一间破屋子。他们父子的一生的事业是在逐出那一个借住着的老女工。"

他那词气的冷峭,实在又使我悚然。但我还慰解他说——

"我看你的本家也还不至于此。他们不过思想略旧一点罢了。譬如,你那年大哭的时候,他们就都热心地围着使劲来劝你……。"

"我父亲死去之后,因为夺我屋子,要我在笔据上画花押,我大哭着的时候,他们也是这样热心地围着使劲来劝我……。"他两眼向上凝视,仿佛要在空中寻出那时的情景来。

"总而言之:关键就全在你没有孩子。你究竟为什么老不结婚的呢?"我忽而寻到了转舵的话,也是久已想问的话,觉得这时是最好的机会了。

他诧异地看着我,过了一会,眼光便移到他自己的膝髁上去了,于是就吸烟,没有回答。

三

但是,虽在这一种百无聊赖的境地中,也还不给连殳安住。渐渐地,小报上有匿名人来攻击他,学界上也常有关于他的流言,可是这已经并非先前似的单是话柄,大概是于他有损的了。我知道这是他近来喜欢发表文章的结果,倒也并不介意。S城人最不愿意有人发些没有顾忌的议论,一有,一定要暗暗地来叮他,这是向来如此的,连殳自己也知道。但到春天,忽然听说他已被校长辞退了。这却使我觉得有些兀突;其实,这也是向来如此的,不过因为我希望着自己认识的人能够幸免,所以就以为兀突罢了,S城人倒并非这一回特别恶。

其时我正忙着自己的生计,一面又在接洽本年秋天到山阳去当教员的事,竟没有工夫去访问他。待到有些余暇的时候,离他被辞退那时大约快三个月了,可是还没有发生访问连殳的意思。有一天，我路过大街，偶然在旧书摊前停留，却不禁使我觉到震悚，因为在那里陈列着的一部汲古阁初印本《史记索隐》，正是连殳的书，他喜欢书，但不是藏书家，这种本子，在他是算作贵重的善本，非万不得已，不肯轻易变卖的。难道他失业刚才两三月，就一贫至此么？虽然他向来一有钱即随手散去，没有什么贮蓄。于是我便决意访问连殳去，顺便在街上买了一瓶烧酒，两包花生米，两个熏鱼头。

他的房门关闭着，叫了两声，不见答应。我疑心他睡着了，更加大声地叫，并且伸手拍着房门。

"出去了罢！"大良们的祖母，那三角眼的胖女人，从对面的窗口探出她花白的头来了，也大声说，不耐烦似的。

"那里去了呢？"我问。

"那里去了？谁知道呢？——他能到那里去呢，你等着就是，一会儿总会回来的。"

我便推开门走进他的客厅去。真是"一日不见，如隔三秋"，满眼是凄凉和空空洞洞，不但器具所余无几了，连书籍也只剩了在 S 城决没有人会要的几本洋装书。屋中间的圆桌还在，先前曾经常常围绕着忧郁慷慨的青年，怀才不遇的奇士和腌臜吵闹的孩子们的，现在却见得很闲静，只在面上蒙着一层薄薄的灰尘。我就在桌上放了酒瓶和纸包，拖过一把椅子来，靠桌旁对着房门坐下。

的确不过是"一会儿"，房门一开，一个人悄悄地阴影似的进来了，正是连殳。也许是傍晚之故罢，看去仿佛比先前黑，但神情却还是那样。

"阿！你在这里？来得多久了？"他似乎有些喜欢。

"并没有多久。"我说，"你到那里去了？"

"并没有到那里去，不过随便走走。"

他也拖过椅子来，在桌旁坐下；我们便开始喝烧酒，一面谈些关于他的失业的事。但他却不愿意多谈这些；他以为这是意料中的事，也是自己时常遇到的事，无足怪，而且无可谈的。他照例只是一意喝烧酒,并且依然发些关于社会和历史的议论。不知怎地我此时看见空空的书架,也记起汲古阁初印本的《史记索隐》,忽而感到一种淡漠的孤寂和悲哀。

"你的客厅这么荒凉……。近来客人不多了么?"

"没有了。他们以为我心境不佳,来也无意味。心境不佳,实在是可以给人们不舒服的。冬天的公园,就没有人去……。"他连喝两口酒,默默地想着,突然,仰起脸来看着我问道,"你在图谋的职业也还是毫无把握罢?……"

我虽然明知他已经有些酒意,但也不禁愤然,正想发话,只见他侧耳一听,便抓起一把花生米,出去了。门外是大良们笑嚷的声音。

但他一出去,孩子们的声音便寂然,而且似乎都走了。他还追上去,说些话,却不听得有回答。他也就阴影似的悄悄地回来,仍将一把花生米放在纸包里。

"连我的东西也不要吃了。"他低声,嘲笑似的说。

"连殳,"我很觉得悲凉,却强装着微笑,说,"我以为你太自寻苦恼了。你看得人间太坏……。"

他冷冷的笑了一笑。

"我的话还没有完哩。你对于我们,偶而来访问你的我们,也以为因为闲着无事,所以来你这里,将你当作消遣的资料的罢?"

"并不。但有时也这样想。或者寻些谈资。"

"那你可错误了。人们其实并不这样。你实在亲手造了独头茧,将自己裹在里面了。你应该将世间看得光明些。"我叹惜着说。

"也许如此罢。但是,你说:那丝是怎么来的? ——自然,世上也尽有这样的人,譬如,我的祖母就是。我虽然没有分得她的血液,却也许会继承她的运命。然而这也没有什么要紧,我早已预先一起哭过了……。"

我即刻记起他祖母大殓时候的情景来,如在眼前一样。

"我总不解你那时的大哭……。"于是鹘突地问了。

"我的祖母入殓的时候罢？是的，你不解的。"他一面点灯，一面冷静地说，"你的和我交往，我想，还正因为那时的哭哩。你不知道，这祖母，是我父亲的继母；他的生母，他三岁时候就死去了。"他想着，默默地喝酒，吃完了一个熏鱼头。

"那些往事，我原是不知道的。只是我从小时候就觉得不可解。那时我的父亲还在，家景也还好，正月间一定要悬挂祖像，盛大地供养起来。看着这许多盛装的画像，在我那时似乎是不可多得的眼福。但那时，抱着我的一个女工总指了一幅像说：'这是你自己的祖母。拜拜罢，保佑你生龙活虎似的大得快。'我真不懂得我明明有着一个祖母，怎么又会有什么'自己的祖母'来。可是我爱这'自己的祖母'，她不比家里的祖母一般老；她年青，好看，穿着描金的红衣服，戴着珠冠，和我母亲的像差不多。我看她时，她的眼睛也注视我，而且口角上渐渐增多了笑影：我知道她一定也是极其爱我的。

"然而我也爱那家里的，终日坐在窗下慢慢地做针线的祖母。虽然无论我怎样高兴地在她面前玩笑，叫她，也不能引她欢笑，常使我觉得冷冷地，和别人的祖母们有些不同。但我还爱她。可是到后来，我逐渐疏远她了；这也并非因为年纪大了，已经知道她不是我父亲的生母的缘故，倒是看久了终日终年的做针线，机器似的，自然免不了要发烦。但她却还是先前一样，做针线；管我，也爱护我，虽然少见笑容，却也不加呵斥。直到我父亲去世，还是这样；后来呢，我们几乎全靠她做针线过活了，自然更这样，直到我进学堂……。"

灯火销沉下去了，煤油已经将涸，他便站起，从书架下摸出一个小小的洋铁壶来添煤油。

"只这一月里，煤油已经涨价两次了……。"他旋好了灯头，慢慢地说。"生活要日见其困难起来。——她后来还是这样，直到我毕业，有了事做，生活比先前安定些；恐怕还直到她生病，实在打熬不住了，只得躺下的时候罢……。

"她的晚年，据我想，是总算不很辛苦的，享寿也不小了，正无须我来下泪。况且哭的人不是多着么？连先前竭力欺凌她的人们也哭，至少是脸上很惨然。哈哈！……可是我那时不知怎地，将她的一生缩在眼前了，亲手造成孤独，又放在嘴里去咀嚼的人的一生。而且觉得这样的人还很多哩。这些人们，就使我要痛哭，但大半也还是因为我那时太过于感情用事……。

"你现在对于我的意见，就是我先前对于她的意见。然而我的那时的意见，其实也不对的。便是我自己，从略知世事起，就的确逐渐和她疏远起来了……。"

他沉默了，指间夹着烟卷，低了头，想着。灯火在微微地发抖。

"呵，人要使死后没有一个人为他哭，是不容易的事呵。"他自言自语似的说；略略一停，便仰起脸来向我道，"想来你也无法可想。我也还得赶紧寻点事情做……。"

"你再没有可托的朋友了么？"我这时正是无法可想，连自己。

"那倒大概还有几个的，可是他们的境遇都和我差不多……"

我辞别连殳出门的时候，圆月已经升在中天了，是极静的夜。

四

山阳的教育事业的状况很不佳。我到校两月，得不到一文薪水，只得连烟卷也节省起来。但是学校里的人们，虽是月薪十五六元的小职员，也没有一个不是乐天知命的，仗着逐渐打熬成功的铜筋铁骨，面黄肌瘦地从早办公一直到夜，其间看见名位较高的人物，还得恭恭敬敬地站起，实在都是不必"衣食足而知礼节"的人民。我每看见这情状，不知怎的总记起连殳临别托付我的话来。他那时生计更其不堪了，窘相时时显露，看去似乎已没有往时的深沉，知道我就要动身，深夜来访，迟疑了许久，才吞吞吐吐地说道——

"不知道那边可有法子想？——便是钞写，一月二三十块钱的也可以的。我……。"

我很诧异了,还不料他竟肯这样的迁就,一时说不出话来。

"我……,我还得活几天……。"

"那边去看一看,一定竭力去设法罢。"

这是我当日一口承当的答话,后来常常自己听见,眼前也同时浮出连殳的相貌,而且吞吞吐吐地说道"我还得活几天"。到这些时,我便设法向各处推荐一番;但有什么效验呢,事少人多,结果是别人给我几句抱歉的话,我就给他几句抱歉的信。到一学期将完的时候,那情形就更加坏了起来。那地方的几个绅士所办的《学理周报》上,竟开始攻击我了,自然是决不指名的,但措辞很巧妙,使人一见就觉得我是在挑剔学潮,连推荐连殳的事,也算是呼朋引类。

我只好一动不动,除上课之外,便关起门来躲着,有时连烟卷的烟钻出窗隙去,也怕犯了挑剔学潮的嫌疑。连殳的事,自然更是无从说起了。这样地一直到深冬。

下了一天雪,到夜还没有止,屋外一切静极,静到要听出静的声音来。我在小小的灯火光中,闭目枯坐,如见雪花片片飘坠,来增补这一望无际的雪堆;故乡也准备过年了,人们忙得很;我自己还是一个儿童,在后园的平坦处和一伙小朋友塑雪罗汉。雪罗汉的眼睛是用两块小炭嵌出来的,颜色很黑,这一闪动,便变了连殳的眼睛。

"我还得活几天!"仍是这样的声音。

"为什么呢?"我无端地这样问,立刻连自己也觉得可笑了。

这可笑的问题使我清醒,坐直了身子,点起一枝烟卷来;推窗一望,雪果然下得更大了。听得有人叩门;不一会,一个人走进来,但是听熟的客寓杂役的脚步。他推开我的房门,交给我一封六寸多长的信,字迹很潦草,然而一瞥便认出"魏缄"两个字,是连殳寄来的。

这是从我离开 S 城以后他给我的第一封信。我知道他疏懒,本不以杳无消息为奇,但有时也颇怨他不给一点消息。待到接了这信,可又无端地觉得奇怪了,慌忙拆开来。里面也用了一样潦草的字体,写着这样的话——

"申飞……。

"我称你什么呢？我空着。你自己愿意称什么，你自己添上去罢。我都可以的。

"别后共得三信，没有复。这原因很简单：我连买邮票的钱也没有。

"你或者愿意知道些我的消息，现在简直告诉你罢：我失败了。先前，我自以为是失败者，现在知道那并不，现在才真是失败者了。先前，还有人愿意我活几天，我自己也还想活几天的时候，活不下去；现在，大可以无须了，然而要活下去……。

"然而就活下去么？

"愿意我活几天的，自己就活不下去。这人已被敌人诱杀了。谁杀的呢？谁也不知道。

"人生的变化多么迅速呵！这半年来，我几乎求乞了，实际，也可以算得已经求乞。然而我还有所为，我愿意为此求乞，为此冻馁，为此寂寞，为此辛苦。但灭亡是不愿意的。你看，有一个愿意我活几天的，那力量就这么大。然而现在是没有了，连这一个也没有了。同时，我自己也觉得不配活下去；别人呢？也不配的。同时，我自己又觉得偏要为不愿意我活下去的人们而活下去；好在愿意我好好地活下去的已经没有了，再没有谁痛心。使这样的人痛心，我是不愿意的。然而现在是没有了，连这一个也没有了。快活极了，舒服极了；我已经躬行我先前所憎恶，所反对的一切，拒斥我先前所崇仰，所主张的一切了。我已经真的失败，——然而我胜利了。

"你以为我发了疯么？你以为我成了英雄或伟人了么？不，不的。这事情很简单；我近来已经做了杜师长的顾问，每月的薪水就有现洋八十元了。

"申飞……。

"你将以我为什么东西呢，你自己定就是，我都可以的。

"你大约还记得我旧时的客厅罢,我们在城中初见和将别时候的客厅。现在我还用着这客厅。这里有新的宾客,新的馈赠,新的颂扬,新的钻营,新的磕头和打拱,新的打牌和猜拳,新的冷眼和恶心,新的失眠和吐血……。

"你前信说你教书很不如意。你愿意也做顾问么?可以告诉我,我给你办。其实是做门房也不妨,一样地有新的宾客和新的馈赠,新的颂扬……。

"我这里下大雪了。你那里怎样?现在已是深夜,吐了两口血,使我清醒起来。记得你竟从秋天以来陆续给了我三封信,这是怎样的可以惊异的事呵。我必须寄给你一点消息,你或者不至于倒抽一口冷气罢。

"此后,我大约不再写信的了,我这习惯是你早已知道的。何时回来呢?倘早,当能相见。——但我想,我们大概究竟不是一路的;那么,请你忘记我罢。我从我的真心感谢你先前常替我筹划生计。但是现在忘记我罢;我现在已经'好'了。

连殳。十二月十四日。"

这虽然并不使我"倒抽一口冷气",但草草一看之后,又细看了一遍,却总有些不舒服,而同时可又夹杂些快意和高兴;又想,他的生计总算已经不成问题,我的担子也可以放下了,虽然在我这一面始终不过是无法可想。忽而又想写一封信回答他,但又觉得没有话说,于是这意思也立即消失了。

我的确渐渐地在忘却他。在我的记忆中,他的面貌也不再时常出现。但得信之后不到十天,S城的学理七日报社忽然接续着邮寄他们的《学理七日报》来了。我是不大看这些东西的,不过既经寄到,也就随手翻翻。这却使我记起连殳来,因为里面常有关于他的诗文,如《雪夜谒连殳先生》,《连殳顾问高斋雅集》等等;有一回,《学理闲谭》里还津津地叙述他先前所被传为笑柄的事,称作"逸闻",言外大有"且夫非常之人,必能行非常之事"的意思。

不知怎地虽然因此记起,但他的面貌却总是逐渐模胡;然而又似乎和我日加密切起来,往往无端感到一种连自己也莫明其妙的不安和极轻微的震颤。幸而到了秋季,这《学理七日报》就不寄来了;山阳的《学理周刊》上却又按期登起一篇长论文:《流言即事实论》。里面还说,关于某君们的流言,已在公正士绅间盛传了。这是专指几个人的,有我在内;我只好极小心,照例连吸烟卷的烟也谨防飞散。小心是一种忙的苦痛,因此会百事俱废,自然也无暇记得连殳。总之:我其实已经将他忘却了。

但我也终于敷衍不到暑假,五月底,便离开了山阳。

五

从山阳到历城,又到太谷,一总转了大半年,终于寻不出什么事情做,我便又决计回S城去了。到时是春初的下午,天气欲雨不雨,一切都罩在灰色中;旧寓里还有空房,仍然住下。在道上,就想起连殳的了,到后,便决定晚饭后去看他。我提着两包闻喜名产的煮饼,走了许多潮湿的路,让道给许多拦路高卧的狗,这才总算到了连殳的门前。里面仿佛特别明亮似的。我想,一做顾问,连寓里也格外光亮起来了,不觉在暗中一笑。但仰面一看,门旁却白白的,分明帖着一张斜角纸。我又想,大良们的祖母死了罢;同时也跨进门,一直向里面走。

微光所照的院子里,放着一具棺材,旁边站一个穿军衣的兵或是马弁,还有一个和他谈话的,看时却是大良的祖母;另外还闲站着几个短衣的粗人。我的心即刻跳起来了。她也转过脸来凝视我。

"阿呀!您回来了?何不早几天……"她忽而大叫起来。

"谁……谁没有了?"我其实是已经大概知道的了,但还是问。

"魏大人,前天没有的。"

我四顾,客厅里暗沉沉的,大约只有一盏灯;正屋里却挂着白的孝帏,几个孩子聚在屋外,就是大良二良们。

"他停在那里,"大良的祖母走向前,指着说,"魏大人恭喜之后,我把正屋也租给他了;他现在就停在那里。"

孝帏上没有别的,前面是一张条桌,一张方桌;方桌上摆着十来碗饭菜。我刚跨进门,当面忽然现出两个穿白长衫的来拦住了,瞪了死鱼似的眼睛,从中发出惊疑的光来,钉住了我的脸。我慌忙说明我和连殳的关系,大良的祖母也来从旁证实,他们的手和眼光这才逐渐弛缓下去,默许我近前去鞠躬。

我一鞠躬,地下忽然有人呜呜的哭起来了,定神看时,一个十多岁的孩子伏在草荐上,也是白衣服,头发剪得很光的头上还络着一大绺苴麻丝。

我和他们寒暄后,知道一个是连殳的从堂兄弟,要算最亲的了;一个是远房侄子。我请求看一看故人,他们却竭力拦阻,说是"不敢当"的。然而终于被我说服了,将孝帏揭起。

这回我会见了死的连殳。但是奇怪!他虽然穿一套皱的短衫裤,大襟上还有血迹,脸上也瘦削得不堪,然而面目却还是先前那样的面目,宁静地闭着嘴,合着眼,睡着似的,几乎要使我伸手到他鼻子前面,去试探他可是其实还在呼吸着。

一切是死一般静,死的人和活的人。我退开了,他的从堂兄弟却又来周旋,说"舍弟"正在年富力强,前程无限的时候,竟遽尔"作古"了,这不但是"衰宗"不幸,也太使朋友伤心。言外颇有替连殳道歉之意;这样地能说,在山乡中人是少有的。但此后也就沉默了,一切是死一般静,死的人和活的人。

我觉得很无聊,怎样的悲哀倒没有,便退到院子里,和大良们的祖母闲谈起来。知道入殓的时候是临近的,只待寿衣送到;钉棺材钉时,"子午卯酉"四生肖是必须躲避的。她谈得高兴了,说话滔滔地泉流似的涌出,说到他的病状,说到他生时的情景,也带些关于他的批评。

"你可知道魏大人自从交运之后，人就和先前两样了，脸也抬高起来，气昂昂的。对人也不再先前那么迂。你知道，他先前不是像一个哑子，见我是叫老太太的么？后来就叫'老家伙'。唉唉，真是有趣，人送他仙居术，他自己是不吃的，就摔在院子里，——就是这地方，——叫道，'老家伙，你吃去罢。'他交运之后，人来人往，我把正屋也让给他住了，自己便搬在这厢房里。他也真是一走红运，就与众不同，我们就常常这样说笑。要是你早来一个月，还赶得上看这里的热闹，三日两头的猜拳行令，说的说，笑的笑，唱的唱，做诗的做诗，打牌的打牌……。

　　"他先前怕孩子们比孩子们见老子还怕，总是低声下气的。近来可也两样了，能说能闹，我们的大良们也很喜欢和他玩，一有空，便都到他的屋里去。他也用种种方法逗着玩；要他买东西，他就要孩子装一声狗叫，或者磕一个响头。哈哈，真是过得热闹。前两月二良要他买鞋，还磕了三个响头哩，哪，现在还穿着，没有破呢。"

　　一个穿白长衫的人出来了，她就住了口。我打听连殳的病症，她却不大清楚，只说大约是早已瘦了下去的罢，可是谁也没理会，因为他总是高高兴兴的。到一个多月前，这才听到他吐过几回血，但似乎也没有看医生；后来躺倒了；死去的前三天，就哑了喉咙，说不出一句话。十三大人从寒石山路远迢迢地上城来，问他可有存款，他一声也不响。十三大人疑心他装出来的，也有人说有些生痨病死的人是要说不出话来的，谁知道呢……。

　　"可是魏大人的脾气也太古怪，"她忽然低声说，"他就不肯积蓄一点，水似的化钱。十三大人还疑心我们得了什么好处。有什么屁好处呢？他就冤里冤枉胡里胡涂地化掉了。譬如买东西，今天买进，明天又卖出，弄破，真不知道是怎么一回事。待到死了下来，什么也没有，都糟掉了。要不然，今天也不至于这样地冷静……。

　　"他就是胡闹，不想办一点正经事。我是想到过的，也劝过他。这么年纪了，应该成家；照现在的样子，结一门亲很容易；如果没有门当户对的,先买几个姨太太也可以:人是总应该像个样子的。可是他一听到就笑起来,说道,'老家伙,你还是总替别人惦记着这等事么?'你看,他近来就浮而不实,不把人的好话当好话听。要是早听了我的话,现在何至于独自冷清清地在阴间摸索,至少,也可以听到几声亲人的哭声……。"

一个店伙背了衣服来了。三个亲人便检出里衣,走进帏后去。不多久,孝帏揭起了,里衣已经换好,接着是加外衣。这很出我意外。一条土黄的军裤穿上了,嵌着很宽的红条,其次穿上去的是军衣,金闪闪的肩章,也不知道是什么品级,那里来的品级。到入棺,是连殳很不妥帖地躺着,脚边放一双黄皮鞋,腰边放一柄纸糊的指挥刀,骨瘦如柴的灰黑的脸旁,是一顶金边的军帽。

三个亲人扶着棺沿哭了一场,止哭拭泪;头上络麻线的孩子退出去了,三良也避去,大约都是属"子午卯酉"之一的。

粗人扛起棺盖来,我走近去最后看一看永别的连殳。

他在不妥帖的衣冠中,安静地躺着,合了眼,闭着嘴,口角间仿佛含着冰冷的微笑,冷笑着这可笑的死尸。

敲钉的声音一响,哭声也同时迸出来。这哭声使我不能听完,只好退到院子里;顺脚一走,不觉出了大门了。潮湿的路极其分明,仰看太空,浓云已经散去,挂着一轮圆月,散出冷静的光辉。

我快步走着,仿佛要从一种沉重的东西中冲出,但是不能够。耳朵中有什么挣扎着,久之,久之,终于挣扎出来了,隐约像是长嗥,像一匹受伤的狼,当深夜在旷野中嗥叫,惨伤里夹杂着愤怒和悲哀。

我的心地就轻松起来,坦然地在潮湿的石路上走,月光底下。

一九二五年十月十七日毕。

未另发表。

初收 1926 年 8 月北京北新书局版"乌合丛书"之一《彷徨》。

十八日

日记 星期。昙。晚长虹来。夜索园,静农,霁野米,付以印费二百。

十九日

日记 晴。下午季市来。晚子佩来。曹靖华赠《三姊妹》一本,小酩持来。

二十日

日记 晴。上午季市来。午访韦素园不遇。访齐寿山,又同访董雨苍,观其所藏古器物。买车毯一,值泉十二元二角。

二十一日

日记 晴。上午往中大讲。往前门外买帽。得刘策奇信并稿。下午郑介石来。

伤 逝

涓生的手记

如果我能够,我要写下我的悔恨和悲哀,为子君,为自己。

会馆里的被遗忘在偏僻里的破屋是这样地寂静和空虚。时光过得真快,我爱子君,仗着她逃出这寂静和空虚,已经满一年了。事情又这么不凑巧,我重来时,偏偏空着的又只有这一间屋。依然是这样的破窗,这样的窗外的半枯的槐树和老紫藤,这样的窗前的方桌,这样的败壁,这样的靠壁的板床。深夜中独自躺在床上,就如我未曾和子君同居以前一般,过去一年中的时光全被消灭,全未有过,我并没有曾经从这破屋子搬出,在吉兆胡同创立了满怀希望的小小的家庭。

不但如此。在一年之前,这寂静和空虚是并不这样的,常常含着期待;期待子君的到来。在久待的焦躁中,一听到皮鞋的高底尖触着砖路的清响,是怎样地使我骤然生动起来呵!于是就看见带着笑涡的苍白的圆脸,苍白的瘦的臂膊,布的有条纹的衫子,玄色的裙。她又带了窗外的半枯的槐树的新叶来,使我看见,还有挂在铁似的老干上的一房一房的紫白的藤花。

然而现在呢,只有寂静和空虚依旧,子君却决不再来了,而且永远,永远地!……

子君不在我这破屋里时,我什么也看不见。在百无聊赖中,随手抓过一本书来,科学也好,文学也好,横竖什么都一样;看下去,看下去,忽而自己觉得,已经翻了十多页了,但是毫不记得书上所说的事。只是耳朵却分外地灵,仿佛听到大门外一切往来的履声,从中便有子君的,而且橐橐地逐渐临近,——但是,往往又逐渐渺茫,终于消失在别的步声的杂沓中了。我憎恶那不像子君鞋声的穿布底鞋的长班的儿子,我憎恶那太像子君鞋声的常常穿着新皮鞋的邻院的搽雪花膏的小东西!

莫非她翻了车么?莫非她被电车撞伤了么?……

我便要取了帽子去看她,然而她的胞叔就曾经当面骂过我。

蓦然,她的鞋声近来了,一步响于一步,迎出去时,却已经走过紫藤棚下,脸上带着微笑的酒涡。她在她叔子的家里大约并未受气;我的心宁帖了,默默地相视片时之后,破屋里便渐渐充满了我的语声,谈家庭专制,谈打破旧习惯,谈男女平等,谈伊孛生,谈泰戈尔,谈雪莱……。她总是微笑点头,两眼里弥漫着稚气的好奇的光泽。壁上就钉着一张铜板的雪莱半身像,是从杂志上裁下来的,是他的最美的一张像。当我指给她看时,她却只草草一看,便低了头,似乎不好意思了。这些地方,子君就大概还未脱尽旧思想的束缚,   我后来也想,倒不如换一张雪莱淹死在海里的记念像或是伊孛生的罢;但也终于没有换,现在是连这一张也不知那里去了。

"我是我自己的,他们谁也没有干涉我的权利!"

这是我们交际了半年,又谈起她在这里的胞叔和在家的父亲时,她默想了一会之后,分明地,坚决地,沉静地说了出来的话。其时是我已经说尽了我的意见,我的身世,我的缺点,很少隐瞒;她也完全了解的了。这几句话很震动了我的灵魂,此后许多天还在耳中发响,而且说不出的狂喜,知道中国女性,并不如厌世家所说那样的无法可施,在不远的将来,便要看见辉煌的曙色的。

送她出门,照例是相离十多步远;照例是那鲇鱼须的老东西的脸又紧帖在脏的窗玻璃上了,连鼻尖都挤成一个小平面;到外院,照例又是明晃晃的玻璃窗里的那小东西的脸,加厚的雪花膏。她目不邪视地骄傲地走了,没有看见;我骄傲地回来。

"我是我自己的,他们谁也没有干涉我的权利!"这彻底的思想就在她的脑里,比我还透澈,坚强得多。半瓶雪花膏和鼻尖的小平面,于她能算什么东西呢?

我已经记不清那时怎样地将我的纯真热烈的爱表示给她。岂但现在,那时的事后便已模胡,夜间回想,早只剩了一些断片了;同居以后一两月,便连这些断片也化作无可追踪的梦影。我只记得那时以前的十几天,曾经很仔细地研究过表示的态度,排列过措辞的先后,以及倘或遭了拒绝以后的情形。可是临时似乎都无用,在慌张中,身不由己地竟用了在电影上见过的方法了。后来一想到,就使我很愧恧,但在记忆上却偏只有这一点永远留遗,至今还如暗室的孤灯一般,照见我含泪握着她的手,一条腿跪了下去……。

不但我自己的,便是子君的言语举动,我那时就没有看得分明;

仅知道她已经允许我了。但也还仿佛记得她脸色变成青白,后来又渐渐转作绯红,——没有见过,也没有再见的绯红;孩子似的眼里射出悲喜,但是夹着惊疑的光,虽然力避我的视线,张皇地似乎要破窗飞去。然而我知道她已经允许我了,没有知道她怎样说或是没有说。

她却是什么都记得:我的言辞,竟至于读熟了的一般,能够滔滔背诵;我的举动,就如有一张我所看不见的影片挂在眼下,叙述得如生,很细微,自然连那使我不愿再想的浅薄的电影的一闪。夜阑人静,是相对温习的时候了,我常是被质问,被考验,并且被命复述当时的言语,然而常须由她补足,由她纠正,像一个丁等的学生。

这温习后来也渐渐稀疏起来。但我只要看见她两眼注视空中,出神似的凝想着,于是神色越加柔和,笑窝也深下去,便知道她又在自修旧课了,只是我很怕她看到我那可笑的电影的一闪。但我又知道,她一定要看见,而且也非看不可的。

然而她并不觉得可笑。即使我自己以为可笑,甚而至于可鄙的,她也毫不以为可笑。这事我知道得很清楚,因为她爱我,是这样地热烈,这样地纯真。

去年的暮春是最为幸福,也是最为忙碌的时光。我的心平静下去了,但又有别一部分和身体一同忙碌起来。我们这时才在路上同行,也到过几回公园,最多的是寻住所。我觉得在路上时时遇到探索,讥笑,猥亵和轻蔑的眼光,一不小心,便使我的全身有些瑟缩,只得即刻提起我的骄傲和反抗来支持。她却是大无畏的,对于这些全不关心,只是镇静地缓缓前行,坦然如入无人之境。

寻住所实在不是容易事,大半是被托辞拒绝,小半是我们以为不相宜。起先我们选择得很苛酷,——也非苛酷,因为看去大抵不像是我们的安身之所;后来,便只要他们能相容了。看了二十多处,这才得到可以暂且敷衍的处所,是吉兆胡同一所小屋里的两间南屋;主人是一个小官,然而倒是明白人,自住着正屋和厢房。他只有夫人和一个不到周岁的女孩子,雇一个乡下的女工,只要孩子不啼哭,是极其安闲幽静的。

我们的家具很简单,但已经用去了我的筹来的款子的大半;子君还卖掉了她唯一的金戒指和耳环。我拦阻她,还是定要卖,我也就不再坚持下去了;我知道不给她加入一点股分去,她是住不舒服的。

和她的叔子,她早经闹开,至于使他气愤到不再认她做侄女;我也陆续和几个自以为忠告,其实是替我胆怯,或者竟是嫉妒的朋友绝了交。然而这倒很清静。每日办公散后,虽然已近黄昏,车夫又一定走得这样慢,但究竟还有二人相对的时候。我们先是沉默的相视,接着是放怀而亲密的交谈,后来又是沉默。大家低头沉思着,却并未想着什么事。我也渐渐清醒地读遍了她的身体,她的灵魂,不过三星期,我似乎于她已经更加了解,揭去许多先前以为了解而现在看来却是隔膜,即所谓真的隔膜了。

子君也逐日活泼起来。但她并不爱花,我在庙会时买来的两盆小草花,四天不浇,枯死在壁角了,我又没有照顾一切的闲暇。然而她爱动物,也许是从官太太那里传染的罢,不一月,我们的眷属便骤然加得很多,四只小油鸡,在小院子里和房主人的十多只一同走。但她们却认识鸡的相貌,各知道那一只是自家的。还有一只花白的叭儿狗,从庙会买来,记得似乎原有名字,子君却给它另起了一个,叫作阿随。我就叫它阿随,但我不喜欢这名字。

这是真的,爱情必须时时更新,生长,创造。我和子君说起这,她也领会地点点头。

唉唉,那是怎样的宁静而幸福的夜呵!

安宁和幸福是要凝固的,永久是这样的安宁和幸福。我们在会馆里时,还偶有议论的冲突和意思的误会,自从到吉兆胡同以来,连这一点也没有了;我们只在灯下对坐的怀旧谭中,回味那时冲突以后的和解的重生一般的乐趣。

子君竟胖了起来,脸色也红活了;可惜的是忙。管了家务便连谈天的工夫也没有,何况读书和散步。我们常说,我们总还得雇一个女工。

这就使我也一样地不快活,傍晚回来,常见她包藏着不快活的颜色,尤其使我不乐的是她要装作勉强的笑容。幸而探听出来了,也还是和那小官太太的暗斗,导火线便是两家的小油鸡。但又何必硬不告诉我呢?人总该有一个独立的家庭。这样的处所,是不能居住的。

我的路也铸定了,每星期中的六天,是由家到局,又由局到家。在局里便坐在办公桌前钞,钞,钞些公文和信件;在家里是和她相对或帮她生白炉子,煮饭,蒸馒头。我的学会了煮饭,就在这时候。

但我的食品却比在会馆里时好得多了。做菜虽不是子君的特长,然而她于此却倾注着全力;对于她的日夜的操心,使我也不能不一同操心,来算作分甘共苦。况且她又这样地终日汗流满面,短发都粘在脑额上;两只手又只是这样地粗糙起来。

况且还要饲阿随,饲油鸡,……都是非她不可的工作。

我曾经忠告她:我不吃,倒也罢了;却万不可这样地操劳。她只看了我一眼,不开口,神色却似乎有点凄然;我也只好不开口。然而她还是这样地操劳。

我所豫期的打击果然到来。双十节的前一晚,我呆坐着,她在洗碗。听到打门声,我去开门时,是局里的信差,交给我一张油印的纸条。我就有些料到了,到灯下去一看,果然,印着的就是:

> 奉
> 局长谕史涓生着毋庸到局办事
>
>   秘书处启 十月九号

这在会馆里时，我就早已料到了；那雪花膏便是局长的儿子的赌友，一定要去添些谣言，设法报告的。到现在才发生效验，已经要算是很晚的了。其实这在我不能算是一个打击，因为我早就决定，可以给别人去钞写，或者教读，或者虽然费力，也还可以译点书，况且《自由之友》的总编辑便是见过几次的熟人，两月前还通过信。但我的心却跳跃着。那么一个无畏的子君也变了色，尤其使我痛心；她近来似乎也较为怯弱了。

"那算什么。哼，我们干新的。我们……。"她说。

她的话没有说完；不知怎地，那声音在我听去却只是浮浮的：灯光也觉得格外黯淡。人们真是可笑的动物，一点极微末的小事情，便会受着很深的影响。我们先是默默地相视，逐渐商量起来，终于决定将现有的钱竭力节省，一面登"小广告"去寻求钞写和教读，一面写信给《自由之友》的总编辑，说明我目下的遭遇，请他收用我的译本，给我帮一点艰辛时候的忙。

"说做，就做罢！来开一条新的路！"

我立刻转身向了书案，推开盛香油的瓶子和醋碟，子君便送过那黯淡的灯来。我先拟广告；其次是选定可译的书，迁移以来未曾翻阅过，每本的头上都满漫着灰尘了；最后才写信。

我很费踌蹰，不知道怎样措辞好，当停笔凝思的时候，转眼去一瞥她的脸，在昏暗的灯光下，又很见得凄然。我真不料这样微细的小事情，竟会给坚决的，无畏的子君以这么显著的变化。她近来实在变得很怯弱了，但也并不是今夜才开始。我的心因此更缭乱，忽然有安宁的生活的影像——会馆里的破屋的寂静，在眼前一闪，刚刚想定睛凝视，却又看见了昏暗的灯光。

许久之后，信也写成了，是一封颇长的信；很觉得疲劳，仿佛近来自己也较为怯弱了。于是我们决定，广告和发信，就在明日一同实行。大家不约而同地伸直了腰肢，在无言中，似乎又都感到彼此的坚忍崛强的精神，还看见从新萌芽起来的将来的希望。

外来的打击其实倒是振作了我们的新精神。局里的生活,原如鸟贩子手里的禽鸟一般,仅有一点小米维系残生,决不会肥胖;日子一久,只落得麻痹了翅子,即使放出笼外,早已不能奋飞。现在总算脱出这牢笼了,我从此要在新的开阔的天空中翱翔,趁我还未忘却了我的翅子的扇动。

小广告是一时自然不会发生效力的;但译书也不是容易事,先前看过,以为已经懂得的,一动手,却疑难百出了,进行得很慢。然而我决计努力地做,一本半新的字典,不到半月,边上便有了一大片乌黑的指痕,这就证明着我的工作的切实。《自由之友》的总编辑曾经说过,他的刊物是决不会埋没好稿子的。

可惜的是我没有一间静室,子君又没有先前那么幽静,善于体帖了,屋子里总是散乱着碗碟,弥漫着煤烟,使人不能安心做事,但是这自然还只能怨我自己无力置一间书斋。然而又加以阿随,加以油鸡们。加以油鸡们又大起来了,更容易成为两家争吵的引线。

加以每日的"川流不息"的吃饭;子君的功业,仿佛就完全建立在这吃饭中。吃了筹钱,筹来吃饭,还要喂阿随,饲油鸡;她似乎将先前所知道的全都忘掉了,也不想到我的构思就常常为了这催促吃饭而打断。即使在坐中给看一点怒色,她总是不改变,仍然毫无感触似的大嚼起来。

使她明白了我的作工不能受规定的吃饭的束缚,就费去五星期。她明白之后,大约很不高兴罢,可是没有说。我的工作果然从此较为迅速地进行,不久就共译了五万言,只要润色一回,便可以和做好的两篇小品,一同寄给《自由之友》去。只是吃饭却依然给我苦恼。菜冷,是无妨的,然而竟不够;有时连饭也不够,虽然我因为终日坐在家里用脑,饭量已经比先前要减少得多。这是先去喂了阿随了,有时还并那近来连自己也轻易不吃的羊肉。她说,阿随实在瘦得太可怜,房东太太还因此嗤笑我们了,她受不住这样的奚落。

丁是吃我残饭的便只有油鸡们。这是我积久才看出来的,但同时也如赫胥黎的论定"人类在宇宙间的位置"一般,自觉了我在这里的位置:不过是叭儿狗和油鸡之间。

后来,经多次的抗争和催逼,油鸡们也逐渐成为肴馔,我们和阿随都享用了十多日的鲜肥;可是其实都很瘦,因为它们早已每日只能得到几粒高粱了。从此便清静得多。只有子君很颓唐,似乎常觉得凄苦和无聊,至于不大愿意开口。我想,人是多么容易改变呵!

但是阿随也将留不住了。我们已经不能再希望从什么地方会有来信,子君也早没有一点食物可以引它打拱或直立起来。冬季又逼近得这么快,火炉就要成为很大的问题;它的食量,在我们其实早是一个极易觉得的很重的负担。于是连它也留不住了。

倘使插了草标到庙市去出卖,也许能得几文钱罢,然而我们都不能,也不愿这样做。终于是用包袱蒙着头,由我带到西郊去放掉了,还要追上来,便推在一个并不很深的土坑里。

我一回寓,觉得又清静得多多了;但子君的凄惨的神色,却使我很吃惊。那是没有见过的神色,自然是为阿随。但又何至于此呢?我还没有说起推在土坑里的事。

到夜间,在她的凄惨的神色中,加上冰冷的分子了。

"奇怪。——子君,你怎么今天这样儿了?"我忍不住问。

"什么?"她连看也不看我。

"你的脸色……。"

"没有什么,——什么也没有。"

我终于从她言动上看出,她大概已经认定我是一个忍心的人。其实,我一个人,是容易生活的,虽然因为骄傲,向来不与世交来往,迁居以后,也疏远了所有旧识的人,然而只要能远走高飞,生路还宽广得很。现在忍受着这生活压迫的苦痛,大半倒是为她,便是放掉阿随,也何尝不如此。但子君的识见却似乎只是浅薄起来,竟至于连这一点也想不到了。

我拣了一个机会,将这些道理暗示她;她领会似的点头。然而看她后来的情形,她是没有懂,或者是并不相信的。

天气的冷和神情的冷,逼迫我不能在家庭中安身。但是往那里去呢?大道上,公园里,虽然没有冰冷的神情,冷风究竟也刺得人皮肤欲裂。我终于在通俗图书馆里觅得了我的天堂。

那里无须买票;阅书室里又装着两个铁火炉。纵使不过是烧着不死不活的煤的火炉,但单是看见装着它,精神上也就总觉得有些温暖。书却无可看:旧的陈腐,新的是几乎没有的。

好在我到那里去也并非为看书。另外时常还有几个人,多则十余人,都是单薄衣裳,正如我,各人看各人的书,作为取暖的口实。这于我尤为合式。道路上容易遇见熟人,得到轻蔑的一瞥,但此地却决无那样的横祸,因为他们是永远围在别的铁炉旁,或者靠在自家的白炉边的。

那里虽然没有书给我看,却还有安闲容得我想。待到孤身枯坐,回忆从前,这才觉得大半年来,只为了爱,——盲目的爱,——而将别的人生的要义全盘疏忽了。第一,便是生活。人必生活着,爱才有所附丽。世界上并非没有为了奋斗者而开的活路;我也还未忘却翅子的扇动,虽然比先前已经颓唐得多……。

屋子和读者渐渐消失了,我看见怒涛中的渔夫,战壕中的兵士,摩托车中的贵人,洋场上的投机家,深山密林中的豪杰,讲台上的教授,昏夜的运动者和深夜的偷儿……。子君,——不在近旁。她的勇气都失掉了,只为着阿随悲愤,为着做饭出神;然而奇怪的是倒也并不怎样瘦损……。

冷了起来,火炉里的不死不活的几片硬煤,也终于烧尽了,已是闭馆的时候。又须回到吉兆胡同,领略冰冷的颜色去了。近来也间或遇到温暖的神情,但这却反而增加我的苦痛。记得有一夜,子君的眼里忽而又发出久已不见的稚气的光来,笑着和我谈到还在会馆时候的情形,时时又很带些恐怖的神色。我知道我近来的超过她的冷漠,已经引起她的忧疑来,只得也勉力谈笑,想给她一点慰藉。然而我的笑貌一上脸,我的话一出口,却即刻变为空虚,这空虚又即刻发生反响,回向我的耳目里,给我一个难堪的恶毒的冷嘲。

子君似乎也觉得的,从此便失掉了她往常的麻木似的镇静,虽然竭力掩饰,总还是时时露出忧疑的神色来,但对我却温和得多了。

我要明告她,但我还没有敢,当决心要说的时候,看见她孩子一般的眼色,就使我只得暂且改作勉强的欢容。但是这又即刻来冷嘲我,并使我失却那冷漠的镇静。

她从此又开始了往事的温习和新的考验,逼我做出许多虚伪的温存的答案来,将温存示给她,虚伪的草稿便写在自己的心上。我的心渐被这些草稿填满了,常觉得难于呼吸。我在苦恼中常常想,说真实自然须有极大的勇气的;假如没有这勇气,而苟安于虚伪,那也便是不能开辟新的生路的人。不独不是这个,连这人也未尝有!

子君有怨色,在早晨,极冷的早晨,这是从未见过的,但也许是从我看来的怨色。我那时冷冷地气愤和暗笑了;她所磨练的思想和豁达无畏的言论,到底也还是一个空虚,而对于这空虚却并未自觉。她早已什么书也不看,已不知道人的生活的第一着是求生,向着这求生的道路,是必须携手同行,或奋身孤往的了,倘使只知道搥着一个人的衣角,那便是虽战士也难于战斗,只得一同灭亡。

我觉得新的希望就只在我们的分离;她应该决然舍去,——我也突然想到她的死,然而立刻自责,忏悔了。幸而是早晨,时间正多,我可以说我的真实。我们的新的道路的开辟,便在这一遭。

我和她闲谈,故意地引起我们的往事,提到文艺,于是涉及外国的文人,文人的作品:《诺拉》,《海的女人》。称扬诺拉的果决……。

也还是去年在会馆的破屋里讲过的那些话,但现在已经变成空虚,从我的嘴传入自己的耳中,时时疑心有一个隐形的坏孩子,在背后恶意地刻毒地学舌。

她还是点头答应着倾听,后来沉默了。我也就断续地说完了我的话,连余音都消失在虚空中了。

"是的。"她又沉默了一会,说,"但是,……涓生,我觉得你近来很两样了。可是的? 你,——你老实告诉我。"

我觉得这似乎给了我当头一击,但也立即定了神,说出我的意见和主张来:新的路的开辟,新的生活的再造,为的是免得一同灭亡。

临末,我用了十分的决心,加上这几句话——

"……况且你已经可以无须顾虑,勇往直前了。你要我老实说;是的,人是不该虚伪的。我老实说罢:因为,因为我已经不爱你了! 但这于你倒好得多,因为你更可以毫无挂念地做事……。"

我同时豫期着大的变故的到来,然而只有沉默。她脸色陡然变成灰黄,死了似的;瞬间便又苏生,眼里也发了稚气的闪闪的光泽。这眼光射向四处,正如孩子在饥渴中寻求着慈爱的母亲,但只在空中寻求,恐怖地回避着我的眼。

我不能看下去了,幸而是早晨,我冒着寒风径奔通俗图书馆。

在那里看见《自由之友》,我的小品文都登出了。这使我一惊,仿佛得了一点生气。我想,生活的路还很多,——但是,现在这样也还是不行的。

我开始去访问久已不相闻问的熟人,但这也不过一两次;他们的屋子自然是暖和的,我在骨髓中却觉得寒冽。夜间,便蜷伏在比冰还冷的冷屋中。

冰的针刺着我的灵魂,使我永远苦于麻木的疼痛。生活的路还很多,我也还没有忘却翅子的扇动,我想。——我突然想到她的死,然而立刻自责,忏悔了。

在通俗图书馆里往往瞥见一闪的光明,新的生路横在前面。她勇猛地觉悟了,毅然走出这冰冷的家,而且,——毫无怨恨的神色。我便轻如行云,漂浮空际,上有蔚蓝的天,下是深山大海,广厦高楼,战场,摩托车,洋场,公馆,晴明的闹市,黑暗的夜……。

而且,真的,我豫感得这新生面便要来到了。

我们总算度过了极难忍受的冬天,这北京的冬天;就如蜻蜓落在恶作剧的坏孩子的手里一般,被系着细线,尽情玩弄,虐待,虽然幸而没有送掉性命,结果也还是躺在地上,只争着一个迟早之间。

写给《自由之友》的总编辑已经有三封信,这才得到回信,信封里只有两张书券:两角的和三角的。我却单是催,就用了九分的邮票,一天的饥饿,又都白挨给于己一无所得的空虚了。

然而觉得要来的事,却终于来到了。

这是冬春之交的事,风已没有这么冷,我也更久地在外面徘徊;待到回家,大概已经昏黑。就在这样一个昏黑的晚上,我照常没精打采地回来,一看见寓所的门,也照常更加丧气,使脚步放得更缓。但终于走进自己的屋子里了,没有灯火;摸火柴点起来时,是异样的寂寞和空虚!

正在错愕中,官太太便到窗外来叫我出去。

"今天子君的父亲来到这里,将她接回去了。"她很简单地说。

这似乎又不是意料中的事,我便如脑后受了一击,无言地站着。

"她去了么?"过了些时,我只问出这样一句话。

"她去了。"

"她,——她可说什么?"

"没说什么。单是托我见你回来时告诉你,说她去了。"

我不信;但是屋子里是异样的寂寞和空虚。我遍看各处,寻觅子君；只见几件破旧而黯淡的家具，都显得极其清疏，在证明着它们毫无隐匿一人一物的能力。我转念寻信或她留下的字迹，也没有；只是盐和干辣椒，面粉，半株白菜，却聚集在一处了，旁边还有几十枚铜元。这是我们两人生活材料的全副，现在她就郑重地将这留给我一个人，在不言中，教我借此去维持较久的生活。

我似乎被周围所排挤，奔到院子中间，有昏黑在我的周围；正屋的纸窗上映出明亮的灯光，他们正在逗着孩子玩笑。我的心也沉静下来，觉得在沉重的迫压中，渐渐隐约地现出脱走的路径：深山大泽，洋场，电灯下的盛筵，壕沟，最黑最黑的深夜，利刃的一击，毫无声响的脚步……。

心地有些轻松，舒展了，想到旅费，并且嘘一口气。

躺着，在合着的眼前经过的豫想的前途，不到半夜已经现尽；暗中忽然仿佛看见一堆食物，这之后，便浮出一个子君的灰黄的脸来，睁了孩子气的眼睛，恳托似的看着我。我一定神，什么也没有了。

但我的心却又觉得沉重。我为什么偏不忍耐几天，要这样急急地告诉她真话的呢？现在她知道，她以后所有的只是她父亲——儿女的债主——的烈日一般的严威和旁人的赛过冰霜的冷眼。此外便是虚空。负着虚空的重担，在严威和冷眼中走着所谓人生的路，这是怎么可怕的事呵！而况这路的尽头，又不过是——连墓碑也没有的坟墓。

我不应该将真实说给子君，我们相爱过，我应该永久奉献她我的说谎。如果真实可以宝贵，这在子君就不该是一个沉重的空虚。谎语当然也是一个空虚，然而临末，至多也不过这样地沉重。

我以为将真实说给子君，她便可以毫无顾虑，坚决地毅然前行，一如我们将要同居时那样。但这恐怕是我错误了。她当时的勇敢和无畏是因为爱。

我没有负着虚伪的重担的勇气，却将真实的重担卸给她了。她爱我之后,就要负了这重担,在严威和冷眼中走着所谓人生的路。

我想到她的死……。我看见我是一个卑怯者,应该被摈于强有力的人们,无论是真实者,虚伪者。然而她却自始至终,还希望我维持较久的生活……。

我要离开吉兆胡同,在这里是异样的空虚和寂寞。我想,只要离开这里,子君便如还在我的身边;至少,也如还在城中,有一天,将要出乎意表地访我,像住在会馆时候似的。

然而一切请托和书信,都是一无反响;我不得已,只好访问一个久不问候的世交去了。他是我伯父的幼年的同窗,以正经出名的拔贡,寓京很久,交游也广阔的。

大概因为衣服的破旧罢,一登门便很遭门房的白眼。好容易才相见,也还相识,但是很冷落。我们的往事,他全都知道了。

"自然,你也不能在这里了,"他听了我托他在别处觅事之后,冷冷地说,"但那里去呢? 很难。——你那,什么呢,你的朋友罢,子君,你可知道,她死了。"

我惊得没有话。

"真的?"我终于不自觉地问。

"哈哈。自然真的。我家的王升的家,就和她家同村。"

"但是,——不知道是怎么死的?"

"谁知道呢。总之是死了就是了。"

我已经忘却了怎样辞别他,回到自己的寓所。我知道他是不说谎话的;子君总不会再来的了,像去年那样。她虽是想在严威和冷眼中负着虚空的重担来走所谓人生的路,也已经不能。她的命运,已经决定她在我所给与的真实——无爱的人间死灭了!

自然,我不能在这里了;但是,"那里去呢?"

四围是广大的空虚,还有死的寂静。死于无爱的人们的眼前的黑暗,我仿佛一一看见,还听得一切苦闷和绝望的挣扎的声音。

我还期待着新的东西到来，无名的，意外的。但一天一天，无非是死的寂静。

我比先前已经不大出门，只坐卧在广大的空虚里，一任这死的寂静侵蚀着我的灵魂。死的寂静有时也自己战栗，自己退藏，于是在这绝续之交，便闪出无名的，意外的，新的期待。

一天是阴沉的上午，太阳还不能从云里面挣扎出来，连空气都疲乏着。耳中听到细碎的步声和咻咻的鼻息，使我睁开眼。大致一看，屋子里还是空虚；但偶然看到地面，却盘旋着一匹小小的动物，瘦弱的，半死的，满身灰土的……

我一细看，我的心就一停，接着便直跳起来。

那是阿随。它回来了。

我的离开吉兆胡同，也不单是为了房主人们和他家女工的冷眼，大半就为着这阿随。但是，"那里去呢?"新的生路自然还很多，我约略知道，也间或依稀看见，觉得就在我面前，然而我还没有知道跨进那里去的第一步的方法。

经过许多回的思量和比较，也还只有会馆是还能相容的地方。依然是这样的破屋，这样的板床，这样的半枯的槐树和紫藤，但那时使我希望，欢欣，爱，生活的，却全都逝去了，只有一个虚空，我用真实去换来的虚空存在。

新的生路还很多，我必须跨进去，因为我还活着。但我还不知道怎样跨出那第一步。有时，仿佛看见那生路就像一条灰白的长蛇，自己蜿蜒地向我奔来，我等着，等着，看看临近，但忽然便消失在黑暗里了。

初春的夜，还是那么长。长久的枯坐中记起上午在街头所见的葬式，前面是纸人纸马，后面是唱歌一般的哭声。我现在已经知道他们的聪明了,这是多么轻松简截的事。

然而子君的葬式却又在我的眼前,是独自负着虚空的重担,在灰白的长路上前行,而又即刻消失在周围的严威和冷眼里了。

我愿意真有所谓鬼魂,真有所谓地狱,那么,即使在孽风怒吼之中,我也将寻觅子君,当面说出我的悔恨和悲哀,祈求她的饶恕;否则,地狱的毒焰将围绕我,猛烈地烧尽我的悔恨和悲哀。

我将在孽风和毒焰中拥抱子君,乞她宽容,或者使她快意……。

但是,这却更虚空于新的生路;现在所有的只是初春的夜,竟还是那么长。我活着,我总得向着新的生路跨出去,那第一步,——却不过是写下我的悔恨和悲哀,为子君,为自己。

我仍然只有唱歌一般的哭声,给子君送葬,葬在遗忘中。

我要遗忘;我为自己,并且要不再想到这用了遗忘给子君送葬。

我要向着新的生路跨进第一步去,我要将真实深深地藏在心的创伤中,默默地前行,用遗忘和说谎做我的前导……。

一九二五年十月二十一日毕。

未另发表。

初收 1926 年 8 月北京北新书局版"乌合丛书"之一《彷徨》。

二十二日

日记 晴。午后往黎明讲。往山本医院诊。下午品青,小峰,衣萍来。伏园,春台来。晚迁住北屋。夜校杂感。

二十三日

日记 晴。上午往大中讲。午后往女师校讲。下午迁回原屋。鲁彦,有麟来。

二十四日

　　日记　昙。郁达夫来。下午季市来。得常燕生信。

二十五日

　　日记　星期。晴。上午寄紫佩信。丛芜来。子元来。下午王希礼来,赠以《苏俄文艺论战》及《中国小说史略》各一本。晚齐寿山来并赠土偶人一枚。

二十六日

　　日记　晴。下午季市来。晚素园,季野,静农来。夜得和森信,二十三日发。

二十七日

　　日记　晴。上午得尚钟吾信并稿。午后培良,长虹来。下午季市来。

二十八日

　　日记　晴。上午往中大讲并收九月分薪水泉五。买《淮南旧注校理》一本,《经籍旧音辨证》一部二本,各八角四分。寄裘子元信。午裘子元来并交女师大旧欠十三元五角。尚钟吾来。得有麟信并稿。下午往六国饭店访王希礼,赠以《语丝》合订本一及二各一本。往西交民巷兴华公司买鞋,泉九元五角。晚李福海君来。得吕云章信。寄女师大信。寄齐寿山信。矛尘来。

二十九日

　　日记　晴。午后往黎明讲。往山本医院诊。下午得寄野信,即复。朋基来。

三十日

日记 晴。上午寄季市信。往大中讲。买《天马山房丛著》一本，一元二角。午后访小峰，取《小说史略》五本。得钦文，璇卿信，十七日发。往女师大讲。收黎明薪水八。

思索的惰性 *

[日本]片山孤村

正如物理学上有惰性的法则一样，在精神界，也行着思索的惰性(Denktraegheit)这一个法则。所谓人者，原是懒惰的东西，很有只要并无必需，总想耽于安逸的倾向；加以处在生存竞争剧烈的世上，为口腹计就够忙碌了，再没有工夫来思索，所以即使一想就懂的事，也永远不想，从善于思索的人看来，十分明白的道理，也往往在不知不识中，终于不懂地过去了。世上几多的迷信和谬见，即由此发生，对于精神文明的进步，加了不少的阻害。

聚集着聪明的头脑的文坛上，也行着这法则。尤其是古人的格言和谚语中，说着漫天大谎的就不少，但因为历来的脍炙人口，以及其人的权威和措辞的巧妙这些原因，便发生思索的惰性，至于将这样的谎话当作真理。又，要发表一种思想，而为对偶之类的修辞法所迷，不觉伤了真理的时候也有；或则作者本知道自己的思想并非真理，只为文章做得好看，便发表了以欺天下后世的时候也有的。并非天才的诗人，徒弄奇警之句以博虚名的文学者，都有这弊病。对于眩人目睛的绚烂的文章，和使人出惊的思想，都应该小心留神地想一想的。例如有一警句，云是"诗是有声之画，画乃无声之诗。"这不但是几世纪以来，在文人墨客间被引证为金科玉律的，就在现今，也还支配着不爱思索的人们的头脑。但自从距今约百四十年前,在莱洵（G. E. Lessing）的《洛康》（*Laokoon*）上撕掉了这骈句的假装之后,突然不流行了。然而,就在撕掉假装的这莱洵的言论中,到现在,也显露了很难凭信的处所。靠不住的是川流和人事。说些这种似乎高明的话的我,也许竟说着非常的胡说。上帝是一位了不得的嘲笑家。

现今在文明史和文艺批评上做工夫的人们中,因为十分重视那文艺和国民性的关系之余,大抵以为文艺是国民精神的反映,大文学如但丁（Dante Alighieri）,沙士比亚（W. Shakespeare）,瞿提（J. W. Goethe）,希勒垒尔（Fr. Schiller）等,尤其是该国民的最适切的代表者,只要研究这些大文学,便自然明白那国民的性格和理想了。而国民自己,也相信了这些话,以为可为本国光荣的诗人和美术家及其作品,是体现着自己们的精神的,便一心一意地崇拜着。

这一说,究竟是否得当的呢？我想在这里研究一番。

大概,忖度他人的心中,本不是容易事;而尤其困难的,则莫过于推究过去的国民的精神状态。现今之称为舆论者,真是代表着或一社会全体,或者至少是那大部分的意见的么？很可疑的。一国民的文艺也一样,真是代表着那国民的精神的么？也可疑的。在德国,也因为一时重视那俗谣的长所,即真实敦厚之趣之余,遂以为俗谣并非成于一人之手,也不是何人所作,是自然地成就的;但那所谓国民文学是国民的产物国民特有的事业之说,岂不是也和这主张俗谣是自然成立的话,陷了同一的谬误么？为什么呢？因为文艺上的作品,是成于个人之手的东西,多数国民和这是没有关系的。而诗人和艺术家,又是个性最为发达的天才,有着和常人根本底地不同的精神,在国民的精神底地平线上,崭然露出头角。这样的天才,究竟具备着可做国民及时代的代表者的资格没有呢？据我的意见,则以为国民的代表底类型倒在那些不出于地平线以上的匹夫匹妇。那么,在文艺上,代表国民底精神,可称为那反响的作品,也应该大概是成于被文学史家和批评家先生骂为粗俗,嘲为平凡,才在文学史的一角里保其残喘的小文学家之手的东西了。例如,在现代的明治义学里,可称为国民底(不是爱国底之意)精神的代表,国民的声音者,并非红叶露伴的作品,而倒是弦斋的《食道乐》罢。这一部书,实在将毫无什么高尚的精神底兴味,唯以充口腹之欲为至乐,于人生中寻不出一点意义的现代我国民的唯物底倾向,赤条条地表现出来了。弦斋用了这部书,一方面固然投国民的俗尚,同时在别方面也暴露了国民的"下卑根性"而给了一个大大的侮辱。"武士虽不食,然而竹牙刷"那样的贵族思想,到唯物底明治时代,早成了过时的东西了。弦斋的《食道乐》,是表现这时代的根性的胜利的好个的象征。

反之,高尚的艺术底作品,则并非国民底性情的反响;而且,能懂得者,也仅限于有多少天禀和教育的比较底少数的国民。这样的文学,要受国民的欢迎,是须得经过若干岁月的。而且因为是同国民的产物,则不得不有若干的民族底类似。这类似之点,即所以平均国民与艺术家的天禀和理想的高低;那作品,是国民的指导者,教育者,而决不是代表者。所以那作品而真有伟大的感化及于国民的时候,则国民受其陶冶,到次期,诗人艺术家便成为比较底国民底了。但是,至于说伟大的天才,完全地代表国民的精神,则自然是疑问。然而,即此一点,也就是天才的个性人格,成为天才的本领,有着永远不朽的价值的原因。因为理想的天才,是超然于时间之外的,所以时代生天才一类的话,又是大错特错的根基,在伟人的传记等类,置重于时代,试行历史底解释者,多有陷于牵强附会的事。我之所谓伟人,是精神底文明的创造者之谓,并不是马上的英雄和政治家。

复次,以"正义者最后之胜利也"这一句暧昧的话所代表的道德底世界秩序,即"善人昌恶人灭"这一种思想,和历史上的事实是不合的。文艺上的作品也一样,并不是只有优良者留传于后。荷马(Homeros)之所以传至几千年之后者,因为他在许多史诗中占着最优胜的地位之故;沙士比亚之所以不朽者,因为那内容育着不朽的思想之故:这些议论,是从西洋的文学史和明治文坛的批评家先生们讲给听到耳朵也要聋聩了的。但是仔仔细细地想起来,总觉得是可疑的议论。只看希腊的文明史,有着不朽的价值的天才和作品,不传于后世者就很多。那传下来的,也许又不过是几百分之一。靠了这么一点的材料,而纵论希腊的文明是怎样的,所谓 Classic 者是这样的,惟希腊实不胜其惶恐之至。而况解释之至难者如过去的精神状态,竟以为用二三句修辞的文句就表现出来,则实在大胆已极了。倒不如尼采(Fr. Nietzsche)的《从音乐精神的悲剧的诞生》(*Die Geburt der Tragoedie*)和朗革培恩(J. Langbehn)的《为教育家之伦勃兰德》(*Rembrandt als Erzieher*)那样,不拘泥于史实,却利用了史实,而倾吐自家胸中块垒的,不知道要有趣而且有益到多少。因为历史底事实的确正,是未必一定成为真理的保证的。例如,即使史料编纂的先生们,证明了辨庆和兒岛高德都是虚构的人物,其于国民的精神,并无什么损益;他们依然是不朽的。所以,我相信,阿染和久松,比先前的关白太政大臣还要不朽。我自然是承认历史的价值的,但从这方面,倒想来提倡非历史底主义。

据勃兰兑斯(G. Brandes)最近的论文集中的一篇文章说,则希腊悲剧作家的名字之传世老约有三百五十,而残存着著作的仅有三人。这就是遏息罗斯(Aeschylos),梭孚克来斯(Sophokles),欧里辟台斯(Euripides),而虽是这些诗人的作品,残存者也不够十分之一。叙情诗人(女)珂林那(Korinna),是曾经五次胜过宾达罗斯(Pinda-ros)的,但残存的诗,不过是无聊的断片。罗马的史家挞实图斯(Tacitus)的著作,所以残留至今者,据说是因为皇帝挞实图斯和史家同姓,误信为史家的子孙,在公共图书馆搜集挞实图斯的著作,且使每年作钞本十部的缘故。虽然如此,但假使十五世纪时德国遏司忒法伦的一个精舍里不发见那著作的残余,则流传者也许要更其少。十六世纪时出版的法国滑稽剧,是千八百四十年在邻国柏林的一个屋顶室的柜子里发见,这才知道有这样的东西的。便是有名的《罗兰之歌》,也在千八百三十七年才发见钞本,经过了八百年而到人间来。更甚的例,则如希腊罗马的诗稿的羊皮纸,因为牢固,于券契很有用,所以竟有特地磨去了诗句,用于借票的。同样的例,在美术品也颇多。如莱阿那陀(Leonardo da Vinci)的《圣餐之图》,是最为有名的。

举起这样的例来,是无限的,所以在这里便即此而上。就是,文艺上的不朽,决非确实的事,大诗人和大杰作之传于后世者,多是偶然的结果,未必与其价值相关。反之,平平凡凡的作品却山似的流传后世者颇不少。

又据勃兰兑斯氏之所说,则多数的图书文籍,不但是被忘却,归于消灭而已,因为纸张的粗恶,自然朽腐了。所以倘不是屡屡印行的书,则即使能防鼠和霉,也还是自然化为尘土。然而,这是人类的幸福。否则,我们也许要在纸张中淹死。交给法国一个国民图书馆里的法国出版的图书,据说是每日六十部;但是,新闻杂志还在外。千八百九十四年巴黎所出的日刊报章,是二千二百八十七种。凡这些,都是近世人类的日日的粮,而又日日消去的。不,这虽然是太不相干的话,但倘以为我们所生存的地球,我们生存的根源的太阳,都不过是有着有限的生命,则不朽的事业,也就是什么也没有的事。

总而言之,在现下的文坛上,徒弄着粗枝大叶的,抽象底议论和偏向西洋的文明论的人们之中,很有不少的僻见;尤其是对于"国民","文学","天才","时代"等的关系,虽然是失礼的话,实在间或有闹着给孩子玩刀子似的危险的议论的。什么困难的事,本来是什么也没有的,因为被思索的惰性所麻痹了的结果,这才会到这样。还有,对于文明史,文学史,哲学史等的真相,即这些果有人类的"精神史"之实么?关于这事,原也想试来论一论的,但这一回没有余暇,所以就此搁笔了。

一九〇五年作。译自《最近德国文学的研究》

403

原载 1925 年 10 月 30 日《莽原》周刊第 28 期。

初收 1929 年 4 月上海北新书局版《壁下译丛》。

从胡须说到牙齿

1

一翻《呐喊》，才又记得我曾在中华民国九年双十节的前几天做过一篇《头发的故事》；去年，距今快要一整年了罢，那时是《语丝》出世未久，我又曾为它写了一篇《说胡须》。实在似乎很有些章士钊之所谓"每况愈下"了，——自然，这一句成语，也并不是章士钊首先用错的，但因为他既以擅长旧学自居，我又正在给他打官司，所以就栽在他身上。当时就听说，——或者也是时行的"流言"，——一位北京大学的名教授就愤慨过，以为从胡须说起，一直说下去，将来就要说到屁股，则于是乎便和上海的《晶报》一样了。为什么呢？这须是熟精今典的人们才知道，后进的"束发小生"是不容易了然的。因为《晶报》上曾经登过一篇《太阳晒屁股赋》，屁股和胡须又都是人身的一部分，既说此部，即难免不说彼部，正如看见洗脸的人，敏捷而聪明的学者即能推见他一直洗下去，将来一定要洗到屁股。所以有志于做 gentleman 者，为防微杜渐起见，应该在背后给一顿奚落的。——如果说此外还有深意，那我可不得而知了。

昔者窃闻之：欧美的文明人讳言下体以及和下体略有渊源的事物。假如以生殖器为中心而画一正圆形，则凡在圆周以内者均在讳言之列；而圆之半径，则美国者大于英。中国的下等人，是不讳言的；古之上等人似乎也不讳，所以虽是公子而可以名为黑臀。讳之始，不知在什么时候；而将英美的半径放大，直至于口鼻之间或更在其上,则昉于一千九百二十四年秋。

文人墨客大概是感性太锐敏了之故罢,向来就很娇气,什么也给他说不得,见不得,听不得,想不得。道学先生于是乎从而禁之,虽然很像背道而驰,其实倒是心心相印。然而他们还是一看见堂客的手帕或者姨太太的荒冢就要做诗。我现在虽然也弄弄笔墨做做白话文,但才气却仿佛早经注定是该在"水平线"之下似的,所以看见手帕或荒冢之类,倒无动于中;只记得在解剖室里第一次要在女性的尸体上动刀的时候,可似乎略有做诗之意,——但是,不过"之意"而已,并没有诗,读者幸勿误会,以为我有诗集将要精装行世,传之其人,先在此预告。后来,也就连"之意"都没有了,大约是因为见惯了的缘故罢,正如下等人的说惯一样。否则,也许现在不但不敢说胡须,而且简直非"人之初性本善论"或"天地玄黄赋"便不屑做。遥想土耳其革命后,撕去女人的面幕,是多么下等的事?呜呼,她们已将嘴巴露出,将来一定要光着屁股走路了!

2

虽然有人数我为"无病呻吟"党之一,但我以为自家有病自家知,旁人大概是不很能够明白底细的。倘没有病,谁来呻吟?如果竟要呻吟,那就已经有了呻吟病了,无法可医。——但模仿自然又是例外。即如自胡须直至屁股等辈,倘使相安无事,谁爱去纪念它们;我们平居无事时,从不想到自己的头,手,脚以至脚底心。待到慨然于"头颅谁斫","髀肉(又说下去了,尚希绅士淑女恕之)复生"的时候,是早已别有缘故的了,所以,"呻吟"。而批评家们曰:"无病"。我实在艳羡他们的健康。

譬如腋下和胯间的毫毛,向来不很肇祸,所以也没有人引为题目,来呻吟一通。头发便不然了,不但白发数茎,能使老先生揽镜慨然,赶紧拔去;清初还因此杀了许多人。民国既经成立,辫子总算剪定了,即使保不定将来要翻出怎样的花样来,但目下总不妨说是已经告一段落。于是我对于自己的头发，也就淡然若忘，而况女子应否剪发的问题呢，因为我并不预备制造桂花油或贩卖烫剪：事不干己，是无所容心于其间的。但到民国九年，寄住在我的寓里的一位小姐考进高等女子师范学校去了，而她是剪了头发的，再没有法可梳盘龙髻或S髻。到这时，我才知道虽然已是民国九年，而有些人之嫉视剪发的女子，竟和清朝末年之嫉视剪发的男子相同；校长M先生虽被天夺其魄，自己的头顶秃到近乎精光了，却偏以为女子的头发可系千钧，示意要她留起。设法去疏通了几回，没有效，连我也听得麻烦起来，于是乎"感慨系之矣"了，随口呻吟了一篇《头发的故事》。但是，不知怎的，她后来竟居然并不留长，现在还是蓬蓬松松的在北京道上走。

本来，也可以无须说下去了，然而连胡须样式都不自由，也是我平生的一件感愤，要时时想到的。胡须的有无，式样.长短，我以为除了直接受着影响的人以外，是毫无容喙的权利和义务的，而有些人们偏要越俎代谋，说些无聊的废话，这真和女子非梳头不可的教育，"奇装异服"者要抓进警厅去办罪的政治一样离奇。要人没有反拨，总须不加刺激；乡下人捉进知县衙门去，打完屁股之后，叩一个头道："谢大老爷！"这情形是特异的中国民族所特有的。

不料恰恰一周年，我的牙齿又发生问题了，这当然就要说牙齿。这回虽然并非说下去，而是说进去，但牙齿之后是咽喉，下面是食道，胃，大小肠，直肠，和吃饭很有相关，仍将为大雅所不齿；更何况直肠的邻近还有膀胱呢，呜呼！

3

中华民国十四年十月二十七日，即夏历之重九，国民因为主张关税自主，游行示威了。但巡警却断绝交通，至于发生冲突，据说两面"互有死伤"。次日，几种报章（《社会日报》，《世界日报》，《舆论报》，《益世报》，《顺天时报》等）的新闻中就有这样的话：

"学生被打伤者,有吴兴身(第一英文学校),头部刀伤甚重……周树人(北大教员)齿受伤,脱门牙二。其他尚未接有报告。……"

这样还不够,第二天,《社会日报》,《舆论报》,《黄报》,《顺天时报》又道:

"……游行群众方面,北大教授周树人(即鲁迅)门牙确落二个。……"

舆论也好,指导社会机关也好,"确"也好,不确也好,我是没有修书更正的闲情别致的。但被害苦的是先有许多学生们,次日我到L学校去上课,缺席的学生就有二十余,他们想不至于因为我被打落门牙,即以为讲义也跌了价的,大概是预料我一定请病假。还有几个尝见和未见的朋友,或则面问,或则函问;尤其是朋其君,先行肉薄中央医院,不得,又到我的家里,目睹门牙无恙,这才重回东城,而"昊天不吊",竟刮起大风来了。

假使我真被打落两个门牙,倒也大可以略平"整顿学风"者和其党徒之气罢;或者算是说了胡须的报应,——因为有说下去之嫌,所以该得报应,——依博爱家言,本来也未始不是一举两得的事。但可惜那一天我竟不在场。我之所以不到场者,并非遵了胡适教授的指示在研究室里用功,也不是从了江绍原教授的忠告在推敲作品,更不是依着易卜生博士的遗训正在"救出自己";惭愧我全没有做那些大工作,从实招供起来,不过是整天躺在窗下的床上而已。为什么呢? 曰:生些小病,非有他也。

然而我的门牙,却是"确落二个"的。

4

这也是自家有病自家知的一例,如果牙齿健全的,决不会知道牙痛的人的苦楚,只见他歪着嘴角吸风,模样着实可笑。自从盘古开辟天地以来,中国就未曾发明过一种止牙痛的好方法,现在虽然很有些什么"西法镶牙补眼"的了，但大概不过学了一点皮毛，连消毒去腐的粗浅道理也不明白。以北京而论，以中国自家的牙医而论，只有几个留美出身的博士是好的，但是，yes，贵不可言。至于穷乡僻壤，却连皮毛家也没有，倘使不幸而牙痛，又不安本分而想医好，怕只好去叩求城隍土地爷爷罢。

我从小就是牙痛党之一，并非故意和牙齿不痛的正人君子们立异，实在是"欲罢不能"。听说牙齿的性质的好坏，也有遗传的，那么，这就是我的父亲赏给我的一份遗产，因为他牙齿也很坏。于是或蛀，或破，……终于牙龈上出血了，无法收拾；住的又是小城，并无牙医。那时也想不到天下有所谓"西法……"也者，惟有《验方新编》是唯一的救星；然而试尽"验方"都不验。后来，一个善士传给我一个秘方：择日将栗子风干，日日食之，神效。应择那一日，现在已经忘却了，好在这秘方的结果不过是吃栗子，随时可以风干的，我们也无须再费神去查考。自此之后，我才正式看中医，服汤药，可惜中医仿佛也束手了，据说这是叫"牙损"，难治得很呢。还记得有一天一个长辈斥责我，说，因为不自爱，所以会生这病的；医生能有什么法？我不解，但从此不再向人提起牙齿的事了，似乎这病是我的一件耻辱。如此者久而久之，直至我到日本的长崎，再去寻牙医，他给我刮去了牙后面的所谓"齿垽"，这才不再出血了，化去的医费是两元，时间是约一小时以内。

我后来也看看中国的医药书，忽而发见触目惊心的学说了。它说，齿是属于肾的，"牙损"的原因是"阴亏"。我这才顿然悟出先前的所以得到申斥的原因来，原来是它们在这里这样诬陷我。到现在，即使有人说中医怎样可靠，单方怎样灵，我还都不信。自然，其中大半是因为他们耽误了我的父亲的病的缘故罢，但怕也很挟带些切肤之痛的自己的私怨。

事情还很多哩，假使我有 Victor Hugo 先生的文才，也许因此可以写出一部 *Les Misérables* 的续集。然而岂但没有而已么，遭难的又是自家的牙齿，向人分送自己的冤单，是不大合式的，虽然所有文章，几乎十之九是自身的暗中的辩护。现在还不如迈开大步一跳，一径来说"门牙确落二个"的事罢：

　　袁世凯也如一切儒者一样，最主张尊孔。做了离奇的古衣冠，盛行祭孔的时候，大概是要做皇帝以前的一两年。自此以来，相承不废，但也因秉政者的变换，仪式上，尤其是行礼之状有些不同：大概自以为维新者出则西装而鞠躬，尊古者兴则古装而顿首。我曾经是教育部的佥事，因为"区区"，所以还不入鞠躬或顿首之列的；但届春秋二祭，仍不免要被派去做执事。执事者，将所谓"帛"或"爵"递给鞠躬或顿首之诸公的听差之谓也。民国十一年秋，我"执事"后坐车回寓去，既是北京，又是秋，又是清早，天气很冷，所以我穿着厚外套，带了手套的手是插在衣袋里的。那车夫，我相信他是因为瞌睡，胡涂，决非章士钊党；但他却在中途用了所谓"非常处分"，以"迅雷不及掩耳之手段"，自己跌倒了，并将我从车上摔出。我手在袋里，来不及抵按，结果便自然只好和地母接吻，以门牙为牺牲了。于是无门牙而讲书者半年，补好于十二年之夏，所以现在使朋其君一见放心，释然回去的两个，其实却是假的。

5

　　孔二先生说，"虽有周公之才之美，使骄且吝，其余，不足观也矣。"这话，我确是曾经读过的，也十分佩服。所以如果打落了两个门牙，借此能给若干人们从旁快意，"痛快"，倒也毫无吝惜之心。而无如门牙，只有这几个，而且早经脱落何？但是将前事拉成今事，却也是不甚愿意的事，因为有些事情，我还要说真实，便只好将别人的"流言"抹杀了，虽然这大抵也以有利于己，至少是无损于己者为限。准此，我便顺手又要将章士钊的将后事拉成前事的胡涂账揭出来。

　　又是章士钊。我之遇到这个姓名而摇头，实在由来已久；但是，先前总算是为"公"，现在却像憎恶中医一样，仿佛也挟带一点私怨了,因为他"无故"将我免了官,所以,在先已经说过:我正在给他打官司。近来看见他的古文的答辩书了,很斤斤于"无故"之辩,其中有一段:

> "……又该伪校务维持会擅举该员为委员,该员又不声明否认,显系有意抗阻本部行政,既情理之所难容,亦法律之所不许。……不得已于八月十二日,呈请执政将周树人免职,十三日由 执政明令照准……"

于是乎我也"之乎者也"地驳掉他:

> "查校务维持会公举树人为委员,系在八月十三日,而该总长呈请免职,据称在十二日。岂先预知将举树人为委员而先为免职之罪名耶?……"

其实,那些什么"答辩书"也不过是中国的胡牵乱扯的照例的成法,章士钊未必一定如此胡涂;假使真只胡涂,倒还不失为胡涂人,但他是知道舞文玩法的。他自己说过:"挽近政治。内包甚复。一端之起。其真意往往难于迹象求之。执法抗争。不过迹象间事。……"所以倘若事不干己,则与其听他说政法,谈逻辑,实在远不如看《太阳晒屁股赋》,因为欺人之意,这些赋里倒没有的。

离题愈说愈远了:这并不是我的身体的一部分。现在即此收住,将来说到那里,且看民国十五年秋罢。

一九二五年十月三十日。

原载 1925 年 11 月 9 日《语丝》周刊第 52 期。

初收 1927 年 3 月北京未名社版《坟》。

三十一日

日记 晴。晚邀寿山,季市饭。

十一月

一日

日记 星期。晴。上午收十二年十二月分奉泉六十六元。午后诗荃来辞行,赴甘肃也。下午收大中校薪水三元二角。晚裘子元来并交女师大欠薪四十八元。夜得三弟信,十月二十七日发。得新女性社信。小雨。得有麟信并稿。

二日

日记 晴。上午访韦素园。访小峰取泉百。往北大讲。午后风。往女师校教务会议。

三日

日记 晴,风。上午往女师校十七周年纪念会。晚访张凤举,见赠造象题记残字拓片一枚,云出大同云冈石窟之露天佛以西第八窟中。

弟 兄

公益局一向无公可办,几个办事员在办公室里照例的谈家务。秦益堂捧着水烟筒咳得喘不过气来,大家也只得住口。久之,他抬起紫涨着的脸来了,还是气喘吁吁的,说:

"到昨天,他们又打起架来了,从堂屋一直打到门口。我怎么喝也喝不住。"他生着几根花白胡子的嘴唇还抖着。"老三说,老五折在公债票上的钱是不能开公账的,应该自己赔出来……。"

"你看,还是为钱,"张沛君就慷慨地从破的躺椅上站起来,两眼在深眼眶里慈爱地闪烁。"我真不解自家的弟兄何必这样斤斤计较,岂不是横竖都一样?……"

"像你们的弟兄,那里有呢。"益堂说。

"我们就是不计较,彼此都一样。我们就将钱财两字不放在心上。这么一来,什么事也没有了。有谁家闹着要分的,我总是将我们的情形告诉他,劝他们不要计较。益翁也只要对令郎开导开导……。"

"那～～～里……。"益堂摇头说。

"这大概也怕不成。"汪月生说,于是恭敬地看着沛君的眼,"像你们的弟兄,实在是少有的;我没有遇见过。你们简直是谁也没有一点自私自利的心思,这就不容易……。"

"他们一直从堂屋打到大门口……。"益堂说。

"令弟仍然是忙?……"月生问。

"还是一礼拜十八点钟功课,外加九十三本作文,简直忙不过来。这几天可是请假了,身热,大概是受了一点寒……。"

"我看这倒该小心些,"月生郑重地说。"今天的报上就说,现在时症流行……。"

"什么时症呢?"沛君吃惊了,赶忙地问。

"那我可说不清了。记得是什么热罢。"

沛君迈开步就奔向阅报室去。

"真是少有的,"月生目送他飞奔出去之后,向着秦益堂赞叹着。"他们两个人就像一个人。要是所有的弟兄都这样,家里那里还会闹乱子。我就学不来……。"

"说是折在公债票上的钱不能开公账……。"益堂将纸煤子插在纸煤管子里,恨恨地说。

办公室中暂时的寂静,不久就被沛君的步声和叫听差的声音震破了。他仿佛已经有什么大难临头似的,说话有些口吃了,声音也发着抖。他叫听差打电话给普悌思普大夫,请他即刻到同兴公寓张沛君那里去看病。

月生便知道他很着急,因为向来知道他虽然相信西医,而进款不多,平时也节省,现在却请的是这里第一个有名而价贵的医生。于是迎了出去,只见他脸色青青的站在外面听听差打电话。

"怎么了?"

"报上说……说流行的是猩……猩红热。我我午后来局的时,靖甫就是满脸通红……。已经出门了么? 请……请他们打电话找,请他即刻来,同兴公寓,同兴公寓……。"

他听听差打完电话,便奔进办公室,取了帽子。汪月生也代为着急,跟了进去。

"局长来时,请给我请假,说家里有病人,看医生……。"他胡乱点着头,说。

"你去就是。局长也未必来。"月生说。

但是他似乎没有听到,已经奔出去了。

他到路上,已不再较量车价如平时一般,一看见一个稍微壮大,似乎能走的车夫,问过价钱,便一脚跨上车去,道,"好。只要给我快走!"

公寓却如平时一般,很平安,寂静;一个小伙计仍旧坐在门外拉胡琴。他走进他兄弟的卧室,觉得心跳得更利害,因为他脸上似乎见得更通红了,而且发喘。他伸手去一摸他的头,又热得炙手。

"不知道是什么病? 不要紧罢?"靖甫问,眼里发出忧疑的光,显系他自己也觉得不寻常了。

"不要紧的,……伤风罢了。"他支梧着回答说。

他平时是专爱破除迷信的,但此时却觉得靖甫的样子和说话都有些不祥,仿佛病人自己就有了什么豫感。这思想更使他不安,立

413

即走出,轻轻地叫了伙计,使他打电话去问医院:可曾找到了普大夫?

"就是啦,就是啦。还没有找到。"伙计在电话口边说。

沛君不但坐不稳,这时连立也不稳了;但他在焦急中,却忽而碰着了一条生路:也许并不是猩红热。然而普大夫没有找到,……同寓的白问山虽然是中医,或者于病名倒还能断定的,但是他曾经对他说过好几回攻击中医的话;况且追请普大夫的电话,他也许已经听到了……。

然而他终于去请白问山。

白问山却毫不介意,立刻戴起玳瑁边墨晶眼镜,同到靖甫的房里来。他诊过脉,在脸上端详一回,又翻开衣服看了胸部,便从从容容地告辞。沛君跟在后面,一直到他的房里。

他请沛君坐下,却是不开口。

"问山兄,舍弟究竟是……?"他忍不住发问了。

"红斑痧。你看他已经'见点'了。"

"那么,不是猩红热?"沛君有些高兴起来。

"他们西医叫猩红热,我们中医叫红斑痧。"

这立刻使他手脚觉得发冷。

"可以医么?"他愁苦地问。

"可以。不过这也要看你们府上的家运。"

他已经胡涂得连自己也不知道怎样竟请白问山开了药方,从他房里走出;但当经过电话机旁的时候,却又记起普大夫来了。他仍然去问医院,答说已经找到了,可是很忙,怕去得晚,须待明天早晨也说不定的。然而他还叮嘱他要今天一定到。

他走进房去点起灯来看,靖甫的脸更觉得通红了,的确还现出更红的点子,眼睑也浮肿起来。他坐着,却似乎所坐的是针毡;在夜的渐就寂静中,在他的翘望中,每一辆汽车的汽笛的呼啸声更使他听得分明,有时竟无端疑为普大夫的汽车,跳起来去迎接。但是他还未走到门口,那汽车却早经驶过去了;惘然地回身,经过院落时,见皓月已经西斜,邻家的一株古槐,便投影地上,森森然更来加浓了他阴郁的心地。

突然一声乌鸦叫。这是他平日常常听到的;那古槐上就有三四个乌鸦窠。但他现在却吓得几乎站住了,心惊肉跳地轻轻地走进靖甫的房里时,见他闭了眼躺着,满脸仿佛都见得浮肿;但没有睡,大概是听到脚步声了,忽然张开眼来,那两道眼光在灯光中异样地凄怆地发闪。

"信么?"靖甫问。

"不,不。是我。"他吃惊,有些失措,吃吃地说,"是我。我想还是去请一个西医来,好得快一点。他还没有来⋯⋯。"

靖甫不答话,合了眼。他坐在窗前的书桌旁边,一切都静寂,只听得病人的急促的呼吸声,和闹钟的札札地作响。忽而远远地有汽车的汽笛发响了,使他的心立刻紧张起来,听它渐近,渐近,大概正到门口,要停下了罢,可是立刻听出,驶过去了。这样的许多回,他知道了汽笛声的各样:有如吹哨子的,有如击鼓的,有如放屁的,有如狗叫的,有如鸭叫的,有如牛吼的,有如母鸡惊啼的,有如呜咽的⋯⋯。他忽而怨愤自己:为什么早不留心,知道,那普大夫的汽笛是怎样的声音的呢?

对面的寓客还没有回来,照例是看戏,或是打茶围去了。但夜却已经很深了,连汽车也逐渐地减少。强烈的银白色的月光,照得纸窗发白。

他在等待的厌倦里,身心的紧张慢慢地弛缓下来了,至于不再去留心那些汽笛。但凌乱的思绪,却又乘机而起;他仿佛知道靖甫生的一定是猩红热,而且是不可救的。那么,家计怎么支持呢,靠自己一个?虽然住在小城里,可是百物也昂贵起来了⋯⋯。自己的三个孩子,他的两个,养活尚且难,还能进学校去读书么?只给一两个读书呢,那自然是自己的康儿最聪明,——然而大家一定要批评,说是薄待了兄弟的孩子……。

后事怎么办呢，连买棺木的款子也不够，怎么能够运回家，只好暂时寄顿在义庄里……。

忽然远远地有一阵脚步声进来，立刻使他跳起来了，走出房去，却知道是对面的寓客。

"先帝爷，在白帝城……。"

他一听到这低微高兴的吟声，便失望，愤怒，几乎要奔上去叱骂他。但他接着又看见伙计提着风雨灯，灯光中照出后面跟着的皮鞋，上面的微明里是一个高大的人，白脸孔，黑的络腮胡子。这正是普悌思。

他像是得了宝贝一般，飞跑上去，将他领入病人的房中。两人都站在床面前，他擎了洋灯，照着。

"先生，他发烧……。"沛君喘着说。

"什么时候，起的？"普悌思两手插在裤侧的袋子里，凝视着病人的脸，慢慢地问。

"前天。不，大……大大前天。"

普大夫不作声，略略按一按脉，又叫沛君擎高了洋灯，照着他在病人的脸上端详一回；又叫揭去被卧，解开衣服来给他看。看过之后，就伸出手指在肚子上去一摩。

"Measles……"普悌思低声自言自语似的说。

"疹子么？"他惊喜得声音也似乎发抖了。

"疹子。"

"就是疹子？……"

"疹子。"

"你原来没有出过疹子？……"

他高兴地刚在问靖甫时，普大夫已经走向书桌那边去了，于是也只得跟过去。只见他将一只脚踏在椅子上，拉过桌上的一张信笺，从衣袋里掏出一段很短的铅笔，就桌上飕飕地写了几个难以看清的字,这就是药方。

"怕药房已经关了罢?"沛君接了方,问。

"明天不要紧。明天吃。"

"明天再看?……"

"不要再看了。酸的,辣的,太咸的,不要吃。热退了之后,拿小便,送到我的,医院里来,查一查,就是了。装在,干净的,玻璃瓶里;外面,写上名字。"

普大夫且说且走,一面接了一张五元的钞票塞入衣袋里,一径出去了。他送出去,看他上了车,开动了,然后转身,刚进店门,只听得背后 gö gö 的两声,他才知道普悌思的汽车的叫声原来是牛吼似的。但现在是知道也没有什么用了,他想。

房子里连灯光也显得愉悦;沛君仿佛万事都已做讫,周围都很平安,心里倒是空空洞洞的模样。他将钱和药方交给跟着进来的伙计,叫他明天一早到美亚药房去买药,因为这药房是普大夫指定的,说惟独这一家的药品最可靠。

"东城的美亚药房!一定得到那里去。记住:美亚药房!"他跟在出去的伙计后面,说。

院子里满是月色,白得如银;"在白帝城"的邻人已经睡觉了,一切都很幽静。只有桌上的闹钟愉快而平匀地札札地作响;虽然听到病人的呼吸,却是很调和。他坐下不多久,忽又高兴起来。

"你原来这么大了,竟还没有出过疹子?"他遇到了什么奇迹似的,惊奇地问。

"…………"

"你自己是不会记得的。须得问母亲才知道。"

"…………"

"母亲又不在这里。竟没有出过疹子。哈哈哈!"

沛君在床上醒来时,朝阳已从纸窗上射入,刺着他朦胧的眼睛。

但他却不能即刻动弹,只觉得四肢无力,而且背上冷冰冰的还有许多汗,而且看见床前站着一个满脸流血的孩子,自己正要去打她。

但这景象一刹那间便消失了,他还是独自睡在自己的房里,没有一个别的人。他解下枕衣来拭去胸前和背上的冷汗,穿好衣服,走向靖甫的房里去时,只见"在白帝城"的邻人正在院子里漱口,可见时候已经很不早了。

靖甫也醒着了,眼睁睁地躺在床上。

"今天怎样?"他立刻问。

"好些……。"

"药还没有来么?"

"没有。"

他便在书桌旁坐下,正对着眠床;看靖甫的脸,已没有昨天那样通红了。但自己的头却还觉得昏昏的,梦的断片,也同时闪闪烁烁地浮出:

——靖甫也正是这样地躺着,但却是一个死尸。他忙着收敛,独自背了一口棺材,从大门外一径背到堂屋里去。地方仿佛是在家里,看见许多熟识的人们在旁边交口赞颂……。

——他命令康儿和两个弟妹进学校去了;却还有两个孩子哭嚷着要跟去。他已经被哭嚷的声音缠得发烦,但同时也觉得自己有了最高的威权和极大的力。他看见自己的手掌比平常大了三四倍,铁铸似的,向荷生的脸上一掌批过去……。

他因为这些梦迹的袭击,怕得想站起来,走出房外去,但终于没有动。也想将这些梦迹压下,忘却,但这些却像搅在水里的鹅毛一般,转了几个圈,终于非浮上来不可:

——荷生满脸是血,哭着进来了。他跳在神堂上……。那孩子后面还跟着一群相识和不相识的人。他知道他们是都来攻击他的……。

——"我决不至于昧了良心。你们不要受孩子的诳话的

418

骗……。"他听得自己这样说。

——荷生就在他身边,他又举起了手掌……。

他忽而清醒了,觉得很疲劳,背上似乎还有些冷。靖甫静静地躺在对面,呼吸虽然急促,却是很调匀。桌上的闹钟似乎更用了大声札札地作响。

他旋转身子去,对了书桌,只见蒙着一层尘,再转脸去看纸窗,挂着的日历上,写着两个漆黑的隶书:廿七。

伙计送药进来了,还拿着一包书。

"什么?"靖甫睁开了眼睛,问。

"药。"他也从惝恍中觉醒,回答说。

"不,那一包。"

"先不管它。吃药罢。"他给靖甫服了药,这才拿起那包书来看,道,"索士寄来的。一定是你向他去借的那一本:Sesame and Lilies。"

靖甫伸手要过书去,但只将书面一看,书脊上的金字一摩,便放在枕边,默默地合上眼睛了。过了一会,高兴地低声说:

"等我好起来,译一点寄到文化书馆去卖几个钱,不知道他们可要……。"

这一天,沛君到公益局比平日迟得多,将要下午了;办公室里已经充满了秦益堂的水烟的烟雾。汪月生远远地望见,便迎出来。

"嚄!来了。令弟全愈了罢?我想,这是不要紧的;时症年年有,没有什么要紧。我和益翁正惦记着呢;都说:怎么还不见来?现在来了,好了!但是,你看,你脸上的气色,多少……。是的,和昨天多少两样。"

沛君也仿佛觉得这办公室和同事都和昨天有些两样,生疏了。虽然一切也还是他曾经看惯的东西:断的衣钩,缺口的唾壶,杂乱而尘封的案卷,折足的破躺椅,坐在躺椅上捧着水烟筒咳嗽而且摇头叹气的秦益堂……。

"他们也还是一直从堂屋打到大门口……。"

"所以呀，"月生一面回答他，"我说你该将沛兄的事讲给他们，教他们学学他。要不然，真要把你老头儿气死了……。"

"老三说，老五折在公债票上的钱是不能算公用的，应该……应该……。"益堂咳得弯下腰去了。

"真是'人心不同'……。"月生说着，便转脸向了沛君，"那么，令弟没有什么？"

"没有什么。医生说是疹子。"

"疹子？是呵，现在外面孩子们正闹着疹子。我的同院住着的三个孩子也都出了疹子了。那是毫不要紧的。但你看，你昨天竟急得那么样，叫旁人看了也不能不感动，这真所谓'兄弟怡怡'。"

"昨天局长到局了没有？"

"还是'杳如黄鹤'。你去簿子上补画上一个'到'就是了。"

"说是应该自己赔。"益堂自言自语地说。"这公债票也真害人，我是一点也莫名其妙。你一沾手就上当。到昨天，到晚上，也还是从堂屋一直打到大门口。老三多两个孩子上学，老五也说他多用了公众的钱，气不过……。"

"这真是愈加闹不清了！"月生失望似的说。"所以看见你们弟兄，沛君，我真是'五体投地'。是的，我敢说，这决不是当面恭维的话。"

沛君不开口，望见听差的送进一件公文来，便迎上去接在手里。月生也跟过去，就在他手里看着，念道：

"'公民郝上善等呈：东郊倒毙无名男尸一具请饬分局速行拨棺抬埋以资卫生而重公益由'。我来办。你还是早点回去罢，你一定惦记着令弟的病。你们真是'鹡鸰在原'……。"

"不！"他不放手，"我来办。"

月生也就不再去抢着办了。沛君便十分安心似的沉静地走到自己的桌前,看着呈文,一面伸手去揭开了绿锈斑斓的墨盒盖。

一九二五年十一月三日。

原载 1926 年 2 月 10 日《莽原》半月刊第 3 期。

初收 1926 年 8 月北京北新书局版"乌合丛书"之一《彷徨》。

《热风》题记

现在有谁经过西长安街一带的,总可以看见几个衣履破碎的穷苦孩子叫卖报纸。记得三四年前,在他们身上偶而还剩有制服模样的残余;再早,就更体面,简直是童子军的拟态。

那是中华民国八年,即西历一九一九年,五月四日北京学生对于山东问题的示威运动以后,因为当时散传单的是童子军,不知怎的竟惹了投机家的注意,童子军式的卖报孩子就出现了。其年十二月,日本公使小幡酉吉抗议排日运动,情形和今年大致相同;只是我们的卖报孩子却穿破了第一身新衣以后,便不再做,只见得年不如年地显出穷苦。

我在《新青年》的《随感录》中做些短评,还在这前一年,因为所评论的多是小问题,所以无可道,原因也大都忘却了。但就现在的文字看起来,除几条泛论之外,有的是对于扶乩,静坐,打拳而发的;有的是对于所谓"保存国粹"而发的;有的是对于那时旧官僚的以经验自豪而发的;有的是对于上海《时报》的讽刺画而发的。记得当时的《新青年》是正在四面受敌之中,我所对付的不过一小部分;其他大事,则本志具在,无须我多言。

五四运动之后,我没有写什么文字,现在已经说不清是不做,还是散失消灭的了。但那时革新运动,表面上却颇有些成功,于是主张革新的也就蓬蓬勃勃,而且有许多还就是在先讥笑,嘲骂《新青年》的人们,但他们却是另起了一个冠冕堂皇的名目:新文化运动。这也就是后来又将这名目反套在《新青年》身上,而又加以嘲骂讥笑的,正如笑骂白话文的人,往往自称最得风气之先,早经主张过白话文一样。

再后,更无可道了。只记得一九二一年中的一篇是对于所谓"虚无哲学"而发的;更后一年则大抵对于上海之所谓"国学家"而发,不知怎的那时忽而有许多人都自命为国学家了。

自《新青年》出版以来,一切应之而嘲骂改革,后来又赞成改革,后来又嘲骂改革者,现在拟态的制服早已破碎,显出自身的本相来了,真所谓"事实胜于雄辩",又何待于纸笔喉舌的批评。所以我的应时的浅薄的文字,也应该置之不顾,一任其消灭的;但几个朋友却以为现状和那时并没有大两样,也还可以存留,给我编辑起来了。这正是我所悲哀的。我以为凡对于时弊的攻击,文字须与时弊同时灭亡,因为这正如白血轮之酿成疮疖一般,倘非自身也被排除,则当它的生命的存留中,也即证明着病菌尚在。

但如果凡我所写,的确都是冷的呢?则它的生命原来就没有,更谈不到中国的病证究竟如何。然而,无情的冷嘲和有情的讽刺相去本不及一张纸,对于周围的感受和反应,又大概是所谓"如鱼饮水冷暖自知"的;我却觉得周围的空气太寒冽了,我自说我的话,所以反而称之曰《热风》。

一九二五年十一月三日之夜,鲁迅。

未另发表。

最初印入 1925 年 11 月北京北新书局版《热风》。

四日

日记 晴。上午往中大讲。往山本医院诊。夜素园,季野来。

五日

　　日记　晴。午后往黎明讲。访李小峰。访张凤举。往东亚公司买『近代の恋愛観』,『愛慾と女性』,『創造的批評論』各一本,泉五。夜得尚钟吾信,二日罗山发。

六日

　　日记　昙,午后晴。往女师大讲。晚寄季野信并校稿。夜有麟来。长虹,培良来。

离　婚

　　“阿阿,木叔! 新年恭喜,发财发财!”

　　“你好,八三! 恭喜恭喜!……”

　　“唉唉,恭喜! 爱姑也在这里……”

　　“阿阿,木公公!……”

　　庄木三和他的女儿——爱姑——刚从木莲桥头跨下航船去,船里面就有许多声音一齐嗡的叫了起来,其中还有几个人捏着拳头打拱;同时,船旁的坐板也空出四人的坐位来了。庄木三一面招呼,一面就坐,将长烟管倚在船边;爱姑便坐在他左边,将两只钩刀样的脚正对着八三摆成一个“八”字。

　　“木公公上城去?”一个蟹壳脸的问。

　　“不上城,”木公公有些颓唐似的,但因为紫糖色脸上原有许多皱纹,所以倒也看不出什么大变化,“就是到庞庄去走一遭。”

　　合船都沉默了,只是看他们。

　　“也还是为了爱姑的事么?”好一会,八三质问了。

　　“还是为她。……这真是烦死我了,已经闹了整三年,打过多少回架,说过多少回和,总是不落局……。"

"这回还是到慰老爷家里去?……"

"还是到他家。他给他们说和也不止一两回了,我都不依。这倒没有什么。这回是他家新年会亲,连城里的七大人也在……。"

"七大人?"八三的眼睛睁大了。"他老人家也出来说话了么?……那是……。其实呢,去年我们将他们的灶都拆掉了,总算已经出了一口恶气。况且爱姑回到那边去,其实呢,也没有什么味儿……。"他于是顺下眼睛去。

"我倒并不贪图回到那边去,八三哥!"爱姑愤愤地昂起头,说,"我是赌气。你想,'小畜生'姘上了小寡妇,就不要我,事情有这么容易的?'老畜生'只知道帮儿子,也不要我,好容易呀!七大人怎样?难道和知县大老爷换帖,就不说人话了么?他不能像慰老爷似的不通,只说是'走散好走散好'。我倒要对他说说我这几年的艰难,且看七大人说谁不错!"

八三被说服了,再开不得口。

只有潺潺的船头激水声;船里很静寂。庄木三伸手去摸烟管,装上烟。

斜对面,挨八三坐着的一个胖子便从肚兜里掏出一柄打火刀,打着火绒,给他按在烟斗上。

"对对。"①木三点头说。

"我们虽然是初会,木叔的名字却是早已知道的。"胖子恭敬地说。"是的,这里沿海三六十八村,谁不知道?施家的儿子姘上了寡妇,我们也早知道。去年木叔带了六位儿子去拆平了他家的灶,谁不说应该?……你老人家是高门大户都走得进的,脚步开阔,怕他们甚的!……"

"你这位阿叔真通气,"爱姑高兴地说,"我虽然不认识你这位阿

---

①　"对对"是"对不起对不起"之略,或"得罪得罪"的合音:未详。

叔是谁。"

"我叫汪得贵。"胖子连忙说。

"要撤掉我,是不行的。七大人也好,八大人也好。我总要闹得他们家败人亡! 慰老爷不是劝过我四回么? 连爹也看得赔贴的钱有点头昏眼热了……。"

"你这妈的!"木三低声说。

"可是我听说去年年底施家送给慰老爷一桌酒席哩,八公公。"蟹壳脸道。

"那不碍事。"汪得贵说,"酒席能塞得人发昏么? 酒席如果能塞得人发昏,送大菜又怎样? 他们知书识理的人是专替人家讲公道话的,譬如,一个人受众人欺侮,他们就出来讲公道话,倒不在乎有没有酒喝。去年年底我们敝村的荣大爷从北京回来,他见过大场面的,不像我们乡下人一样。他就说,那边的第一个人物要算光太太,又硬……。"

"汪家汇头的客人上岸哩!"船家大声叫着,船已经要停下来。

"有我有我!"胖子立刻一把取了烟管,从中舱一跳,随着前进的船走在岸上了。

"对对!"他还向船里面的人点头,说。

船便在新的静寂中继续前进;水声又很听得出了,潺潺的。八三开始打磕睡了,渐渐地向对面的钩刀式的脚张开了嘴。前舱中的两个老女人也低声哼起佛号来,她们撷着念珠,又都看爱姑,而且互视,努嘴,点头。

爱姑瞪着眼看定篷顶,大半正在悬想将来怎样闹得他们家败人亡;"老畜生","小畜生",全都走投无路。慰老爷她是不放在眼里的,见过两回,不过一个团头团脑的矮子:这种人本村里就很多,无非脸色比他紫黑些。

庄木三的烟早已吸到底,火逼得斗底里的烟油吱吱地叫了,还吸着。他知道一过汪家汇头,就到庞庄;而且那村口的魁星阁也确乎已经望得见。庞庄,他到过许多回,不足道的,以及慰老爷。他还记得女儿的哭回来,他的亲家和女婿的可恶,后来给他们怎样地吃亏。想到这里,过去的情景便在眼前展开,一到惩治他亲家这一局,他向来是要冷冷地微笑的,但这回却不,不知怎的忽而横梗着一个胖胖的七大人,将他脑里的局面挤得摆不整齐了。

船在继续的寂静中继续前进;独有念佛声却宏大起来;此外一切,都似乎陪着木叔和爱姑一同浸在沉思里。

“木叔,你老上岸罢,庞庄到了。”

木三他们被船家的声音警觉时,面前已是魁星阁了。

他跳上岸,爱姑跟着,经过魁星阁下,向着慰老爷家走。朝南走过三十家门面,再转一个弯,就到了,早望见门口一列地泊着四只乌篷船。

他们跨进黑油大门时,便被邀进门房去;大门后已经坐满着两桌船夫和长年。爱姑不敢看他们,只是溜了一眼,倒也并不见有“老畜生”和“小畜生”的踪迹。

当工人搬出年糕汤来时,爱姑不由得越加局促不安起来了,连自己也不明白为什么。“难道和知县大老爷换帖,就不说人话么?”她想。“知书识理的人是讲公道话的。我要细细地对七大人说一说,从十五岁嫁过去做媳妇的时候起……。”

她喝完年糕汤;知道时机将到。果然,不一会,她已经跟着一个长年,和她父亲经过大厅,又一弯,跨进客厅的门槛去了。

客厅里有许多东西,她不及细看;还有许多客,只见红青缎子马挂发闪。在这些中间第一眼就看见一个人,这一定是七大人了。虽然也是团头团脑,却比慰老爷们魁梧得多;大的圆脸上长着两条细眼和漆黑的细胡须;头顶是秃的,可是那脑壳和脸都很红润,油光光地发亮。爱姑很觉得稀奇,但也立刻自己解释明白了:那一定是擦着猪油的。

“这就是‘屁塞’就是古人大殓的时候塞在屁股眼里的。”七大人正拿着一条烂石似的东西,说着,又在自己的鼻子旁擦了两擦,接着道,"可惜是'新坑'。倒也可以买得,至迟是汉。你看,这一点是'水银浸'……。"

"水银浸"周围即刻聚集了几个头,一个自然是慰老爷;还有几位少爷们,因为被威光压得像瘪臭虫了,爱姑先前竟没有见。

她不懂后一段话;无意,而且也不敢去研究什么"水银浸",便偷空向四处一看望,只见她后面,紧挨着门旁的墙壁,正站着"老畜生"和"小畜生"。虽然只一瞥,但较之半年前偶然看见的时候,分明都见得苍老了。

接着大家就都从"水银浸"周围散开;慰老爷接过"屁塞"坐下,用指头摩挲着,转脸向庄木三说话。

"就是你们两个么?"

"是的。"

"你的儿子一个也没有来?"

"他们没有工夫。"

"本来新年正月又何必来劳动你们。但是,还是只为那件事,……我想,你们也闹得够了。不是已经有两年多了么?我想,冤仇是宜解不宜结的。爱姑既然丈夫不对,公婆不喜欢……。也还是照先前说过那样:走散的好。我没有这么大面子,说不通。七大人是最爱讲公道话的,你们也知道。现在七大人的意思也这样:和我一样。可是七大人说,两面都认点晦气罢,叫施家再添十块钱:九十元!"

"…………"

"九十元!你就是打官司打到皇帝伯伯跟前,也没有这么便宜。这话只有我们的七大人肯说。"

七大人睁起细眼,看着庄木三,点点头。

爱姑觉得事情有些危急了,她很怪平时沿海的居民对他都有几分惧怕的自己的父亲,为什么在这里竟说不出话。她以为这是大可不必的;她自从听到七大人的一段议论之后,虽不很懂,但不知怎的总觉得他其实是和蔼近人,并不如先前自己所揣想那样的可怕。

"七大人是知书识理,顶明白的;"她勇敢起来了。"不像我们乡下人。我是有冤无处诉;倒正要找七大人讲讲。自从我嫁过去,真是低头进,低头出,一礼不缺。他们就是专和我作对,一个个都像个'气杀钟馗'。那年的黄鼠狼咬死了那匹大公鸡,那里是我没有关好吗?那是那只杀头癞皮狗偷吃糠拌饭,拱开了鸡橱门。那'小畜生'不分青红皂白,就夹脸一嘴巴……。"

七大人对她看了一眼。

"我知道那是有缘故的。这也逃不出七大人的明鉴;知书识理的人什么都知道。他就是着了那滥婊子的迷,要赶我出去。我是三茶六礼定来的,花轿抬来的呵!那么容易吗?……我一定要给他们一个颜色看,就是打官司也不要紧。县里不行,还有府里呢……。"

"那些事是七大人都知道的。"慰老爷仰起脸来说。"爱姑,你要是不转头,没有什么便宜的。你就总是这模样。你看你的爹多少明白;你和你的弟兄都不像他。打官司打到府里,难道官府就不会问问七大人么?那时候是,'公事公办',那是,……你简直……。"

"那我就拼出一条命,大家家败人亡。"

"那倒并不是拼命的事,"七大人这才慢慢地说了。"年纪青青。一个人总要和气些:'和气生财'。对不对?我一添就是十块,那简直已经是'天外道理'了。要不然,公婆说'走!'就得走。莫说府里,就是上海北京,就是外洋,都这样。你要不信,他就是刚从北京洋学堂里回来的,自己问他去。"于是转脸向着一个尖下巴的少爷道,"对不对?"

"的的确确。"尖下巴少爷赶忙挺直了身子,必恭必敬地低声说。

爱姑觉得自己是完全孤立了;爹不说话,弟兄不敢来,慰老爷是原本帮他们的,七大人又不可靠,连尖下巴少爷也低声下气地像一个瘪臭虫,还打"顺风锣"。但她在胡里胡涂的脑中,还仿佛决定要作一回最后的奋斗。

"怎么连七大人……。"她满眼发了惊疑和失望的光。"是的……。我知道,我们粗人,什么也不知道。就怨我爹连人情世故都不知道,老发昏了。就专凭他们'老畜生''小畜生'摆布;他们会报丧似的急急忙忙钻狗洞,巴结人……。"

"七大人看看,"默默地站在她后面的"小畜生"忽然说话了。"她在大人面前还是这样。那在家里是,简直闹得六畜不安。叫我爹是'老畜生',叫我是口口声声'小畜生','逃生子'①。"

"那个'娘滥十十万人生'的叫你'逃生子'?"爱姑回转脸去大声说,便又向着七大人道,"我还有话要当大众面前说说哩。他那里有好声好气呵,开口'贱胎',闭口'娘杀'。自从结识了那婊子,连我的祖宗都入起来了。七大人,你给我批评批评,这……。"

她打了一个寒噤,连忙住口,因为她看见七大人忽然两眼向上一翻,圆脸一仰,细长胡子围着的嘴里同时发出一种高大摇曳的声音来了。

"来～～～分!"七大人说。

她觉得心脏一停,接着便突突地乱跳,似乎大势已去,局面都变了;仿佛失足掉在水里一般,但又知道这实在是自己错。

立刻进来一个蓝袍子黑背心的男人,对七大人站定,垂手挺腰,像一根木棍。

全客厅里是"鸦雀无声"。七大人将嘴一动,但谁也听不清说什么。然而那男人,却已经听到了,而且这命令的力量仿佛又已钻进了他的骨髓里,将身子牵了两牵,"毛骨悚然"似的;一面答应道:

"是。"他倒退了几步,才翻身走出去。

爱姑知道意外的事情就要到来,那事情是万料不到,也防不了的。她这时才又知道七大人实在威严,先前都是自己的误解,所以太放肆,太粗卤了。她非常后悔,不由的自己说——

---

① 私生儿。

"我本来是专听七大人吩咐……。"

全客厅里是"鸦雀无声"。她的话虽然微细得如丝,慰老爷却像听到霹雳似的了;他跳了起来。

"对呀! 七大人也真公平;爱姑也真明白!"他夸赞着,便向庄木三,"老木,那你自然是没有什么说的了,她自己已经答应。我想你红绿帖是一定已经带来了的,我通知过你。那么,大家都拿出来……。"

爱姑见她爹便伸手到肚兜里去掏东西;木棍似的那男人也进来了,将小乌龟模样的一个漆黑的扁的小东西递给七大人。爱姑怕事情有变故,连忙去看庄木三,见他已经在茶几上打开一个蓝布包裹,取出洋钱来。

七大人也将小乌龟头拔下,从那身子里面倒一点东西在掌心上;木棍似的男人便接了那扁东西去。七大人随即用那一只手的一个指头蘸着掌心,向自己的鼻孔里塞了两塞,鼻孔和人中立刻黄焦焦了。他皱着鼻子,似乎要打喷嚏。

庄木三正在数洋钱。慰老爷从那没有数过的一叠里取出一点来,交还了"老畜生";又将两份红绿帖子互换了地方,推给两面,嘴里说道——

"你们都收好。老木,你要点清数目呀。这不是好当玩意儿的,银钱事情……。"

"呃啾"的一声响,爱姑明知道是七大人打喷嚏了,但不由得转过眼去看。只见七大人张着嘴,仍旧在那里皱鼻子,一只手的两个指头却撮着一件东西,就是那"古人大殓的时候塞在屁股眼里的",在鼻子旁边摩擦着。

好容易,庄木三点清了洋钱;两方面各将红绿帖子收起,大家的腰骨都似乎直得多,原先收紧着的脸相也宽懈下来,全客厅顿然见得一团和气了。

"好! 事情是圆功了。"慰老爷看见他们两面都显出告别的神气,便吐一口气,说。"那么,嗡,再没有什么别的了。恭喜大吉,总算解了一个结。你们要走了么？不要走,在我们家里喝了新年喜酒去:这是难得的。"

"我们不喝了。存着,明年再来喝罢。"爱姑说。

"谢谢慰老爷。我们不喝了。我们还有事情……。"庄木三,"老畜生"和"小畜生",都说着,恭恭敬敬地退出去。

"唔?怎么? 不喝一点去么?"慰老爷还注视着走在最后的爱姑,说。

"是的,不喝了。谢谢慰老爷。"

一九二五年十一月六日。

原载 1925 年 11 月 23 日《语丝》周刊第 54 期。

初收 1926 年 8 月北京北新书局版"乌合丛书"之一《彷徨》。

七日

日记　晴。上午季市来。得胡萍霞信,三日孝感发。下午寄钦文信。寄幼渔信。得三弟信,十月卅一日发。

八日

日记　星期。晴。上午得张凤举信。许广平,陆秀珍来。午矛尘来。品青来。

致　许钦文

钦文兄:

屡得来信。《苦闷之象征》封面,商务馆估价单已寄来,云"彩印五色"盖即三色版也每三千张价六十元。明日见小峰时,当与酌定。至于添印,纸之大小并无不自由,不过纸大,则四围多些空白而已。(我去信时,对于印刷的办法,是要求将无画处之网目刻去,则画是五色,而无画处仍是空白,可以四围没有边线。对于这一层,他们没有答复。)

《故乡》稿,一月之前,小峰屡催我赶紧编出,付印,我即于两三日后与之,则至今校稿不来。问之,则云正与印刷局立约。我疑他虑我们在别处出版,所以便将稿收去,压积在他手头,云即印者,并非诚意。

《未名丛刊》面已到,未知是否即给《出了象牙之塔》者否? 请一问璇卿兄。又还有二件事,亦请一问——

1. 书名之字,是否以用与画同一之颜色为宜,抑用黑字?

2.《乌合丛书》封面,未指定写字之地位,请指出。

我病已渐愈,或者可以说全愈了罢,现已教书了。但仍吃药。医生禁喝酒,那倒没有什么;禁劳作,但还只得做一点;禁吸烟,则苦极矣,我觉得如此,倒还不如生病。

北京冷起来了。

迅 上 十一月八日

九日

日记 晴。上午往北大讲。午后访徐旭生。

十日

日记 雨。上午往女师大讲。

十一日

日记 雨。午后季市来。往女师大教务会议。下午得钦文信。

晚寿山来。

十二日

日记 晴。午后往黎明讲。往山本医院诊。下午理发。

十三日

日记 晴。上午往大中讲。访李小峰。往东亚公司买『犬，猫，人间』一本，一元五角。午后往女师大讲。下午寄朱宅贺礼泉十元。紫佩来。晚季市来。夜有麟来。风。校印刷稿。

十四日

日记 晴。上午得丛芜信并稿。下午曙天，衣萍，品青，小峰来，并赠《热风》四十本。夜素园，季野来。得黄鹏基信并稿。

十五日

日记 星期。晴。下午出外闲步。

十六日

日记 晴。上午往北大讲。下午寄霁野信。季市来。夜得汤鹤逸信。

十七日

日记 晴。上午转寄胡萍霞信于王剑三。寄李小峰信。往女师大讲。午阴。下午得素园信并校稿。晚子佩来。

十八日

日记 晴。上午往中大讲并取十月分薪水泉十。午后阴。夜收《鸟的故事》四本。

十四年的"读经"

自从章士钊主张读经以来，论坛上又很出现了一些论议，如谓经不必尊，读经乃是开倒车之类。我以为这都是多事的，因为民国十四年的"读经"，也如民国前四年，四年，或将来的二十四年一样，主张者的意思，大抵并不如反对者所想像的那么一回事。

尊孔，崇儒，专经，复古，由来已经很久了。皇帝和大臣们，向来总要取其一端，或者"以孝治天下"，或者"以忠诏天下"，而且又"以贞节励天下"。但是，二十四史不现在么？其中有多少孝子，忠臣，节妇和烈女？自然，或者是多到历史上装不下去了；那么，去翻专夸本地人物的府县志书去。我可以说，可惜男的孝子和忠臣也不多的，只有节烈的妇女的名册却大抵有一大卷以至几卷。孔子之徒的经，真不知读到那里去了；倒是不识字的妇女们能实践。还有，欧战时候的参战，我们不是常常自负的么？但可曾用《论语》感化过德国兵，用《易经》咒翻了潜水艇呢？儒者们引为劳绩的，倒是那大抵目不识丁的华工！

所以要中国好，或者倒不如不识字罢，一识字，就有近乎读经的病根了。"畋亡往拜""出疆载质"的最巧玩艺儿，经上都有，我读熟过的。只有几个胡涂透顶的笨牛，真会诚心诚意地来主张读经。而且这样的脚色，也不消和他们讨论。他们虽说什么经，什么古，实在不过是空嚷嚷。问他们经可是要读到像颜回，子思，孟轲，朱熹，秦桧（他是状元），王守仁，徐世昌，曹锟；古可是要复到像清（即所谓"本朝"），元，金，唐，汉，禹汤文武周公，无怀氏，葛天氏？他们其实都没有定见。他们也知不清颜回以至曹锟为人怎样，"本朝"以至葛天氏情形如何；不过像苍蝇们失掉了垃圾堆，自不免嗡嗡地叫。况且既然是诚心诚意主张读经的笨牛，则决无钻营，取巧，献媚的手段可知，一定不会阔气；他的主张，自然也决不会发生什么效力的。

至于现在的能以他的主张，引起若干议论的，则大概是阔人。阔人决不是笨牛，否则，他早已伏处牖下，老死田间了。现在岂不是正值"人心不古"的时候么？则其所以得阔之道，居然可知。他们的主张，其实并非那些笨牛一般的真主张，是所谓别有用意；反对者们以为他真相信读经可以救国，真是"谬以千里"了！

我总相信现在的阔人都是聪明人；反过来说，就是倘使老实，必不能阔是也。至于所挂的招牌是佛学，是孔道，那倒没有什么关系。总而言之，是读经已经读过了，很悟到一点玩意儿，这种玩意儿，是孔二先生的先生老聃的大著作里就有的，此后的书本子里还随时可得。所以他们都比不识字的节妇，烈女，华工聪明；甚而至于比真要读经的笨牛还聪明。何也？曰："学而优则仕"故也。倘若"学"而不"优"，则以笨牛没世，其读经的主张，也不为世间所知。

孔子岂不是"圣之时者也"么，而况"之徒"呢？现在是主张"读经"的时候了。武则天做皇帝，谁敢说"男尊女卑"？多数主义虽然现称过激派，如果在列宁治下，则共产之合于葛天氏，一定可以考据出来的。但幸而现在英国和日本的力量还不弱，所以，主张亲俄者，是被卢布换去了良心。

我看不见读经之徒的良心怎样，但我觉得他们大抵是聪明人，而这聪明，就是从读经和古文得来的。我们这曾经文明过而后来奉迎过蒙古人满洲人大驾了的国度里，古书实在太多，倘不是笨牛，读一点就可以知道，怎样敷衍，偷生，献媚，弄权，自私，然而能够假借大义，窃取美名。再进一步，并可以悟出中国人是健忘的，无论怎样言行不符，名实不副，前后矛盾，撒谎造谣，蝇营狗苟，都不要紧，经过若干时候，自然被忘得干干净净：只要留下一点卫道模样的文字，将来仍不失为"正人君子"。况且即使将来没有"正人君子"之称，于目下的实利又何损哉？

这一类的主张读经者，是明知道读经不足以救国的，也不希望人们都读成他自己那样的；但是，要些把戏，将人们作笨牛看则有之，"读经"不过是这一回要把戏偶尔用到的工具。抗议的诸公倘若不明乎此，还要正经老实地来评道理，谈利害，那我可不再客气，也要将你们归入诚心诚意主张读经的笨牛类里去了。

以这样文不对题的话来解释"俨乎其然"的主张，我自己也知道有不恭之嫌，然而我又自信我的话，因为我也是从"读经"得来的。我几乎读过十三经。

衰老的国度大概就免不了这类现象。这正如人体一样，年事老了，废料愈积愈多，组织间又沉积下矿质，使组织变硬，易就于灭亡。一面，则原是养卫人体的游走细胞（Wanderzelle）渐次变性，只顾自己，只要组织间有小洞，它便钻，蚕食各组织，使组织耗损，易就于灭亡。俄国有名的医学者梅契尼珂夫（Elias Metschnikov）特地给他别立了一个名目：大嚼细胞（Fresserzelle）。据说，必须扑灭了这些，人体才免于老衰；要扑灭这些，则须每日服用一种酸性剂。他自己就实行着。

古国的灭亡，就因为大部分的组织被太多的古习惯教养得硬化了，不再能够转移，来适应新环境。若干分子又被太多的坏经验教养得聪明了，于是变性，知道在硬化的社会里，不妨妄行。单是妄行的是可与论议的，故意妄行的却无须再与谈理。惟一的疗救，是在另开药方：酸性剂，或者简直是强酸剂。

不提防临末又提到了一个俄国人，怕又有人要疑心我收到卢布了罢。我现在郑重声明：我没有收过一张纸卢布。因为俄国还未赤化之前，他已经死掉了，是生了别的急病，和他那正在实验的药的有效与否这问题无干。

十一月十八日。

原载 1925 年 11 月 27 日《猛进》周刊第 39 期。

初收 1926 年 6 月北京北新书局版《华盖集》。

评心雕龙

甲　A-a-a-ch!

乙　你搬到外国去！并且带了你的家眷！你可是黄帝子孙？中国话里叹声尽多,你为什么要说洋话？敝人是不怕的,敢说:要你搬到外国去！

丙　他是在骂中国,奚落中国人,替某国间接宣传咱们中国的坏处。他的表兄的侄子的太太就是某国人。

丁　中国话里这样的叹声倒也有的,他不过是自然地喊。但这就证明了他是一个死尸！现在应该用表现法;除了表现地喊,一切声音都不算声音。这"A-a-a"倒也有一点成功了,但那"ch"就没有味。——自然,我的话也许是错的;但至少我今天相信我的话并不错。

戊　那么,就须说"嗟",用这样"引车卖浆者流"的话,是要使自己的身分成为下等的。况且现在正要读经了……。

己　胡说！说"唉"也行。但可恨他竟说过好几回,将"唉"都"垄断"了去,使我们没有来说的余地了。

庚　曰"唉"乎？予蔑闻之。何也？噫嘻吗呢为之障也。

辛　然哉！故予素主张而文言者也。

壬　嗟夫！余曩者之曾为白话,盖痰迷心窍者也,而今悔之矣。

癸　他说"吓"么？这是人格已经破产了！我本就看不起他,正如他的看不起我。现在因为受了庚先生几句抢白,便"吓"起来;非人格破产是甚么？我并非赞成庚先生,我也批评过他的。可是他不配"吓"庚先生。我就是爱说公道话。

子　但他是说"嗳"。

丑　你是他一党！否则，何以替他来辩？我们是青年，我们就有这个脾气，心爱吹毛求疵。他说"呸"或说"嗳"，我固然没有听到；但即使他说的真是"嗳"，又何损于癸君的批评的价值呢。可是你既然是他的一党，那么，你就也人格破产了！

寅　不要破口就骂。满口漫骂，不成其为批评，Gentleman决不如此。至于说批评全不能骂，那也不然。应该估定他的错处，给以相当的骂，像塾师打学生的手心一样，要公平。骂人，自然也许要得到回报的，可是我们也须有这一点不怕事的胆量：批评本来是"精神的冒险"呀！

卯　这确是一条熹微翠朴的硬汉！王九妈妈的峻嶒小提囊，杜鹃叫道"行不得也哥哥"儿。瀚然"哀哈"之蓝缕的蕨薇，劣马样儿。这口风一滑溜，凡有绯刚的评论都要逼得翘辫儿了。

辰　并不是这么一回事。他是窃取着外国人的声音，翻译着。喂！你为什么不去创作？

巳　那么，他就犯了罪了！研究起来，字典上只有"Ach"，没有什么"A-a-a-ch"。我实在料不到他竟这样杜撰。所以我说：你们都得买一本字典，坐在书房里看看，这才免得为这类脚色所欺。

午　他不再往下说，他的话流产了。

未　夫今之青年何其多流产也，岂非因为急于出风头之故么？所以我奉劝今之青年，安分守己，切莫动弹，庶几可以免于流产，……

申　夫今之青年何其多误译也，还不是因为不买字典之故么？且夫……

酉　这实在"唉"得不行！中国之所以这样"世风日下"，就是他说了"唉"的缘故。但是诸位在这里，我不妨明说，三十年前，我也曾经"唉"过的，我何尝是木石，我实在是开风气之先。后来我觉得流弊太多了，便绝口不谈此事，并且深恶而痛绝之。并且到了今年，深悟读经之可以救国，并且深信白话文之应该废除。但是我并不说中国应该守旧……。

戌　我也并且到了今年，深信读经之可以救国……。

亥　并且深信白话文之应当废除……。

十一月十八日。

原载 1925 年 11 月 27 日《莽原》周刊第 32 期。
初收 1926 年 6 月北京北新书局版《华盖集》。

十九日

日记　晴。上午得李季野信并校稿。午后往黎明讲。晚得钦文信并《往星中》之书面画，十一日发。

二十日

日记　晴。晨得张凤举信。上午往大中讲。访韦素园未遇。访李小峰，见赠《竹林故事》二本。寄李玄伯稿。下午往女师大讲。夜有麟来。大风。

二十一日

日记　晴。上午季市来。午后往精华印书局定印图象，付泉十。往直隶书局买《金文编》一部五本，七元；《曹集铨评》一部二本，二元四角；《湖北先正遗书》零种三种五本，三元。往师大取去年十一月分薪水三元，十二月分者十三元。下午李季谷来。夜向培良，黄鹏基来。

二十二日

日记　星期。晴。上午得凤举信。下午王品青来。夜得有麟信。

并非闲话(三)

西滢先生这回是义形于色,在《现代评论》四十八期的《闲话》里很为被书贾擅自选印作品,因而受了物质上损害的作者抱不平。而且贱名也忝列于作者之列:惶恐透了。吃饭之后,写一点自己的所感罢。至于捏笔的"动机",那可大概是"不纯洁"的。记得幼小时候住在故乡,每看见绅士将一点骗人的自以为所谓恩惠,颁给下等人,而下等人不大感谢时,则斥之曰"不识抬举!"我的父祖是读书的,总该可以算得士流了,但不幸从我起,不知怎的就有了下等脾气,不但恩惠,连吊慰都不很愿意受,老实说罢:我总疑心是假的。这种疑心,大约就是"不识抬举"的根苗,或者还要使写出来的东西"不纯洁"。

我何尝有什么白刃在前,烈火在后,还是钉住书桌,非写不可的"创作冲动";虽然明知道这种冲动是纯洁,高尚,可贵的,然而其如没有何。前几天早晨,被一个朋友怒视了两眼,倒觉得脸有点热,心有点酸,颇近乎有什么冲动了,但后来被深秋的寒风一吹拂,脸上的温度便复原,——没有创作。至于已经印过的那些,那是被挤出来的。这"挤"字是挤牛乳之"挤";这"挤牛乳"是专来说明"挤"字的,并非故意将我的作品比作牛乳,希冀装在玻璃瓶里,送进什么"艺术之宫"。倘用现在突然流行起来了的论调,将青年的急于发表未熟的作品称为"流产",则我的便是"打胎";或者简直不是胎,是狸猫充太子。所以一写完,便完事,管他妈的,书贾怎么偷,文士怎么说,都不再来提心吊胆。但是,如果有我所相信的人愿意看,称赞好,我终于是欢喜的。后来也集印了,为的是还想卖几文钱,老实说。

那么,我在写的时候没有虔敬的心么?答曰:有罢。即使没有这种冠冕堂皇的心,也决不故意耍些油腔滑调。被挤着,还能嬉皮笑脸,游戏三昧么?倘能,那简直是神仙了。我并没有在吕纯阳祖师门下投诚过。

但写出以后,却也不很爱惜羽毛,有所谓"敝帚自珍"的意思,因为,已经说过,其时已经是"便完事,管他妈的"了。谁有心肠来管这些无聊的后事呢?所以虽然有什么选家在那里放出他那伟大的眼光,选印我的作品,我也照例给他一个不管。其实,要管也无从管起的。我曾经替人代理过一回收版税的译本,打听得卖完之后,向书店去要钱,回信却道,旧经理人已经辞职回家了,你向他要去罢;我们可是不知道。这书店在上海,我怎能趁了火车去向他坐索,或者打官司?但我对于这等选本,私心却也有"窃以为不然"的几点,一是原本上的错字,虽然一见就明知道是错的,他也照样错下去;二是他们每要发几句伟论,例如什么主义咧,什么意思咧之类,大抵是我自己倒觉得并不这样的事。自然,批评是"精神底冒险",批评家的精神总比作者会先一步的,但在他们的所谓死尸上,我却分明听到心搏,这真是到死也说不到一块儿。此外,倒也没有什么大怨气了。

这虽然似乎是东方文明式的大度,但其实倒怕是因为我不靠卖文营生。在中国,骈文寿序的定价往往还是每篇一百两,然而白话不值钱;翻译呢,听说是自己不能创作而嫉妒别人去创作的坏心肠人所提倡的,将来文坛一进步,当然更要一文不值。我所写出来的东西,当初虽然很碰过许多大钉子,现在的时价是每千字一至二三元,但是不很有这样好主顾,常常只好尽些不知何自而来的义务。有些人以为我不但用了这些稿费或版税造屋,买米,而且还靠它吸烟卷,吃果糖。殊不知那些款子是另外骗来的;我实在不很擅长于先装鬼脸去吓书坊老板,然后和他接洽。我想,中国最不值钱的是工人的体力了,其次是咱们的所谓文章,只有伶俐最值钱。倘真要直直落落,借文字谋生,则据我的经验,卖来卖去,来回至少一个月,多则一年余,待款子寄到时,作者不但已经饿死,倘在夏天,连筋肉也都烂尽了，那里还有吃饭的肚子。

所以我总用别的道儿谋生；至于所谓文章也者，不挤，便不做。挤了才有，则和什么高超的"烟士披离纯"呀，"创作感兴"呀之类不大有关系，也就可想而知。倘说我假如不必用别的道儿谋生，则心志一专，就会有"烟士披离纯"等类，而产生较伟大的作品，至少，也可以免于献出剥皮的狸猫罢，那可是也未必。三家村的冬烘先生，一年到头，一早到夜教村童，不但毫不"时时想政治活动"，简直并不很"干着种种无聊的事"，但是他们似乎并没有《教育学概论》或"高头讲章"的待定稿，藏之名山。而马克思的《资本论》，陀思妥夫斯奇的《罪与罚》等，都不是啜末加加啡，吸埃及烟卷之后所写的。除非章士钊总长治下的"有些天才"的编译馆人员，以及讨得官僚津贴或银行广告费的"大报"作者，于谋成事遂，睡足饭饱之余，三月炼字，半年锻句，将来会做出超伦轶群的古奥漂亮作品。总之，在我，是肚子一饱，应酬一少，便要心平气和，关起门来，什么也不写了；即使还写，也许不过是温暾之谈，两可之论，也即所谓执中之说，公允之言，其实等于不写而已。

所以上海的小书贾化作蚊子，吸我的一点血，自然是给我物质上的损害无疑，而我却还没有什么大怨气，因为我知道他们是蚊子，大家也都知道他们是蚊子。我一生中，给我大的损害的并非书贾，并非兵匪，更不是旗帜鲜明的小人；乃是所谓"流言"。即如今年，就有什么"鼓动学潮"呀，"谋做校长"呀，"打落门牙"呀这些话。有一回，竟连现在为我的著作权受损失抱不平的西滢先生也要相信了，也就在《现代评论》（第二十五期）的照例的《闲话》上发表出来；它的效力就可想。譬如一个女学生，与其被若干卑劣阴险的文人学士们暗地里散布些关于品行的谣言，倒不如被土匪抢去一条红围巾——物质。但这种"流言"，造的是一个人还是多数人？姓甚，名谁？我总是查不出；后来，因为没有多工夫，也就不再去查考了，仅为便于述说起见，就总称之曰畜生。

虽然分了类，但不幸这些畜生就杂在人们里，而一样是人头，实际上仍然无从辨别。所以我就多疑，不大要听人们的说话；又因为无话可说，自己也就不大愿意做文章。有时候，甚至于连真的义形于色的公话也会觉得古怪，珍奇，于是乎而下等脾气的"不识抬举"遂告成功，或者会终于不可救药。

平心想起来，所谓"选家"这一流人物，虽然因为容易联想到明季的制艺的选家的缘故，似乎使人厌闻，但现在倒是应该有几个。这两三年来，无名作家何尝没有胜于较有名的作者的作品，只是谁也不去理会他，一任他自生自灭。去年，我曾向 DF 先生提议过，以为该有人搜罗了各处的各种定期刊行物，仔细评量，选印几本小说集，来绍介于世间；至于已有专集者，则一概不收，"再拜而送之大门之外"。但这话也不过终于是空话，当时既无定局，后来也大家走散了。我又不能做这事业，因为我是偏心的。评是非时我总觉得我的熟人对，读作品是异己者的手腕大概不高明。在我的心里似乎是没有所谓"公平"，在别人里我也没有看见过，然而还疑心什么地方也许有，因此就不敢做那两样东西了：法官，批评家。

现在还没有专门的选家时，这事批评家也做得，因为批评家的职务不但是剪除恶草，还得灌溉佳花，——佳花的苗。譬如菊花如果是佳花，则他的原种不过是黄色的细碎的野菊，俗名"满天星"的就是。但是，或者是文坛上真没有较好的作品之故罢，也许是一做批评家，眼界便极高卓，所以我只见到对于青年作家的迎头痛击，冷笑，抹杀，却很少见诱掖奖劝的意思的批评。有一种所谓"文士"而又似批评家的，则专是一个人的御前侍卫，托尔斯泰呀，托她斯泰呀，指东画西的，就只为一人做屏风。其甚者竟至于一面暗护此人，一面又中伤他人，却又不明明白白地举出姓名和实证来，但用了含沙射影的口气，使那人不知道说着自己，却又另用口头宣传以补笔墨所不及，使别人可以疑心到那人身上去。这不但对于文字，就是女人们的名誉，我今年也看见有用了这畜生道的方法来毁坏的。古人常说"鬼蜮技俩",其实世间何尝真有鬼蜮,那所指点的,不过是这类东西罢了。这类东西当然不在话下,就是只做侍卫的,也不配评选一言半语,因为这种工作,做的人自以为不偏而其实是偏的也可以,自以为公平而其实不公平也可以,但总不可"别有用心"于其间的。

书贾也像别的商人一样,惟利是图;他的出版或发议论的"动机",谁也知道他"不纯洁",决不至于和大学教授的来等量齐观的。但他们除惟利是图之外,别的倒未必有什么用意,这就是使我反而放心的地方。自然,倘是向来没有受过更奇特而阴毒的暗箭的福人,那当然即此一点也要感到痛苦。

这也算一篇作品罢,但还是挤出来的,并非围炉煮茗时中的闲话,临了,便回上去填作题目,纪实也。

十一月二十二日。

原载 1925 年 12 月 7 日《语丝》周刊第 56 期。

初收 1926 年 6 月北京北新书局版《华盖集》。

坚壁清野主义

新近,我在中国社会上发现了几样主义。其一,是坚壁清野主义。

"坚壁清野"是兵家言,兵家非我的素业,所以这话不是从兵家得来,乃是从别的书上看来,或社会上听来的。听说这回的欧洲战争时最要紧的是壕堑战,那么,虽现在也还使用着这战法——坚壁。至于清野,世界史上就有着有趣的事例:相传十九世纪初拿破仑进攻俄国,到了墨斯科时,俄人便大发挥其清野手段,同时在这地方纵火,将生活所需的东西烧个干净,请拿破仑和他的雄兵猛将在空城里吸西北风。吸不到一个月,他们便退走了。

中国虽说是儒教国,年年祭孔;"俎豆之事,则尝闻之矣,军旅之事,丘未之学也。"但上上下下却都使用着这兵法;引导我看出来的是本月的报纸上的一条新闻。据说,教育当局因为公共娱乐场中常常发生有伤风化情事,所以令行各校,禁止女学生往游艺场和公园;并通知女生家属,协同禁止。自然,我并不深知这事是否确实;更未见明令的原文;也不明白教育当局之意,是因为娱乐场中的"有伤风化"情事,即从女生发生,所以不许其去,还是只要女生不去,别人也不发生,抑或即使发生,也就管他妈的了。

或者后一种的推测庶几近之。我们的古哲和今贤,虽然满口"正本清源","澄清天下",但大概是有口无心的,"未有己不正,而能正人者",所以结果是:收起来。第一,是"以己之心,度人之心",想专以"不见可欲,使民心不乱"。第二,是器宇只有这么大,实在并没有"澄清天下"之才,正如富翁唯一的经济法,只有将钱埋在自己的地下一样。古圣人所教的"慢藏诲盗,冶容诲淫",就是说子女玉帛的处理方法,是应该坚壁清野的。

其实这种方法,中国早就奉行的了,我所到过的地方,除北京外,一路大抵只看见男人和卖力气的女人,很少见所谓上流妇女。但我先在此声明,我之不满于这种现象者,并非因为预备遍历中国,去窃窥一切太太小姐们;我并没有积下一文川资,就是最确的证据。今年是"流言"鼎盛时代,稍一不慎,《现代评论》上就会弯弯曲曲地登出来的,所以特地先行预告。至于一到名儒,则家里的男女也不给容易见面,霍渭厓的《家训》里,就有那非常麻烦的分隔男女的房子构造图。似乎有志于圣贤者,便是自己的家里也应该看作游艺场和公园;现在究竟是二十世纪,而且有"少负不羁之名,长习自由之说"的教育总长,实在宽大得远了。

北京倒是不大禁锢妇女,走在外面,也不很加侮蔑的地方,但这和我们的古哲和今贤之意相左,或者这种风气,倒是满洲人输入的罢。满洲人曾经做过我们的"圣上",那习俗也应该遵从的。然而我想,现在却也并非排满,如民元之剪辫子,乃是老脾气复发了,只要看旧历过年的放鞭爆,就日见其多。可惜不再出一个魏忠贤来试验试验我们,看可有人去作干儿,并将他配享孔庙。

要风化好,是在解放人性,普及教育,尤其是性教育,这正是教育者所当为之事,"收起来"却是管牢监的禁卒哥哥的专门。况且社会上的事不比牢监那样简单,修了长城,胡人仍然源源而至,深沟高垒,都没有用处的。未有游艺场和公园以前,闺秀不出门,小家女也逛庙会,看祭赛,谁能说"有伤风化"情事,比高门大族为多呢?

总之,社会不改良,"收起来"便无用,以"收起来"为改良社会的手段,是坐了津浦车往奉天。这道理很浅显:壁虽坚固,也会冲倒的。兵匪的"绑急票",抢妇女,于风化何如? 没有知道呢,还是知而不能言,不敢言呢? 倒是歌功颂德的!

其实,"坚壁清野"虽然是兵家的一法,但这究竟是退守,不是进攻。或者就因为这一点,适与一般人的退婴主义相称,于是见得志同道合的罢。但在兵事上,是别有所待的,待援军的到来,或敌军的引退;倘单是困守孤城,那结果就只有灭亡,教育上的"坚壁清野"法,所待的是什么呢? 照历来的女教来推测,所待的只有一件事:死。

天下太平或还能苟安时候,所谓男子者俨然地教贞顺,说幽娴,"内言不出于阃","男女授受不亲"。好! 都听你,外事就拜托足下罢。但是天下弄得鼎沸,暴力袭来了,足下将何以见教呢? 曰:做烈妇呀!

宋以来,对付妇女的方法,只有这一个,直到现在,还是这一个。

如果这女教当真大行,则我们中国历来多少内乱,多少外患,兵燹频仍,妇女不是死尽了么? 不,也有幸免的,也有不死的,易代之际,就和男人一同降伏,做奴才。于是生育子孙,祖宗的香火幸而不断,但到现在还很有带着奴气的人物,大概也就是这个流弊罢。"有利必有弊",是十口相传,大家都知道的。

但似乎除此之外，儒者，名臣，富翁，武人，阔人以至小百姓，都想不出什么善法来，因此还只得奉这为至宝。更昏庸的，便以为只要意见和这些歧异者，就是土匪了。和官相反的是匪，也正是当然的事。但最近，孙美瑶据守抱犊崮，其实倒是"坚壁"，至于"清野"的通品，则我要推举张献忠。

　　张献忠在明末的屠戮百姓，是谁也知道，谁也觉得可骇的，譬如他使ＡＢＣ三枝兵杀完百姓之后，便令ＡＢ杀Ｃ，又令Ａ杀Ｂ，又令Ａ自相杀。为什么呢？是李自成已经入北京，做皇帝了。做皇帝是要百姓的，他就要杀完他的百姓，使他无皇帝可做。正如伤风化是要女生的，现在关起一切女生，也就无风化可伤一般。

　　连土匪也有坚壁清野主义，中国的妇女实在已没有解放的路；听说现在的乡民，于兵匪也已经辨别不清了。

一九二五年十一月二十二日。

　　原载 1926 年 1 月 1 日《新女性》月刊创刊号。

　　初收 1927 年 3 月北京未名社版《坟》。

二十三日

　　日记　晴。上午访［往］北大讲。午访韦素园，在其寓午饭。寄张凤举信。

寡妇主义

　　范源廉先生是现在许多青年所钦仰的；各人有各人的意思，我当然无从推度那些缘由。但我个人所叹服的，是在他当前清光绪末年，首先发明了"速成师范"。一门学术而可以速成，迂执的先生们也许要觉得离奇罢；殊不知那时中国正闹着"教育荒"，所以这正是一宗急赈的款子。半年以后，从日本留学回来的师资就不在少数了，还带着教育上的各种主义，如军国民主义，尊王攘夷主义之类。在女子教育，则那时候最时行，常常听到嚷着的，是贤母良妻主义。

我倒并不一定以为这主义错，愚母恶妻是谁也不希望的。然而现在有几个急进的人们，却以为女子也不专是家庭中物，因而很攻击中国至今还钞了日本旧刊文来教育自己的女子的谬误。人们真容易被听惯的讹传所迷，例如近来有人说：谁是卖国的，谁是只为子孙计的。于是许多人也都这样说。其实如果真能卖国，还该得点更大的利，如果真为子孙计，也还算较有良心；现在的所谓谁者，大抵不过是送国，也何尝想到子孙。这贤母良妻主义也不在例外，急进者虽然引以为病，而事实上又何尝有这么一回事；所有的，不过是"寡妇主义"罢了。

这"寡妇"二字，应该用纯粹的中国思想来解释，不能比附欧，美，印度或亚剌伯的；倘要翻成洋文，也决不宜意译或神译，只能译音：Kuofuism。

我生以前不知道怎样，我生以后，儒教却已经颇"杂"了："奉母命权作道场"者有之，"神道设教"者有之，佩服《文昌帝君功过格》者又有之，我还记得那《功过格》，是给"谈人闺阃"者以很大的罚。我未出户庭，中国也未有女学校以前不知道怎样，自从我涉足社会，中国也有了女校，却常听到读书人谈论女学生的事，并且照例是坏事。有时实在太谬妄了，但倘若指出它的矛盾，则说的听的都大不悦，仇恨简直是"若杀其父兄"。这种言动，自然也许是合于"儒行"的罢，因为圣道广博，无所不包；或者不过是小节，不要紧的。

我曾经也略略猜想过这些谣诼的由来：反改革的老先生，色情狂气味的幻想家，制造流言的名人，连常识也没有或别有作用的新闻访事和记者，被学生赶走的校长和教员，谋做校长的教育家，跟着一犬而群吠的邑犬……。但近来却又发见了一种另外的，是："寡妇"或"拟寡妇"的校长及舍监。

这里所谓"寡妇",是指和丈夫死别的;所谓"拟寡妇",是指和丈夫生离以及不得已而抱独身主义的。

中国的女性出而在社会上服务,是最近才有的,但家族制度未曾改革,家务依然纷繁,一经结婚,即难于兼做别的事。于是社会上的事业,在中国,则大抵还只有教育,尤其是女子教育,便多半落在上文所说似的独身者的掌中。这在先前,是道学先生所占据的,继而以顽固无识等恶名失败,她们即以曾受新教育,曾往国外留学,同是女性等好招牌,起而代之。社会上也因为她们并不与任何男性相关,又无儿女系累,可以专心于神圣的事业,便漫然加以信托。但从此而青年女子之遭灾,就远在于往日在道学先生治下之上了。

即使是贤母良妻,即使是东方式,对于夫和子女,也不能说可以没有爱情。爱情虽说是天赋的东西,但倘没有相当的刺戟和运用,就不发达。譬如同是手脚,坐着不动的人将自己的和铁匠挑夫的一比较,就非常明白。在女子,是从有了丈夫,有了情人,有了儿女,而后真的爱情才觉醒的;否则,便潜藏着,或者竟会萎落,甚且至于变态。所以托独身者来造贤母良妻,简直是请盲人骑瞎马上道,更何论于能否适合现代的新潮流。自然,特殊的独身的女性,世上也并非没有,如那过去的有名的数学家 Sophie Kowalewsky,现在的思想家 Ellen Key 等;但那是一则欲望转了向,一则思想已经透彻。然而当学士会院以奖金表彰 Kowalewsky 的学术上的名誉时,她给朋友的信里却有这样的话:"我收到各方面的贺信。运命的奇异的讥刺呀,我从来没有感到过这样的不幸。"

至于因为不得已而过着独身生活者,则无论男女,精神上常不免发生变化,有着执拗猜疑阴险的性质者居多。欧洲中世的教士,日本维新前的御殿女中(女内侍),中国历代的宦官,那冷酷险狠,都超出常人许多倍。别的独身者也一样,生活既不合自然,心状也就大变,觉得世事都无味,人物都可憎,看见有些天真欢乐的人,便生恨恶。尤其是因为压抑性欲之故,所以于别人的性底事件就敏感,多疑;欣羡,因而妒嫉。其实这也是势所必至的事:为社会所逼迫,表面上固不能不装作纯洁,但内心却终于逃不掉本能之力的牵掣,不自主地蠢动着缺憾之感的。

然而学生是青年,只要不是童养媳或继母治下出身,大抵涉世不深,觉得万事都有光明,思想言行,即与此辈正相反。此辈倘能回忆自己的青年时代,本来就可以了解的。然而天下所多的是愚妇人,那里能想到这些事;始终用了她多年炼就的眼光,观察一切:见一封信,疑心是情书了;闻一声笑,以为是怀春了;只要男人来访,就是情夫;为什么上公园呢,总该是赴密约。被学生反对,专一运用这种策略的时候不待言,虽在平时,也不免如此。加以中国本是流言的出产地方,"正人君子"也常以这些流言作谈资,扩势力,自造的流言尚且奉为至宝,何况是真出于学校当局者之口的呢,自然就更有价值地传布起来了。

我以为在古老的国度里,老于世故者和许多青年,在思想言行上,似乎有很远的距离,倘观以一律的眼光,结果即往往谬误。譬如中国有许多坏事,各有专名,在书籍上又偏多关于它的别名和隐语。当我编辑周刊时,所收的文稿中每有直犯这些别名和隐语的;在我,是向来避而不用。但细一查考,作者实茫无所知,因此也坦然写出;其咎却在中国的坏事的别名隐语太多,而我亦太有所知道,疑虑及避忌。看这些青年,仿佛中国的将来还有光明;但再看所谓学士大夫,却又不免令人气塞。他们的文章或者古雅,但内心真是干净者有多少。即以今年的士大夫的文言而论,章士钊呈文中的"荒学逾闲恣为无忌","两性衔接之机缄缔构","不受检制竟体忘形","谨愿者尽丧所守"等……可谓臻媟黩之极致了。但其实,被侮辱的青年学生们是不懂的;即使仿佛懂得,也大概不及我读过一些古文者的深切地看透作者的居心。

言归正传罢。因为人们因境遇而思想性格能有这样不同,所以在寡妇或拟寡妇所办的学校里,正当的青年是不能生活的。青年应当天真烂漫,非如她们的阴沉,她们却以为中邪了;青年应当有朝气,敢作为,非如她们的萎缩,她们却以为不安本分了:都有罪。只有极和她们相宜,——说得冠冕一点罢,就是极其"婉顺"的,以她们为师法,使眼光呆滞,面肌固定,在学校所化成的阴森的家庭里屏息而行,这才能敷衍到毕业;拜领一张纸,以证明自己在这里被多年陶冶之余,已经失了青春的本来面目,成为精神上的"未字先寡"的人物,自此又要到社会上传布此道去了。

虽然是中国,自然也有一些解放之机,虽然是中国妇女,自然也有一些自立的倾向;所可怕的是幸而自立之后,又转而凌虐还未自立的人,正如童养媳一做婆婆,也就像她的恶姑一样毒辣。我并非说凡在教育界的独身女子,一定都得去配一个男人,无非愿意她们能放开思路,再去较为远大地加以思索;一面,则希望留心教育者,想到这事乃是一个女子教育上的大问题,而有所挽救,因为我知道凡有教育学家,是决不肯说教育是没有效验的。大约中国此后这种独身者还要逐渐增加,倘使没有善法补救,则寡妇主义教育的声势,也就要逐渐浩大,许多女子,都要在那冷酷险狠的陶冶之下,失其活泼的青春,无法复活了。全国受过教育的女子,无论已嫁未嫁,有夫无夫,个个心如古井,脸若严霜,自然倒也怪好看的罢,但究竟也太不像真要人模样地生活下去了;为他帖身的使女,亲生的女儿着想,倒是还在其次的事。

我是不研究教育的,但这种危害,今年却因为或一机会,深切地感到了,所以就趁《妇女周刊》征文的机会,将我的所感说出。

一九二五年十一月二十三日。

原载 1925 年 12 月 20 日《京报》附刊《妇女周刊》周年纪念号。

初收 1927 年 3 月北京未名社版《坟》。

二十四日

　　日记　晴。上午往女师大讲。下午寄新女性社文一篇。寄许钦文信并《热风》二本。寄三弟信并《热风》三本,丛芜小说稿一篇。

二十五日

　　日记　晴。上午往中大讲。下午得三弟信,二十日发。夜衣萍来。素园,静农,季野来。

二十六日

　　日记　晴。上午得向培良,黄鹏基信。午后往黎明讲。得韦素园信。下午矛尘来。寄妇女周刊社信并稿。晚子佩来。得衣萍信。得顾孟馀信。

二十七日

　　日记　晴。上午往大中讲。访李小峰。午后风。往女师大讲。沈尹默赠《秋明集》二本。夜风。有麟来。伏园,春台,惠迭[迪]来。

二十八日

　　日记　晴。晨寄三弟信。上午季市来。寄赠洙邻《小说史略》一本。午后往山本医院诊。往教育会俟顾孟馀不至。晚访李小峰。夜培良来。从精华印书局所制铜板五,锌板六,其价为十六元六角六分。得顾孟馀信。

二十九日

　　日记　晴。上午往教育会访顾孟馀。午访韦素园。访李小峰。下午季市来。品青来。曙天,衣萍来。夜译《自然主义之理论及技巧》讫。

自然主义的理论及技巧

[日本]片山孤村

目次:论文的目的——自然的意义——卢梭的自然主义——十九世纪的自然主义——法国及德国的自然主义的区别——法国自然主义的起源——卢梭——斯丹达尔——巴尔札克及其主张——左拉及其理论——巴尔札克与左拉的比较——自然主义的定义——自然主义的两种——教训底自然主义——纯艺底自然主义——见于恭果尔日志中的纯艺主义——唯美底世界观——颓唐派的意义——德国的自然主义——呵尔兹的彻底自然主义及其技巧——其影响

如果说,文艺上的自然主义(Naturalismus)者,乃是要求模仿自然的主义,则似乎一见就明明白白,早没有说明的余地了。但是,依照"自然"这一个字的解释,和怎样模仿自然的方法,而自然主义的意义,便有许多变化。在我们文坛上,也已经提出过许多解释了,然而倘要解释文艺上的自然主义,则总得先去探究文艺史。我用我法者流的解释,虽然可作"我的"自然主义的说明罢,但历史底自然主义的意义,却到底看不出,而且还要引起概念的混乱。目下的我们文坛上,没有这倾向么? 在这小论文里,就想竭力以客观底叙述为本旨,避去我用我法者流的解释和批评,以明所谓自然主义的真相。

"自然"这一个字,是含有种种意义的。但在文艺上的自然主义这文字中,却只有两样意思:第一,是与"人为"相反,即与文明相反的自然;第二,是作为现实(Wirklichkeit)即感觉世界的自然。

第一的自然主义,是始于卢梭(J. J. Rousseau)的。卢梭在所著的《爱弥耳一名教育论》(*Emile ou de l'education*)的卷首,以"出于

453

造物者之手的一切,虽善,而一经人手则堕落"这有名的话,指摘文明的弊害,述说教育爱弥耳,应该作为一个自然儿。这话里有着矛盾,是不消说得的。但卢梭的这自然主义,却于十八世纪的人心,给了深刻的影响;在德国,则为惹起了千七百七十年顷"飙兴浡起"(Sturm und Drang)运动的原因之一。当时德国的少壮文学者们,是将自然解作和不羁放纵同一意义,深信耽空想,重感情,蔑视社会和文艺上的习惯,限制,规矩准绳等,为达到真的人道的路。于文艺则侧重民谣的价值,而以沙士比亚那样,一见毫不受什么法则所束缚者,为戏曲的理想的。

第二的将自然解作现实的自然主义,是十九世纪的自然主义。在法国,是和写实主义(Realismus 是从画家果尔培起,Naturalismus是从左拉起,才用于文艺上),用作同一意义的。在德国,则大概称海培耳(Hebbel 1813—1863)路特惠锡(Ludwig 1813—1865)弗赖泰克(Freytag 1816—1895)以来的文学为写实主义,而于千八百八十年顷的"飙兴浡起"运动以来的写实派的文学,特名之曰自然主义。但这自然主义,是美学家服凯尔德(T. Volkelt)之所谓作为历史底概念的自然主义,而非作为审美底概念的。作为审美底概念的自然主义云者,即对于艺术的目的,有一定的主张,如谓在于模仿自然,或谓在于竭力逼近自然等;而作为历史底概念的自然主义,则是流行于十九世纪末德国文坛的各种文艺上的方向的总称。戴着这种名称的文士,就如对于古文学(Die Antike),罗曼派(Romantik)等,自称为"现代派"(Die Moderne)那样,是主张着自己们的文学是崭新,进步,摆脱了旧来的文艺,而寻求着新理想和新技巧的。但在他们之间,并无一定的审美底目的以及原则,交错纷纭着各样的思潮和情调,其中互相矛盾的也很多。对于这事,到后段还许要叙述的罢。

其次,法国写实派=自然派的开山祖师是谁呢?如果说自然派的文士,于此也推卢梭。盖卢梭者,在所著的《自白》(Confessions)里,实行了写实主义的原则的。"我要将一个人,自然照样地示给世间。这人,就是我自己。"在那书里面,卢梭是豫备将自己的经历和性行,没有隐瞒,没有省略,照样地写出米,或想要写出来的。这样的笔法,那不消说,就是自然主义。然而卢梭也不过暗示了露骨的描写的猛烈的效果;于那小说,却并未应用这理论。所以以卢梭为自然派的鼻祖,是未必妥当的。

卢梭以后有斯丹达尔(Stendhal 1783—1842)那样的心理小说家,虽说始以精细深刻的自然主义的技巧,用之于小说,然而用了写实主义,在文坛上成就了革命底事业,被推崇为写实主义之父者,却是巴尔札克(Balzac 1799—1850)。在反对雩俄(V. Hugo)乔治珊德(George Sand)亚历山大仲马(A. Dumas)等的罗曼主义,而于其全集《人间的趣剧》(Comedie Humaine)二十五卷中,细叙物质底生活的辛劳这些节目上,巴尔札克是革新者。其序文中说,"凡读那称为历史的这一种枯燥而可厌的目录的人,总会觉到,一切国民和一切时代的文学者们,忘却了传给我们以风俗的历史。我想尽我的微力,来补这缺憾。我要编纂社会的情欲,道德,罪恶的目录,聚集同种的性格,而显示类型(代表底性格),刻苦励精,关于十九世纪的法国,做出一部罗马,雅典,谛罗斯,门斐斯,波斯,印度诸国惜未曾遗留给我们的书籍来。"如他所说一样,他是风俗描写的鼻祖,或是高尚的意义上的风俗史家。

据巴尔札克的确信,则文学必须是社会的生理学,更不得为别的什么。而这生理学的前提和归宿,一定不得不成为厌世底。他的意思,是以为主宰着近代的人心者,已经不是恋爱,也不是快乐了,只是黄金。惟黄金是近代社会唯一的活动的源泉。他便将一代的社会为要获得黄金而劳苦,狂奔,耽于私利私欲的情形,毫无忌惮地描写出。这就是他的人生观所以成为厌世底的原因。但看他在《趣剧》的序文上,又说,"若描写全社会,涉及那活动的广大的范围,将这把住之际,则或一结构上,所举的恶事比善事为尤多,描写的或一部分中,也显示恶人的一伙,这是不得已的事。然而批评家却愤激于这不道德,而不知道举出可作完全的对照的别部分的道德底事来。"则巴尔札克的厌世观,也并非一定是不道德底了。这一点,是和最近自然派大异其趣的。后者的厌世观,是大抵与道德无关系,或者带着不道德底倾向的。但是,巴尔札克的描写过于精细,非专门家便不懂的事,也耐心叙述着,则与晚近自然派相同。例如或者批评说,《绥札尔毕洛忒》倘不是商人,《黑暗的诉讼事件》倘不是法官,是不能懂得的。

巴尔札克之后,有弗罗培尔(Flaubert),恭果尔兄弟(E. et J. Goncourt),左拉(Zola),斐司曼斯(Huysmans),摩泊桑(Moupassant),都德(Daudet)这些名人辈出,再讲怕要算多事了罢。只有关于左拉,还有详述一点的必要。

左拉是不但以著作家,也以批评家,审美学者自任的。在所著的《实验底小说》(*Le Roman Experimental*),《自然派的小说家》(*Le Romanciers Naturalistes*)里,即述说着自然主义的理论。但左拉的实行,却不独未必一定与这相副而已,他为了这理论,反落在自绳自缚的穷境里去了。在他的论文中,看见他的以生理学和社会学为诗人的任务,以罗曼派的文艺为不过是一种修辞,以及排斥空想等,读者对于他那没有知道真诗人的自己之明,是都要觉得骇异的。

现在为绍介左拉的学说的一斑计,试将《实验底小说》的一节译出来看罢:

"自然派的小说家,于此有要以演剧社会为材料,来做小说的作者,是连一件事实,一个人物也未曾见,而即从这一般的观念出发的。他应该首先来聚集关于他所要描写的社会的见闻的一切,记录下来。他于是和某优伶相识,目睹了或一种情形。这已经是证据文件了,不但此也,而且是成熟在作家的心中的良好的文件。这样子,便渐渐准备动手;就是和精通这样的材料的人们交谈,搜集(这社会中所特有的)言语,逸闻,肖像等。不但这样,还要查考和这相关的书籍,倘是似乎有用的事情,一

456

一看过。其次，是踏勘地方，在戏园里过两三天，各处都熟悉。又在女伶的台前过几夜，呼吸那周围的空气。这样子，文件一完全，小说便自己构成了，小说家只要论理底地将事实排列起来就好。挂在小说各章的木扒上所必要的光景和说话，就从作家所见闻的事情发展开来。这小说奇异与否，是没有关系的。倒是愈平常，却愈是类型底（代表底）。使现实的人物在现实的境遇里活动，以人生的一部分示给读者，是自然派小说的本领。"

这左拉的理论及技巧，其要点，和巴尔札克的相一致，是不待言的。但那著作全部，却显有不同。巴尔札克是将观察实世间的人物所得的结果，造成类型，使之代表或一阶级，或一职业。而左拉的人物则是或一种类的代表者，但并非类型；不是多数的个人的平均，而是个人。例如那那（Nana），只是那那，那那以外，没有那那了。巴尔札克对于其所观察，却不像科学者似的写入备忘录中；他即刻分作范畴，不关紧要的琐末的事物，便大抵忘却了。所以汇集个个的事象，而描写类型底性格和光景时，极其容易。巴尔札克的人物和光景，因此也能给读者以统一的明划的印象，那著作，即富于全体的效果，获得成功。反之，左拉则不论怎样地琐末的事，而且尤其喜欢详述这样的事象，所以有时是确有过于烦琐之嫌的。但这种详述法奏效之际，却委实能生出很有力量的效果来。

巴尔札克和左拉都是作家，也是理论家，然而往往有与其理论背驰，和不副其要求的事。而在左拉为尤甚，则在先已经说过了。这就因为立了和天才性格不一致的理论之故。但恭果尔兄弟和弗罗培尔则理论和实际很一致，即使说自然主义借着这三个诗人，最纯粹地代表了，也不算什么过分的话。如恭果尔，以诗人而论，天分大不如左拉，所以也不很因为诗底感兴，而妨害理论的实行。他们的名实上都是自然派，那原因就在此。

从以上的简约的叙述，在法国的自然主义的一斑，大概已经明

457

白了罢。要而言之:自然主义者,那主张,是在将感觉底现实世界,照所经验的一模一样地描写出来,为艺术的本义的。凡自然派的艺术家,须将自然界,即现实界的一切事象,照样地描写,其间不加什么选择,区别;又以绝对底客观为神圣的义务,竭力使自己的个性不现于著作上。对于这要旨,凡有自然派的文士,是无不一致的。至于理论的细目和实行的方法,那不消说,自然还有千差万别。

但是,这里有一个重要的问题在:自然派何故模仿自然的呢?到此为止,我们单将自然派怎样模仿自然的问题研究了,然而并没有完足。对于那"何故"的疑问,是梭伐嘉(David Sauvageot)所提出的,他的解决,不独于十九世纪,而且于古来一切的写实主义,自然主义的解释上,都给了新光明。

第一,写实主义是有如英国和俄国的小说那样,用以传宗教或道德;又如左拉的著作那样,想借此来教实理哲学(Pisitivism)的。在这时候,写实主义便是对于目的的一种手段,所以梭伐嘉称之为"教训底写实主义"。

第二,写实主义是顺了模仿的天性,乐于精细的描写之余,往往有仅止于将自然来写生的事。如弗罗培尔,恭果尔等,即属于这一类。这可以称为"纯艺术底写实主义"(Realisme de l'art pour l'art)。

说得再详细些,则如陀思妥夫斯奇(F. M. Dostojevski)说,"我穷极了不成空想之梦的现实的生活,达了为我们生命之源泉的主耶稣了。"他就在那写实小说里,教着一种基督教和神秘底社会主义。托尔斯泰(L. Tolstoi),伊孛生(H. Ibsen)的极端的倾向,可以无须说得了;在法国,则巴尔札克就说,"文士是应当以人类之师自任的。"左拉也怀了仗唯物论以救济国家和国民的抱负,而从事于制作。他相信,人类不过是一个器械,他那纯物质底现象,都可以科学底地来测定;而且不但人类而已,便是"社会底境遇,也是化学底,物理学底"的。但是,这唯物论的研究,有什么用处呢?左拉答道,"我们和全世界一齐,(仗着科学)正做着征服自然和增进人力的这一种大事业。"而小说,则是社会,人类的生理学,科学,唯物论的教科书。所以凡是爱人类者,爱法国者,都应当归依自然主义。"如果应用了科学底方式,法国总有取回亚尔萨斯＝罗兰州的时候罢。""法兰西共和国成为自然派,否则,将全不存在。"左拉的自然主义,是这样地带着救济祖国的使命的。(以上的引证,是《实验底小说》里面的话。)

复次,将"纯艺术底写实主义"的起源,归之于模仿的天久性的梭伐嘉之说,也不能说是完全。弗罗培尔,恭果尔的自然主义,纯艺术主义(L'art pour l'art),是不仅出于无意识底的模仿的天性的,也是意识底的世界观的结果。这一派文士的世界观,也如左拉一样,是唯物论(Materialismus),从十八世纪的英国和法国的感觉论(Sensualismus)发源,经过恭德(A. Comte)的实理论(Positivismus),受了十九世纪的科学发达的培植而成熟的。关于以这唯物论为根基的自然主义,我以为戈尔特斯坦因在那论文《论审美底世界观》(*Ueber aesthetische Weltanschaunung*)里所叙述的最为杰出,现在就将他议论恭果尔弟兄的《日志》的话,译一点大要罢:──

"《恭果尔兄弟日志》(*Joumal des Goncourts*)计九卷,共中收罗着千八百五十一年至九十五年约半世纪间的政治底及精神底生活的活画图。这一部书,不但是恭果尔兄弟而已,并且也反映着戈兼(Gautier),圣蒲孚(Sainte－Beuve),弗罗培尔,卢南(Renen)那些第二帝国时代文学社会的有特色的情绪及信念。所以这《日志》,也如格林的《通信》(*Correspondance*)之于十八世纪一样,在二十世纪的人们,是要成为近代精神底生活的'矿洞'的罢。

"有人说,英国人是最有用地,德国人是愚蠢地,法国人是最奇拔地代表了唯物论。这话,用在这《日志》上也很适宜的。这《日志》的世界观,是极端的唯物论。'生命是什么呢? 不过分子集合的利用而已。'而这唯物论,又和深刻的厌世观相结合。大概那纯器械底世界观的无意义,在他们的心里,给了很深的印象了。对于政治上,社会上的状态,也就不得不成为悲观底,绝望底了。而且在他们,历史也不过是无意义的事件的生灭;他们的该博的史上的知识,也无非单在他们的唯物主义上,加上了历史怀疑主义去。

"生存在这样宇宙和人事的无价值,无意味之中的人们,究竟相信什么呢?为了怎样的价值而生存的呢?曰:有艺术在。'除了艺术和文学之外,什么也不相信。其余的,都是虚诞,都是拙劣的诈伪。'人生而没有艺术,是永久的凋零,腐败。'艺术者,是死的生命的防腐剂。除艺术之所奏,所述,所画,所刻者之外,再没有一种不死的东西。'即在一切的价值的破坏之中,惟艺术继续其存在。但艺术和哲学,是不以使人生有意义为目的的。艺术对于文明生活和人类,有什么意义呢?曰:什么也没有。艺术是自己目的——是为艺术的艺术(L'art pour l'art)。这句近时的流行语,是起于上文所说的社会底,精神底的关系的;其批评,也就存于这起源之内。

"L'art pour l'art 中,含有消极底和积极底这两种立论。

"消极底立论,是排斥对于艺术的道德限制的;积极底立论,则万物都可以成为艺术的对象,换了话说,那归结就是和艺术相关者,只有形式和技巧,而非对象和内容。至于万物都可以成为艺术的对象者,并不因为万物都一样地有价值,却因为都一样地无价值,无意义。因为万物的价值没有高下,所以以这为对象的艺术,也就不得不成为形式主义,技巧主义了。因此,在这《纯艺术底自然主义》上,譬如无论描写一片木片,或则叙述哈谟列德(Hamlet)的精神状态,只要那技巧已经奏效,内容怎样是非所措意的。

"这样子,那自然主义,在客观底地,艺术对于人生问题和宇宙问题是毫无意义的。但主观底地,却有一个值得努力的目的:就是情绪(l'emotion)。'在现代的生活中,现今只有情绪这一个大兴味在。'物体中之一物体的人，仗着神经作用，在事物的表面上，造作审美底情绪。'我们（恭果尔兄弟）是最初的神经的文士'；自然主义底审美主义者的生命，是神经的问题。巴尔（Hermann Bahr）的话有云：'古典派之所谓人，是理性和感情之谓；罗曼派之所谓人，是情热和感觉之谓；而现代派之所谓人，是神经之谓。'就显现着上面所述的意味的。

"自然主义底审美主义，是这样地成长为一种人生观。在这人生观，艺术是一种手段，即仗着情绪，印象，刺激，战栗（Frissous），来超出那受了唯物论底地解释了的人生的不快，寂寥和无意义的。

"以上的自然主义底，厌世底唯美主义（唯美主义者，是主张人生除了美，即毫无什么价值的主义），并不仅止于理论，在淮尔特（Wilde）和但农契阿（D'Annunzio）所描写的人物上，实在是具体底地表现着。

"在这自然主义底唯美主义（Naturalistischer Aesthetzismus）上，人生是只有审美底情绪和非审美底情绪两种。这就是这主义的 Décadence（颓唐）底特性。我是将 Décadence 这话，解作和自然主义底审美主义相伴的一定的精神状态的。我以为颓唐底唯美派的心理底特征，似乎就在缺少意力，来统一那个个的心底作用；就是：颓唐派的人格，不过是唯心底作用的并列。因为这样地缺少中心的意力，所以颓唐派便被各刹那的印象所统治了。而这弱点，同时又和热烈的生活欲结合着。但是，在唯美派，生存上唯一的形式是享乐，所以新奇险怪的刺激，就是最后的目的。对于这新刺激，寻求不已的倾向，在波特莱尔（Baudelaire），达莱维（Barbey d'Aureville），斐司曼斯等，是特为显著的。"云云。

戈尔特斯坦因还引了实例，敷张议论，更加以批评。但因为在我的小论文里绍介不尽，所以在这里单引用了可以说明纯艺术底自然主义的话。法国的自然主义,即此为止,这回再一说德国的自然主义,就将这论文结束罢。

在德国,自然主义是有如已经说过那样,从路特惠锡,海培耳,弗赖泰克等的时代起,就形成着划然的时期的;但并非为了"真"而将"美"作为牺牲的法国一流的写实主义。又,这写实主义,也不是一诗社,一流派所提的美学上,文艺上的纲领(program),所以也并不为理论所误,而成就了很为稳健的发展。上述三人之外,如开勒尔(G. Keller),斯妥伦(Th. Storm),格罗忒(K. Groth),罗退尔(F. Reuter),斯丕勒哈干(Fr. Spielhagen),海什(P. Heyse),赉培(Raabe),丰太纳(Th. Fontane)诸人的姓名,作为这"写实主义"的代表者,也可以说是不朽的罢。

那法国流写实主义的流行于德国文坛,是从千八百八十年代至九十年代的称为"飙兴浡起"这一个革命运动的结果。这运动的历史,在这里没有详叙的必要;也想单将因这运动的结果而起的自然派的诸倾向,略有所言。但这在鸥外氏的《审美新说》里讲得很详细,所以我也不必从新再叙了。只是,应该注意者,是德国文学上之所谓自然主义者,不但是上文所说的法国一流的自然主义,即作为唯美底概念的自然主义,或作为人生观的自然主义;而且也包含着所谓"现代派"的诸倾向的全体,即服耳凯尔德所说的作为历史底概念的自然主义之谓。这自然主义,性质很复杂:其中有法国流自然主义照样的东西;也有更加极端的"彻底自然主义";也有包括了神秘主义,主观主义,象征主义,新罗曼主义等各种倾向的新自然主义;此外,还有增添些社会主义,个人主义(出于尼采者),无政府主义的。现代派的人们,也像日本一样,是取模范于外国的,所以依了所私淑的模范的种类,各人的心状,性格,学识等,办法人人不同。同的只有目的,是崭新(Modern)。("现代派"[Die Moderne]这新造语,是始于 Eugen Wolf Hermann Bahr 的。)

在这混乱的现象中,最发异彩,在自然主义的理论及技巧的历史上，不当忘却者，是那"彻底自然主义"（Konseguenter Naturalismus）。这主义发端于呵尔兹（A. Holz）的提创，蒿普德曼（G. Hauptmann）实行于他那戏曲《日出之前》（Vor Sonnenaufgang）的结果，于是风靡了一时文坛的本末，去年已在我那拙作《德国自然主义的起源》里详说过，鸥外氏著的《蒿普德曼》上也载着，所以在这里，就单来仔细地说一说"彻底自然主义"本身罢。

呵尔兹的"彻底自然主义"，是下列的几句话就说尽了要领的。曰："艺术是带着复归于自然的倾向的。而艺术之成为自然，则随着未成自然以前的再现的条件和那使用的程度。"详细地说，就是：艺术者，带着仅是写出自然，还不满足，有更进而成为本来的自然的倾向。所以艺术者，要成为和自然同一的东西，是未必做得到的，但愈近自然，即愈为殊胜。而因了使自然再现的条件即手段，和使用这手段的程度即巧拙，艺术之与自然，即或相接近，或相远离。这和自然的远近，是作为决定艺术的高下的标准的。影戏较之照相，演剧较之影戏，更近于自然，所以以艺术而论，演剧是上乘。较之演剧，则实际，即自然，更能满足艺术的要求和倾向，所以更合于艺术的理想。这样子，若将呵尔兹的主张加以推演，至于极端，则成为倒不如将艺术废止，反合于艺术的本义了。

呵尔兹根据着这原则，和他的朋友勘赉夫（Johannes Schlaf）共同创作了几种小说和戏曲，以施行这原则的各种新技巧示人，而一面又示人以自然主义的理论，到结局（Konseguenz）却和艺术的本领相违背。这是极有兴味的事，再详细地说一说罢。第一，向来见于自然派著作上的对话，还有远于自然的地方，如左拉，伊孛生，也有此弊。他们还太使用着"纸上的言语"（Papiersprach），是呵尔兹们所发见的。再详细地说，就是有如"阿""唉"等类的感叹词，咳嗽，其他种种喉音等，都没有充足地描写着。然而人们是各有不同的喉音和咳嗽法的。所以描写这些，对于个性的写实，也是理论上不可缺少的事。其次，戏曲上的分段和小说上的布局，是和自然相反的，实世间的事件，原没有真的终结，正如小河渗入沙中，渐渐消失一样，都是逐渐地转移的。诗人也该这样，不得在小说及戏曲上，故意做出感动读者的终结和团圆。小说及戏曲，是应该将"人生的断片"（Lebensausschnitt），即并无所谓"始"或"终"那样特别分划的现实的事件，照样地写出来。左拉又注意于材料的选择和排列，换了话说，就是不忘布局（Komposition）的。但呵尔兹等，却并想将那诗的要素之一的布局废去。第三，呵尔兹等是所谓"各秒体"（Sekundenden-stil）的创始者。将各秒各秒所发生的事故，叙述无遗，凡直写自然的诗人，倘不将无论怎样平凡，单调的事情，也仔仔细细描写，即不能说是尽了责任。向来的诗人，于并无描写的价值的日志底事实，是仅作一两行的报告，或全然省略的，则纵使别的事实，怎样地以自然派底精细描写着，由全体而言，也还不能说是完全地用了自然主义。这也有一边的真理的，但倘将这一说推至极端，诗便和详细的日记更无区别，读者将不堪其单调，怕要再没有读诗的人了罢。一到这样，诗在艺术上，除自灭之外，便没有别的路了。还有，自然音的模仿（例如呵尔兹和勖赍夫所作的 *Baba Hamlet* 中的雨滴之声"……滴……滴"写至许多），戏曲上独白的废止，在叙情诗上节奏和韵律的排斥，也都是呵尔兹等所开创的。

因了以上的理论和技巧，呵尔兹和勖赍夫遂被称为左拉以上的极端的自然主义者；嵩普德曼则取了这理论和技巧，为自家药笼中物，自《日出之前》以来各著作，均博得很大的成功，于是这彻底自然主义，便风靡了当时的文坛了。更举这极端的技巧的别的二三例，则如（一）戏曲上的人物和舞台上的注意，例如苏达尔曼（H. Suder-mann）的《梭同的最后》（*Sodoms Ende*）中的滑绥博士戴玳瑁边眼镜，耶尼珂夫夫人穿灰色雨衣，克拉美尔穿太短的裤，磨坏了后跟的鞋，或者叫作跋尔契诺夫斯奇这犹太人生着不像犹太人的面貌等，和戏曲的所作上，并无什么关系的事实的细叙。（二）以没有意义的动作，填去若干时间，例如嵩普德曼的《日出之前》里，单是罗德和海伦纳的接吻的往返,就是若干时间中,舞台上毫无什么动作;又如同人所作的《寂寞的人们》(*Einsame Menschen*)第二幕,蜂子来搅扰波开拉德家的人们的早餐等就是。(三)此外,插进冗长的菜单,账目,系图这些东西去;克莱札尔(Max Kretzer)的《三个女人》(*Drei Weiber*)中,详述晚餐,细说生病,生产等可厌的事物,至亘七十叶之长:就都是始见于彻底自然主义的著作中的新技巧。

要而言之,在德国的自然主义,是本于法国的,但使这更极端,更精细,且有将这来实行,非彻底不止的倾向。"彻底自然主义"之名,是最为恰当的。

单是自然主义的理论及技巧的要点,我以为即此大概算是说明白了罢。虽说倘不是更加以审美底批判和历史底说明,然后来推定这主义可以行到什么程度;又,其理论和实行的关系如何;自然主义的将来如何:即对于自然主义的文艺史上的现象的各问题,一一给以解决,还不能说是已将自然主义完全说明。但这范围过于广大,只好俟之异日了。

译自《最近德国文学之研究》

未另发表。

初收 1929 年 4 月上海北新书局版《壁下译丛》。

三十日

日记 晴。上午往北大讲。访李小峰,见赠《大西洋之滨》二本,又交泉百。访韦素园。下午季市来,同至女师大教育维持会送学生复校。晚大风。季市来。夜有麟来。伏园来并还《越缦堂日记》二函,春台同来并赠《大西洋之滨》一本。

十二月

一日

日记 晴,大风。上午得钦文信。得季野信。得有麟信。午后往女师大开会,后同赴石驸马大街女师大校各界联合会,其校之教务长萧纯锦嗾无赖来击。夜素园,季野,静农来。得培良,朋其信。

二日

日记 晴。上午得季市信并稿。午后赴师大取十二月分薪水十四。往国民新报馆。

三日

日记 晴。午后往黎明讲。往北大取去年十一,十二月分薪水三十一元。访李小峰,见赠《徐文长故事》四集两本。往东亚公司买『芸術と道徳』,『続南蛮広記』各一本,共泉四元八角。晚得培良信并稿。衣萍来。夜作《出了象牙之塔》跋讫。

《出了象牙之塔》后记

我将厨川白村氏的《苦闷的象征》译成印出,迄今恰已一年;他的略历,已说在那书的《引言》里,现在也别无要说的事。我那时又从《出了象牙之塔》里陆续地选译他的论文,登在几种期刊上,现又集合起来,就是这一本。但其中有几篇是新译的;有几篇不关宏旨,如《游戏论》,《十九世纪文学之主潮》等,因为前者和《苦闷的象征》

中的一节相关,后一篇是发表过的,所以就都加入。惟原书在《描写劳动问题的文学》之后还有一篇短义,是回答早稻田文学社的询问的,题曰《文学者和政治家》。大意是说文学和政治都是根据于民众的深邃严肃的内底生活的活动,所以文学者总该踏在实生活的地盘上,为政者总该深解文艺,和文学者接近。我以为这诚然也有理,但和中国现在的政客官僚们讲论此事,却是对牛弹琴;至于两方面的接近,在北京却时常有,几多丑态和恶行,都在这新而黑暗的阴影中开演,不过还想不出作者所说似的好招牌,——我们的文士们的思想也特别俭啬。因为自己的偏颇的憎恶之故,便不再来译添了,所以全书中独缺那一篇。好在这原是给少年少女们看的,每篇又本不一定相钩连,缺一点也无碍。

"象牙之塔"的典故,已见于自序和本文中了,无须再说。但出了以后又将如何呢?在他其次的论文集《走向十字街头》的序文里有说明,幸而并不长,就全译在下面——

"东呢西呢,南呢北呢?进而即于新呢?退而安于古呢?往灵之所教的道路么?赴肉之所求的地方么?左顾右盼,彷徨于十字街头者,这正是现代人的心。'To be or not to be, that is the question.'我年逾四十了,还迷于人生的行路。我身也就是立在十字街头的罢。暂时出了象牙之塔,站在骚扰之巷里,来一说意所欲言的事罢。用了这寓意,便题这漫笔以十字街头的字样。

"作为人类的生活与艺术,这是迄今的两条路。我站在两路相会而成为一个广场的点上,试来一思索,在我所亲近的英文学中,无论是雪莱,裴伦,是斯温班,或是梅垒迪斯,哈兑,都是带着社会改造的理想的文明批评家;不单是住在象牙之塔里的。这一点,和法国文学之类不相同。如摩理思,则就照字面地走到街头发议论。有人说,现代的思想界是碰壁了。然而,毫没有碰壁,不过立在十字街头罢了,道路是多着。"

但这书的出版在著者死于地震之后，内容要比前一本杂乱些，或者是虽然做好序文，却未经亲加去取的罢。

造化所赋与于人类的不调和实在还太多。这不独在肉体上而已，人能有高远美妙的理想，而人间世不能有副其万一的现实，和经历相伴，那冲突便日见其了然，所以在勇于思索的人们，五十年的中寿就恨过久，于是有急转，有苦闷，有彷徨；然而也许不过是走向十字街头，以自送他的余年归尽。自然，人们中尽不乏面团团地活到八十九十，而且心地太平，并无苦恼的，但这是专为来受中国内务部的褒扬而生的人物，必须又作别论。

假使著者不为地震所害，则在塔外的几多道路中，总当选定其一，直前勇往的罢，可惜现在是无从揣测了。但从这本书，尤其是最紧要的前三篇看来，却确已现了战士身而出世，于本国的微温，中道，妥协，虚假，小气，自大，保守等世态，一一加以辛辣的攻击和无所假借的批评。就是从我们外国人的眼睛看，也往往觉得有"快刀断乱麻"似的爽利，至于禁不住称快。

但一方面有人称快，一方面即有人汗颜；汗颜并非坏事，因为有许多人是并颜也不汗的。但是，辣手的文明批评家，总要多得怨敌。我曾经遇见过一个著者的学生，据说他生时并不为一般人士所喜，大概是因为他态度颇高傲，也如他的文辞。这我却无从判别是非，但也许著者并不高傲，而一般人士倒过于谦虚，因为比真价装得更低的谦虚和抬得更高的高傲，虽然同是虚假，而现在谦虚却算美德。然而，在著者身后，他的全集六卷已经出版了，可见在日本还有几个结集的同志和许多阅看的人们和容纳这样的批评的雅量；这和敢于这样地自己省察，攻击，鞭策的批评家，在中国是都不大容易存在的。

我译这书，也并非想揭邻人的缺失，来聊博国人的快意。中国现在并无"取乱侮亡"的雄心，我也不觉得负有刺探别国弱点的使命，所以正无须致力于此。但当我旁观他鞭责自己时，仿佛痛楚到了我的身上了，后来却又霍然，宛如服了一帖凉药。生在陈腐的古国的人们，倘不是洪福齐天，将来要得内务部的褒扬的，大抵总觉到一种肿痛，有如生着未破的疮。未尝生过疮的，生而未尝割治的，大概都不会知道；否则，就明白一割的创痛，比未割的肿痛要快活得多。这就是所谓"痛快"罢？我就是想借此先将那肿痛提醒，而后将这"痛快"分给同病的人们。

著者呵责他本国没有独创的文明，没有卓绝的人物，这是的确的。他们的文化先取法于中国，后来便学了欧洲；人物不但没有孔，墨，连做和尚的也谁都比不过玄奘。兰学盛行之后，又不见有齐名林那，奈端，达尔文等辈的学者；但是，在植物学，地震学，医学上，他们是已经著了相当的功绩的，也许是著者因为正在针砭"自大病"之故，都故意抹杀了。但总而言之，毕竟并无固有的文明和伟大的世界的人物；当两国的交情很坏的时候，我们的论者也常常于此加以嗤笑，聊快一时的人心。然而我以为惟其如此，正所以使日本能有今日，因为旧物很少，执著也就不深，时势一移，蜕变极易，在任何时候，都能适合于生存。不像幸存的古国，恃着固有而陈旧的文明，害得一切硬化，终于要走到灭亡的路。中国倘不彻底地改革，运命总还是日本长久，这是我所相信的；并以为为旧家子弟而衰落，灭亡，并不比为新发户而生存，发达者更光彩。

说到中国的改革，第一著自然是埽荡废物，以造成一个使新生命得能诞生的机运。五四运动，本也是这机运的开端罢，可惜来摧折它的很不少。那事后的批评，本国人大抵不冷不热地，或者胡乱地说一通，外国人当初倒颇以为有意义，然而也有攻击的，据云是不顾及国民性和历史，所以无价值。这和中国多数的胡说大致相同，因为他们自身都不是改革者。岂不是改革么？历史是过去的陈迹，国民性可改造于将来，在改革者的眼里，已往和目前的东西是全等于无物的。在本书中,就有这样意思的话。

恰如日本往昔的派出"遣唐使"一样,中国也有了许多分赴欧,美,日本的留学生。现在文章里每看见"莎士比亚"四个字,大约便是远哉遥遥,从异域持来的罢。然而且吃大菜,勿谈政事,好在欧文,迭更司,德富芦花的著作,已有经林纾译出的了。做买卖军火的中人,充游历官的翻译,便自有摩托车垫输入臀下,这文化确乎是迩来新到的。

他们的遣唐使似乎稍不同,别择得颇有些和我们异趣,所以日本虽然采取了许多中国文明,刑法上却不用凌迟,宫庭中仍无太监,妇女们也终于不缠足。

但是,他们究竟也太采取了,著者所指摘的微温,中道,妥协,虚假,小气,自大,保守等世态,简直可以疑心是说着中国。尤其是凡事都做得不上不下,没有底力;一切都要从灵向肉,度着幽魂生活这些话。凡那些,倘不是受了我们中国的传染,那便是游泳在东方文明里的人们都如此,真有如所谓"把好花来比美人,不仅仅中国人有这样观念,西洋人,印度人也有同样的观念"了。但我们也无须讨论这些的渊源,著者既以为这是重病,诊断之后,开出一点药方来了,则在同病的中国,正可借以供少年少女们的参考或服用,也如金鸡纳霜既能医日本人的疟疾,即也能医治中国人的一般。

我记得拳乱时候(庚子)的外人,多说中国坏,现在却常听到他们赞赏中国的古文明。中国成为他们恣意享乐的乐土的时候,似乎快要临头了;我深憎恶那些赞赏。但是,最幸福的事实在是莫过于做旅人,我先前寓居日本时,春天看看上野的樱花,冬天曾往松岛去看过松树和雪,何尝觉得有著者所数说似的那些可厌事。然而,即使觉到,大概也不至于有那么愤懑的。可惜回国以来,将这超然的心境完全失掉了。

本书所举的西洋的人名，书名等，现在都附注原文，以便读者的参考。但这在我是一件困难的事情，因为著者的专门是英文学，所引用的自然以英美的人物和作品为最多，而我于英文是漠不相识。凡这些工作，都是韦素园，韦丛芜，李霁野，许季黻四君帮助我做的；还有全书的校勘，都使我非常感谢他们的厚意。

文句仍然是直译，和我历来所取的方法一样；也竭力想保存原书的口吻，大抵连语句的前后次序也不甚颠倒。至于几处不用"的"字而用"底"字的缘故，则和译《苦闷的象征》相同，现在就将那《引言》里关于这字的说明，照钞在下面——

"……凡形容词与名词相连成一名词者，其间用'底'字，例如 social being 为社会底存在物，Psychische Trauma 为精神底伤害等；又，形容词之由别种品词转来，语尾有 — tive，— tic 之类者，于下也用'底'字，例如 speculative，romantic，就写为思索底，罗曼底。"

一千九百二十五年十二月三日之夜，鲁迅。

　　　　原载 1925 年 12 月 14 日《语丝》周刊第 57 期，题作《〈出了象牙之塔〉译本后记》。

　　　　初收 1925 年 12 月北京未名社版"未名丛刊"之一《出了象牙之塔》。

《出了象牙之塔》题卷端

[日本]厨川白村

将最近两三年间，偷了学业的余闲，为新闻杂志所作的几篇文章和几回讲话，就照书肆的需求，集为这一卷。我是也以斯提芬生将自己的文集题作《赆少年少女》（Virgini bus puerisque）一样的心情,将这小著问世的。和世所谓学究的著作,也许甚异其趣罢。

关于"象牙之塔"这句话的意义和出典,就从我的旧作《近代文学十讲》里,引用左方这一节,以代说明罢:——

> "在罗曼文学的一面,也有可以说是艺术至上主义的倾向。就是说,一切艺术,都为了艺术自己而独立地存在,决不与别问题相关;对于世间辛苦的现在的生活,是应该全取超然高蹈的态度的。置这丑秽悲惨的俗世于不顾,独隐处于清高而悦乐的'艺术之宫'——诗人迭仪生所歌咏那样的 the Palace of Art 或圣蒲孚评维尼时所用的'象牙之塔'(tour d'ivoire)里,即所谓'为艺术的艺术'(art for art's sake),便是那主张之一端。但是,现今则时势急变,成了物质文明旺盛的生存竞争剧烈的世界;在人心中,即使一时一刻,也没有离开实人生而悠游的余裕了。人们愈加痛切地感到了现实生活的压迫。人生当面的问题,行住坐卧,常往来于脑里,而烦恼其心。于是文艺也就不能独是始终说着悠然自得的话,势必至与现在生存的问题生出密接的关系来。连那迫于眼前焦眉之急而使人们共恼的社会上宗教上道德上的问题,也即用于文艺上,实生活和艺术,竟至于接近到这样了。"

还有,此书题作《出了象牙之塔》的意思,还请参照本书的六六,六八,二四一,二五二页去。(译者注:译本为二〇九,二一〇,三三五,四四三页。)

最后的《论英语之研究》(英文)这讲演,是因为和卷头的《出了象牙之塔》第十三节《思想生活》一条有关系,所以特地采录了这一篇的。著者当外游中用英语的讲演以及其他,想他日另来结集印行,作为英文的著作。

一九二〇年六月在京都冈崎的书楼　著者

未另发表。

初收 1925 年 12 月北京未名社版"未名丛刊"之一《出了象牙之塔》。

艺术的表现

[日本]厨川白村

（这一篇，是大正八年〔一九一九〕秋，在大阪市中央公会堂开桥村，青岚两画伯的个人展览会时，所办的艺术讲演会中的讲演笔记。）

因为是特意地光降这大阪市上到现在为止还没有前例的纯艺术的集会的诸位，所以今天晚上我所要讲的一些话，也许不过是对着释迦说法；但是，我的讲话，自然是豫期着给我同意的。

世间的人们无论看见绘画，或者看见文章，常常说，那样的绘画，在实际上是没有的。向来就有"绘空事"这一句成语，就是早经定局，说绘画所描出来的是虚假。那么长的手是没有的；那花的瓣是六片，那却画了八片，所以不对的；颇有说着那样的话，来批评绘画的人。这在不懂得艺术为何物的世间普通的外行的人们是常有的事，总之，是说：所谓艺术，是描写虚假的东西。便是艺术家里面，有些人似乎也在这么想，而相信科学万能的人们，则常常说出这样的话来。曾经见过一个植物学家，去看展览会的绘画，从一头起，一件一件，说些那个树木的叶子，那地方是错的，这个花的花须是不真确的一类的话，批评着；但是，我以为这也是太费清神的多事的计较。关于这事的有名的话，法兰西的罗丹的传记中也有这样一件故事：一个南美的富翁来托罗丹雕刻，作一个肖像，然而说是因为一点也不像，竟还给罗丹了。罗丹者，不消说得，是世界的近代的大艺术家。他所作的作品，在完全外行人的眼里，却因为说是和实物不相像，终于落第了。这样的事，是指示着什么意义呢？倘使外面底地，单写一种事象,就是艺术的本意,则只要挂着便宜的放大照相就成。较之艺术家注上了自己的心血的风景画,倒是用地图和照片要合宜得多了。看了面貌,照样地描出来,是不足重轻的学画的学生都能够的。这样的事,是无须等候堂堂的大艺术家的手腕,也能够的。倘若向着真的艺术家,托他要画得像,那大概说,单是和实物相像的绘画,是容易的事的罢。但一定还要说,可是照了自己的本心,自己的技俩,艺术底良心,却敢告不敏,照相馆的伙计一般的事,是不做的。到这里,也许要有质问了:那么,艺术者,也还是描写虚假的么?不论是绘画,是文章,都是描写些胡说八道的么?艺术者,是从头到底,描写真实的。绘画的事,我用口头和手势,有些讲不来,若就文章而论,则例如看见樱花的烂缦,就说那是如云,如霞一类的话。而且,实际上,也画上一点云似的,或者远山霞似的东西,便说道这是满朵的樱花盛开着,确是虚假的。但是,比起用了显微镜来调查樱花,这"花之云"的一边,却表现着真的感得,真的"真"。与其一片一片,描出樱花的花瓣来,在我们,倒不如如云如霞,用淡墨给我们晕一道的觉得"真";对谁都是"真"。比如,说人的相貌,较之记述些那人的鼻子,这样的从上到下,向前突出着若干英寸这类话,倒不如说那人的鼻子是像尺八(译者注:似洞箫,上细下大)的,却更有艺术底表现。所谓"像尺八"者,从文章上说,是因为用着一个 Simile,所以那"真"便活现出来了。所谓支那人者,是极其善于夸张的。只要大概有一万兵,就说是百万的大军,所以,支那的战记之类,委实是干得不坏。总而言之,谎话呵,讲大话也是说谎之一种,说道"白发三千丈",将人当呆子。什么三千丈,一尺也不到的。但是,一听到说道三千丈,总仿佛有很长的拖着的白发似的感得。那是大谎,三千丈……也许竟是漫天大谎罢。虽然也许是大谎,但这却将或一意义的"真",十分传给我们了。

在这里,我仿佛弄着诡辩似的,但我想,除了说是"真"有两种之外,也没有别的法。就是,第一,是用了圆规和界尺所描写的东西,照相片上的真。凡那些，都是从我们的理智的方面，或者客观底，或者科学的看法而来的设想，先要在我们的脑子里寻了道理来判断，或者来解剖的。譬如，在那里有东西像是花。于是我们既不是瞥见的刹那间的印象，也不是感情，却就研究那花是什么：樱花，还是什么呢？换了话说，就是将那东西分析，解剖之后，我们这才捉住了那科学底的"真"。也就是，用了我们的理智作用为主而表现。终于就用了放大镜或显微镜，无论怎么美观的东西，不给它弄成脏的，总归不肯休歇。说道不这样，就不是真；艺术家是造漫天大谎的。那样的人们，总而言之，那脑子是偏向着一面而活动的；总之，那样意义的真，就给它称作科学底"真"罢。那不是我们用直觉所感到的真，却先将那东西杀死，于是来解剖，在脑子里翻腾一通，寻出道理来。譬如，水罢，倘说不息的川流，或者甘露似的水，则无论在谁的脑子里，最初就端底地，艺术底地，豁然地现了出来。然而科学者却将水来分析为 H_2O，说是不这样，便不是真；甘露似的水是没有的，那里面一定有许多霉菌哩。一到被科学底精神所统治而到了极度的脑，不这样，是不肯干休的。至于先前说过的白发三千丈式的真呢，我说，称它为艺术上的真。在这是真，是 true 这一点上，是可以和前者比肩，毫无逊色的。倘有谁说是谎，就可以告状。决没有说谎，到底是真；说白发三千丈的和说白发几尺几寸的，一样是真。这意思，就是说，这是一径来触动我们的感，我们的直感作用的，并不倚靠三段论法派的道理，解剖，分析的作用，却端底地在我们的脑子里闪出真来，——就以此作为表现的真。一讲道理之类，便毁坏了。无聊的诗歌，谈道理和说明，当然自以为那也算是诗歌的罢，但那是称为不成艺术的豕窠的。我们的直感作用，或者我们的感，或者感情也可以，如果这说是白发三千丈，听到说那人的鼻子像尺八，能够在我们的脑里有什么东西瞥然一闪，则作为表现的真，就俨然地写着了。

那么，要这么办，得用怎样的作用才成呢？这是要向着我们的脑，给一个刺戟，就是给一种暗示的。被那刺戟和暗示略略一触，在这边的脑里的一种什么东西便突然燃烧起来。在这烧着的刹那间，这边的脑里，就发生了和作家所有的东西一样的东西，于是便成为所谓共鸣。然而在世间也有古怪的废人，有些先生们，是这边无论点多少回火，总不会感染的。那是无法可施。但倘若普通的人们，是总有些地方流通着血，总有些地方藏着泪的；当此之际，给一点高明的刺戟或暗示，就一定著火；这时候，所谓艺术的鉴赏，这才算成立了。这刺戟，倘在绘画，就用色和形；在文学，是用言语的；音乐则用音：那选择，是人们的自由，各种的艺术，所用的工具都不一样。总之，是工具呵。所以，有时候，就用那称为"夸张"的一种战术，那是，总而言之，艺术家的战术之一罢了。将不到一寸或五分的东西，说道三千丈，那就是艺术家的出色的战法。这样的战法，是无论那一种艺术上都有的。要说到这战法怎样来应用，那安排，就在使读者平生所有的偏向着科学底真而活动的脑暂时退避；在这退避的刹那间，一边的直感的作用就昂然地抬起头来。换了话来说，也就是作家必须有这样的手段，使人们和那作品相对的时候，能暂时按下了容受科学底论理底的真，用显微镜来看，用尺来量的性质。总而言之，凡是文学家或画家，将读者和鉴赏家擒住的手段，是必要的。总之，这暗示这一种东西，也和催眠术一样，倘是拙劣的催眠术，对谁也不会见效，在拙劣的艺术家，技巧还未纯熟的艺术家的作品里，就没有催眠术的暗示的力量。即使竭力施行着催眠术，对手可总不睡；当然不会睡的，那就因为他还有未曾到家之处的缘故。所以，凡有作品，作为艺术而失败的时候，总不外两个原因。就是，用了暗示来施行了催眠术之后，将读者或看画的人，拉到作者这一边来了之后，却没有足以暂时按下那先前所说的容受科学上的真的头脑的力量，这就是作家的力量的不足。否则，这回可是鉴赏者这一边不对了，那是无论经过了多么久，总不能逃脱了道理或者推论，解剖，分析的作用，放不下计算尺的人们。这一节，现代的人们和先前的人们一比较，质地却坏得多了。于是当科学万能的思想统治了一时的

476

世间的时候,极端的自然主义或写实主义就起来了。这是由于必要而来的。然而一遇到这样的人们,就是即使善于暗示的大天才,无论怎样巧妙地行术,也是茫无所觉,只有着专一容受那科学上的真的脑子的先生们,却实在无法可想,所谓无缘的众生难于救度,这除了逐出艺术的圈子之外,再没有别的法。这一族,是名之曰俗物的。倘说到作家何以擒不住观者和读者呢? 有两样:就是刚才说过的擒住的力的不足的时候,和对手总不能将这容受的时候。从先前起,用了很大的声音,说着古怪的话,诸位也许觉得异样罢,那是照相呵,照相师呀,人相书呀,或者是寒暑表到了多少度呀。今天并不说:今天热得很哪……用了寒暑表呀,水银呀那类工具,解剖分析了,表出华氏九十度摄氏若干度来,但是,这倘不是先用了脑里所有的那称为寒暑表这一种知识,在脑里团团地转一通,便不懂得。然而芜村的句子说——

　　　　犊鼻裈上擂着团扇的男当家呀。

赤条条的家主只剩着一条犊鼻裈,在那里插着团扇,这么一说,就即此浮出伏天的暑热的真来。那么,这两者的差异在那里呢? 就是科学底的真和作为表现的"真",两者之间的差异在那里呢,要请大家想一想。作为科学的"真"的时候,被写出的真是死掉了的;没有生命,已经被杀掉了。在被解剖,被分析的刹那间,那东西就失却生命了。至于作为艺术上的表现的"真"的时候,却活着。将生命赋给所描写的东西,活跃着的。作为表现的艺术的生命,就在这里。将水分析,说是 H_2O 的刹那间,水是死了;但是,倘若用了不息的川流呀,或者甘露似的水呀,或者别的更其巧妙的话来表现,则那时候,活着的特殊的水,便端底地浮上自己的脑里来。换了话来说,就是前者是杀死了而写出,然而作为表现的真,是使活着而写出的。也就是,为要赋给生命的技巧。所谓技巧者,并非女人们擦粉似的专做表面底的细工,乃是给那东西有生命的技巧。一到技巧变成陈腐,或者嵌在定型里面时,则刺戟的力即暗示力,便失掉了。他又在弄这玩意儿哩,谁也不再来一顾。一到这样,以作为表现而论,便完全失败,再没有一点暗示力了。因为对于这样的催眠术,谁也不受了。

那么,这使之活着而写出的事,怎么才成呢?又从什么地方,将那样的生命捉了来呢?比如用瓶来说,那就说这里有一个瓶罢。将这用油画好好地画出的时候,那静物就活着。倘使不活着,就不是艺术底表现。要说到怎么使这东西活起来,那就在通过了作家所有的生命的内容而表现。倘不是将作家所有的生命的内容,即生命力这东西,移附在所描写的东西里,就不成其为艺术底表现。那么,就和科学者的所谓寒暑表几度,H_2O 之类,成为一伙儿了。所以即使画相同的山,相同的水,艺术家所写出来的,该是没有一个相同。这就因为那些作家所有的生命的内容,正如各人的面貌没有相同的一样,也都各样的。假使将科学者的所谓"真",外面底地描写起来,那也就成为 impersonal,非个人底了。倘用科学者们心目中那样的尺来量,则一尺的东西,无论谁来量,总是一尺。毫不显出个性。因为在科学者所传的"真"里,并没有移附着作家的生命这东西,所以无论谁动手,都是一尺,倘说这一尺的东西有一尺五寸,那就错了;精神有些异样了。将这作为死物,外面底地来描写,则是 impersonal,几乎没有差异的。所谓作家的生命者,换句话,也就是那人所有的个性,的人格。再讲得仔细些,则说是那人的内底经验的总量,就可以罢。将那人从出世以来,各种各样地感得,听到,做过的一切体验的总量,结集起来的东西,也就是那人所有的特别的生命,称为人格,或者个性,就可以的。所以,用了圆规和界尺,画出来的匠气的绘画上,并不显有人格的力,和科学底表现是同一的东西;用了机器所照的照相也一样。照相之所以不成为艺术品者,就因为经了称为机器这一件 impersonal 的东西所写的缘故;就因为所表出的,并不是有血液流通着的人类在感动之后,所见的东西的缘故。所以,写实主义呀,理想主义呀,虽然有各样的名目,但这既然是艺术品,就不过是五十步百步之差。依着时代的关系,倘非科学底的真,便不首

478

肯的人们一多,因为没有法,文学者这一面也就为这气息所染,和科学底态度相妥协了。总之,是作家所有的个人的生命,移附在那作品上的,德国的美学家,是用了"感情移入"这字来说明的。例如,即使是一个这样的东西(指着水注),也用了作家自己所有的感情,注入在这里面而描写,那时候,这才成为艺术底。所以见了樱花,或则说是如云如霞,或则用那全然不同的表现方法罢。这就是作家在自己的作品上显出感情的地方。因此庸俗的人们便画庸俗的画,这样的人和作品之间,所以总有同一的分子者,就为此。字这一种东西,在东洋是成为冠冕堂皇的艺术的,西洋的字,个性并不巧妙地现出,然而日本的字,向来就说是"写出其人的气象"的,因为和汉的字,俨然有着其人的个性的表现,显现着生命,所以那是堂皇的美术。然而西洋的字体似的机械底的有着定规形状的东西,是全不成为艺术的。

于是艺术者,就成了这样的事,即:表现出真的个性,捕捉了自然人生的姿态,将这些在作品上给与生命而写出来。艺术和别的一切的人类活动不同之点,就在艺术是纯然的个人底的活动。别的事情,一出手就是个人底地闹起来,那是不了的。无论是政治,是买卖,是什么,一开手就是个人底地,那是不了的;然而独有艺术,却是极度的个人底活动。就是将自己的生命即个性,赋给作品。倘若模拟别人,或者嵌入别人所造的模型中,则生命这东西,就被毁坏了,所以这样的作品,以艺术而论,是不成其为东西的。最要紧的,第一是在以自己为本位,毫不伪饰地,将自己照式照样地显出来。正如先前斋藤君(画家斋藤与里氏)的话似的,自由地显出自己来的事,在艺术家,是比什么都紧要;假使将这事忘却了,或者为了金钱,或者顾虑着世间的批评而作画的时候,则这画家,就和涂壁的工匠相同。从头到底,总是将自己的生命照式照样地显出,不这样,就不成艺术。须是作者所有的这个性,换了话说,就是其人的生命,和观览玩味的人们的生命之间,在什么地方有着共通之点,这互相响应了,而鉴赏才成立;于是也生出这巧妙,或这有趣之类的快感来。

我以为这回所开的个人展览会的意义，也就在这样的处所。这一节，先前斋藤君的演说里，似乎讲得很详细了，所以不再多说；但是，称为政府那样的东西，招集些人们，教他们审查，作为发表的机关那样的，在或一意义上束缚个性的方法，是无聊的方法，以真的艺术而论，是没有意思的。我对了来访的客人们，尝说这样的坏话。将自己家里所说的坏话，搬到公会的场上来，虽然有些可笑，但是文部省美术展览会呀，帝国美术展览会呀，要而言之，就像妓女的陈列一般的东西。诸位之中，曾有对女人入过迷的经验的，该是知道的罢，艺术的鉴赏，就和迷于女人完全一样。对手和自己之间，在什么地方，脾气帖然相投，脾气者，何谓也，谁也不知道。然而，和对手的感情和生命，真能够共鸣，所谓受了催眠术似的，这才是真真入了迷。陈列妓女的展览会里，有美人，也有丑妇，聚集了各种各样的东西，来举行美人投票一般的事。这是一等，这是二等，特选呀，常选呀，虽是这么办，和真真入迷与否的问题，是没交涉的。假使吉原的妓女陈列是风俗坏乱，则说国家所举行的展览会是艺术坏乱，也无所不可罢。在这一种意义上，作家倘若真是尊重自己的个性，则还是不将作品送到那样的地方去，自己的画，就自己一个任意展览的好罢。如果理想底地，彻底底地说，则艺术而不到这地步，是不算真的。如果没有陈列的地方，在自己家里的大门口，屋顶上，都不要紧。要而言之，先前也说过，审查员用了自己的标准，加上一等二等之类的样样的等级，以及做些别的事，乃是愚弄作者的办法。从我们鉴赏者这一面看起来，即使说那是经过美人投票，一等当选了的美人，也并不见得佩服，不过答道，哼，这样的东西么？如此而已。与其这个，倒不如丑妇好，一生抱着睡觉罢。倘不到这真真入迷的心情，则艺术这东西，是还没有真受了鉴赏的。总而言之，个性之中，什么地方，总有着牵引这一边，共鸣的或物存在。换句话，就是帖然地情投意合。要之，我们倘不是以男女间的迷恋一般的关系，和艺术相对，是不中用的。倘不这样，要而言之，不过是闲看妓女的陈列而已。这一回,桥村,青岚两君的作品的个人展览会开会了,而且这还开在向来和艺术缘分很远的大阪,在这样的意义上,我以为实在是非常愉快的事。于是,为要说一说自己的所感,就到这里来了;但因为今晚又必须趁火车回到京都去,所以将话说得极其简单了。

未另发表。

初收 1925 年 12 月北京未名社版"未名丛刊"之一《出了象牙之塔》。

游 戏 论
为国民美术展览会的机关杂志《制作》而作

[日本]厨川白村

一

从《制作》的初号起,连续译载着德国希勒垒尔(Fr. von Schiller)的《论美底教育的书信》(*Briefe über die Aesthetische Erziehung des Menschen*),我因此想到,要对于这游戏的问题,来陈述一些管见。

我们当投身于实际生活之间,从物质和精神这两方面受着拘束,常置身于两者的争斗中。但在我们,是有生命力的余裕(Das überflüssig Leben)的,总想凭了这力,寻求那更其完全的调和的自由的天地;就是官能和理性,义务和意向,都调和得极适宜的别天地。这便是游戏。艺术者,即从这游戏冲动而发生,而游戏则便是超越了实生活的假象的世界。这样的境地,即称之为"美的精神"(Schöne Seele)。以上那些话,记得就是希勒垒尔在那《书信》的第十四和十五里所述的要旨似的。

康德(I. Kant)也这样想,听说在或一种断片录中,曾有与劳动相对,将艺术作游戏观之说,然而我不大知道。可是一直到后来,将这希勒垒尔的游戏说更加科学底地来说明的,是斯宾塞(H. Spenser)的《心理学》(第九篇第九章《审美感情》)。

无论是人,是动物,精力一有余剩,就要照着自己的意思,将这发泄到外面去。这便成为模拟底行为(stimulated action),而游戏遂起。因为我们是素来将精力用惯于必要的事务的,所以苟有余力,则虽是些微的刺戟,也即应之而要将那精力来动作。这样时候的动作,则并非实际底行为,却是行为的模拟了。就是"并不自然地使力动作之际,也要以模拟的行为来替代了真的行为(real action)而发泄其力,这么的人为底的力的动作,就是游戏。"斯宾塞说。

在人类,将自己的生命力,适宜地向外放射,是最为愉快的;正反对,毫不将力外泄,不使用,却是最大的苦痛。最重的刑罚,所以就是将人监禁在暗室里,去掉一切刺戟,使生命力绝对地不用,置之于裴伦(G. G. Byron)在《勖瀚的囚人》(*The Prisoner of Chillon*)里所描写的那样状态中。做苦工的,反要舒适得多。长期航海的船的舱面上,满嘴胡子的大汉闹着孩子也不做的顽意儿,此外,墙壁上的涂抹,雅人的收拾庭院,也都可以这样地加以说明的。

二

然而和以上的游戏说异趣,下了更新的解释者,则是前世纪末瑞士的巴拾尔大学的格罗斯(K. Groos)教授公表的所说。

教授在《动物的游戏》(*Spiele der Tiere*)和《人类的游戏》(*Spiele der Menschen*)两书中所述之说,是下文似的解释,和以前者全然两样的。

游戏并非起于实际底活动之后的反响,倒是起于那以前的准备。就是,较之历来的意见,是将游戏看作在生活上有着更重大的,必要的,严肃的一要素的。人和动物,当幼小时,所以作各样的游戏者,是本能底地,做着将来所必要的肉体上精神上的活动。不只是自己先前所做过的活动的温习,却是作为将来的活动的准备,而做着那实习和训练。这即使谁也没有发命令,而人和动物的本能就要这样。有如女孩子将傀儡子或抱或负者,如斯宾塞这些人所说一样,决不是习惯底的模拟行为;乃是从几百代的母亲一直传下来的本能性,作为将来育儿的豫备行为,而使如此。小猫弄球,小孩一有机会便争闹,也无非都是未来的生存竞争的准备。所以使格罗斯说起来,则无论是人,是动物,并非因为幼小,所以游戏,乃是因为游戏,所以幼小的。因为这里有"未来"在。

譬如原始时代的人和野蛮人之类,聚集了许多人,歌且跳,跳且歌。后者的解释,即以为那决不是单从游戏冲动而发的,却是和敌人战争时候的团体运动的操练,是豫备底实习。

三

关于游戏的以上的两说,将这从和艺术的关系上来观察,就有各种的问题暗示给我们。也和艺术所给与的快感,即游戏的快乐,或者艺术的实用底功利底方面相关联,成为极有兴味的问题。

在现今,大抵以为希勒垒尔的游戏说,是被后来的格罗斯教授的所说打破了。然而我从艺术在人类生活上的意义着想,却竟以为上述的两说,不但可以两立而已,而且似乎须是并用了这两说,这才可以说明那作为游戏的艺术的真意义。

在称为职业,劳动,实际生活等类的事情以上,在我们,都还有以生命力的余裕所营的生活。和老人,成人相比较,青年和小儿就富于旺盛而泼剌的生气,生气怎么富,这力的余裕也就怎样大。我们想用了那余裕,来创造比现在更自由的,更得到调和的,更美的,更好的生活的时候,就是向上,也就是有进步。不独艺术,凡有思想生活,大概都是在这一种意义上的严肃的游戏。这也可以当作格罗斯的所谓"实生活的准备底阶段"观。

劳动和游戏之间，本来原没有本质上的差异的。譬如同是作画，弹钢琴，常因于做的人的环境和其人的态度，而或则成为游戏，或则成为职业劳动。流了汗栽培花木，在花儿匠是劳动，是事务罢，但在有钱的富翁，却是极好的游戏了。

那么劳动和游戏之差，倘借了希勒垒尔的话来说，则所以不同者，只在前者是那劳作者的意向（Neigung）和义务（Pflicht）没有妥当地调和，而在后者，则那两事都适宜地得了一致。换了话说，便是前者是并非为了从自己本身所发的要求而劳作的，而在后者，却是为了自己，使自己的生命力活动，由此得到满足。所以，我以为游戏云者，可以说，是被自己内心的要求所驱遣，要将自己表现于外的劳作罢。人若自由地表现出自己，适宜地将自己的生命力发放于外，是带着无限的快感的；否则，一定有苦痛，这就成为不能称作游戏的事了。这游戏所在的地方，即有创造创作的生活出现。

纵使并不在生活问题可以简单地解决，社会问题也不如今日一般复杂的原始时代，即在古代，职业底劳动和游戏底劳作之间，是并没有这么俨然的区别的。都能够为了自己所发的内底要求，高兴地做事；为了满足自己，而忠实地，真率地，诚恳地，以严肃的游戏底心情做事的。当跪在祭坛前受神托，举行祭政一致的"祀事"的时候，他们就做那称为"神戏"的事：奏乐，戴了假面跳舞，献上美的歌辞。现在的所谓政治家和职业底僧徒所做的事，在他们是作为"戏"而兴办的。

要而言之，游戏者，是从纯一不杂的自己内心的要求所发的活动；是不为周围和外界的羁绊所烦扰，超越了那些从什么金钱呀，义务呀，道德呀等类的社会底关系而来的强制和束缚，建设创造起纯真的自我的生活来。希勒垒尔在那《书信》的第十五里说，"人惟在言语的完全的意义上的人的时候才游戏，也惟在游戏的时候才是完全的人。"这有名的话的真意义，就可以看作这一点。我以为在这意义上，世间就再没有能比所谓游戏呀，道乐呀之类更其高贵的事了。

人生的一切现象,是生命力的显现,就中,最多最烈,表现着自己这个人的生命力的,是艺术上的制作。超脱了从外界逼来的别的一切要求,——什么义理,道德,法则,因袭之类的外底要求,当真行着纯然的自己表现的时候,这就是拼命地做着的最严肃的游戏。在这样的艺术家,则有着格罗斯所说那般的幼少,也有着大的未来。艺术家一到顾忌世间的批评,想着金钱的问题,从事制作的时候,这就已经不是"严肃的游戏",而成为匠人的做事了;这时候,对绢素,挥彩毫,要在那里使自然人生都活跃起来的画家,已变了染店的细工人,泥水匠的佣工了。

虽然简括地说是游戏,其范围和种类却很多。随便玩玩的游戏,就是俗所谓"娱乐"一类的事,这就可以看作前述的斯宾塞所说的单是模拟底行为,起于实际底活动之后的反响的罢。但是,真的自己表现的那严肃的游戏,则不问其为艺术的,实业的,政治的,学艺的,乃是已经入了所谓"道乐"之域,因此,以个人而言,以人类而言,皆是也有未来,也有向上,有进转。将这像格罗斯那样的来解释,看作豫备的行为,则我以为前述的两种游戏说,也未必有认为两不相容的冲突之说的理由罢。

未另发表。

初收 1925 年 12 月北京未名社版"未名丛刊"之一《出了象牙之塔》。

为艺术的漫画

[日本]厨川白村

一　对于艺术的蒙昧

在许多年来,只烦扰于武士道呀,军阀跋扈呀,或是功利之学呀等类的日本，即使是今日，对于艺术有着十分的理解和同情的人们还很少。尤其是或一方面的人们对于或种艺术的时候，不但是毫无理解，毫无同情而已，并且取了轻侮的态度，甚至于抱着憎恶之念，这从旁看去，有时几近于滑稽。我且说说教育界的事，作为一例罢。这社会，原也如军阀一样，是没分晓的人们做案最多的处所，他们一面拉住了无聊的事，喊着国粹保存，作为自夸国度的种子，但连纯粹的日本音乐，竟也不很有人想去理会，这不是古怪之至么？懂得那单纯的日本音乐之中最有深度的三弦的教育家，百人之中可有一个么？只要说是祖宗遗留下来的，便连一文不值的东西也不胜珍重，口口声声嚷着日本固有呀，国粹呀的那些人们，并德川三百年的日本文化所产出的《歌泽》，《长呗》，《常盘津》，《清元》（译者注：上四种皆是谣曲的名目）的趣味也不知道，只以为西洋的钢琴的哺哺之声是唯一的音乐的学校教员们，不也是可怜人么？即使不懂得三弦的收弦，还可以原谅，但是，现今的日本之所谓教育家的对于演剧的态度，是什么样子呢?！即使说冥顽不可超度的校长和教育家因为自己不懂而不去看，可以悉听尊便，但是连学生们的观剧也要妨害，在学校则严禁类似演剧的一切会，那除了说是被因于照例的无谓的因袭之外，无论从理论讲，从实际讲，能有什么论据，来讲这样的话呢？因于固陋的偏见的今之教育家，对于艺术和教育的关系，美底情操的涵养，感情教育等，莫非连一回，也没有费过思量么？如果说费了思量，而还有在学校可以绝对禁止演剧的理由，那么，就要请教。我作为文艺的研究者，在学问上，无论何时，对于这样的愚论，是要加以攻击，无所踌躇的。

又如果说，是只见了弊害的一面而禁止的，那么，便是野球那样的堂皇的游戏，在精神底地，也有伴着输赢的弊害，在具体底地，也未始不能说，并无因了时间和精力的消耗而生的学业不进步的恶影响。弊害是并非演剧所独有的。要而言之，倘使顽愚的教育家从实招供起来，不过说，他们对于演剧有着怎样的艺术底本质的事，是本

486

无所知,但被因于历来很熟的因袭观念,当作乞儿的玩耍而已。除此以外,是什么埋由,什么根据都没有。苟有世界的文明国之称的国度,像日本似的蔑视演剧的国,世界上那里还有呢? 在美国的中学和大学,一到庆祝日之类,一定能看见男女青年学生们的假装演技。有美国学艺的中枢之称的哈佛大学,在校界内就有体面的大学所属的剧场。英国的演剧,上溯先前,就是始于大学而发达起来的。虽如德国前皇那样的人,于演剧,不是也特加以宫廷的保护的么? 法兰西,那不消说,是有着堂堂的国立剧场的国度。在英国,不也如对于别的政治家和学者和军人一样,授优伶以国家的荣爵的么? (爵位这东西之无聊,又作别论。)这些事实,在一国的文化教养之上,究竟有着怎样的意义呢? 又,作为民众艺术的演剧,是怎样性质的东西呢? 自以为教育家而摆着架子的人们,将这些事,略想一想才是。如果想了还不懂,教给也可以的。

二 漫画式的表现

并非想要写些这样的事的。我应该讲本题的漫画。

也如教育家对于演剧和日本音乐的蒙昧一样,一般的日本人,对于作为一种艺术的漫画,也仿佛见得毫无理解,加以蔑视似的。

在日本,一般称为漫画的东西,那范围很广大。有的是对于时事问题的讽刺画即 cartoon,而普通称为"ボンチ繪"的 caricature 之类也不少。但不拘什么种类,凡漫画的本质,都在于里面含有严肃的"人生的批评",而外面却装着笑这一点上。那真意,是悲哀,是讽骂,是愤慨,但在表面上,则有绰然的余裕,而仗着滑稽和嘲笑,来传那真意的。所用的手段,也有取极端的夸张法(exaggeration)的,这是在故意地增加那奇怪警拔(the grotesque)的特色。

譬如抓着或一人物或者事件,要来描写的时候罢,如果单将那特征夸大起来,而省略别的一切,则无论用言语,或用画笔,那结果

一定应该成为漫画。画一个竖眉的三角脑袋的比里坚（译者注：Bil-
liken 犹言小威廉，二十年前在美国流行一时的傀儡的名目），作为寺
内伯者，就因为单将那容貌上的几个显著的特征，被加倍地描写了
的缘故。和这夸张，一定有滑稽相伴，从文学方面说，则如夏目漱石
氏的小说《哥儿》，或者又如和这甚异其趣的迭更斯（Ch. Dickens）的
滑稽小说《璧佛克记事》（*The Pickwick Papers*），即都不外乎用言语
来替代画笔的漫画底的文学作品。本来，在文学上，滑稽讽刺的作
品里，这种东西古来就很多，从希腊的亚理士多芬纳斯（Aristo-
phanes）的喜剧起，已经可以看见将今日的漫画，行以演剧的东西了。
就是对于沛理克理斯（Pericles）时代的雅典政界的时事问题，加以讽
刺的，是这喜剧的始祖。

　　大的笑的阴荫里，有着大的悲。不是大哭的人，也不能大笑。
所以描写滑稽的作者和画家之中，自古以来，极其苦闷忧愁的人，愤
世厌生的人就不少。作《咱们是猫》，写《哥儿》时候的漱石氏，是极
沉郁的神经衰弱式的人；在这一点上，英国十八世纪的斯惠夫德（J.
Swift）等，也就是出于同一的倾向的。倘不是笑里有泪，有义愤，有
公愤，而且有锐敏的深刻痛烈的对于人生的观照，则称为漫画这一
种艺术，是不能成功的。因为滑稽不过是包着那锐利的锐锋的外皮
的缘故。见了漫画风的作品，而仅以一笑了之者，是全不懂得真的
艺术的人们罢。

　　所以，诚实的，深思的人，喜欢漫画的却最多。这一件事实，仿
佛矛盾似的，而其实并没有什么矛盾。倘说，在世界上，最正经，连
笑也不用高声的，而且极其真的实际底的人种是谁呢，那是盎格罗
索逊人。像这盎格罗索逊人那样，喜欢滑稽的漫画的国民，另外
是没有的；即使说，倘从英国的艺术除去这"漫画趣味"，即失掉了那
生命的一半，也未必是过分的话罢。

三 艺术史上的漫画

Caricature 这字,是起源于意大利的,但在英国,却从十七世纪顷就使用起。可是漫画这东西的发源,则虽在古代埃及的艺术上,也留传着两三种戏画的残片,所以该和山岳一样地古老的罢。在希腊罗马时代的壁画雕刻之类里,今日的漫画趣味的东西也很多,这是只要翻过西洋的美术史的人,谁也知道的。

再迟,进了中世,则和宗教上的问题相关联,这"漫画趣味"即愈加旺盛。见于修道院的壁画和建筑装饰之类者为最多,此外,则如中世传说的最有名之一的"赉纳开狐"(Reineke Fuchs),分明就是讽刺当时德国国情的一篇漫画文学。还有,中世传说的"恶魔",那不消说,总是冷酷的讽刺的代表者。又如"死"(画作活的骸骨状的),也都是中世艺术所遗留下来的漫画趣味。那十五世纪的荷勒巴因(Hans Holbein)的名画《髑髅舞》(Totentanz),就是这。描写出"死"的威吓地上一切人们的绝大的力来,极凄怆险巇之致,是在古今的艺术史上,开辟了漫画的一新纪元的大作。这样子,在文艺复兴期以后欧洲各国的艺术上,讽诫讥笑的漫画趣味,恶魔趣味,遂至成了那重要的一部分了。

到近代,十八世纪大概可以说是在艺术上的漫画趣味的全盛期罢。尤其是英国,在小说方面,这时正有斯惠夫德,斯摩列德(T. Smollet)或斐尔丁(H. Fielding)等,以被批评为卑猥或粗野的文字,来讥诮时代。当时,也正是伏耳波勒(Walpole)和毕德(Pitt)的政治,将绝好的题材盛行供给于漫画家的时代,十八世纪的英国,正如文艺上的富于讽刺文字一样,在绘画史上,也留下许多可以称为漫画时代的作品来。

这英国的十八世纪的漫画的巨擘,不消说,是威廉诃概斯(William Hogarth 1697—1764)了。作为近世的最大画家的诃概斯的地位,本无须在这里再说,但他于描画政治上的时事问题,却不算很擅长;倒是作为广义的人生批评家,将当时的社会风俗人情来滑稽化了,留下许多不朽的名作。

画苑的奇才诃概斯的著作中,最有名的,是杰作《时式的结婚》(*Marriage à la Mode*)这六幅接续画,现在珍藏在英国国立的画堂中。因为还是十八世纪的事,所以色采并不有趣,在笔意里也没有妙味。那特色,是在对于一时代的风俗的痛烈的讥嘲,讽刺;是在几乎可以称为漫画的生命的讽骂底暗示(Satirical Suggestiveness)。所描写的是时髦贵族既经结婚之后,夫妇都度着放荡生活,失了财产,损了健康,女人做着不义事的当场,丈夫闯进来,却反为奸夫所杀,女人则服毒而死的颠末。其他,诃概斯所绘的妓女和荡子的一生的连续画中,也有不朽的大作。虽然间有很卑猥的,或者见得的残忍,但设想的警拔和写实的笔法,却和滑稽味相待而在漫画史上划出一个新的时期来。

从十八世纪至十九世纪,政治底讽刺画愈有势力了。为研究当时的历史的人们计,与其依据史家的严正的如椽之笔,倒是由这些漫画家的作品,更能知道时代的真相之故,因而有着永久的生命的作品也不少。就中,在克洛克襄克(George Gruikshank)的戏画中,和政界时事的讽刺一起,诃概斯风的风俗画也颇多,真不失为前世纪绘画史上的一大异彩。我藏有插入这克洛克襄克和理区的绘画的旧板《迭更斯全集》,作为迭更斯的滑稽小说的插画,是画以解文,文以说画,颇有妙趣难尽之处的。

在千八百四十年,以专载漫画讽刺的定期刊物,世界底地有名的 *Punch* 出版,英国第一流的漫画家几乎都在这志上挥其健笔,是世人之所知道的。虽在日本语里,也不知何时,传入了"ボンチ画"这句话,所以也已经无须细说了罢。在前世纪,以漫画家博得世界底名声的斐尔美伊(Phil May 1864—1903),也就是在这 *Punch* 上执笔的。

像那正经的英国人一样,热心地喜爱漫画的,另外虽没有,但法兰西方面,有如前世纪的陀密埃(Honoré Daumier)的作品,则以痛快而深刻刺骨的滑稽画,驰名于全欧。他有这样的力,即用了他那得意的戏画,痛烈地对付了国王路易腓力(Louis Philippe),因此得罪,而成了囹圄之人。

四 现代的漫画

巴黎的歌舞喜剧场有一句揭为标语的腊丁文的句子。这就是Castigat ridendo mores(以笑叱正世态)。这句话,是适用于喜剧和讽刺文学的,同时也最能表示漫画的本质。不但时代和民族的特色,都极鲜明地由漫画显示出来,即当辩难攻击之际,比之大日报的布了堂堂的笔阵的攻击,有时竟还是巧妙的两三幅漫画有力得多。我就来谈一点莱美凯司的作品,作为最近的这好适例罢——

从十八世纪顷起,在漫画界就出了超拔的天才的和兰,当最近的世界大战时,也产生一个大天才,将世界的耳目惊动了。在这回的大战,和兰是始终以中立完事的,但因为有了这一个大漫画家莱美凯司的辛辣的德皇攻击的讽刺画之故,据说就和将万军的援助给了联合国一样。因为言语的宣传,不靠翻译,别国人是不能懂的,如果是绘画,则无论那一国人,无论是怎样的无教育者,也都懂得,所以将德皇的军国主义,痛快地加以攻击,至于没有完肤的他的漫画,遂成为最有效验的宣传(propaganda),在世界各国到处,发挥出震动人心的伟力了。

莱美凯司在世界大战的初期止,是一个几乎不知名的青年画家,到开战之际,才在海牙的称为《电报通信》这一种新闻上,登载了痛击德皇的漫画,一跃而博得世界底名声了。在和兰,因为说他的作画要危及本国的中立,是颇受了些攻击的,但在联合国方面的赞扬,同时也非常之盛。尤其是在英国的伦敦,且为了他的作品特地开一个展览会,以鼓吹反德热;英法美诸国,都以热烈的赞辞,献给"为真理和人道而战的这漫画家"。我自己这时在美国,翻着装钉得很体面的他的漫画集的大本,和美国的朋友共谈,大呼痛快的事,是至今还记得的。

莱美凯司的画里,并无惨淡经营的意匠,倒是简单的图。这是极端地使用省笔法的,只在视为要害的地方,聚了满身的力,而向残虐的军国主义加以痛击。但总在何处含着讥嘲的微笑,将德皇的蛮勇化成滑稽的处所,是很有趣的。那热,那严肃味,和那讥嘲相纠合,于是成了他的作品的伟力。使法兰西那边的批评家说起来,莱美凯司的技巧,是不及近代许多英法漫画界的巨匠远甚,但他那抓住戏曲底境地(dramatic situation)的伎俩,则是不许任何人追随的独特者云。

美国人喜欢滑稽讽刺的漫画之甚,只要看这是日刊新闻的主要的招徕品,就可知。以代表这一方面的新派的漫画家而论,如纽约的《德里比雍报》的洛宾生(B. Robinson)氏,即是现今美国画界最大的流行者之一罢。

在法兰西,漫画也有非常的势力,所以如《斐额罗报》的福兰(J. L. Forain)氏的时事漫画,便在现今也已经当作不朽的作品,还有,并非新闻画家,而是有名的漫画家中,则有卢惠尔(André Rouveyre),奇拔而出人意表之处,真是极其痛快,无论怎样的政治家,美人,名优,一触着他的毒笔,便弄得一文不值。上了钩的富人,也由不得禁苦笑的罢。尤其是描画妇女时,非挥了那几乎可以称为残忍的锋利的解剖之笔,将她们丑化,便不放手:这态度,也有趣的。相传还有奇谈,说曾将一个有名的文豪的夫人,用了这笔法描写,竟至于被在法庭控告哩。丹麦的评论家勃兰兑斯(G. Brandes)曾评卢惠尔的作画,说,"是用那野兽的玩弄获物似的,灭裂地爪撕齿啮,残忍的描法的。"这确乎是适当的批评。尤其是将一个女优,从各种的位置和姿势上看来,成了三十五张图画的那样的手段,我想,倘没有很精致的观察和熟达的笔,怕是做不到的工作罢。或者奔放地;或者精细地;或者刚以为要用很细的线了,而却以用了日本的毛笔一般,将乌黑的粗线涂写的东西也有。而每一线,每一画里,又无不洋溢着生命的流,这一点,就是他人之难于企及的处所罢。

对于这卢惠尔,以及对于英国的毕亚波谟(Max Beerbohm)的漫画,曾在拙著《小泉先生及其他》里,添了那作品的翻印,稍稍详细地介绍过,所以在这里就省略了。

五　漫画的鉴赏

上面也已说过,漫画的艺术底特征,是尽于"grotesque"一语的。德国的美学家列普斯(Th. Lipps)说明这一语云,是要以夸张,丑化,奇怪,畸形化,来收得滑稽的效果。倘使这"grotesque"含有讽诫嘲骂攻击的真意的时候,则无论这是文章,是演剧,是绘画,是雕刻,便都成为漫画趣味的作品,而为摩里埃尔(J. B. P. Molière)的喜剧,为日本的即席狂言,为讽刺小说,为 parody(戏仿的诗文),为德川时代的川柳,为葛饰北斋的漫画,在文艺上,涉及非常之大的范围了。

但是,这也是我们日常言语上所常用的表现法,例如称钱夹子为"虾蟆口",称秃头为"药罐"或"电灯"的时候,就是平平常常,用着以言语来代画笔的漫画。因为这些言语,作为暗比(metaphor)的表现,是被艺术底地夸张,畸形化了的,有时候,且也含有很利害的嘲骂之意的缘故。至于那"虾蟆口",则因为现今已经听得太惯了,所以我们也就当作普通的名词使用着,再不觉得有什么奇拔之感。学者说言语是"化石了的诗"的意义,也就在这里。

近来,在京都出了一回可谓渎职案件;说是那时,检事当纠问的时候,将各样的人放在"豚箱"里,于是人权蹂躏呀,什么呀,很有了些嚷嚷的议论。那是怎样的箱子呢,不知其详;但那"豚箱"这句话,可不知道是谁用开首的,却实在用了很巧的表现。这并不是照字面一样的关猪的箱或是什么，不过是用了漫画风的夸张和丑化的艺术底表现罢了。然而，为了漫画底的这一语，其惹起天下的同情和注意，较之一百个律师的广长舌有力得远，这是在读者的记忆上，到现在还很分明的罢。

在西洋，有"人是笑的动物"这一句有名的句子。但日本人，是远不及西洋人之懂得笑的。日本的文学和美术里的滑稽分子，贫弱到不能和西洋的相比较，岂不是比什么都确的证据么？一说到滑稽，便以为是斗趣，或是开玩笑的人们，虽在受过像样的教育的智识阶级里面，现在也还不少。将严肃的滑稽，诉于感情的滑稽，这样意味的东西，当作堂皇的艺术，而被一般人士所鉴赏，怕还得要许多岁月罢。所谓什么武士道之流，动辄要矫揉别人类感情的自然的发达，而置重于不自然的压抑底，束缚底的教育主义的事，确也是那原因之一罢。只要写着四角四方的不甚可解的文句，便对于愚不可及的屁道理，也不胜其佩服的汉子，纵使遇到了奇警的巧妙的漫画底表现，也毫不动心者，明明是畸形教育所产生的废物。英国人是以不懂滑稽（humor）者为没有 gentleman 的资格，不足与共语的，那意思，大概邦人是终于不会懂得的罢。疏外了感情教育艺术教育的结果，总就单制造出真的教养（Culture）不足的这样鄙野的人物来。

跟着新闻杂志的发达，在日本，近时也有许多漫画家辈出了。尤其是议会的开会期中，颇有各样有趣的作品，使日刊新闻的纸面热闹。较之去读那些称为一国之良选的人们的体面的名论，我却从这样的漫画上，得到更多的兴味和益处。但是，在始终只是固陋，冥顽，单将"笑"当作开玩笑或斗趣的人们，则即使现在的日本出了陀密埃，出了斐尔美伊，这也不过是给猪的珍珠罢。

未另发表。

初收 1925 年 12 月北京未名社版"未名丛刊"之一《出了象牙之塔》。

从艺术到社会改造

威廉摩理思的研究

[日本]厨川白村

No artist appreciated better than he the interdependence of art, ideas and affairs. And, above all, Morris knew better than anybody else that Morris the artist, the poet, the craftsman, was Morris the Socialist; and that conversed, Morris the Socialist was Morris the artist, the poet, the craftsman. —Holbrook Jackson, All Manner of Folk. P. 159.

一　摩理思之在日本

从现在说起来,已经是前世纪之末,颇为陈旧的话了;从那以前起,在我国久为新思潮的先驱者,鼓吹者,见重于思想界之一方的杂志《国民之友》(民友社发行)上,曾经有过绍介威廉摩理思(William Morris)的事。现在已经记不真确了,在那杂志的仿佛称为《海外思潮》的六号活字的一栏里,记得大概是因为那时摩理思去世而作的外国杂志的论文的翻译罢。无论如何,总是二十二三年前的事,那时我是中学生,正是什么也不懂,什么也不能读,却偏是渴仰着未见的异国的文艺的时候,仗着这《国民之友》,这才知道了摩理思的装饰美术和诗歌和社会主义。而且,那时还想赏味些这样的作品,至今还剩在朦胧的记忆里的那六号活字的《摩理思论》,怕就是现代英国的这最可注目的思想家,又是拉斐罗前派的艺术家的摩理思之名,传到我们文坛上的最初的东西罢。

在我所知道的范围内,就此后我国所见的《摩理思论》而言,则明治四十五年二月和三月份的《美术新报》上,曾有工艺图案家富本宪吉氏于十几个铜版中模写了摩理思的图案,绍介过为装饰美术家的摩理思的半面。其时,我也因了富本氏的绍介而想到,就在同明治四十五年的《东亚之光》六月号上,稍为详细地论述过"为诗人的摩理思"。尔来迄今八九年间,在英国,摩理思的二十四卷的全集已由伦敦的朗曼斯社出版,也出了关于作为思想家,作为艺术家的他的许多研究和批评。诗人特令克渥泰尔(J. Drinkwater)以及克拉敦勃罗克(A. Glutton—Brock)等所作,现在盛行于世的数种评传不俟言;即如当前回的战争中,客死在喀力波里的斯各德(Dixon Scott)的遗稿《文人评论》中最后的一篇的那《摩理思论》,初见于一卷的书册里面,也还是新近两三年前的事。

自从近时我国的论坛上,大谈社会改造论以来,由室伏高信氏,井箟节三氏,小泉信三氏等,摩理思也以作为基尔特社会主义的先觉者而被绍介,而且寓他的新社会观于故事里的《无何有乡消息》(*News from Nowhere*. 1891)的邦译,似乎也已成就了。我乘着这机会,要将那文艺上的事业,也可以说是所以使摩理思终至于唱导那社会主义的根源,来简单地说一说。

二 迄于离了象牙之塔

从青春的时代,经过了壮年期,一到四十岁的处所,人的一生,便与"一大转机"(grand climacteric)相际会。在日本,俗间也说四十二岁是男子的厄年。其实,到这时候,无论在生理上,在精神上,人们都正到了自己的生活的改造期了。先前,听说孔子曾说过"四十而不惑",但我想,这大概是很有福气的人,或者是蠢物的事罢。青春的情热时代和生气旺盛的壮年期已将逝去的时候,在四十岁之际,人是深思了自己的过去和将来,这才来试行镇定冷静的自己省察的;这才对于自己以及自己的周围,都想用了批评底的态度来观察的。当是时,他那内部生活上,就有动摇,有不满,而一同也发生了剧烈的焦躁和不安。古往今来,许多的天才和哲士,是四十才始真跨进了人生的行路,而"惑"了的。这时候,无论对于思想生活,实际生活,决了心施行自己革命的人们,历来就很不少。举些近便的例,则有故夏目漱石氏,弃学者生活如敝屣,决意以创作家入世的时候,就在这年纪。还有岛村抱月氏的撇了讲坛,投身剧界,绝不睬众愚的毁誉褒贬,而取了要将自己的生活达到艺术化的雄赳赳的态度,不也是正在这年纪么? 一到称为"初老"的四十岁,作为生活的脉已经减少了的证据的,是所谓"发胖",胖得团头团脑地,安分藏身的那些愚物等辈,自然又作别论。

在近代英国的文艺史上,看见最超拔的两个思想家,都在四十岁之际,向着相同的方面,施行了生活的转换;乃是很有兴味的事实。这就是以社会改造论者与世间战斗的洛思庚和摩理思。

对于自己和自己的周围,这样的思想家和艺术家射出锐利的批评的眼光去的时候,而且遇到了生活的根本底改造的难问题的时候,他们究竟用怎样的态度呢? 离开诗美之乡,出了"象牙之塔"的美的世界,和众愚,和俗众,去携手乱舞的事,是他们所断然不欲为,也所不忍为的。于是他们所取的态度,就是向着超越逃避了俗众的超然的高蹈底生活去;否则,便向了俗众和社会,取那激烈的挑战底态度:只有这两途而已。遁入"低徊趣味"中的漱石氏,倒和前者的消极底态度相近。和女伶松井氏同入剧坛,而反抗因袭道德的抱月氏,却是断然取了积极底的战斗者(fighter)的态度的罢。洛思庚和摩理思弃了艺术的批评和创作,年四十而与世战,不消说,是出于后者的积极底态度的。两人的态度都绚烂,辉煌,并且也凛然而英勇。称之为严饰十九世纪后半的英国文艺史的二大壮观,殆未必是过分之言罢。

洛思庚年届四十,从纯艺术的批评,转眼到劳动问题社会批评去,先前已经说过了(参考《出了象牙之塔》第十四节)。自青年以至壮年期,委身于诗文的创作和装饰图案的制造,继续着艺术至上主义的生活,在开伦司各得的美丽的庄园里,幽栖于"象牙之塔"的摩理思,从千八百七十七年顷起,便提倡社会主义,和俗众战斗,成了二十世纪的社会改造说的先觉,也就是走着和洛斯庚几乎一样的轨道。如他自认,摩理思在这一端,倒还是受了洛斯庚的指教的。

三 社会观与艺术观

西洋的一个大胆的批评家,曾经论断说:近代文艺的主潮是社会主义。我以为依着观察法,确也可以这样说。在前世纪初期的罗曼派时代,已经出了英国的抒情诗人雪莱(P. B. Shelley)那样极端的革新思想家了;此后的文学,则如俄国的都介涅夫(I. Turgeniev),托尔斯泰,还有法国的雩俄(V. Hugo),左拉(E. Zola),对于那时候的社会,也无不吐露着剧烈的不满之声。只有表现的方法是不同的,至于根本思想,则当时的文学者,也和马克思(K. Marx),恩格勒(F. Engels),巴枯宁(Bakunin)怀着同一的思路,而且这还成了许多作品的基调的:这也是无疑的事实。但是,这社会主义底色彩最浓厚地显在文艺上,作家也分明意识地为社会改造而努力,却是千八百八十年代以后的新时代的现象。

一到这时代,文艺家的社会观,已并非单是被虐的弱者的对于强者的盲目底的反抗,也不是渺茫的空想和憧憬;他们已经看出可走的理路,认定了确乎的目标了。当时的法兰斯(A. France),默退林克(M. Maeterlinck),戈理奇(M. Gorky),启兰特(A. Kielland),以及好普德曼(G. Hauptmann),维尔迦(G. Verga),就都是在这一种意义上的真的"为人生的艺术家"。

这个现象,在英国最近的文艺史上就尤其显。仍如我先前论《英国思想界之今昔》的时候说过一样(我的旧著《小泉先生及其他》

三〇九页以下参照），这八十年代以后，是进了维多利亚朝后期的思潮转变期。就是，以前的妥协调和底的思想已经倒坏，英国将要入于急进时代的时候；在贵族富豪万能的社会上，开始了动摇的时候。尤其是千八百八十五年，英国的产业界为大恐慌所袭，为工资下落和失业问题所烦，是劳动问题骤然旺盛起来的时候。——我常常想，近时日本的社会和思想界的动摇，似乎很像前世纪末叶的英国。——上回所说的吉辛的小说《平民》的出现，就在这后一年。（《描写劳动问题的文学》参照。）

在这世纪末的英国文坛上出现，最为活动的改造论者，就是培那特萧（Bernard Shaw）和威廉摩理思。萧在那时所作的小说，和后来发表的许多的戏曲，其中心思想，就不外乎社会主义。他被马克思的《资本论》所刺戟，又和阿里跋尔（Olivier）以及曾来我国，受过日本政府的优待的惠勃（Webb）等，一同组织起斐比安协会来，也就在这时候。要研究欧洲现存大戏曲家之一的萧的作品，是不可不先知道为社会主义的思想家的萧的。然而我现在并不是要讲这些事。

但是，在当时英国文坛的社会主义的第一人，无论怎么说，总还是威廉摩理思。

到四十岁时候止，即在他的前半生，摩理思是纯然的艺术至上主义的人，又是一种的梦想家，罗曼主义者。但在别一面，也是活动的人，努力的人，所以对于现实生活的执着，也很强烈。一面注全力于诗歌和装饰美术的制作，那眼睛却已经不离周围的社会了。后年他所唱道的社会主义，要而言之，也就是以想要实现他怀抱多年的艺术上的理想的一种热意，作为根柢的；终于自己来统率那社会民主党，在当时，比起实际底方面来，也还是及于思想界的影响倒其大。

摩理思原是生在富豪之家的人，年青时候以来，便是俗所谓"爱讲究"的人物。相传他初结婚，设立新家庭时，购集各样的器具和装饰品，而市上出售的物品，则全是俗恶之至的单图实用的东西，能满足自己的趣味的竟一件也没有。从这些地方,他深有所感,后来遂设立了摩理思商会,自己来从事于装饰图案的制作。在壁纸,窗幔,刺绣,花纹,以及书籍的印刷装钉等类的工艺这一面,摩理思的主义,就在反抗近代的营利主义即 Commercialism,而以艺术趣味为本位,来制造物品。近代的机械工厂使一切工艺品无不俗化,甚至于连先前以玩赏为主的东西,现在也变了实用本位,原来爱其珍贵的东西,现在也以为只要便宜而多做就好了。先前的注心血于手艺而制作的东西,现在却从大工厂中随随便便地一时做成许多,所以那作品上并无生命,也没有趣味。只有绝无余裕的,也无享乐心情的,极其丑劣俗恶的近代生活,这样地与"诗"日见其远,而化为无味枯淡的东西。这在天生的富于诗趣的人,是万不能耐的。摩理思的立意来做高尚雅致的图案和花纹,为显出纯粹的美的采色配合计,则不顾时间和劳力,也不顾价钱的真的工艺美术的自由的制作,就完全因为要反抗那俗恶的机械文明功利唯物的风潮之故。使染了烟煤的维多利亚朝晚期的英国,开出美丽的罗曼底的艺术之花,其影响更及于大陆各国,在现代欧洲一般的美术趣味上,促起一大革新者,实在是摩理思的伟绩。一想这些事,则在他自己所说"无艺术的工艺是野蛮,无工艺的人生是罪恶"(Industry without art is barbarity; life without industry is guilt)的话里,也可以看出深的意义来。

从劳动者这一方面想,则在今日的机械万能主义资本主义之下,于劳动生活上也全然缺着所谓"生的欢喜"(Joy of Life)这回事。因为劳动者毫没有自由的自己表现的余地的缘故。因为没有从创造创作的自由而来的欢喜,换了话说,就是因为没有艺术生活,所以人们就在倘不自行变为机械,甘受机械和资本的颐指气使的奴隶,便即难于生存的不幸状态中。而且这不幸,又不独在无产者和劳动阶级,即在富人,也除了杀风景的粗恶的物品之外,都虽需求而无得之之道。他们除了化钱买得些无趣的粗制滥造的物品之外,也不过徒然增加些物质上的富而已。

要改造这样惨淡的不幸的生活，首先着眼于今日的社会组织的缺陷者，是洛斯庚；受了他的启发，百尺竿头更进一步的，是摩理思。摩理思是作为工艺家，而将洛斯庚在论述中世建筑的名著《威尼斯之石》（尤其是题作《戈锡克的性质》这一章）里所说的主张，即艺术乃是人之对于工作的欢喜的表现（the expression of man's joy in his work）之说，提到实际社会里去的。他以为倘要将劳动，不，是并生活本身都加以艺术化，则应该造出一个也如中世一样，人们都能够高兴地，自由地，享乐到制作创作的欢喜的社会。免去了强制和压抑，置重于劳动者的自由和个性的表现的组织，是他作为社会改造论的根本义的。他说，"一切工作，都有做的价值。一做，则虽无任何报酬，单是这做，便是快乐。"他自己，是如此相信，如此实行的人。又在他描写 Communism 的理想乡的小说《无何有乡消息》第十五章中，主要人物哈蒙特在得到"对于好的工作，也没有报酬么"这一个质问时，所回答的话，也是有趣的——

> "'Plenty of reward', said he, 'the reward of creation. The wages which God gets, as people might have said time agone. If you are going to ask to be paid for the pleasure of creation, which is what excellence in work means, the next thing we shall hear of will be a bill sent in for the begetting of children.'"

——*News from Nowhere*, p. 101.

为艺术家的摩理思，和洛斯庚一样，一向就是热心的中世爱慕者。而十三四纪的社会，尤其是描在他想象上的乐园，也是诗美的理想境。那时的卢凡和恶斯佛这些街市，也不是今日的工业都市似的丑秽的东西，是借了各各自乐其业的工人之手所建造的。便是一点些小的物品，也因为表现着劳动者的欢喜，所以都带着趣味和兴致，有着雅致和风韵。

这尊崇中世的风气，即 Mediaevalism，本来是作为鼓吹新气运于那时英国文艺界的拉斐罗前派，尤其是罗舍谛（D. G. Rossetti）等的艺术的根柢的,摩理思从在恶斯佛大学求学的时候起,便和这一派的画家琼斯(E. Burne-Jones)等结了倾盖之交,一同潜心于中世艺术的研究。然而罗舍谛的中世主义,也如在日本一时唱道过的江户趣味复活论一样,是高蹈底的纯艺术本位的东西,而洛斯庚的,也有太极端地心醉中世的倾向。但摩理思的主张和态度,则是较之罗舍谛们的更其实际化,社会化,又除去了南欧趣味而使英国化,使洛斯庚更其近代化了的东西。然而往来于摩理思的脑里者,也还不是煤烟蔽天的近代的伦敦,而是十四世纪的椎赛(G. Chaucer)时代的都会,"泰姆士的清流,回绕着碧绿的草地,微微地皓白清朗的伦敦。"将他的社会改造的理想,托之一篇梦话的散文著作《无何有乡消息》里,就是描写那人们都爱中世建筑,穿着中世的衣服的美境的。

出了"象牙之塔"以后的摩理思,在社会运动的机关杂志《公益》(Commonweal)上执笔,又和 The Social Democratic Party 创立者这一个矫激的论客哈因特曼(H. M. Hyndman)共事,复又去自己组织起 The Socialist League 来,在他的后半生,所以为社会改造而雄赴赳地奋斗者,要而言之,他的艺术观就是那些事情的基础。

现代人的生活的最大缺陷,是根基于现代的资本主义营利主义。先前在修道院中劳动的修士们,以为"劳动是祈祷"(Laborare est orate),用了嘉勒尔(Th. Carlyle)所说似的,即使做一双靴,也以虔敬的宗教底的心情作工。还有,古人也说过,"劳动是欢乐"(Labor est voluptas)。这就因为那制作品,是制作者的自由的生命的所产的缘故。这样子,要讨回现代人的生活上所失去的"生的欢喜"来,首先就得根本底地改造资本主义万能的社会。摩理思就是从这见地出发的。

他是始终活在自己的信念和希望里的人。登在杂志《公益》上的诗篇,他自题为 The Pilgrims of Hope(这诗的一部分,收在后文要讲的《涂上吟》里),摩理思自己,无论何时,就是"希望的朝拜者"。晚期的著作中的一篇,歌咏那和《无何有乡消息》里所描写的同一理想的社会道——

For then, laugh not,but listen to this strange tale of mine,

All folk that are in England shall be better lodged than swine.

Then a man shall work and bethink him, and rejoice in the deeds of his hand,

Nor yet come home in the even too faint and weary to stand.

Men in that time a—coming shall work and have no fear

For to—morrow's lack of earning and the hung er—wolf a—near,

I tell you this for a wonder, that no man then shall be glad

Of his fellow's fall and mishap to snatch at the work he had.

For that which the worker winneth shall then be his indeed,

Nor shall half be reaped for nothing by him that sowed no seed.

O Strange new wonderful justice! But for whom shall we gather the gain?

For ourselves and for each of our fellows, and no hand shall labour in vain.

Then all Mine and all Thine shall be Ours, and no more

shall any man crave

For riches that serve for nothing but to fetter a friend for a
slave.

——*The Day is Coming.*

(*Poems by the Way. p.* 125.)

最后说——

Come, join in the only battle wherein no man can fail,

Where who so fadeth and dieth, yet his deed shall still pre-
vail.

Ah! Come, cast off all fooling, for this, at least, we know:
That the Dawn and the Day is coming, and forth the Ban-
ners go.

——Ibid.

这些鼓舞激励之辞,也就是他自己和世间战斗的进行曲。

他用理想主义的艺术,统一了自己的全生活。那不绝的勇猛精
进的努力,不但在诗歌而已,虽在家具的制造上,书籍的印刷上,窗
户玻璃的装饰上,以至在晚年的社会运动上,也无不出现,而一贯了
那多方面的生涯的根本力,则是以艺术生活为根柢的。

四 为诗人的摩理思

他在前半生不俟言,虽到晚年,当怎样地忙碌于社会运动的时
候,也没有抛掉诗笔,在创作上,在古诗的翻译上,都发挥出多方面
的才藻来。而且还将只要英文存在,即当不朽不灭的许多文艺上的
作品,留给人间世。

摩理思的处女作是称为 *Defence of Guenevere and Other Poems*
这东西。这诗集的出版,是千八百五十八年,即摩理思二十四岁的

时候。这也就是以罗舍谛为领袖的拉斐罗前派的戈锡克趣味的诗歌出现于文坛的先锋,但究竟因为是奇古幽邃的中世趣味,所以不至于骤使一般的世人耸动,然而早给了那时的艺苑以隐然的感化,却是无疑的了。即如赛因斯培黎(G. Saintsbury)教授,就说正如迭仪生(A. Tennyson)的初作,区划了维多利亚朝诗歌的第一期一样,摩理思的这诗集,是开始那第二期的。集中最初的四篇,虽然都取材于阿赛王的传说,但和迭仪生的《王歌》(*Tne Idylls of the King*)一比,则同是咏王妃格尼维亚,同是叙额拉哈特,而两者却甚异其趣。第一,是既没有迭仪生那边所有的道学先生式的思想,也看不见维多利亚朝的英国趣味一类的东西。摩理思的诗,是全用了古时的自由的玛罗黎式做的,以情热的旺盛,笔致的简劲素朴为其特色。再说这诗集里的另外的诗篇,则除了取材于英国古史或中世故事的作品外,在歌咏摩理思所独创的诗题的东西里面,的确多有不可言语形容的幽婉的,神秘底梦幻底之作。而且一到这些地方,还分明地显现着美国的坡(Edgar Allan Poe)的感化,使人觉得也和法国的波特来尔(C. Baudelaire)及以后的神秘派象征派诗人等,是出于同一的根源的。现在且从这类作品中引一点短句来看看罢。因为言语是极简单的,所以也没有翻译出来的必要罢。

> I sit on a purple bed,
>
> Outside, the wall is red,
>
> Thereby the apple hangs,
>
> And the wasp, caught by the fangs,
>
> Dies in the autumn night,
>
> And the bat flits till light,
>
> And the love—crazed knight,
>
> Kisses the long, wet grass.
>
> ——*Golden Wings.*

Between the trees a large moon, the wind lows

Not loud but as a cow begins to low.

Quiet groans
That swell not the little bones
Of my bosom.
　　　　——*Rapunsel.*

其次发表的诗篇,是《约森的生涯和死》(*Life and Death of Jason*),也是梦幻底的作品,但和先前的处女作,却很两样,而是颇为流丽明快的诗风。这是无虑一万行,十七篇的长篇的叙事诗,取荷马以前的希腊古传说为材料的。现在说个大要,则起笔于约森的幼年时,此后即叙述到了成年,便率领许多勇士,棹着"亚尔戈"的快舰,遥向那东方的珂尔吉斯国去求金羊毛,便上了万里远征的道路。涂中经过许多冒险,排除万难,终于得达他所要到的东方亚细亚的国度里了。那国王很厚待约森,张宴迎接他。那时候,美丽的公主梅兑亚始和约森相见,但从此两人便结了热烈的思想之契了。但是王使公主传命,说是倘要得我所有的金羊毛,即须先一赌自己的生命。就是先驾两匹很大的牛,使它们耕地,种下"恶之种"即龙蛇的牙齿去,从这种子里,便生出周身甲胄的猛卒来,倘能杀掉他们,保全自己的性命,你便得到金羊毛了。约森仗着公主梅兑亚的魔术的帮助,竟得了金羊毛,两人便相携暗暗地逃出珂尔吉斯国,归涂中仍然遇到许多危难,也终于回到了故国。此后约十年间,相安没有事,但成为悲剧的根源的大事件,竟也开首了。这非他,就是约森捐弃了梅兑亚,而另外爱慕着别人——格罗希公主。梅兑亚因怒如狂,仍用魔术致死了恋爱之敌的那公主,还致死了亲生的两儿,自己则驾着龙车,驰向雅典去。单身剩下的约森,从此以后,便为忧郁所因,在甚深的悲戚里死掉了。这故事,早见于荷马(的史诗)中,又因了后来宾达罗斯(Pindaros),阿辟条斯(Ovidius),欧里辟台斯(Euripides),绥内加(Seneca)这些诗人的著作,再晚,则法兰西的珂尔内游

(P. Corneille)的名篇,为世间所通晓。但摩理思却巧妙地使这古代传说的人物复活,仗着他丰丽的叙述,使他们生动于现代的舞台上,那妙趣,是往往非他处所能见的。尤其是叙风景,写动作,均有色彩之美,令人常有觉得如对名画的地方。尤其是叙约森的开船的光景,叙珂尔吉斯王的宫殿这一节,或者约森终得羊毛而就归路之处,以及将近结末的悲壮的几章,都确是近代英诗的最为秀拔的罢。诗律,是全用五脚对联这一体的,然而毫无单调之弊,这也是所以博得一世的称赞的原因。

因这《约森》的歌,才得到许多读者的摩理思,接着就将他的一生的杰作《地上乐园》(*The Earthly Paradise*)四卷发表,他在诗坛的地位,便成为永久不可动摇的了。其中所咏的故事的数目,一共二十四篇;十二篇采自古典文学,别的一半,是从中世传说得来的。说起全体的趣向来,就是古时候,北欧的有些人,为要避本地的迷连的恶疫,便一同去寻觅那相传在西海彼岸的不老不死的仙乡"地上乐园"去,飘浮在波路上面者好几年。然而,不但到不得乐园,还因为涂上的许多冒险,连一行的人数也减少了,那困惫疲劳之状,真是可怜得很,于是到了一个古旧的都城。这是从遥远的希腊放逐出来的人们所建造的;大家受了分外的欢待,一年之间,每月张两回宴,享着美酒佳肴,主客互述古代的故事,这就是《地上乐园》的结构。所以在这作品里面,北欧的古传说,是与法兰西系统的中世传说,德意志晚期的故事相错综,出于"Nibelungenlied""Edda""Gesta romanorum"等的诗材,一面又交错着"亚尔绥思谛斯之恋爱""爱与心""阿泰兰陀"等的希腊神话,北欧则与希腊,古代则与中世,互相对照映发,那情趣宛然是在初花的采色的耀眼中,加以秋天红叶的以沉着胜的颜色。卷中的二十四篇各有佳处,骤然也很难下优劣的批评,如赛因斯培黎教授,则以 *The Lovers of Gudrum*(这是从北欧传说采取的很悲哀的故事,相传罗舍谛也特别爱读的)这一篇为压卷。但我自己以为最好的,是从夏列曼传说中采取材料的 *Ogier the Dane*

的故事（在第八月这一条里），这是讲曾经去到阿跋伦岛的仙乡的勇士乌琪亚，再归人间之后的事的，将中世故事中照例习见的和女王的恋爱以及英勇的事迹，美丽地歌咏着。如当勇士出征的早晨，女王在那边所歌的别离之曲等，将缠绵的情思，托之沉痛的声调中，殊有不可名言之趣。本想将这些一一引用，详细地加以绍介的，但现在因为纸面有限，就省略了。

　　摩理思的诗，最有名的大概就是上述的两种，但他于文艺上的贡献，特为显著的东西，则是北欧传说的研究。他自己就亲往爱司兰（译者注：或译冰地）两回，去调查那古说（Saga）。结集在那"Edda"里的北欧传说，从十八世纪末年罗曼的趣味兴起的时候起，本已渐将著大的感化，给与英国文学的了；首先出现于司各得（Percy Scott）等的述作以来，翻译和解说的书籍就出的颇不少。而且，说到这北欧传说的特征，则在极透彻地表现了原始时代的北方民族的气质这一点上；在故事里出现的人物，都有刚勇精悍之气，不但男子，女子也有着铁石一般的心，厚于义，富于情；爱憎之念极其强，而复仇雪耻之心尤盛，为了这，虽恩爱之契也在所不顾的：真有秋霜烈日似的气概。这些处所，不知怎地很有些和我国镰仓时代的武人相仿佛的。想起来，爱司兰是硗确不毛之地，雪山高峙于北海的那边，沸涌的硫黄泉很猛烈，四季大抵锁于晦冥的雾中的一个孤岛，"地"于是自然化"人"，造成上面所讲那样的民族性了。还有，一面又和饶有诗情的这民族的本性相合，遂也成为那富于奇峭之美的传说。嘉勒尔曾经说，"与在一切异教神话一样，北欧神话的根本也在认得自然界的神性。换了话说，即不外乎在四围的世界里活动的神秘不可解的力，和人心的真挚的交涉，北欧神话之所以殊胜，全在这一点。见于古希腊那样的优雅的处所是没有的，但却有热诚真挚这些特征，很补其缺陷。"（《英雄崇拜论》）十九世纪罗曼派的诸诗人，醉心于这传说之美，在这里求诗材者很多，是无足怪的。摩理思的作为这研究的结果而发表的，是叙事诗 Sigurd the Volsung（一八七六）的译本计四卷。读书界自然没有送给他先前迎取《地上乐园》时候那样的赞美,但这一编译诗,以英诗所表现的北欧文学的产物而论,却不失为不朽之作。

摩理思的北欧研究的结果,此外又为古诗 *Beowulf* 的翻译(一八九七);也见于晚年所作的散文诗和故事中。文体是模拟十五世纪顷的古文的,仿效玛罗黎的散文那样的奇古之体,用语也尤其选取北欧语原者。其中竟有非常奇特的,例如 cheapingstead(market town),song—craft(Peotry),wood—abiders(foresters)等,从纯正语的论者,定是有了责难罢,但我以为在传达罗曼底的一种趣味上,能有功效,是无可疑的。叙古昔日耳曼民族漂浪于北欧森林中,而发挥他们杀伐精悍的特质的时代,连衣服兵械之微,也并不里漏地活泼泼地写出那光景来的妙味,除了司各得的历史小说之外,怕别的再没有能和摩理思比肩的了。慓悍的武人拜了天地神祇去赴战阵的情形,或正当讴歌宴舞中,洒一滴美人的红泪,这些巧妙地将读者的心,牵入过去的美的世界里去的处所,我以为司各得和摩理思,殆可以说是“异曲同工”的。

读《约森的生涯》的歌,尤其是又翻《地上乐园》这名著者,就会觉得作者摩理思,是确从诗祖权赛的《抗泰培黎故事》(*Canterbury Tales*)受了伟大的感化的罢。不特一见摩理思的简洁明快的叙述,便省悟到他那天禀的诗才的近于权赛,即从趣向上,从诗材上,从用语上,又从取了希腊罗马的故事使他中世化这一点上,也就知道那方法,是学于权赛有怎样的多了。

我讲到这事的时候,即不能不想起从他自己经营的开伦司各得出版所所印的权赛的诗卷来。这是从活字,装钉,以至一切,都竭尽了风雅的筹画,在那古雅的装制和印刷上,毫无遗憾地发挥着摩理思的意匠图案之才的。近代艺苑的一巨擘,为要印自己所崇敬的古诗人的著作,累积苦心,乃成了那极有风韵的一卷书,只要单是一想到,在我们之辈,就感到其中有说不出的可贵。

摩理思者,并不是在《地上乐园》卷首的自序里所说那样的"The idle singer of an empty day",也不是"Dreamer of dreams,born out of my due time"。他在活在梦幻空想的诗境中的别一面,又有着雄赳赳的努力,上文已经说过了,这在他最后的诗集《涂上吟》(*Poems by the Way*. 1891)里,显现得最明白。

这一卷,是从他初期的创作时代起,以至投身于社会运动的晚期为止的短篇中,选录了五十篇的本子;从创作的年代方面说,从题目方面说,都聚集着种种杂多的作品的,其中关于劳动问题社会运动的诗篇,是他奔走于实际的运动之间所作,艺术底价值怎样,又作别论,在要知道为社会主义诗人的摩理思的人们,却是颇有兴味的东西罢。又如 *The Voice of Toil*,*All for the Cause*,*The Day is Coming*,*The Message of the March Wind* 等,在摩理思的作品中,以明明白白地运用于社会问题的文字而论,也是可以特笔的。

五 研究书目

关于摩理思的艺术观和社会观,正想较为详细地写一点,忽被痼疾的胃病所袭,从前星期起便躺在床上,全不能执笔了。只得将现在座右的关于摩理思的参考书籍,勉强绍介上,以供好学之士的参考罢。

摩理思的全集,是以他的女儿 May Morris 所编纂,有她的序文的

Collected Works,24 vols. ,Longmans,Green & Co.

作为标准的;和诗篇散文的诸著作,都是朗曼斯社出版,也能得到各样装钉的单行本。

传记最确,最详,而且别的许多传记家,都从中采取材料者,是

The Life of William Morris. By J. W. Mackail. 2 vols.

这因了插画和装钉之差,有三种版本。他的社会运动的事,在第二

卷里详细地写着。

评传是麦克密兰社的《文人传》中，现代的诗人诺易斯所作，只有百五十页的简单的一本最扼要；他的社会改造论的事，见于此书第八章。

William Morris. By Alfred Noyes.

(Macmillan's *English Men of Letters*.)

又，《家庭大学丛书》中也有

William Morris：His Work and Influence. By A. Clutton Brock.

(London，Williams and Norgate.)

这因为室伏氏已经在杂志《批评》上引用过，所以从略。要知道装饰艺术以外的方面的摩理思，是最便当的好著作。

但是要知道为思想家艺术家的摩理思，则式凯尔印行的《近世文人传》丛书之一的

William Morris，a Critical Study. By John Drinkwater.

(London，Martin Secker.)

是好的。著者 Drinkwater 氏不但是现今英国新诗坛的第一人，批评的方面也有好著作。这人的评论集 *Prose Papers*（Elkin Mathews 出版）里面，就也有《摩理思论》。

还有，论摩理思的社会主义的，则有因为《马克思论》这一种著作，在日本已经大家知道的斯派戈的书——

The Socialism of W. Morris. By John Spargo.

(Westwood，Mass. The Ariel Press.)

此外有——

W. Morris，a Study in Personality. By Arthur Compton
—Richett

With an Introduction by Cunningham Graham. (Herbert Jenkins.)

这书和普通的传记异趣，倒是竭力要活写为人，为艺术家的摩理思全体的，计分《人物》，《诗人》，《工艺家》，《散文作家》，《社会改造论者》五篇，是从各方面都明快地加以论述的佳作。

又，以评坛的新人物出名的 Holbrook Jackson 的《摩理思传》，也是大家知道的单行本。

W. Morris, His Writings and Public Life. By Aymer Vallance.

(Bell & Sons, 1897.)

这书现在我的手头没有，但记得插画似乎非常之多。

还有并非传记一类，而论摩理思或是记述的东西，则有——

Clough, Arnold, Rossetti, & Morris: a Study. By Stopford A. Brooke.

(London; Sir Isaac Pitman & Sons.)

Men of Letters. By Dixon Scott. (Hodder and Stoughton.)

Memorials of Edward Burne — Jones. By Lady Burne Jones.

All Manner of Folk. By H. Jackson. (Grant Richards.)

Views and Reviews. By Henry James. (Boston; the Ball Pub. Co.)

Twelve Types. By G. K. Chesterton.

Corrected Impressions. By George Saintsbury.

Adventures among Books. By Andrew Lang.

Shelburne Essays, 7th Series. By Paul Elmer More.

此外见于杂志的评论之类，在这里都省略了。正值日本的思想界的注意，要从 Marxism 进向摩理思的艺术底社会主义的时候，意以为或者可供些怎样的参考，我便在病床上试作了这参考书目。

补遗——

William Morris and the Early Days of the Socialist Move-

ment. By J. Bruce Glasier. With an Introduction by May Morris. and two portraits.

(Longmans，Green & Co.）

未另发表。

初收 1925 年 12 月北京未名社版"未名丛刊"之一《出了象牙之塔》。

四日

日记 晴。晨寄衣萍信,即得复。上午季市来。得季野信,下午复。往山本医院诊。往女师校。夜译书校稿。

五日

日记 晴。上午得季市信。午寄培良信。下午丛芜来。寄林语堂信。

从浅草来*

［日本］岛崎藤村

在卢梭《自白》中所发见的自己

《大阪每日新闻》以青年应读的书这一个题目,到我这里来讨回话。那时候,我就举了卢梭的《自白》回答他,这是从自己经验而来的回话,我初看见卢梭的书,是在二十三岁的夏间。

在那时,我正是遇着种种困苦的时候,心境也黯然。偶尔得到卢梭的书,热心地读下去,就觉得至今为止未曾意识到的"自己",被它拉出来了。以前原也喜欢外国的文学,各种各样地涉猎着,但要问使我开了眼的书籍是什么,却并非平素爱读的戏曲,小说或诗歌之类,而是这卢梭的书。自然,这时的心正摇动,年纪也太青,不能说完全看过了《自白》;但在模胡中,却从这书,仿佛对于近代人的思想的方法,有所领会似的,受了直接地观察自然的教训,自己该走的路,也懂得一点了。卢梭的生涯,此后就永久印在我的脑里;和种种的烦闷,艰难相对的时候,我总是仗这壮胆。倘要问我怎么懂了古典派的艺术和近世文学的差别,则与其说是由于那时许多青年所爱读的瞿提和海纳,我却是靠了卢梭的指引。换了话说,就是那赏味瞿提和海纳的文学的事,也还仗着卢梭的教导。这是一直从前的话。到后来,合上了瞿提和海纳,而翻开法国的弗罗培尔,摩泊桑,俄国的都介涅夫,托尔斯泰等。在我个人,说起来,就是烦闷的结果。将手从瞿提的所谓"艺术之国"离开,再归向卢梭了;而且,再从卢梭出发了。听说,《波跋黎夫人》的文章,是很受些卢梭《自白》的感化的,但我以为弗罗培尔和摩泊桑,不鹜于左拉似的解剖,而继承着卢梭的烦闷的地方,却有趣。更进了深的根柢里说,则法兰西的小说,是不能一概评为"艺术底"的。

卢梭的对于自然的思想,从现在看来,原有可以论难的余地。我自然也是这样想。但是,那要真的离了束缚而观"人生"的精神之旺盛,一生中又继续着这工作的事,却竟使我不能忘。恰如涉及枝叶的研究,虽然不如后来的科学者;又如在那物种之源,生存之理,遗传说里,虽然包含着许多矛盾,但我们总感动于达尔文的研究的精神一般。

我觉得卢梭的有意思,是在他不以什么文学者,哲学者,或是教育家之类的专门家自居的地方;是在他单当作一个"人"而进行的地方;一生中继续着烦闷的地方。卢梭向着人的一生,起了革命;那结果,是产生了新的文学者,教育家,法学家。卢梭是"自由地思想的人们"之父;近代人的种子,就在这里胚胎。这"自由地思想的人们"里,不单是生了文学哲学等的专门家,实在还产出了种种人。例如托尔斯泰,克鲁巴金这些人所走的路,我以为乃是卢梭开拓出来的。人不要太束缚于分业底的名义,而自由地想,自由地写,自由地做,诚然是有意思。生在这样境地里的青年,我以为现在的日本,也还是多有一些的好罢。

看卢梭的《自白》,并没有看那些所谓英雄豪杰的传记之感。他的《自白》,是也如我们一样,也失望,也丧胆的弱弱的人的一生的纪录。在许多名人之中,觉得他仿佛是最和我们相近的叔子。他的一生,也不见有不可企及的修养。我们翻开他的《自白》来,到处可以发见自己。

青年的书

青年是应当合上了老人的书,先去读青年的书的。

新 生

新生,说说是容易的。但谁以为容易得到"新生"? 北村透谷君是说"心机妙变"的人,而其后是悲惨的死。以为"新生"尽是光明者,是错误的。许多光景,倒是黑暗而且惨淡。

密莱的话

"非多所知道,多所忘却,则难于得佳作。"是密莱的话。这实在是至言。密莱的绘画所示的素朴和自恣,我以为决不是偶然所能达到的。

单纯的心

我希望常存单纯的心;并且要深味这复杂的人间世。古代的修士,粗服缠身,摆脱世累,舍家,离妻子,在茅庵里度那寂寞的生涯者,毕究也还是因为要存这单纯的心,一意求道之故罢。因为这人间世,从他们修士看来,是觉得复杂到非到寂寞的庵寺里去不可之故罢。当混杂的现在的时候,要存单纯的心实在难。

一 日

没有 Humor 的一日,是极其寂寞的一日。

可怜者

我想,可怜悯者,莫过于不自知的一生了。芭蕉门下的诗人许六,痛骂了其角,甚至于还试去改作他的诗句。他连自己所改的句子,不及原句的事也终于不知道。

言 语

言语是思想,是行为,又是符牒。

专门家

人不是为了做专门家而生的。定下专门来,大抵是由于求衣食的必要。

泪 与 汗

泪医悲哀,汗治烦闷。泪是人生的慰藉,汗是人生的报酬。

伊孛生的足迹

Ibsen 虽有"怀疑的诗人"之称,但直到晚年,总继续着人生的研究者的那样的态度,却是惊人。他并不抛掉烦闷,也不躲在无思想的生活里;虽然如此,却又不变成摩泊桑和尼采似的狂人。就像在暗淡的雪中印了足迹,深深地,深深地走去的 Borkman 一样。伊孛生的戏曲,都是印在世上的他的足迹。

近来偶尔在《帝国文学》上看见栗原君所绍介的耶芝的《象征论》,其中引有威廉勃来克的话:"幻想或想象,是真实地而且永久不变地,实在的东西的表现。寓言或讽喻,则不过单是因了记忆之力而形成的。"见了这勃来克的话,我就记起伊孛生的 Rosmersholm 来。那幽魂似的白马,也本是多时的疑问,那时我可仿佛懂得了。

听说有将伊孛生比作一间屋子的女优,也有比作窗户的批评家。但在我们,倒觉得有如大的建筑物。经过了好多间的大屋子,以为是完了罢,还有门。一开门,还有屋。也有三层楼,四层楼,也有那 Baumeister Solness 自己造起,却由此坠下而死的那样的高塔。

伊孛生的肖像,每插在书本子中,杂志上也常有。但伊孛生的头发和眼睛,当真是在那肖像上所见似的人么?无论是托尔斯泰,是卢梭,都还要可亲一点。这在我委实是无从猜想。

批 评

每逢想到批评的事,我就记起 Ruskin。洛思庚所要批评的,不单是 Turner 的风景画；他批评了泰那的心所欲画的东西。

至今为止，批评戏剧的人是仅仅看了舞台而批评了。产生了所谓剧评家。这样的批评，已经无聊起来。此后的剧评，大概须是看了舞台以外的东西的批评才是。如果出了新的优伶，则也会出些新的剧评家的罢。而且也如新的优伶一样的努力的罢。

文学的批评，如果仅是从书籍得来的事，也没有意味。其实，正确的判断，单靠书籍是得不到的。正如从事于创作的人的态度，在那里日见其改变一般，批评家的态度也应该改变。

秋 之 歌

今年的六月，什么地方都没有去旅行，就在这巷中，浸在深的秋的空气里。

这也是十月底的事。曾在一处和朋友们聚会，谈了一天闲天。从这楼上的纸窗的开处，在凌乱的建筑物的屋顶和近处的树木的枝梢的那边，看见一株屹立在沉静的街市空中的银杏。我坐着看那叶片早经落尽了的，大的扫帚似的暗黑的干子和枝子的全体，都逐渐包进暮色里去。一天深似一天的秋天，在身上深切地感到了。居家的时候，也偶或在窒人呼吸似的静的空气里，度过了黄昏。当这些时，家的里面，外边，一点起灯火来，总令人仿佛觉有住在小巷子中间一样的心地。

对着向晚的窗子，姑且口吟那近来所爱读的 Baudelaire 的诗。将自己的心，譬作赤热而冻透的北极的太阳的《秋》之歌的一节，很浮到我的心上。波特莱尔所达到的心境，是不单是冷，也不单是热的。这几乎是无可辨别。我以为在这里，就洋溢着无限的深味。

倘说，这是孤独的诗人只是枭一般闪着两眼，于一切生活都失了兴味，而在寂寞和悲痛的底里发抖罢？决不然的。

"你，我的悲哀呀，还娴静着。"他如此作歌。

波特莱尔的诗,是劲如勇健的战士的双肩,又如病的女人的皮肤一般 delicate 的。

对于袭来的"死"的恐怖,我以为可以窥见他的心境者,是《航海》之歌。他是称"死"为"老船长"的。便是将那"死",也想以它为领港者;于是直到天堂和地狱的极边,更去探求新的东西:他至于这样地说,以显示他的热意。他有着怎样不挫的精神,只要一读那歌,也就可以明白的罢。

Life

使 Life 照着所要奔驰地奔驰罢。

生　活

上了年纪,头发之类渐渐白起来,是没有法想的,——但因为上了年纪,而成了苛酷的心情,我却不愿意这样。看 Renan 所作的《耶稣基督传》,就说,基督的晚年,有些酷薄的模样了。年纪一老,是谁也这样的。但便是还很年青的人,也有带着 Harsh 的调子;即使是孩子,有时也有这情形。

无论做了怎样的菜去,"什么,这样的东西吃得的么?"这样说的姑,小姑,是使新妇饮泣的。

什么事都没有比那失了生活的兴味的可怕。专是"不再有什么别的么,不再有什么别的么"地责人。高兴的时候,倒还不至于这样,单是无求于人而能生活这一端,也就觉得有意思,有味。例如身体不大健康时,无论吃什么东西都无味,但一复原,即使用盐鱼吃茶淘饭也好。

爱 憎

愿爱憎之念加壮。爱也不足;憎也不足。固执和乱斥,都不是从泉涌似的壮大的爱憎之念而来的。于事物太淡泊,生活怎么得能丰富?

听说航海多日而渴恋陆地者,往往和土接吻。愿有爱憎之念到这样。

生的跳跃

在一篇介绍伯格森的文章里,看见"生的跳跃"这句话。

问我们为什么要创作,一时也寻不出可以说明这事的简单而适当的话来。为面包么,似乎也不尽是为此而创作。倘说是艺术底本能,那不过就是这样。为了要活的努力,那自然是不错的。但是,再没有说得明细一点的话了么?

"生的跳跃"这句话,虽然有着阴影,但和创作时候的或一种心情却相近。

历 史

对于现代愈研究,就愈知道没有写在过去的历史上的事情之多。愈读过去的历史,就愈觉得现代的实相,也只能或一程度为止,记在历史上。

现今的教育,太偏重了历史上的人物了。虽说古人中极有杰出的人物,但要而言之,总是过去的人,是和我们没有什么直接的交涉的人。虽说也有所谓"尚友古人"的事,但这是以能照见自己为限的。在我们,即使常觉得平平凡凡,在四近走着的男男女女,却比古昔的大人物们更紧要。这样互相生活着,真不知道有怎样地紧要。

爱

世人惟为爱而爱。知爱之意义者,是艺术家的本分。

思 想

我们做梦,迨醒时,仿佛做了许多时候了。而其实我们的做梦,不是说,不过是在极短时中么? 我们的思想,也许是这样。虽然我们似乎从早到晚,都不断地在思想。

社 会

社会是靠了晚餐维持着的。

静物的世界

有所谓静物的世界者,称为 Still life,是有趣味的话。倘使容许我的空想,则这世间也有静物的地狱在。在这地狱里,无论达尔文或卢梭,即都与碟子或苹果没有什么不同。

自 由

人在真的自由的时候,是不努力而自由的时候。借了 Oscar Wilde 的口吻说,则就是不单止于想象,而将这实现的时候。

河

在或人,河是有着一定之形和色的川流。在或人,是既无定形,也无定色,流动而无涯际的。在这样的人的眼中,也有通红色火焰一般颜色的河。就是一样的河,也因了看的人而有这样的差异。

虚伪的快感

悲莫悲于深味那虚伪的快感的时候。

东坡的晚年

K先生是我在共立学校时代教英文的先生之一。他在千曲川起造山房的时候,早经是种植花树,豫备娱老的人了。就在那山房里,从先生听到苏东坡的话。说是东坡的晚年,流贬远域,送着寂寞的时光,然而受了朝夕所见的花树的感化,他的书体就一变了。先生还抚着银髯,对我添上几句话道:

"这样的话,是真实的么?"

对照了虽然年迈,也还是压抑不住的先生的雄心,这些话很不容易忘却。

人生的精髓

摩泊桑研究着弗罗培尔时,有这样的有趣的话:

"弗罗培尔并不想说人生的意义,他是单想传人生的精髓的。"

这不是很有深味的话么? 这话里面,自然也一并含着"并不想说人生的或一事件"的意思。

摘译。

原载1925年12月5日《国民新报副刊》。署杜雯译。

初收1929年4月上海北新书局版《壁下译丛》。

六日

日记 星期。晴,风。下午得邓飞黄信,即复。寄林语堂信。晚紫佩来,赠以合本《语丝》一及二各一本。夜培良来,假以泉十,赠《竹林故事》一本。

七日

日记 晴。上午往北大讲。午后访李小峰,见赠《文学概论》二本。晚邓飞黄来。

八日

日记 晴。上午得林语堂信。季市来。夜素园来别,假以泉四十。

这个与那个(一)

读经与读史

一个阔人说要读经,嗡的一阵一群狭人也说要读经。岂但"读"而已矣哉,据说还可以"救国"哩。"学而时习之,不亦说乎?"那也许是确凿的罢,然而甲午战败了,——为什么独独要说"甲午"呢,是因为其时还在开学校,废读经以前。

我以为伏案还未功深的朋友,现在正不必埋头来哼线装书。倘其咿唔日久,对于旧书有些上瘾了,那么,倒不如去读史,尤其是宋朝明朝史,而且尤须是野史;或者看杂说。

现在中西的学者们,几乎一听到"钦定四库全书"这名目就魂不附体,膝弯总要软下来似的。其实呢,书的原式是改变了,错字是加添了,甚至于连文章都删改了,最便当的是《琳琅秘室丛书》中的两种《茅亭客话》,一是宋本,一是四库本,一比较就知道。"官修"而加以"钦定"的正史也一样,不但本纪咧,列传咧,要摆"史架子";里面也不敢说什么。据说,字里行间是也含着什么褒贬的,但谁有这么多的心眼儿来猜闷壶卢。至今还道"将平生事迹宣付国史馆立传",还是算了罢。

野史和杂说自然也免不了有讹传,挟恩怨,但看往事却可以较分明,因为它究竟不像正史那样地装腔作势。看宋事,《三朝北盟汇编》已经变成古董,太贵了,新排印的《宋人说部丛书》却还便宜。明事呢,《野获编》原也好,但也化为古董了,每部数十元;易于入手的是《明季南北略》,《明季稗史汇编》,以及新近集印的《痛史》。

史书本来是过去的陈帐簿,和急进的猛士不相干。但先前说过,倘若还不能忘情于咿唔,倒也可以翻翻,知道我们现在的情形,和那时的何其神似,而现在的昏妄举动,胡涂思想,那时也早已有过,并且都闹糟了。

试到中央公园去,大概总可以遇见祖母带着她孙女儿在玩的。这位祖母的模样,就预示着那娃儿的将来。所以倘有谁要预知令夫人后日的丰姿,也只要看丈母。不同是当然要有些不同的,但总归相去不远。我们查帐的用处就在此。

但我并不说古来如此,现在遂无可为,劝人们对于"过去"生敬畏心,以为它已经铸定了我们的运命。Le Bon 先生说,死人之力比生人大,诚然也有一理的,然而人类究竟进化着。又据章士钊总长说,则美国的什么地方已在禁讲进化论了,这实在是吓死我也,然而禁只管禁,进却总要进的。

总之:读史,就愈可以觉悟中国改革之不可缓了。虽是国民性,要改革也得改革,否则,杂史杂说上所写的就是前车。一改革,就无须怕孙女儿总要像点祖母那些事,譬如祖母的脚是三角形,步履维艰的,小姑娘的却是天足,能飞跑;丈母老太太出过天花,脸上有些缺点的,令夫人却种的是牛痘,所以细皮白肉:这也就大差其远了。

十二月八日。

原载 1925 年 12 月 10 日《国民新报副刊》。

初收 1926 年 6 月北京北新书局版《华盖集》。

九日

日记 昙,风。上午往中大讲。晚得季市信并稿。

十日

日记 晴。午后往黎明讲。往山本医院诊。

这个与那个(二)

捧 与 挖

中国的人们,遇见带有会使自己不安的朕兆的人物,向来就用两样法:将他压下去,或者将他捧起来。

压下去就用旧习惯和旧道德,或者凭官力,所以孤独的精神的战士,虽然为民众战斗,却往往反为这"所为"而灭亡。到这样,他们这才安心了。压不下时,则于是乎捧,以为抬之使高,餍之使足,便可以于己稍稍无害,得以安心。

伶俐的人们,自然也有谋利而捧的,如捧阔老,捧戏子,捧总长之类;但在一般粗人,——就是未尝"读经"的,则凡有捧的行为的"动机",大概是不过想免害。即以所奉祀的神道而论,也大抵是凶恶的,火神瘟神不待言,连财神也是蛇呀刺蝟呀似的骇人的畜类;观音菩萨倒还可爱,然而那是从印度输入的,并非我们的"国粹"。要而言之:凡是被捧者,十之九不是好东西。

既然十之九不是好东西,则被捧而后,那结果便自然和捧者的希望适得其反了。不但能使不安,还能使他们很不安,因为人心本来不易餍足。然而人们终于至今没有悟,还以捧为苟安之一道。

记得有一部讲笑话的书,名目忘记了,也许是《笑林广记》罢,说,当一个知县的寿辰,因为他是子年生,属鼠的,属员们便集资铸了一个金老鼠去作贺礼。知县收受之后,另寻了机会对大众说道:明年又恰巧是贱内的整寿;她比我小一岁,是属牛的。其实,如果大家先不送金老鼠,他决不敢想金牛。一送开手,可就难于收拾了,无论金牛无力致送,即使送了,怕他的姨太太也会属象。象不在十二生肖之内,似乎不近情理罢,但这是我替他设想的法子罢了,知县当然别有我们所莫测高深的妙法在。

民元革命时候,我在 S 城,来了一个都督。他虽然也出身绿林大学,未尝"读经"(?),但倒是还算顾大局,听舆论的,可是自绅士以至于庶民,又用了祖传的捧法群起而捧之了。这个拜会,那个恭维,今天送衣料,明天送翅席,捧得他连自己也忘其所以,结果是渐渐变成老官僚一样,动手刮地皮。

最奇怪的是北几省的河道,竟捧得河身比屋顶高得多了。当初自然是防其溃决,所以壅上一点土;殊不料愈壅愈高,一旦溃决,那祸害就更大。于是就"抢堤"咧,"护堤"咧,"严防决堤"咧,花色繁多,大家吃苦。如果当初见河水泛滥,不去增堤,却去挖底,我以为决不至于这样。

有贪图金牛者,不但金老鼠,便是死老鼠也不给。那么,此辈也就连生日都未必做了。单是省却拜寿,已经是一件大快事。

中国人的自讨苦吃的根苗在于捧，"自求多福"之道却在于挖。

其实，劳力之量是差不多的，但从惰性太多的人们看来，却以为还是捧省力。

十二月十日。

原载 1925 年 12 月 12 日《国民新报副刊》。

初收 1926 年 6 月北京北新书局版《华盖集》。

十一日

日记 晴。午后往女师大讲。晚霞卿来。晚得季野信。濯足。

十二日

日记 晴。上午得培良信。晚有麟来。夜季野，静农来。

十三日

日记 星期。晴。午裘子元来。下午寄黎明学校信辞教课。寄有麟稿。

我观北大

因为北大学生会的紧急征发，我于是总得对于本校的二十七周年纪念来说几句话。

据一位教授的名论，则"教一两点钟的讲师"是不配与闻校事的，而我正是教一点钟的讲师。但这些名论，只好请恕我置之不理；——如其不恕，那么，也就算了，人那里顾得这些事。

我向来也不专以北大教员自居,因为另外还与几个学校有关系。然而不知怎的,——也许是含有神妙的用意的罢,今年忽而颇有些人指我为北大派。我虽然不知道北大可真有特别的派,但也就以此自居了。北大派么?就是北大派!怎么样呢?

但是,有些流言家幸勿误会我的意思,以为谣我怎样,我便怎样的。我的办法也并不一律。譬如前次的游行,报上谣我被打落了两个门牙,我可决不肯具呈警厅,吁请补派军警,来将我的门牙从新打落。我之照着谣言做去,是以专检自己所愿意者为限的。

我觉得北大也并不坏。如果真有所谓派,那么,被派进这派里去,也还是也就算了。理由在下面:

既然是二十七周年,则本校的萌芽,自然是发于前清的,但我并民国初年的情形也不知道。惟据近七八年的事实看来,第一,北大是常为新的,改进的运动的先锋,要使中国向着好的,往上的道路走。虽然很中了许多暗箭,背了许多谣言;教授和学生也都逐年地有些改换了,而那向上的精神还是始终一贯,不见得弛懈。自然,偶尔也免不了有些很想勒转马头的,可是这也无伤大体,"万众一心",原不过是书本子上的冠冕话。

第二,北大是常与黑暗势力抗战的,即使只有自己。自从章士钊提了"整顿学风"的招牌来"作之师",并且分送金款以来,北大却还是给他一个依照彭允彝的待遇。现在章士钊虽然还伏在暗地里做总长,本相却已显露了;而北大的校格也就愈明白,那时固然也曾显出一角灰色,但其无伤大体,也和第一条所说相同。

我不是公论家,有上帝一般决算功过的能力。仅据我所感得的说,则北大究竟还是活的,而且还在生长的。凡活的而且在生长者,总有着希望的前途。

今天所想到的就是这一点。但如果北大到二十八周年而仍不为章士钊者流所谋害,又要出纪念刊,我却要预先声明:不来多话了。一则,命题作文,实在苦不过;二则,说起来大约还是这些话。

十二月十三日。

原载 1925 年 12 月 17 日《北大学生会周刊》创刊号。

初收 1926 年 6 月北京北新书局版《华盖集》。

十四日

日记 晴。上午得丛芜稿。往北大讲。访季野不值,留信而出。寄北大学生会稿。致曲广均信并还稿。往东亚公司买合本『三太郎日记』一本,二元二角。夜得徐旭生信并稿。矛尘来。

这样的战士

要有这样的一种战士——

已不是蒙昧如非洲土人而背着雪亮的毛瑟枪的;也并不疲惫如中国绿营兵而却佩着盒子炮。他毫无乞灵于牛皮和废铁的甲胄;他只有自己,但拿着蛮人所用的,脱手一掷的投枪。

他走进无物之阵,所遇见的都对他一式点头。他知道这点头就是敌人的武器,是杀人不见血的武器,许多战士都在此灭亡,正如炮弹一般,使猛士无所用其力。

那些头上有各种旗帜,绣出各样好名称:慈善家,学者,文士,长者,青年,雅人,君子……。头下有各样外套,绣出各式好花样:学问,道德,国粹,民意,逻辑,公义,东方文明……。

但他举起了投枪。

他们都同声立了誓来讲说,他们的心都在胸膛的中央,和别的偏心的人类两样。他们都在胸前放着护心镜,就为自己也深信心在

529

胸膛中央的事作证。

但他举起了投枪。

他微笑,偏侧一掷,却正中了他们的心窝。

一切都颓然倒地;——然而只有一件外套,其中无物。无物之物已经脱走,得了胜利,因为他这时成了戕害慈善家等类的罪人。

但他举起了投枪。

他在无物之阵中大踏步走,再见一式的点头,各种的旗帜,各样的外套……。

但他举起了投枪。

他终于在无物之阵中老衰,寿终。他终于不是战士,但无物之物则是胜者。

在这样的境地里,谁也不闻战叫:太平。

太平……。

但他举起了投枪!

一九二五年十二月十四日。

原载 1925 年 12 月 21 日《语丝》周刊第 58 期,副题《野草之十九》。

初收 1927 年 7 月北京北新书局版"乌合丛书"之一《野草》。

十五日

日记 微雪即霁。上午得季野信。得曲广均信。得朋其信。晚子佩来。夜得林语堂信并稿。风。

十六日

日记 晴。上午往中大讲。午后得徐吉轩笺并教育部俸泉三十三元。得衣萍信。下午寄曲广均信。寄李霁野信。夜得李遇安信。得季市信。

十七日

日记 晴。上午寄李遇安信。寄林语堂信。午后往北大二十七周年纪念会。往女师大教务维持会。夜得培良信。

十八日

日记 晴。上午往女师大讲。夜静农,寄野来。

"公理"的把戏

自从去年春间,北京女子师范大学有了反对校长杨荫榆事件以来,于是而有该校长在太平湖饭店请客之后,任意将学生自治会员六人除名的事;有引警察及打手蜂拥入校的事;迫教育总长章士钊复出,遂有非法解散学校的事;有司长刘百昭雇用流氓女丐殴曳学生出校,禁之补习所空屋中的事;有手忙脚乱,急挂女子大学招牌以掩天下耳目的事;有胡敦复之趁火打劫,攫取女大校长饭碗,助章士钊欺罔世人的事。女师大的许多教职员,——我敢特地声明:并不是全体! ——本极以章杨的措置为非,复痛学生之无辜受戮,无端失学,而校务维持会之组织,遂愈加严固。我先是该校的一个讲师,于黑暗残虐情形,多曾目睹;后是该会的一个委员,待到女师大在宗帽胡同自赁校舍,而章士钊尚且百端迫压的苦痛,也大抵亲历的。当章氏势焰熏天时,我也曾环顾这首善之区,寻求所谓"公理""道义"之类而不得;而现在突起之所谓"教育界名流"者,那时则鸦雀无声;甚且捧献肉麻透顶的呈文,以歌颂功德。但这一点,我自然也判不定是因为畏章氏有嗾使兵警痛打之威呢，还是贪图分润金款之利，抑或真以他为"公理"或"道义"等类的具象的化身？但是，从章氏逃走，女师大复校以后，所谓"公理"等件，我却忽而间接地从女子大学在撷英馆宴请"北京教育界名流及女大学生家长"的席上找到了。

据十二月十六日的《北京晚报》说，则有些"名流"即于十四日晚六时在那个撷英番菜馆开会。请吃饭的，去吃饭的，在中国一天不知道有多多少少，本不与我相干，虽然也令我记起杨荫榆也爱在太平湖饭店请人吃饭的旧事。但使我留心的是，从这饭局里产生了"教育界公理维持会"，从这会又变出"国立女子大学后援会"，从这会又发出"致国立各校教职员联席会议函"，声势浩大，据说是"而于该校附和暴徒，自堕人格之教职员，即不能投畀豺虎，亦宜屏诸席外，勿与为伍"云。他们之所谓"暴徒"，盖即刘百昭之所谓"土匪"，官僚名流，口吻如一，从局外人看来，不过煞是可笑而已。而我是女师大维持会员之一，又是女师大教员，人格所关，当然有抗议的权利。岂但抗议？"投虎""割席"，"名流"的熏灼之状，竟至于斯，则虽报以恶声，亦不为过。但也无须如此，只要看一看这些"名流"究竟是什么东西，就尽够了。报上和函上有名单：

除了万里鸣是太平湖饭店掌柜，以及董子鹤辈为我所不知道的不计外，陶昌善是农大教务长，教长兼农大校长章士钊的替身；石志泉是法大教务长；查良钊是师大教务长；李顺卿，王桐龄是师大教授；萧友梅是前女师大而今女大教员；塞华芬是前女师大而今女大学生；马寅初是北大讲师，又是中国银行的什么，也许是"总司库"，这些名目我记不清楚了；燕树棠，白鹏飞，陈源即做《闲话》的西滢，丁燮林即做过《一只马蜂》的西林，周鲠生即周览，皮宗石，高一涵，李仲揆即李四光曾有一篇杨荫榆要用汽车迎他"观剧"的作品登在《现代评论》上的，都是北大教授，又大抵原住在东吉祥胡同，又大抵是先前反对北大对章士钊独立的人物，所以当章士钊炙手可热之际，《大同晚报》曾称他们为"东吉祥派的正人君子"，虽然他们那时并没有开什么"公理"会。但他们的住址,今年新印的《北大职员录》上可很有些函胡了,我所依据的是民国十一年的本子。

日本人学了中国人口气的《顺天时报》,即大表同情于女子大学,据说多人的意见,以为女师大教员多系北大兼任,有附属于北大之嫌。亏它征得这么多人的意见。然而从上列的名单看来,那观察是错的。女师大向来少有专任教员,正是杨荫榆的狡计,这样,则校长即可以独揽大权;当我们说话时,高仁山即以讲师不宜与闻校事来箝制我辈之口。况且女师大也决不因为中有北大教员,即精神上附属于北大,便是北大教授,正不乏有当学生反对杨荫榆的时候,即协力来歼灭她们的人。即如八月七日的《大同晚报》,就有"某当局……谓北大教授中,如东吉祥派之正人君子,亦主张解散"等语。《顺天时报》的记者倘竟不知,可谓昏瞀,倘使知道而故意淆乱黑白,那就有挑拨对于北大怀着恶感的人物,将那恶感蔓延于女师大之嫌,居心可谓卑劣。但我们国内战争,尚且常有日本浪人从中作祟,使良民愈陷于水深火热之中,更何况一校女生和几个教员之被诬蔑。我们也只得自责国人之不争气,竟任这样的报纸跳梁!

北大教授王世杰在撷英馆席上演说,即云"本人决不主张北大少数人与女师大合作",就可以证明我前言的不诬。至又谓"照北大校章教职员不得兼他机关主要任务然而现今北大教授在女师大兼充主任者已有五人实属违法应加以否认云云",则颇有语病。北大教授兼国立京师图书馆副馆长月薪至少五六百元的李四光,不也是正在坐中"维持公理",而且演说的么?使之何以为情?李教授兼副馆长的演说辞,报上却不载;但我想,大概是不赞成这个办法的。

北大教授燕树棠谓女大学生极可佩服,而对于"形同土匪破坏女大的人应以道德上之否认加之",则竟连所谓女大教务长萧纯锦的自辩女大当日所埋伏者是听差而非流氓的启事也没有见,却已一口咬定,嘴上忽然跑出一个"道德"来了。那么,对于形同鬼蜮破坏女师大的人,应以什么上之否认加之呢?

"公理"实在是不容易谈，不但在一个维持会上，就要自相矛盾，有时竟至于会用了"道义"上之手，自批"公理"上之脸的嘴巴。西滢是曾在《现代评论》(三十八)的《闲话》里冷嘲过援助女师大的人们的："外国人说，中国人是重男轻女的。我看不见得吧。"现在却签名于什么公理会上了，似乎性情或体质有点改变。而且曾经感慨过："你代被群众专制所压迫者说了几句公平话，那么你不是与那人有'密切的关系'便是吃了他或她的酒饭。"(《现代》四十)然而现在的公理什么会上的言论和发表的文章上，却口口声声，侧重多数了；似乎主张又颇有些参差，只有"吃饭"的一件事还始终如一。在《现代评论》(五十三)上，自诩是"所有的批评都本于学理和事实，绝不肆口嫚骂"，而忘却了自己曾称女师大为"臭毛厕"，并且署名于要将人"投畀豺虎"的信尾曰：陈源。陈源不就是西滢么？半年的事，几个的人，就这么矛盾支离，实在可以使人悯笑。但他们究竟是聪明的，大约不独觉得"公理"歪邪，而且连自己们的"公理维持会"也很有些歪邪了罢，所以突然一变而为"女子大学后援会"了，这是的确的，后援，就是站在背后的援助。

　　但是十八日《晨报》上所载该后援会开会的记事，却连发言的人的名姓也没有了，一律叫作"某君"。莫非后来连对于自己的姓名也觉得可羞，真是"内愧于心"了？还是将人"投畀豺虎"之后，豫备归过于"某君"，免得自己负责任，受报复呢？虽然报复的事，并为"正人君子"们所反对，但究竟还不如先使人不知道"后援"者为谁的稳当，所以即使为着"道义"，而坦白的态度，也仍为他们所不取罢。因为明白地站出来，就有些"形同土匪"或"暴徒"，怕要失了专在背后，用暗箭的聪明人的人格。

　　其实，撷英馆里和后援会中所啸聚的一彪人马，也不过是各处流来的杂人，正如我一样，到北京来骗一口饭，岂但"投畀豺虎"，简直是已经"投畀有北"的了。这算得什么呢？以人论，我与王桐龄，李顺卿虽曾在西安点首谈话，却并不当作朋侪；与陈源虽尝在给泰戈尔祝寿的戏台前一握手,而早已视为异类,又何至于会有和他们连席之意?而况于不知什么东西的杂人等辈也哉!以事论,则现在的教育界中实无豺虎,但有些城狐社鼠之流,那是当然不能免的。不幸十余年来,早见得不少了;我之所以对于有些人的口头的鸟"公理"而不敬者,即大抵由于此。

十二月十八日。

原载 1925 年 12 月 24 日《国民新报副刊》。

初收 1926 年 6 月北京北新书局版《华盖集》。

十九日

日记 晴。午后往山本医院诊。夜得王振钧信,即复。得有麒信。

二十日

日记 星期。晴。上午寄邹明初信。午后静农,丛芜,寄野来。季市来,托其以《热风》及《语丝增刊》各一本寄赠诗荃。夜风。柯仲平来。

这个与那个(三~四)

最先与最后

《韩非子》说赛马的妙法,在于"不为最先,不耻最后"。这虽是从我们这样外行的人看起来,也觉得很有理。因为假若一开首便拼命奔驰,则马力易竭。但那第一句是只适用于赛马的,不幸中国人却奉为人的处世金鍼了。

中国人不但"不为戎首","不为祸始",甚至于"不为福先"。所以凡事都不容易有改革;前驱和闯将,大抵是谁也怕得做。然而人性岂真能如道家所说的那样恬淡;欲得的却多。既然不敢径取,就只好用阴谋和手段。以此,人们也就日见其卑怯了,既是"不为最先",自然也不敢"不耻最后",所以虽是一大堆群众,略见危机,便"纷纷作鸟兽散"了。如果偶有几个不肯退转,因而受害的,公论家便异口同声,称之曰傻子。对于"锲而不舍"的人们也一样。

我有时也偶尔去看看学校的运动会。这种竞争,本来不像两敌国的开战,挟有仇隙的,然而也会因了竞争而骂,或者竟打起来。但这些事又作别论。竞走的时候,大抵是最快的三四个人一到决胜点,其余的便松懈了,有几个还至于失了跑完豫定的圈数的勇气,中途挤入看客的群集中;或者佯为跌倒,使红十字队用担架将他抬走。假若偶有虽然落后,却尽跑,尽跑的人,大家就嗤笑他。大概是因为他太不聪明,"不耻最后"的缘故罢。

所以中国一向就少有失败的英雄,少有韧性的反抗,少有敢单身鏖战的武人,少有敢抚哭叛徒的吊客;见胜兆则纷纷聚集,见败兆则纷纷逃亡。战具比我们精利的欧美人,战具未必比我们精利的匈奴蒙古满洲人,都如入无人之境。"土崩瓦解"这四个字,真是形容得有自知之明。

多有"不耻最后"的人的民族,无论什么事,怕总不会一下子就"土崩瓦解"的,我每看运动会时,常常这样想:优胜者固然可敬,但那虽然落后而仍非跑至终点不止的竞技者,和见了这样竞技者而肃然不笑的看客,乃正是中国将来的脊梁。

流产与断种

近来对于青年的创作,忽然降下一个"流产"的恶谥,哄然应和的就有一大群。我现在相信,发明这话的是没有什么恶意的,不过偶尔说一说;应和的也是情有可原的,因为世事本来大概就这样。

我独不解中国人何以于旧状况那么心平气和,于较新的机运就这么疾首蹙额;于已成之局那么委曲求全,于初兴之事就这么求全责备?

智识高超而眼光远大的先生们开导我们:生下来的倘不是圣贤,豪杰,天才,就不要生;写出来的倘不是不朽之作,就不要写;改革的事倘不是一下子就变成极乐世界,或者,至少能给我(!)有更多的好处,就万万不要动!……

那么,他是保守派么?据说:并不然的。他正是革命家。惟独他有公平,正当,稳健,圆满,平和,毫无流弊的改革法;现下正在研究室里研究着哩,——只是还没有研究好。

什么时候研究好呢?答曰:没有准儿。

孩子初学步的第一步,在成人看来,的确是幼稚,危险,不成样子,或者简直是可笑的。但无论怎样的愚妇人,却总以恳切的希望的心,看他跨出这第一步去,决不会因为他的走法幼稚,怕要阻碍阔人的路线而"逼死"他;也决不至于将他禁在床上,使他躺着研究到能够飞跑时再下地。因为她知道:假如这么办,即使长到一百岁也还是不会走路的。

古来就这样,所谓读书人,对于后起者却反而专用彰明较著的或改头换面的禁锢。近来自然客气些,有谁出来,大抵会遇见学士文人们挡驾:且住,请坐。接着是谈道理了:调查,研究,推敲,修养,……结果是老死在原地方。否则,便得到"捣乱"的称号。我也曾有如现在的青年一样,向已死和未死的导师们问过应走的路。他们都说:不可向东,或西,或南,或北。但不说应该向东,或西,或南,或北。我终于发见他们心底里的蕴蓄了:不过是一个"不走"而已。

坐着而等待平安,等待前进,倘能,那自然是很好的,但可虑的是老死而所等待的却终于不至;不生育,不流产而等待一个英伟的宁馨儿,那自然也很可喜的,但可虑的是终于什么也没有。

倘以为与其所得的不是出类拔萃的婴儿,不如断种,那就无话可说。但如果我们永远要听见人类的足音,则我以为流产究竟比不生产还有望,因为这已经明明白白地证明着能够生产的了。

十二月二十日。

原载 1925 年 12 月 22 日《国民新报副刊》。

初收 1926 年 6 月北京北新书局版《华盖集》。

二十一日

日记 晨培良来,未见,留赠《狂飙》不定期刊五本。上午往北大讲。李玄伯赠《百回本水浒传》一部五本。访小峰,见赠《微雨》二本。下午寄小峰信。晚紫佩来。

二十二日

日记 晴。上午得培良信。午后冯文炳来,未见。下午季野来。培良及郑君来。晚得曲广均信并稿。得李小峰信。夜得长虹信。得素园信。

碎　话

如果只有自己,那是都可以的:今日之我与昨日之我战也好,今日这么说明日那么说也好。但最好是在自己的脑里想,在自己的宅子里说;或者和情人谈谈也不妨,横竖她总能以"阿呀"表示其佩服,而没有第三者与闻其事。只是,假使不自珍惜,陆续发表出来,以

"领袖""正人君子"自居,而称这些为"思想"或"公论"之类,却难免有多少老实人遭殃。自然,凡有神妙的变迁,原是反足以见学者文人们进步之神速的;况且文坛上本来就"只许州官放火不准百姓点灯",既不幸而为庸人,则给天才做一点牺牲,也正是应尽的义务。谁叫你不能研究或创作的呢?亦惟有活该吃苦而已矣!

然而,这是天才,或者是天才的奴才的崇论宏议。从庸人一方面看起来,却不免觉得此说虽合乎理而反乎情;因为"蝼蚁尚且贪生",也还是古之明训。所以虽然是庸人,总还想活几天,乐一点。无奈爱管闲事是他们吃苦的根苗,坐在家里好好的,却偏要出来寻导师,听公论了。学者文人们正在一日千变地进步,大家跟在他后面;他走的是小弯,你走的是大弯,他在圆心里转,你却必得在圆周上转,汗流浃背而终于不知所以,那自然是不待数计龟卜而后知的。

什么事情都要干,干,干!那当然是名言,但是倘有傻子真去买了手枪,就必要深悔前非,更进而悟到救国必先求学。这当然也是名言,何用多说呢,就遵谕钻进研究室去。待到有一天,你发见了一颗新彗星,或者知道了刘歆并非刘向的儿子之后,跳出来救国时,先觉者可是"杳如黄鹤"了,寻来寻去,也许会在戏园子里发见。你不要再菲薄那"小东人嗯嗯!哪,唉唉唉!"罢:这是艺术。听说"人类不仅是理智的动物",必须"种种方面有充分发达的人,才可以算完人"呀,学者之在戏园,乃是"在感情方面求种种的美"。"束发小生"变成先生,从研究室里钻出,救国的资格也许有一点了,却不料还是一个精神上种种方面没有充分发达的畸形物,真是可怜可怜。

那么,立刻看夜戏,去求种种的美去,怎么样?谁知道呢。也许学者已经出戏园,学说也跟着长进(俗称改变,非也)了。

叔本华先生以厌世名一时,近来中国的绅士们却独独赏识了他的《妇人论》。的确,他的骂女人虽然还合绅士们的脾胃,但别的话却实在很有些和我们不相宜的。即如《读书和书籍》那一篇里,就说,"我们读着的时候,别人却替我们想。我们不过反复了这人的心的过程……然而本来底地说起来，则读书时，我们的脑已非自己的活动地。这是别人的思想的战场了。"但是我们的学者文人们却正需要这样的战场——未经老练的青年的脑髓。但也并非在这上面和别的强敌战斗，乃是今日之我打昨日之我，"道义"之手批"公理"之颊——说得俗一点：自己打嘴巴。作了这样的战场者，怎么还能明白是怎么一回事。

这一月来，不知怎的又有几个学者文人或批评家亡魂失魄了，仿佛他们在上月底才从娘胎钻出，毫不知道民国十四年十二月以前的事似的。女师大学生一归她们被占的本校，就有人引以为例，说张胡子或李胡子可以"派兵送一二百学生占据了二三千学生的北大"。如果这样，北大学生确应该群起而将女师大扑灭，以免张胡或李胡援例，确保母校的安全。但我记得北大刚举行过二十七周年纪念，那建立的历史，是并非由章士钊将张胡或李胡将要率领的二百学生拖出，然后改立北大，招生三千，以掩人耳目的。这样的比附，简直是在青年的脑上打滚。夏间，则也可以称为"挑剔风潮"。但也许批评界有时也是"只许州官放火不准百姓点灯"，正如天才之在文坛一样的。

学者文人们最好是有这样的一个特权，月月，时时，自己和自己战，——即自己打嘴巴。免得庸人不知，以常人为例，误以为连一点"闲话"也讲不清楚。

十二月二十二日。

原载 1926 年 1 月 8 日《猛进》周刊第 44 期。
初收 1926 年 6 月北京北新书局版《华盖集》。

二十三日

日记 晴。上午往中大讲。下午寄邓飞黄信。寄有麟信。

二十四日

日记 晴。上午访李小峰。季市来,未遇,留函而去。下午寄李玄伯信并稿。得有麟信。晚季市来。

《这个与那个》正误[*]

第十八号第三面下栏十一行"易竭"误"已竭";又十九行"对于锲而不舍的人们"下脱"也一样"三字;又第四面上栏二十一行第二十七字"改"误为"的"。

原载 1925 年 12 月 24 日北京《国民新报副刊》。

初未收集。

二十五日

日记 晴。午后黎劭西来。晚衣萍,品青,小峰来。

二十六日

日记 晴。上午得三弟信,二日发,又一函,五日发。午后往山本医院诊。下午往师范大学取薪水而会计已散。往直隶书局买《春秋左传杜注补辑》一部十本,《名义考》一部三本,泉四。夜静农,丛芜,寄野来。有麟来。北京大学研究所送来考古学室藏器摄景十幅,又明信片十二幅,又拓片四十三种。

聪明人和傻子和奴才

奴才总不过是寻人诉苦。只要这样,也只能这样,有一日,他遇到一个聪明人。

"先生!"他悲哀地说,眼泪联成一线,就从眼角上直流下来。"你知道的。我所过的简直不是人的生活。吃的是一天未必有一餐,这一餐又不过是高粱皮,连猪狗都不要吃的,尚且只有一小碗……。"

"这实在令人同情。"聪明人也惨然说。

"可不是么!"他高兴了。"可是做工是昼夜无休息的:清早担水晚烧饭,上午跑街夜磨面,晴洗衣裳雨张伞,冬烧汽炉夏打扇。半夜要煨银耳,侍候主人要钱;头钱从来没分,有时还挨皮鞭……。"

"唉唉……。"聪明人叹息着,眼圈有些发红,似乎要下泪。

"先生!我这样是敷衍不下去的。我总得另外想法子。可是什么法子呢?……"

"我想,你总会好起来……。"

"是么?但愿如此。可是我对先生诉了冤苦,又得你的同情和慰安,已经舒坦得不少了。可见天理没有灭绝……。"

但是,不几日,他又不平起来了,仍然寻人去诉苦。

"先生!"他流着眼泪说,"你知道的。我住的简直比猪窠还不如。主人并不将我当人;他对他的叭儿狗还要好到几万倍……。"

"混帐!"那人大叫起来,使他吃惊了。那人是一个傻子。

"先生,我住的只是一间破小屋,又湿,又阴,满是臭虫,睡下去就咬得真可以。秽气冲着鼻子,四面又没有一个窗……。"

"你不会要你的主人开一个窗的么?"

"这怎么行?……"

"那么,你带我去看去!"

傻子跟奴才到他屋外,动手就砸那泥墙。

"先生!你干什么?"他大惊地说。

"我给你打开一个窗洞来。"

"这不行!主人要骂的!"

"管他呢!"他仍然砸。

"人来呀! 强盗在毁咱们的屋子了! 快来呀! 迟一点可要打出窟窿来了! ……"他哭嚷着,在地上团团地打滚。

一群奴才都出来了,将傻子赶走。

听到了喊声,慢慢地最后出来的是主人。

"有强盗要来毁咱们的屋子,我首先叫喊起来,大家一同把他赶走了。"他恭敬而得胜地说。

"你不错。"主人这样夸奖他。

这一天就来了许多慰问的人,聪明人也在内。

"先生。这回因为我有功,主人夸奖了我了。你先前说我总会好起来,实在是有先见之明……。"他大有希望似的高兴地说。

"可不是么……。"聪明人也代为高兴似的回答他。

一九二五年十二月二十六日。

原载 1926 年 1 月 4 日《语丝》周刊第 60 期,副题作《野草之二十》。

初收 1927 年 7 月北京北新书局版"乌合丛书"之一《野草》。

腊　叶

灯下看《雁门集》,忽然翻出一片压干的枫叶来。

这使我记起去年的深秋。繁霜夜降,木叶多半凋零,庭前的一株小小的枫树也变成红色了。我曾绕树徘徊,细看叶片的颜色,当他青葱的时候是从没有这么注意的。他也并非全树通红,最多的是浅绛,有几片则在绯红地上,还带着几团浓绿。一片独有一点蛀孔,镶着乌黑的花边,在红,黄和绿的斑驳中,明眸似的向人凝视。我自念:这是病叶呵!便将他摘了下来,夹在刚才买到的《雁门集》里。大概是愿使这将坠的被蚀而斑斓的颜色,暂得保存,不即与群叶一同飘散罢。

但今夜他却黄蜡似的躺在我的眼前,那眸子也不复似去年一般灼灼。假使再过几年,旧时的颜色在我记忆中消去,怕连我也不知道他何以夹在书里面的原因了。将坠的病叶的斑斓,似乎也只能在极短时中相对,更何况是葱郁的呢。看看窗外,很能耐寒的树木也早经秃尽了;枫树更何消说得。当深秋时,想来也许有和这去年的模样相似的病叶的罢,但可惜我今年竟没有赏玩秋树的余闲。

一九二五年十二月二十六日。

原载 1926 年 1 月 4 日《语丝》周刊第 60 期,副题作《野草之二十一》。

初收 1927 年 7 月北京北新书局版"乌合丛书"之一《野草》。

二十七日

日记 星期。昙,风。上午季市来。得钦文信,九日发。得语堂信。下午大风。

二十八日

日记 晴,大风。上午往北大讲。访李霁野,收素园所还泉卅。

这回是"多数"的把戏

《现代评论》五五期《闲话》的末一段是根据了女大学生的宣言,

说女师大学生只有二十个，别的都已进了女大，就深悔从前受了"某种报纸的催眠"。幸而见了宣言，这才省悟过来了，于是发问道："要是二百人（按据云这是未解散前的数目）中有一百九十九人入了女大便怎样？要是二百人都入了女大便怎样？难道女师大校务维持会招了几个新生也去恢复么？我们不免要奇怪那维持会维持的究竟是谁呢？他们的目的究竟是什么呢？"

这当然要为夏间并不维持女师大而现在则出而维持"公理"的陈源教授所不解的。我虽然是女师大维持会的一个委员，但也知道别一种可解的办法——

二十人都往多的一边跑，维持会早该趋奉章士钊！

我也是"四五十岁的人爱说四五岁的孩子话"，而且爱学奴才话的，所以所说的也许是笑话。但是既经说开，索性再说几句罢：要是二百人中有二百另一人入了女大便怎样？要是维持会员也都入了女大便怎样？要是一百九十九人入了女大，而剩下的一个人偏不要维持便怎样？……

我想这些妙问，大概是无人能答的。这实在问得太离奇，虽是四五岁的孩子也不至于此，——我们不要小觑了孩子。人也许能受"某种报纸的催眠"，但也因人而异，"某君"只限于"某种"；即如我，就决不受《现代评论》或"女大学生某次宣言"的催眠。假如，倘使我看了《闲话》之后，便抚心自问："要是二百人中有一百九十九人入了女大便怎样？……维持会维持的究竟是谁呢？……"那可真要连自己也奇怪起来，立刻对章士钊的木主肃然起敬了。但幸而连陈源教授所据为典要的《女大学生二次宣言》也还说有二十人，所以我也正不必有什么"杞天之虑"。

记得"公理"时代（可惜这黄金时代竟消失得那么快），不是有人说解散女师大的是章士钊，女大乃另外设立，所以石驸马大街的校址是不该归还的么？自然，或者也可以这样说。但我却没有被其催眠，反觉得这道理比满洲人所说的"亡明者闯贼也，我大清天下，乃得之于闯贼，非取之于明"的话还可笑。从表面上看起来，满人的话，倒还算顺理成章，不过也只能骗顺民，不能骗遗民和逆民，因为他们知道此中的底细。我不聪明，本也很可以相信的，然而竟不被骗者，因为幸而目睹了十四年前的革命，自己又是中国人。

然而"要是"女师大学生竟一百九十九人都入了女大，又怎样呢？其实，"要是"章士钊再做半年总长，或者他的走狗们作起祟来，宗帽胡同的学生纵不至于"都入了女大"，但可以被迫胁到只剩一个或不剩一个，也正是意中事。陈源教授毕竟是"通品"，虽是理想也未始没有实现的可能。那么，怎么办呢？我想，维持。那么，"目的究竟是什么呢？"我想，就用一句《闲话》来答复："代被群众专制所压迫者说几句公平话"。

可惜正如"公理"的忽隐忽现一样，"少数"的时价也四季不同的。杨荫榆时候多数不该"压迫"少数，现在是少数应该服从多数了。你说多数是不错的么，可是俄国的多数主义现在也还叫作过激党，为大英大日本和咱们中华民国的绅士们所"深恶而痛绝之"。这真要令我莫名其妙。或者"暴民"是虽然多数，也得算作例外的罢。

"要是"帝国主义者抢去了中国的大部分，只剩了一二省，我们便怎样？别的都归了强国了，少数的土地，还要维持么?！明亡以后，一点土地也没有了，却还有窜身海外，志在恢复的人。凡这些，从现在的"通品"看来，大约都是谬种，应该派"在德国手格盗匪数人"，立功海外的英雄刘百昭去剿灭他们的罢。

"要是"真如陈源教授所言，女师大学生只有二十了呢？但是究竟还有二十人。这足可使在章士钊门下暗作走狗而脸皮还不十分厚的教授文人学者们愧死！

十二月二十八日。

原载 1925 年 12 月 31 日《国民新报副刊》。
初收 1926 年 6 月北京北新书局版《华盖集》。

二十九日

日记 晴。上午寄语堂信。得季市信。晚往女师大教务会议。夜得林语堂信并稿。

论"费厄泼赖"应该缓行

一　解　题

《语丝》五七期上语堂先生曾经讲起"费厄泼赖"(fair play)，以为此种精神在中国最不易得，我们只好努力鼓励；又谓不"打落水狗"，即足以补充"费厄泼赖"的意义。我不懂英文，因此也不明这字的函义究竟怎样，如果不"打落水狗"也即这种精神之一体，则我却很想有所议论。但题目上不直书"打落水狗"者，乃为回避触目起见，即并不一定要在头上强装"义角"之意。总而言之，不过说是"落水狗"未始不可打，或者简直应该打而已。

二　论"落水狗"有三种，大都在可打之列

今之论者，常将"打死老虎"与"打落水狗"相提并论，以为都近于卑怯。我以为"打死老虎"者，装怯作勇，颇含滑稽，虽然不免有卑怯之嫌，却怯得令人可爱。至于"打落水狗"，则并不如此简单，当看狗之怎样，以及如何落水而定。考落水原因，大概可有三种：(1)狗自己失足落水者，(2)别人打落者，(3)亲自打落者。倘遇前二种，便即附和去打，自然过于无聊，或者竟近于卑怯；但若与狗奋战，亲手打其落水，则虽用竹竿又在水中从而痛打之，似乎也非已甚，不得与

前二者同论。

听说刚勇的拳师，决不再打那已经倒地的敌手，这实足使我们奉为楷模。但我以为尚须附加一事，即敌手也须是刚勇的斗士，一败之后，或自愧自悔而不再来，或尚须堂皇地来相报复，那当然都无不可。而于狗，却不能引此为例，与对等的敌手齐观，因为无论它怎样狂嗥，其实并不解什么"道义"；况且狗是能浮水的，一定仍要爬到岸上，倘不注意，它先就耸身一摇，将水点洒得人们一身一脸，于是夹着尾巴逃走了。但后来性情还是如此。老实人将它的落水认作受洗，以为必已忏悔，不再出而咬人，实在是大错而特错的事。

总之，倘是咬人之狗，我觉得都在可打之列，无论它在岸上或在水中。

三 论叭儿狗尤非打落水里，又从而打之不可

叭儿狗一名哈吧狗，南方却称为西洋狗了，但是，听说倒是中国的特产，在万国赛狗会里常常得到金奖牌，《大不列颠百科全书》的狗照相上，就很有几匹是咱们中国的叭儿狗。这也是一种国光。但是，狗和猫不是仇敌么？它却虽然是狗，又很像猫，折中，公允，调和，平正之状可掬，悠悠然摆出别个无不偏激，惟独自己得了"中庸之道"似的脸来。因此也就为阔人，太监，太太，小姐们所钟爱，种子绵绵不绝。它的事业，只是以伶俐的皮毛获得贵人豢养，或者中外的娘儿们上街的时候，脖子上拴了细链子跟在脚后跟。

这些就应该先行打它落水，又从而打之；如果它自坠入水，其实也不妨又从而打之，但若是自己过于要好，自然不打亦可，然而也不必为之叹息。叭儿狗如可宽容，别的狗也大可不必打了，因为它们虽然非常势利，但究竟还有些像狼，带着野性，不至于如此骑墙。

以上是顺便说及的话，似乎和本题没有大关系。

四 论不"打落水狗"是误人子弟的

总之,落水狗的是否该打,第一是在看它爬上岸了之后的态度。

狗性总不大会改变的,假使一万年之后,或者也许要和现在不同,但我现在要说的是现在。如果以为落水之后,十分可怜,则害人的动物,可怜者正多,便是霍乱病菌,虽然生殖得快,那性格却何等地老实。然而医生是决不肯放过它的。

现在的官僚和土绅士或洋绅士,只要不合自意的,便说是赤化,是共产;民国元年以前稍不同,先是说康党,后是说革党,甚至于到官里去告密,一面固然在保全自己的尊荣,但也未始没有那时所谓"以人血染红顶子"之意。可是革命终于起来了,一群臭架子的绅士们,便立刻皇皇然若丧家之狗,将小辫子盘在头顶上。革命党也一派新气,——绅士们先前所深恶痛绝的新气,"文明"得可以;说是"咸与维新"了,我们是不打落水狗的,听凭它们爬上来罢。于是它们爬上来了,伏到民国二年下半年,二次革命的时候,就突出来帮着袁世凯咬死了许多革命人,中国又一天一天沉入黑暗里,一直到现在,遗老不必说,连遗少也还是那么多。这就因为先烈的好心,对于鬼蜮的慈悲,使它们繁殖起来,而此后的明白青年,为反抗黑暗计,也就要花费更多更多的气力和生命。

秋瑾女士,就是死于告密的,革命后暂时称为"女侠",现在是不大听见有人提起了。革命一起,她的故乡就到了一个都督,——等于现在之所谓督军,——也是她的同志:王金发。他捉住了杀害她的谋主,调集了告密的案卷,要为她报仇。然而终于将那谋主释放了,据说是因为已经成了民国,大家不应该再修旧怨罢。但等到二次革命失败后,王金发却被袁世凯的走狗枪决了,与有力的是他所释放的杀过秋瑾的谋主。

这人现在也已"寿终正寝"了,但在那里继续跋扈出没着的也还是这一流人,所以秋瑾的故乡也还是那样的故乡,年复一年,丝毫没有长进。从这一点看起来,生长在可为中国模范的名城里的杨荫榆女士和陈西滢先生,真是洪福齐天。

五 论塌台人物不当与"落水狗"相提并论

"犯而不校"是恕道,"以眼还眼以牙还牙"是直道。中国最多的却是枉道:不打落水狗,反被狗咬了。但是,这其实是老实人自己讨苦吃。

俗语说:"忠厚是无用的别名",也许太刻薄一点罢,但仔细想来,却也觉得并非唆人作恶之谈,乃是归纳了许多苦楚的经历之后的警句。譬如不打落水狗说,其成因大概有二:一是无力打;二是比例错。前者且勿论;后者的大错就又有二:一是误将塌台人物和落水狗齐观,二是不辨塌台人物又有好有坏,于是视同一律,结果反成为纵恶。即以现在而论,因为政局的不安定,真是此起彼伏如转轮,坏人靠着冰山,恣行无忌,一旦失足,忽而乞怜,而曾经亲见,或亲受其噬啮的老实人,乃忽以"落水狗"视之,不但不打,甚至于还有哀矜之意,自以为公理已伸,侠义这时正在我这里。殊不知它何尝真是落水,巢窟是早已造好的了,食料是早经储足的了,并且都在租界里。虽然有时似乎受伤,其实并不,至多不过是假装跛脚,聊以引起人们的恻隐之心,可以从容避匿罢了。他日复来,仍旧先咬老实人开手,"投石下井",无所不为,寻起原因来,一部分就正因为老实人不"打落水狗"之故。所以,要是说得苛刻一点,也就是自家掘坑自家埋,怨天尤人,全是错误的。

六 论现在还不能一味"费厄"

仁人们或者要问:那么,我们竟不要"费厄泼赖"么?我可以立刻回答:当然是要的,然而尚早。这就是"请君入瓮"法。虽然仁人们未必肯用，但我还可以言之成理。土绅士或洋绅士们不是常常说，中国自有特别国情，外国的平等自由等等，不能适用么？我以为这"费厄泼赖"也是其一。否则，他对你不"费厄"，你却对他去"费厄"，结果总是自己吃亏，不但要"费厄"而不可得，并且连要不"费厄"而亦不可得。所以要"费厄"，最好是首先看清对手，倘是些不配承受"费厄"的，大可以老实不客气；待到它也"费厄"了，然后再与它讲"费厄"不迟。

　　这似乎很有主张二重道德之嫌，但是也出于不得已，因为倘不如此，中国将不能有较好的路。中国现在有许多二重道德，主与奴，男与女，都有不同的道德，还没有划一。要是对"落水狗"和"落水人"独独一视同仁，实在未免太偏，太早，正如绅士们之所谓自由平等并非不好，在中国却微嫌太早一样。所以倘有人要普遍施行"费厄泼赖"精神，我以为至少须俟所谓"落水狗"者带有人气之后。但现在自然也非绝不可行，就是，有如上文所说：要看清对手。而且还要有等差，即"费厄"必视对手之如何而施，无论其怎样落水，为人也则帮之，为狗也则不管之，为坏狗也则打之。一言以蔽之："党同伐异"而已矣。

　　满心"婆理"而满口"公理"的绅士们的名言暂且置之不论不议之列，即使真心人所大叫的公理，在现今的中国，也还不能救助好人，甚至于反而保护坏人。因为当坏人得志，虐待好人的时候，即使有人大叫公理，他决不听从，叫喊仅止于叫喊，好人仍然受苦。然而偶有一时，好人或稍稍蹶起，则坏人本该落水了，可是，真心的公理论者又"勿报复"呀，"仁恕"呀，"勿以恶抗恶"呀……的大嚷起来。这一次却发生实效，并非空嚷了：好人正以为然，而坏人于是得救。但他得救之后，无非以为占了便宜，何尝改悔；并且因为是早已营就三窟，又善于钻谋的，所以不多时，也就依然声势赫奕，作恶又如先前一样。这时候，公理论者自然又要大叫，但这回他却不听你了。

　　但是，"疾恶太严"，"操之过急"，汉的清流和明的东林，却正以这一点倾败，论者也常常这样责备他们。殊不知那一面，何尝不"疾善如仇"呢？人们却不说一句话。假使此后光明和黑暗还不能作彻底的战斗，老实人误将纵恶当作宽容，一味姑息下去，则现在似的混沌状态，是可以无穷无尽的。

七　论"即以其人之道还治其人之身"

中国人或信中医或信西医，现在较大的城市中往往并有两种医，使他们各得其所。我以为这确是极好的事。倘能推而广之，怨声一定还要少得多，或者天下竟可以臻于郅治。例如民国的通礼是鞠躬，但若有人以为不对的，就独使他磕头。民国的法律是没有笞刑的，倘有人以为肉刑好，则这人犯罪时就特别打屁股。碗筷饭菜，是为今人而设的，有愿为燧人氏以前之民者，就请他吃生肉；再造几千间茅屋，将在大宅子里仰慕尧舜的高士都拉出来，给住在那里面；反对物质文明的，自然更应该不使他衔冤坐汽车。这样一办，真所谓"求仁得仁又何怨"，我们的耳根也就可以清净许多罢。

但可惜大家总不肯这样办，偏要以己律人，所以天下就多事。"费厄泼赖"尤其有流弊，甚至于可以变成弱点，反给恶势力占便宜。例如刘百昭殴曳女师大学生，《现代评论》上连屁也不放，一到女师大恢复，陈西滢鼓动女大学生占据校舍时，却道"要是她们不肯走便怎样呢？你们总不好意思用强力把她们的东西搬走了罢？"殴而且拉，而且搬，是有刘百昭的先例的，何以这一回独独"不好意思"？这就因为给他嗅到了女师大这一面有些"费厄"气味之故。但这"费厄"却又变成弱点，反而给人利用了来替章士钊的"遗泽"保镖。

八　结　末

或者要疑我上文所言，会激起新旧，或什么两派之争，使恶感更深,或相持更烈罢。但我敢断言,反改革者对于改革者的毒害,向来就并未放松过,手段的厉害也已经无以复加了。只有改革者却还在睡梦里,总是吃亏,因而中国也总是没有改革,自此以后,是应该改换些态度和方法的。

一九二五年十二月二十九日。

原载 1926 年 1 月 10 日《莽原》半月刊第 1 期。

初收 1927 年 3 月北京未名社版《坟》。

三十日

日记 晴,风。上午往中大讲并收上月薪水泉十。得邓飞黄信。下午访李小峰。访台静农。往东亚公司买『近代美術十二講』一本,二元六角。

三十一日

日记 晴。晚伏园,春台,惠迪来。夜有麟来。

《华盖集》题记

在一年的尽头的深夜中,整理了这一年所写的杂感,竟比收在《热风》里的整四年中所写的还要多。意见大部分还是那样,而态度却没有那么质直了,措辞也时常弯弯曲曲,议论又往往执滞在几件小事情上,很足以贻笑于大方之家。然而那又有什么法子呢。我今年偏遇到这些小事情,而偏有执滞于小事情的脾气。

我知道伟大的人物能洞见三世,观照一切,历大苦恼,尝大欢喜，发大慈悲。但我又知道这必须深入山林，坐古树下，静观默想，得天眼通，离人间愈远遥，而知人间也愈深，愈广；于是凡有言说，也愈高，愈大；于是而为天人师。我幼时虽曾梦想飞空，但至今还在地上，救小创伤尚且来不及，那有余暇使心开意豁，立论都公允妥洽，平正通达，像"正人君子"一般；正如沾水小蜂，只在泥土上爬来爬去，万不敢比附洋楼中的通人，但也自有悲苦愤激，决非洋楼中的通人所能领会。

这病痛的根柢就在我活在人间，又是一个常人，能够交着"华盖运"。

我平生没有学过算命，不过听老年人说，人是有时要交"华盖运"的。这"华盖"在他们口头上大概已经讹作"镬盖"了，现在加以订正。所以，这运，在和尚是好运：顶有华盖，自然是成佛作祖之兆。但俗人可不行，华盖在上，就要给罩住了，只好碰钉子。我今年开手作杂感时，就碰了两个大钉子：一是为了《咬文嚼字》，一是为了《青年必读书》。署名和匿名的豪杰之士的骂信，收了一大捆，至今还塞在书架下。此后又突然遇见了一些所谓学者，文士，正人，君子等等，据说都是讲公话，谈公理，而且深不以"党同伐异"为然的。可惜我和他们太不同了，所以也就被他们伐了几下，——但这自然是为"公理"之故，和我的"党同伐异"不同。这样，一直到现下还没有完结，只好"以待来年"。

也有人劝我不要做这样的短评。那好意，我是很感激的，而且也并非不知道创作之可贵。然而要做这样的东西的时候，恐怕也还要做这样的东西，我以为如果艺术之宫里有这么麻烦的禁令，倒不如不进去；还是站在沙漠上，看看飞沙走石，乐则大笑，悲则大叫，愤则大骂，即使被沙砾打得遍身粗糙，头破血流，而时时抚摩自己的凝血，觉得若有花纹，也未必不及跟着中国的文士们去陪莎士比亚吃黄油面包之有趣。

然而只恨我的眼界小，单是中国，这一年的大事件也可以算是很多的了，我竟往往没有论及，似乎无所感触。我早就很希望中国的青年站出来，对于中国的社会，文明，都毫无忌惮地加以批评，因此曾编印《莽原周刊》，作为发言之地，可惜来说话的竟很少。在别的刊物上，倒大抵是对于反抗者的打击，这实在是使我怕敢想下去的。

现在是一年的尽头的深夜，深得这夜将尽了，我的生命，至少是一部分的生命，已经耗费在写这些无聊的东西中，而我所获得的，乃是我自己的灵魂的荒凉和粗糙。但是我并不惧惮这些，也不想遮盖这些，而且实在有些爱他们了，因为这是我转辗而生活于风沙中的瘢痕。凡有自己也觉得在风沙中转辗而生活着的，会知道这意思。

我编《热风》时，除遗漏的之外，又删去了好几篇。这一回却小有不同了，一时的杂感一类的东西，几乎都在这里面。

一九二五年十二月三十一日之夜，记于绿林书屋东壁下。

原载 1926 年 1 月 25 日《莽原》半月刊第 2 期。

初收 1926 年 6 月北京北新书局版《华盖集》。

书　帐

新俄文学之曙光期一本　〇·六〇　一月六日

支那马贼裏面史一本　一·六〇

近代の恋爱观一本　二·〇〇　一月二十二日

百家唐诗选八本　二·四〇　一月二十三日　　　　　　六·六〇〇

罗丹之艺术一本　一·七〇　二月三日

师曾遗墨第四集一本　一·六〇　二月十日

思想山水人物一本　二·〇〇　二月十三日

露国现代の思潮及文学一本　三・六〇　二月十四日

新旧约全书一本　一・〇〇　二月二十一日　　　　　　　　　　九・九〇〇

别下斋丛书四十本　一四・七五〇　三月一日

佚存丛书三十本　一〇・五〇

清仪阁古器物文十本　一一・五〇

新俄美術大観一本　〇・七〇〇　三月五日

现代仏国文芸叢书六本　六・七二〇

最新文芸叢书三本　三・三六〇

近代演劇十二講一本　二・九〇〇

芸術の本質一本　二・三四〇

濯绛宧词一本　刘子庚赠　三月二十日

国语文法一本　黎劭西赠　三月二十三日

叛逆者一本　〇・六五〇　三月二十五日

小説研究十六講一本　二・一〇

学芸論鈔一本　一・八五〇　　　　　　　　　　　　　　　　五七・一五〇

乌青镇志二本　〇・七〇　四月十六日

广陵诗事二本　〇・五〇

北京之终末日一本　孙春台赠　四月二十六日

说文古籀补补四本　四・〇〇　四月二十九日　　　　　　　　五・二〇〇

抱朴子校补一本　高阆仙赠　七月七日

弘明集四本　一・〇〇　七月十四日

广弘明集十本　二・二〇

杂譬喻经五本　〇・六四〇

匋斋臧石记十二本　三・〇〇　七月十五日

师曾遗墨第五集一本　一・六〇

师曾遗墨第六集一本　一・六〇

由加里一本　三・〇〇　七月二十八日　　　　　　　　　　一三・〇四〇

支那童話集一本　三・一〇　八月十一日

露西亜文学の理想と現実　二・〇〇

賭博者一本　一・五〇

ツアラトウストラ一本　二・四〇

最新世界年表一本　一・二〇

文学卜革命一本　一・六〇　八月二十六日　　　　　　　一一・八〇〇

京本通俗小说第廿一卷二本　常维钧赠　九月四日

Heine's Werke四本　五・五〇　九月七日

ケーベル博士小品集一本　二・〇〇　九月九日

印象記一本　一・五〇

文芸管見一本　一・〇〇

ツアラッストラ解釈并びに批評一本　一・二〇　九月十二日

社会進化思想講話一本　一・六〇　九月十五日

中国诗论史一本　二・四〇

支那文学史綱一本　二・二〇〇　九月二十六日

支那文化の研究一本　四・四〇

南蛮広記一本　二・五〇　　　　　　　　　　二四・三〇〇

Art of Beardsley二本　三・四〇　十月六日

西藏游記一本　二・八〇　十月十四日

经籍旧音辨证二本　〇・八四〇　十月二十八日

淮南旧注校理一本　〇・八四〇

天马山房丛著一本　一・二〇　十月三十日　　　　　九・〇四〇

云冈造象题记拓片一枚　张凤举赠　十一月三日

近代の恋愛観一本　二・一〇　十一月五日

女性と愛慾一本　一・九〇

創造的批評論一本　一・〇〇

犬・猫・人間一本　一・五〇　十一月十三日

金文编五本　七・〇〇　十一月二十一日

曹集铨评二本　二・四〇

嵩阳石刻集记二本　一·二〇

茅亭客话一本　〇·六〇

东轩笔录二本　一·二〇

秋明集二本　沈尹默赠　十一月二十七日　　　　　　　　一八·四〇〇

芸術と道徳一本　二·一〇　十二月三日

続南蛮広記一本　二·七〇

合本三太郎の日記一本　二·二〇　十二月十四日

春秋左传杜注补辑十本　三·〇〇　十二月二十六日

名义考三本　一·〇〇

北大考古学室藏器拓片四十三种　北京大学赠

近代美術十二講一本　二·六〇　十二月三十日　　　　　　　一三·六〇〇

　　　总计一五九·一三〇,每月平匀一三·二六〇元。

本月

《未名丛刊》是什么,要怎样?(二)*

　　所谓《未名丛刊》者,并非无名丛书之意,乃是还未想定名目,然而这就作为名字,不再去苦想它了。

　　这也并非学者们精选的宝书,凡国民都非看不可。只要是有稿子,有印费,便即付印,想使萧索的读者,作者,译者,大家稍微感到一点热闹。内容自然是很庞杂的,因为希图在这庞杂中略见一致,所以又一括为相近的形式,而名之曰《未名丛刊》。

　　大志向是丝毫也没有。所愿的:无非(1)在自己,是希望那印成的从速卖完,可以收回钱来再印第二种;(2)对于读者,是希望看了之后,不至于以为太受欺骗了。

以上是一九二四年十二月间的话。

现在将这分为两部分了：这里专收译本；还有集印创作的，叫作《乌合丛书》。

创作，谁都知道可尊，但还有人只能翻译，或者偏爱翻译，而且深信有些翻译竟胜于有些创作，所以仍是悍然翻译，而印在这《未名丛刊》中。

亲自试过的，会知道翻译有时比创作还麻烦，即此小工作，也不敢自说一定下得去；然而译者总尽自己的力和心，如果终于下不去了，那大概是无能之故，并非敢于骗版税。

版税现在还不能养活一个著作者，而况是收在《未名丛刊》中。因为这书的纸墨装订是好的，印的本数是少的，而定价是不贵的。

但为难的是缺本钱；所希望的只在爱护本刊者以现钱直接来购买，那么，《未名丛刊》就续出不尽了，我们就感谢不尽了。

已印成和未印成的书目：

1.《苦闷的象征》。日本厨川白村作；鲁迅译。价五角。在再版。

2.《苏俄的文艺论战》。俄国褚沙克等作；任国桢译。价三角半。

——二种北新书局发行

3.《出了象牙之塔》。实价七角　不许翻印

——北京东城沙滩新开路第五号未名社刊物经售处发行

4.《往星中》。俄国安特来夫作戏剧；李霁野译。

5.《穷人》。俄国陀思妥夫斯奇作小说；韦丛芜译。

6.《小约翰》。荷兰望蔼覃作象征的写实的童话诗。鲁迅译。

7.《十二个》。俄国勃洛克作长诗；胡斅译。

——以上四种现正在校印本社刊物经售处发行

未另发表。

原载 1925 年 12 月未名社版《出了象牙之塔》版权页后。